KB239447

【한국학 탐구의 시각】

백원철 지음

보고사

머리말

　배우고 가르치는 과정에서 쓰인 小論들을 다시 묶어 내놓으려니 厚顔이
되어야 할 듯하다. 學問의 길을 가는 처지에서 대개는 責務에서, 때로는 紙
面의 요구에 應酬한 결과물이다. 그러므로 일관된 체계를 갖추지는 못하였
다. 다만, 필자의 관심과 전공분야에 따라 자연스레 文學과 歷史에 관한 것
들이 중심이 되었다. 이들을 다루는 과정에서 감히 先學들의 行筆을 쫓을
수 없었지만, 다만 實證的인 접근방법을 놓지 않으려고 애를 썼다. 그러나
그마져 제대로 되지 아니하여 부끄러울 뿐이다.

　'한국학(韓國學)'이란 이름에 대해서 따로 개념을 생각한 것은 아니다. 그
저 우리의 문학이나 역사, 나아가 선인들의 삶과 철학과 시대정신에 관한
것들을 이렇게 아우를 수 있지 않을까 해서 사용한 것이다. 또 이런 것들
을 탐구하는 작업의 일환이라는 의미에서 '탐구시각'이라 하였다. 역시 그
시각을 바르게 잡았는지 여부는 필자로서 감히 말하기 어렵다. 그저 하나
의 시도라고 보아 주기만 해도 과분할 일이다.

　옛말에 "또 거슬러 올라가 옛날의 사람을 논하니, 그들의 시를 읊으며,
그들의 글을 읽되, 그 사람을 알지 못함이 옳겠느냐?(又尙論古之人, 頌其詩,
讀其書, 不知其人, 可乎. ≪孟子≫, 〈萬章 下〉)"하는 구절이 있음을 새삼 상
기해 본다.

　돌이켜보면, 菲才末學의 필자는 대학원 과정에서는 尊師賢友의 鞭辟과

勉勵가 각별하였고, 湖西地域의 대학에 와서는 이곳의 碩學 峨堂 李性雨 畏友에 의지한바 컸으니, 말하자면 큰 행운을 만난 셈이다. 깊이 감사하는 마음 다 형언키 어렵다.

아울러 변변치 못한 이 책자의 출간을 두고, 예전 學緣의 緣故로 원고를 챙기고, 정리하는 번거로운 일을 감당해준 충남대학교 정경훈 박사의 노고를 잊을 수 없다. 또한, 기꺼이 출판을 맡아준 김흥국 사장의 배려와 편집을 담당한 민계연씨의 수고를 고맙게 생각한다.

丁亥年 仲冬에
공주대학교 사범대학 한문교육과 연구실에서 저자 씀.

차 례

제2부 한문학의 예술성과 역사성

제3부 조선후기 실학자의 시문학세계

제4부 지역학연구의 탐색현장

제1부

전대인물(前代人物)들의 삶과 시대정신

선초명신 맹사성론(鮮初名臣 孟思誠論)

1. 머리말

고려말-조선초기의 문신으로서 출입할 때 소를 즐겨 타고 피리를 불며, 어질고 소탈한 품성으로 인하여 세간(世間)에 이름이 알려진 이는 맹정승(孟政丞) 곧 맹사성(孟思誠) 대감이다. 공의 자(字)는 자명(自明) 또는 성지(誠之)이며, 호는 고불(古佛)이다. 본관은 신창(新昌)이며 선대(先代)로부터 충청도 온양에 거주하였고, 시호는 문정(文貞)이다.

1360년(공민왕 9년)에 태어나 1438년(세종 20년) 79세를 일기로 세상을 떠나기까지의 공의 생애는 충·효와 청렴으로 일관된 삶이었다고 말할 수 있다. 여기에서 그 내용을 구체적으로 살피고자 한다.

2. 충절과 효행의 가문

공의 가문은 선대로부터 대대로 고려조에 벼슬하여 온 명문이다. 특히 공의 조부가 되는 맹유(孟裕)는 문과에 급제하여 상서(尙書)를 역임하였던 바, 고려왕조가 멸망하자 벼슬을 그만두고 그 아들 맹희도(孟希道)와 함께 은거하였다.[1] 곧 역성혁명(易姓革命)으로 고려왕조를 무너

뜨리고 개국한 이씨조선(李氏朝鮮)에 나아가 벼슬할 수 없다는 '충신불
사이군(忠臣不事二君)'의 절의를 지켰던 것이다. 그리하여 상서공은 '두
문동칠십이현(杜門洞七十二賢)'에 들게 되었다.

공의 부 동포공(東浦公) 맹희도(孟希道) 역시 기사년(己巳年, 공민왕
14년, 1365년) 과거에 올라, 한림과 어사를 역임하면서 행실이 고매하며
지조가 높아 명성이 있었으나, 고려말의 어지러운 국정을 보고 곧 벼슬을
그만두고 온양에 낙향하여 어버이를 봉양하는 한편 자제를 교육시키면
서 산수를 벗삼아 자락(自樂)하였다. 이때의 정황은 동포공(東浦公) 부자
와 친교가 두터웠던 양촌(陽村) 권근(權近)의 시문을 통해 알 수 있다.[2]

　　　　일찍부터 풍진을 많이 겪은터라
　　　　벼슬버리고 돌아오니 흥이 절로 났다네
　　　　어버이 봉양 극진하고 여묘까지 지키며
　　　　자손에게 경전가르치니 금인들 귀하랴
　　　　早猒風塵滿面侵　　掛冠旅興浩難禁
　　　　事親養志終廬墓　　教子傳經豈貴金[3]

---

1) ≪騎牛集≫卷之二, 張十, <杜門洞七十二賢祿> "孟裕 溫陽人, 文尙書, 與其子同隱

2) 조선의 개국공신인 양촌은 동포공(東浦公) 부자와의 관계를 다음과 같이 밝히고 있
　다. "초은 문충공과 목은 문정공이 두차례 詩官을 함께 맡았는데, 맹선생 희도는 을
　사년(乙巳年) 과거에 오르고 나는 이어 기유년(己酉年) 과거에 올랐으므로 형으로
　대해온지 오래되었다. 선생의 아들은 맏이는 사성(思誠)이고 가운데는 사겸(思謙)인
　데 모두 나에게서 글을 배웠다. 홍무 병인년(우왕 12년)에 목은이 시관을 맡았는데 사
　성이 장원하고, 무진년에 내가 또한 시관을 맡았는데 사겸이 병과에 급제하였다. 이
　로써 맹씨 부자형제와 모두 친하게 되어 범연한 교제에 비할 바 아니었다.(樵隱文忠
　公 牧隱文靖公 再同試席 有孟先生希道 登乙巳科 予繼登己酉科 以兄視之者 有年
　矣 先生有子 伯曰思誠 仲曰思謙 皆從予學 洪武丙寅 牧隱又掌試士 而思誠爲壯元
　戊辰予亦掌試而思謙中丙科 由是孟氏父子兄弟 皆與予親善 非泛然交際之比也;陽
　村集卷十七 張五 <贈孟先生詩卷序>)

3) ≪陽村集≫卷八, 張十五 <得禁字題孟先生詩卷;希道>

그러나 조선이 개국되자, 주위의 천거에 의해 일단 사환(仕宦)의 길에 나서기는 하였으나, 곧 그만두었으니 이는 다음 글에서 확인된다.

이제 우리 주상께서는 신무한 자품으로 천명을 받아 개국하여 어진 이를 등용하는 등 나라 다스리기를 꾀하는데, 더욱 백성의 일을 중하게 여기므로 선생을 기용하여 진주고을을 맡기니, 과연 정사의 업적이 드러났다. 그러나 선생은 법령에 얽매이거나 적은 봉록에 허리를 굽히지 않으려고, 곧 郡印을 끌러놓고 은거지로 돌아가 여유 있게 지내며 일생을 마칠 것처럼 하였다.4)

드러내어 말하기는 구속받기를 싫어하여 벼슬을 그만두었다고 하였지만, 실제로는 신왕조에 대한 거부의 몸짓이었음을 짐작케 한다. 이것은 다음과 같이 거듭되는 권유, 즉 "이제부터는 다시 경륜을 펼치어, 명군을 도와 덕치를 베풀어 주시오(從今更展同時策 須佐明君布德音)"5)와 "지금은 밝은 임금이 위에 계시고 어진이들이 조정에 가득하며, 모든 官司가 모두 합당한 사람을 얻게 되었다……사군자가 나와서 일을 해봄직한 때이다. 선생은 유독 끝까지 숨어 있어야 할 것인가?(今則明君在上 郡賢滿朝 百司庶府 皆得其人……此士君子 可以出而有爲之秋也 先生獨可久隱乎)"6) 등에서 보는 바와 같이 간곡한 권유에도 끝내 벼슬에 다시 나아가지 않았기 때문이다.

또한 동포공의 효행은 삼년시묘(三年侍墓)로 알려져 있고, 그 밖은 문헌의 실전으로 자세한 내용을 알길이 없으나, 공양왕 때 효행으로 정문(旌門)을 세웠고, 다시 조선 태조 때에도 정문을 세웠다는 기록이 있음을 볼 때, 신빙성을 의심할 것은 없으리라 본다.

---

4) 위의 책, 卷十七, <贈孟先生詩卷序>, "今我主上 神武之資 受命肇國 用賢圖治 尤重民事 爰擧先生 以任珍州 政績果著 而先生不欲縈心於三尺 折腰於五斗 乃解郡印而就考槃 優游以休 若將終身"
5) 위의 책, 卷八, 같은 곳.
6) 위의 책, 卷十七, 같은 곳.

이상을 살피건대, 공은 조·부의 절의와 효행으로 평범치 아니한 가
문에서 태어나 그 훈육 아래에서 성장하였음을 알겠거니와, 그리하여
그 뒤를 이어 문정공 본인은 물론, 후손인 맹희(孟喜)의 처 양주조씨(陽
州趙氏)와 맹흠규(孟欽圭)의 정려등 일문에 4인의 정려가 세워졌으니,
매우 드문 예에 속한다고 하겠다.

3. 고불의 인품

고불 맹정승은 앞서 언급한 바와 같이 효행과 청백의 인물로 널리 알
려졌다. 먼저 그 효행을 살펴 본다.

공은 열 살의 나이에도 자식의 도리를 다하였으니, 어머니가 돌아가심에 7
일간이나 물한모금 입에 대지 않았고, 장례를 마치고는 묘를 지키며 3년동안
죽을 마셨다. 묘 앞에 잣나무를 심었는데 멧돼지가 비벼대어 말라 죽게 되었
으므로 공이 통곡하였다. 다음날 그 멧돼지는 호랑이에게 죽음을 당하였는
바, 사람들은 효성이 하늘을 감동시킨 것이라고 생각하였다.[7]

위에서 보건대, 공은 어려서부터 효성이 특출하였거니와, 후일 환로
에 나가서도 변함이 없었다. 한번은 공이 예조판서 직에 있을 때에, 부
친의 병 때문에 사직을 청한 바 있으나, 당시의 임금인 태종은 허락지
않고 대신 역마를 내주고 또 약과 술을 내리면서 병이 낫게 되면 속히
상경하라는 분부가 있었다.[8] 이어서 몇 달 뒤에는 공을 충청도 도관찰
사(都觀察使)로 임명하여 고향(온수현) 부친 곁에서 봉양할 수 있도록

---

7) ≪海東名臣祿≫, <孟思誠文貞公>, "公十歲 能盡子職 母喪水漿不入口者七日 及
　　祭廬墓 啜粥三年 植柏墓前 有豕觸以枯 公痛哭 翌日豕爲虎所殺 人以爲孝感"
8) ≪王朝實錄≫, 太宗, 卷三十三, 十七年 丁酉四月條, "禮曹判書 孟思誠辭 以父病
　　侍藥也 不允 級驛馬 且賜藥與酒 曰病愈卽來"

특별히 배려하면서, 아울러 임금이 친히 공은 대면하여 공의 부친에 관하여 묻고, 역시 여러 가지 약과 음식을 하사하기도 하였다.[9]

또 이로부터 1년 뒤, 역시 부친의 병으로 공조판서직을 사직코자 하였을 때 태종은 궁중의 약을 내려주면서 급히 전달하여 보내도록 하였다.[10]

다음엔 공의 청백을 살펴보고자 한다. 공이 수 십 년에 걸친 사환(仕宦)의 길에서 추요(樞要)의 직을 맡음만도 적지 않은데, 공은 한결같이 청백사의 길을 걸었으니, 아래의 일화들이 이를 웅변해주고 있다 하겠다.

　　공의 집은 매우 협소하였다. 하루는 병조판서가 업무보고차 찾아갔다가 마침 소나기를 만났는데, 집 곳곳에 비가 새어 의관이 모두 젖었다. 집에 돌아와 탄식하면서 말하길 "재상의 집도 이러한데 내가 어찌 배깥채 행랑을 지을 것인가!"하고, 드디어 짓고 있던 행랑을 헐어버렸다.[11]

다음 일화 역시 공의 청간(淸簡)한 생활상을 보여주는 것인 바, 나아가 조신(朝臣)의 길은 어떠해야 하는가를 실천으로 제시한 것이라 볼 수 있다.

　　공은 청결간고하여 생활형편을 위하여 마음쓰지 않고 항상 녹미(祿米)로 밥을 지었다. 하루는 햅쌀로 밥을 지어 올리니 공이 어디에서 쌀을 얻었느냐고 물었다. 부인이 녹미는 너무 상하고 오래되어 먹을 수 없기에 이웃집에서 빌어

---

9) 위의 책, 丁酉十二月條, "忠淸道都觀察使 孟思誠拜辭 上親見曰 聞卿有老父 故援是職 親年幾何 且在何郡乎 思誠對曰 臣父年八十三 在溫水縣 上曰鄕往哉 盡孝於父愛念國政 仍賜諸藥餌"

10) 위의 책, 十八年 戊戌八月條, "工曹判書 孟思誠 以父病辭 思誠父希道 居溫水縣 賜內藥 且給傳以送"

11) ≪練藜室記述≫, 卷之三, 世宗朝相臣, <孟思誠>, "公家甚挾小 兵判以稟事進去, 適値驟雨 處處漏下 衣冠盡濕 兵判環家 歎曰相公之家如是 我何以外廊爲哉 遂撤方搆之廊"

왔을 뿐입니다 하고 답하였다. 공이 언짢아 하며 말하길 이미 녹을 받았으니 마땅히 그 녹미로 밥해야 하거늘, 어찌 빌어온단 말이오 하고 책하였다.[12]

또한 공은 소탈하면서도 인유(仁柔)한 자품으로 더욱 세인(世人)들에게 알려졌다. 예를 들면, 어버이께 문안드리러 온양을 왕래시에는 관가에는 일체 알리지 않으며 단촐한 행장으로 소를 타고 다니어, 당시 사람들이 누구인지 몰라 보았고, 음률에 능숙하여 피리를 잡으면 3~4곡씩을 즐겨 불어서 피리소리를 듣고 공이 집에 있음을 알 수 있었다 한다.

이 밖에도 공의 성품을 실감있게 전해주는 것은, 뒷날 '공당문답(公堂問答)'이라 불리워진 흥미있는 일화이다.

이것은 서로 묻고 대답할 때에 말 끝에 공(公)자와 당(堂)자를 붙이는 일종의 말 유희로서, 예를 들면 <…무엇인고?>에서 끝자 '고'대신에 '공'을 넣어 <…무엇인공> 하고 물으면, <…무엇이다>에서 끝자 '다'대신에 '당'을 넣어 <…무엇이당>하고 대답하는 형식을 갖추어 대화를 나누었다는 것으로서 그 내용은 다음과 같다.

하루는 공이 고향인 온양을 떠나 조정으로 돌아가는 도중에 비를 만나 용인의 여관에 들었다. 이때 말을 타고 종을 거느린 위세당당한 길손이 도착하여 누 위에 자리잡고, 공은 한 귀퉁이를 차지하게 되었다. 이 길손은 영남인으로서 녹사(祿事)시험에 응하고자 상경하는 자이었다. 그가 공을 불러 함께 담소하며 장기를 두게 되었는데, 이때 公字와 堂字를 넣어 문답하기로 약속하였다. 공이 먼저 묻기를 "왜 상경하는공?"하자, 그 사람이 "관직을 구하러 올라간당", 공이 "무슨 관직인공?"하자 "녹사 시험이당", 다시 공이 "내가 시켜 줄공?"하자 그 사람이 "에끼! 못쓴당"이라 대답하였다 한다.[13]

---

12) 위의 책, 같은 곳, "公淸潔簡古 不事生産 飮食常以祿米 一日以新米進 公曰何處得米 夫人答曰 祿米甚陳久 不可食 故借於隣家耳 公惡曰 旣受祿 當食其祿 何事於借"

13) 위의 책, 같은 곳. 공당(公堂)을 넣은 대화부분만 원문을 인용한다. "公問曰 何以上

이 같이 하고 헤어진 뒤, 공이 의정부에 좌정하고 있을 때, 그 사람이 시험에 응하고자 들어오며 공을 배알하게 되었다. 공이 "어떠한 공?"이라 묻자 그사람이 비로소 알아보고 얼결에 대답하길 "(이제)죽었습니당"14)이라고 하므로 주위 대신들 모두가 경악하게 되었는데, 공이 그 내막을 말하자 모두 크게 웃고 말았다. 공이 그를 녹사로 삼고 또 여러 번 천거해서 그에 힘입어 그는 여러 고을의 수령을 맡게 되었다 한다.

위의 해학적인 일화는 무엇보다도 공의 따뜻한 인간미가 진솔하게 드러나 있으며, 그러므로 당시의 사민들은 근엄을 앞세우는 다른 사대부와는 달리 친근한 정으로 다가설 수 있는 명재상으로 여겼으리라 생각된다.

4. 고불의 정치적 궤적(軌跡)

공은 1360년(공민왕9)에 태어나 27세인 1386년(우왕 12)에 급제하였으며 춘추관검열로부터 출발한 사환의 길은, 중간에 두어차례 짧은 기간 파직과 복직의 곡절은 있었으나, 대사헌 이조판서등 여러 판서를 거쳐 우의정을 지내고, 좌의정으로 치사(致仕)할 때까지(1435년, 세종 17년, 공의 나이 76세) 그런데로 계속되었으므로, 거의 50년에 걸친 장기간이었다. 실제로는 치사한 뒤에도 국정의 중대사에는 반드시 공의 의견을 들어서 처결하도록 하였는 바, 이는 공이 졸할 때까지도 '좌의정잉령치사(左議政仍令致仕)'의 이름을 가지고 있었던 데서도 확인된다.

그러므로 새롭게 문물을 제도하고 정비하여 국정의 기틀을 마련하는 조선왕조 초창기의 역사적 시기에 공이 봉직(奉職)한 50년의 세월과 역

京乎 其人曰求官上去堂 公曰何官公 其人曰祿事取才堂 公曰我當差除公 其人曰嚇不堂"

14) 위와 같은 곳, "公曰何如公 其人始覺 遽曰 死去之堂"

임한 주요관직을 생각할 때 조정에서의 공의 위상과 업적은 결코 가볍게 볼 수 없음을 알겠거니와, 그 가운데서 몇 가지를 들어 공의 조신(朝臣)으로서의 면모를 살펴보고자 한다.

먼저 공이 정종2년(1400) 문하부랑사(文下府郞舍)로 재직할 때(공의 나이 41세) 임금에게 올린 5개항의 건의는 주목할 만하다. 이 때는 조선 개국후 9년째에 접어든 시기이므로 새왕조의 기틀이 채 정립되지 못한 상태였던 바, 공의 건의는 곧 이에 대한 대책이었던 것으로, 그 내용은 아래와 같다.

첫째, 날마다 경연(經筵)을 가져 군왕이 마음을 바르게 가져야 하며, 판단력과 안목을 넓혀야 나라를 태평하게 다스릴 수 있다. 둘째, 인재 등용에서 권신들의 전횡을 금하고 공정하게 천거하여 임명해야 한다. 셋째, 종친을 예우해야 한다. 넷째, 궁중의 시종들은 정직한 사람들로 가려뽑아 간사한 일을 저지르지 않도록 해야 한다. 다섯째, 감찰을 두어 궁내를 순찰, 난잡한 무리들의 출입을 엄금해야 한다는 것이었다. 이를 왕이 모두 받아들임과 동시에 특히 앞의 2개 항목은 곧바로 시행하도록 명하였다.15)

세종이 명을 내려 정사(政事)를 펴는데 좋은 계책을 제출토록 하였을 때, 이조판서였던 공이 건의한 것은 환상(還上)에 관한 것이었다.

지금 환상에서는 갚지 않고 도망하거나 죽은 자는 그 일가붙이에게서 징수하고 있는데, 원래 나라에서 곡식대여법을 만든 것은 백성을 위한 것이었습니다. 비록 대여해간 것이 누적되었다 하더라도 갚지 않은 사람들이 만약에 다시 굶주림을 당하고 있다면, 그것을 진휼하기에도 겨를이 없는데 하물며 도망가고 죽은자이겠습니까? 옛적에는 흉년에 세금조차 감해주었습니다. 이제부터는 관곡을 대여한 뒤 도망가거나 죽은 자가 있을 때 그 일가붙이에게까지 징수해서는 안되며, 그렇게 하여 너그럽고 인자한 은혜를 베풀어야 합니다.16)

---

15) ≪王朝實錄≫, 定宗 卷六, 二年庚辰十一月條.

이를 보면, 공은 곧 관(官)위주의 불합리한 제도와 시책으로 말미암아 백성들이 겪는 고통을 마음 아파하며, 어진 정사를 펴야함을 강조하고 있다.

또 공은 세종의 명을 받아 '학문을 일으키는 방안(興學之方)'을 진언하여 그것을 시행케하였는데, 이것은 당시 우의정이던 공이 좌의정인 황희와 함께 올린 대책이었다. 그 내용은 첫째, 조관(朝官)과 유음자손(有蔭子孫)을 모두 성균관에 입학시켜 학문을 닦게 하고, 학업성적이 우수한 자에게는 관직등용의 기회를 부여하며, 둘째 무과의 비중을 문과에 비해 상대적으로 낮추어 무과에 쏠리는 경향을 바로 잡아야 하며, 셋째 5부학당(五部學堂)에 제술시험을 부과하여 표창하므로써 학문하는 선비들의 사기를 높여주어야 하고 넷째 2품이상 문신들이 성균관에 모여 경서를 고강(考講)하고 제술을 명하여 성균관 유생들을 격려하면서 단련시키고, 다섯째 해마다 생원들은 모두 성균관에 입학시키며, 그 중 나이들도록 급제치 못한 자는 평소의 성적과 거관일수가 양호할 경우 특별히 경직(京職)을 제수하여 벼슬길을 터주며, 끝으로 각 지방에도 도회소(都會所)를 두어 공금으로 운영하며, 교수와 훈도를 파견하여 시골의 선비들을 모아 교육해야 한다는 것이었는데, 왕이 그대로 시행토록 명하였다.17)

세종43년(1431) 3월에 태종실록이 완성되었는데, 이는 당시 우의정이던 공이 감춘추관사(監春秋官事)의 직책을 겸직, 실록편찬의 업무를 지휘하였던 것이다. 이 때 세종은 부왕(父王)의 실록을 보고자 하여 의견을 물었는데, 공은 편찬업무에 함께 종하사였던 윤회(尹淮)·신장(申檣)

---

16) 위의 책, 世宗 卷七 二年 庚子二月條. "吏曹判書孟思誠等言 今還上 逋負與物故者 徵其族類 國家所以設糶粟之法 爲民也 雖其所貸 累續而未償者 若値飢餓 卽不惟不取徵 從而賑恤之不暇 況逋亡物故者乎 古者年荒減田租 自今貸官租逋負物故者 勿徵族類 以施寬仁之恩"

17) 위의 책, 世宗 卷四十三, 十一年 己酉正月條.

등과 더불어 불가하다고 다음과 같이 진언하였다.

> 지금 편찬된 실록은 모두 가언(嘉言)과 선정을 실었으므로 다시 고칠 곳이 없습니다. 하물며 전하께서 고칠 것이 있겠습니까? 전하께서 만일 보시게 되면 후세의 군주들이 반드시 본받아서 고치려고 할 것이며, 사관들 또한 임금께서 보실까 의심하여 반드시 그 사실들을 제대로 기록하지 못할 것입니다. 어찌 이러한 이야기를 후세에 전해지도록 하시렵니까? 왕께서 말씀하셨다. "그렇구려"18)

위의 사실은 직신(直臣)으로서의 공의 면모를 보여주는 사례이다. 그 밖에 공은 특히 음률에 정통하여 당시 폐몰(廢沒)되어가는 악보를 수습하여 악공들을 가르치기도 하였으며, 고금의 예제(禮制)에 밝아 이 분야에서도 상당한 역할을 수행하였으니, 이것들은 모두 실록을 통해서 알 수 있다.

5. 고불의 문학

공이 27세에 문과에 장원급제한 것을 보면, 문장력도 결코 타인에 뒤지지 않을 것으로 생각되며, 따라서 비록 관직에서 일생을 보냈다 하나 적잖은 시문이 지어졌을 것으로 판단된다.

그러나 현존하는 시문은 한시 1수와 시조 4수 외엔 전혀 발견되지 않는 바, 의외의 일이다. 물론 거의 500여년의 세월이 흐른 뒤이고, 그동안 수차례의 전란을 겪으면서 많은 문헌 전적이 민멸되었다고는 하나, 공의 경우는 그 중 더욱 심한 사례에 속한다고 하겠다. 따라서 공의 경우,

---

18) 위의 책. 世宗 卷五十一, 十三年 辛亥三月條, "今所撰實錄 皆載嘉言善政 無所更改 況我展下 其有更改之乎 展下若見之 則後世之主 必效而更改之 史官亦疑君上之見 必不盡記其事 何以傳信於將來 上曰然"

문학적인 면모를 파악하기 위해서는 아쉽기는 하나, 현전하는 한시 1수
와 시조 4수를 검토대상으로 삼을 수밖에 없는 한계가 있다.

　공의 한시 1수는 곧 '연자루(燕子樓)'라는 제목의 7언 절구이다. 편의
상 역문을 먼저 들고 원시(原詩)는 밑에 붙인다.

　　가락국 옛터에 지난 세월 몇해더냐
　　수로왕 문물은 세월따라 티끌이 되었구나
　　가엾게도 제비는 옛날을 생각는듯
　　높은 누락 찾아와 주인을 찾는구나
　　駕洛遺墟幾見春　首王文物亦隨塵
　　可憐燕子如懷古　來傍高樓喚主人[19]

　위 시는 곧 가야국(금관가야)이 멸망한 지 900여년의 세월이 흐른 뒤,
옛 도읍지인 김해를 찾아 이제는 버려진 도성의 터전 위에 외롭게 남아
있는 누각(연자루)을 보며, 국가의 흥망성쇠와 세월의 무상함에 서글픈
심정이 되는 나그네의 마음을 담은 회고시의 하나이다. 김해가 옛 국도
(國都)이며, 아직도 곳곳에 남아 있는 유적들이 있어 한인묵객(閑人墨
客)들에게 종종 음영의 대상이 되었거니와, 이곳의 연자루도 고려조 이
래 여러 문신들의 作詩에 등장하게 된다. 특히 정포은이나 공의 선배격
인 이행(李行, 호 기우자(騎牛子))의 동일운의 시가 있는 것으로 보아,
아마도 공이 이에 차운(次韻)하였을 가능성이 크다.

　다음엔 시조 4수를 검토해 본다. 이것들은 '강호사시가(江湖四時歌)'
(강호가(江湖歌) 또는 사시한정가(四時閑情歌))로 널리 알려진 작품으로
서, 예로부터 국문학사상 그 문학적 가치가 높이 평가되었고, 그리하여
조선조 후기에 편찬된 전래시조집인 ＜악학습령(樂學拾零)＞·＜청구영언

---

19) ≪大東詩選≫(張志淵 편, 1918) 卷之二 및 ≪東國輿地勝覽≫ 卷三十二, 金海.

(靑丘永言)>·<해동가요(海東歌謠)>에 모두 수록되어 전해오고 있다.[20)]

이들 시조는 그 제목이 말해주는 바와 같이 강호자연을 4계절에 따라 1수씩 읊었는데, 곧 태평세월에 벼슬을 그만두고 강호에 묻혀 마음껏 자연경관을 즐기는 삶이야말로 행복한 삶이고, 이것들은 모두 성군(聖君)의 은혜이므로 이에 감사한다는 내용이다. 4수를 차례로 들면 아래와 같다.

(1)

江湖에 봄이드니 밋친 興이 절로난다.
醪濁溪邊에 錦鱗魚 安酒로다
이 몸이 閒暇해옴도 亦君恩이샷다

(2)

江湖에 녀름이 드니 草堂에 일이업다
有信한 江波는 보내나니 바람이로다
이 몸이 서늘해옴도 亦君恩이샷다

(3)

江湖에 가을이 드니 고기마다 살져잇다
小艇에 그믈 시러 흘니띄여 더져두고
이 몸이 消日해옴도 亦君恩이샷다

(4)

江湖에 겨울이 드니 눈기피 자히남다
삿갓 빗기쓰고 縷緯으로 오슬 삼아
이 몸이 칩지 아니해옴도 亦君恩이샷다

---

20) 시조집 ≪樂學拾零≫은 (李衡祥, 호 甁窩, 1653~1733), ≪靑丘永言≫은 김천택(金天澤)이 1728년에, ≪海東歌謠≫는 김수장(金壽長)이 1766년에 각각 편찬하였다.

위 시조는 아마도 공이 치사한 뒤의 만년 2~3년 사이에 퇴거(退居)하던 향리(온양 세실마을)를 그 배경으로 삼은듯 하다. 자연과 한 몸이 되어 유유자적하며 살아가는 한거(閒居)의 평온함이 시조 전체에서 짙게 우러나온다. 이는 공이 50여년에 걸쳐 개국초기 국정의 당로자(當路者)의 한 사람으로서 신진사대부계층이 추구하는 이상, 즉 유교적 왕도정치의 실현에 진력하였고, 그 결과 어느 정도 만족스러운 관직생활을 보낸 뒤 이제는 영예롭게 은퇴한 처지였던만큼, 여기에서 맛볼 수 있는 충만감에서 비롯되었다고 볼 수 있다.[21]

그리하여 이로부터 본격적으로 시작된 시조문학에서의 자연미의 발견은, 이후 시가작품에서 한 사조를 이루었으니, 이를 강호가도(江湖歌道)라 부르게 되었다.[22] 그러므로 환언하면, 공의 이 시조들이 시가문학에서 강호가도의 길을 최초로 열었던 것이며, 후에 지어지는 자연애시조의 원류가 된 것이다. 더불어 최초의 연시조(連時調)형태로서도 국문학사상의미를 부여 받는 작품이다.

6. 맺음말

공이 세종 20년(1438) 79세로 졸하자 임금이 크게 슬퍼하며 백관을 거느리고 애도하였으며, 조정을 쉬게 하고 관에서 장례를 돕도록 하였다고 실록은 기록하고 있다. 그리고 시호를 문정(文貞)이라 하였다. 충신접례왈문(忠臣接禮曰文)이요 청백수절왈정(靑白守節曰貞)이라 그 의미를 붙였으니, 곧 공의 위인(爲人)됨을 적실하게 평한 것으로 보인다.[23]

---

21) 김흥규, 「江湖自然과 정치현실」, 『세계의 문학』(민음사, 1981)참조.

22) 조윤제, 『韓國詩歌史綱』(을유문화사, 1958), p.218.

23) ≪王朝實錄≫, 世宗 卷三十八, 二十年 戊午十月條. 이곳에서는 공에 대하여 "然稟性仁柔 凡朝廷大議 居官處事 短於果決"이라 하여 과불급의 평도 빼놓지 않았다.

또한 이때 내린 제문에서는 "자품은 청상하며 지조는 고결하고 경학에 조예 깊어 식견이 정확하네"라고 하였고, 이어서 "승지로 발탁되어 아뢴바가 많았고 여러 곳 수령할제 백성들이 칭송했네…여러 판서 지내면서 관리임명 담당할제 청탁이 사라지고 인재등용 공정했네…경의 뜻 존중하여 물러나게 하였으나 나라의 큰일은 반드시 의논했네…"24) 하였으니, 당시의 임금인 세종의 공에 대한 신임과 존숭이 매우 두터웠음을 알 수 있다. 아울러 공의 사후 300여년이 지난 영조 41년(1765)에 왕은 공의 제사를 받드는 후손을 관직에 임명토록 이조에 명한 바 있었으니, 이를 보면 역대 조종(祖宗)에서도 공의 공적을 경홀이 여기지 않았던 것이다.25)

그러나 무엇보다도, 지금까지 전해오는 여러 문헌에 기록된 많은 일화와 민간에 구전되는 이야기들 속에서 공은 청백·충직·온유의 표상으로 그려져 왔음을 볼 때 이것이야말로 공에 대한 가장 적확한 평가라고 간주해도 무방할 것이다. 그러므로 지금까지와 마찬가지로 앞으로도 민족의 정서 속에서 추숭하는 인간상의 한 전형으로서 변함없이 자리잡게 되리라 생각된다.

(아산의 역사와 문화, 1995)

---

24) ≪敬齊遺稿≫(南秀文), 卷二 張九 ＜左議政 孟思誠賜祭文＞. "資稟淸爽 志操高潔 輔以經學 識見精確 擢置銀臺 多所啓沃 攬轡數道 民歌棠茂 判書諸曹 累掌銓衡 于謁如掃 鑑裁公明 重爲卿意 遂令致仕 國有大疑 必取議擬"
25) ≪王朝實錄≫ 英祖, 卷一百六, 四十一年 乙酉十一月條, "上命銓曹 訪問故相臣 黃喜孟思誠子孫 其奉祀者 卽祿用"

절재(節齋) 김종서(金宗瑞)의 충절

1. 대호(大虎)로 일컬어진 문무 겸전의 대신

조선 초기의 명신 절재 김종서는 흔히 장군으로 불리어진다. 그가 세종의 명을 받아 압록강 상류에 사군(四郡)을 설치하고 두만강 유역에 육진(六鎭)을 개척하여 북방의 강역을 넓히는 불후의 큰 업적을 쌓은 결과로 붙여진 이름이다. 그러나 실제로 그는 태종 5년(1405)문과에 급제하여 출사한 문신이다. 그는 지방의 하급 수령직에 있을 때에는 백성을 자애로 다스리는 목민관이었으며, 대간(臺諫)이나 승지(承旨)를 거쳐 추요직(軸要職)을 역임하면서는 강직·엄정하면서도 실무(實務)에 밝아, 당대 관료의 사표가 되었다. 그리하여 세종(世宗)·문종(文宗)·단종(端宗) 삼대의 절대적인 신임을 받아 왕정(王政)을 펴는데 멸사봉공(滅私奉公)하였고, 정승의 반열에 올라서는 더욱 국정의 중심이 되었다.

특히 그는 당대 최고의 문신 학자군을 이룬 집현전 학사들을 지휘하여 ≪고려사≫편찬을 주도하였고, 이어 ≪고려사절요≫를 편수하는 책임을 맡는 등 뛰어난 문인 학자적 능력을 발휘한 전형적인 문관이면서도 드물게 호방한 기개가 있고 지략에도 밝아 무인적인 기상을 아울러 갖추었던 인물이다.

세종이 자신의 최측근으로서 승정원에 있는 김종서를 발탁하여 돌연 함길도 관찰사로, 임기가 끝나자 다시 함길도 절재사로 전보 발령한 까닭이 여기에 있었다. 이때 과연 그는 세종의 기대를 저버리지 않고 북방 개척의 그토록 큰 공을 세웠던 것이며, 그가 지은 다음 시조에 그의 호방한 기상이 잘 드러나 있다.

朔風은 나무 끝에 불고 明月은 눈 속에 찬데
萬里邊城에 一長劍 짚고 서서
긴파람 큰 한소리에 거칠 것이 없어라.[1]

세종의 특명을 받고 함길도 관찰사로 부임하여 길주의 성루에 오른 절재는 멀리 아득하게 펼쳐진 옛 고구려 땅 만주벌판을 바라보며 이처럼 가슴 벅찬 감동을 한 수의 시조로 읊은 것이다.

당시의 벼슬아치들이 북방의 변경은 말할 것도 없거니와, 서울을 벗어나는 지방 근무조차 기피하는 실정이었으나, 그는 오히려 찬바람 몰아치고 야인의 침입으로 위태롭기만 한 변방 수령직을 기꺼이 맡고자 하였다. 변방 개척과 야인의 정벌은 실로 국초 이래로 국가의 숙원사업이었으며 세종의 가장 강력한 국정지표이기도 하였다. 그러므로 그는 북방 개척의 적임자로 자신이 선택된 것에 무한한 긍지를 느끼기도 하였겠지만[2], 그 자신도 국가의 원대한 계책에 대장부로서 승부를 한 번 걸어보고자 하였던 것이다.

그는 국왕의 절대적인 신임 하에 온갖 간난을 극복하고 여진을 정벌하며 두만강과 압록강을 국경으로 확정짓는 큰 공을 세우고, 내쳐 만주

---

1) ≪甁窩歌曲集≫. 한편 이 시조는 한문으로 번문(飜文)되어 다음과 같이 전하기도 한다. "朔風吹木末 明月雪裏寒 萬里邊城杖修劍 長嘯一聲無滯礙"(節齊先生實記 卷二) 이하 실기라 한다.
2) 세종은 일찍부터 김종서에게 북방개척의 큰 임무를 맡기고자 한 듯하다. 함길도 관찰사 임명 1년 전인 세종 14년에 갑자기 활과 화살을 내려 주면서 "항상 차고 있다가 짐승을 쏴라." 한 적이 있었던 바, 이때 와서 국왕의 의도가 드러나게 되었다.

벌판까지 공략하여 북쪽 외환의 뿌리를 근본적으로 제거하려는 상세한 계책을 세웠으나 다시 경사(京師)로 귀환케 된다. 오랑캐정벌과 강역 확정을 위해 함길도에 온지 만 7년만인 세종 22년(1440)12월, 그의 나이 57세 때이다.

이 때 그는 자신이 개척한 6진 지역을 감싸안고 동북으로 흐르는 두만강의 넘실대는 푸른 물결을 굽어보면서 감개무량에 젖었다. 고려 때의 윤관에 비견되는 큰 공을 세워 명예로운 이름을 후세에 남기게 될 것임에 스스로가 자랑스럽기도 하였을 것이다.

長白山에 기를 꽂고 豆滿江에 말을 씻겨
썩은 저 선비야 우리 아니 사나이냐
어떻다 麟閣畵像을 누구먼저 하리오[3]

장백산은 백두산을 말하고, 인각(麟閣)은 한 나라 때의 기린각(麒麟閣)으로서 공신의 화상(畵像)을 그려 걸어놓는 건물이다.

나라의 부름을 받아 변방 오랑캐와 대치하여 크고 작은 전쟁을 수없이 치르며 쌓은 공은, 저 문약(文弱)에 빠진 경직(京職)의 문신들로서야 감히 바라볼 수나 있으랴. 때문에 길이 후세에 공신으로 일컬어지는 존재는 곧 자신임을 자부하게 된 것이다.

그런데 대호(大虎)라는 별명을 얻었던 것으로 보면 언뜻 그의 체모가 장대할 것으로 추측되기도 하나, 사실은 그렇지 않은 듯, 세종은 다음과 같이 말하고 있다.

함길도 도절재사 김종서는 본디 유신(儒臣)으로서 몸집이 작고, 관리로서 재주는 넉넉하나 무예는 모자라니 장수로서 마땅한 체격은 아니다. 다만 그가

---

3) 진본 《청구영언》. 이 시조 역시 한문으로 번문(飜文)되어 전한다. "長白山樹幟 豆滿江洗馬 彼哉腐儒此不誠 丈夫哉麟閣圖像 不知誰爲先者" (實記 卷二)

일을 만나면 부지런하고 조심하며 일 처리하는 것이 정밀하고 상세하다. 4진을 설치할 때에도 일을 처리하는 것이 알맞아서 그 효과를 보았으니 포상할 만하다.4)

절재는 북관에 부임하여서도 정무처리에 매우 엄격하였다. 그런가하면 변방에서 고생하는 장수와 병졸들의 사기를 북돋기 위해서 밤에는 큰 잔치를 베풀어 배불리 먹이면서 위로했다. 변방의 거친 풍토에 익숙해진 무관들은 문신인 김종서를 나약한 문관 쯤으로 여기고 한동안 반발하며 얕보는 분위기가 있었다.

어느 날 밤 잔치 중에 화살이 날아와 술 항아리를 맞추자, 좌우가 모두 놀라 소란스러웠으나 김종서는 태연자약하여 말하길, "간사한 무리들이 나를 시험하는 것 같은데, 저희들이 어찌할 수 있겠는가!"5)하였다. 이를 보면 그는 곧 무관 못지 않은 큰 담력의 소유자였음을 알 수 있다.

또한 당시 사람들은 모두 김종서를 지략이 많은 인물로 평가하였다.

단종 계유년에 황보인, 김종서, 정분이 삼공이 되었는데, 종서는 더욱 지략이 많아서 그 때 사람들이 지목하여 '대호'라고 하였다.6)

그런가하면 엄격하면서 큰 절개를 지닌 인물로 평하기도 하였다.

세종 때 함길도 도절재사로서 그로 하여금 6진을 평정하게 하였는데…조정에 들어와서는 좌의정이 되었다. 엄격하고 강직하며 큰 절개가 있어서 당시 사람들이 大虎라고 지목하여 불렀다.7)

---

4) 세종실록 22년 7월 5일조 기사 참조.

5)『西征錄』 "宗瑞旣設四鎭 徙南民以實之 日置酒張樂 大饗將士 一日 夜宴 有反側之徒 射中酒樽 左右驚擾 宗瑞自若曰 奸人試我身 何能爲哉"

6)『東閣雜記』 "端宗癸酉 皇甫仁 金宗瑞 鄭苯 爲三公 而宗瑞尤多智略 時人目爲大虎"

7) "世宗朝 咸吉道 都節制使 平定六鎭… 入爲左議政 嚴毅有大節 時人目之以大虎"

위에서 본다면 그를 '대호(大虎)'라고 부르게 된 것은 큰 체구의 무서운 존재라서가 아니고, 지략이 많으며, 엄격하고 강직하면서도 큰 절조를 지녔기 때문이었음을 알 수 있다.

또한 우리의 민속이나 설화 속에서 호랑이는 대체로 산신 등 신령스런 존재로 각인되어 있는 점을 감안한다면, '대호'라는 별명은 바로 당시 사람들이 외경(畏敬)과 추앙의 대상으로 인식하고 있었음을 말해준다고 하겠다. 다시 말해 장군은 당시 사민(士民)들이 첨앙(瞻仰)하여 마지않는 거국적인 영웅상이었다고 추정할 수 있다. 그리고 역설적이게도 바로 이러한 소이연(所以然)이 그의 생애를 비극적으로 마감하는 결과를 초래하였다고 볼 수 있다.[8]

2. 충직(忠直)으로 일관한 사환

절재는 고려 우왕 9년(1382), 공주목 요당면(현 공주시 의당면 월곡리)에서 태어나 23세 되던 조선 태종 5년(1405) 식년 문과에 급제하여 벼슬길에 들어선다. 그리하여 단종 1년(1453) 수양대군에게 살해되기까지 50여 년을 사환(仕宦)에 있었던 바, 그는 일생을 유자(儒者)로서, 사대부로서 충실하고자 하였다.

유자(儒者)는 학문을 통해 스스로를 연마한(修己)뒤에 정사에 종사, (치인)함을 기본자세로 한다. 이른바 수신·제가·치국·평천하가 이것

(實記 卷三)

8) 단종이 어린 나이로 등극하자 조야에서 모두 위태롭게 여기며 오직 좌상 김종서에게 의지하였다. 그러므로 수양대군은 자신의 야망을 달성하기 위해서 제일 먼저 무자비하게 좌상을 격살하였다. (端宗沖年嗣位 中外危疑 而先生匡綏鎭伏 有大臣之度 上下倚焉 世祖在首陽潛邸 將靖難 以先生多智略 有大虎之目 欲先除去 癸酉十月 十日 親率諸武士 至先生家 使林雲 椎擊 先生仆地 : 實記, 卷二, <左議政 節齊金先生宗瑞 神道碑銘幷序>). 이하 신도비명이라 한다.

이다. 그러므로 나아가면 충(忠)을 다하고 물러나면 초야(草野)에 기꺼이 은거함을 분수로 여겼다. 이른바 용칙진기충(用則盡其忠) 하고 퇴칙경어야(退則耕於野)가 이것이다. 따라서 사환자(仕宦者)에게 가장 우선시 요구되는 덕목(德目)은 충직인 반면, 또 한편 이를 지켜가기 위하여 갖가지 곤난을 극복해야만 하는 험난한 길이기도 하였다. 우리는 절재를 통해서 이를 확인할 수 있다.

절재의 충직한 공무처리는 일찍부터 드러났다.

그가 36세 때 되던 세종 즉위년(1418), 사헌부 감찰직에 있을 때, 왕명에 의해 강원도 행대감찰을 제수받아 강원도의 농가작황을 조사하였다. 현지 수령과 조정에서 파견된 경차관(敬差官)이 책정한 세금이 지나치게 높게 부과되어 농민들이 고통을 겪는다는 강원감찰사의 장계가 있었기 때문이다. 이 때 절재는 12월의 혹한에도 불구하고 산간 지역까지를 샅샅이 답사하여 그 실정을 정확히 파악하여 흉년임을 밝히고, 여러 지역의 굶주린 백성들에게 조세면제의 조치를 품신하였다. 이 때 절재의 복명(復命)에 의해 경차관과 수령의 협잡사실이 드러나고 해당관원이 하옥되어 엄중한 문초를 받기에 이르렀다.9)

세종은 절재의 충직성을 높이 평가하고 두어 달 뒤에 다시 충청도 어사로 임명한다. 흉년으로 유리걸식하는 백성들이 늘어나고 있는데, 감사와 수령들이 구호사업을 제대로 시행하고 있는지 살피고자 한 것이다. 이번에도 그는 직접 고을 곳곳을 답사하여 그 실상을 정확히 파악하고 그에 따른 대책을 수립, 신속히 처리하였다. 이 때 세종은 절재의 일처리에 만족하고 각 도에 절재가 취한 것과 같은 조치를 시행하도록 명하였다.10)

이듬해에 광주판관으로 승진 임명되었고, 수년 후 사간원, 사헌부를

---

9) 세종실록 1년 1월 6일조 기사 참조.
10) 세종실록 1년 3월 6일조 기사 참조.

거쳐 요직인 이조정랑이 된다. 그가 이처럼 양사(兩司)와 이조의 관직 이른바 청요직을 주로 맡게 된 것은 그의 업무처리의 공정성과 엄격한 청렴도가 당시의 조야(朝野)에서 인정을 받았기 때문이라고 볼 수 있다.

그가 의정부 사인(舍人)직에 있을 때에는 황해도 경차관으로 파견되어 황해 도사의 불법행위를 밝혀내었고, 곧이어 재차 파견되어서는 현(縣)폐지를 요청하는 영강진(永康鎭)첨절재사와 이에 동조하여 허위로 보고한 의정부 참찬의 비위를 적발하였으며, 이 결과로 당사자들은 파면되거나 유배되었다.

이처럼 절재는 직무수행에 있어 한점 부끄럼이 없도록 원칙대로 처리하였으며 이것이야 말로 사환자(仕宦者)로서 마땅한 자세이며 나아가 진충보국(盡忠報國)하는 길이라고 여겼던 것이다.

그의 이 같은 충직한 성향과 엄정한 일처리는 국왕의 절대적인 신임을 받기에 부족함이 없었으나, 한 편 이로 인해서 주위 사대부 계층과는 필연적으로 갈등을 겪게 되었으며 때로는 자신이 불이익을 당하게도 되었다. 그가 사헌부 집의로 재직할 때 양녕대군의 비행을 극구 탄핵하였으나 받아들여지지 않자 사직을 요청하였다. 이 때 그는

> 대신은 도로써 임금을 섬기되 그 직무를 수행할 수 없으면 버리고 떠나며, 언관은 그 주장이 받아들여지지 않으면 버리고 떠난다.(大臣 以道事君 不得其職則去 言官不得其辭則去)[11]

는 유학(儒學)의 가르침을 고수하려 하였던 것이다. 끝내 그는 전농윤(典農尹) 이라는 한직으로 좌천당하고, 이어 대수롭지 않은 일에 연루되어 곤장을 맞기까지에 이르렀었다.[12]

---

11) 세종실록 10년 1월 15일조 기사 참조.
12) 세종실록 10년 2월 23일조 기사 참조.

이후로도 절재는 그의 굽히지 않는 강직한 성품과 불의(不義)를 용납하지 않는 처신 때문에 때로는 동료 진신사부(縉紳士夫)로부터도 시기와 질시를 받아 여러 번 하옥되어 문초를 받는 일까지 있었으나 그의 의기는 꺾이지 않았다. 그에게는 애민군주였던 국왕 세종이 건재하고 있었고, 그 또한 강자인 사대부 측을 옹호하기보다는 약자인 백성을 보호하는 것이 정의로운 것임을 철저히 인식하고 있었기 때문이다.

실제로 세자의 서연(書筵)에서 절재가 건백(建白)한 다음 글을 보면 그의 애민사상이 잘 드러나 있다.

> 근자에 명령을 받고 하삼도를 순행하였사온데, 민간에 일이 많아서 생계가 곤란하오니, 폐단을 제거하는 일을 마땅히 강구하여야겠습니다. 또 감사의 일행이 역기가 무려 4, 50필은 되는데 날마다 급히 달려서 사람과 말이 휴식할 시간이 없으므로, 역로가 조폐함이 곧 이 까닭입니다. 감사가 이르는 곳마다 수령이 환심을 사려고 민간에서 토색하여 접대할 물건을 준비하니, 그 폐단이 적지 않습니다. 청하옵건대, 동서 양계의 예에 의하여 감사가 그 도의 부윤이나 목사를 겸하여 가족을 데리고 부임하게 하여, 두 돌(期)이 되면 체임하게 하고, 전최를 상고할 때나 부득이하여 순행하는 일 외에는 때 없이 순력하는 것을 허락하지 말아서 주군과 역로의 폐단을 없애게 하소서.

하고 또 아뢰기를,

> 부민의 고소를 금하는 것은 참으로 아름다운 법이오나, 만일 수령이 탐하고 횡포하여 불법한 일을 하면 백성의 병폐를 어찌 이루 말하겠습니까 평상시의 고소는 입법에 의하여 시행하고, 만일 국가에서 사자를 보내어 질고를 물을 때에는 진소하도록 허락하여 원통하고 억울함을 펴게 하소서.

하니 세자가 말하기를 "마땅히 위에 아뢰겠다" 하였다.[13]

---

13) 세종실록 27년 11월 4일조 기사 참조.

위에서는 감사의 행차가 지나치게 성대할 뿐만아니라 지방 수령들이
이를 접대하느라 백성들의 고혈을 짜냄으로서 이로 인해 겪는 백성들
의 고통을 밝히고 있으며 또한 백성들의 억울함을 하소연할 수 있는 길
을 터 줄 것을 건의하고 있다.

또 마침 서북면에 외침 조짐이 있자 우찬성(右贊成)을 맡고 있던 절
재에게 평안도 도절재사(平安道 都節制使)를 맡겨 몽고 침입을 막아내
게 하였을 때, 그는 이 지역을 순행하면서 백성들의 질고를 목도하고 다
음과 같이 상언하였다.

신이 명령을 받자온 이래로 연변 주군과 복리주군을 왕복하면서 순심하온
즉, 백성이 드물게 살고 밭과 들이 황무하므로 그 이유를 물었더니, 모두 말하
기를 '자주 흉년을 만난 데다가 변방의 수자리 사는 고통과, 요동의 영송(迎
送)하는 번거로움과 성을 쌓는 역사로 인하여 백성들이 살수가 없어서 유망
(流亡)함이 잇달아 이 지경에 이르렀다.' 고 하였습니다. 신이 눈으로 본 바
과연 그 말과 같으므로, 소복(蘇復)시킬 도리를 밤낮으로 생각하여도 구제할
바를 알지 못 하와 크게 탄식하기를 벌서 몇 달이 되었습니다. 예로부터 중국
에 변란이 있으면 그 해(害)가 마침내 우리나라에까지 미치게 되므로, 백성을
보전할 바와 적을 방어할 준비를 게을리 할 수 없사오니, 어찌 백성이 괴로워
한다 하여 가만히 있을 것이옵니까. 그러하오나 일에는 선후와 완급의 순서가
있는 것이므로, 마땅히 먼저 할 것과 또 급한 것에 힘을 쓴 연후에야, 일이 쉽
게 되고 공도 쉽게 이룰 수 있사오니, 이것을 깊이 생각하고 염려해서 영구한
계책을 도모할 때이옵니다. 중국에서는 우리나라를 '성을 잘 지켜서 당 태종
이 천하의 군사를 동원하여 안시성을 공략하였으나 마침내 빼앗지 못하였고,
요 성종도 역시 많은 무리를 끌고 와서 귀주성을 습격하였으나 여러 달을 이
기지 못하다가 내응을 인하여 승리를 얻었다.' 고 하옵니다. 그러하온 즉 인민
을 대성이나 소보에 입보 시키고 높고 견고하게 수축해서 사졸을 휴양시키고
무예를 훈련시키며, 군량을 많이 저축하는 것이 진실로 먼저 해야 하고, 또 급
히 해야 할 것입니다.14)

절재는 북방 방어대책에 있어서도 역시 기본시각을 백성의 입장에 두고 있음을 알 수 있다. 이 같은 애민의 정신이 있었기에 그가 노재상(老宰相)으로서 고향 공주에 성묘차 대궐에 나아가 하직하고 떠날 때 그를 전별하는 사람들이 하도 많아 도성이 비다시피 하였다는 기록이 이해된다고 하겠다.15)

생각컨대, 세종과 절재의 만남은 유학을 치세의 이념으로 삼는 중세 군주정치 체제에서는 역사상 보기 드문 '명군과 현신'의 이상적인 만남이었다. 이 두 사람은 가히 이심전심의 친밀한 관계를 이루었다. 절재가 변방에 나가기 전 수년간을 승지로서 국왕 측근에서 봉직하였거니와, 과다한 국사로 몸이 극도로 쇠약해진 세종은 드디어 절재를 궁중에 상시 대기토록 다음과 같이 명하기에 이르렀다.

> 내가 병이 있고 마침 사신의 일로 마음이 번거로운데 환관들이 복잡한 사연을 다 전하지 못하여 심신이 더욱 피곤하니, 경은 지금부터 제계하고 주야로 공소(公所)에 있으면서 내가 말하는 것을 밖에 전하라.
> 내 몸이 전에 비해 쇠해졌고 병도 날마다 더욱 심하니 경은 그런 줄 알라.16)

국왕이 신하에게 내린 이 같은 영은 마음으로 통하는 사이가 아니라면 어려웠을 것이다.

절재가 국왕의 절대적인 신임을 기반으로 하여 북변 개척에 나섰을 때는 수 천리 상거하여 있으면서도 군신사이에는 은밀히 교통이 이루어졌었다. 그러나 절재가 다시 4진을 개척하려 할 때는 조정의 의견이 다르고 심지어는 무리한 일을 벌이는 절재를 처벌하자는 의견까지 나오게 되었다.17) 이 때도 세종은 절재의 의견을 좇아

---

14) 세종실록 32년 1월 18일조 기사 참조.
15) 단종 즉위년 12년 15일조 기사 참조.
16) 세종실록 13년 8월 18일조 기사 참조.

비록 과인이 있더라도 만약 종서가 없다면 이 일을 해낼 수 없을 것이며, 비록 종서가 있더라도 만약 과인이 없으면 이 일을 주관하지 못할 것이다.

고 하면서 굳게 지지하여 바꾸지 않았다고 한다.[18]

이를 보면 북방개척의 원대한 사업은 곧 성군 세종과 충직과 지략을 겸비한 명신 절재와의 만남에 의해서 이루어지게 되었음을 알 수 있다.

그가 대공(大功)을 세우고 돌아오자 형조·예조 판서를 맡게 되었고, 이어 우찬성을 제수 받아 중요국사를 처결하면서도 변경에 외환이 있자 두 차례나 평안도도체찰사로 파견되는 등 여전히 국방의 책임은 그의 어깨에 지워졌다. 세종이 승하하고 문종이 즉위하자 우의정을 제수 받은 절재는 이미 나이 70세의 연로한 재상이었다. 그가 나이를 들어 치사(致仕)를 요청했으나 받아들여지지 않았다. 병약한 문종과 나이 어린 세자가 있었으며, 이미 왕권을 노리는 수양일파가 준동하기 시작한 이 때는 참으로 위태롭기만 한 상황이었다. 그 만큼 절재에게 지워진 책무는 무겁고 숙명적인 것이었다고 하겠다. 당시 사민(士民)들의 절재를 향한 신망이 어떠했나 하는 것은 다음 글이 말해주고 있다.

김종서는 경전과 사기에 통달한 학문이 있을 뿐만 아니라, 도덕과 문장도 본받아 법으로 삼을만하니 진신(縉紳)의 영수이며, 사림의 표준이라고 이를 만 합니다. 명을 받은 이래로 성상께서 위임한 중대한 사항을 두루 살피지 않음이 없고, 아는 것을 말하지 않음이 없어, 유학을 일으키는 것을 자신의 임무로 삼았습니다. 신등이 얼굴을 대하여 김종서의 덕을 생각하면 태산북두같이 우러러 봅니다.……특별히 우의정 김종서에게 영성균관사를 겸하게 하시면, 오직 학문을 계승하는데 다행일 뿐만 아니고 성세에 학문을 숭상하고 교화를

---

17) 절재가 4진 개척을 주장하자, 조정의 의논하는 자들은 "능력은 한도가 있는 법인데 이룰 수 없는 일을 벌이고 있으니 죄를 물어야 한다.(先生力主其事 義者以有限之力 開不可成之役 罪先生)" 고 하였다. (實記, 神道碑銘)

18) "上曰 雖有寡人 若無宗瑞 不足以辦此事 雖有宗瑞 若無寡人 不足以主此事"(上同)

일으키는 정치에도 도움이 될 것입니다.[19]

성균관 생원 김안경(金安敬)등이 공동으로 올린 상소문으로서, 지성
균관사(知成均館使)로 임명받았던 절재를 이제 일품정승이 되었으므로
명실공히 성균관을 총괄하는 영성균관사(領成均館使)로 임명해 줄 것을
청하는 상소문이다. 젊은 선비가 주류를 이루는 성균 생원들은 비교적
비판적 사고를 지니고 있을 것으로 추정되는데, 이들이 공동연명으로
요청하면서 그를 태산북두로 일컬은 사실에서, 절재에 대한 당시 조야
의 평가가 어떠했는지를 가늠할 수 있다.

3. 절의로 마감한 생애

절재가 세종의 각별한 지우(知遇)를 받았음은 이미 앞에서 언급한 바
있거니와, 예로부터 돈독한 군신간의 관계를 흔히 부자관계로 표현한
다. 절재와 세종 사이에서도 이 같은 표현을 찾을 수 있으니, 세종이 함
길도 도절재사로 가 있던 절재에게 북방 방어에 전력할 것을 당부한 말
"예로부터 밝은 임금과 어진 신하가 한 마음으로 서로 구하여야 좋은
정치를 이룩하는 공이 있었던 것이니, 사책(史冊)을 상고하면 밝게 볼
수 있을 것이다. 내가 경에게 정이 부자와 같은데 무엇을 혐의하고 무엇
을 의심하여 문득 피혐하는 정이 있으리…경은 그것을 알지어다." 에서
확인된다.[20]

국왕과 신하와의 관계는 아무리 친밀하여도, 유교국가에서는 의리로
서 맺어지는 것을 이상으로 여긴다. 그리고 의리로서 맺어져야만 국정

---

19) 문종실록 1년 11월 29일조 기사 참조.
20) 세종실록 19년 5월 13일조 기사 참조.

의 대사(大事)를 함께 논의할 수 있게 된다. 세종이 말년에 가서 국방의 중요사를 모두 절재의 의견에 따르고 또 그에게 직접 임무를 맡긴 것이 그러한 예이다. 이와 같은 돈독한 군신간의 관계는 세종의 뒤를 이은 문종대 역시 그대로 이어진다. 아니 오히려 세종대보다 더욱 절재에 의지하는 폭이 확대되었다.

문종은 몸은 비록 병약했지만 문무에 능한 군주였다. 친히 「신진법(新陣法)」을 저술하여 활용할 수 있는 병법에 대하여 구체적인 서술을 하였을 뿐만 아니라 스스로도 활쏘기에 뛰어났었다. 또한 국방의 중요성을 크게 인식하여 세종대의 국방정책을 계승하고자 하였다. 이 같은 점에서도 절재와는 의기투합되는 바가 많았던 것이다.

또한 문종이 절재를 절대적으로 신임하였던 사실은 사서(史書)편찬을 절재에게 일임한 데서 확인된다. 전왕 세종의 명을 받아 편찬 작업을 지휘해 왔던 기전체 ≪고려사≫가 문종대에 완성되어 바쳐졌는데, 이때 문종은 절재의 건의를 받아들여 곧 바로 ≪고려사절요≫의 편찬을 명한다. 절재의 "고려사는 全史로서 양이 방대합니다. 이를 줄여 편년으로 사실을 기록한다면 필요할 때 읽어보기가 편리할 것입니다."21) 하는 상언(上言)을 수용하였던 것이다.

이듬해 세종실록 편찬이 논의 될 때, 세종대의 대신들은 제외해야 한다는 유신들의 반대가 있었으나 문종은 절재에게 그 임무를 맡기고자 하였다. 절재는 이미 고려사를 완성하였고 현재 ≪고려사절요≫의 편찬도 맡아서 차질 없이 진행하고 있는 당대 최고의 역사가일 뿐만 아니라 그의 일 처리는 신속하면서도 공정하다는 것을 알고 있기 때문이었다. 이 때 절재는 세종 때의 대신으로서 혐의를 피해야하고 또 나이가 들어 감당할 수 없다는 이유로 세종실록의 감수직을 사퇴하였으나 문종이

---

21) 문종실록 11년 8월 25일조 기사 참조.

윤허하지 않고 맡김으로써 다시 임무를 맡아 추진하였다. 그러나 이것은 계유정난으로 인해 완성을 보지 못하였다.[22]

그런데 ≪고려사≫가 완성 된 후 절재가 지은 것으로 추정되는 고려사 전문(箋文)에는 그의 사관(史觀)이 잘 드러나 있다.

목종이 왕위에서 실각하자 국운이 거의 기울 뻔하였다가 현종이 중흥의 공을 이루니 나라는 다시 안정을 되찾았고, 문종이 태평한 정치를 여니 인민과 만물이 함께 평화를 누렸습니다. 그러나 후사들이 혼미하자, 권신들의 독단과 방자함이 있었습니다. 군병으로 포위하여 임금자리를 엿 본 것이 처음 인종 때 그 시초를 보이더니, 역모를 꾀하여 임금의 권한이 아랫사람에게 있었던 일이 의종이 재위하던 때에 마침내 일어났습니다. 이로 말미암아 흉악한 간신들이 번갈아 일어나서 임금을 마치 바둑이나 장기를 두듯이 세우니, 강한 외적들이 번갈아 침범하여 백성들을 마치 풀잎을 베듯이 죽였습니다.[23]

고려 500년의 역사를 정리한 ≪고려사≫라는 사책(史策)의 '얼굴'이라고 볼 수 있는 전문(箋文)에서, 미사여구를 마음껏 구사하여 후대에까지 자랑할만한 명문(名文)을 남길 수도 있는 터에 하필 절재는 무도한 하극상에 의해 왕위를 빼앗기고 죽음을 당한 의종 대의 불행을 내세워 논급하였을까?

이것은 본 전문의 끝 부분에서 그 해답을 얻을 수 있다.

신등은 천박한 재질로 감히 중대한 부탁을 받아, 혹은 패관의 잡록을 채택하기도 하고, 비부(秘府)의 고장(故臟)을 들추어 3년 간 노고를 다하여 드디

---

22) 절재가 정변으로 화를 당하자, ≪세종실록≫의 편찬 책임은 수양대군 편에 섰던 정인지 등에게 넘어가게 되었으며, 앞서 편찬했던 ≪고려사≫와 ≪고려사절요≫ 역시 실질적인 책임자였던 절재의 이름을 삭제하고 정인지 등으로 바꿔치기 하였다.

23) "宣讓失御 運祚幾傾 顯濟中興之功 宗祐再定 文闡太平之治 民物咸熙 迨後嗣之昏迷 有權臣地顓恣 擁兵而窺神器 一啓於仁廟之時 犯順而倒大阿 馴致於毅宗之日 由是 巨姦迭煽而置君如碁奕 强敵交侵 而刈民若草菅"

어 일대(一代)의 역사를 완성하였습니다. 전대의 남긴 자취를 상고하여, 필삭(筆削)의 공정함을 기하였으니, 이것으로서 역사의 밝은 거울을 후대사람들에게 보이며, 그 바르고 악한 사실들을 영원히 전하도록 하였습니다.[24]

본디 사서(史書)가 전철(前轍)을 거울로 삼아 후대를 경계함에 있거니와, 특히 위에서 절재가 문제삼아 고려 의종대의 사실을 거론한 까닭은, 곧 왕위 찬탈의 무도함을 부각시키면서, 그러한 자들의 악행은 역사에 길이 전해지게 됨을 일깨워 주고자 한 것으로 추측할 수 있다. 이 전문을 올린 것은 곧 문종 1년(1451) 8월이며, 문종은 고려사를 찬진받은지 8개월을 조금 넘긴 채 승하(1452, 5월)한 점을 감안한다면, 충분히 그러한 가능성을 점쳐 볼 수 있을 것이다. 다시 말하자면 이미 병약한 국왕의 건강상태는 내일을 기약하기 어려운 데다가 궁중에는 어린 세자(단종)의 후견인이 될 수 있는 모후(母后)조차 없었던데 비해 수양대군 등 장성한 대군과 종친세력은 왕권에 매우 위협적인 존재로 인식되고 있었기 때문이다. 따라서 전문에 담긴 내용은 벌써 그 정치적 야욕의 촉수를 내 보이는 수양대군 일파에 대한 의구심에서, 그들에게 간접적인, 그러나 강력한 경고를 전하는 것으로 볼 수 있다.

절재가 ≪고려사≫ 인쇄를 그토록 서두르고, 문종 또한 이에 질세라 화답한 다음 어록을 보면 더욱 그렇다.

다른 나라의 역사도 오히려 구해 보고 있는데, 하물며 우리나라 역사야 더 말할 것이 있겠습니까? 대신들 중에도 벌써 구해 보려고 하는 사람이 있으니 빨리 인쇄해 중앙과 지방에 반포해야 할 것입니다. 빨리 인쇄하지 않는다면 혹시 벌레가 먹어 파손될까 두려우니, 빨리 인쇄하여 여러 사고(史庫)에 간수해야 할 것입니다.

---

24) "臣(麟趾)等 俱以譾才 叨承隆寄 採稗官之雜錄 發秘府之故藏 祗竭三載之勞 勒成一代之史 稽遺跡於前代 僅能存筆削之公 揭明鑑於後人 期不沒善惡之實"

이에 대한 문종의 비답은 아래와 같다.

> 역사란 것은 후세에 보여서 권선징악 하는 것이므로 숨겨서는 안 되니, 마
> 땅히 인쇄하여 이를 반포해야 할 것이다.[25]

문종 또한 국초 이래로 왕자들의 난을 익히 알고 있으며, 그로 인해서 부왕(父王)세종이 등극할 수 있었으며, 자신 또한 뒤를 이어 재위에 오를 수 있게 되었음을 알고 있었다. 그런 만큼 나이 어린 세자를 두고 있는 문종은 이를 우려하지 않을 수 없었다.

병석의 문종이 당시 정승으로 있던 황보인과 김종서를 불러 "내 뒤를 잇는 어린 임금을 잘 보필하라."는 고명(顧命)을 내렸다고 전해지는 바, 문종이 수양대군들을 비롯한 동생들에게 부탁하지 않고 절재 등 대신들에게 부탁한 것은 대군들을 권력측근에서 배제하려는 문종의 의도와 당시의 절박한 상황을 알 수 있게 한다.

우려했던 대로 문종이 승하하자마자 수양대군은 그의 야심을 노골적으로 드러내고,[26] 당시의 체제에 불만을 품고 있는 출세주의자 또는

---

25) 문종실록 2년 2월 20일조 기사 참조.
  사서(史書)가 후인에게 경계를 준다함은 보편적인 사관(史觀)이거니와, 그 가운데서도 대체로 폭군·간신을 대상으로 삼아 언급되는 경우가 허다하니 다음에서 확인된다. "吾東方雖曰 好學 學者所習 惟在中國書籍 東國之書 漫不識其題目 故上下數千年 善惡興亡之事 瞢然莫知 豈可乎哉 是以爲惡之人 恣行不顧 至有誰見東國通鑑之語 余爲此痛 (沈光世, <海東樂府序>)

26) 어린 단종이 즉위하면서 반포한 <즉위교서>에는 분경금지 조항이 있었는데, 두 가지 조항이 눈길을 끈다. 첫째는 "吏曹 兵曹의 집정가(執政家)에 분경(奔競)을 금지한다."이고 둘째는 "대소 신료가 식(式)에 의해 사은·하직·복명·문안 하는 등의 일 외에 사사로운 일로 대궐에 나와 인연으로 계달하는 자는 반드시 유사에 붙이고 혹시라도 용서하지 말 것"인 바, 모두 국왕이 어린 나이임을 이용하여 국정을 어지럽힐 소인배들의 준동을 차단하려는 의도에서 만들어진 것이었다. 이 때 수양대군은 분경금지 조항이 자신들의 입지를 구속하는 것이라고 극렬하게 반발하여 의정부에 항의 문서를 보내고, 드디어는 대군의 집에는 분경을 허용한다는 허락을 얻어 내었는바, 이로부터 수양대군은 합법적이라는 미명하에 공공연히 자신의 추종세력을 끌어 모을

권력욕에 눈이 먼 한명회같은 무뢰배들을 끌어 모아 그 추종집단의 세력을 키워나갔다. 그는 궁중의 문무관료들도 자신의 편으로 끌어들여 왕위 찬탈의 기회를 엿보고 있다가, 김종서 등이 안평대군을 추대하려는 역모를 꾸미고 있다는 허위 사실을 퍼뜨리며 무사를 끌고 절재의 집을 찾아가 철퇴를 내리쳐 절재를 쓰러뜨렸다(단종 1년, 1453년). 수양대군은 자신의 야욕 달성에 제일 걸림돌이 되며 또 두려운 존재는 바로 조야의 신망을 받고 있는 절재였기에 우선 절재를 제거하려 하였던 것이다.[27]

4. 다시 충절의 정신을 기리며

절재 김종서는 그 시대 현실에 타협하거나 당로자(當路者)에 추세(趨勢)하지 않는 충직으로 그의 생애를 일관하였다. 삶의 궤적을 살펴보면 비록 다소의 곡절은 있었으나, 그래도 세종·문종 등 현군을 만나 사대부로서의 직분을 수행할 수 있는 득의의 삶이었다. 곧 국록(國祿)이나 축내는 나약한 부유(腐儒)로서가 아니고 한 국가를 떠받치는 동량지재(棟梁之材)로서 진유(眞儒)의 면모를 후대에 까지 보여주었다. 또한 유학에서 일컫는 "임금은 예로써 부리고 신하는 임금을 충으로서 섬긴다."[28]는 바람직한 '군신상(君臣像)'을 뚜렷이 실현해 보였다.

그러므로 그의 충의지심(忠義之心)은 도처에서 발현되고 있으니, 그가 안평대군 소장의 <몽유도원도>에 붙인 찬시(贊詩)에서도 이를 확인

수 있었다.

27) "世祖在首陽潛邸 將靖難 以先生多智略 有大虎之目 欲先生除去 癸酉十月十日 親率諸武士 至先生家 使林芸 擊先生仆地"(實記, 神道碑銘)

28) 논어에는 올바른 군신관계를 다음과 같이 밝히고 있다. "定公問君使臣 臣事君如之 何 對 曰 君使臣以禮 臣事君以忠"(≪論語≫, <八佾>)

할 수 있다.

> 인생은 금석(金石)이 아니니
> 백세(百世)도 번개처럼 달아난다네
> 어떻게 하면 선도나무 캐내어서
> 궁전 뜰 안에 옮겨 심고
> 저 세 번이나 훔친 아이 꾸짖으며
> 만세토록 우리 임금께 바칠까[29]

절재는 그림 속의 선도를 보고서 곧 세종의 건강을 생각한 것이다. 과로에 시달려 병이 날로 깊어지는 '우리 임금'(吾君)을 떠올리며, 전설상의 선도를 바쳐 천년 장수를 누리도록 할 수 없을까하는 충심을 노래한 시이다.

절재는 안평대군과는 지우(知友)와 같은 사이였다. 수양대군 같은 권력욕이 없으며 타고난 문사의 자질을 바탕으로 당시의 한인묵객(翰人墨客)들과 교유하는 안평대군은 실제로 어려서부터 학문을 좋아했고, 시·서·화에 모두 능해 삼절(三絶)이라 불리었다. 여기의 <몽유도원도> 역시 세속을 초월하고자 하는 의식의 소산이라고 볼 수 있다. 절재는 곧 안평대군의 그러한 취향을 흠모하였던 것이니 같은 시에서 "달인이 신선을 꿈꾼다하니 지극하구나 이 말이여! 자진(子晋: 학을 타고 날아갔다는 주령왕의 태자. 여기서는 안평대군)은 도기(道氣)가 많아 어릴 때부터 세속을 싫어했네. 언제나 바깥세상 그리워하며 부귀를 뜬 구름

---

29) "人生匪金石 百歲如電奔 安得拔仙桃 移種紫薇垣 叱彼三偸兒 萬歲奉吾君"
　　안평대군이 세종29년(1447) 4월 20일 도원(桃源)을 거니는 꿈을 꾸고, 그 정경을 화가 안견(安堅)을 불러 그리게 하니 곧 <몽유도원도>이다. 이 그림에 당대의 문사 20여 명이 시를 지어 붙였는데, 절재는 5언 장편 고시를 지으면서 끝부분을 위에 인용한 시구로 마감하였다. 세 번이나 훔친 아이는 동방삭(東方朔)을 가리키며, 그는 한 개를 먹으면 1천 甲子를 산다는 선도를 3번이나 훔쳐먹고 3천 甲子를 살았다한다.

처럼 여겼네(達者夢神仙 至哉爲此言 子晉多道氣 早歲厭塵喧 袞袞物外念 富貴如浮雲)"라고 하여 대군의 초연한 기질을 높게 평가하였다.

안평대군을 향한 절재의 청안(靑眼)은 다음 시에서 더욱 확연히 드러난다.

귀공자로 태어나서
아끼지 않고 베푼다네
맑고 순수한 기질로
하나 들으면 열을 아네
밝은 빛 동쪽나라로부터
환하게 중국까지 비추네
원컨대 날로 새롭게 공을 쌓아
힘을 다하여 밝은 시대 도우소서[30]

이 시에서 특히 주목을 끄는 곳은 끝구이다. '맑은 시대를 도우소서(補明時)'는 곧, '맑은 군주의 시대를 보필하소서'라는 뜻으로 보아야 한다. 현싯점 세종대야말로 명시(明時)임에 틀림없겠으나, 다음 대인 문종·단종대 역시 맑은 군주의 시대라야 한다는 절재의 염원이 깃들어 있다고 볼 수 있으며, 곧 안평대군의 역할이 그때 긴요하며, 그 실제적인 내용은 '보필'이라고 한 것이다.

수양대군은 절재를 비롯한 충직한 신하들이 안평대군을 추대하며 역모를 꾸민다는 죄목을 씌워 무참하게 살해하였거니와, 위 시를 보면 한 점 그러한 불궤(不軌)의 기미는 없음이 감지된다. 실제로 수양일파의 모함과 날조와는 달리 안평대군과 절재는 세속의 명리(名利)에 초연하고자 한데서 의기상합(義氣相合)한 것으로써 역모와는 전혀 무관한 것이

---

30) "天生貴公子 不惜賦予私 氣淸質亦粹 一聞能十知 光輝自大東 燁燁照京師 願加 日新功 陳力補明時"(實記, <敬呈匪懈堂>)

었다.

절재의 다음 시는 위와 같은 추정을 어느 정도 뒷받침하는 것이다.

문필 종사의 영광이 비록 중하다고 하나
오히려 또한 티끌세상 시끄러움 싫다네
나또한 고상함을 흠모하노니
생각은 초가사립으로 돌아감이네
그대는 아마도 나보다 먼저 가서
나를 맞아 술동이나 열러나보이
인생이 몇날이나 된단 말인가
서로 담뿍 취해나 보세[31]

한편 선초(鮮初)의 명신(名臣) 절재에게 그의 사후 300여년이 지난 영조 14년(1738년)에 내려진 시호(諡號)는 충익(忠翼)이다.

"몸을 바르게 가져 군주를 받들었으니 충(忠)이요, 사려가 깊고 원대하였으니 익(翼)이다"는 의미를 부여한 것이다.[32] 이 시호에서도 보는 바와 같이 절재에게는 '忠'이 가장 비중있게 붙여 불리워진다.

그러나 또 한편으로는 '절(節)'을 거론한다.

"공은 6진을 덮었고 충성하여 3조(三朝)를 도왔으니 한번 죽은들 무엇이 애석하리오 기상과 절개는 하늘에 닿았도다(功盖六鎭 忠盖三朝 一死何惜 氣節干霄)"[33]하여 절(節)을 들었고, 숙종조에 절재의 죄적을 논할 때 "황보와 김종서 등은 우리 세조대왕께서 선위를 받을 즈음에 스스로 그 군주를 위해 일찍이 반룡부봉(攀龍附鳳)하지 않고 모두 피화를

---

31) "翰墨榮雖重 猶且厭塵喧 余亦慕高爽 意慾歸衡門 君歸倘先我 邀我開酒尊 人生 餘幾日 相與醉醺醺"(實記, <贈崔德之歸南鄉>)

32) "同年十一月十一日政事 諡號望左議政 金宗瑞 忠翼忠毅忠莊 以忠翼落點 危身 奉上曰忠 思慮深遠曰翼"(實記, <戊寅贈諡致祭傳教>)

33) 實記, 卷三. 「招魂閣春秋文」

입고서 아직도 죄적(罪籍)에 있습니다."34) 하였고, 영조조에서는 절재 등의 관작을 추복(追復)할 때 "옛날 태종께서는 정몽주를 죽이고 나서 곧바로 시호를 내려 포장(褒奬)하는 온정을 베푸셨는데, 두 상신(相臣)의 일은 정몽주의 경우와 똑같습니다."35) 하여 불사이군(不事二君)하는 절의를 지켜 화를 당하였음을 밝히고 있다. 곧 어린 임금 단종을 보필하는 고굉지신(股肱之臣)으로서 왕권 찬탈을 노리는 수양일파와 대적하다가 죽임을 당한 것으로 보는 견해이다.

예로부터 어린 임금을 보필할 수 있는 사람을 군자다운 사람으로 인정하였다. "어린 임금을 의탁할만하며 백리(百里)의 운명을 맡길만하며, 큰 절개에 맞닥뜨려 (그 뜻을) 빼앗지 못한다면 군자다운 사람인가? 군자다운 사람이로다."36)하여 절조 지킴을 높이 인정하였다. 이로써 볼 때 절재야말로 충직과 절의를 지킨 군자다운 사람으로 길이 추앙되어야 하며, 오늘을 사는 나약한 현대인에게 변함없는 귀감으로서 그 존재가 뚜렷이 기억되어야 할 것이다.

(공주인물사 학술세미나, 인문학논총1, 2001)

---

34) 숙종실록 45년 4월 30일조 기사 참조.

35) 영조실록 22년 12월 27일조 기사 참조.

36) "曾子曰 可以託六尺之孤 可以寄百里之命 臨大節而不可奪也 君子人與 君子人也"(≪論語≫, <泰白>)

조선중기 산림인의 일전형(一典型)으로서의 초려(草廬)

1. 수학과 입지

　조선시대에서는 "글을 읽어 선비가 되고 국정에 나아가 대부가 된다(讀書曰 士從政爲大夫)"는[1] 표현이 말해주듯이 유자(儒者)는 누구나 충실히 학문을 하고 기회가 주어지면 출사하는 행로를 밟는 것이 일반적인 현상이었다. 수기 치인이 곧 유학의 보편적인 이념이다. 사대부 가문의 일 후예로서 초려 역시 일찍부터 배움의 길에 들어서고 있다. 공은 유·소년기에 벌써 그 재기가 탁월하였던 듯 8세에 부친의 명에 따라 지었다는 다음 시는 평범치 않다.

　　태공은 물가에 와서
　　고독하게 홀로 낚시줄 드리웠네
　　낚시대 그림자 맑은 물에 비추더니
　　하루아침에 왕의 스승 되었다네[2]

　알다시피 은말(殷末) 주왕의 폭정이 극에 달했을 때에 태공은 피세

---

1) 박지원, ≪燕巖集≫ 券8, <放璃閣外傳>

2) 太公來水湄 獨自垂釣絲 竿影照淸水 一朝爲王師 (≪草廬全集≫, 하, <연보>). 이하 전집(全集)이라 표기한다.

(避世)하여 바늘 없는 낚시줄을 드리우고서 불우한 세월을 감내하였으며 주 무왕의 부름을 받아 왕사(王師)로서 혁명의 대업을 이루었던 인물이다.

위 시는 태공이라는 일현사(一賢士)의 극적인 삶의 전환, 그가 보여준 출처의 모습, 무왕과의 특별한 군신관계, 그리고 역사의 큰 흐름속에서의 당로자(當路者)의 역할등에 대하여 많은 생각을 갖도록 한다. 그러므로 여상(呂尙)에 대하여 시를 지으라는 부친의 명도 예사롭지 않거니와 그에 따라 지어진 시에 담긴 어린소년 초려의 뜻 역시 그러하다고 볼 수 있다.

단언하여 말 할 수는 없으나 월봉공(月峰公)과 초려 이 부자간의 교감은 위에서 언급한 여러 가지 사고의 범주에서 이심전심으로 이루어졌으리라 짐작할 수 있다. 시구 '獨自垂釣紗 一朝爲王師'는 소년답지 않은 준결(峻潔)한 기상이 드러나는데 이 기상이야말로 초려의 전생애를 일관하고 있음을 볼 수 있다.

다음 시는 초려 28세시 희릉참봉(禧陵參奉)으로 재임하면서 읊은 것이다.

一陽이 살며시 움직이는 곳에
萬事는 이미 생겨나는 법
天理는 더욱 보기가 어려운데
人心은 점점 위태로워지네
幼安은 바야흐로 앉는 자리를 갈랐고
墨氏는 갈림길에 맞딱뜨렸네
여기에 공부가 필요한 것이니
참된 精誠으로 스스로를 속이지 말아야 하네[3]

---

3) 一陽才動處 萬事已生時 天理愈難見 人心漸覺危 幼安方割席 墨氏正分岐 要是工
夫在 眞誠無自欺 (≪전집≫, 상, <在禧陵偶吟>)

사계(沙溪, 김장생(金長生))의 고제(高弟)로서 학행천(學行薦)이 있었으며 가빈친노(家貧親老)로 부득이 사환의 길에 나섰던 것이었으나 초려는 현실에 안주하기 보다는 세도(世道)의 이괴(弛壞)를 우려하고 있다. 또한 유안(幼安)의 고사 (삼국(三國) 위(魏)의 관령(管寧)이 화흠(華歆)과 동석(同席)하여 독서하던 중 수레를 탄 관리가 문 앞을 지나가자 화흠이 책을 덮고 선망의 눈빛으로 바라보았다. 관녕은 화흠에게 "그대는 나의 친구가 아니다." 라고 하며 방석을 갈라 나누어 따로 앉았다는 고사) 와 묵적(墨翟)의 고사 (묵적이 갈림길을 보면 슬퍼하며 사람들이 그처럼 악에 쉽게 빠져들게 됨을 탄식하였다는 고사)에서는 학문의 진정한 목적과 자세가 무엇이며, 천리인욕의 분별이 쉽지 않음에 고심하는 초려의 마음이 잘 드러나고 있다. 따라서 초려는 바로 이러한 시각에서 공부(노력)가 더욱 요구되며 진성(眞誠)을 추구하여 스스로를 속임이 없어야 한다고 다짐하고 있는 것이다.

위 시는 초려가 젊은 시절 이미 성리학에 대해 깊이 궁구(窮究)하여 체득한 수준이 상당했음을 보여주며 동시에 초려가 평생에 걸쳐 사환에 그처럼 초연할 수 있었던 소이연(所以然)과 입지처(立志處)가 어떠한 것이었나를 밝혀주고 있는 것이다.

2. 제가의 기본

초려는 호란(胡亂)의 국치를 당하여 사부로서 적절히 대처하지 못한 것에 대한 자책으로 '선비로서 벼슬할만한 의의가 없다(士無可仕之義).'고 하여 출사에 뜻을 두지 않았다. 후일 수일간 재직한 바를 제외하고는 누차의 징소(徵召)에 응하지 않았으며 거의 평생을 향촌에 은거하는 처지였다. 그런만큼 초려는 궁촌(窮村)에 거주하는 사대부로서 자신의 거취는 물론 가내의 생계와 훈육에도 각별한 관심을 기울이고 있다.

다음 시는 향리에서의 평소 생활을 읊은 것이다.

솔불로 능히 밤을 밝히고
나물반찬으로 손님을 대접하네
이 속에 참된 뜻이 있나니
도를 근심할 뿐 가난은 걱정할 게 없다네[4]

현세의 영달을 멀리하며 안빈낙도하는 정치가 드러나고 있다.

작은 집 강가 봉우리 마주했는데
눈깊어 산골 길 인적도 끊겼네
누가 알리 날 저물녘 인편이 이르러
술 한병 편지 한통 전해올런지[5]

눈내리어 인적 끊긴 적막한 궁촌(窮村). 그러나 거마의 소란스러움 없어 평온하고 그런데다 지우들과의 교통은 두절되지 않고 있다. 그러므로 오히려 초려는 우유한가(優遊閒暇)한 심회를 이와 같이 읊을 수 있었다.

초려는 빈한(貧寒)한 가세속에서도 사대부로서의 의연한 면모를 보여주고 있거니와 이러한 처신을 자질들에게도 한결같이 권면하고 있다.

나물국 먹으면서도 부모를 잘 섬겨야
사람들이 어진 효자라고 일컫는다
아침에 밭 갈고 밤에는 글 읽어

---

4) 松火能明夜 蔬盤可饋賓 此中眞意在 憂道不憂貧 (≪전집≫, 상, <偶題>)
5) 小屋平臨江上峰 雪深山逕斷人蹤 誰知日暮咸便至 酒一瓶來書一封 (≪전집≫, 상, <次朱子韻>)

이밖에 다른 일은 없어야 하리6)

콩과 물로 끼니를 때우는 가난 속에서도 부모님을 즐겁게 섬길 수 있어야 참된 효성이라고 하면서 모름지기 주경야독 할 것을 힘써 당부하고 있다.

위와 같은 가르침은 다음 문장에서 거듭 확인할 수 있다.

처세하는 도리를 말 하자면 문을 닫아걸고 글을 읽음이 옳다. 경세연구가 첫째 공부이고 그 다음이 과거 공부이다. 평상시에도 이것이 가장 절실한데 하물며 지금 같은 때에 있어서랴7)

일반적으로 사대부가에서 환로를 멀리 한다면 결국은 가문의 쇠락을 우려하지 않을 수 없다. 그러므로 독서야 말로 가문의 근간을 유지할 수 있는 유일의 방편인 것이다. 초려가 독서를 강조한 까닭이 여기에 있다. 그런데 과거 공부 보다는 경서 공부가 앞서야 된다는 가르침은 또한 주목을 끈다.

(억울한 일을 당하더라도) 돌이켜 그 까닭을 찾아야 하나 스스로를 수양함만 한 것이 없다. 문을 닫아 자취를 거두고 비록 굶어죽더라도 이치에 어긋나는 일은 하지 않아야 한다. 욕됨도 참고 수치도 견디면서 각자 굳게 지켜나가며 독서하고 농사짓는 일 외에는 결코 손대는 일이 없도록 하라. 처신함에 하자가 없고 집에 거처함에 법도가 있으면, 허다한 자손중에 어찌 한둘이나마 스스로 성취한 자가 없겠느냐?8)

---

6) 菽水盡其歡 人稱賢孝子 朝耕夜讀書 此外無餘事 (≪전집≫, 상, <書與須姪>)

7) 處世之道 閉門讀書可也 治經爲第一工夫 其次科擧之業 在平常之日 此爲最切 況
   此時乎 (≪전집≫, 상, <庭訓>)

8) 反而求之 莫若自修 杜門斂跡 雖餓死 不爲非理之事 忍辱包羞 各自堅定 讀書耕
   田之外 更無所營爲 處己無疵累 居家有法度 則許多子孫中 豈無一二 能自樹立成
   就者乎 (≪전집≫, 상, <庭訓>)

위 내용중 비록 굶어죽더라도 이치에 어긋나는 일은 하지 말아야 한다는 것에서는 역시 불의와 타협하지 않은 염직(廉直)한 사인(士人)의 기상을 강조하는 초려의 마음을 볼 수 있다.

3. 치국의 대책

초려가 18세에 사계에게 나아가 수업하게 되면서 동춘(同春, 송준길(宋浚吉)) 우암(尤庵, 송시열(宋時烈))과 정교(定交)케 되었는 바 이들 삼인은 "그대들 삼인은 한 몸이면서 둘인 셈이다(君輩三人 一身而二人)"는[9] 말을 들을 정도로 의기상합(意氣相合)한 사이였으며, 삼인 스스로도 결약 하기를 "우리들 삼인은 한사람이 과오가 있을 때 마땅히 그 벌을 함께 받는다(吾輩三人 一人有過 當受收司之律)"고[10] 하여 서로 책선(責善)하는 도리를 다하는 사이가 되었다. 그리고 이러한 돈독한 우의는 후일 거듭되는 정쟁의 와중에서도 손상됨이 없이 거의 평생에 걸쳐 지속되었다.

호란 이후 「士無可仕之義」(사무가사지의)를 주장하며 향리에서 강학잠구(講學潛究)하던 삼인이 조정에 나아가게 된것은 효종(孝宗)의 즉위와 함께 북벌대지(北伐大志)를 실행하기 위해 별유(別諭)로서 산림오현(山林五賢) (김집(金集)·송준길(宋浚吉)·이유태(李惟泰)·송시열(宋時烈)·권시(權諰))을 초치(招致)한데서 비롯되었다.

이에 앞서 이들은 사림으로부터 추숭을 받고 있었으며 조사(朝士)에 의해 적극 천거되기도 하였다. 인조대에 김익희(金益熙)는 옥당관(玉堂官)으로서 올린 봉사(奉事)에서 다음과 같이 말한 바 있다.

---

9) ≪전집≫, 하, <연보>
10) 위와 같음

지금 세상에 시속에 물들지 않은 사람으로서 준길은 단정하고 온화하여 예절로서 지켜나가고 시열은 준엄방정하여 학문에 돈독하며 행실에 힘쓰고, 유태는 순근하고 아칙하여 화합하면서도 시속에 휩쓸리지 않으니 모두가 일대의 선사입니다.11)

초려를 위시한 이들 삼인이 상경하였을 때 조정의 정세는 매우 흉흉하였으며 이 때문에 산림제현은 하향하려는 뜻을 가지게 되었다. 북벌대지와 존양대의를 인식하지 못하고 오히려 정파간의 득실을 따져 산림을 공척하는 당인들이 용사(用事)하고 있었기 때문이다. 이때 초려는 기묘(조정암) 계미(이율곡) 이래로 그 원대한 포부를 펼 수 있는 모처럼의 기회가 무산될 것을 안타깝게 여겨 직접 선두에 나서기로 하였다. 기축년 논사소(論事疏)가 바로 이것이다.

초려는 동 상소에서 청음(김상헌)·신독재(김집)·우암(송시열)을 극찬 추숭하는 한편, 심대부(沈大孚)·엄정구(嚴鼎耉)·조윤(趙贇)·이회(李檜)·이지항(李之恒)을 비롯 이조판서인 조경(趙絅)까지를 엄중히 탄핵하였던 바 이로 인해 정국은 일대 파란이 일어나서 더욱 경색되었다.

효종은 탄핵받은 용사자(用事者) 오신(五臣)을 유배조처하는 한편 초려에게는 소광(疏狂)한 사람이라 칭하여 십년 정거(停擧)의 명을 내렸다.

당초에 사환을 좇지 않았던 초려인지라 이와 같은 단호한 상소를 올릴 수 있었고, 이에서 다시한번 초려의 준렬(峻烈)한 기상을 확인 할 수 있겠다. 이에 하향한 초려는 향리에서 강학육영(講學育英)에 전념하는 한편 국정 개혁책의 대 구상에 착수하게 되었다 .비록 당로자(當路者)는 아니지만 대지(大志)의 실행은 조야를 떠나서 존양대의(尊攘大義)를 인식하는 조선의 사대부에게는 절대과제(絶對課題)이었으며 또한 당저(當

---

11) 當今之世 不染時俗者 浚吉則 端詳溫雅 以禮據守 時烈則 峻正方嚴 篤學力行 惟泰則 醇謹雅飭 和而不流 皆一代之善士 (≪전집≫, 하, <연보>)

宁)에게서 그 실행의지를 볼 수 있었기 때문이다.(초려는 일찍이 효종이 동궁에 있을 때에 한 무제를 문제보다 높이 평가한데서 효종의 기상과 대지를 파악하였다 한다)

향거(鄕居) 십여년에 걸쳐 그간 조정에서는 동춘과 우암을 비롯한 제현들이 초려를 변백교천(辨白交薦)하였으며 이에 효종이 드디어 밀지를 내려 다시 부르게 되었다. 아마도 작성중인 초려의 국정개혁안에 대해서 효종은 큰 관심을 가졌을 것으로 생각된다.

율곡은 "정치는 때를 앎이 귀하고 일은 실지에 힘씀이 중요하다.(政貴識時 事要務實)"고 하였다. 초려 역시 연원의 유풍도 있었거니와 항상 율곡의 경세학을 추양하는 처지였다. 그런만큼 초려의 봉사는 아마도 율곡의 만언봉사(萬言封事)를 염두에 두었을 법하다.

치국경세의 대 혁신책을 담은 초려의 만언봉사는 효종의 밀지에 의해 더욱 그 의미가 증대 되었거니와, 정서(淨書) 도중에 효종이 승하하게 됨에 따라 자칫 빛을 보지 못할 처지가 되었으며 따라서 초려도 불출사(不出仕)의 의지를 굳히게 되었다. 그러나 현종 즉위 후 조정의 제 대신들이 초려의 기용을 간청하고 봉사의 제출을 요구함과 동시에 별유(別諭)의 왕명이 있어서 초려는 일단 나아가기에 이르렀다.

언제나 대 변혁이 요구되는 대책은 조정과 군신간 대 결단이 없이는 그 실현이 어렵기 마련이다. 현종 재위 15년간에 동 봉사는 조정에서 수십번 거론되기는 했으나 늘 논의의 수준에 그치고 말았다. 봉사 내용의 시의적절한 대책에는 모두 공감하면서도 과감히 시행할 수 있는 군왕의 결단력과 당로자들의 경륜이 부족했을 뿐만 아니라 실제로 당쟁이 더욱 극렬해지면서 국정이 표류되고 있었으므로 봉사의 실행은 난망한 일이 될 수 밖에 없었다.12)

---

12) 한편 효종대의 북벌이 실제로 실행될 수 없었다는 것을 후일의 한 史家는 다음과 같이 말하고 있다. "논하건데 효종이 청나라를 정벌하여 앞서의 치욕을 씻고 굽혔던

이에 필생의 사업이랄 수 있는 봉사의 실행이 끝내 무산되는 과정을 지켜보면서 초려는 감내하기 어려운 허탈과 좌절을 겪을 수 밖에 없었다. 다음시가 그 일면을 보여주고 있다.

나라의 훌륭한 선비도 못되면서
헛되이 성은만 입은 것이 부끄럽네
한 가지 일도 일찍이 시험치 못했으니
오늘에 이르러 후회하는 마음 가득하네[13]

한편 비록 봉사는 실행되지 못하고 있었으나 군왕의 초려에 대한 예대(禮待)는 극진하여 유지(諭旨) 제직(除職) 등대(登對) 사식물(賜食物) 등 모두 이백여회를 넘기고 있으며 관직도 이조참판에 재수하였음을 볼 때에 초려를 국중지사(國中之士)로 예우하였음을 알 수 있다.

흔히 기해봉사로 불리는 이 만언소는 실제로는 본소(本疏)가 이만여 자요, 이에 붙인 향약이 이만여 자로서 총 사만 자를 초과하는 대문자이다. 그 구조는 다음과 같다.

◎ 설폐론(說弊論) : 치효(治效)가 이루어지지 않는 일곱가지 폐단
　　① 상무구치지실(上無求治之實) ② 하무임사지실(下無任事之實)

것을 펴고자 함에 누군들 안된다고 하리오마는, 그런데도 안된다고 하는 것에는 두 가지가 있다. 효종대를 당해서는 병사도 없고 식량도 없었다…곧 10년 사이에 한 일이 무엇인가? 장차 파리해진 병사와 부족한 식량 및 탄환 등과 고립무원의 형세로서 청나라의 넉넉한 富와, 八旗 백만군사를 당해낼 수 있겠는가?…나는 매양 효종의 일을 논할 때는 일찍이 왕의 그 뜻은 장하지 않음이 없었으나, 또한 그 큰 전략의 부족과 인재등용이 잘못되었던 것을 애석하게 여겼다.”(論曰孝宗之欲伐淸 以湔先辱伸已屈 其雖曰不可 然而不可者有二 當孝宗之時 無兵矣 無食矣…乃十年之間 所爲者何事 是將以羸然之兵 朽然之食 彈丸黑子 孤立無援之形勢 當淸四海之富 八旗百萬之師乎…余每論孝宗之事 未嘗不壯其志 而亦以惜其大略之不足 與用人之不切也(金澤榮, <韓國歷代小史>)

13) 自慙非國士 虛被聖思深 一事未曾試 祇今多悔心 (≪전집≫, 상, <書懷>)

③ 경연무강도지실(經筵無講道之實) ④ 학교무조사지실(學校無造士
之實) ⑤군책무구민지실(群策無救民之實) ⑥ 인심무향선지실(人心無
向善之實) ⑦ 조정무교령지실(朝廷無敎令之實)
◎ 구폐론(救弊論): 왕정(王政)을 실행하기 위한 조목
　　삼강(三綱) ① 정풍속(正風俗) : 향약(鄕約), 오가통(五家統), 社倉(社
　　　　　　　　　倉, 삼목(三目))
　　　　　　　② 양인재(養人材) : 학교(學校), 연영원(延英院), 과거법
　　　　　　　　　(科擧法), 오위(五衛), 군자별창(軍資別倉, 오목(五目))
　　　　　　　③ 혁구폐(革舊弊) : 내수(內需), 공안(貢案), 부세(賦稅),
　　　　　　　　　인역(人役), 양전(量田), 태용관(汰冗官), 구임(久任),
　　　　　　　　　금치습(禁侈習, 팔목(八目))
◎ 군덕론(君德論) : 군왕(君王)이 갖춰야 할 덕
　　① 수기(修己) : 입지(立志) 수렴(收斂) 궁리(窮理) 성실(誠實) 養氣
　　　　(養氣) 정심(正心) 검신(檢身) (칠목(七目))
　　② 제가(齊家) : 정윤리(正倫理) 독은의(篤恩意) 교척속(敎戚屬) 변내
　　　　외엄궁금(辨內外嚴宮禁) 거편사(去偏私) 이공명(莅公明) 율환시
　　　　(律宦侍) (칠목(七目))

　위의 내용은 일견(一見)하기에도 그 규모가 원대하면서 또한 정밀함
을 알 수 있게 한다. 특히 동봉사는 조선 중기 시대적현실을 면밀하게
분석하여 먼저 그 폐단을 열거하고 그에 따른 대안을 구체적으로 상세
하게 제시하였으며 정치 경제 군사 교육 사회 부문등 임란과 호란이후
피폐된 조선왕조사회 전반에 걸쳐 그 개혁 방향을 제시하였다는 데서
상당한 의미를 부여할 수 있거니와, 특히 향촌사회기반을 견고하게 하
는 데서 국정의 틀이 잡혀질 수 있음을 인식하고 별도로 향약을 저술한
점 등 그 내실과 변통을 두루 갖춘 점을 본다면 가히 시무책으로서는
우리의 역사상 가장 탁월하다고 하여도 과언이 아닐 것이다.

4. 출처의 양상과 그 의미

보편적으로 사의 출처는 용사행장(用捨行藏)에 의한다. 일찍이 소년기의 초려가 강태공을 두고 지은 시의 시구 「일조위왕사(一朝爲王師)」에서 이미 그 출처관의 단초를 볼 수 있었으며, 이어서 「유안방할석(幼安方割席)」의 시구나 자질(子姪)들에게 보낸 "治經爲第一工夫 其次科擧之業" 등의 문장에서도 그러하다. 은둔하여 처하는 것만이 선사(善事)가 아니며 그렇다고 환로에 급급하는 속유(俗儒)가 되어서는 더구나 안된다고 보았다. 곧 출할만 하면 출하고, 처할만 하면 처해야 한다는 것이다.

다만 원컨대 우리들은 나아감도 있고 물러남도 있으며 떠나감도 있고 접근함도 있어 정을 지키며 도리를 따라 어긋나지 않으며 매번 고인으로써 법을 삼아서 후세에 좋은 평을 들을 수 있도록 하면 되는 것입니다. 일시의 비난과 칭찬과 득실을 무어 말할 게 있습니까.14)

초려가 호란 이후 사무가사지의(士無可仕之意)를 내세워 출사하지 않다가 효종이 대지로써 부르자 응소(應召)한 것이 곧 위와 같은 경우에 해당 될 것이다.

그러나 일단 출사하였다면 또 어떠해야 하는가.

士가 이 세상을 살아감에 은미함을 아는 지혜가 있다면 자신을 견고하게 하여 나오지 않겠거니와 나왔다면 제갈공명과 같이 자기의 몸이 죽어서야 그만두는 의리를 가져야 하고 내말을 들어주지 않은 뒤에야 왕촉처럼 물러나 엎드려야 한다. 어찌 산림과 조정사이에서 반쯤 오르락내리락 하겠습니까15)

---

14) 只願吾儕 有進有退 有去有就 守正不撓 循道不差 每以古人爲法 使有辭於後世可也 一時毀譽得失何足道 (≪전집≫, 권15, <與李士深厚源書>)

15) 士生斯生 有識微之智 則固已不出 出則有孔明死已之義 不用吾言 然後王蠋退伏

초려가 기축봉사소를 올리고 공조좌랑 수일만에 사직하고 낙향한 것이나, 기해봉사소를 올린 뒤 역시 뿌리치고 하향한 것이 또한 모두 위와 같은 출처관에 따른 것이다. 곧 "대신은 자신의 말이 쓰여지지 않으면 그 직을 떠난다.(大臣不得其言則去)"하는 도리를 좇은 것이다. 만일 뜻을 펼 수 없는데도 그대로 지위만을 차지하고 있다면 이는 한갓 국록만을 취하는 것이며, 종국에는 스스로 속임이 없어야 한다는 "무자기(無自欺)"에 어긋나는 일이다. 초려가 왜 그토록 출사를 꺼려하고 뿌리쳤는가를 여기에서 알 수 있다. 이어서 초려는 다음과 같이 말하고 있다.

> 세상에 나가서는 천하에 도를 펴지 못 하고 물러나와서는 산림에서 스스로 수양하지도 못 하면서 다만 좋은 벼슬 자리에만 얽매인다면 부끄러움이 심한 것이다. 일이 실패하여 마음과 어긋나서 명실히 부합되지 않는 것 보다는 차라리 전야에 돌아와 호랑이와 표범이 산에 있는 형세와 같이 중망을 지니고 있어서 임금이 경모하는 마음이 있고 선비들이 삼가 본보기로 삼음이 있도록 함이 세도에 도움이 될 것이다.16)

현달 고귀를 명예롭게 인식하는 일반적인 세태와 인심에 일침을 가하는 말이다.

돌이켜보면 초려는 속유지사(俗儒之士)를 벗어나 통유지사(通儒之士)를 지향하였으며 나아가 실질과 실행을 중시하는 실학지사(實學之士)에 가까운 면모도 보여주고 있다. 곧 초려의 봉사에 보이는 국정쇄신책은 율곡의 전통을 이어받아 후세대 실학파 학자들인 성호 이익등의 경세치용학에 기맥이 이어지고 있다는 데서 초려의 선각적 위상을 가늠할

矣 安有山林朝市 牛上落下哉 (≪전집≫, 권14, <與宋英甫書>)

16) 出不能行道於天下 退不能自修於山林 徒爲好爵所縻 則可恥之甚也 與其事敗心
違 名實難副 不若處畎畝 持重望 如虎豹在山之勢 君有敬慕之心 士有矜式之地 於
世道有補也 (≪전집≫, <迂齋李相國言行錄>)

수 있다. 또한 그의 전 생애에 걸쳐 일관된 출처관을 지켜나간 삶과 그가 보여준 하학-상달처간 학문(下學-上達處間 學問)의 융회와 관통을 고찰한다면 도학의 실체가 무엇이며 진유(眞儒) 산림인의 삶이란 어떠해야 하는 것인가를 후학들에게 명징(明澄)하게 보여주고 있다.

그러므로 초려야말로 조선중기 도학자와 산림인의 일전형이라고 일컬어도 과언은 아닐 것이다.

(초려선생 유물실 개설 기념 학술대회 기조발표, 2003.1)

노암(魯菴) 조홍순(趙弘淳) 선생의 생애와 사상

1. 서언

　노암(魯菴) 조홍순(趙弘淳, 1860~1931) 공이 생을 영위하였던 19세기 후반과 20세기 전반은 우리의 역사상 가장 격동의 시기였고 또한 암울한 시기이기도 하다. 주지하는 바와 같이 노암공이 출생, 성장하여 학문을 수업하던 19세기 후반은 조선왕조가 붕괴일로의 과정을 밟아가던 시대였다. 곧 조선후기에 들어서도 당쟁의 여파가 지속되는 가운데 세도정치로 인한 국정의 난맥상이 가중되고 있었다. 안에서는 무능하고 부패한 지배계층에 의해 삼정(三政)의 문란이 여전하여 백성들의 생활은 참담하였고, 밖으로 부터는 일본과 서구 열강의 침략세력이 밀려오고 있었다.

　이에 국력이 약하고 국제사회의 역학관계에 효과적으로 대응할 수 없었던 조선은 추세에 떠밀리어 서세동점(西勢東漸) 하는 열강들과 불평등 조약을 맺으면서 강제로 문호를 개방할 수 밖에 없었다. 이에 20세기에 접어들자 세계의 여러 제국에 앞서 조선침략의 선두를 점한 일본의 강압에 의해 결국 국권을 침탈당하게 되었으며, 이로부터는 식민시대의 암울한 역사를 겪게 되었다.

　위와 같은 미증유의 국난기를 당해서 당시의 조선사회는 이에 대한 대처와 극복방법을 두고 몇 개의 노선이 존재하였다. 그 중에 유력한 하나는, 기존의 지배계층 곧 사대부계층이 중심이 된 것으로서, 일본이나 서구 열강과의 외교를 단절하고 유교적 신분질서와 성리학적 가치관을 고수하려는 입장이었다. 이는 20세기 국권을 침탈당한 뒤에도 대부분 변함없이 유지되었던 사상체계였다.

이때 조선의 유학에서 율곡의 학술을 신봉하여 내려오는 기호학파의 학통을 이은 간재(艮齋, 田愚 1841~1922) 학파는 바로 위와 같은 입장을 철저히 지켜나갔던 바, 노암공 역시 사문(師門)의 노선을 따라 전 생애를 보낸 인물이었다.

2. 노암 선생의 생애

공의 본관은 양주(楊州), 자는 사중(士重), 호는 노암(魯菴)이다. 고(考)는 휘(諱) 진태(鎭泰)이며 비(妣)는 안동 권씨(安東權氏)이다. 공은 철종(哲宗) 경신(庚申) 12월 15일 진천현(鎭川縣) 상산(常山)의 성암유동(聖巖鍮洞)의 고택에서 3남중 차남으로 태어났다.

참고로 공의 선대 가계를 파악하여 보면 아래와 같다.

岑(鼻祖, 高麗判院事)…末生(世宗朝, 領中樞府使, 謚文剛)…瑾(觀察使)…仲輝(正言)…李神(司直)…訥(副司直)…之柔(贈左承旨)…相禹(號時菴, 贈吏參)…爾炳(文科, 贈吏參)…鳴國(號省菴, 贈執義)…翼彦(號艮隱)—晚慶(號克齋, 進士)—顯道—夏喆—鎭泰—魯菴公

위 공의 조선(祖先) 중 문강(文剛) 공은 문과(文科) 중시(重試)에 급제하여 태종, 세종조에 걸쳐 명환(名宦)으로 명성이 있었고, 시암(時菴)공은 사계(沙溪) 문인으로서 사환에 천거되었으나 불사(不仕)하고, 정묘

(丁卯)에는 척화를 주장하였으며 몰후 효정려에 이어 정퇴서원(靜退書院)에 배향되었다. 또한 참판공(諱爾炳)과 집의공(諱鳴國) 역시 당시에 명현의 이름이 있었으며, 각각 동춘(同春)과 우암(尤庵) 양 선생이 청백과 충효로서 칭한 바 있었다.[1]

공은 어려서부터 남다른 기질이 있었으며 기상이 맑고 빼어났다. 또한 언행이 단정하여 앞날이 기대되었다. 10세가 되자 당시 문사(文士)였던 족형에게서 학업을 받았는데, 홀로 겸손하였으며 타인보다 몇 갑절 힘써 공부하였다. 12세에 조부를 따라 온양에 이거하였으며, 이듬해 조부상(祖父喪)을 당했다. 병자년(공 17세)에 모친(안동 권씨) 상을, 3년 뒤인 무인년(戊寅年, 공 19세)에 부친 상을 당하였다. 이 때에 가세가 곤궁하여 전후의 초종 장례에서 예를 다 갖출 수 없었던 바, 공은 이것을 지극히 한스럽게 여겼다. 이 때문에 공은 일생동안 먹고 마시는 것과 화려하고 아름다운 것을 가까이하지 아니하였으며, 또한 다른 이의 수연(壽筵)에 일절 참여하지 않았다.[2]

공은 일찍이 어버이의 뜻에 따라 거업(擧業)에 종사하기도 하였으나, 세도(世道)가 날로 그릇되어감을 보고 진취의 뜻을 접었던 바, 때마침 간재 전선생(艮齋 田先生)이 진천 상산(常山)에서 강학하자, 공은 곧 전선생을 찾아 집지(執贄) 하였는데, 선생은 이 때 공을 한 번 보자 곧 그 사람됨을 중히 여겼으며, 공에게 노암(魯菴)이라는 당호(堂號)를 내렸다. 대개 노둔한 증자가 학문을 대성하였다는 뜻을 취한 것이었다. 때는 공의 나이 28세였으며 수학을 위해 다시 이곳 진천으로 이거하였다. 이때로부터는 항상 사문(師門) 가까이 기거하며 사우(師友)와 더불어 강마도의(講磨道義)를 게을리하지 않았으며 동문간 이문회우(以文會友)와 이

---

1) ≪魯菴遺稿≫. 卷四. 附錄. 十四 <家狀>참조. 이하 유고라 칭한다.
2) 유고, 같은 글, 十五, "家勢貧乏 前後喪 以不能盡禮 爲病恨 一生喫著 不近華美 又未嘗赴人之壽宴"

우보인(以友輔仁)에 뜻을 두어 세간(世間)의 이업(利業)을 멀리하였다.

임인년(1902, 공 43세) 이후 전선생이 공주 정안면 신전에 머물러 강학할 때, 공도 이 곳에서 선생의 문집 사역에 참여하였던 바, 후일 만년에 공이 이곳에 거처하게 된 계기가 이로부터서 이루어진 것으로 추정된다. 경술년(1910, 공 51세) 전선생이 전라도의 바닷가로 이거하게 되자(전선생은 곧이어 부안의 계화도에 들어갔다), 수행할 수 없는 처지를 통곡하고 유동에 돌아와 은거하였다.

이 때 본 군에서는 공이 선비의 옛 도를 애써 지키는 것을 미워하여 고의로 공을 당정(黨正)에 천거하였다. 공은 이를 분하고 부끄럽게 여겼으나, 벗어날 수 없게 되자, 논 10여 두락과 가옥까지 버리고 30리 상거한 내촌리에 피하여 이주하였다.3)

이로부터서 공은 가세가 더욱 궁핍해져서 이리저리 여러 번 거처를 옮기게 되었으며, 대체로 거처하는 곳의 동몽자제를 훈학하는 것으로써 생계를 유지하였는데 끝내 후회하지 않았다 한다.4) 한 번은 동문 중의 한 벗이 공이 학구(學臼)가 된 것을 두고 의논함이 있었는데 이에 대하여 공은 다음과 같이 본인의 견해를 밝혔다.

홍우(사인)는 제가 학구가 된 것이 누가 된다고 하는데, 이는 지극한 의논이며 정말로 정문위에 일침을 놓은 것입니다. 어찌 살피어 승복하지 않겠습니까만, 돌이켜보면 이와같이 경학과 학술이 사라져 가는 때에는 그 소리와 뜻을 밝히고 그 구두를 상세히 함이 없으니, 초학을 하는 士가 이로 인하여 혹알아 얻음이 있다면 오히려 그만두는 것 보다는 나은 것이 아니겠습니까? 이것은 스스로를 변호함이 아니라, 곧 진실된 마음입니다. 5)

---

3) ≪遺稿≫, 卷四, 二十, <行狀>"先生浮海 士友星散 公力不能爲由從 乃痛哭 歸隱 鍮洞 旣而郡擇有士望者 授以黨正…惡公之守舊 陰欲汚之 乃遷公 公度不得免 憤且恥之 所資以爲糊口者 只水田十餘斗種 並所居屋子而棄之 避居三十里內村里"

4) 위의 책, 같은 곳 "遂致窮匱益甚 轉徙多年 屢易其居 至爲館客 以活眷口 而終無所悔"

공의 지기였던 석농(石農)에게 준 편지에서 공은 위와 같이 본인의 입장을 피력하였다. 아마도 석농만은 자신의 의도와 처지를 십분 이해해 줄 것으로 믿었던 것이며, 어쩌면 위로를 받고자 하는 마음도 있었을 듯하다. 임술년(1922, 공 63세) 전선생 몰후, 선생의 문집인행을 두고 중론이 일었으나, 석농과 동심하여 을축년(1925, 공 66세)에 ≪간재사고(艮齋私稿)≫의 이름으로 청도(淸道)에서 간행하였다. 공은 만년에는 주로 공주 정안면 월산리 금란정사(金蘭精舍)에서 기거하였던 것으로 추정되는데, 신미년(1931, 공 72세) 여름 온양 선영 아래에 머물때에 득병하여 이 해 겨울 12월 15일에 공주 금란정사에서 향년 72세로 고종(考終)하였다. 기미년(1979)에 연기의 덕성서원(德星書院)에 배향되었다. 공의 교유는 사우동문간(師友同門間)에 이루어졌으며, 그 중 오석농(吳石農, 진영(鎭泳)), 송약재(宋約齋, 병화(炳華)), 박의당(朴毅堂, 세화(世和)), 윤회당(尹晦堂, 응선(膺善)) 등과 석교(石交)를 맺었는바, 모두 공을 외우(畏友)로서 추중(推重)하였다.

3. 노암 선생의 학문과 사상

(1) 학문 탐구와 하학중시(下學重視)

공의 학문 탐구는 일생에 걸쳐 계속되고 있는데, 공은 특히 사우(師友)간의 교유와 강론을 통해서 이를 심화시켜 감이 바람직하다고 생각하고 있다. 그러므로 공은 그 구체적인 실행 방법으로서의 '강마지도(講磨之道)'에 대하여 다음과 같이 말하고 있다.

---

5) 위의 책, 卷二, 一, <與石農吳而見震泳> "洪友以弘之學曰爲累 此乃極至之論 正頂門上一針 豈不省服 顧此經術蕩殘之時 無以明其音義 詳其句讀 蒙學之士 因此而或有知得 則不猶愈於已乎 此非自恕 乃實心也"

대체로 사우간의 강마하는 바른 도리는, 말하는 자는 오로지 간절하고 자세한 것으로써 근본을 삼아야 하며 기세를 높여 다른 사람을 누르려고 하면 안 되오. (반면에) 듣는 자는 또한 마음을 비우고 뜻을 수용하려고 힘써야 하며 스스로 옳다고 여기는 선입관을 주장해서는 안 되오.…지금은 그렇지 아니하니, 한 가지 강설이 있으면 우열을 다투고 각각 기치를 세우며 문생들도 당을 만들어서 서로를 마치 도적처럼 대하니, 중니나 안자의 학문과는 다른 것이오.6)

당시의 유사(儒士)들이 학설을 두고 지나치게 논쟁을 일삼는 병폐를 지적한 것이다. 이러한 경향은 특히 조선후기에 들어 더욱 극심해졌는데, 다른 학파는 물론이거니와, 동일 학파내에서도 작은 이견을 놓고 대립반목하는 경우가 허다하였다. 따라서 공은 유자(儒者)들이 지나치게 성리설에만 경도함으로써 하학(下學)을 소홀히 하고 그 결과로 분쟁이 일어나게 된다고 보고 다음과 같이 경계하고 있다.

성리설에 이르러서는 공자의 문하도 듣지 못한 바이며 주자도 말하기 어려워한 바이오, 궁벽한 시골에 있는 배움이 적은 사람으로서는 소학과 논어를 마땅히 읽어서 방심이 되는 것을 수습하고 인을 행하는 법을 찾아서 힘쓰고 힘써 낮은 학문을 거쳐 높은 경지에 다다르도록 함이 옳소. 어찌하여 단계를 뛰어넘고 절도를 지나치며 보고 들은 것을 주워 모아서 마음을 다 쏟고 말을 끝까지 하되 수양이 되는데는 전혀 도움이 안 되면서 다만 다투어 변론하는데만 활용한단 말이오?7)

---

6) ≪遺稿≫, 卷一, 書, 九, <與尹君瑞> "大率士友講磨之道 言者專以懇到詳勉爲本 而不可尙氣凌人爲事 聽者亦以虛心服義爲務 而不可自是先入爲主…今也則不然 一有講說 則爭長競短 各立赤幟 至其門人小子 亦爲樹黨 視如寇敵 亦異乎仲尼顔 子之學矣"

7) 위의 책, 十五, <與尹參奉琮鉉> "至於性理 孔門之所不聞 朱子所難說也 以窮鄕 末學 宜讀小學論語 收其放心 求其爲仁 勉勉孜孜 下學而上達之可也 奈何躐等過 節 掇其見拾其聞 窮其心極其口 而無益於進修 秪資乎爭辨爲哉"

위와 같이 공은 하학(下學)에 먼저 힘쓰고, 단계를 거쳐 상달처(上達處)에 이르도록 함이 학문의 바른 길임을 밝히고 있는 바, 또한 여기에서는 실천윤리를 중시하는 공의 마음을 엿볼 수 있다. 주지하는 바와 같이 당시의 학자들은 서로의 강론을 통해서 학문을 탐구하였던바, 공 역시 이를 중시하며 다음과 같이 말하고 있다.

가만히 생각해보면, 사우들간에 강론하는 것은 곧 학문하는 큰 방책일 것이오.…대개 배움은 널리 알고자 하므로 자세히 묻는 것이고, 분변은 밝게 하고자 하므로 거듭 말하게 되는 것이오. 그러나 마음에는 명암이 있고, 깨달음에는 빠름과 늦음이 있는데 어찌 하나 하나가 모두 나와 합치될 수 있겠소. 진실로 동일하지 않다고 하여 문득 기세를 돋구어 다툰다면 어찌 강설이라 할 수 있겠소. 다만 마땅히 마음을 비우고 기운을 편안히 하여 내가 본 바를 진술하고, 다른 사람의 결정과 선택을 들어주어서 다만 힘써 서로 보탬이 되는 것을 위주로 해야하지 서로 힐난하기를 일삼음은 옳지 않소.8)

위의 언급은 비단 강론과 강설에 관계된 것일 뿐만 아니라 학문에 임하는 유자(儒者)의 기본자세를 역설하는 것으로 볼 수 있다. 실제로 공은 항상 단아한 선비의 풍격을 지니고서 사우들과 교유하였으며, 활발한 서신왕래를 통하여 스스로의 학술적 안목을 넓혀갔다. 공의 유고에 의하여 파악해 보면 스승이셨던 간재 선생에게 올린 서한은 모두 7차에 달하고(갑오~을묘), 전선생이 회신한 것은 모두 6차에 달한다.(을미~병진, 간재사고 및 속권에 실림)

엎드려 생각하옵건대 군자의 학문은 율옹이 이른바, 몸가짐을 경건히 하여

---

8) 앞의 책, 九, <答尹晦堂君瑞膺善> "窃惟念之 士友講論 乃學問之大關…蓋學欲博 故詳問 辨欲明 故重言 然心有明暗 覺有早晚 豈可一一合於已也 苟以不同之故 而輒欲作氣爭鬪 則烏可爲講說乎 但當許心平氣 陳吾之所見 而聽人之決擇 但務以相益爲主 不可以相詰爲事也"

그 근본을 세우고 이치를 궁구하여 선을 밝히며 힘써 행하여 그 실질적인 것들을 실천하는 이 세 가지에 분명하게 있을 뿐입니다. 그러나 입만 열면 거경(居敬)을 말하면서도 스스로 심중을 돌아보면 근본을 세우지 못했고, 독서하면 문득 궁리(窮理)를 말하면서도 잠잠히 그 지식을 실험해 보면 선을 밝히지 못했고, 사람을 대하여 역행을 말하면서도 행한 일을 살펴보면 실질적인 것을 실천하지 못하였습니다. 학문한다고 이름한 것이 몇 십년인데도 이 세 가지에 하나도 능한 바가 없으니 또한 근심을 어찌하겠습니까?9)

위의 서신은 을묘년(1915, 공 56세)에 올린 것이다. 공이 노년에 접어들어서도 근심하는 것은 '거경(居敬)·궁리(窮理)·역행(力行)'의 실천적 학문에 관한 것이었음을 알 수 있다. 여타 문인들은 으레 형이상학적인 것을 묻는 경향이 많았음을 상기할 때 공의 노력처가 남달랐음을 보여준다. 공이 올린 위 서신에 대한 답서는 확인되지 않으나, 공에게 보낸 전선생의 다음 서신은 대체로 위에서 거론한 논의와 근접한 내용을 담은 것으로 파악된다.

내가 그대와 서로 떨어져 있은 것이 여러 해 되었는데, 모두가 성현의 울타리(경지)에 바로 나아가지 못한 것이 크게 걱정이 되네. 이제 서로 만났다가 헤어지게 되었는데, 나는 병들고 그대도 쇠약해졌으니 뒤에 만나기를 기대하지 못하겠네. 어찌 작별하는 글 하나를 서로 줌이 없겠는가? 대체로 사람은 다 순선(純善)한 성품과 지극히 영험한 마음과 본래적으로 맑은 기운을 소유하고 있는데도 거개가 덕을 이루지 못함은 어째서일까? 말하자면 기질에 구속되므로 욕심에 가리워져서 그렇게 되는 것이라네.⋯그러나 기운은 지각이 없되 마음에는 지각이 있으며, 기운은 경건할 수 없되 마음은 경건할 수 있으니, 곧 학문에 나아가는 지각과 성품을 기르는 경건은 온전히 이 마음에 있으

---

9) 앞의 책, 五, <上艮齋先生> "窃伏念 君子之學 的在乎栗翁所謂居敬而立其本 窮理而明乎善 力行而踐其實 三者而已 然開口便說居敬 而自顧其中則本不能立 讀書輒言窮理 而默驗其知 則善不能明 對人稱必力行 而夷考其事則實不能踐 以學問爲名者 幾十年矣 於斯三者 一無所能 亦何憂如之"

니 스스로 힘쓰면 그만이네. 이제로부터는 지(知)와 경(敬) 두 글자를 지니고
서 날로 힘써서 오래되록 그치지 않는다면, 성현의 경지가 비록 멀다하여도
끝내는 반드시 이를 수 있으리니 나와 그대가 먼 훗날까지 이것으로써 서로
기약하세나.10)

위의 글은 사문(師門)간 절실한 교유에 이어 돈독한 정의가 드러나
있다. 선생이 공을 대함이 각별함을 느낄 수 있으며, 아울러 학문에 있
어서 지엽적인 것을 거론하기 보다는 보다 근본적인 차원, 즉 존심양성
(存心養性)을 통하여 성현의 지위에 달하는 학문의 궁극처(窮極處)를 언
급하고 있음을 알 수 있다.

공에게 있어 동문간의 교유는 주로 서신을 통해서 매우 빈번하게 이
루어졌는바, 특히 오석농과는 서로간 지음이었던 것으로 파악된다. 실
제로 중론이 있는 가운데 간재선생의 문집을 인간(引刊)하는데 2인이
주도하였고 그 밖에도 사문(師門)에서 일어나는 제반 문제에도 뜻을 같
이 하였다.11) 그런만큼 당시 성리설을 두고 일어나는 학자간의 논쟁과,
이어서 비롯되는 반목에 대하여도 다음과 같은 서신을 보내고 있다.

대개 학자가 성(性)을 말하는 까닭은 본래 우리 마음이 본디 소유하고 있는
것을 밝히어 다 발휘하고자 함이오. 그런데 성품이란 도리가 쌓여 있는 곳으
로서 지극히 은미하고 지극히 오묘하여 보기도 어렵고 말하기도 어려운 것이

---

10) 艮齋私稿, 卷三十八, 序, <送趙弘淳序> "吾與子相別累年 皆不能直造聖賢藩籬
大可憂也 今此相遇而相送也 我病子衰 後會未可期 烏可無一辭相贈 夫人皆有純
善之性 至靈之心 本清之氣 然而多不能成德何也 曰氣拘故欲蔽而然…然氣無知而
心有知氣不能敬而心能敬 則其進學之知 養性之敬 專在此心 自力而已 而今以後
更將知敬兩字 日自勉而久不輟爲 聖賢藩籬雖遠 終必可至 吾與子 以是相期於千
載之下"

11) 공의 문집에 오석농과의 왕래서신이 14편에 달하여 타인에 비해 월등히 많다. 또한
당시 선생 문집의 간행을 둘러싸고 일어나는 제반 문제와 동문간 벌어진 불화에 대하
여 번민하고, 화해를 도모한 것이 다수 포함되어 있다.

오. 실로 초학자로서 문자를 모아 이어가며 견문한 바를 익히어 입술과 혀(말)로서 힘써 드러내는 자가 가능한 것이 아니오. 그러므로 성인의 가르침은 쇄소응대에 근본하여 궁리진성에 이르도록 찾아 향하여 올라가도록 하는 것이니, 아래부터 배워 위에 이르게 하는 것이오. 지금은 그렇지 아니하여 학문한다고 이름하는 사람은 곧 오직 성리를 말하기에만 힘쓰고, 책을 펼쳤다하면 곧 "낙론은 이와 같고 호론은 저와 같으며, 명덕(明德)은 이(理)인가 기(氣)인가" 하고 말하오…보는 바가 합치되지 않으면 눈을 사납게 뜨고 목소리를 높이어 문득 한 바탕 풍파를 만들게 되오.…심하면 스승을 능멸하고 선배를 욕하면서도 스스로 깨닫지 못할 정도라오. 12)

공은 위와 같이 성인의 가르침과 학문은 '하학이상달(下學以上達)' 해야 함을 거듭 역설하면서, 아울러 학자간 강론이 논쟁에 그치지 않고 서로 반목하게까지 됨을 깊이 우려하였다.13)

공은 그렇다고 하여 성리설을 아주 도외시 한 것은 아니었다. 특히 선생에 대한 존모심(尊慕心)이 남달랐던 공은 선생의 학설을 깊이 신봉하였으며 따라서 이에 배치되는 학설에는 적극적으로 반론을 제기하였다.14)

---

12) 《遺稿》, 卷二, 書二, <與吳而見>. "蓋學者所以性說 本欲明吾心之固有而盡之者也 而性是道理蓄底處 至隱至妙 難見而難說 實非初學掇拾文字 承習見聞 取辦於脣舌者 所可能也 故聖人之敎 本之灑掃應對 以之窮理盡性 使之尋向上去 下學向上達也 今則不然 以學爲名 則性譚性理是務 開卷則曰 洛論如是 湖論如彼 明德是理耶 是氣耶…所見不合則怒目高聲 便成一場風波…甚則陵駕師長 詬罵前輩 自不覺"

13) 공은 같은 서신 후반에서, 간재선생도 이같은 당시의 병폐에 대하여 말씀하셨다고 하며 그 내용을 전하고 있는바, 다음과 같다. "선생께서 일찍이 말씀이 계셨으니, '지금 성명이기(性命理氣)에 대하여 말로써 다툼으로 인하여 평생 오랫동안 가까이 지낸 사람을 물리치어 부모에게서 온전하게 태어난 몸을 무너뜨리니, 다른 사람으로 하여금 곁에서 관찰하게 하면 어찌 한심하지 않으랴?' 하였으니 맞도다 말씀이여! (先生嘗有言曰 今因性命理氣 口舌爭辯而擠却平生久要之人 壞了父母全生之體 使他人從傍觀之 豈不寒心哉 旨哉言乎)"

14) 스승을 추숭하는 공의 남다른 자세에 대하여, 오석농은 다음과 같이 말하고 있다. "(노암은) 스승을 섬김에 있어 돈독하고 충신하며 정성과 공경을 다하여 신명(神明)처럼 보았다. 항상 말하기를, 주자와 율곡과 우암의 진정한 전수가 여기에(간재선생)

곤 영남의 유사(儒士)가 '심칙리(心則理)'를 주장하며, "만약 전씨의 학설대로 한다면 곤 군(君)이 도리어 신(臣)이 되고, 부(父)가 도리어 자(子)가 된다."15) 고 비난한데 대하여 공은 다음과 같이 반론하고 있다.

저 영남인의 말은 망녕된 것이며 속임수인 것이오. 심(心)은 군(君)이고 성(性)은 신(臣)이라 하고, 심(心)은 부(父)이고 성(性)은 자(子)라고 하는 논지는 대개 천하를 거꾸로 매달리게 하려는 계책이오. 아아 통탄할 일이로다.16) 저들은 주자가 성(性)은 태극(太極)과 같고 심(心)은 음양과 같다는 설을 보지 못한 것인가요? 어찌해서 심(心)을 군(君)으로 성(性)을 민(民)으로 하며, 심(心)을 부(父)로 성(性)을 자(子)로 하는 설을 내세워 천지를 번복하고 의관과 신발을 거꾸로 놓도록 한단 말이오?17)

영남인들은 '심즉리(心卽理)'에 근거하여 '심(心)이 천군(天君)이 되고, 또 성정(性情)의 주재(主宰)가 된다'고 하며, 그리하여 '심군성민(心君性民)'의 학설로서 기호학파와는 상반된 주장을 펼쳤다. 이 때 공은 '성즉리(性卽理)'에 근거하여 '성사심제 (性師心弟)'요 '소심존성(小心尊性)'이라 한 간재 선생의 학설을 적극 옹호하여 위와 같이 영남인들의 학설이 그릇되었음을 역설하였다. 또한 '인물성동이론(人物性同異論)'에서도 스승 전선생의 학설을 추종하여 다음과 같이 반론을 개진하면서 사문(師門)을 옹호하고 있다.

근래에 들으니 청주의 김제환이란 자가 '인수무분(人獸無分)', '유석무분(儒

있다고 하였다. (其事師也 篤信誠敬 視之如神明 常言朱子栗尤之眞傳 在是焉)" ≪遺稿≫, 附錄, 十九, ＜行狀＞＞

15) "若如田說則 君反爲臣 父反爲子" (≪遺稿≫, 卷二, 書三, ＜與吳而見＞)

16) ≪遺稿≫, 卷二, 書三 ＜與吳而見＞. "彼嶺之言 蓋妄也 誣也 至於心君性臣 心父性子之論 蓋欲使天下 倒懸之計也 噫噫痛矣"

17) 위의 책, 四, ＜答吳而見＞. "彼不見朱子性猶太極 心猶陰陽之說乎 奈何爲心君性民 心父性子之說 欲使天地飜覆冠屨倒置哉"

釋無分)’, ‘충역무분(忠逆無分)’, ‘화이무분(華夷無分)’ 네 조목으로써 우리 사
문을 헐뜯으며 배척하기에 힘을 쏟고 있다고 하는데 형도 들었습니까? 그 사
람이 후생말학(後生末學)으로서 장덕(長德)을 두려워하지 않으니 매우 통탄
스럽습니다. 대개 ‘인수무분(人獸無分)’ 이니, ‘유석무분(儒釋無分)’,이니 함은
호론이 낙론을 공격하는 설입니다. 낙론이 ‘인수성동(人獸性同)’으로 주장을
삼으므로 湖家(호가)에서는 ‘인수무분(人獸無分)’으로 배척하는 것이지요.18)

위에 대응해서 공은 정주(程朱) 등 선현의 학설을 인용하여, ‘인물성
구동론(人物性俱同論)’을 견지하는 사문을 옹호하는 한편, ‘인물성상이
론(人物性相異論)’을 주장하는 호론을 배척하는 입장을 취하였다.

　　정자 왈, “인(人)과 물(物)이 같이 하는 것은 성(性)이요, 달리 하는 것은 심
(心)이다.” 하였고, 또 “만물일체는 그 속으로부터 나오는 것이니 모두 이 이
치를 완전히 갖추었으되, 사람은 곧 이를 지녀 미루어 나가고, 다른 사물은 기
가 어두워 미루어 나갈 수 없다.” 하였습니다. 주자는 “인(人)과 물(物)이 생
겨남에 이 성(性)을 소유하지 않음이 없다.” 하였고, 또 “인(人)과 물(物)이
각각 부여받은 이치를 얻어서 건순오상(健順五常)의 덕으로 삼으니 이른바
성(性)이다”고 하였습니다. 정주의 말씀이 이 같은 것이 하나도 아니요 많은
데, 이러한 것들에서 어떠합니까?19)

위에서는 노암공 역시 당시의 성리논쟁의 와중에서 벗어날 수 없었
음을 보여주고 있다. 그러나 이 역시 부득이한 사세에 의해서 취해진 것

---

18) ≪遺稿≫, 卷一, 書. 二十九, <與權士謙> “近聞淸州有金濟煥者 以人獸無分 儒
　　釋無分 忠逆無分 華夷無分四條 譏斥我師門 不遺餘力 兄亦聞知否 渠以後生末學
　　不畏長德甚可痛也 蓋人獸無分 儒釋無分 湖功洛之說也 洛論以人物性同爲主 故
　　湖家以人獸無分斥之”
19) 앞의 책, 같은 곳. “程子曰 人物之所同者性也 所不同者心也 又曰萬物一體者 從
　　卽裏來 皆完此理 人則推將去 物則氣昏推不得 朱子曰 人物之性 莫不有是性 又曰
　　人物各得其所賦之理 以爲健順五常之德 所謂性也 程朱之言如此者 不一而足矣
　　於此等處何哉”

임이 문맥을 통해서 파악되는 바, 또한 이 같은 성향은 다음의 글에서
더욱 분명히 확인된다.

　　심성이기의 구분같은 데서는 반드시 말하기를 "이것은 공자도 드물게 말한
것인데 하물며 범인에 있어서랴? 또한 송의 정자·주자 등 제현과 우리 대한
의 율곡·우암 등 제선생이 이미 그에 대하여 자세히 말하여 다시 남아 있는
부분이 없게 되었다. 주자와 율곡 그리고 우암이 전한 바를 긴밀히 지키고, 선
사(先師)의 가르침을 가까이 법 삼는다면 거의 '소심존성(小心尊性)의 도학'
에서 어긋나지 않을 것이다. 다시 어찌 천착하고 부회하는 학설을 써서 설이
많으면 많을수록 전한 바를 잃게 되는데까지 이르게 하리오? 가볍게 논할 곳
이 아니니 깊이 경계삼아야 한다."고 하였다.[20]

　위의 글에서 보면, 공은 역시 성리설에 대한 더 이상의 논쟁은 부질없
는 것으로 간주하고 있다. 학문하면 성리학을 칭하고 이에 힘써 학자연
하는 당시의 사림들의 가식적인 양태를 완곡하게 비판한 것으로도 볼
수 있다.

　따라서 공은 학문에 있어서는 하학(下學)을 중시하여 세인들이 평한
바와 같이 '거경·궁리·역행'을 중심으로 삼았으며, 또한 글을 꾸미어
이름을 얻는 일 등은 아예 멀리하였던 것이다.[21]

(2) 수구사상과 배일의식(排日意識)

한말 갑오경장 이후의 격동시기는 성리학의 이념에 충실한 도학파

---

20) ≪遺稿≫, 附錄, 十六, <家狀>. "若心性理氣之分 則必曰 是夫子之所罕言 況在
　　凡人乎 且宋之程朱諸賢 我韓之栗尤 諸先生 旣爲之詳說 而無復餘蘊 緊守朱栗宋
　　之所傳 近法先師之所敎 庶不差於小心尊性之道學也 更安用其穿錯附會之說 以致
　　說愈多 而愈失其傳乎 不可輕論處 深戒焉"
21) 오석농은 공의 학문에 대해 "其爲學 以居敬窮理力行爲主本 而絶無浮文近名之習
　　焉" 附錄, 二十一, <行狀>)이라고 기록하고 있다.

학자들에게 크나큰 시련을 겪게 하였으며, 그에 대한 대처 방법이 한결 같지 않았다. 특히 을미년(1895)년 국모(민비(閔妃)) 시해 사건과 개화정책의 일환으로 내려진 단발령 등은 학자들의 강력한 저항의식을 폭발시켰다. 이들은 유교의 정통이념과 중화문화, 그리고 국권을 수호하기 위하여 의병을 일으키기도 하였으며, 기꺼이 자결로서 순국하거나 아니면 은둔하여 지조를 지키며 도학의 계승에 진력하였다.

이 때 노암공의 사문(師門)은 간재 전선생을 필두로 침략세력과 단절하고 은둔하여 도학을 전수하는데 힘을 기울였으며, 특히 의관을 비롯한 제반 의식제도와 기거에 있어서 수구를 사명으로 인식하였다.

공의 경우에도 다음과 같이 확인된다.

우리 무리들이 불행하게도 이러한 더럽고 탁한 세상에 태어나서 기구를 사용하고 복식을 갖추는 것이 거의가 다 오랑캐 습속이 되었소. 그러나 사(士)가 된 자는 단연코 마땅히 옛 것을 지키는 것으로서 임무로 삼아야 하오. 이러한 데에 죽을 힘을 써 결연히 나아갈 뿐이오.[22]

그리하여 특히 단발령에는 강력히 저항하였다.

지난번 보내주신 글에 이르되 "한 머리털이 비록 가벼우나 깎음과 깎지 않음 사이에 화이가 나누어지고, 사람이냐 짐승이냐가 즉시 판별되니 이에서 한 머리털이 태산보다 중하고 한 번 죽음이 새의 털 보다 가벼운 것이오. 모름지기 이러한 두 갈래로 나누어지는 곳에서 판단하여 버리고 취할 것의 구분을 얻어야 하오" 라고 하였습니다.[23]

---

22) ≪遺稿≫, 卷一, 書, 二十八, <答權士謙>. "吾輩不幸 生此汙濁之世 器用服御 擧皆夷俗 然士者斷當以守舊爲務於此等處 用死力 決去而已"
23) 위의 책, 六, <上炳菴金丈駿榮>. "向者下敎云 一髮雖輕 削與不削之間 華夷是分 人獸立判 於是乎 一髮重於泰山 一死輕於鴻毛 須於此兩界分處 判斷得取舍之辨"

위에서 보는 바와 같이 공을 비롯한 사계층에서는 두발을 지키는 것은 곧 중화지도(中華之道)를 지키는 것으로 인식하였기 때문에 단발령에 매우 단호하게 저항하는 경우가 많았다.

이 때 노암공은 일제의 침략정책이 우리의 전통문화와 의례에까지 그 마수를 뻗치는 데에 크게 우려하는 한편, 이를 지켜 나가려는 의지를 강고히 하였다.

회당이 일찍이 묻기를 "일왕이 죽자 강제로 상장(喪章)을 행하도록 하였는데 사람들이 모두 화 입을까 두려워서 따릅니다. 우리들이 마땅히 어찌해야 합니까?" 공이 말하길 "화 입을까 두려워함은 세속에 흔들리는 사람들의 일이지 어찌 유자(儒者)로서 이것을 익히는 자가 있단 말입니까? 협박하는데도 벗어날 수 없다면 죽음을 바칠 뿐입니다." 라고 하였다. 24)

위 글에서는 공이 의리에 입각하여 처신하고자 하며 또한 그 의지가 단호함을 보여주고 있거니와, 다음 글에서 구체적으로 확인할 수 있다.

대개 고인이 그 의리를 당해서는 곧 신체도 버리고 목숨도 버려 삶을 포기하면서도 즐거워함도 있고, 또는 그 어버이를 권하여 전사케함도 있으며, 또는 그 스승을 권하여 자결케함도 있습니다. 이러한 사람이 (실제로는) 죽음을 싫어하며 몸을 아끼지 않음이 아니요, 또한 어버이와 스승을 사랑치 않음이 아닙니다. 오직 그 앎이 분명하고 사랑함이 깊어서 의리를 즐거워하는 마음을 미루어 권한 것이며, 이것이 받아들여져 (결과적으로) 천하후세에까지 죄를 얻음이 없도록 하려는 것입니다. 그 마음씀이 과연 어떠한 것이겠습니까?25)

---

24) 앞의 책, 附錄, 二十二, <行狀>. "晦堂嘗問 日酋死而勒行喪章 人皆畏禍而從之 吾儕當奈何 公曰畏禍流俗人之事 焉有儒者而可以講此者 迫而不得免 則致死已矣"

25) 위의 책, 卷一, 書, 二十五, <與近小齋徐斗益柄甲>. "蓋古人之當其義則有隕身損命 樂於舍生者 亦有勸其親以戰死者 又有論其師以自決者 則斯人也 非不惡死而愛身也 亦非不愛親與師也 惟其知之明 愛之深 推其悅義理之心 勸而納之於斯 欲使無得罪於天下後世也 其爲心果如何哉"

이와 같이 밝힌 공의 사생취의관(舍生取義觀)은 당시가 국권상실기 (國權喪失期)임을 고려할 때 예사로운 표현은 아니다. 국망 이후에도 공은 망국의 신민(臣民)으로 자처하며 고종황제의 승하시 상복을 입는 등으로 그 의지를 실천하고자 하였다. 이는 "국복은 바야흐로 벗었으나, 섬 오랑캐 원수를 갚지 못하고 한 하늘을 함께 이고 있으니, 원통함과 부끄러움을 어찌 다 이를 수 있겠습니까?"[26] 라고 한 공의 말에서 더욱 분명히 확인할 수 있다.

이상을 보건대, 공의 수구는 시의(時宜)를 잃은 복구가 아니며, 망국의 신민(臣民)으로서 민족의 자존을 지키려는 힘든 노정(路程)임과 또한 배일운동의 한 양태였음을 알 수 있다.

4. 노암선생의 문학세계

노암공은 본래 부문(浮文)을 멀리하였으며, 저술을 즐겨하지 않았다고 하는 바, 실제로 공의 문집에 실린 시는 40여수에 불과하다.[27] 따라서 공의 문학세계를 살피는 데는 한계가 있을 수밖에 없겠다. 그러나 이들 시들에 관류하는 정조를 파악할 수 있다면 또한 나름대로 분석과 이에 따른 의미부여가 가능하다고 말할 수 있을 것이다.

(1) 은거자락(隱居自樂)의 운치

공의 평생의 거처는 진천의 상산이나 공주의 정안 등지로서, 항상 번잡한 곳을 피해 산중에 은거하는 형상이었다. 이로써 공이 짓게 된 시는

---

26) ≪遺稿≫, 卷一, 書, 十三, <與尹君瑞>. "國服方除 而島讐未報 共戴一天 痛愧何旣"
27) 오석농은 노암공의 <行狀>에서 공을 두고 '絶無浮文近名之習' 이라 하였고, 임경석은 '不喜著述'이라 하였다.

자연 은거의 정취를 읊은 것이 상대적으로 다수가 되었다.

<table>
<tr><td>吾於事物太空疎</td><td>너무나도 사물에 서투른 몸이라서</td></tr>
<tr><td>潭泊西東不定居</td><td>이곳 저곳 떠돌며 자리잡지 못했네</td></tr>
<tr><td>鏡裏可憐雙鬢髮</td><td>거울속엔 가련하게 세어진 구레나룻</td></tr>
<tr><td>家中獨美一床書</td><td>집안엔 곱게 놓인 책상위의 책 한 권</td></tr>
<tr><td>終年柴米心無料</td><td>일생동안 생계는 마음씀이 없었지만</td></tr>
<tr><td>隨處烟霞興有餘</td><td>곳곳마다 안개노을 흥취는 넘쳐났지</td></tr>
<tr><td>問而淸江江上鳥</td><td>묻노니 청강에서 떠다니는 물새들아</td></tr>
<tr><td>何心來去雨聲初[28]</td><td>무슨 마음에 오가느냐, 빗발소리 들리는데</td></tr>
</table>

대체로 노암공은 훈학으로 근근히 생계를 유지하여 왔으며, 사우간의 연고를 따라 산중의 여러 곳으로 거처를 옮겨 왔던 바, 위의 시는 곧 그러한 정황을 읊은 것이다. 궁곤한 처지가 언뜻 괴로울 수도 있겠으나, 공은 오히려 그 속에서 여유와 흥취를 즐기고 있는 듯하다.

<table>
<tr><td>吾愛閒居結小盧</td><td>한적한 곳 좋아하여 작은 집 지었는데</td></tr>
<tr><td>不憂郭外荳田蕪</td><td>성 밖의 콩밭이야 우거져도 그만이지</td></tr>
<tr><td>時觀山水烟雲色</td><td>때때로 산수자연 구름빛도 바라보고</td></tr>
<tr><td>夜誦程朱孔孟書</td><td>밤에는 논어맹자 정주서도 외운다네</td></tr>
<tr><td>窓竹欲喧風籟動</td><td>창 앞에 대나무는 바람맞아 소리내고</td></tr>
<tr><td>庭花初發雨聲疎</td><td>뜰에는 꽃잎피며 빗소리 성글어지네</td></tr>
<tr><td>溪明坐說漁樵事</td><td>고기잡고 나무하던 옛 얘기 나누노라니</td></tr>
<tr><td>多少塵緣一點無[29]</td><td>오래잖아 속세인연 한점조차 없어지네</td></tr>
</table>

위 시는 산수자연과 벗하며 은거하는 일상의 즐거움을 읊은 시이다.

---

28) ≪遺稿≫, 卷四, 詩, 六, <述懷>. 其二
29) ≪遺稿≫, 卷四, 二, <隱居>.

山林多爽籟   산 숲에서 일어나는 시원한 바람들
來助讀書聲   이 곳으로 불어와 글소리 실어가네
帶月荷鋤入   밝은 달빛 속에 호미메고 들어오니
不須愧董生[30]   모름지기 동중서에 부끄럽지 않노라

빈한한 가세(家勢)여서 낮에는 밭메고 밤에는 독서하는 처지이나, 결코 동중서(董仲舒 : 한무제의 지우를 받아 유학을 국학으로 정하도록 하였으며, 뒤에 벼슬을 그만두고 학문에 힘쓴 학자)에 부끄러울 것이 없다고 한데서, 유자(儒者)로서 자긍을 갖는 공의 마음을 읽을 수 있다.

前郊疎雨報新秋   앞들에 내리는 비 가을을 알리고
驅鳥聲中近夕陽   바삐나는 새소리는 석양이 가깝다네
春桂冬梅非不愛   봄계수 겨울매화 모두 다 사랑하나
莫如七月稻花香[31] 7월 벼꽃 향기와는 견줄 수 없으리라

봄철의 계수나무와 겨울의 매화는 도학군자라면 누구나 애호할 것이지만, 공은 유독 초가을 벼꽃의 향기를 거론하고 있다. 선비나 학자연하는 사람들이 대체로 농사일도 회피하는 사례가 많았는데, 공은 그렇지 않았음을 알 수 있다. 한 여름 폭양(暴陽) 아래에서 땀을 흘린 농자(農者)라야, 볼 품 없어 보기에도 초라한 벼꽃의 향을 소중하게 느낄 수 있는 것이기 때문이다.

君家書讀我家農   그대네는 글을 읽고 우리네는 농사로다
鋤下酒濃硯墨濃   김을 매니 술이 익고 먹을 가니 짙어지네
至樂人間惟兩事   인간세상 즐거움은 오직 이것 두 가지니
實心相勉莫相慵[32] 참된 마음 서로 힘써 게으르지 말세나

---

30) 위의 책, 二, <偶吟>.
31) 위의 책, 三, <偶吟> 其七.

위의 시는 농사짓고 틈틈이 글을 읽는 건실한 삶의 모습을 읊고 있다. 당시의 농촌 형세가 거개 궁핍하였고, 공의 은거지인 산중은 더욱 그러할 것인데도, 공은 오히려 그러한 현실에 자족, 자락하는 자세로 대응하고 있음을 알 수 있다.

(2) 유한평담(幽閑平澹)의 정조

앞에서도 논급한 바 있듯이 공에게 있어 거경명리역행(居敬明理力行)으로 주본(主本)을 삼고, 마음가짐은 충후(忠厚)하며, 응사접물(應事接物)에 예법을 지켜나가는 삶의 양태는, 현실대응의 방식이기도 하지만, 아울러 공의 천분(天分)에서 비롯되는 것으로도 볼 수 있다.[33] 공의 시가 대부분 유한(幽閑)하고 평담(平澹)한 정조를 띠는 것도 바로 여기에서 연유하는 것으로 볼 수 있겠다.

書屋飄然傍小川	서재는 표연하게 시내 곁에 있는데
誰知深隱市城邊	저자성가에 깊이 숨은 줄 누가 알리
人逃亂世居源日	사람들은 난세 피해 무릉도원 찾는데
我愛名山入剡年	나는 산을 사랑하여 섬계에 들어왔네
家鴨欲眠池水靜	집오리 고요한 연못에 잠들려 하고
客驢頻到樹陰連	객지나귀 자주 이르러 그늘 아래 잇닿았네
囂塵莫染風衿灑	속세먼지 끼지 못해 가슴이 깨끗한데
一片牙籤坐洞天[34]	한 편의 책을 안고 마을에 앉아있네

위 시는 산중 마을에서 고요한 가운데 독서를 벗 삼는 정황을 읊은 것이다. 그윽하고 한가로운 정취가 잘 드러나고 있다.

---

32) 앞의 책, 三, <偶吟> 其八.

33) 동문 임경석(명 헌찬)의 <墓碣銘>(≪遺稿≫, 卷四, 附錄)에서는 노암공에 대하여 이와 같이 언급하고 있다.

34) ≪遺稿≫, 卷四, 四, <與申井命休>.

隱几頹然坐	책상 밀치고 물러나 앉았는데
亭松正年陰	정자곁 소나무 한 낮의 그늘이네
書中方有味	글 가운데 바야흐로 음미할 것 있으니
身外摠無心	이 몸 밖의 모든 것 마음두지 않는다네
樹密村容僻	나무숲속 마을 모습 궁벽한데
山重雲氣深	겹겹산 구름기세 자못 깊다네
淸風多此日	맑은바람 오늘 따라 맑으니
忘暑一長吟[35]	더위잊고 길게 한 번 읊어보네

위의 시에서는 역시 한 여름 맑은 바람속에 조용히 책을 대하고 있는 공의 모습이 드러나고 있다.

家住山深處	산 깊은 곳에 자리잡고 있으니
嶺雲擁竹扃	고갯마루 구름은 대사립을 둘러치네
巖花籬下發	바위꽃 울타리 밑에 피어나고
瀑布屋前零	폭포는 집 앞쪽에서 떨어지네
妻老能治圃	처는 늙었어도 밭농사 능하고
子幼好讀經	아이놈은 어려도 글 읽기 좋아하네
閒翁無所事	한가로운 늙은이 할 일도 없으니
酒後步中庭[36]	술마신뒤 한가롭게 뜰 가운데 걷는다네

위 시 역시 고요하고 한가로운 정취가 잘 드러나고 있다.

我本山中老	내 본래 산중의 노인인데
此間客偶然	이즈음 우연히 객이 되었네
羈懷亡幾日	나그네 회포 풀며 몇 날이나 지났던가

---

35) 앞의 책, 三, <偶吟> 其六.

36) 위의 책, 五, <幽居>.

詩話送今年	시 짓는 이야기로 금년을 보내네
有酒迎新月	술을 빚어 놓고 새로 뜬 달 맞이하며
休書見夕烟	책을 덮어 놓고 석양연기 바라보네
風流如是足	풍류는 이만하면 족하노니
着處樂無邊37)	묵는 곳의 즐거움도 끝이 없구나

집을 떠나 나그네가 되었어도, 공은 늘 여유가 있고 평온함을 느끼고 있는 듯하다.

平生淡泊此江山	담박하게 강산에 묻혀 평생을 보내며
無事芸窓常自關	일이 없어 늘 서재와 함께 했네
陋巷簞瓢知分內	누추하고 빈곤함 내 분수로 알았고
華筵肴酒任人間	화갑잔치 술과 안주 다른 사람의 일이었네
簷端習鳥無時樂	처마끝의 새들은 때 없이 즐기고
峀上歸雲盡日閑	산위로 떠가는 구름 온종일 한가롭네
自笑欲忘爲客苦	나그네 괴로움이야 웃어넘겨 버리고
聊將黃卷對蒼顏38)	노쇠해진 얼굴로 묵은 책 들춘다네

이상의 여러 시들은 한결같이 그윽함과 한가로움, 그리고 평온한 정취가 드러나고 있음을 알 수 있다.

5. 결언

노암공은 19세기 후반과 20세기 전반에 걸쳐 생을 영위한 일유사(一儒士)이다. 우리 역사상 가장 격동하는 국난기였고, 또 암울한 국권상실

---

37) 앞의 책, 五, <客中謾吟>.
38) 위의 책, 七, <述懷> 其五.

기였던 이 때를 당해서 노암공은 유교적 신분질서와 성리학적 가치관을 고수하는 것으로써 시대에 대처하고자 하였는바, 이것은 율곡학통을 잇는 간문(艮門)의 사우와 노선을 함께 한 것이다. 이들은 곧 도학과 중화이념을 계승하여 서구와 일본의 침략에 대응하려 하였던 것인데, 노암공의 경우 축발(祝髮)에 저항하며 유자(儒者)의 의관을 고수한 것 등이 그 실천적 행동의 일면이었다.

공은 간재 전선생의 지우를 받는 가운데 사우와의 긴밀하고 빈번한 교유를 통해 학문적 진취를 기하고자 하였으니, 잦은 강회(講會) 참여와 강설(講說)의 왕래가 바로 그것이다. 그러나 이 때 강설이 지나치게 심성설의 형이상학에 편향되며 또 천착하는 과정에서 학자간 반목대립에까지 이르게 되는 것을 심각하게 우려하며, 이를 바로잡고자 노력하였다. 공은 평생 산중에 은거하여 학구(學臼)로 연명하는 빈한한 가세속에서도, 일관되게 전통적인 유자의 면모를 지켰으며, 형이하학의 실천윤리를 중시하였다. 그리하여 스스로의 학문의 지향점을 '거경·궁리·역행'에 두고 이를 궁행실천하기에 전념하였다.

공은 평소에 시문을 즐겨하지 않았으며 그 결과 문장의 저술은 극히 소략한 편이다. 내용 역시 단아한 유학자의 기풍을 벗어나지 않는 바, 그 주조를 개괄하면 대체로 공의 은거자락(隱居自樂)의 운치를 읊은 것과, 유한평담(幽閑平淡)의 정조를 드러낸 것들이다. 따라서 이것들 모두에는 공의 정신세계와 삶의 양식이 고스란히 담겨 있다고 볼 수 있다.

병와악부소고(瓶窩樂府小考)

1. 서언

임진·병자, 양란을 겪은 뒤의 조선은 제반 분야에서 커다란 변동을 경험하였다. 점점 붕괴되어가는 봉건체제에서 노정되는 모순은 이를 심각하게 인식한 학자들의 의식구조에 새로운 변화를 일으켰다. 그리하여 당시 지배체제의 이념기반이었던 성리학에 대해서도 회의와 반성이 제기되고 일부의 학자들은 삶의 터전인 조선에 눈을 돌려 당면한 현실 문제를 극복, 대처하려는 인식을 소유하여 이른바 실학사조가 형성되기에 이른 것이다.

이러한 시기에 역사의 새로운 지평으로 대두된 민족에 대한 자각과 민중에 대한 새로운 인식아래 한문학도 새로운 양상을 띠고 전개되었다. 곧 시가의 한역시(漢譯詩)를 비롯한 민요취향의 한시들, 예컨대 광의(廣意)의 악부시들이 다량으로 창작되었던 것이다. 이러한 현상은 조선후기 한문학의 역사적 변화의 중대한 국면으로 파악되고 있거니와[1] 이 시기의 비교적 이른 때에 악부에 많은 관심을 갖고 또 활발히 창작했던 문인학자에 병와(瓶窩) 이형상(李衡祥, 1653~1733)이 있다.

---

[1] 이동환, 「朝鮮後期 漢詩에 있어서 民謠趣向의 擡頭」, 『韓國漢文學研究』 제3~4집 참조.

병와는 그동안 극히 제한된 범위에서 소개되었던 것이나, 근래에 그의 저술의 전모가 알려지자 학계의 주목을 받게 되었다.[2]

그는 효령대군의 십세손으로서 인천에서 태어났다. 숙종 6년(1680) 28세에 문과 급제 후, 승무원 출사를 시작으로 영조 4년(1728) 경상도 호소사(呼召使)에 이르기까지 환로에 출입하기는 47년에 걸쳤으나, 실직(實職)에 종사하기는 내직 4년과 외직 8년 도합 12년에 불과하고, 나머지의 세월은 오로지 학문에 전념하였다.[3]

결국 그는 당쟁의 대립이 가장 첨예할 때인 숙종연간과 영조초년을 살면서 당파에 초연하였으므로 당시의 집권층에 소외당하였으며 그 자신도 난세에는 경세제민의 포부를 펴지 못할 것임을 알아 출처(出處)를 분명히 하였던 것이다.

그리하여 학문에 전념함으로써 보기 드문 규모와 주목할 만한 내용의 저술을 후세에 남기게 되었다.[4]

---

2) 병와의 저서 중 일부는 사후 41년만인 영조 50년(1774)에 목판본 18권 9책으로 간행되었으나, 시문중심의 선집이어서 크게 주목받지 못한 것 같다. 근래에 후손가에서 소장하고 있던 142종 326책의 방대한 저술이 발견되어 그중 10종이 보물로 지정되고(1978년), ≪瓶窩全書≫十卷으로 영인 출간되었다. (한국정신문화연구원, 1980~1982). 한편 일찍이 심재완 교수는 병와가 편찬한 시조집 ≪樂學拾零≫을 최초로 발견 「瓶窩歌曲集의 研究」(『靑丘大論文集』, 1958)를 발표한 바 있고, 다시 『詩調의 文獻的研究』 및 『校本 歷代時調全書』(세종문화사, 1972)에 소개하였다. 또한 권녕철 교수는 『瓶窩 李衡祥 研究』(한국연구원, 1978)를 저술, 병와의 주요 저작을 개관하였는 바, 특히 그 학문성격으로 보아 반계 유형원의 다음을 잇는 실학자로 파악하기도 하였다.

3) 就擧釋褐 某十某年 在朝董四年 在邑合八年 優閒總某十某年 平生酷嗜典籍 欲盡解而未能刻意(≪瓶窩全書≫十, 靜安餘噴 <擴誌銘>, 이하는 전서(全書)라 칭한다) 자신의 행적을 칠언시로 엮은 '생지'(≪全書≫十, p.283. 정안여분)와 <行狀>(채제공 작)에 의하면, 내직으로는 승문원 박사, 사헌부 감찰, 병조좌랑을 지냈고, 외직으로는, 금산·영광군수, 성주·청주·양주·제주목사, 동래부사, 경주부윤을 지냈다. 모두 임기를 채우지 않고 사퇴하거나 파면되었다. 금산과 경주의 경우는 도적이 창궐하자 적임자로 선정, 임명된 것이며, 모두 선정을 베풀어 현관으로서 칭송을 받았다.

4) 주(註) 2)에서 밝힌 142종 326책은 우리나라 및 주변국의 역사지리서를 포함, 예학

그는 당시의 시폐인 당쟁은 예교(禮敎)가 승한 까닭으로 보고, 악(樂)을 익혀 조화를 이루어야 한다고 주장하였으며 이러한 지론하에서 그는 문학에서도 문과 악의 접합형태인 악부에 지대한 관심을 가졌던 것으로 보인다. 실제로 그는 고악부 161수와 가요 261수를 지으면서 과감히 조선의 음률에 맞는 악부를 지어야 한다고 말하였다.

본고는 바로 위와 같은 그의 주장을 의미 있게 보는데서 출발하여 나아가 그 내용을 좀더 구체적으로 파악하고자 한다. 즉 그가 조선의 악부를 주장하게 된 배경이 되는 문학론 및 악부에 대한 인식과 그 내용, 그리고 악부의 형식 및 주제와 그 의의 등에 대하여 고찰해 보고자 하는 것이다.

2. 병와의 문학관과 조선악부론

(1) 병와의 문학관

병와의 일생의 저술 중에는 문학에 속하는 부분이 결코 적지 않다. 69세에 이르기까지 저술된 글을 본인이 분류, 정리한 바에 의하면[5] 운문, 산문 도합 3,886수에 이르고 이중 운문만도 2,477수에 이른다. 여기에 몰년(81세)까지의 10여년에 걸친 작품을 더한다면 그 양은 더욱 방대

(禮學)·악학(樂學)·경학(經學)·문학(文學)등 대단히 다양하며 박학주의적(博學主義的)인 학풍을 보이고 있다.

5) 병와는 1721년(경종 1년)에 지금에 이르기까지의 저술을 총망라하여, 내용을 분류하고, 각각 그 편수를 세어 기록하여, 복부류목(覆瓿類目)이라 이름하였는 바, 운문만을 든다면 辭 8首, 賦 4首, 律賦 1首, 科賦 6首, 古風三言 <在樂府>, 古風四言 6首, 古風五言 355首, 古樂府 161首, 歌謠 261首, 五言絶 187首, 五言律 215首, 五言徘律 21首, 六言絶 5首, 三五七言 4首, 七言 5首, 七言古風 15首, 七言絶 374首, 七言律 714首, 七言徘律 21首, 雜言 33首, 各體 63首, 連珠 2首, 集句 13首, 科詩 3首로서 合 2,477首에 이른다(≪全書≫九 p.565. <覆瓿類目>).

할 것이다. 이를 본다면, 그는 시문에 상당한 기량을 갖추고 있음을 알 수 있고, 적잖은 관심도 기울였던 것으로 보인다. 따라서 그 시문의 풍격여하를 막론하고 일단 일인(一人)의 문인학자로 대우해도 좋으리라 생각된다.

실제로 문장(文章)에 대하여 다음과 같이 말하고 있어 주목된다.

도학공부 과정이 있고 문장사업 기이하다네. 네 마음 스스로 독실하다면 남들이 아들 잘 두었다 일컬으리.
사해 모두 형제인데 문장으로 친구삼음에랴. 오가며 연마하는 곳에 도와 덕이 쌓인다네.6)

도학공부는 그 심오한 이치를 깨닫기 위해서는 학문의 절차가 중요하다. 그러나 문장하는 일도 그리 평범하고 용이한 것은 아니라고 하였다. 그렇기 때문에 도학공부나 문장공부나 다같이 독실하게 해야된다고 하였다. 그리고 친구를 사귐에는 문장이 좋은 중계역할을 수행한다고 보았다. 뿐만 아니라 문장을 주고받는 가운데 도와 덕을 쌓게 된다고도 하였다.

여기에서 병와는 도학과 문장공부를 대립시켜 보지 않았음이 분명하다. 나아가 아들에게 문장공부에 힘쓰도록 권면하는 데서는 문장을 사(士)의 보람 있는 일로 여기는 사고가 드러난다고 하겠다.

그런데 혹 과거를 염두에 두고 문장공부를 권면하는 경우가 있을 수 있다. 그러나 병와의 경우 생원시에 합격한 삼자(三子)에게 과거보기를 삼가라 하였고, 또 다음과 같은 글을 보면 그의 생각을 잘 알 수 있다.

과거의 득실은 바둑 장기와 같아서 일시 승부를 거는 것에 불과하다. 처음

------

6) 道學功程在 文章事業奇 爾心如自篤 人稱我有兒, 四海皆兄弟 文章況可友 從來磨戞處 道德爲淵藪 (≪全書≫一, 文集卷一, p.12. 閒中雜吟中 <課兒>, <會友>)

부터 대장부의 사업은 아닌 것이다.[7]

　따라서 적어도 병와는 '도본문말(道本文末)'의, 문학을 구속하는 도학주의적 문학관은 상당히 탈피한 것으로 볼 수 있으며, 이것과 그의 조선악부론과는 상호무관할 수 없으리라 본다.

(2) 병와의 조선악부론(朝鮮樂府論)과 그 의미

　병와의 시문중 악부에 속하는 것은 본인이 분류한 것만도(앞서의 복부류목(覆瓿類目)에 의함) 고악부(古樂府) 161수와 가요(歌謠) 261수로 도합 422수에 달한다. 악부의 문학유산이 그렇게 많지 않은 우리의 경우, 위와 같은 양의 악부창작은 확실히 괄목할 만한 성과임에 틀림없다.

　조선후기에 들면서 악부제한시(樂府題漢詩)의 대거 출현은 그것들이 대부분 정형성 보다는 비정형성을, 서정적인면 보다는 서사적인 성격을 지향하고 있는바, 그것은 한시문학의 다양성과 함께 그 형식상의 변화를 시도한다는 점에서 문학사의 중대한 변화의 국면으로 파악되고 있고, 또한 이것은 중세에서 근대에로의 이행기에 자의식의 신장으로 인한 전통주의의 구속성을 벗어나려는 시의식의 발로로 보아 주목되고 있거니와, 병와의 경우 조선후기의 비교적 이른 시기에 악부에 대한 특별한 관심하에 일련의 악부창작을 시도함에 있어, 특히 다른 작가와 다른점이 있으므로 관심을 끈다. 물론 고악부의 경우, 앞서 교산(蛟山) 허균(許均, 1569~1618)의 속몽시(續夢詩) 40수와 상촌(象村) 신흠(申欽, 1566~1628)의 악부체시(樂府體詩) 149수가 있었고, 가요)의 경우, 멀리 여말 익재(益齋) 이제현(李齊賢)과 급암(及菴) 민사평(閔思平)의 소악부(小樂府)나 선초 사숙재(私淑齋) 강희맹(姜希孟)의 농구(農謳)가 있어 그 전통에 맥이

---

7) 科場得失 有同局戲 不過一時賭勝 初非丈夫大事業(상게서, p.212. <警寄兒輩場屋>)

닿아있다고 하겠으나, 병와에게서는 악부에 대한 확고한 견해와 체계적인 논의가 전개되고 있음을 볼 때 매우 특이한 경우로 생각되기 때문이다. 그것은 결론적으로 말한다면 우리의 음률(평조(平調), 우조(羽調), 계면조(界面調))에 맞춰 악부를 지어야 한다고 주장한 것인데, 이는 바꾸어 말하면 '조선적인 악부'를 말한 것으로, 대단히 중요한 의미를 내포하고 있는 것으로 보이기 때문이다.8)

그 구체적인 것을, 편의상 그의 악부에 대한 인식부터 거론하면서 단계적으로 언급하고자 한다. 그는 예와 악과의 관계를 다음과 같이 말하고 있다.

생각하건데, 예는 밖으로부터 만들어지고, 악은 마음으로부터 나오는 것이므로 부자의 가르침에도 시를 먼저하고 예를 뒤로한 것이라 봅니다. 국속이 예학에는 힘써서, 대단찮은 선비라도 눈을 부릅뜨고 다투지 않음이 없는데, 오직 악에 대해서는 과연 유의하는 사람이 있는지요……. 예기에 말하되, 악이 지나치면 방탕하고 예가 지나치면 벌어진다고 했습니다. 방탕에 흐르게 되는 것은 반드시 음란한 악이 승한 때문이요, 벌어져 당화를 만드는 것은 반드시 그릇된 예가 승한 때문입니다. 이 때문에 항상 서글피 생각하는 마음이 간절하였고, 내심으로는 그릇된 사람들을 일으켜 세교를 구원하겠다고 생각하여 왔는데, 주자인들 어찌 말리겠습니까? 차라리 유탕한 풍속이라도 심어서 다투고 죽이는 요즈음의 폐단을 고칠 수 있다면 한 방편이 될 것입니다. 또한 악부라 이름한 것들은 도나 의와 같이 그렇게 심오한 것이 아니지 않습니까?9)

---

8) 병와가 중국의 음률에 맞추는 악부를 거부하고, 조선의 음률에 맞추는 악부를 지어야 한다고 주장하였으므로 편의상 그 악부를 '조선적인 악부' 나아가 '조선악부'로, 그러한 논의는 '조선악부론'으로 표현하고자 한다. 이는 조금 후대의 연암의 '조선풍' 다산의 '조선시'와 같은 성격으로 파악될 수 있다고 본 까닭이나, 물론 충분한 논리적인 검증이 뒤따라야 할 것이다.

9) 第念 禮自外作 樂由中出 夫子之敎 所以先詩而後禮也 國俗於禮學甚力 雖曲儒狹士 無不瞋目而爲訟 獨於樂也 其果有留意者乎……. 記曰 樂勝則流 禮勝則離 竊謂流而爲放曠者 必淫樂之勝也 離而爲黨禍者 必曲禮之勝也 以是常切切有慨於心 心以爲扶起沮溺人 以救世敎者 豈晦菴得已之辭也 寧植流蕩之俗 以矯爭殺之弊者 不

이상을 보면 몇 가지 중요한 논지가 드러나고 있다. 첫째는 예가 지나친 경우의 폐단을 지적한 것이다. 공자의 가르침을 들어서 주자의 예를 중시하는 사상을 은연중 비판하고, 예가 승한 까닭으로 당화가 일어난 것이라 보고 있다. 둘째로 앞서의 비판을 근거로 상대적으로 악을 확고히 인정할 수 있는 발판을 마련하였다. 즉 시는 발어성정(發於性情)하는 내적인 것으로 이것은 유중출(由中出)하는 악과 밀접한 관계이며 따라서 악은 지나치더라도 오히려 예의 폐단을 구할 수 있는 방편이 될 수 있다고 하였다. 셋째는 악부라 이름하는 것들은 도나 의와 같이 심오한, 또한 그렇게 어려운 것이 아니니(많이 지어서) 예가 승함으로 말미암아 서로 다투어 죽이기까지에 이른 각박한 심성들을 중화시켜 봄이 가하지 않겠는가 하는 병와의 의도가 나타나고 있다는 것이다.

다시 병와는 이를 직접 지적하기도 하였다.

예와 악은 어느 한쪽을 버려서도 안되니 예에 치우치면 사람의 마음이 벌어지므로 송나라에서는 예교가 너무 성하여 마침내는 그 말년에 가서 삼당으로 나뉘어 졌다. 우리나라에서도 오로지 번거로운 문장만 일삼고 악을 배워 익히지 않았으니 근래의 당화 역시 예의 지나친 폐단이다. 이에 시전의 관저장·종사우장·인지지장의 유별로 나누어 우리나라 평조·우조·계면조에 맞추어 '악학편고(樂學便考)' 한 권을 지었는바 장차 훗날의 알아줄 이를 기대하노라.10)

병와는 일관된 논리로 예의 승함을 비판하고, 이 때문에 악부에 관심을 갖는다는 것을 표명한 셈이다. 결국 당시 예송(禮訟)으로 인한 살육의 당쟁을 정면으로 비판한 것이며, 아울러 악부를 단순한 문예적인 존

害爲權時之道 且如樂府之名 非如道義之奧也(≪全書≫一, 文集卷七, <答李仲舒>)
10) 禮樂不可偏廢 禮勝則離 故宋朝禮敎極盛 至末葉三黨分 我朝專事煩文 不習樂學
   近來黨禍 亦禮勝之流弊也 於是 以關雎螽斯羽麟之趾類別 協諧於平羽界面三調 著
   樂學便考一卷 其將待後世之子雲乎(瓶窩年譜(청권사, 1979), p.2583 <樂學便考序>)

재로서만이 아니라, 일종의 광세적(匡世的)인 기능을 수행하는 존재로 까지 인식하였다는 점이 주목되는 것이다.

다음으로 여기에서 간과할 수 없는 것은, 첫째 병와가 거론한 악부는 반드시 음악과의 관련하에서 말해진다는 점과, 둘째 실제로 평조·우조·계면조 등의 음률과는 어떤 관계로 맺어지며 그 내용은 무엇인가 하는 점일 것이다.

이를 알아보기 위해서는 먼저 우리나라에서의 전래적인 악부관을 살펴보면서 비교해 봄이 효과적일 것이다.

동인시화(東人詩話)를 보면,

악부는 구구자자가 모두 음률에 맞아야 하므로 옛날 시에 능한 이도 어렵게 여겼다. 진후산과 양성제등이 소자첨 악부의 사(詞)는 공교로우나 본색어는 아니라고 하였는데, 하물며 동파에 미치지 못하는 사람이랴. 우리 나라의 어음은 중국과 달라서 이규보·최해·이색등은 다 글의 대가였으나 일찌기 손대지 못하였다. 오직 익재만이 여러 체로 지었으나 법에 다 맞았다. 선생이 중원에서 공부하여 사우들과의 교유에서 반드시 얻은 바가 있었던 까닭이다. 근세의 학자들은 음률을 배우지 않고 먼저 악부를 지으려 하여 동파조차도 능하지 못한 것을 하려하니 이들은 양성제와 진후산의 비난을 받을 것이 뻔하다.11)

위에서의 악부는 익제의 사(詞, 익재난고의 장단구)를 지칭하고는 있으나, 악부를 반드시 음률과 연관지어(피지관현(被之管絃)) 인식하고 있는 점은 분명하다.

---

11) 樂府句句字字 皆協音律 古之能詩者 尙難之 陳后山 楊誠齋 皆以謂蘇子瞻樂詞雖 工 要非本色語 況不及東坡者乎 吾東方語音 與中國不同 李相國李大鍊猊山牧隱 皆以雄文大手 唯益齋 備述衆體 法度森嚴 先生北學中原 師友淵原 必有所得者 近世學者 不學音律 先作樂府 欲爲東坡所不能 其爲誠齋後山之罪人明矣(≪東人 詩話≫, 卷上)

그런데 소동파의 경우도 출생지역 때문에 본색어가 못되었다는 문제가 있으니, 결국 악부를 제대로 짓기 위해서는 중국의 음률과 본색어를 구사할 줄 알아야 한다는 두 가지의 조건의 충족이 필수적으로 요청된다고 하겠다. 따라서 우리나라에서도 악부를 지으려면, 위의 두 가지 조건은 어떤 형태로든지 극복해야 할 과제인 것이다. 우선 동인시화의 경우 서사가(徐四佳)는 뚜렷한 방법을 제시하지 못하고 거의 불가능한 것으로 간주하고 있는 느낌을 준다. 한편 신흠(申欽, 1566~1628)은,

> 악부는 시의 종류로서 노래의 조상이다. 당송이후 사곡을 짓는 자는 대개 악부로 부터 그것을 발달시켰다. 대개 악부는 옛사람들이 교사나 군려에서 사용했으니, 한의 연습일이나 요가 등의 곡조가 이것이다. 위진과 당대에는 여항가요의 형태로 각각 다르게 지어졌는데, 그리움과 슬픔을 그려내었으며 길기도 짧기도 하여 일정치 않았다.……내가 스스로 헤아리지 않고 모방해 지었는데, 보고 들은 바를 섞어서 덧붙여 편을 이루었다. 음과 사가 갖추어진 것은 아니고 다만 세상을 서글피 여기는 한 단면 일 따름이다.12)

라고 하였는바, 이를 보면 음률과 사(詞)의 양면을 다 갖춘 것은 아니지만, 다만 상세지감(傷世之感)을 표현하는 악부의 성격을 살렸다고 한 것이다. 결국 그 소재나 주제의 면은 일치(또는 모방) 하였으나 음률은 고려치 않았으니 이는 후대에 보편적으로 출현한 '불팔악(不八樂)'의 '의고악부(擬古樂府)' 또는 '신악부(新樂府)'로서의 위치를 갖는 것이라고 하겠다. 그리고 이와 같은 현상은 조선후기의 다수의 영사악부(詠史樂府)나 소악부류(小樂府類)와도 일치하는 경향이다.

이상에서 본 바와 같이 음률과 본색어의 문제를 정면에서 거론하여

---

12) 樂府 詩之類而歌之祖 亦風雅之餘也 唐宋以後 爲詞曲者 皆從樂府而演之 蓋樂府者 古人用之於郊祀 用之於軍旅 漢之練時日 鐃歌諸調是已 魏晉及唐代 各殊製以而閭巷謳謠 抒思舒悲 或長或短 不局殼的……余竊不自撥 倣而爲之 間雜耳目所觀記 附以爲篇 非謂音與事備 抑傷世之一端云爾(申欽, ≪象村集≫)

극복하려는 의식이 희박한 상태에서는 이의 해결책이 모색될 수 없었던 것이다.

그러나 병와의 경우는 달랐다. 앞서 언급한 바와 같이 음률과 문의 접합양식으로서 악부를 인식했던 그인만큼 그 때문에 반드시 이 문제를 해결해야 했던 것이다. 그는 다음과 같이 말하고 있다.

> 익재잡영을 차운하여 한 태수에게 적어 올리고, 이어 화산·용주·풍성의 세 수령에게 보여 화답해주길 요청하였다. 객이 말하되 악부는 사람마다 할 수 있는 일이 아니며, 하물며 동방에는 옛부터 아악이 없는데도 그대가 악부를 짓는다는 것은 지나친 일이 아닌가. 내가 대답하되, 무릇 이른 바 악부는 반드시 중화의 기(음색)를 얻은 후에 가능하다. 소동파는 촉에서 자라나 치우침이 다만 잇몸소리로서(중화한 음색에) 맞추고자 했으나 맞추지 못했으니 기가 그런 것이다. 우리 동방의 성음은 이미 잇소리에 치우쳐 있으니 어떻게 다 맞출 수 있으리오. 다만 방음의 평조·우조·계면조에 의거하여 五音을 잃지 않는다면 어찌 불가함이 있으리오.13)

여기에서 병와는 곧 두 가지의 문제에 대하여 적극 대처, 극복하는 길을 제시하고 있다. 먼저 음률은 중국의 아악에 맞출 것이 아니라 우리의 음조 즉 평조·우조·계면조에 맞추면 되고, 본색음(위의 인용문의 '중기'가 이에 해당 될 것 같다.) 문제에 있어서는, 우리의 말소리에 치음(齒音)이 많은 것은 달리 방도가 없으니 중국의 본색음에 견줄 수는 없는 것이고, 따라서 다만 오음(궁상각치우)에 맞게 배열하면 된다고 한 것이다.

계속하여 병와는, 다음과 같이 비유를 통하여 더욱 자신의 논리의 정

---

13) 次益齋雜詠 錄奉韓太叟仍示花山龍州豐城三使君要和 客曰 樂府非人人可能況東方自古 無雅樂 子之爲樂府 不亦濫乎 余曰凡所謂樂府 必得中氣然後可也 東坡生長於蜀 所偏只齶音 欲諧而未諧者 氣類然也 吾東聲音已偏於齒 何能普也 只依方音之平調羽調界面調 要不失五音 則何不可之有(≪全書≫一, 卷三, p.54.)

당성을 표명하고 있다.

　덕성의 나타남은 억지로 다듬어 되는 바가 아니니 학이나 기러기의 울음소리를 미루어 알 수 있다. 하물며 치우친 잇소리의 방음으로서 중국의 중화된 운에 맞추려 하는 것은, 비유하면 초나라 어린이가 말을 배울 때 날마다 매질을 해가며 제나라 말을 요구 하더라도 될 수 없는 것과 마찬가지다. 이치는 비록 그렇더라도 쓰름 매미와 봄 꾀꼬리는 스스로 노래하며 즐거워 할 뿐이니 어찌 일정한 곳에만 있으리오. 그러므로 즐거운 바는 어느 곳에도 있는 것이니 평조에도 있도 우조에도 있으며 계면조에도 있는 것이다.14)

　초나라 어린에게 말을 가르칠 때, 날마다 매질을 하며 제나라 말을 하도록 한다 해도, 그 어린이가 제나라에 살지 않고 초나라에 산다면 제나라 말을 배울 수 없을 것이다. 이와 마찬가지로 우리나라 사람들이 중국의 음률에 맞는 악부를 지으려고 해도 제대로 될 수 없다는 것이다. 그런데 굳이 중국의 음률에만 맞추어 지을 필요가 있는 것인가.

　쓰름 매미나 봄 꾀꼬리는 각각 자신의 노래를 부르면서 즐거워 할 뿐이니, 즐거우면 그 뿐이다. 쓰름 매미가 자신의 노래를 팽개쳐 두고 꾀꼬리의 소리를 흉내 낼 필요가 없고, 또 흉내 내려 한다고 해도 제대로 될 수 없는 것이다. 여기에서 병와는 자신의 확고한 신념을 보여주고 있다. 즉 쓰름 매미나 꾀꼬리가 각각의 노래를 부르면서 즐거워하면 그만이라고 하였는바, 이는 곧 우리나라 사람들은 우리나라의 노래를 부르면 그만이라는 말이 된다. 이것은 나아가 중국은 중국이고 우리나라는 우리나라이며, 그러므로 중국 사람은 중국의 악부를 짓고 우리는 우리의 악부를 지으면 그만이라는 것이 된다. 따라서 이러한 병와의 사고는

---

14) 德性之發 非所强工 鶴唳鴻嘹可推也 況以偏齒之方音 欲次中氣之諧韻 譬猶楚奚之
　　學語 雖日撻而求其齊 不可得也 理雖使然 然秋蟬春鶯 自鳴自樂而已 亦何常之有
　　然則所樂何居 在平調 在羽調 在界面調(≪全書≫八, ≪芝嶺錄≫第六, <古樂府>)

대단히 중요한 의미를 갖는다. 그런데 이러한 사고는 어떤 확고한 사상적 배경 없이 즉흥적으로 표출될 수 있을 것인가.

사해가 모두 형제인데 하물며 한 나라 한 주 임에랴. 또 같은 친구임에랴.15)

우리 조선의 문물은 중국에 비해 더 훌륭하다.16)

사해가 한 형제라면, 요컨대 중국을 포함해서 이웃 나라들과 우리는 대등한 위치에 서게 된다. 그렇다면 곧 '화이론적인 중국중심의 세계관'을 탈피한 사상체계이다. 그리고 이러한 세계관이 그로 하여금 '우리의 문물이 중화보다 훌륭하다'는 인식까지를 가능케 하였던 것이다.

따라서 이러한 세계관을 지닌 병와가 중국적인 악부를 거부하고 조선적인 악부를 주창하게 된 것은 필연적인 결과라고 하겠다. 그리고 이 '조선적인 악부'는 일세대 뒤에 실학자 문인들이 그들의 주체적 세계관에 의한 조선적인 것에 대한 자각과 민중에 대한 새로운 인식을 바탕으로 거론한 '조선풍'(연암), '조선시'(다산)들과 그 사상적 맥락을 같이 한다고 볼 때 더욱 큰 의미를 부여 받을 수 있을 것이다.17)

---

15) 四海皆兄弟 況一國乎 況一州乎 又況於儕友乎(全書一, 文集卷十一, p.212. <警寄兒輩場屋>

16) 我朝文物 比中華尤勝(≪全書≫八, 지령록권육, <聖代風樂>) 여기에서 병와는 중국보다 나은 것으로 사한(詞翰)·학문·음악 삼방면(三方面)을 거론하고 각기 뛰어난 인물들을 나열하였다.

17) 今懋官朝鮮人也……左海雖僻 國亦千乘 羅麗雖儉 民多美俗 則字其方言 韻其民謠 自然成章 眞機發現……攷諸嬰處之稿……雖謂朝鮮之風 可也(≪燕巖集≫ 卷七, <嬰處稿序>), 老人一快事 縱筆寫狂詞 競病不必拘 推敲不必遲 興到卽運意 意到卽寫之 我是朝鮮人 甘作朝鮮詩(≪與猶堂全書≫, 第一集 卷六, 詩三十三, <老人一快事六首效香山體>中其五)

(3) 조선악부론(朝鮮樂府論)의 적용과 그 양상

병와가 시도한 조선적인 악부에는 삼조(三調, 평·우·계면조)와 오음(궁상각치우)이 그 골격을 이루는 구성요소이다. 그는 삼조(三調)의 유래에 대하여 다음과 같이 말한다.

진인이 칠현금을 고구려에 보내자 제이상인 왕산악이 그 모양을 고쳐 육현금으로 만들었다. 그후 극종이 평조·우조·계면조를 지어 육현금으로 연주했다.[18)

이어서 다음과 같이 그 곡조의 성격을 구분하고 있다.

平　調 : 溫厚和緩雄縟典則樸實敦遠雅馴渾噩
羽　調 : 曠逸淸爽秀聳高俊整頓英發惻愴淬厲
界面調 : 奇健拒特標拔放博縈紆警絶抑揚豪宕[19)

병와는 위와 같은 기준을 설정하고, 다음과 같이 중국의 고시로부터 우리의 시조를 한역하여 한시화하는데까지 분류 적용하고 있다.

---

18) 晉人以七絃琴 送高句麗 第二相王山岳 增損其制 作六絃 其後克宗作平調羽調界面調 被之六絃(≪全書≫一, 文集卷八, 答徐士增問目, <我東亦有雅樂歟>). 한편 ≪三國史記≫에는 다음과 같이 평조·우조만을 들고 있어 병와와는 다른 면이 있다.……克宗制七曲 克宗之後以琴 自業者非一二 所製音曲有二調 一平調 二羽調 共一百八十七曲 其餘聲遺曲 流傳可記者無幾 餘悉散逸 不得具載(卷三十二, 七, 志 第一)

19) ≪全書≫八, p.767. 지령록 제육. 한편 광해군 때 나온 양덕수(梁德壽)의 양금신보에는 당시의 가곡에 4개의 음조가 있다고 하면서, 평조평조·우조평조·평조 계면조·계면조를 들고 있다.(서한범(徐漢範), 『國樂通論』, p.60 참조) 병와가 분류한 우조는 위의 우조 평조를 말한 것으로 보인다. 한편 현대에는 평조와 계면조만이 연주되며(상게서, p.55) 평조는 웅심화평(雄深和平) 또는 정대화평(正大和平)하고 계면조는 애원처창(哀怨悽悵) 또는 명인처창(鳴咽悽悵)한 느낌을 준다고 한다(장사훈, 『국악대사전』, p.103).

지금 평·우·계면조의 음률에 맞춘다면, 비록 정성에는 맞지 않는다 하나, 또한 한 방면의 악이 되는 데는 해되지 않으므로 관저를 평조, 종사우를 우조, 인지지를 계면조로 삼으며, 월도천심처(月到天心處)를 평조, 위성조양읍경진(渭城朝兩浥輕塵)을 우조 동정서망초강분(洞庭西望楚江分)을 계면조로 한다. 그리고 속가(시조)를 번역하여 시를 만들고 삼조에 분류 기록한다.20)

이제 구체적인 적용 방법이 문제가 된다.

가곡은 다 제 1음으로 본궁을 삼는데, 먼저 한편의 뜻을 살펴서 그 뜻이 화평하면 그 소리도 화평해야 하므로 궁과 치로써 정하고, 그 뜻이 애원하면 그 소리도 애원해야 하므로 상과 우로써 정한다.21)

즉 먼저 그 시 전체의 내용(뜻)을 파악한 뒤 그 느낌에 따라 삼조(三調)의 곡조를 적용한 것이다. 실제로 분류 적용된 모습을, 앞에서 거론한 '월도천심처(月到天心處)' 즉 소강절(邵康節)의 오언고시(五言古詩) '청야음(淸夜吟)'에서 본다.

月(宮)到(徵)天(宮)心(商)處(角)
風(宮)來(徵)水(羽)面(商)時(宮)
一(徵)般(商)淸(宮)意(商)味(角)
料(徵)得(角)少(徵)人(商)知(宮)

此以仲呂爲宮 林鍾爲商 南呂爲角 黃鍾爲徵 太簇爲羽 卽俗所謂平調也22)

---

20) 今且以平羽界面諧韻 則雖未恊於正聲 亦不害爲一方之樂 遂以關雎爲平調 蓋斯羽爲羽調 猗之趾爲界面調 月到天心處爲平調 渭城朝兩浥輕塵爲羽調 洞庭西望楚江分爲界面調 又取俗用歌曲翻以爲詩 分錄三調(≪全書≫十, <瓶窩先生言行錄>)

21) 歌曲皆以第一音爲本宮 先觀一書之意 其意和平 則其聲必和平 故定以爲宮徵 其意哀怨 則其聲必哀怨 故定以爲商羽(≪全書≫一, 文集卷七, <答李仲舒>)

22) ≪全書≫八, 芝嶺錄第六, <東方雅俗樂>. 이때 오음(五音, 宮商角徵羽)을 사성(宮商角徵羽))을 사성(四聲)과의 연관하에 배열하는 것은 운서의 정법에 의한다고 하였

이를 보면, 오음(五音)의 배열에 의하여 창(唱)과 연주가 가능하도록 되어 있는 바, 바로 그 가락(곡(曲))을 우리 속악(俗樂)의 평조에 맞도록 하기 위하여 12율(律) 중 율명(律名)을 지명하였고 우리말 어음(語音, 방음(方音))과 오음(五音)과를 연관시켜 나타낸 것이다.

이와같이 중국의 시도 우리 속악의 곡조로써 수용하여 부를 수 있으므로, 우리의 시를 우리의 곡조에 맞추어짓고 부른다는 것은 문제가 되지 아니한다. 그리하여 병와는 소자첨(蘇子瞻)을 비롯한 중국인들의 송사(宋詞)를 차운(次韻)하여 사(詞)를 지으면서도 우리 속악의 곡조에 맞추고 있으며23), 나아가 시조에 대하여는,

> 불려지는 가곡(時調)은 생각컨대 대강은 이와 같다고 여긴다. 즉 완만하면 평조, 높다라면 우조, 호탕하면 계면조가 된다.24)

라고 하였는 바, 역시 위의 기준에 의거하여 평조(平調) 제일지(第一旨)에 '촌거악(村居樂)' 등 16수, 제이지(第二旨)에 7수, 제삼지(第三旨)에 3수, 우조(羽調) 제일지(第一旨)에 '어부약(漁父約)'등 8수, 제이지(第二旨)에 8수, 제삼지(第三旨)에 5수, 계면조(界面調) 제일지(第一旨)에 '행로역(行路易)'등 3수, 제이지(第二旨)에 3수, 삼지(三旨)에 2수 도합 55수를 한역, 한시화 하였다.25)

다(五音之屬於四聲者 韻書之所以有定法也).

23) ≪全書≫八, 芝嶺錄 第三, <邵城壽詞幷序>. 이때 소자첨(蘇子瞻)의 자찬수룡음을 차운한 것은 平調第三旨로, 신환안(辛幻安)의 壽洪內翰最高樓는 우조일지(羽調一旨)로, 심원춘(心園春)은 界面調二旨로 맞추어 지었다. 이곳의 일지(一旨)·이지(二旨)등은 각각의 조에 있어서 으뜸음(궁(宮))의 음계(音階)를 말하는데, 모두 7개(일지(一指)·이지(二指)·삼지(三指)·횡지(橫指)·우조(羽調)·팔조(八調)·막조(邈調))가 있으며 일지(一旨, 지(指))의 경우는, 12율중(律中) 협종(夾鐘)이나 고세(姑洗)로써 으뜸음을 삼는다(서한범, 상게서, p.59 참조).

24) 行用歌曲 竊以爲大綱如此而已 媛則平 楚則羽 太豪則爲界面(≪全書≫一, 文集卷七, <答李仲舒>)

3. 병와악부의 주제와 형식

(1) 안분지족(安分知足)과 기절(氣節)

병와는 서언에서 언급한 바와 같이 출처가 분명한 생애를 영위했다. 즉 때와 의리가 맞으면 나아가 벼슬하고, 때를 만나지 못하면 곧 돌아와 은거하는 호연한 사대부의 기상을 쫓았다. 이러한 그의 삶의 자취는 '안분지족(安分知足)과 기절(氣節)'의 일생으로 형용할 수 있거니와, 다음 시편들에 잘 나타나 있다.

居無室26)

본디 정처없는 몸인데	本無定居
무엇하러 방 한칸 만드랴	又安事一室
문득 떠나올 때 생각하니	却憶當年離家日
멀리 벗어날 줄 알았으리	初計豈遠出
이리 저리 굴러 여기 머무니	展轉流落至此留
남들은 신선이라 부르네	人稱四皓之一
울창한 수풀 속 셋집은	傲屋傍蔚崒
성 동북쪽에 잇 닿았고	且管城東城北
곳곳엔 밤과 토란 흔하다만	處處多芋栗
끝내는 내집이 아니니	雖然此屋終非我所有
근심은 떠나지 않네	不免患得患失
옛말에 곳에 따라 집 삼는다 했으니	古語曰隨處卽爲家
무슨 어려움 있으랴	抑何妨左右
가야금 서책 벗삼아 지냄에	琴書以卒

---

25) ≪全書≫八, 芝嶺錄 第六, <今俗行用歌曲>
26) ≪全書≫八, 芝嶺錄 第六, <八無詠效益齋雜詠>

동선가(洞仙歌)의 사조(詞調)에 맞춰 익제의 팔무영(八無詠)을 보고 감발되어 지은 사(詞)이다.27) 위의 것은 병와의 안분지족 하는 생활상의 일단과 자세를 보여주고 있다. 그는 일찍이 "이 세상은 잠깐 빌려 사는 집이요, 이 몸은 장차 돌아가야 하는 나그네"(世爲暫借屋, 身是將歸客)28)라 읊고 또 "장차 돌아갈 나그네가 감깐 세상을 빌려 살 뿐"(將歸賓, 暫借世屋)29)이라 하였는 바 이같은 그의 철학이 그로 하여금 일생을 또 청렴하게 살도록 하였던 것이다.30)

다음 시에 명리(名利)를 초월하여 안분지족하는 경지가 더욱 우아하게 묘사되어 있다.

陋巷樂31)

십년 동안 경영하여   十年經營久

---

27) ≪益齋集≫에는 사(詞)를 '장단구'로 분류하였으나 병와는 모두 악부로 통칭하고 있다.

28) ≪全書≫十, 靜安餘噴, <次陶靖節自輓韻幷序>

29) ≪全書≫八, 芝嶺錄 第六, 鳳谷操, <惜花橖>

30) 병와는 정조 20년(1796)에 청백리로 녹선(錄選)되었다.

31) ≪全書≫八, 更永錄第六, <浩嶓謳>. 여기에 인용한 陋巷樂이하 弊屣閑(주 32)·路松勘(주 33)·督農課(주 38)등의 시는 이들을 포함 모두 16수로 묶여져 '浩嶓謳'라 이름 붙여져 있다. 陋巷樂과 督農課의 경우는 각각 김장생(金長生)과 남구만(南九萬)의 시조를 그대로 한역한 것이나, 弊屣閑과 路松勘의 경우는 병와의 시조집인 樂學拾零이나 靑丘永言)등의 타가집에 뚜렷하게 연관시킬 수 있는 시조가 없다. 내용이 한결 같이 서민적인 것이고, 형식도 모두 오언육구체(五言六句體)로서 정통적인 한시체의 규범을 벗어나 민가체(또는 악부체)의 표현 형태를 가졌으며, 호파구(浩嶓謳, 호탕한 늙은이의 노래)라 이름 지어 자신의 한역시조편(漢譯時調編, ≪全書≫八, 芝嶺錄第六, <今俗行用歌曲>)에 포함시키지 않고 별도로 구분지어 수록한 점을 고려할 때, 이중에서 비록 앞서 예를 든 원시조의 분명한 한역이 포함되어 있다 하더라도 이들은 모두 당시 서민대중에게 널리 불려진 노랫가락을 대상으로 해서 작가가 자신의 지취(志趣)에 맞는 것을 직접 한역하거나 또는 주제에서 모티브(Motive)를 취하여 창작하는 과정을 겪은 것으로 상정(想定)할 수 있겠다. 이러한 추론이 타당성이 있다면, 이들 '호파구(浩嶓謳)'는 단순한 시조의 한역이라기보다 창작의식이 보다 깊게 내재되어 있는 창작품이라 볼 수 있을 것이다.

<table>
<tr><td>초옥 한칸 마련했네</td><td>草屋一間設</td></tr>
<tr><td>반 칸은 청풍차지</td><td>半間淸風在</td></tr>
<tr><td>또 반칸은 명월</td><td>又半間明月</td></tr>
<tr><td>강산은 둘 곳 없어</td><td>江山無置處</td></tr>
<tr><td>병풍처럼 둘러 놨네</td><td>屛簇左右列</td></tr>
</table>

弊屣関[32)

공명은 헌신짝 같으니	功名若弊屣
헌신짝으로 어디를 가리오	弊屣將焉往
나이제 벗어버리고 돌아와	吾今脫而還
깊은 산골짜기에서 노닌다	入此深谷放
산신령이 나에게 말하길	山靈向余言
참으로 佳客의 모습이구려	此眞佳客況

공명(功名)을 헌신짝처럼 여기는 사고에서는 부귀는 설 자리가 없다. 그러므로 벼슬자리에 연연하지 않고 훌훌 벗어 던진채 산골에 머물 수 있고, 이곳에서도 자적할 수 있는 것이다. 그러나 은둔한다고 해서 모두 현실을 도피하는 것은 아니다. 완연히 속세와 인연을 끊고 처하기만 한다면 그것은 유자(儒者)의 정도(正道)가 못된다. 병와의 경우는 어떤가.

路松勸[33)

높이자란 산길의 소나무	昂莊石逕松
티끌세상 벗어났다 말하네	自謂超塵寰
어찌 다시 산 넘어가	何不更踰山
깊은 골에 살지 않느뇨	立於深谷間
시끄러운 소리 아득하여 들리지 않고	喧囂邈不到

---

32) 상게서, 같은 곳.
33) 상게서, 같은 곳.

은자 찾아주길 바랄뿐이네	只許幽人攀

높이 곧게 자란 소나무는 지사(志士)를, 시끄러운 소리는 당쟁의 와중을, 은자는 성군(聖君)을 상징한 것으로 볼 수 있다. 곧게 자란 소나무가 산길에 살면서도 티끌세상을 벗어났다 말함은 곧 세상의 명리를 초월했다는 것이다. 철저히 초월하기 위해서는 더 깊은 산골에 살아야 할 터인데, 왜 여기 그대로 머물러 있는가. 그것은 피세은둔(避世隱遯)이 목적이 아니기 때문이다. 비록 인세(人世)와의 거리가 가깝다 하더라도 이미 마음이 없으니 시끄러운 소리는 문제가 되지 않는다. 오직 자신을 알아줄 은자(隱者)를 기다리며 서 있을 뿐이다. 언젠가는 성군을 만나 자기의 포부를 펼날을 기다리고 있다는 말이 된다.

여기에서 병와의 잦은 사퇴와 은거의 의미가 무엇인지는 저절로 규명이 되고 있거니와 위의 시야말로 곧 병와의 드높은 기절(氣節)을 형상화하고 있다고 하겠다.

(2) 사대부 의식의 발현

병와는 전형적인 사대부에 속한다. 우리나라에 있어서의 사대부는 이조 5백년 동안의 지배층인 양반으로서 연암은 다음과 같이 간명하게 말한 바 있다.

> 독서하는 사람을 사라하며, 정사에 종사하여 대부가 된다.[34]

병와는 사(士)와 대부(大夫)의 위치를 반복하면서 그 일생을 보냈다. 이조시대에 있어서의 사대부는 왕도정치의 실현을 최고의 지표로 삼았으며 그리하여 요순우탕문무(堯舜禹湯文武)와 같은 시대의 구현을 그

---

34) 讀書曰士 從政爲大夫(≪燕巖集≫ 卷八, 放璚閣外傳, <兩班傳>)

이상으로 하여 왔다. 그러나 언제나 현실은 그 이상과는 괴리가 있기 마련이었다. 그리하여 양심적인 사대부는 항상 '선왕의 도'를 생각하면서 대부의 위치에 있을 때는 정사(政事)로써 그 이상을 구현하기에 진력하였고, 사(士)의 위치에서는 학문·저술로써 자신의 역할을 수행하여 왔거니와, 병와도 곧 그중의 한 사람이다. 그리고 이때의 양심적인 사(士)는 '백성을 힘쓰도록 가르치고, 그 댓가로 먹는다(역민대식지(力民代食之))'는 사명감을 자각하고 있었다.[35]

이와 같은 의식이 병와에게서는 다음과 같은 '풍교'(민풍교화(民風敎化))의 성격을 띤 작품들로 나타났다.[36]

相勸[37]

편하려고 어찌 몸을 아끼랴	任便何須惜
그치지 않는 세월 빠르기만 한데	不輟在寸隙
힘든 일에 굳은 살 날로 박혀야	辛勤胼胝日復日
먹고 마시는 일 항상 넉넉하리라	喫着常自足
밤 늦도록 일하는 늙은이들	夜不休翁
아직도 서로서로 재촉하누나	姑互相促

---

35) 사(士)의 사명감에 대해서는 일찍이 이우성 교수의 「實學研究序說」에 명쾌하게 밝혀져 있는 바 그대로 인용하면 다음과 같다. 즉 「燕巖은 「課農小抄」에서 "士의 학문은 농·공·상의 원리를 겸포(兼包)하는 것이라야 한다. 오늘날 농업, 공업, 상업이 제대로 못되는 것은 사(士)가 실학을 갖지 못한 데에 원인이 있다"라고 해서 사(士)가 비록 손으로 노동은 못하더라도 농·공·상에 관한 실학으로 서민에게 봉사한다고 한 것이다.(李佑成, 『韓國의 歷史像』, 「實學研究序說」 pp.24~25)

36) 병와는 강희맹의 농구십사수(農謳十四首)를 차운하여 <次農謳> 십사수와 <後農謳> 십사수를 지었다. 병와는 강희맹의 농구에 대하여 '頗古雅可喜'라 평하였는바, 이는 곧 자신이 차운하여 짓는 의의와 효용성을 인정한 말이며 그 때문에 자기도 감발되어 차운하여 지어서 농민들의 세계를 농민들과 함께 부른다고 한 것이다. 여기에는 농사일을 권면하는 병와의 풍교(風敎)의 의도와 아울러 농민에 대한 애정이 짙게 내재되어 있다고 보여 진다.

37) ≪全書≫一, 文集卷三, <次農謳>

다음도 같은 류(類)이다.

督農課38)

동쪽이 밝아오니	東方欲曙未
꾀꼬리 소리 들렸네	鶬庚已先鳴
밉살맞은 목동놈들	可憎牧竪輩
아직도 잠깨지 않았구나	尙耽短長更
윗밭두렁 길기만하니	上平田畝長
해전에 갈 수 있을지	恐未趂日耕

다음의 것들은 풍교의 범주에 들면서도 비판적인 성격이 강한 것으로 '풍간(諷諫)'으로 표현할 수 있을 것이다. 사대부의 현실세계의 인식에서 '부정적인 세계'를 접할 때 양심적인 사대부는 '부정적인 세계'에 비판적인 자세를 취함으로써 '민중과 집권층의 중간에서 올바른 임무를 수행'39)하려 노력했거니와 병와의 경우 다음과 같은 시를 통해 드러나고 있다.

紡績40)

베짱이 얼굴스쳐 뛰어가니	促織當面過
깜박이는 등불 어른거리네	明滅寒燈眼欲花
북놀림 밤낮을 이었었고	輕梭擲日月
베틀에서 해를 다 보냈다네	杼柚弄年華
오늘밤 짜진 베로 고운 옷 짓더라도	績功今夜最麗服
단장하고 나와 자랑치는 마시오	靚粧不須誇
가만히 생각하면 먹고 입는 것	默數飢食與寒衣

---

38) ≪全書≫八, 更永錄第六, <浩皤謳>
39) 이우성, 「實學派의 文學과 社會觀」, 『韓國의 歷史像』 p.69.
40) ≪全書≫八, 芝嶺錄第六, <後農謳>

모두 다 우리집에서 나왔다오　　　　　　　　　畢竟皆自吾家

　베짜는 촌부(村婦)는 밤낮으로 고되게 일하여 베를 완성하더라도 자신의 차지가 되지 못한다. 굶주릴 때 먹게 되는 음식과 추울 때 입는 옷들이 모두 우리 집에서 나온 것임을 알아나 주었으면 그나마도 다행인 편이다. 대개는 고생하는 계층의 처지는 전혀 생각지 않고 잘 입고 먹는 것을 자랑이나 하는 지배층의 횡포를 볼 뿐이다.

誇農[41]
쇠코잠방이 걸치고서 술청앞을 지나니　　　　　犢鼻當壚過
쑥대머리에 눈꼽이 끼었구나　　　　　　　　　頭戴飛蓬眼生花
저자거리 아이놈들 손뼉을 치며　　　　　　　　市童齊拍手
"웬사람이 저렇게 볼품이 있담"　　　　　　　　何物弄春華
호미로 가리키며 꾸짖어 말하길　　　　　　　　荷鋤却向塵頭喝
"너희들이 어찌 내 앞에서 뽐내느냐　　　　　　爾曹焉能奢我誇
내가 만일 金帛을 바꿔주지 않으면　　　　　　我若不敎金帛遷
너희들은 살 집도 없으리라"　　　　　　　　　爾亦無家

　농부의 초라한 차림을 보고 손뼉 치면서 비웃는 시동(市童)들을 작자는 오히려 농부의 말을 통해 통쾌하게 반박하고 있다. 저자거리에서 상업에 종사하는 계층의 생활수준은 벌써 농부들과는 현격한 차이가 있었던 것 같다. 이러한 상황에서는 농・상간에도 갈등이 생기게 마련이다. 이때 작가는 단연 농민의 입장에 서서 옹호하고 나선 것이다.
　이상 풍교와 풍간의 내용을 함유하는 시편들을 검토할 때 감지되는 것은 병와의 현실세계에의 인식이 대단히 온건한 양상을 띠고 있다는 점이다. 말하자면 모순된 사회에 대한 날카로운 풍자나 해학, 그리고 지

---

41) ≪全書≫一, 文集卷三, <次農謳>

배층과 피지배층간의 첨예한 대립등은 그렇게 크게 두드러지지 않고 있다.

병와는 당대의 세로(世路)에서 완전히 소외된 처지는 아니었으며 다만 의리에 맞으면 나아가고 그렇지 않을 때 은거하는 이상적인 유학자의 길을 온건하게 걷고자 노력했던 인물이다.

(3) 서민정취의 수용과 한시의 체질변화

병와의 악부에는 서민들의 삶의 현장이 즐겨 묘사되고 있다. 이는 서민들의 존재를 인식하는 병와의 의식세계의 표출이라고 하겠다. 그가 농구(農謳) 14수에 후농구(後農謳) 14수를 연이어 지은 점이 이를 대변해 주고 있거니와 다음에서 구체적으로 확인되고 있다.

이제 어여나사대를 사로 하고 두루농으로 결자를 삼으니 사를 물리쳐 정으로 돌린다는 데 해가 되지 아니하므로 그 운을 따르되 그 차례를 조금 변경시켜서 농부를 위하여 노래 짓는다.42)

또 이어서

내가 이미 사숙재를 차운하였으나 이것은 특히 자잘한 것들 뿐이었다. 또 그 대강을 차운하여 밭가는 자와 더불어 함께 한다.43)

위와 같이 농부를 위하여 짓고 밭가는 자와 함께 한다(부른다)고 한 바에서, 곧 농부들의 세계에 호흡을 같이하는 자세를 볼 수 있거니와,

---

42) 今以語汝羅邪對爲辭 頭妻農爲闋者 不害斥邪而反正 故步其韻而略變其次 以爲 握鋤者倡(≪全書≫八, 芝嶺錄第六, <語汝羅邪對次確者古老農>) 이곳의 <語汝羅 邪對次確者古老農>은 창화사(倡和辭)의 일종이라 보여진다.

43) 余旣次私淑齋 然此特細節耳 又次其大綱 以與耒耤者共(상게서, 같은 곳)

이렇게 농부들과 함께 부를 수 있는 노래를 짓는다면, 자연 그 내용은 그들의 생활상을 읊게 될 것이다. 따라서 그 노래의 소재와 의경(意境) 나아가 그 형식까지도 그들과 친밀한 것이 요구된다.

1수를 들어 본다.

折草[44]

사람들 풀베기 함께하니	人人折草皆同
들과 산은 벌거숭이	野無靑色翁翁
부지런과 게으름 양으로 판단하니	相將多少較勤慢
거름할 밭 남아 있지 않다네	糞田也不空

우선 겉으로 드러난 형식을 보건데 규범적인 한시 형태와는 거리가 있다. 또 농촌의 일상사인 풀베기가 소재이고 그 의경(意境) 모두 농촌의 토속적인 정취이며, 이를 더욱 실감있게 하는 역할을 '옹옹(翁翁)' 같은 시어가 담당하고 있다. 속된 말 그대로 하면 아마 '민둥머리'라는 표현일 듯 하다. 단가의 형태를 취한 것은 농부들의 노래로 불려지기에 알맞도록 하는데 한 몫이 될 것이다. 위와 같은 노력은 다른 작품에서도 많은 토속적인 방언을 시어로 사용하고 있는데서도 확인되고 있다. 몇 개를 에로 들면 대고소고(大姑小姑, 큰시누 작은시누), 대랑소랑(大郎小郎, 큰도령 작은도령), 송명화(松明火, 솔불), 촉섬(促織, 베짱이), 안생화(眼生花, 눈꼽), 독비(犢鼻, 쇠코잠방이) 등이 이에 속할 것이다.[45]

병와는 또 우리말 시조를 한역, 한시화하면서 더욱 더 한문학의 우리 문학화에 기여하고 있다.[46]

---

44) 상게서, 같은 곳.

45) 한문의 토착화에 있어서 방언(속어)의 사용은 대단히 중요한 의미를 내포하고 있다. 곧 조선후기 문인들이 민족적인 주체성의 자각 하에 조선풍·조선시를 주창했을 때, 곧 이것이 그 실천적 도구가 되고 있기 때문이다.(송재소, 『茶山文學硏究』<박사학위 논문, 서울大 대학원, 1983, p.31 참조>

春風[丐47)]
春風解雪風而今何處去
霎然借得來願吹吾寢處
鬢上年久霜庶幾盡消除

春山에 눈 노기는 ㅂ람 건듯 불고 간듸ㅣ 업다
져근듯 비러다가 ㅁ리 우희 불이고져
귀밋틱ㅣ ㅎㅣ무근 셔리를 녹여 볼 가 ㅎ노라
(樂學拾零)

이것은 고려 우탁(禹倬)의 시조를 한역한 것이다. 한시의 정통형식을 고려치 않은 점이 두드러진다. 시조의 삼장체(三章體)를 그대로 좇았으며, 시구의 조어법이 거의 우리말의 문장체제를 따랐는바, 특히 '차득래(借得來)'=빌어얻어와 → 비러다가, '연구상(年久霜)' → ㅎㅣ무근셔리 등) 이것은 우리말 감각을 살리기 위한 의도였을 것이다. 1706년(숙종 32)에 이루어진 한시로의 한역이 이 같은 양상을 띠고 나타난 것은, 한시의 체질변화를 통한 한문학의 우리 문학화와 시조 문학의 위치 확립이라는 측면에서 볼 때, 일정한 의미를 부여할 수 있을 것이다.

4. 결언

병와 이형상이 생존했던 숙종년간과 영조초년은 당파간의 대립이 가장 첨예할 때였다. 이러한 시기에 병와는 출처를 분명히 하여 파쟁에 휩쓸리지 않고 중도(中道)를 지켰으며 목민관으로서는 선정을 폈고, 사

---

46) ≪全書≫八, 芝嶺錄第六, <今俗行用歌曲> 註 25) 참조.
47) ≪全書≫八, 芝嶺錄, <平調第三旨>

(士)의 위치에서는 학문에 전념하였다.

그의 문학적 성과, 또한 주목을 받을 만한데 특히 악부에 대한 깊은 관심과 창작은 더욱 눈길을 끈다. 그는 고악부와 가요를 포함 400수가 넘는 악부문학 유산을 남겼는 바, 그의 문학론 및 조선악부론에 관련하여 주요사항을 요약, 제시하면 아래와 같다.

첫째, 그는 문장의 중요성을 인식하여 도본문말(道本文末)의 도학주의자적 문학관을 탈피하는 사고를 보여주고 있다.

둘째, 악부를 음률과 문의 접합양식으로 파악하였으니 곧, ‘악부=악곡’의 관념을 지녔다.

셋째, 중국의 음률을 모르면 악부를 지을 수 없다는 전래의 통념을 거부하고 과감히 조선의 음율(속악의 삼조(三調) : 평(平), 우(羽), 계면조(界面調))에 맞추어 짓는 이른바 ‘조선의 악부’를 주창하였는 바, 이는 그의 주체성의 자각에 기인한 것으로 파악된다.

넷째, 예(禮)가 승하여 당화가 일어난 것이라 비판, 예와 악의 조화를 이루기 위하여는 악부를 통하여 예승의 폐단을 시정해야 한다고 하여, 악부를 문예적인 존재에 국한시키지 않고, 광세적인 기능을 수행하는 것으로까지 그 효용성을 강조하였다.

다음으로 그의 악부의 주제와 형식면에서 거론될 수 있는 것은 다음과 같다.

첫째, 안분지족하는 삶의 자세와 굳건한 사(士)의 기절이 투영되어 있다.

둘째, 사대부로서의 사명감을 자각하여 당시 사회의 풍속교화와 부정적인 현실에 대한 풍간의 내용을 표현하였다.

셋째, 서민(농민)들의 생활을 즐겨 묘사하고 생동감 있는 표현을 위하여 속어등을 주저없이 사용하였다.

넷째, 다수의 시조를 한역하여 우리의 음률에 맞추어 분류하면서 그 형식은 주로 우리말 체제를 따랐는바, 이는 '한시의 체질변화와 우리 문학화' 또는 '국문시조 문학과 한문학과의 접목' 등의 관점에서 일정한 의미를 부여받을 수 있을 것이다.

끝으로 본고는 아직도 많은 문제가 더 천착되어야 한다고 본다. 특히 조선악부와 관련하여 삼조(三調)의 음률과 오음배치의 관계, 그리고 '악부=악곡'의 관념에서 '피지관현(被之管絃)'되는 실상(시창(詩唱)을 포함) 등은 우리 문학사에서 주목될 것들이며, 그의 병와(瓶窩)악부의 형식상의 특징과 조선후기 다른 악부문인들과의 관계등도 좀 더 연구의 손길이 미쳐야 될 것들이다. 이것들에 대하여는 후일을 기하기로 한다.

(공주사범대학 논문집 22집, 1984)

어은(漁隱) 오국헌(吳國獻) 선생의 생애와 문학

1. 서언

어은(漁隱) 오국헌(吳國獻, 1599~1672)공은 17세기 조선 중기에 삶을 영위한 재야사대부(在野士大夫)이다.

16세기 사림정권이 들어선 이후 지방 사대부의 진출이 활발해진 것은 주지의 사실이거니와, 17세기 전반 인조반정(1623) 이후는 특히 서인측의 사대부들이 대거 등용되었다. 어은 공 역시 사계의 문인이며 양송(兩宋)과의 교유관계가 있어 분명 집권 서인측의 인물에 속하였으나, 병자 호란이후 출사에의 뜻을 접고 은사(隱士)의 길을 택하였다.

이로써 공은 평생 재야사대부로서의 삶을 살게 되었으며, 공의 문학 역시 여기에서 그 성향이 결정지어졌음을 알 수 있다. 따라서 환언하면 우리는 어은공이 남긴 시문을 통해서 17세기 재야사대부의 삶의 양상을 유추해 볼 수 있으며 아울러 재야사대부 문학의 경향을 파악할 수 있을 것이다.

그런데 안타깝게도 어은 공이 남긴 시문은 일백 수십수에 지나지 않는다. 공이 졸한 뒤 200여년이 지나서야 시문이 수습되어 문집발간이 이루어지고 그 와중에서 화재를 만났으므로 서제(書題)만 남게 된 것도 있다. 더구나 대체로 천리지학(踐履之學)에 종사하는 독학지사(篤學之士)의 경우, 문사(文詞)는 여기(餘技)로 여겨 소홀히 하는 경향이 있으므로 더욱 그 수가 영성하게 되었을 것으로 추정된다.[1]

2. 어은(漁隱)의 가계와 생평

(1) 가계(家系)

어은 공의 본관인 해주 오씨는 중국 송의 학사 오인유(吳仁裕)를 시조로 하는 바, 서기 984년(고려 성종 3년)에 고려에 건너와 해주에 정착하였으며, 고려조에 검교군기감(檢校軍器監)을 역임하였고, 예부감(禮部監)에 재직하면서는 국자감(國子監)을 건립하도록 주청하여 이를 실현시켰다.[2]

조선조에 들어서도 대대로 조정에 나아가 명환(名宦)의 이름이 이어졌으니, 공조전서인 광정(光廷)은 공의 8대조이고, 관찰사 유종(有終)은 공의 5대조가 된다.

여기에 어은 공을 중심으로 그 세계(世系)를 간략하게 도식화하여 나타내면 다음과 같다.[3]

---

1) ≪漁隱遺稿≫는 1873년(癸酉, 고종10)에 부록을 포함 4권으로 발간되었고, 그 뒤 1918년(戊午)에 초간 시에 누락된 글을 붙여 6권으로 속간하였으며, 이어서 1988년에는 이를 국역하여 출판하였다. 이하 ≪유고≫로 표기한다.

2) 『吳氏略史』 p.329, 「해주 오씨」(2001. 한국성씨사료 연구원)

3) 위의 책, p.376, <世系表> 및 ≪유고≫, p.278, <行狀>, p.427, <無憂堂 延輝 墓碣銘>참조.

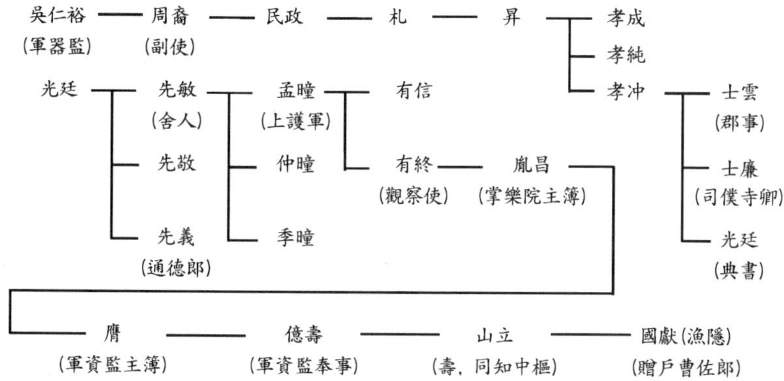

본래 해주오씨는 경기 용인을 중심으로 세거한 근기사족(近畿士族)
이었는데, 호중(湖中)에 분거하게 된 것은 어은 공의 5대조인 오유종(吳
有終, 號 杏亭 1433~1500)이 진산에 입향한 데서 비롯되었다. 그는 당시
학문정박(學問精博)하다는 평이 있었으며 점필재 김종직(金宗直)의 천
거로서 전라병마절도사 겸 수군절도사가 되었는데, 연산군 때에 벼슬을
버리고 옥계(玉溪 : 진산의 지명)에 은둔하였다 한다.4) 이로써 어은 공
은 곧 진산에서 태어나 성장하게 되었다.

(2) 생평

이어서 어은 공의 생애를 파악해보면 대략 전, 중, 후 3기로 구분할
수 있다.

1) 전기 (초학기, ~24세)

공은 1599년(선조 32) 2월 2일, 동지중추부사 산립(山立)과 남원양씨
(南原梁氏)사이에 삼남 중 차남으로 태어났다. 출생하여 성장한 곳은 충

---

4) ≪유고≫, p.150, 「行亭軒記」 및 최근묵 「海州吳氏의 유래와 漁隱 吳國獻」(어은
   선생 탄신 407주년 기념 학술대회 발표논문) 참조.

남 금산군 추부면 요광리(충남 금산군 추부면 요광리)이다.

공은 어려서부터 모부인 양씨의 훈육을 받아 방정한 범절을 보였으며, 6세에 취학한 뒤로 그 성취됨이 세인의 주목을 받았다. 곧 통사(通史)를 읽어 문리가 크게 진취되었고 혼정신성의 도리를 다하였다. 육경과 백가서를 깊이 연구하면서 부모를 기쁘게 해드리기 위하여 과업도 겸하여 익혔다. 향시에 여러번 입격하였으나, 과거에 매달림은 이롭지 않다고 여겨 대과에 나아가는 것을 폐지하고 , 천리지학(踐履之學)에 뜻을 두었으며, 부모봉양에 전심하였다.5)

2) 중기 (대전 거주, 공 25세~52세)

공이 25세에 연산(현 충남 논산군 연산면 임리)에 거주하는 문원공 사계 김장생에게 나아가 수학하면서부터 호서사림인 동학들과 교유가 시작되었을 것으로 생각된다. 이 때 공은 스승으로부터 학문의 대요(大要)를 들었으며, 이후 자주 왕래하면서 경전과 송학을 깊이 연구하는 한편, 자세히 강론하니 동문들이 모두 추중하였다. 또 이때로부터 동춘(송준길), 우암(송시열)과도 교유하면서 경의(經義)를 변론하였으며 서로간 칭허(稱許)하여 벗이 되었다.

이 무렵 공의 거주지는 공주 탄동 봉곡(鳳谷 : 현 대전광역시 유성구 도룡동 새우)이었으며 뒤에 산청군 단성으로 이거하기 까지 30여년간 거주한 것으로 추정되고, 그 뒤로도 일부 자손은 그대로 남아 거주하였다.6)

한편 이 기간중 양대 호란을 겪었으며, 병자년 호란(공 38세)에는 사종제(四從弟) 오정언(吳廷彦) 부사와 함께 의병을 모집하여, 전주에 진을 치고 있던 정홍명(鄭弘溟) 의병장 휘하로 보내고, 스스로는 부모와

---

5) 《유고》, p.278, <行狀>및 p.312, <事>
6) 오린선, 綱菴 遺稿 및 송백헌 「어은 오국헌의 일생과 구효세가」(어은 선생 탄신 407
   주년 기념 학술대회 발표논문) 참조.

모든 가솔을 거느려 옥천 논곡(論谷)으로 들어가 난을 피하였다.

또 양친의 환후에는 지혈(指血)의 정성을 다하였으며 극진한 효성에 감응하여 순생이출(筍生鯉出)의 이변이 있었고, 내외 정우(丁憂)를 당하여서는 지성으로 여묘(廬墓)를 지켰다. 이리하여 경인년(1560, 효종 1, 공52세)에는 온 고을의 선비들이 공의 효제학행(孝悌學行)을 들어 수령에게 천거하려 하였던 바, 공이 이를 제지시킨바 있었으며, 다음 해에는 도내의 선비들이 역시 도신(道臣)에게 천거하고, 이를 조정에 까지 알린 바 있었다.7)

이때의 어은공의 효행은 전술한 바와 같이 매우 탁월하였으며, 이러한 가풍은 후세에 이어져 누대에 걸쳐 효자정려를 받게 되었던 바, 이로써 4세9효(四世九孝)의 이름을 얻게 되었다. 참고로 그 계보를 도식화하여 보이면 다음과 같다.

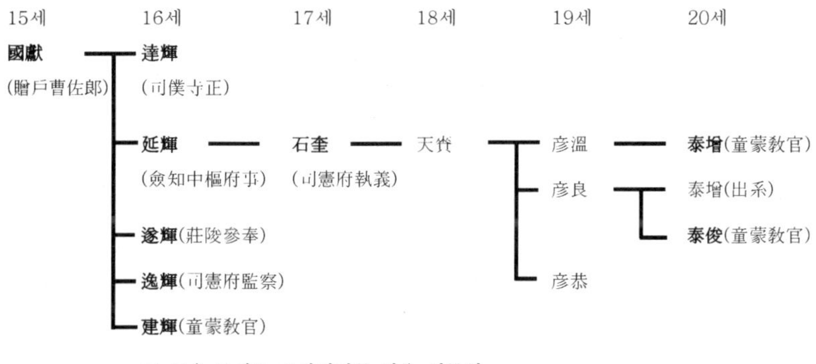

3) 후기 (단성 이거 후~말년: 53세~74세)

공은 신묘년(1651년) 가을 가솔을 거느리고 단성으로 이주하여 도천(道川)에 집을 짓고, 강학에 전일하였다. 이곳은 산수가 명려(明麗)할

---

7) ≪유고≫, 같은 곳.

뿐만 아니라 곧 공의 외조 양(梁) 사간공(명: 士貞)이 거주하던 고을이
었다.

이곳에서도 공의 학덕이 알려지자 인근에서 학도들이 모여들었으므
로, 갑오년(공 56세)에 집 서쪽에 정사(精舍)를 짓고 더욱 교학에 용력
(用力)하였다. 이때 단성읍의 선비들이 공의 독학지행(篤學至行)을 군수
에게 알리고자 하였으나, 공이 이를 거절하였다.

이어서 무술년(공 60세)에는 또 도내 선비들이 공의 박학독행(博學篤
行)을 들어 도신에게 천문(薦聞)하려 하였으나 역시 이를 거절하였다.
동시에 효종 조에는 선음(先陰)으로 침랑(寢郎)과 내직에 누차 천망되
었으나, 역시 공이 굳게 거절하였던 바, 이는 모두 공이 호란의 수치에
대하여 사대부로서 절의를 지키고자 하는 뜻에서 였다.

이즈음에 우암이 어은이라고 손수 대필하여 공에게 준 것은 우암 역
시 어은 공의 고결한 뜻을 허여한 것으로 볼 수 있다.[8]

공은 임자년(1672년) 11월에 74세로 고종(考終)하였으며, 다음해 8월
에 단성 봉산 아래 어은동 언덕에 장사지냈다. 부음을 접한 우암은 「은
사오공지구(隱士吳公之柩)」라는 명정(銘旌)을 써서 보냈다.[9]

공이 몰한 뒤 숙종 임진년(1712년, 숙종 38)에 단암(丹巖) 민진원(閔鎭
遠)이 상주하여 승훈랑(承訓郎) 호조좌랑(戶曹佐郎)이 증직되었고, 이어
고종 25년(1888년)에는 가선대부 이조참판 겸 동지춘추관사에 증직됨과
동시에 효자정려가 내려졌다.[10]

---

8) 우암이 어은이라 써 줌으로 해서 이것이 공의 호가 되었는 바, 이는 어수은산(漁水
隱山)의 약어로, 곧 공의 은거의 행적을 의미 있게 평가한 것으로 보인다. 또 이때 우
암은 '산풍수월 설화운죽(山風水月 雪花雲竹)'을 대자로 쓰고, 다시 '폐호간서 매경
교자 주장택윤 옥온산휘(閉戶看書 買經敎子 珠藏澤潤 玉蘊山輝)'를 써서 공에게
주었는 바, 이것 또한 같은 뜻을 갖는다고 보겠다. (≪유고≫, p.316~317)
9) ≪유고≫, 같은 곳.
10) 송백헌, 앞의 논문 참조.

3. 어은의 문학세계

앞서 살펴 본 바와 같이 어은 공은 호서 사림(湖西士林)의 일원으로서 집권사대부층과 연원을 같이 하였으나, 출사를 거부하고 평생을 전원에 은거하였다. 그것은, 성하지치(城下之恥)를 당한 현실에서 사대부로서는 차마 출사할 명분이 없어서 였다. 곧 어은 공은 스스로 재야 사대부의 삶을 선택하였던 것이다.

그러므로 우리는 여기에서 어은공의 생애를 통해서 17C 재야사대부의 삶의 양상을 규지(窺知)할 수 있을 것이며, 공이 남긴 시문의 분석을 통해서는 재야사대부의 삶이 문학적으로 어떻게 형상화 되었는가를 파악할 수 있을 것이다.

(1) 은거자락(隱居自樂)의 아취(雅趣)

어은이라는 호명에서도 드러나는 은거는 공에게 있어서 어느 때부터 시작된 것일까? 병자호란(1636)이후 벼슬에 천거 되었을때 "이러한 때에 벼슬함은, 사군자가 부끄러워 할 바이다(此時仕宦士君子所深恥也)"[11]고 하면서 벼슬에 나아가기를 거절한 뒤로부터 은거의 삶이 비롯되었다고 할 수 있으나, 보다 본격적인 것은 신묘년(1651년) 단성(丹城)으로 이거한 뒤의 기간(1651~1672)으로 추정할 수 있다. 그리고 공의 은거는 흔히 귀거래(歸去來)에서 보여주는 완세불공(玩世不恭)과는 다르다.

> 옛날에 공자도 탄식하였도다
> 바다에 배 띄우려 하시고 하수까지 나아가신적도 있도다
> 어찌 수레와 관(높은벼슬) 때문에 속박을 당하리오
> 출처를 도리에 맞게 할 뿐이네…여기에 숨어살고 여기에서 즐거워하여,
> 나의 몸 마칠 것이니 다시 무엇을 구하리![12]

---

11) 《유고》, p.293, <墓誌銘并序>

위에서 보는 바와 같이 어은 공은 세간(世間)의 명리(名利)에 구속받지 않고 다만 출처에 맞게 처세할 뿐이라고 하였는 바, 따라서 공은 은거의 생활에서도 자족할 수 있게 되었음을 분명하게 밝힐 수 있었다.

실제로 어은 공의 전원시에서는 대부분 산수자연과도 합일되며, 그 속에서 안분자족(安分自足)하는 고상한 정취를 드러내고 있다.

안개가 깊다가 비되어 내리니
창문을 열어도 푸른산이 보이지 않네
늦게라도 날이 밝게 개이면
지팡이 짚고서 한가롭게 걸어보리[13]
宿霧因成雨 開窓失碧山
晩來如快霽 扶杖計幽閒

위의 시에서는 전반적으로 안온하며 한가로운 정조가 베어난다고 하겠다. 다음 시 역시 같은 유에 속한다.

홀로 백수정에 오르니
연꽃향기 바람에 실려오누나
누가 나의 즐거움을 알리
맑은 바람 한밤에 서늘하네[14]
獨登碧樹亭 風送芰荷香
誰識余心樂 淸風一夜凉

---

12) ≪유고≫, p.8, <漁夫辭> "昔孔聖之發歎兮 襄於海而武於河 豈軒冕爲桎梏兮 以出處之得宜…隱於斯 樂於斯 終吾身 復何求" 이곳의 '襄於海'는 "子曰 道不行 乘桴 浮于海"(論語, 公冶長)를 이르고, '武於河'는 "將西見趙簡子 至河而反"(論語, 서설(序說))을 이르는 것으로 보이는데, 모두 공자의 출처를 말함이다.

13) ≪유고≫, p.13, <寓懷>

14) ≪유고≫, p.31, <碧樹亭>

  나아가 어은 공의 은거는 자연친화와 자연귀의의 삶이라고도 표현할
수 있는바, 아래와 같은 시에서 그 같은 정조를 읽을 수 있다.

  이리저리 고안하여 돌과 대나무 배치하고
  휘파람 불며 새, 물고기와도 친하다네
  가을이 깊어가니 벼 꽃도 떨어지고
  바람이 높이 부니 오동잎도 성글어지네
  나는 새로 빚은 술에 취했는데
  아동들은 옛 글을 당당히 읽는구나
  늙은 농꾼들과 어울려 농사일 말 나누며
  도롱이 삿갓에 호미들고 나선다네[15]
  經營排竹石 嘯詠契禽魚
  秋熟稻花落 風高桐葉疎
  儂醺新釀酒 兒讀古人書
  談農同野老 簑笠又荷鉏

  따라서 어은 공의 은거시에서는 염세(厭世)에서 비롯되는 회한(懷恨)
이나 자탄(自嘆)의 정서는 찾아보기 힘들다. 이는 음영성정(吟詠性情)의
경우에도 항상 성정지정(性情之正)을 읊어야 하며 그것도 온유돈후(溫
柔敦厚)해야 한다는 중세의 보편적인 재도적 문학관을 어은 공 역시 견
지하고 있었기 때문으로 볼 수 있다.
  어은공이 노년(52세)에 접어들어 영남 단성(丹城: 현 경남 산청군)으
로 이거한 뒤 지은 것으로 보이는 다음 시들에서도 그 정조는 한결같이
물외한적의 청담한 시세계를 보여주고 있다.[16]

---

15) ≪유고≫, p.42, <自述>

16) 어은 공의 넷째 아들 용포(龍浦) 일휘(逸輝)공이 기록한 유서에 의하면, 어은 공이
   신묘년(辛卯年, 1651) 가을에 단성(丹城)으로 이거하였으며, 3년 뒤인 甲午(1654)년
   봄에 어은정사(漁隱精舍)를 지었다고 한다. 한편 이거하기 전까지는 (후손의 전언에
   의하면) 대전시 외곽 봉곡리, 현 연구단지 지역에 거주하였다고 한다.

봉황산 아래 한 채의 초가집,
밤 낮으로 공맹의 글 부지런히 읽는다네
가난하게 사는 것이 나의 즐거움이 되었으니
산에서는 나무도 하고 물에서는 고기도 잡는다네[17]
鳳凰山下一茅廬　日夕孜孜孔孟書
所居貧裏終吾樂　山或爲樵水或漁

어은 공이 단성에 이거하여 3년이 지난 때에 정사(漁隱精舍)를 짓고
그 감회를 읊은 시는 아래와 같다.

맑은 구름과 흐르는 물이 중당을 아름답게 하는데
만사가 한가로워 저절로 바쁘지 않구나
대나무창 햇볕 받아 호연한 기상 머금었고
꽃핀 뜨락 이슬 받아 싱그런 향기 피어난다
계절은 저절로 돌아서 봄 정경이 그림같고
속세의 꿈 모두 깨어나니 낮은 아직도 한창이구나
원숭이, 새들은 조용하고 찾아오는 이 없으니
산 밭 두둑에서 저물녘까지 농사일 거든다네[18]
淡雲流水媚中堂　萬事悠悠不自忙
竹牖向陽含浩氣　花階承露展新香
天氣自動春如畵　塵夢忽醒晝立長
猿鳥不驚人莫倒　山疇盡日課農桑

(2) 거경함양(居敬涵養)의 추구

사대부는 자신의 은거가 혹 색은행괴(索隱行怪)가 될까 보아 경계하
는 마음을 늦추지 않는 것이 보편적인 경향이었다. 그리하여 부단히 경

---

17) ≪유고≫, p.50, <述懷>
18) ≪유고≫, p71, <甲午春築一精舍於鳳山　作一律以寄意焉>

이직내(敬以直內)하며 스스로를 성찰하는 군자의 삶을 영위코자 하였으니, 어은 공의 경우 역시 예외가 아니다.[19]

성인이나 평민이나 하늘에서 받은 것
한가지 마음은 나에게 있노라
만일 보존하여 기르지 않는다면
갖가지 욕망이 공격하게 되리라
비록 사람이라는 이름을 가졌다 하나
오호라! 금수일 뿐이로다
성인과 어리석은이도 근본은 다르지 않으니
본연의 성품을 길러 얻게 된 때에는
저절로 바르게 되어 온갖 사특함이 물러나고
오직 만가지 이치를 밝혀 미루어 나가도다
뭇사람들은 본연의 성품을 잃어버려
제 한 몸도 지탱하지 못하나니
마음 둘 곳을 아지 못하고서
물질에 휘둘려 때로 헤메게 된다네
사람의 마음은 오직 헤아리지 못하나니
배움이 아니라면 어떻게 앎이 있으리[20]
聖凡賦於天　一心在吾而
如不存養得　衆欲有攻之
雖曰有人名　嗟呼禽獸伊
聖愚本不異　養得本然時

---

19) 군자는 索隱行怪(隱僻한 이치를 찾고 怪異한 행실을 함)를 하지 않고 중용을 따를 뿐이며 세상에 은둔하여 인정을 받지 못하여도 후회하지 않는다고 하였으며 (<君子>不爲索隱行怪, 則依乎中庸而已…遯世不見知而不悔 : 中庸 十一章) 군자는 경을 통해 내심을 바르게 하고 의로써 밖을 방정하게 한다(君子敬以直內 義以方外 : 易, 坤, 文言)라고 하였다.

20) ≪유고≫, p.47, <戒心吟>

自正百邪退　惟明萬里推
衆人本然失　不得一身支
不知心在處　役物有時移
人心惟不測　非學有何知

이 시는 어은 공이 스스로를 경계하는 뜻에서 지은 것임을 알 수 있거니와 곧 존심양성(存心養性)에 대한 일깨움을 다짐하는 내용이라고 볼 수 있다. 그리하여 공은 유한한 일상에서도 늘 배움을 통하여 거경자수(居敬自修)하는 몸가짐을 갖기에 노력하고 있다.

가시문 홀로 닫으니 아는사람도 적은데
힘써 글을 보느라 흰 머리만 늘었도다
이 세상에서 영예를 구함은 참으로 우스운 일
조용히 살며 도를 지킬뿐 다시 무엇을 생각하리[21]
荊門獨閉少人知　努力觀書白髮重
此世求榮眞可笑　靜居守道復何思

그렇다면 위 시에서 어은 공이 언급한 바 '힘써 보는 글(觀書)'의 '글'은 어떤 것이며, 또한 '도를 지킴(守道)'에 있어서의 '도'는 어떤 내용인가? 이는 다음 시에서 규명되고 있다.

9월 동산에 늦게 내린 서리 맑게 반짝이는데
쓸쓸한 초가집은 흰구름 곁에 서있네
한가로운 마음으로 정주학을 공부하노라니
오직 밝은 마음이 물과 더불어 길어지는듯 하네[22]
九月山園淨晚霜　蕭然茅屋白雲傍

---

21) ≪유고≫, p.51, <幽居>
22) ≪유고≫, p.53, <偶吟>

閒中做去程朱學 惟得淸心水與長

　이를 보면 어은 공은 곧 「정주학」의 서적을 힘써 공부하고, 이를 통해서 청심(淸心)을 기른다고 함을 알 수 있거니와, 다음 시에서 한 걸음 더 구체적인 것을 접할 수 있다.

　　봉황산 아래로 봉황수는 유유히 흐르는데
　　피리소리 노랫가락 저물녘 빗 속에 들려오네
　　스스로 성명도 숨기며 끝내 굴하지도 아니하고
　　용학을 탐구하며 여생을 보내리라[23]
　　鳳凰山下鳳凰水 椎笛漁歌暮雨邊
　　自隱姓名終不屈 探究庸學送餘年

　위의 「끝내 굴하지 않는다(終不屈)」는 것은 세속의 명리(名利)를 추종치 않겠다는 뜻으로 이해되고, 「용학의 탐구」는 중용과 대학을 깊이 탐구하는 것이니, 이 또한 존심양성(存心養性)의 위기지학(爲己之學)을 하겠다는 뜻을 밝힌 것으로 보아야 한다.
　이제 다음 시를 통해서는 위에서 언급한 내용들을 실천궁행하는 면모의 일단을 직접 접할 수 있다.

　　가을날 방에 병풍을 둘러치고
　　단정히 앉아 다시 관을 바로 쓰네
　　창문 깊숙한데 밝은 달빛이 비치고
　　골짜기 가파르니 여울물도 세차네
　　좋은 술을 어찌 홀로 마셔 취하리
　　시축을 즐겁게 서로 살펴 본다네

---

23) ≪유고≫, p.76, <精舍謾興>

띠끌 세상의 일들일랑 말하지마오
이 가운데 이 한몸이 편안하다네[24]
秋堂列屛張 端坐更整冠
門邃來明月 谷傾出急湍
盂醪那獨醉 詩軸好相看
莫將塵世事 此中口體安

달 밝은 가을밤에 당중(堂中)에 앉아 있는 어은 공의 모습을 그려 볼
수 있다. 아울러 밤인데도 불구하고 "단정히 앉아 관을 바로 쓴다"는 표
현에서 사대부의 거경(居敬)의 실제를 확인 할 수 있겠다. 곧 "군자는
홀로 있을 때도 반드시 그 몸가짐을 삼가한다"[25]는 성현의 가르침에 어
긋남이 없는 것이다.

(3) 후진강학의 일상

조선조 사대부에 있어서 양성독서와 후진교회(後進敎誨)는 대체로
일상의 일이거니와, 더구나 퇴이자수(退而自守)하는 재야 사대부에게는
더욱 그러하다고 하겠다.[26]

---

24) ≪유고≫, p.36, <夕坐>

25) ≪大學≫에 "…이것을 일러, '中心에 성실하면 외면에 나타난다'고 하는 것이다. 그
러므로 군자는 반드시 그 홀로 있을 때를 삼가는 것이다(此謂誠於中 形於外 故君子
必愼其獨也)."고 하였고 ≪中庸≫에서도 "어두운 곳보다 더 드러남이 없으며 미세
한 것보다 더 나타남이 없으니, 그러므로 군자는 그 홀로 있는 것을 삼간다(莫見乎隱
莫顯乎微 故君子愼其獨也)."고 하였다. 여기의 신독(愼獨)은 특히 정주학에서 대단
히 중요한 개념이 되었고 따라서 사대부의 덕목으로서 역시 매우 중요시 되었다.

26) 일찍이 율곡은, 은거하여 스스로를 지키는 사(士)에게 세 부류가 있음을 말하였다.
세상을 경영할 수 있는 경륜을 지니고 크게 쓰일 때를 기다리는 '天民'과, 스스로 부
족함을 알아서 학문과 수양에 힘쓰며 가볍게 자신을 드러내지 않는 '學者', 그리고 완
세불공(玩世不恭)하며 세상사에 초연하는 '隱者'로 분별하였다(退而自守者, 其品有
三 懷不世之寶 蘊濟時之具 囂囂樂道 韞櫝待賈者 天民也 自度學不足 而求進其學
自知材不優 而求達其材 藏修待時 不輕自售者 學者也 高潔淸介 不屑天下之事 卓

어은 공의 경우 역시 예외는 아니었으며, 아마도 단성(丹城) 이거 후 어은정사(漁隱精舍)를 지은 뒤로는 더욱 교학이 일과가 되었으리라 추정된다.

네가 이 곳에 와서 머무른 지 일년에 바야흐로 돌아가고자 하는데 내가 줄 것이 없어 이 것을 써서 경계하노라. 너는 지금으로부터 계속하여 내 말을 받아들여, 그 의리로써 깨닫지 못했던 것을 날로 알아서 내가 주는 경계를 빈 말이 되지 않게 한다면 어찌 크게 다행한 일이 아니겠느냐[27]

위의 글은 정송강(鄭松江)의 후예로서 어은 공을 찾아와 일년여 수학한 뒤 귀향하는 문생에게 준 것으로서, 이때 공은 그에게 "오직 너의 자태가 아름답지 않음이 아니고 재주가 족하지 않음이 아니나, 다만 태타하고 방만해서 배워서 알려고 아니하고 힘써 행하려 아니하니…내 너를 위하여 병으로 여기노라. 모름지기 족히 힘써(병통을)제거하고 매양 안자의 복응과 증자의 독실함을 스스로 기약하여라"[28] 라고 하며 간곡히 권면하였다.

어은 공이 단성에 이거하여 독서궁리하며 역행실천하는 삶을 살아가자 공의 덕행과 학문이 세간에 알려지고, 그에 따라 명사(名士)·대유(大儒)와도 교유가 행하여졌다.

사계의 동문이기도 한 우암·동춘과의 교유도 그에 속한다. 특히 우암은 어은 공에게 각별한 우의(友誼)가 있었으니, 어은 공의 인물됨을 '효도와 의리를 모두 갖추었다(孝義雙全)'고 평하고, 또 '어은(漁隱)'이라

然長往 與世相忘者 隱者也 : ≪栗谷全書≫, 東湖問答, <論君道>)

27) ≪유고≫, p.146, <送鄭權還鄉序> "汝來此留一稔 方告歸而於其別也 余無以贈 遂書此以戒之 汝繼自今徃 體余言而日知其義理之所未知 毋使此戒 徒爲空言 豈不誠大幸也"

28) ≪유고≫, p.145, "惟汝姿非不美 才非不足 但怠惰放慢 不欲其學而知 勉而行…余 爲汝病之 須亟務祛 每以顏子之復膺 曾子之篤實 爲自期"

는 호를 자필하여 보내기도 하였다.[29)

그리하여 이즈음에는 따라 배우려는 학도들의 발길이 이어졌으니, 적잖은 시편과 강설에서 이를 확인 할 수 있다.

배우는자 반드시 구함이 있으니
일 함에 그릇되게 하지 말라
스스로 포기하여 편안함만 찾으면
종신토록 어찌 이룸이 있으리
<중략>
만종록을 어찌 구차하게 취하리
한 그릇 밥을 근심할것 아니네
근심할 것은 학업이 정밀치못할까 함이니
벼루에는 곧 결실이 맺히리라
생각은 만가지로 이리저리 변하나
고요히 앉으면 방심이 거두어지리라
참되고 오묘한 이치는 책속에 담겨있으니
그대들에게 바라노니 힘써 찾을지어다[30)
學者必有求 事爲莫作非
自暴而安逸 終身豈爲有

---

29) ≪유고≫, p.77, <與宋尤庵時烈> "一自僻處深巷 罕見輪鞅 料外朱溪 <卽金茂朱夢臣也 **尤庵書漁隱二字 粧簇軸 使金茂朱 來傳耳**> 皂蓋 已多寂寥中生色 而及其欣握 備諝專致辱賜 顧此無似 何以得此 擎讀屢回 多有所不安者 亦有所不敢當者 **孝義雙全** 是乃所不敢當者也 **漁隱二字** 是乃所不安者也" 이때 우암은 '어은'이라 쓴 족축(簇軸)을 정사(精舍)의 문미(門楣)에 걸도록 하였으며, 아울러 공의 은거행의(隱居行義)를 높이 평가하여 16자의 글로 써서 보내기도 하였다 한다(尤庵先生 特書漁隱二字 俾揭堂楣 又贈**閉戶看書 買經敎子 珠藏澤潤 玉蘊山輝** 十六字 深嘉其隱居行義之意也: ≪유고≫, p.279, 附錄, <行狀>)

30) ≪유고≫, p.48, <次呂東萊寄學者詩一首示學徒>, 중략한 부분의 시구는 다음과 같다. "좋은 음식은헛되이 배만 부르게 하니, 팔꿈치 베고라도 굶주림을 참아야하리. 어진 길은 형용할 수 없도록 넓기만 하니, 오직 마땅히 삼가 행할 지니라(悅口徒爲飽 曲肱須忍飢 仁路無形闊 惟當愼所之)"

萬鍾豈苟取 簞食非可憂
可憂業不精 硯田乃有秋
思慮易萬端 靜坐放心收
眞妙載方冊 要汝强勉求

위와 같은 시들에서는 대체로 연소배(年少輩) 문사들을 면려하는 공의 곡진한 정이 드러나고 있거니와, 이어서 학문을 하는 사람들은 특히 세 가지를 근심할 줄 알아야 한다고 하며 다음과 같이 시로써 깨우쳐 주고 있다.

듣지 못할까 근심하며 배우지 못할까 근심하여
밤낮으로 부지런히 하면 어찌 이룸이 없으리
능히 행하지 못할까 근심하며 더욱 독실하고 공경하면
점점 성인의 경지에 나아가 공자·안자를 기약하리[31]
患不得聞患不學 孜孜日夕豈無爲
患不能行加篤敬 漸臻聖域孔顔期

위 시에서 보여주는바, 세 가지 근심해야 할 것은 곧 '듣지 못함, 배우지 못함, 행하지 못함'이며, 배우는 자들이 이를 알아 힘쓰면 능히 성인의 경지에 이를 수 있다고 하였다.

이 밖에 어은 공은 후학과의 왕래 간찰과 저술을 통해서도 가르침을 베푸는데 게을리 하지 않았다. 기삼백주(期三百註)의 문의에 자세한 해설을 붙여 보내는가 하면, 태극, 심성정, 이기, 사단, 오품등 성리학의 핵

---

31) ≪유고≫, p.60, <有感幷小序> 이 곳의 소서(小序)는 다음과 같다. "군자는 세 가지 근심이 있으니, 듣지 못함을 근심하고, 배우지 못함을 근심하며 능히 행하지 못함을 근심하는 것이다. 대개 학문을 하는 자, 능히 이 세 가지를 안다면 어찌 성인의 경지에 이르지 못할까를 근심하랴. 내 여기에 절구시 한수를 지어 나를 쫓아 배우는 자들에 보이노라(君子有三患 患不得聞 患不得學 患不能行也 蓋爲學者 能知患此三者 則何患不至於聖人之域哉 余有感於斯 作一絶 示從吾學者)".

심 개념에 대하여 두루 정의를 궁구하여, 이를 강론과 서찰을 통하여 후학들에게 밝게 가르쳤다.[32]

(4) 우국충절의 사의식(士意識)

인조반정(1623년)이후 조선은 대명사대(對明事大)의 명분론을 앞세우고 대금척화(對金斥和)의 정책을 강화하였다. 이른 바 향명배금(向明排金) 정책이다. 그리하여 정묘호란(1627, 인조5년)에 이어 병자호란(1636, 인조14년)을 겪게 되었고, 마침내 군신례(君臣禮)를 행하는 성하지맹(城下之盟)을 맺게 되었다.

그 동안 오랑캐로 여기어 멸시해오던 여진족에게 무조건 항복하고 그 속국이 된 것은 씻을 수 없는 치욕이었고, 이로써 조선왕조의 명분과 권위도 함께 추락하게 되었다.[33]

따라서 왕조를 지탱해 오던 지배계층, 곧 사대부 계층은 패배한 전쟁에 대한 책임감(죄책감)과 굴욕감에서 자유로울 수 없었다. 이 때 재야 사대부들은 성하지치(城下之恥)를 씻겠다는 명분을 쫓아 조정의 부름에 응해 북벌 정책에 적극 참여한 측이 있었는가 하면, 한편에서는 차마 벼슬에 나갈 명분이 없으며 초야에 은거함이 오히려 의리에 합당하다고 여기는 또 다른 사대부층이 있었다.

여기에서 어은공은 곧 후자에 속한다고 볼 수 있으니, 다음 글에서 알 수 있다.

무술년(1658, 효종9: 필자 주)에 도내의 선비들이 도모함이 없이도 같은 소

---

32) ≪유고≫, p.81, <答李秀仁>에서는 기삼백의 주를 자세하게 설명하였고, <大極說>, <心性說>, <情說>, <仁說> 등 성리학에서의 핵심 개념등을 대상으로 의도적인 해설을 시도하였다.

33) 강만길, 『韓國近代史』, pp.58~60, 「三田渡의 항복」 참조.

리로써 선군의 박학독행이 사람에 견줄 바 없다고 하며 도신에게 추천하려고 하니, 또 굳게 거절하여 천거하지 못하게 하였다. 효종 때에 선음(先蔭)으로 침랑(寢郎)과 내직의 천망에 여러 번 들었으나 병자 정축년의 수치를 원통히 여겨 전리(田里)에서 문을 닫아걸고 끝내 굳게 거절하였다. 당시에 따르는 사람들이 (벼슬에) 나갈 것을 권하자 선군은 머리를 저으면서 말하되 "내가 벼슬을 아니하려 함이 아니라, 이 때에 벼슬에 나아가는 것을 사군자(士君子)의 의리에 비추어 보면 실로 백세의 수치가 된다."고 하였다.…뜻이 더욱 굳건하여 사람들이 그 뜻을 굽히지 못하였다.34)

사대부로서 조정에 출사하여 진충갈력(盡忠竭力)함도 충절이지만, 의리에 맞게 초야에 처하며 은거자수(隱居自守)함도 충절이라 볼 수 있으니, 이 같은 의식이 다음 시에서 확인된다.

오십년 살아오며 시비를 끊고 지냈는데
점점 백발이 되면서 장한 마음이 어긋나네
동쪽 나라 깊은 수치 어느날에나 씻을까
평생토록 수양산 고사리 캐며 살리라35)
五十年來絶是非　漸成白髮壯心違
東土深耻何日雪　平生願採首陽薇

오직 국치를 설욕하겠다는 일념, 곧 장한 마음으로 오십년을 살아 왔는데, 이제 그 일이 무위로 돌아가게 되었음을 안타까워하고 있다. 그러므로 이제 작자가 사군자(士君子)로서 절의에 맞게 취할 바에는 백이 숙제처럼 고사리를 캐어먹으며 살아가는 길만이 남아 있게 된 것이다.

---

34) ≪유고≫, p.316, <遺事> "戊戌道內章甫 不謀同聲 以先君博學篤行 士林無雙 將薦聞於道臣 又益牢拒 使不得薦聞焉 孝廟朝 以先蔭屢入寢郎 內職之望 慟丙丁耻 杜門田里 終始牢拒 當時從遊士 勸之出脚 先君輒掉頭而言曰 余非不欲仕而此時 出仕 於士君子義理 實百世所耻…志益牢確 人莫能屈其志也"

35) ≪유고≫, p.60 , <有懷>

한편 위 시에서 작자는 장한 마음(壯心)을 스스로 언급하고 있는 바, 이는 공이 당시 대체로 문약(文弱)에 흐르던 유자(儒者)와는 다른 면모가 있었음을 예견케 해 주고 있다. 실제로 어은 공은 병자호란때에 의병 모집에 일익을 담당한 바 있거니와,36) 다음 글을 보면 호방(豪放)한 기상(氣像)의 소유자로서 궁술(弓術)에도 능하였음을 알 수 있다.

> 이 때에 하늘은 높고 달빛이 밝은데, 찬 바람이 갑자기 불었다. "달빛은 어두운데 기러기 높이 날고, 오랑캐(선우)는 밤을 틈타 도주하는구나"라는 시구를 읊고 있으려니, 갑자기 기러기 소리가 남쪽을 향해 들려왔다. 한 개의 화살을 뽑아 당겨 쏘니 기러기가 호수에 떨어졌다. 따르는 자들도 각각 한번씩 쏘았다.…다시 한 개 화살을 쏘고자 돛대 머리에 우뚝 서서 활을 가득히 당겼다가 놓으니 화살 나는 소리가 우뢰와 같았다. 이윽고 강물 소리도 끊기고 거센 바람이 사방에서 일어나는데, 휘몰아치는 기세가 마치 오랑캐 선우가 사막 끝으로 도주하는듯 하였다.37)

위 글에서 묘사되는 정경은 자못 비장한 편이다. 세차게 불어오는 찬 가을바람, 북쪽하늘에서 날아오는 기러기떼, 기러기를 향해 활시위를 가득 당기는 어은 공과 따르는 자들, 그와 함께 소리 높이 읊는 시구(달빛은 어두운데 기러기 높이 날고, 오랑캐(선우)는 밤을 틈타 도주하는도다) 등에서 숙연함과 장렬함이 느껴진다. 성하지치(城下之恥)를 잊지 못하고 항상 울분을 품고 있는 어은 공과 종자(從者)들의 의식 속에서는, 저 막변(漠邊)으로부터 불어오는 듯한 가을 바람과, 그와 함께 날아오는

---

36) 어은 공은 병자호란 때에 공의 4종제인 오정언 부사와 함께 의병을 모집하여, 부사로 하여금 의병을 거느리고 전주로 가게 하였으며, 자신은 대소 가솔을 모두 거느려 옥천 논곡에 피난시켰다.(嘗於兩子之亂 與其四從弟 府使公廷彦 同謀義兵 使之率往于全州 公則倍父母率諸眷 入沃川之論谷 以避搶攘: ≪유고≫, p.293, ＜墓誌銘幷序＞)

37) ≪유고≫, p.19, ＜鼎湖幷小序＞ "是時 天高月晶 寒風忽起 詠月黑鴈飛高 單于夜遁逃之句 忽聞鴈聲向南而至 抽一箭 斃之 鴈落湖上 二三子各射一鴈…更斃一箭 屹立帆頭 指滿乃發 弓聲如雷 俄而江聲隔斷 肅飄四動 凜乎若單于之逃遁漠北也"

기러기떼들이 마치 오랑캐인양 환치되고 있는듯 하다.

다음 글에서는 그러한 정황이 더욱 드러나고 있다.

> 활을 꺾어 호수 위에 던져버리고 소리내어 크게 통곡하니 따르는 자들도 함께 통곡하여, 울음소리만이 강에 가득하였다. 따르는 자들이 나에게 말하길 "이것으로 족히 성하지치를 씻었습니까?"하였다. 말하되"그렇지 않다. 나는 초야의 사람인데도 성하지치를 당하고서는 오랫동안 그 원통함과 울분을 이기지 못하였다. 오늘 밤에 마침 앞으로 날아오는 기러기떼가 있어, 화살을 뽑아 기러기를 쏘고 '선우(오랑캐)가 밤을 틈타 도주한다'는 시구를 읊고 드디어 통곡하였다. 그러나 이것이 어찌 진실로 성하지치를 씻었다고 하겠느냐." 아! 이에 약간의 말을 쓰고 이어서 절구 1수를 지어, 원통함의 만분의 일이라도 씻고자 하였다.[38]

위 글에서 보여주는 바, '성하지치를 만분의 일이라도 씻고자 함'에서는, '성하지치'에 대한 지은이의 통분의 깊이가 어떠한 가를 말해주고 있거니와, 한편으로 '활을 꺾어 호수 위에 던져버림'에서는 설욕할 수 없는 현실에 대한 지은이의 좌절의 깊이가 또한 어떠한 가를 말해주고 있다고 하겠다.

다음 시가 곧 위의 서에 이어져 지어진 것이다.

> 활을 꺾어버린 어은옹
> 가을날 호수에서 통곡하도다
> 임금님 얼굴 뵙지 못해 한스러워
> 이내마음 참으로 달랠길 없네[39]

---

38) ≪유고≫, 위와 같은 곳, "折弓投之于鼎湖之上 放聲大痛 二三子咸哭 哭聲滿江而已 二三子語余曰 此足以雪城下之恥乎 曰非然也 以余野夫 久蒙城下之恥 不勝慟鬱 于是夜適有向南鴈陣 拔弓射鴈 詠單于夜遁逃之句 遂爲之痛哭 然此豈眞雪 城下之恥也 噫 於是乎 因著若干言 繼之以作一絶詩 以伸萬一之慟焉"

39) ≪유고≫, 위와 같은 곳.

折弓漁隱翁 痛哭鼎湖秋
恨未攀龍髥 此心良已休

위 시에서 표면적으로는 지은이가 '한스러워하고 마음을 달래지 못한
다'함이 '임금을 뵙지 못함'에 기인된 것처럼 표현되어 있으나, 내면적으
로 어은 공은 오히려 설욕은 가당치 않으며 그 때문에 활을 꺾어버릴
수밖에 없게 된 현실과, 또 이를 어찌 하지 못하는 무력한 자신에 말미
암는 것임을 인식하고 있다고 보여진다. 때문에 어은 공에게서는 원망
보다 성찰이 앞서기 마련이며, 이에서 실제로 당시의 역사현실에 대하
여 어은 공은 다음과 같이 성찰하고 있다.

　하늘이 이 백성을 내시고 각각 직책을 주시었으니 직업이 없이 놀고 먹는
자는 폐민이다. 폐민이 많으면 곧 백성이 궁해지고 재물이 소진된다. 창고가
있으면 쥐가 없을 수 없고, 국가가 있으면 도적이 없을 수 없다. 고양이를 기
름은 쥐를 막기 위해서고 병사를 기름은 도적을 막기 위해서이다. 오늘의 병
사는 황구가 아니면 백골이요. 그렇지 않으면 농민이다. 그 폐민 된 자들을 뽑
아서 무예를 가르쳐서 도적을 대비하게 하면 곧 병무와 농업이 서로 힘입어
서 국가는 부유하고 병사는 강하게 될 것이다.[40]

효종조에는 반청(反淸) 척화파계의 인물을 등용하여 북벌을 준비하
였거니와, 이 때 주로 군제를 정비하고 보강하였다. 예컨대 어영청(御營
廳)과 훈련원을 확대 개편하고 금군(禁軍)의 군사력을 강화하는 한편
양병(養兵)의 재원을 마련하기 위한 여러 정책을 시행하기도 하였다.[41]

---

40) 《유고》, pp.212~213, <精舍講說> "天生斯民　各授以職　無職而遊食者　弊民也
　　弊民衆則民窮財盡　未有有倉庫而無鼠也　未有有國家而無盜也　養猫所以防鼠也　養
　　兵所以防盜也　今之兵非黃口則白骨也　不然則農民也　揀其爲弊民者　而敎之武藝
　　使備盜賊　則兵農相資　國富兵彊矣"
41)『韓國史』근세후기편, pp.22~25, 「孝宗과 北伐論」(진단학회, 을유문화사, 1974) 참조

그러나 현종조 이후부터는 양병축재(養兵蓄財)의 북벌정책은 사라지고 예송과 당쟁이 격화되면서 국정은 혼미에 빠지게 되었다.42) 이른 바 삼정문란도 이로부터 비롯되었다고 볼 수 있다. 어은 공이 지적한 '폐민'은 아마도 전정(田政)의 문란으로 토지를 잃게 된 백성들을 가리킨 것으로 보이며, 황구와 백골은 곧 황구첨정(黃口簽丁)과 백골징포(白骨徵布)를 일컬은 것이라 보여진다.

이에서 보면 어은 공은 당시 국정 현실과 집권층의 실정을 완곡히 비판한 것으로 볼 수 있으며, 그 대안으로 '폐민된자의 병(군)사화'를 통해서 부국강병을 이루어야 한다고 한 것이다.

4. 결언

앞에서 고찰한 어은 공의 생애와 그의 문학세계는 다음과 같이 요약될 수 있을 것이다.

어은 오국헌 공은 17세기 조선 중기에 삶을 영위했던 재야사대부의 한 사람이다. 일찍이 사계 김선생(金長生)에게 수학한 바 있으며, 동춘·우암과도 교유한 호서사림의 일원으로서, 인조반정후 집권한 서인 측에 속하였다.

한때 과업을 닦아 향시에 입격하였으나, 곧 천리지학(踐履之學)에 종사하였으며 이를 궁행실천 하였다. 생의 후반에는 영남 단성에 이거하여 어은정사를 짓고 따르는 후학의 강학에 힘을 기울였다.

점차 공의 효제학행이 알려져 고을의 선비들이 여러 번 수령 방백에

---

42) 북벌정책의 공과에 대한 평가는 논자에 따라 다르나, 외교정책의 실패와 전쟁의 패배에 대한 책임을 모면하기 위한 호도책이며, 명분적 사대주의의 연장 위에서 나온 것이라고 보는 견해도 있다. (강만길, 『韓國近代史』 pp.60~62 「北伐論의 허실」, 創作과 批評社, 1984) 참조.

게 천거하려 하였으나 공이 거절하였고, 효종조에 침랑과 내직의 천망에 들었으나 역시 나아가지 않았다. 모두 성하지치(城下之恥)에 대하여 사대부로서의 절의를 지키고자 함에서였다. 이리하여 공은 재야사대부의 삶을 선택하였으며, 공의 학문과 사상, 그 중에서도 문학은 여기에서 곧 그 성향이 결정지어졌다.

따라서 우리는 어은 공의 남겨진 시문을 통해서 17세기 조선 중기 재야사대부의 삶을 유추해 볼 수 있으며 아울러 그 문학의 경향을 파악할 수 있게 되었는 바, 대략 다음과 같이 요약된다.

첫째, 어은이라는 호명에도 드러나듯이, 공은 세간의 명리에 초연하며 안분자족하는 삶에 대하여 읊었다. 공의 전원시가 대부분 산수자연과 합일되며 자연친화 내지 자연귀의의 한가로운 정조를 띄게 된 것이 곧 그것이다.

둘째, 공은 자신의 은거가 색은행괴(索隱行怪)가 되지 않도록 부단히 경이직내(敬以直內)하며, 스스로를 성찰하는 군자의 삶을 살고자 하였다. 공의 시가 존심양성(存心養性)의 일깨움을 읊으며, 거경자수(居敬自修)의 몸가짐을 다짐하는 내용등이 많은 것은 이 때문이다.

셋째, 어은 공은 퇴이자수(退而自守) 하는 사대부로서 양성독서(養性讀書)와 후진교회를 일과로 삼았다. 그리하여 理力行)을 몸소 실천하는 한편 시문으로써 이를 후학들에게 권면하였다.

넷째, 어은 공은 병자 정축년간의 호란의 수치에 대하여, 불출사(不出仕)로써 사대부의 절의를 지키고자 하였다. 따라서 공은 한편으로는 실제로 설치(雪恥)할 수 없는 현실에 대하여 울분의 심정을 시에 토로하였으며, 또 한편으로는 이제(夷齊)와 같이 은거자수(隱居自守)하는 절의를 읊었다.

(어은선생 탄신 407주년 기념학술대회 논문집. 2006)

만성(晚醒) 박치복(朴致馥)의
대동속악부(大東續樂府) 연구

1. 문제제기

우리 한문학사의 전개과정을 고찰할 때 문학양식의 다양성을 추구하는 노력은 시대의 흐름과 더불어 계속되어 왔음을 알 수 있다. 그 중에서도 조선후기에 들어서는 한시양식의 다양화가 두드러졌으니, 곧 민요취향한시(民謠趣向漢詩)와 악부시 등이 대거 창작된 것이 그것이다.

이 시대 곧 조선후기에 활발하게 창작된 악부시를 대별하여 보면 영사악부(詠史樂府)·기속악부(紀俗樂府)·소악부(小樂府)·의고악부(擬古樂府)등이며, 이 중에서도 영사악부가 단연 가장 괄목할만한 성과를 거두었다고 볼 수 있다.[1]

---

[1] 영사악부는 근세까지 계속 이어져 창작되었으며, 그 작가와 작품을 들면 다음과 같다. 심광세(沈光世, 1577~1624) ≪海東樂府≫(해동악부, 44편), 이익(李瀷, 1681~1763) ≪海東樂府≫(해동악부, 120편), 임창택(林昌澤, 1682~1723) ≪海東樂府≫(해동악부, 4편), 오광운(吳光運, 1689~1745) ≪海東樂府≫(해동악부, 28편), 이광사(李匡師, 1705~1777) ≪東國樂府≫(동국악부, 30편), 조현범(趙顯範, 1716~1790) ≪江南樂府≫(강남악부, 153편), 이복휴(李福休, 1729~1800) ≪海東樂府≫(해동악부, 260편), 김양근(金養根, 1734~1799) ≪東方古樂府≫(동방고악부, 12편), 김수민(金壽民, 1734~1811) ≪箕東樂府≫(기동악부, 385편), 이영익(李令翊, 1740~1780) ≪東國樂府≫(동국악부, 30편), 정약용(丁若鏞, 1762~1836) ≪耽津樂府≫(탐진악

 이들 조선후기의 영사악부는 우리의 역사적 사실에서 제재를 취택하고, 그것도 연작(連作)의 형식을 취하여 적게는 수 십 수에서 많게는 백여수(百餘首)를 헤아리는 거편으로 작시되었으며, 이러한 양식이 일련의 작가군에 의해서 전후시기에 걸쳐 이루어져 문학사에서 뚜렷한 한 계통을 형성하고 있음은 매우 의미 있는 일이다. 이는 곧 이들 작가들에게는 분명한 작가의식-역사의식-이 보편적이면서도 공통적으로 관류되고 있음을 말해주고 있다고 볼 수 있으며, 실제로 우리의 문학사에서 비판적인 의론을 갖춘 영사악부 창작의 선구자로 지목되는 휴옹(休翁) 심광세(沈光世)에게서 확인되고 있다.

 우리 동쪽 사람은 학문을 좋아한다고 하나 배우는 사람이 익히는 것은 오직 중국의 서적이며 우리나라의 책을 거들떠보지 않아 그 제목도 모른다. 그리하여 상하 수천 년간의 선악과 흥망의 사실을 전혀 모르니 어찌 옳겠는가? 그러므로 악한 행위를 하는 사람들이 멋대로 행동하면서 돌이켜 보지 않으며 심지어는 "누가 동국통감을 보겠는가?" 하는 말까지도 하고 있는 바, 나는 이를 가슴 아프게 여겼다.[2]

 여기에서 주목되는 것은 자국의 사서(史書)를 중시하면서, 역사의 발전과 주체자로서의 인간관계를 밀접하게 연관지어 인식하는 역사의식이며, 나아가 역사 흥망의 자취 속에서 선악을 엄정하게 포폄해야 한다

부, 미상), 강준흠(姜浚欽, 1768~1833) ≪海東樂府≫(해동악부, 927편), 이학규(李學逵, 1770~1835) ≪嶺南樂府≫(영남악부, 68편), ≪海東樂府≫(해동악부, 56편), 이유원(李裕元, 1814~1888) ≪海東樂府≫(해동악부, 100편), 박치복(朴致馥, 1824~1894) ≪大東續樂府≫(대동속악부, 28편), 강수환(姜璲桓, 1876~1929) ≪海東樂府≫(해동악부, 20편), ≪晉陽樂府≫(진양악부, 16편), 한유(韓愉, 1868~1911) ≪汾陽樂府≫(분양악부, 34편).

2) 심광세(沈光世), ≪休翁集≫, 卷三, <海東樂府序> "吾東方雖曰好學, 學者所習, 惟在中國書籍, 東國之書, 漫不識其題目, 故上下數千年, 善惡興亡之事, 瞢然莫知, 豈可乎哉, 是以爲惡之人, 恣行不顧, 至有誰見東國通鑑之語, 余爲此痛"

는 비판의식의 자각이라 하겠다. 따라서 위와 같은 역사의식을 소유한 작가들이 역사의 전환기에 그 시대와 함께 부침했던 주요인물의 진퇴출처(進退出處)에 대하여 사필(史筆)을 가하거나, 상시분속(傷時憤俗)과 우국충정의 마음을 고시형태의 시가를 통해 형상화한 것이 곧 영사악부라고 할 수 있다.

본고에서 고찰하고자 하는 만성(晩醒) 박치복(朴致馥)의 ≪대동속악부(大東續樂府)≫ 역시 위와 같은 정신사적 내지 문학사적 흐름 속에서 창작된 영사악부라고 하겠다. 그러나 본 악부에 대하여는 아직 본격적인 연구가 이루어지지 못하였다. 근세의 인물인데다 문집도 그동안 널리 알려지지 못한 때문이다.3)

따라서 본고에서는 악부 작가에 대하여 일차적으로 파악하며, 다음으로 대상 작품인 ≪대동속악부≫의 작품세계를 분석하고자 한다. 이를 통해 우리 근세의 문학사 속에 한사람의 작가와 그의 작품을 새롭게 자리매김 할 수 있다면 이는 의미 있는 일이 될 수 있기 때문이다.

---

3) 만성의 문집은 사후 2년이 지난 고종 건양원년(1896) 13권으로 1차 간행된 바 있고, 2차로 30여년이 지난 1925에 본집 18권과 부록 2권의 체제로 달성에서 간행되었다(행장(行狀)은 노상직(盧相稷), 묘갈명은 조긍섭(曺兢燮)이 썼다). 한편 만성과 그의 작품 ≪대동속악부≫가 학계에 소개된 곳은『한국한문학사』(이가원, 민중서관, 1976)인 바, 여기에서는 작품명과 작자를 간략히 소개하는 수준이었고, 이어『한국문학통사 3』(조동일, 지식산업사, 1984)에서는 작품을 거론하며 그 성격을 언급하였다. 이후 보다 주목하여 다룬 곳은『韓國詠史樂府研究』(김영숙, 경산대학교출판부, 1998)인 바, 그동안 작자에 대하여 진위 논의가 있었던 부분을 밝혔고, 그 밖에 작품에 대하여도 개괄하였다. (노덕규(盧德奎) <1803∼1869>의 문집『古今堂集』의 別集에 <海東續樂府>의 이름으로 동일한 작품이 실려 있어, 그 동안 작자에 대한 의혹이 있어 왔음) 이어 필자도 졸고「大東續樂府資料考」(『古文研究』, 제 11호, 한국고문연구회, 1998)를 통해 작자와 작품에 대하여 개괄한 바 있다.

2. 만성의 가계와 생평

(1) 만성의 가계

만성은 순조 24년(서기 1824) 9월 3일에 함안에서 태어났다. 신라의 시조 박혁거세가 원 시조가 되며 54대 경명왕(景明王)이 29세, 왕의 장자 언침(彦忱) 밀성대군(密城大君)이 30세에 해당되는 바, 만성의 가문이 속하는 영동정공파(令同正公派)는 곧 밀성대군(密城大君)을 시조로 삼아 분파하였다. 이어 42세 원광(元光, 영동정(令同正))을 중조(中祖)로 삼아 다시 분파하였으며, 후대에 내려와 조선 개국공신 박언충(朴彦忠, 호조참판(戶曹參判))이 개성으로부터 밀양으로 퇴거하였다. 이때부터 후손들이 영남에 거주케 된 것으로 추정되며, 참판 공의 증손 경현(景玄, 진사(進士))이 함안에 터를 잡아 거주함으로서 이곳이 곧 만성 직계 가문의 세거지(世居地)가 되었다.4)

만성으로부터 가까운 선대의 계통을, 만성을 중심으로 도식화하면 다음과 같다.

<17世祖>朴彦忠(戶曹參判) … <13世祖>景玄(進士) … <8世祖>昨(號桐川, 贈刑曹判書) → <七世祖>震英(號匡西, 兵曹參判, 贈判敦寧) … <高祖>亨龍(號浣石堂, 贈大司憲) → <曾祖>仁赫(號安齊) → <祖>馨天(進士) → <父>俊蕃(號吾廬) → 致馥(號 晩醒)

(2) 만성의 생평

1) 초학(初學)

만성은 7세가 되자 가정에서 초학을 시작하였다. 9세가 되어서는 생가(生家)를 벗어나 함양고을 물제서숙(勿齊書塾, 노광리가(盧光履家))에서

---

4) 密陽朴氏各派譜 및 行狀(文集三, 附錄 권二) 참조.

수학하게 되었는데, 이때 주위로부터 비범한 자질이라는 평을 들었다.[5] 13세가 되어서는 생가로 돌아와 왕모 이씨부인에게서 충효경(忠孝經)을 수업 받았다. 만성은 이미 육경과 사서를 읽었고, 과거를 위한 문장공부까지 익숙하게 익혔던 것이나, 문숙(門塾)에 머물며 다른 사람의 추임이나 받는 것은 마땅치 않은 일이라 판단한 왕모이씨부인은 손자 만성을 별당에 들이고 손수 엮은 충효합경(忠孝合經)을 직접 교수하였다.[6]

성동(成童)이후 거업(擧業)을 닦으면서도 속된 학자가 될 것을 부끄럽게 여겨 동중서(董仲舒)의 천인책(天人策)과 육지(陸贄)의 주의(奏議) 그리고 호원(胡瑗)의 학제(學制)등을 정독하였다. 특히 이 시기는 오리(五里) 상거(相距)의 한천재(寒泉齋)에 매년 원일(元日)에 나아갔다가 제석(除夕)에 반면하는 혹독한 수련을 하였으며 거의 7년 동안 계속되어, 논어나 춘추 등은 만 번에 걸쳐 읽었다고 한다.[7]

2) 응거(應擧)·피천(被遷)

만성은 21세 되었을 때 처음으로 향시(鄕試)에 응하였던 바, 이 해에 곧 책문(策問)으로써 고령동당시(高靈東堂試)에 입격(入格)하였으나, 친명(親命)에 의해 회시(會試)에는 응시하지 않았다. 이어 이듬해 정월(正月)에는 달성동당시(達成東堂試)에도 입격(入格)되었다.

다음해 곧 23세에 본인의 결혼(부인 이씨, 처사 현빈녀(處士 賢賓女))이 있었으며, 이어 같은 해에 왕모부인의 상을 입었다. 이 뒤로는 가내

---

5) 文集, 附錄 卷之一, 年譜, 1면, "一日 地主洪公…來訪 試與之言, 旣歸與吾廬公書曰, 胤器神采雋朗, 發言不凡, 曰成就, 豈可量乎"

6) 위의 책, 2면, "李夫人..曰 二子 皆有俊才, 不宜處門塾, 爲人推借, 命入課別堂, 以手編忠孝合經, 親自敎授"

7) 위의 책, 3면, "傍治擧業, 而恥爲俗曰, 如董廣川天人策, 陸宣公奏議, 胡安定學制之類, 潛究細繹, 以親命上寒泉 距家五里, 自是每元日出齋, 至除夕乃許反面…先生凡齋居七年, 專力於論語, 春秋讀之, 至萬遍"

에 우환이 연이어졌으니, 26세에 모부인 곽씨가 졸하였고, 2년 뒤에는 부인 이씨가 졸하였으며 30세에는 부친의 상을 당하였다.

이와 같이 양친(兩親)의 상(喪)을 포함한 연이은 상고(喪故)때문인지, 만성은 20대 초반의 향시입격(鄕試入格) 이후는 한동안 응거의 자취를 보여주지 않으나, 주위로부터 천거되는 기회는 종종 있었다. 예컨대 46세 때에는 방백(方伯)에 의해서 현량(賢良)으로 천거된 바 있으며,[8] 57세 때에는 충량시(忠良試)에 응시하여 '개화신법(開化新法)'의 책문(策問)이 제시되자 분연히 시권을 내던지고 나왔으나, 지인들의 만류가 있었다. 이에 만성은 발제(發題)와는 무관하게 평소 본인의 소신을 피력, 즉석에서 붓을 들어 수천 언을 지어 제출하였던 바, 주시자(主試者)는 제일로 발탁하였으나, 발제(發題)와 어긋난다는 부시자(副試者)의 반발로 무위화 되었다.[9]

다음해, 만성 58세(고종18,1881)때에는 성재(性齋) 허전(許傳)으로부터 왕좌재(王佐才)로서 천거가 있었으나 등용되지 못하였고, 이듬해 59세에 진사(進士)가 되었다. 성균관에 들어가 약장(約長)이 되어서는 성균관 유생들이 학업에 태만히 하는 것을 바로잡고자 규약을 만들어 경계하였다.

갑신년(만성61세, 고종21년) 조정의 복제개혁에 의거 사복(私服)에 착수의(窄袖衣, 주의(周衣))를 착용케 하자, 사간원 헌납 권이두(權二斗)등이 반대하다가 체직 당하게 되었다. 이때 만성은 성균관 유생들을 창도

---

8) 위의 책, 14면, "李方伯參鉉以先生名, 薦于朝曰, 濟世經綸 潤國文章"

9) 이보다 앞선 병인년(고종3년, 1866)양요(洋擾)가 있은 뒤, 만성은 서양세력의 득세를 보고서 이의 위험성을 경계하는 글을 지어 주위에 적극적으로 알리었다. 태학에 있을 때 '斥洋邪論'을 지어 재유(齋儒)들에게 보였고, 이어서 '斥邪文'을 지어 영중인사(嶺中人士)에 고한 경우가 이에 해당된다.(文集, 卷八, 張四十二, ＜斥洋邪論＞卷九, 張二十二, ＜斥邪文＞) 이를 보면, 충량시(忠良試)에 제출한 글은, 곧 척사(斥邪)의 논리를 제시한 것으로 추정된다.

(倡導)하여 상소를 올렸으나 윤허되지 않자, "선비의 위의가 이미 상실되었는데, 무엇 때문에 구차하게 학궁에 남는단 말인가!(儒者之威儀已喪, 何用苟留學宮)" 하고 탄식하면서 자진 퇴관하여 귀향해 버렸다.10)

이후 수년간 고향에 머물고 있을 때 정해년(만성64, 1887)에 도신(道臣)의 천거에 의해 이조(吏曹)에서 상주(上奏)함으로써 의금부도사(義禁府都事)에 제수되었으나 나아가지 아니하였고, 이듬해 무자년(戊子年)에는 다시 이조에서 왕자사부(王子師傅), 이어 서연관(書筵官)으로 천거하였으나, 권문(權門)에 거슬려 저지당함으로써 끝내 등용되지 못하였다.

3) 교유·강학·학문

만성에 있어서 사우간의 교유와 강학활동은 영남지역을 중심으로 비교적 활발히 전개되었다. 만성이 약관의 나이에 지방향시에 연이어 입격이 되자, 오히려 가정에서는 학문이 넉넉지 못한 터에 과문(科文)공부에만 전념함은 옳지 못하다고 하여, 회시(會試)에 응시치 못하게 하고 당시의 대유석학(大儒碩學)을 찾도록 하였다.

이에 만성은 을사년(만성22세, 1845)에 4백 여리 상거한 대평(현 안동)에 거주하던 정재(定齋) 류치명을 찾아 자수지예(束修之禮)를 행하였다. 이 때 유선생은 만성의 학업성취수준을 알아본 다음 "그대의 재주는 매우 뛰어나구나.", 또 "논어는 특히 공부가 많이 된듯한데, 다시 마땅히 체득하는 노력을 더해야 한다."고 하면서 손수 지은 <용학독법(庸學讀法)>을 주어 격려하였다.11)

이로부터 만성은 동문인 김흥락(金興洛), 김휘수(金徽壽), 류지호(柳

---

10) 年譜, 21면 및 文集 卷四, 10면, <請勿變衣制疏> 참조.
11) 文集, 年譜 "柳先生叩其所在曰 汝才太高矣, 又曰 汝於論語 殺用工夫, 然更宜加體認之功…又手書庸學讀法以贈之"

止鎬)등 제유사(諸儒士)들과 교유하면서 토구(討究)하여 성취한 바가 자
못 컸다. 이 즈음에 만성은 삼가현(三嘉縣: 현 합천) 대전촌(大田村)으로
이거(移居)하여 황매산(黃梅山) 남쪽기슭에 따로이 초가 수 칸의 서재
(百鍊齋)를 지었는데, 몇 개월이 지나지 않아 원근에서 배우고자 하는
사람들이 몰려 들었다. 이에 만성와(晩醒窩)를 건축하고, 점필재 김종직
(金宗直) 선생의 예를 따라 <소학강규(小學講規)>를 만들어 제생(諸生)
들을 독려하였다.

만성의 학문과 강학이 점차 알려지자, 임술년(만성39세)에는 당시 수
령(任思準)이 래방하여 '칠리강장(七里講長)'으로 추대한 바 있고, 이 시
기 영남의 명석(名碩)들 예컨대 권울재(權蔚齋, 용성(龍成))·김단계(金
端磎, 인섭(麟燮))·허퇴이(許退而, 유(愈))·곽명원(郭鳴遠, 종양(鍾錫))
등이 찾아와 머물며 강학(講學)하였다. 또 이직좌(李稷佐)·박상태(朴尙
台)·허부(許傅)·한진행(韓鎭行)·이이동(李彝東)·하긍명(河亘明)·송
민용(宋民用)·이정모(李正模)·김진우(金鎭祐)·최동태(崔東泰)·김기
주(金基周)·최정기(崔正基)·김상순(金象洵)·김병순(金丙淳) 등이 모
두 경전을 배웠는 바, 이때 배우는 자가 수백 인에 이르렀다.12)

만성이 두 번째로 집지(執贄)한 곳은 갑자년(만성41세) 김해읍재(金
海邑宰)로 있던 성재(性齋) 허선생(許先生, 명(名) 전(傳))이다. 이후로
권자천(權紫川, 인두(仁斗))·조락언(趙洛彦, 성혐(性�))·이사징(李士
澄, 수형(壽瀅))·조응장(趙應章, 병규(昺奎)) 등과 회강(會講)하는가 하
면, 이한주(李寒洲, 진상(震相))·권유계(權幼溪, 인택(仁擇))·박광원(朴
光遠)·조태경(趙泰卿, 호래(鎬來))·조월고(趙月皐, 성가(性家))·허방
산(許舫山, 훈(薰))등과 교유하면서 송경(松京)과 두류산(頭流山) 그리고

---

12) 을해년(만성52세, 1875)에는 경상방백(慶尙方伯) 홍훈(洪壎)의 청으로 악육재(樂育
齋)에서 강석(講席)을 주관하며 도내(道內) 수사(秀士) 20인을 선발하여 월삭(月朔)
에 고과(考課)를 시행한 바도 있다. (문집(文集), 연보(年譜), 17면 참조)

인근 주군(州郡)을 기행하였다.

허성재(許性齋)의 지우(知遇)를 받은 만성은 선생이 편한 <자훈(字訓)>의 서(序)를 지었고, 이어 선생의 저술 <사의(士儀)>를 교정(校正)하였으며, 선생의 사후에도 ≪허선생문집(許先生文集)≫을 교천(校刊)하는데 주도하였고, 이어 이명구(李命九)·노상직(盧相稷) 등과 <허선생년보(許先生年譜)>를 엮었다.13)

만성은 만년에 비록 진사가 되었다 하나, 일생을 포의로 지낸 유자(儒者)이다. 그럼에도 당대의 역사현실, 즉 조선 왕조 말기의 피폐한 국정과 열강 세력의 침략 앞에 위태로운 국가의 형세에 눈을 감지 아니하였다. 임술년(철종13, 1862) 민란에 왕이 조야에 대책을 구하자, 만성은 <삼정책(三政策)>을 올린바 있으며14) 이어 병인양요가 일어났을 때에도 태학에서 <척양사론(斥洋邪論)>을 지어 유생들에게 보였으며, 이어 <척사문(斥邪文)>을 지어 영남의 유생들에게 고하였다.15)

만성은 만년에 이르러서도 우국일념은 한결 같았다. 뒤늦게 진사가 되어 성균관에 유학하고 있을 때 조정의 복제개혁에 반대, 유생의 소두(疏頭)가 되어 상소하였다가 윤허되지 않자 퇴관한 일이 있거니와,16) 무

---

13) 만성은 앞서 신사년(만성58세, 고종18년)에 허선생에 의해 '왕좌재(王佐才)'로서 군왕에게 천거된 바 있으며, 왕좌재(王佐才, 만성 63세, 1886)여름 선생의 병석을 찾았을 때, 선생은 만성의 손을 잡고서 "성순의 의발에 대한 부탁이 그대에게 있으니, 힘쓸지어다(星順衣鉢之託, 在子, 勉之哉)."라고 하면서, 평생의 저술을 모두 만성에게 의뢰하여 교정을 보도록 하였다. (年譜, 20~21면, 참조)

14) 만성 39세에 올린 본 대책에서는 ①면성학(勉聖學) ②정사습(正士習) ③금사치(禁奢侈) ④방회뢰(防賄賂) 등을 요목(要目)으로 하여 인재등용·민력회복·부정부패의 방지를 건의하였다. (文集, 卷九, 1면, <三政策> 壬戌應旨)

15) 본고 주 10) 참조. 본 논과 문에서는 사학(邪學, 서양 기독사상)에 오염되는 것을 막고 도학을 밝혀야 함을 역설하면서, 요목으로는 ①명정학(明正學) ②정사습(正士習) ③공선거(公選擧) ④찰민은(察民隱) ⑤엄무비(嚴武備) 등을 거론하였는 바, 역시 내치가 중요함을 언급하였다.

16) 본고 주 10) 참조.

자년(만성65세, 고종25)에는 도탄에 빠진 민생과 누란의 위기에 처한 국가의 형세를 극렬하게 고하는 <시폐소(時弊疏)>를 올렸다.17)

위에서 보는 바와 같이 때에 따라 올린 상소문은, 만성이 경세학에서도 상당한 수준을 갖추고 있으며, 따라서 시세에 어두운 속유(俗儒)들의 학문적 진부를 벗어나고 있음을 말해주고 있거니와, 당대 영남의 석유(碩儒)들과의 교류를 통해서는 또한 경학·성리학(性理學) 부문에서 괄목한 만한 저술을 남기고 있음이 확인된다.18)

3. 대동속악부의 경개(梗槪)

(1) 악부의 창작배경과 동기

만성이 본 악부 28편을 지은 것은 1861년 그의 나이 38세 때였다. 일찍이 과업보다는 경학(도학)에 뜻을 두고 정진한 결과 괄목할 만한 성취가 있었으며, 이를 바탕으로 강학활동이 활발하게 이루어지던 때였다.19)

---

17) "백성들을 보건대 구멍 뚫린 배 위에 앉아 있는 형편이고, 나라의 형세는 깃발 끝의 늘어진 한 오라기 실줄과 같아 무너질 위험이 곧 닥칠 것 같은데도, 온 조정은 벙어리나 귀머거리만 있어 아무도 놀라는 사람조차 없습니다. 신이 이 때문에 길게 탄식하고 눈을 부릅뜨며 가슴을 치면서 슬퍼하는 것이고 이 한 목숨 버려서라도 임금님께 우러러 말씀드리고자 하는 것입니다(目見生民, 坐在漏船, 國勢危如綴旒, 土崩之患, 迫在呼吸, 而擧朝暗聾, 無人驚欬, 此身所以長吁裂眥, 附心摽辟, 欲拚一死, 而仰達於君父之前者也)"로 시작되는 본 상소는 자못 극렬한 어투로 이루어졌다. 매관매직에 의해 수령들이 임명되고, 무능하고 부패한 수령들의 탐학이 자심하여 백성들이 유리걸식하게 되었음을 고발하는 한편, 군왕도 독서와 경연을 통해서 역사에서 교훈을 얻어야 하며, 아울러 인재를 육성하며 현재(賢才)를 얻어 국정을 맡겨야 함을 역설하였다. 본 상소가 극렬한 탓에 물의가 일고 만성을 위태롭게까지 여겼으나, 도외치지(度外置之)의 왕명에 의해 무사귀향하였다.

18) 만성이 저술한 <太極動靜辨>·<明德辨>등과 그 밖에 문답(問答)을 통해 이루어진 <論心學>(答許退而書), <論文與道> <論陰陽穉盛>(答郭鳴遠書), <論人心道心> <論理氣>(答許南黎書), <論心理>(答尹忠汝書)등이 이에 해당된다.

19) 만성은 전 해에 삼가현(三嘉縣 : 현 陜川) 대전촌(大田村)으로 이거하여, 백동재(百

따라서 보편적으로 도학을 우선시 하는 학자로서는 사장(詞章)에 속
하는 이러한 악부시류에는 관심을 두지 않을 듯한데, 오히려 한편 한편
이 거편이랄 수 있는 본 악부를 창작하였으니 의외의 일로 여겨진다. 여
기에서 그의 악부에 대한 관점(문학관)은 어떠하였으며, 또한 본 악부를
짓게 된 배경과 동기는 무엇이었는가가 궁금해진다.

　바른 음악이 사라진지 오래다. 한나라로부터 악부가 시작되었는데 이어서
대대로 작자가 있었으니, 이백은 기개 있게 지었고, 양염부(楊維楨:원말문인,
철애고악부가 있음)는 매끄럽게 지었으며, 이동양(명대문인, 서애악부가 있
음)은 마무리를 잘 하였으니 성대하다고 할 만하다. 그러나 모두 삼백편에 견
준다면 낮은 수준이 된다.[20]

위에서 보면, 만성은 악부시 자체의 문학성을 인정하고 있음이 확인
된다. 다만 시경에 비한다면 한나라 이후 대중적인 작가인 당나라의 이
태백, 원말-명초의 양염부, 명대의 이동양 등의 악부작품 수준이 모두
마치 '소치는 여인네'정도의 낮은 수준이라고 평가하고 있는 점이 주목
된다.

그렇다면 우리 동국의 문인들이 악부시를 거론할 때 으레 걸림돌로
여겨온 협악성(協樂性) 즉 협율(協律) 문제는 어떻게 극복하고 있을까?

鍊齋)라는 서재를 짓고 독서하고 있었는데, 곧 원근에서 배울자들이 몰려 들었다. 그
수가 매우 많았으므로 별도로 '만성와(晚醒窩)'를 지었으며, 이때 점필재(김종직)의
선례에 따라 소학강규(小學講規)를 만들어 생도를 가르쳤다. 이에 강우유풍(江右儒
風)이 크게 변하였다 한다.(先生處百鍊齋,未幾月, 遠近來學者甚衆, 齋舍至不能容,
故別建是窩…倣畢齋金先生, 小學說教之遺意, 爲小學講規, 以督諸生…江右儒風,
自此一變:年譜, 張八)

20) 文集, 卷三, <大東續樂府幷序> "雅樂之熄 久矣, 自漢季, 樂府昉焉, 嗣是而代有
作者, 而李白踸厲之, 楊廉夫潤色之, 李東陽玉振焉, 可謂盛矣, 然均之爲三百篇之
牧牛女也"

어떤 이는 의심하기를 "악부를 지음에는 성률의 음절을 가장 중시하는데 그대는 돌아보지 않으니, 어쩌면 못생긴 여인네가 궁녀의 치장을 배우려는 것이나 아닌가?" 네가 말하기를 "그렇지 않다. 기(夔:순임금 때의 악관)의 음악도 뜻을 말하는 데서부터 시작된 것이고, 비풍의 시는 그 절주를 바꾸어서 雅와 송이 되는 것이니 어찌 일찍이 구구하게 단판(악기)에 올릴 것만을 우선시하여 꼭 이것 (음절)에 맞출 것을 구한단 말인가?…다만 읊조리고 노래하여 스스로 그 음절에 알맞도록 하여 후일 태사씨가 널리 채집하여갈 때를 대비할 뿐이다.21)

여기에서 보면, 만성은 시에 있어서는 뜻을 표현함이 우선이고, 음악의 절주에 맞추는 것은 꼭 요구되는 것이 아님을 밝히고 있다. 또한 우리로서도 시를 지어 읊거나 노래로 불러 스스로 그 음절에 맞도록 하면 된다고 했으니, 곧 굳이 중국의 성률이나 음절을 따를 필요가 없다는 생각을 드러냈다고 볼 수 있다.

이같이 볼 때, 만성에게는 악부시 창작에 있어서 별다른 장애 요소가 없음을 알 수 있거니와, 그렇다면 본 악부 창작의 동기는 무엇이었을까?

근래에 <대동악부>를 얻어 읽어 보니, 비록 누가 지은 것인지는 모르겠으나, 잘 된 것은 위·진시대의 작품과 같고, 잘못된 것도 보통 수준은 넘는 듯했다. 단군·기자 조선과 신라·백제로부터 고려 말까지 신령스럽고 괴이한 자취와 아름답고 기찬 일들을 세세하게 구슬을 꿰듯이 엮어 놓았으니, 글 쓰는 사람의 도타운 기록이라고 하겠다. 다만 유감인 것은 우리 왕조(조선)가 개국하여 명성과 문물이 옛 3대보다 탁월한데도 그 시편에서는 빠뜨려 기록치 아니했으니 대개 지은이가 글을 완성치 못한 것이다. 내가 드디어 주제넘음을 잊고 그 체제를 본받아서 태왕·왕계(개국시조)의 처음 행적으로부터

---

21) 위의 책, 같은 곳, "或又疑樂府之作, 急於聲律音節, 而子不之恤, 不幾於袿褵女之學宮樣粃乎, 余曰不然, 夔之樂始, 於言志 ,豳風之詩, 變其節而爲雅頌, 則曷嘗先意拘拘於檀板之刻, 而必求合於是耶, 聊以謳吟詠歌, 自適其樂以備,佗日太史氏之博採云"

시경<비풍>과 <하천>편의 의리를 끝으로 하여 28편을 짓고서 그쳤다.[22]

위의 글에서는 만성이 악부를 짓게 된 배경과 동기에 관하여 몇 가지 의미 있는 사실들을 말해주고 있다.

첫째로, 만성은 작자 미상의 <대동악부>를 보고 촉발되어 <대동속악부>를 짓게 되었다는 점이다.[23]

둘째로, 조선왕조에 대한 작자의 무한한 자긍심을 엿볼 수 있는 점이다. 곧 "우리 왕조가 개국하여 명성과 문물이 옛 3대보다 탁월하다."에서의 3대가 단군·기자 조선의 고대와 신라·백제의 삼국시대, 그리고 고려시대를 가리킴을 볼 때 작가의 그러한 의식이 분명히 드러나고 있는 바, 따라서 앞의 악부가 3대의 사적만을 노래하고, 3대 보다 더 훌륭한 조선왕조의 사적을 빠뜨린 점은 용납될 수 없는 일로 작가는 인식하였던 것이다.

셋째로, 위의 글에서 파악할 수 있는 것은 작가 만성의 우국충정의 마음이다. 악부의 제재(題材)를 왕조 창업의 위대한 자취에서 출발하여 '비풍(匪風)'과 '하천(下泉)'의 시편(詩篇)이 주는 이른 바 <風泉之感>(풍천지감) 곧 '왕조의 쇠퇴와 난세에 대한 개탄'으로 끝을 맺는다는 표현이 곧 그것이다.

이상을 본다면, 본 악부의 창작은 조선왕조의 개국에 정통성을 부여하는 작가의 역사인식과 이에서 비롯된 국가 왕조에 대한 자긍심, 그리고 조선말 위태로운 국가현실을 직시한 작자의 우국충정 등이 직접적

---

22) 위의 책, 같은 곳, "近得所謂大東樂府者 而讀之 雖未知何人所作 而高者浸淫魏晉 下者方駕張王 自檀箕羅濟 至麗氏運訖 靈符詭躅 瓖行奇烈 縷縷如貫珠 勒成詞家之惇史 而第恨夫我朝受命 聲明文物 度越三古 而之篇也闕而不錄 蓋作者之未成書也 余遂忘其僭踰 效其體製 自太王王季肇迹之始 至匪風下泉義理之終 得二十八篇而止"

23) 근래의 연구에 의하면 여기에서 거론한 <대동악부>는, 실제로는 오광운의 <海東樂府>라고 한다.(김영숙, 앞의 책 참조)

인 배경과 동기가 되었다고 볼 수 있으며, 우리는 여기에서 영사악부 작가들에게서 일관되게 확인되는 정신적 가치관, 예컨대 조국의 역사를 중시함과 당대 현실에 대한 올바른 자각을 찾을 수 있는 것이다. [24]

(2) 악부의 제재와 형식

본 악부 28편을 개괄하여 표로 작성하면 다음과 같다.

번호	제목	내 용 개 요	형 태	연대
1.	사해가 (徙海家)	도조(度祖)가 섬으로 가자 백성들이 이사하여 따름	3·5·7언 3장 30구	도조
2.	정조선 (定朝鮮)	명나라에 청하여 국호 정해 받음	3·5·7언 3장 24구	태조
3.	해주서 (海州黍)	세종때에 거서(巨黍)와 경석(磬石)이 나와 아악보를 만듦	3·4·5·7언 3장 82구	세종
4.	어천룡 (御天龍)	세종이 박연·장영에 명하여 용비어천가 지음	3·5·6·7언 3장 50구	세종
5.	총상미 (塚上薇)	단종 손위시(遜位時) 의성현령 김계금(金係錦)의 불사이군(不事二君)의 절의	4·5·7·언 3장 36구	세조
6.	무사사 (舞佌佌)	성종시의 태평지성(太平之盛)	5·6·7언 3장 96구	성종
7.	탕춘대 (蕩春臺)	연산군의 음회무도(淫嬉無度) 비판	5·7언 3장 70구	연산군
8.	진백죽 (進白粥)	중종 폐비신씨(廢妃申氏)의 부덕(婦德)	5·7언 3장 78구	중종
9.	산곡구 (山谷嫗)	정암(靜菴, 조광조(趙光祖))의 죽음을 백성들이 애도함	3·5·7언 3장 98구	중종
10.	제전우 (祭田雨)	효자의 호천통곡(號天痛哭)에 비가 내림	4·5·7·언 3장 76구	중종

---

24) 만성의 본 악부가 지어진 때는 1861년(철종12)으로서 당시의 조선왕조는 국내외적으로 매우 위급한 정세에 봉착하여 있었다. 서세동점의 높은 파고가 닥치고 있었으며, 국내적으로는 삼정의 문란으로 국정은 피폐의 극에 달하였다. 1년 뒤 곧 진주민란이 일어난 것이 이를 말해 준다. 당시에 만성은 국가가 토붕지세(土崩之勢)에 처해 있다고 개탄하면서 극렬한 상소 <三政策>을 올린 바 있다.(본고 주 17) 참조)

11.	계도화 (戒桃花)	퇴계(退溪)의 도산십이곡(陶山十二曲) 시조(時調)를 소재로 노래함	5·7언 3장 44구	선조
12.	소미성 (少微星)	남명(南冥)을 소미성(少微星)에 비유함	5·7언 3장 30구	선조
13.	춘유사 (春遊詞)	허봉(許葑)의 평양춘유(平壤春遊)시의 과도한 주연 비판	3·4·7언 3장 52구	선조
14.	소사첩 (素沙捷)	정유재란시 명나라원군의 활약	3·4·7언 3장 116구	선조
15.	관현성 (關顯聖)	임진왜란 때 전쟁을 도운 관왕묘(關王廟) 의 영이(靈異)함	3·4·5·7언 3장 86구	선조
16.	류씨부 (柳氏婦)	임란(壬亂)때 남편을 따라 죽은 부인의 정절	3·4·5·7언 3장 38구	선조
17.	논개암 (論介巖)	촉석루에서 왜장과 함께 몸을 던진 논개의 의로움	3·4·5·7언 3장 86구	선조
18.	보은금 (報恩錦)	의주역인(義州驛人) 홍순언(洪純彦)의 선행으로 명 원병이 파병됨	3·4·5·7언 3장 284구	선조
19.	승범사 (僧泛槎)	유정(惟政)이 왜노(倭奴)를 굴복시킴	3·4·5·7언 3장 52구	선조
20.	류하장 (柳下將)	여진 정벌에서 장렬하게 전사한 선천군수 김응하(金應河)	3·4·5·7언 3장 52구	광해군
21.	후비간 (后妃諫)	광해군의 그릇된 여진 정책에 대하여 비 (妃) 류씨(柳氏)가 극간함	5·7언 3장 40구	광해군
22.	룡승운 (龍乘雲)	정명공주(貞明公主)의 하가시(下嫁時)의 성대한 예물	3·5·7언 3장 60구	인조
23.	행금인 (行琴引)	인조때 오랑캐의 침입을 노인이 예언함	3·4·5·6·7언 3장 64구	인조
24.	열서곡 (裂書哭)	남한산성에서 김상헌(金尙憲)이 강화서 (講話書)를 찢음	5·7언 3장 72구	인조
25.	대명송 (大明松)	명나라가 망한후 정온(鄭蘊)이 안음(安 陰)에 은거하여 소나무를 심음	5·6·7·8언 3장 26구	인조
26.	김장사 (金壯士)	봉림대군을 심양까지 배종(陪從)한 관군 (官軍) 김여준(金汝峻)의 용맹	5·7언 3장 40구	인조
27.	석양루 (夕陽樓)	효종과 인평대군과의 돈독한 우애	5·6·7언 3장 50구	효종
28.	대보단 (大報壇)	명 멸망후 창경궁북쪽 밖에 단을 세워 신 종황제를 제사함	4·5·7언 3장 73구	숙종

위의 표를 참고하여 대동속악부의 제재를 분류하여 보면 다음과 같다.

(1) 창업과 치세에 대한 찬상(讚賞)

①사해가(徙海家) ②정조선(定朝鮮) ③해주서(海州黍) ④어천룡(御天龍) ⑥무사사(舞俟俟) ㉒룡승운(龍乘雲) ㉗석양루(夕陽樓)

(2) 충절·효열에 대한 흠상(欽尙)

⑤총상미(塚上薇) ⑧진백죽(進白粥) ⑩제전우(祭田雨) ⑪계도화(戒桃花) ⑫소미성(少微星) ⑯류씨부(柳氏婦) ⑰논개암(論介巖) ⑱보은금(報恩錦) ⑲승범사(僧泛槎) ⑳류하장(柳下將) ㉑후비간(后妃諫) ㉔열서곡(裂書哭) ㉖김장사(金壯士)

(3) 비정(秕政)과 폐습에 대한 비판

⑦탕춘대(蕩春臺) ⑨산곡구(山谷嫗) ⑬춘유사(春遊詞) ㉓행금인(行琴引)

(4) 명(明)에 대한 보은과 존숭의식

⑭소사첩(素沙捷) ⑮관현성(關顯聖) ㉕대명송(大明松) ㉘대보단(大報壇)

위의 분류가 보여주는 바와 같이 작자 만성의 관심점은, 조선왕조 군왕들의 훌륭한 치적과 신민(臣民)들의 비범한 행적에 맞추어져 있으며, 타 악부에서 보여주는 현실 비판의 내용은 상대적으로 가볍게 다루고 있음이 확인된다.

형식면을 보면, 대동속악부 역시 조선후기의 영사악부의 보편적인 형식인 '사화(史話, 서)+시'의 형태를 이루고 있는 점은 타 악부와 동일하나, 다른 점은 매 편마다 3장 형태로 되어 있는 점이다. 이것은 본 악부시에서만 볼 수 있는 것인 바, 이는 시경의 일절가일절(一節加一節)의 형태를 염두에 두고 작시한 것으로 추정되며, 또한 작자가 자신의 사필을 충분히 가하기 위한 의도도 내재되어 있는 것으로 보여 진다.

다음으로 타 악부와 변별되는 것은 다수가 잡언체(雜言體)로 되어 있

으며 제언체(齊言體)는 매우 희소하다는 점이다. 대체로 3언·5언·7언
이 주조를 이루고 있으나, 이것도 일정한 배열로 되어있기 보다는 다양
한 형태를 취하고 있는 편이다.25)

또 다른 변별요소를 들자면, 1편당 구수가 대체로 수 십 구로 되어
있으며, 많게는 백여 구를 훨씬 넘는 장편들로 구성되어 있다는 점이다.
예컨대 가장 짧은 시는 <정조선(定朝鮮)>으로서 24구인데, 이것조차 타
악부시에 비하면 보기 드문 장편에 속하며, 본 악부에서 가장 장편인
<보은금(報恩錦)> 284구는 조선후기의 영사악부 중에서 최대의 장편에
속할 것으로 추정된다.26)

4. 대동속악부의 시세계

「사화(史話)+시(詩)」형태의 영사악부는, 본질적으로 「역사성+문학성」
의 이원적 성격구조를 지닌다고 하겠다. 이 때 영사악부는 보편적으로
역사사실의 의미인식과 가치부여에 비중을 두는 관계로 자연히 문체나
성률, 표현형식 등의 문학적 요소는 부차적인 문제가 되며, 본 악부의
작자인 만성도 역시 '서(序)'에서 이러한 관점을 분명히 밝힌 바 있다.
그러므로 여기에서 보다 중요시 되는 것은, 작자가 악부소재로 취택한
역사사실(또는 역사상)을 어떻게 해석하고 있으며, 그리하여 그것들에

---

25) 본 악부 <定朝鮮>의 경우, 제 1장은 "定朝鮮, 朝日鮮, 海東國, 朝鮮之名美無極,
   定朝鮮, 肇檀箕, 歷屢千, 朝鮮之號舊長傳"이다. 이것은 3,3,3,7+3,3,3,7.의 형태인 바,
   시구 배열에 있어서 반복과 변화를 주어 잣수율의 효과를 높이고, 그 결과로 시의 성
   률을 살릴 수 있게 되었다. 아울러 시상의 전개로 점층되는 효과를 거둘 수 있는 바,
   이를 보면 작시에 임하는 작자의 엄밀한 자세를 엿볼 수 있다.
26) 작자 만성이 얻어 보았다는 <대동악부>(오광운, 해동악부)의 경우 가장 장편인 '조
   촉사(朝蜀槎)'의 시구는 12구(句)에 불과하며, 타 영사악부도 대체로 4구~20구가 보
   편적인 규모이다.

내재하는 의미(meaning)또는 의의(signification)를 어떤 것으로 성격지어 가치 판단 하는가에 있다고 하겠다.

(1) 창업과 치세에 대한 찬상(讚賞)

"우리 왕조가 개국하여 명성과 문물이 옛 3대보다 탁월하다."27)고 하며 현 왕조 국가에 대한 자긍을 거침없이 드러낸 작자 만성은, 조선이 개국 전에 이미 백성들의 추숭을 받은 사실을 다음과 같이 자랑스럽게 읊고 있다.

고개위에 우뚝 솟은 소나무 있고
동산에 활짝 핀 오얏꽃 있네
소나무는 노쇠하여 땔감될 신세지만
오얏꽃은 활짝 펴 열매 맺게 되었네

천심은 말없이 주었다가도 빼앗으니
인간들 행위 따라 향배를 정한다네
백성들 어리석고 지혜로운 사람까지도
우러러보며 모두 원하여 추대하네

모르고 또 모르겠도다
추종자들 마음을 조금도 늦추지 않고
읍에 있으면 읍에 좇아와 살고
바다로 떠나면 바다에도 좇아오네

礧礧嶺上松 粲粲園中李 松老欲作薪 李華欲結子
天心默予奪 人事隨向背 小民至愚神 盰盰咸願戴
不識又不知 從子心靡懈 在邑從于邑 浮海從于海28)

---

27) <樂府> 서 (본고, 주22) 참조)
28) <樂府> '徙海家', 제1장

위에서 볼 때, 늙은 소나무는 고려를, 활짝 핀 오얏 꽃은 이씨조선을 가리키는 것으로 추정된다. 1절에서, 이제 소나무는 늙어서 땔감에나 소용된다고 함은 고려의 쇠망을, 오얏 꽃이 결실을 맺는다 함은 이씨조선이 개국될 때임을 말한 것이다. 이어 제2절은 민심이 이미 이씨에게 돌아섰으니 천심(天心)도 그에 따른 것이라고 하고, 제3절은 익조(翼祖)가 해도(海島)로 피난하자 추종하는 백성들이 따라 왔음을 노래한 것이다.29)

> 어류도 범상한 부류 아닌 것은
> 여든 한개 비늘 생겨 용이 된다네
> 용이 될 즈음 살던 굴집 바꾸었더니
> 다랑어 곤어들 서로 따라와 살았다네
> (후략)

> 有魚殊凡種 八十一鱗將化龍
> 將化龍 改窟宅 鱣鮪鯤鮞相追從 30)

이곳 제 2장은 위의 1장의 사실을 어류에 비유하여 재차 칭송한 것인바, 여기서는 추상적인 비유를 통해 의미를 확대 인식하는 효과를 거둘 수 있고, 나아가 작자의 무한한 창작 공간이 확보 될 수 있음이 주목된다.

순임금 곁은

---

29) <용비어천가>제4장은 "野人與處, 野人不禮, 德源之徙, 實是天啓"라 하여 익조(翼祖)가 여진천호(女眞千戶)들의 침략을 피해 적도(赤島)로 피난하고, 다시 덕원(德源)에 옮겨 살게 되었음을 노래한 것인데, 이때 각각 경흥(慶興)백성들이 좇아와 함께 살았다고 하였다. 다만 본 시의 사화(史話) 즉 서에서는 "至度祖時, 威德日著, 小民歸附"라 하여 이때의 일을 마치 도조(度祖)때의 일인 것처럼 기술하고 있는 바, 아마도 작자(만성)의 착각이 있었던 듯 하다.

30) 위의 시, 제2장

삼년만에 읍 마을 이뤘고
주 태왕 피난에
온 백성 따라와 저자 이뤘다네
위대한 선조 왕업을 여실제
바닷가로 물러나니 백성들 좇아와 살았다네
우리 훌륭한 억만년 공고한 왕업은
실제로 여기에서 터전을 잡은 것이네

姚側微 三年成邑里 姬避難 萬民如歸市
聖祖肇王迹 遜于海 民從徙
我聖朝億萬鞏固業 實基此[31]

본 제3장에서는, 중국 성군들의 위대한 행적이 있는 바와 같이, 우리
조선 왕조에도 위대한 선대 임금들의 훌륭한 행적이 있음을 밝혔으며,
작자의 가치판단과 함께 현 왕조에 대한 강한 자긍심이 드러나고 있다.

다음으로 작자는 세종대왕을 동방(東方)의 요순으로 부르며, 조선왕
조의 성군인 대왕의 치세에 대하여도 한껏 칭송하고 있다.

천지에 상서로움 있으니
성스러운 일도 때 맞추어 일어난다네
지초향풀 자라나 아홉 줄기 늘어지고
시초풀 싹나서 많은 가지로 꽉찼네 (1)

이곳에 난 검은 기장 잘 길러지니
한 껍질 속 두 알갱이 그 또한 기이하네

---

31) 같은 곳, 제3장

바다도 잔잔하고 강물도 맑게 30년
화평하게 다스려져 교화도 절로 되네 (2)

(중략)

농민들 경사 알리느라 김매는 이조차 내닫고
고을 길 따라 거둔 짚은 서울로 실어 보내네
오! 유신인 박연과 장영실이여
그대들은 노래 만들어 종묘에서 연주하라 (3)

남양땅에 돌이 있어 울림도 맑아서
8음의 소리들과 화음 되어 좋구나
아아! 용비어천가여!
위대한 조상들의 큰 업적은 영원히 이어지리 (4)

天地有祥瑞 聖作方膺期 芝産綴九莖 著生滿百枝
維玆之黍迀亭毒 一秭二粒其亦奇 海晏河淸三十年 玉燭金膏化無爲
農人奏慶穡夫馳 縣道納秸王府輸 咨乃儒臣朴與蔣 汝庸作歌淸廟奏
南陽有石鳴渢渢 八音廉肉諧且好 猗歟龍飛御天歌 烈祖鴻業垂窮宙[32]

　위 제1절에서는, 세종대왕이 성군으로서 치세를 잘하여 태평성대가
이루어지자, 상서로운 일들이 일어나게 되었으며, 그 예로 지초와 시초
의 자람조차도 충실하다고 말하고, 이어 2절에서는 더 나아가 역시 성
대의 상서로운 일의 결과로서 기장이 이곳 해주에서 자라고 있음을 말
하면서, 이는 곧 30년이나 치국을 잘한 때문이라고 밝히고 있다.
　제3절 전반에서는 이러한 경사스러운 일을 농민들조차 반겨한다고
하여, 임금이 여민동락(與民同樂)하는 성군임을 은근히 내비치고 있으

---

32) ＜樂府＞, ＜海州黍＞, 제2장

며, 후반은 대왕이 두 신하(박연과 장영실)에게 기장을 이용하여 악곡을 만들도록 명하였다고 밝히고 있다.

끝 절에서는 남양에서 경석(磬石)이 생산됨으로써 8음의 성색(聲色)이 화음을 이루게 되었으며, 이로써 용비어천가의 악곡이 순조롭게 만들어지고, 창업을 이룬 선대 군왕들의 공훈도 길이 이어지게 되었음을 말하고 있다.[33]

이 밖에도 시 <정조선(定朝鮮)>에서는 "단군 기자에서 시작하여 수천 년 거쳤으니 조선이라는 국호는 예로부터 길이 전해 온 것이라네"[34]라고 하여 본디부터 우리가 사용해오던 것임을 상기시켰는 바, 이는 곧 국호에 대한 자존을 드러낸 것으로 생각된다. 또 성종의 치세에 대하여 극찬하고, 효종과 아우 인평대군과의 돈독한 우애에 대하여 극도로 추앙하는 등에서 조선왕조를 향한 작자의 더할 나위 없는 숭모의 마음을 읽을 수 있다.[35]

(2) 충절 · 효열에 대한 흠상(欽尙)

우리나라의 역사에서 조선 왕조를 가장 문명한 나라로 인식하는 작

33) 본 시의 서를 참고로 들면 다음과 같다. "我世宗大王, 臨御三十年, 號東方堯舜, 于時, 秬黍生海州, 磬石生南陽, 命朴堧蔣英, 作雅樂譜" 위에서 보는 바와 같이 만성의 악부는 대체로 서가 간략하며, 상대적으로 시가 장편으로 이루어져 있음이 특징적이다. 본 시의 경우도 序는 8~9구에 불과하나, 시는 80여구에 달하고 있는 바, 이는 곧 작자의 왕성한 창작의지와 역량을 드러내주는 것이라고 볼 수 있다.

34) <樂府> <定朝鮮> "肇檀箕, 歷屢千, 朝鮮之號舊長傳"

35) 성종의 치적에 대하여는 시 <舞傞傞>의 서에서 "成宗大王, 繼聖承神, 休養生息, 太平之盛, 有國無之, 嘗行幸門外, 日暮旋蹕, 都人士女, 瞻望歡呼." 라고 하여, "당시의 태평성대는 예전에 없던 일이며, 백성들이 임금의 수레를 보고 환호하였다."고 기술하였다. 또 효종의 우애에 대하여는 시 <夕陽樓>의 서에서 "便養與御供無異… 起居飮食, 動輒相報, 又數幸其第, 賞賜無數, 湛樂如一日, 眞千古帝王之盛事也"라고 하여, 봉림대군이 즉위(효종)후에도 아우 인평대군과 변함 없이 우애가 돈독하였음을 두고 "참으로 천고에 없는 제왕의 성대한 일이다."고 높이 평가하였다.

자는, 역사전개의 주체가 되는 인간상에 대한 탐구에 보다 많은 관심을 가진 것으로 보인다. 그의 악부 28편을 엄밀하게 분석해보면 모두가 인물에 관한 이야기로 볼 수 있거니와, 그 중 반수에 해당하는 13편이 충절과 효열의 인물들임을 볼 때, 작자는 여기에 더욱 비중을 두었다고 보여 진다.

먼저 충절의 경우부터 살펴보기로 한다.

시 <유하장(柳下將)>은, 광해군 10년 후금을 정벌하는 명군(明軍)을 돕고자 출전하여 장렬하게 전사한 김응하(金應河)장군의 활약상을 노래한 것이다.

살아가면서 유하장을 만나지 말라
단검이 다 이지러져도 광채는 눈처럼 빛나네
싸움에서 유하장에 맞서지 말라
두 눈자위 찢어지고 핏발이 서있도다   (1)

쏘고 또 쏘고
천번 만번 쏘아도 끝내 넘어지지 않네
주먹 쥐고 우뚝 서 있으니 모습도 씩씩하고
얼굴에 화살 여섯 맞아도 꿈쩍도 않도다
옛적 성 위의 허수아비에 대해 들었더니
이제 유하장을 보게 되었구나   (2)

生莫逢柳下將 短劍缺盡光如雪 戰莫當柳下將 雙眦裂盡繼以血
射復射 千射萬射終不仆 張拳 卻立貌猶壯 面中六矢猶不動
昔聞城上偶 今見柳下將36)

---

36) <樂府> <柳下將> 제1장

  유하장은, 김장군이 버드나무를 의지하고 적군과 싸웠던 사실에서 붙여진 이름이다. 제 1절은, 유하장은 감히 대적할 사람이 아님을 말한 것이고, 제 2절은, 싸움에서 굽히지 않고 적과 맞서는 장군의 모습을 표현한 것이다.

> 오라! 그대 弘(강홍립)이여
> 안타깝구나! 그대 瑞(김경서)여
> 한번 죽을 수는 있으나
> 구차하게 목숨 구걸 나는 못하겠도다
> 길게 외치는 한 목소리에 천지도 기가 꺾이고
> 오랑캐들 간담도 무너지고 흩어져 버리도다   (1)
>
> 한심하구나! 너 哥(귀영가)야
> 못됐구나! 너 歹(홍타알)야
> 버드나무는 넘어뜨릴 수 있으나
> 7척 장사는 넘어뜨리기 어려우리라
> 성난 머리칼 번쩍 솟아 창끝 같고
> 기상도 늠름하니 누가 감히 맞서랴
> 심하(深河)의 강물이 끝없이 흐르듯이
> 오래도록 아름다운 명성 버드나무 아래 전하리   (2)
>
> 咄汝弘 嗟汝瑞 一死可能 苟且偸生吾不能
> 長呼一聲天地沮 胡兒膽裂猶崩騰
> 唉汝哥 喝汝歹 柳樹可顚 壯士七尺難可顚
> 鬅鬙怒髮掀如戟 生氣凜凜誰敢前
> 深河流水去無極 千古芳名柳下傳[37]

─────────────────

37) 위의 시, 제2장

위는 본 시 제 2장인바, 1·2절 모두 주인공을 직접화자로 내세워, 적에 맞서 싸우는 주인공의 불굴의 투혼과 강인한 자세를 효과적으로 표현하고 있음이 주목된다.

구체적으로 본다면 제 1절 직접화법의 시구는 여진에 항복하는 도원수 강홍립과 부원수 김경서를 향하여 외치는 절규이며, 제 2절의 것은 적군의 장수 귀영가와 홍타대를 향하여 꾸짖는 내용으로서, 한편으로는 자신의 결의를 다지는 몸짓이기도 하다.

당시 명나라의 요청으로 여진(후금:뒤에 청을 치러 출정할 때, 광해군은 도원수 강홍립에게 형세를 보아 진퇴를 결정(관세진퇴(觀勢進退))하라는 밀지를 내렸었다. 이에 따라 도원수 강홍립과 부원수 김경서 등은 명군이 패전하는 등 형세가 불리하자 여진에 항복하였으며, 좌영장(左營將)이 되어 참전하였던 김응하 군수는 끝까지 항전하다가 장렬히 전사하였던 것인데, 본 시에서는 형세를 보아 실리를 취했던 도원수 강홍립을 부정하고 절사(節死)를 택한 김응하를 높이 평가하고 있음을 알 수 있다.[38]

이 밖에 시<총상미(塚上薇)>에서는, 단종이 내쫓겼을 때 의성현령(義城縣令)이였던 김계금(金係錦)이 관직을 버리고 귀가하여 종신토록 다시 나아가지 않은 것을 '불사이군(不事二君)'의 충절로 여겨 찬상(讚賞)하면서, "의로움을 지켜 몸을 마쳤는데, 흔적이 없어지게 되니…이것을

---

38) 본 시 <柳下將>의 서에서 작자는 김응하의 장렬한 행적에 대하여 다음과 같이 소개하고 있다. "선천군수 김응하는 힘껏 싸우다 죽었다. 도망 나온 군사들이 전하는 말에 의하면, 공은 화살이 떨어지고 힘이 다하자, 홀로 짧은 칼을 쥐고 버드나무를 의지한 체 적을 베었는데, 칼이 부러지자 칼자루를 잡고 휘두르며 적을 쳤으며, 몸에 화살이 많이 박혀 고슴도치의 털처럼 되어 숨이 끊어져서도 넘어지지 아니했다 한다. 그리하여 오랑캐들이 감히 가까이 하지 못하고 서로 이르기를 '유하장이 가장 씩씩하여 대적하기 어렵다'고 하였다 한다." "宣川郡守, 金應河, 力戰死之, 逃軍傳言, 公矢竭力盡, 獨持短兵, 依柳樹, 斫殺, 劍折, 持柄揮擊, 矢集身上, 如蝟毛, 至殞絶, 猶不仆, 虜以爲神, 不敢近, 相謂曰柳下將, 最雄健難敵"

나는 서글피여겨서 기록하는 것이다.(秉義沒身 泯然無迹…此所以悲 而錄之也)"라고 하여, 역시 절의를 사대부의 소중한 덕목으로 여기는 작자의 마음을 보여주고 있다.39)

다음으로 효자와 열부를 칭송한 시들을 들어보자. 시 <제전우(祭田雨)>는 함안인(咸安人) 반효자(潘孝子)의 효성을 두고 작시한 것이다. 작자는 본 시의 서(序)에서 "집안이 가난하였으나 힘껏 농사지어 어버이를 봉양하였으며, 맛있는 음식을 빠뜨리지 아니하여 이웃에게 감화를 주었다. 부모가 돌아간 뒤에는 정성껏 제사하고 별도로 논 한 곳을 개간하여 제수를 마련하였는데, 매우 가물어 묘가 말라죽었다. 효자가 하늘을 부르며 통곡하니 잠시 뒤에 큰 비가 내려 제전(祭田)에 물을 대었으며 남은 물이 이웃의 들까지 미쳤다. 그 옆에 또 한 찬 샘물이 솟아나 지금까지도 그 이로움을 받고 있다."40) 는 감동적인 사연을 소개하면서, 다음과 같이 노래하였다.

> 흰꽃과 붉은 꽃받침
> 저 우거진 풀 밭까지 덮였네
> 퐁퐁 솟아 넘치는 시원한 샘물은
> 벼 논으로 흘러들어 간다네 (1)
>
> 수고롭게 길러 일렁이는 벼들은
> 효자가 땀 흘려 심고 가꾼 것이니
> 광채와 같은 효성의 간절한 염원은

---

39) 본 시의 서(序)에 의하면, 김계금이 죽음에 임하여 가인에게 이르기를 "내가 죽으면 반드시 이적이 일어날 것이다"고 하였는데, 장례에 미쳐 갑자기 한 웅큼의 고사리가 솟아나, 사람들이 '수양산과 같은 일'로 여겼다(臨死謂家人曰 我死後, 必有異, 及葬, 忽有一握薇蕨生, 人以爲首陽之應)고 한다.

40) <樂府> <祭田雨>의 서 "家貧躬畊養親, 甘旨無闕 ,鄰里感化, 及親歿, 竭誠承祭, 別墾水田一區, 以供粢盛, 天旱苗盡枯, 孝子號天痛哭, 有頃大雨, 獨注祭田, 餘波及於鄰坪, 其傍又湧出寒泉, 至今賴其利云"

저 하늘에까지 닿았다네 (2)

하늘도 오오라 감탄하시어
정갈한 제사 곡물 내리셨네
세상의 모든 군자들이여
내가 읊은 이 노래를 보게나 (3)

白華絳萼　被于幽薄　冽彼氿泉　溉于稻田
役役穖秬　孝子之稼　孝有精華　列于大爺
天之主宰　大爺曰咨　寵以明齋　凡百君子　我謠是眠[41]

위의 시 제1절은 효자의 통곡이 있은 뒤 솟아 난 샘물이 벼 논으로
넘쳐 흘러들어 가는 정황을 표현한 것이며, 제2절의 '효성에는 광채와
같은 힘이 있어서 하늘에까지 닿는다'는 말은, 곧 효자의 정성이 하늘을
감동시킨다는 뜻의 다른 표현일 것이다. 제3절은 하늘의 보답을 거론하
며 효를 권면하는 의도를 드러내주는 부분이라고 하겠다.

끝으로, 열부를 칭송한 시 <류씨부(柳氏婦)>를 살펴보자. 이는 류씨
집안의 며느리가 된 곽씨녀(郭氏女)의 순사(殉死)한 사연을 소재로 하여
작시한 것인데, 작자는 시의 서(序)에서 그 내용을 다음과 같이 기술하
고 있다.

　임진란에 존재 곽충렬공 준(䞭)과 대소헌 조충렬공 종도(宗道)가 안음현의
황석성을 지키고 있었는데, 존재의 아들 이상(履常)과 이후(履厚)가 다 죽었
다. 효녀는 유문호에게 시집 갔었는데, 이때에 문호가 성 밖에 있었다. 곽씨는
남편이 살아있었으므로(형제들을)따라 죽지 않고, 남편의 자취를 밟아 성을
벗어났다가, 그의 남편이 적에게 죽었다는 소식을 듣고서는 곧 숲 속에서 목
매어 죽었다.[42]

---

41) 위의 시, 제1장.

　　이를 두고, 이어서 작자는 "그 뜻을 세울 때의 고심함과 의로움을 결단하는 정확함이 어찌 그리도 위대한가! 아아, 열렬하도다!"[43] 라고 찬탄하고서 다음과 같이 읊었다.

어버이에게 임금이 있고
오빠에게 어버이가 있는데
첩인들 어찌 남편이 없으리오
어버이는 충성을 위해 죽고
오빠들은 효성을 위해 죽는데
첩인들 어찌 명분없이 제 몸을 버리리오

낭군이 살았으면 살고 낭군이 죽었으면 죽어
생사를 낭군 따라 하는데 낭군 사정 알 수 없어라
서릿발선 칼 잡고 문 밖을 나서서
길게 외쳐 하늘에 호소하니 하늘도 슬퍼하네
곧은 마음 변하여 산 머리 돌이 되었는데
비바람 해마다 불어도 돌아보는 이 없네

父有君 兄有父　妾人那無夫
父死忠 兄死孝　妾豈無名捐妾軀
郎生則生郎死死　生死隨郎郎不知
勵我霜刃出門去　長號呼天天爲悲
貞心化爲山頭石　風雨年年頭不廻　[44]

---

42) <樂府><柳氏婦>의 序 "壬辰之難, 存齋郭忠烈公趂, 與大笑軒趙忠毅公宗道, 立
　　懂于安陰之黃石城, 存齋之子, 履常履厚, 皆殉, 孝女適柳文虎, 時文虎在城外, 郭氏
　　以夫在也, 不從殉跟, 其夫出城, 及聞其夫陷賊, 乃自縊林中"
43) 위의 시, 같은 곳. "其立志之苦, 制義之精, 何其偉矣, 嗚呼烈哉"
44) 위의 시, 제1장.

시의 앞부분은 곽씨를 작중화자로 등장시켜, 본가(친정)의 부형(아버지와 오빠 2인)들이 죽을 때 따라죽지 못하는 출가외인으로서 자신의 처지를 밝힌 것이고, 뒷부분은 여필종부(女必從夫)하려는 결의를 나타내었다고 볼 수 있다.

(3) 비정(秕政)과 폐습(弊習)에 대한 비판

앞서 밝힌 바와 같이, 작자는 당초 본 악부에서 조선왕조에 대한 자긍심을 바탕으로 긍정적인 면면을 칭송하려 하였던 만큼, 타 영사악부에서 보이는 풍자나 해학을 통한 비판적인 작품은 기대하기 어려울 것이 예상되던 터였다. 실제로 서너 작품이 보일 뿐인데, 그나마 연산군의 무도함을 밝힌 <탕춘대(蕩春臺)>가 가장 비판적인 경향을 띠고 있는 편이다.

작자는 시 <탕춘대>의 서를 통해 먼저 연산군의 무도한 행적을 밝히고 있는 바, 아래와 같다.

> 교동주(연산군:필자)는 음란한 놀이가 무도하였다. 채홍사를 파견하여 4방의 미녀들을 취해 궁중에 두고 날마다 밤새도록 마시며 놀이에 빠져들었다. 성북에 탕춘대를 짓고서 궁녀들을 벌거벗겨 서로 쫓아가게 하며, '마조희' 놀이를 하였는데, 지금에도 그 터가 남아 있다.45)

이를 소재로 지은 본 시 역시 장편이므로, 제 1장은 전문을, 그 외에는 부분을 들어 검토하기로 한다.

황량한 누대터 고목나무
외로운 까마귀 석양빛에 앉아있네

---

45) <樂府><蕩春臺>의 서 "喬桐主 汪嬉無度, 遣採紅使, 收取四方美女, 貯之宮中, 日爲長夜飮靡靡樂, 作蕩春臺於城北, 使宮女裸相逐, 爲馬槽戲, 至今遺址存焉"

군왕이 즐겨 놀던 곳이건만
푸른 풀만 비단 치마처럼 덮여있네

탕춘대 아래 흐르는 물은
모든 악행 흘려서 끝간데 없는데
탕춘대 위에 떠 있는 달은
만고토록 밝은 거울로 비추고 있네

古木荒臺上 寒鴉帶夕曛 君王行樂地 碧草如羅裙
蕩春臺下水 流惡無終竟 蕩春臺上月 萬古懸明鏡[46]

당시 군왕과 궁녀들이 놀이 하던 탕춘대, 호화와 사치로 흥청거리던 곳이었으나, 이제 황폐한 터로 남아 있다. 세월의 무상함은 고목에서, 인생의 무상함은 황량하게 버려진 누대에서 묻어난다. 황혼 빛 속에 앉아있는 쓸쓸한 까마귀 한 마리가 더욱 애처로운 정경으로 다가오는 것이 제 1절이라면, 부귀와 영화를 좇아 온갖 악행을 저지르는 인간들의 삶은 세월과 함께 사라지나, 그러한 행태를 거울처럼 비추이는 밝은 달은 변함없음을 말하여 탐욕을 좇는 인간들로 하여금 스스로 돌아보며 옷깃을 여미게 하는 것은 제 2절이다.

어찌하여 교동주는
사직의 위태로움을 생각지 않는가
폐망하고 흥기함은 비록 하늘이 열어주나
요상한 짓 행한다면 후회한들 어쩔 수 없다네
云何喬桐主 罔念社稷危 廢興雖天啓 孼作悔難追[47]

　본 시의 제 3장은 연산군의 폐정을 구체적으로 적시하고 있는 바, 위의 내용은 그 첫머리 부분에 해당되며, 그 때문에 포괄적인 언급의 수준에 머물고 있다.

엄하고 거만하며 스스로 훌륭히 여겨
살생을 직접 저지르니 처음 있는 일이네
궁인들 삼백인이나 쳐 죽이니
원통하게 흘린 피 궁중 뜰에 낭자 하네 (1)

애처로운 옛 적의 곧은 신하들
마른 백골조차 가루되어 날려지네
간사한 무리들 입술을 떠벌리며
얽어매고 선동함을 그치지 않네 (2)

꾸미어 모함하는 사람들 하나같이 기세 좋고
어진 사람들 머리 맞대고 죽어가네
하늘조차 불쌍히 여기지 않고
밝은 해조차 맑은 빛이 없다네 (3)

嗃嗃傲自聖　誅戮手始滑　掖庭三百人　冤血殷椒闈
哀哀古遺直　灰塵蕩枯骨　羣壬鼓吻起　構煽無時歇
史誣一以熾　賢人騈首歿　蒼天莫愁恤　白日無晶光48)

　(1)은 향락과 횡포를 일삼던 연산군이 자신의 생모인 폐비 윤씨의 사사(賜死)사건의 전말을 듣고 복수한다고 하면서 하루사이에 궁인 삼백인을 장살하는 악행을 다룬 것이며, (2)는 이미 돌아간 신하들의 유골을 파내어 부수어서 바람에 날려 보내는 등의 잔인한 행위를 언급한 것이

---

48) 위와 같은 곳의 일부.

다. (3)은 당시에 어진 사람들은 떼죽음을 당하는데 비해, 모함을 일삼는 간신배들은 날로 번성함을 지적한 것이며, 동시에 하늘조차 의지할 수 없다하여 절망적이며 참담하기만한 당시의 정황을 묘사한 부분이다.

이어서 작자는 위와 같은 악정(惡政)과 그로 인한 절망이 계속 될 수 없으며, 결국은 "하늘도 끝내는 무심치 않으며, 재앙이든 경사로움이든 오직 스스로 불러오는 것(皇天無私阿 殃慶惟所招)"이라 하여 경계의 교훈을 주는 내용으로 結句를 지었다.

다음으로, 본 악부에서 조선후기의 영사악부 작자들이 보편적으로 취택했던 제재중의 하나인 지배계층의 폐습(목민관의 무능과 부정, 탐관오리의 침탈을 포함하여)을 문제 삼은 시편으로는 <춘유사(春遊詞)>를 들 수 있다.

이 작품은 평양감사가 과도한 연회를 베풀어 문제가 된 사건을 두고 지어진 것인데, 그 전말이 본 시의 서에 소개되어 있다.

　　허 하곡 봉(篈)이 문장에 능하였는데, 급제하기 전에 평양에 놀러 갔었다. 부벽루에 올라 술이 반쯤 취했을 때 감사가 도착하였다. 공이 누를 내려가 <부벽루춘유사>를 지었는데 안찰사가 환대하여 노니는 모습을 자세히 표현하였다. 일시에 전해져 외워지게 되었으며 궐내에까지 들어가게 되었는데, 감사는 붙잡혀 가게 되었다.49)

본 시 역시 3장의 형태로 구성되어 있는 바, 1·2장을 먼저 살펴보기로 한다.

　　노래잔치 열고 춤잔치도 열어라

---

49) <樂府> <春遊詞>의 서 "許荷谷篈, 能文章, 未第時, 遊平壤, 登浮碧樓, 酒未半, 監司來到, 公下樓, 乃作浮碧樓春遊詞, 極道按使歡遊之狀, 一時傳誦, 流入大內, 監司遂拿去"

부벽루에 유람객이 오리라
빨리 누를 내려가며 급히 내려가거라
사또가 도착한다고 전배들이 재촉하네
나그네의 봄 유람은 진실로 풍류이지만
사또의 급무는 봄 놀이가 아닐 걸세 1)

유람한다고 평양성에 이르지 말게
관리들도 사또처럼 봄 놀이 한다네
유람한다고 부벽루에 오르지 말게
사또가 아니라면 봄 놀이 하기 어렵다네
한 차례 봄 놀이도(백성들은)넉넉히 못하니
여민동락 한다는 것 그대들은 모르는가
봄 놀이 정말 즐거울만 하나
즐기는 자 즐겁겠으나 근심할 자는 근심거리라네 2)

歌筵開 舞筵開 浮碧樓 遊客來
速下樓 急下樓 使君到 前陪催
客子春遊固風流 使君急務非春遊

遊莫到平壤城 官如按使方春遊
遊莫登浮碧樓 人非按使難春遊
一席春遊不相饒 與民同樂君知不
春遊誠可樂 樂者雖樂憂者憂50)

위에서는 모두 사또(안사(按使), 감사(監司))가 치민(治民)에 힘쓰지 않고 열악(悅樂)에 탐닉함을 비판하고 있다. 조선시대 지배계층인 사대부들의 일상에는 풍류와 유람이 중요한 자리를 차지한다. 각 고을마다

---

50) 위의 시, 1·2장

에는 객관(客館)이 있어 유객(遊客)을 접대하며, 이때 그 고을 수령은 그들을 환대하는 것이 관례였다. 이것이 하나의 습속이 되자, 거기에 소요되는 재용(財用)의 조달도 문제가 되며 결국은 그 고을의 읍민(邑民)들이 떠안게 되었다. 2장의 끝 시구 "즐기는 자 즐겁겠으나 근심할 자는 근심거리라네"라는 말이 곧 저간의 사정을 드러낸 것이라 볼 수 있다.

또 이러한 폐습의 폐해는 여기에만 그치는 것이 아님을 다음에서 더욱 분명히 밝히고 있다.

(전략)
배자 입은 구종들 까맣게 모여서
지친 몸으로 머리 꾸벅거리며 졸고 있으니
시종들 수레 출발 외치는 소리 기다려서요
문서 장부 구름처럼 쌓이고
수심 찬 탄식소리 큰 길에 넘쳐나니
관아에서 송사 평결 밀린 때문이라네
어찌하여 노는 데만 빠져드는가
백성들을 병들게 하는도다
裲襠鴉屯　首尻疲頓　陪囉之待駕發也
簿牒雲委　愁歎溢衢　廐廨之滯訟讞也
奈何乎耽沈也　民之札也51)

치민 위정에 태만하며 유흥만을 일삼는 부패·무능한 관리로 인하여 고난을 당하는 하층민들의 고통을 먼저 말하고, 이어 일반 백성들조차 병들게 한다고 지적한 이 시구는, 곧 본 시의 결구인 바, 작자의 비판의식이 가장 두드러지게 드러난 부분이라고 할 수 있다.

---

51) 위의 시, 3장

(4) 명(明)에 대한 보은과 존숭의식

임진왜란과 병자호란을 겪으면서 조선은 왕실이나 신민 모두 대체로 숭명배청(崇明排靑) 의식을 소유하게 되었다. 명이 망한 뒤에도 명의 연호를 그대로 습용해온 데서도 확인되거니와, 때문에 사대부의 문필에서 숭명의식을 담은 시문이 적지 않은 것은 자연스러운 일이라 하겠다.

만성의 본 악부 역시 숭명의식을 소재로 작시된 시편이 포함되어 있는 바, 명군의 활약상을 그린 <소사첩(素沙捷)>, 임란 때 이적을 보인 관왕묘(關王廟)를 소재로 쓴 <관현성(關顯聖)>, 명나라의 멸망을 애도하여 심은 소나무를 소재로 쓴 <대명송(大明松)>, 원군을 보낸 명 황제의 제사를 위해 설치한 제단을 두고 지은 <대보단(大報壇)>등이 이것이다.

먼저 <소사첩(素沙捷)>을 살펴본다.

꿈틀거리는 저 추악한 무리들
벌 떼처럼 둔치고 개미처럼 몰려 있네
깨끗하게 신속히 쓸어버려서
우리 왕국을 안정시켰네
(중략)
우리 작은 나라를 유지시킨 것은
천자의 공이라네
천자시여 만년이나
복록이 가득하소서
蠢彼小醜 蜂屯蟻簇 廓然迅掃 定我王國
奠我所邦 天子之功 天子萬年 福祿是崇[52]

---

52) <樂府> <素沙捷> 1장. 본 시 서(序)에서는 소사싸움의 승리가 임진·정유왜란 중의 명군의 가장 큰 전승이었다고 하였다.(倭寇死者, 蔽野塞江, 遂大敗而走, 龍蛇克捷之盛, 未有過於此)

정유년 왜구가 재침했을 때, 명군이 평양으로부터 진격하여, 경기 소사의 들판에서 적을 크게 무찌른 것을 말하고, 이 모든 것이 천자의 공이라고 하여 명 천자의 복록을 축원하는 내용이다.

다음으로 <대명송(大明松)>을 살펴본다.

(전략)
선생께서 이 소나무를 심은 것은
만고에 강상을 심은 것이네
위대한 명나라, 천지에 한 그루 소나무로 남았으니
지금도 유민들이 머리 숙여 절한다네
해 저물어 추운 겨울 이백년이나 지났어도
가지와 묵은 뿌리 서로 지켜 주는 듯하네
先生植此松 萬古植綱常
大明天地餘一松 至今遺民拜稽首
歲暮天寒二百年 槎枒古株如相守[53]

명나라 멸망 후 정온 선생이 은둔하며 심은 소나무 대명송(大明松)이 곧 명나라를 상징하는 존재로 인식되고 있으며, 명나라가 멸망하자 은둔을 택한 선생의 처신을 절의로 평가하고 있는 바, 이는 모두 숭명의식에서 비롯되었다고 볼 수 있다.

끝으로 <대보단(大報壇)>을 살펴본다. '크게 보은하는 제단'이라는 뜻을 갖는 이 제단이 설치된 배경을 본 시의 서에서는 자세히 서술하고

---

53) <樂府> <大明松>, 1장. 본 시의 서(序)에는 "崇禎亡後, 桐溪鄭先生, 蘊遯于安陰之某里, 手植蒼松, 以寓盤桓之趣後人名其松, 曰大明松" 이라 하여, 정온(1569～1641,인조19)선생이 숭정(명 의종, 재위 1627～1644)이 죽은 뒤, 안음에 은둔하면서 이 소나무를 심은 것으로 서술하고 있으나, 실제로는 정온 선생은 병자호란(1636)시 이조참판으로서 척화를 주장하다가, 화의가 성립되자 이듬해(1637) 벼슬을 그만두고 덕유산에 은거하였다.

있는 바, 요약하면 명나라가 임진왜란 때 두 번이나 원군을 보내준 것과, 병자호란 시에도 원군을 보내도록 한 일(이 때는 원군이 미쳐 출발하기 전에 조선이 먼저 항복하게 되었음)에 대하여 크게 감읍한 나머지, 당시의 황제들을 제사하는 제단을 설치하였다는 내용이다.[54]

> 폐하는 10만 군사로써 신을 총애하셨으나
> 신은 소 한 마리, 양 한 마리, 돼지 한 마리로 보답합니다
> 폐하는 두 번이나 신의 나라에 나오셨으나
> 신은 천 줄기 감사의 눈물과 한 말의 피로 보답합니다
> 천지와 같은 큰 덕 어떻게 보답할 수 있을까요
> 제례악과 제문 등 정성 끝이 없어라
> (전략)
> 큰 의리의 명나라
> 천 년이나 만 년이나
> 길이 기록되어 전하리
> 신하는 감격하며
> 이 노래를 지어서
> 좋은 세상 오기를 바라노라

> 階下寵臣以千萬師　臣報以牛一羊一豕一
> 階下再造臣區域　臣報以千行感淚一斗腔血
> 天地大德那報得　陶匏禮簡誠靡極 [55]

---

54) <樂府>, <大報壇>의 서는 다음과 같다. "皇明運訖之回甲申, 肅廟感壬辰再造之恩, 設壇於昌慶宮北垣之外, 祀神宗皇帝, 至英廟己巳, 正史頒東國, 有曰崇禎丙子, 帝聞建奴陷朝鮮, 命袁崇煥帥舟師以救, 未及發, 東國以下城聞 帝曰屬國被圍, 天子不能救, 弱力何以支, 上覽之, 大慟曰 是恩之昊天無極, 與萬曆奚間, 遂增築壇, 并祀毅宗, 又上及高皇帝, 以三月, 上冕服親祭, 名曰大報壇"

55) 위의 시, 1장

大義之明 於千萬年 永有辭傳
陪臣感慨 作此頌焉 以配風泉56)

보는 바, 대보단에 제사하는 모습을 두고 지은 위의 시구에서도 명에 대한 존숭이 잘 드러나고 있거니와, 아래 시구에서의 '배신(陪臣)'등의 칭호는 제후국의 신하가 천자에 대하여 일컫는 자칭임을 생각할 때, 역시 작자의 숭명의식을 분명하게 보여 준다고 하겠다.

5. 결론

≪대동속악부≫의 저자 박치복(1824~1894)은 조선 말기 영남 함안에서 태어나 유자(儒者)로서의 삶을 영위한 인물이다. 본관은 밀양이며, 호는 만성(晩醒)이다.

그는 초년에 가학을 통해 혜두(慧竇)가 열리고, 이후 정진하여 약관의 나이에 고령과 달성의 향시에 입격하였으나, 위기지학(爲己之學)에 뜻을 두어 거업(擧業)을 멀리하였다. 당대의 대유석학(大儒碩學)을 찾아 학문의 성취를 기하였는 바, 20대 초반에는 정제선생(定齊先生, 류치명(柳致命))에게, 40대 초반에는 성제선생(性齊先生, 허전(許傳))에게 속수지례(束修之禮)를 행하였다. 이어 이 시기 영남의 명석(名碩)들, 예컨대 권울재(權蔚齋, 용성(龍成))·김단계(金端磎, 인섭(麟燮))·허퇴이(許退而, 유(愈))·곽명원(郭鳴遠, 종석(鍾錫))등과 교유하였다.

30대 후반에 이르러서는 그의 학문이 알려져 원근에서 배우고자 하는 사람들이 모여 들었으며, 이에 삼가현(三嘉縣, 현, 합천)에 만성와(晩

---

56) 위의 시, 3장. 시어 '풍천(風泉)'은 시경의 <匪風>, <下泉>에서 말하는 잘 다스려지는 세상을 뜻함.

醒窩)를 짓고 <소학강규(小學講規)>를 만들어 제생들을 독려 하였는 바, 문도가 수백에 이르렀다. 이때 고을 수령에 의하여 '칠리강장(七里講長)'으로 추대된 바 있고, 또 경상방백(慶尙方伯)의 요청으로 도내(道內) 수사(秀士)를 선발하기도 하였다.

만성은 59세에 진사(進士)가 되어 성균관에 들었으며, 이때 약장(約長)이 되어서 유생들이 학업에 전념하도록 규약을 만들어 독려하였으며, 갑신년(만성 61세, 고종21년) 조정의 '복제개혁'에 대하여 유생들의 소두(疏頭)가 되어 반대하는 상소를 올렸던 바, 윤허되지 않자 자진 퇴관 귀향하였다.

일생을 포의지사로 마쳤으나, 만성은 당대의 역사현실을 외면하지 않는 통유(通儒)의 삶을 살고자 하였다. 일찍이 진주민란 후 조정에서 조야에 대책을 구할 때 <삼정책(三政策)>을 올려 인재등용·민력회복·부정부패 방지를 건의하였으며, 병인양요가 일어났을 때는 <척사문(斥邪文)>과 <척양사론(斥洋邪論)>을 지어 태학과 영남유생들에게 고하였다. 이어 무자년(戊子年, 만성 65, 고종 25)에는, 도탄에 빠진 민생과 누란의 위기에 처한 국가의 형세를 극렬하게 고하는 상소를 올렸는데, 매관매직이 횡행하고 무능하고 부패한 수령들의 탐학이 자심하여 백성들이 유리걸식하게 되었음을 고발하는 등 그 내용이 매우 신랄하였다.

위와 같은 일련의 시무책의 개진은 결과적으로 주위로 하여금 만성을 경세지사(經世之士)로 인식하게 하였고, 이 때문에 여러 번 환로에 천거되었다. 신사년(만성 58, 고종18)에는 성제(性齊) 허전(許傳)에 의해 왕좌재(王佐才)로 천거된 바 있고, 정해년(만성 64, 고종 24)에는 도신(道臣)의 천거로 의금부도사에 제수 되었으나 출사하지 않았으며, 이듬해 무자년에는 다시 왕자사부(王子師傅)에 이어, 서연관(書筵官)에 천거되었으나 권문(權門)에 저지당하여 등용되지 못하였다.

≪대동속악부≫는 모두 28편으로서, 1861년 만성의 나이 38세 때 지

어진 영사악부이다. 선학(先學)이 지은 ≪대동악부≫를 보고 속편을 짓는다는 뜻에서 속악부라는 명칭을 사용하였는데, 근본적인 동기는 ≪대동악부≫에 조선시대의 훌륭한 사적들이 누락되었기 때문이었다. 곧 그는 조선시대야말로 옛 고조선이나 삼국시대, 고려시대보다 문명이 성대한데도 영사악부에서 작시(作詩)·가영(歌詠)되지 않음은 불가(不可)하다고 생각하였다. 바로 여기에 조선 왕조와 국가에 대한 작자의 자긍심을 엿볼 수 있다.

≪대동속악부≫28편을 제재에 따라 분류해 보면, ① 조선왕조의 창업과 치세를 찬양한 것이 7편, ② 충절·효열을 흠상(欽尙)한 것이 13편, ③ 비정(秕政)과 폐습을 비판한 것이 4편, ④ 명(明)에 대한 존숭의식을 드러낸 것이 4편이다. 이를 보면 당대 역사현실에 대한 날카로운 비판(풍자·해학포함)보다는, 현 왕조 국가를 적극 옹호 선양하려는 작가의 의도가 드러나고 있다.

악부의 형식은 '사화(史話, 서+시)'의 형태로서 영사악부의 보편적인 형식을 취하고 있으나, 매 편 3장으로 이루어져 있는 점과 편당 수십 구의 장편들이라는 것도 타 영사악부와 변별되는 부분이다.

본 악부의 시 세계를 분석하면 대략 4가지의 가치관(작가의식)을 도출 할 수 있다. 작자가 의도적으로 취택한 제재들이 곧 이를 말해 주고 있다.

첫째로 조선왕조의 창업과 성군들의 훌륭한 치세업적을 노래하였다. <사해가(徙海家)>에서는 개국 전에 익조(翼祖)가 민심을 얻어 백성들이 이사하며 따르게 되는 정황을 경이로운 일로 찬양하고, <해주서(海州黍)>에서는 세종대왕은 동방의 요순과 같은 성군으로서 30여년 태평성대를 이루었으며, 그 증표로 해주에서 기장(서(黍))이 자라고 남양 에서는 경석(磬石)이 생산되어, 이를 이용 악기를 만들고 화음(和音)을 이루어 용비어천가의 악곡을 순조롭게 만들 수 있었다고 하였다.

둘째로, 조선왕조는 문물이 성대한 나라이므로 충신과 절의지사, 열녀와 효부가 많이 배출된다고 보았다. <류하장(柳下將)>에서는 여진의 대군을 맞아 끝까지 항전하다가 장렬히 전사한 김응하(金應河)군수의 충절을 높이 평가하였다. 그 밖에 가뭄에 비를 내리게 하고 샘물을 솟아나게 한 반효자(潘孝子)의 효성과, 임진란 때 부모형제의 죽음과 남편의 죽음 사이에서 의리에 맞게 순사한 열부(류씨부(柳氏婦))의 정렬을 칭송하였다.

셋째로 조선왕조를 통해서 누구나 인정하는 혼주(昏主)연산군의 폭정을 비판한 <탕춘대(蕩春臺)>에서는, 음란한 놀이와 참혹한 살생을 저지른 폭군의 말로를 보여주어 후대에 경계를 주고자 하였으며, 그 밖에 <춘유사(春遊詞)>에서는 치민을 소홀히 하며 유흥을 일삼는 관리들이 백성들을 병들게 한다고 비판하였다.

넷째로 임병양란을 거치면서 지니게 된 명나라에 대한 보은과 존숭의식을 드러내주고 있다. <소사첩(素沙捷)>에서는 정유재란시 명군의 승전을 자랑스럽게 그렸으며, <대명송(大明松)>에서는 병자호란에 청과 화의가 이루어지자, 관직에서 은퇴하여 소나무를 심어 명(明)에 대한 절의를 드러낸 정온(鄭蘊)의 기절(氣節)을 높이 추앙하고, <대보단(大報壇)>에서는 임병양란시 원군을 보내 우리를 도와주었던 명의 황제들(병자호란에는 명의 원군이 출발 전에 조선이 항복하였음)에 대하여 보은하는 제의(祭儀)를 행함은 우리로서는 마땅한 일이라고 보았다.

이상으로 본고에서는 19세기 후반의 문인·학자인 만성 박치복에 대하여 그의 생애와 작품 ≪대동속악부≫를 고찰하였다. 그의 생애에 대한 살핌은, 본시 본고의 목적은 아니었으나 부득이 지면을 할애하였다. 아직 그의 생애가 학계에 별로 소개되지 않은데다, 작품을 제대로 고찰하기 위해서도 필요하였기 때문이다.

끝으로 조선후기~말기의 연대에서 거의 최종시기에 지어진 본 악부시 ≪대동속악부≫가 동일 장르간의 시공간에서 어느 위치에 있으며, 구체적으로 선후 영향관계가 어떠한 가에 대하여는 필자의 역량이 미치지 못하였음을 밝힌다.

(人文學論叢, 제4집, 2004)

영사악부(詠史樂府)를 통해 본 조선후기 사대부의 절의관

1. 문제제기

조선후기 영사악부(詠史樂府)는 한국 한시사적 전통에서 볼 때, 그 문학적 양식은 조선전기 <동도악부(東都樂府)>(점필재(佔畢齋) 김종직 작(金宗直 作))에 연맥이 닿아 있고, 또한 마침 우리에게 전래 소개된 명(明) 이동양(李東陽)의 <서애악부(西涯樂府)>로부터 직접적인 자극을 받아 산생(産生)된 것이기는 하나,1) 이 시기에 우리의 문학사에 영사악부가 대거 출현하게 된 보다 근원적인 배경은 곧 당시의 정신사 전반의 흐름과 관련지워 파악되어야 할 것이다.

곧 왜란(1592)과 호란(1636)에 걸쳐 조선은 외적의 침구로 인한 혹독한 시련을 겪게 되었고, 이에 전대의 체제와 이념에 대한 전반적인 비판적 인식이 확산되고, 역사 현실에 대한 자각이 일게 되었다. 이리하여

---

1) 비판적인 의논을 갖추어 최초의 본격적인 영사악부로 인정되는 <海東樂府>(1617年 작)를 지은 휴옹(休翁) 심광세(沈光世, 1577-1624)는 그가 악부를 짓게 된 동기를 <海東樂府序>에서 다음과 같이 밝혔다. "우연히 <서애악부>를 읽었는데 글의 뜻이 적절하고 사건을 비유로 인용하여 권계가 명백하며 사람들을 감발 홍기시킬 수 있고 초학에게 크게 도움될 것 같아 좋게 여겼다. 가끔 우리 역사를 보면서 찬영하고 감계될 것을 약간 조목을 뽑아 歌詩를 지어 <해동악부>라 하였다 (偶讀西涯樂府, 愛其辭旨凱切 引事比, 勸戒明白, 能使人 感發而興起, 有補於初學, 爲甚大, 間閱東史, 就其中, 可以贊詠鑑戒者, 除出若干條, 作爲歌詩, 名曰海東樂府)".

중국중심의 세계관과 주자학 지상주의 학문경향을 어느 정도 극복함으로써 새롭게 민족현실을 인식하는 역사와 풍토에 대한 학문적 관심이 점차 그 자리를 학보하게 되었다. 그러므로 영사악부는 곧 이러한 자국의 역사와 풍토에 대한 학문적 접근—이른바 국학, 나아가 실학에로의 진전—의 시대사조와 학풍의 흥기 속에서 민족의식 내지 자주의식을 자양분으로 흡수하여 태동 출생하였던 것이라 볼 수 있다. 구체적으로, 조선 후기의 영사악부가 우리의 역사적 사실에서 제재를 취택하고, 그것도 연작의 형식을 취하여 적게는 수 십 수에서 많게는 백여 수를 헤아리는 거편으로 이루어졌으며, 이러한 양식이 일련의 작가군에 의해서 전후시기에 걸쳐 이루어져 문학사에서 뚜렷한 한 계통을 형성하고 있음을 본다면,[2] 이들 작가들에게는 분명한 의식—역사의식—이 보편적이면서도 공통적으로 관류되고 있음을 상정(想定)할 수 있겠는 바, 실제로 영사악부 창작의 선구자가 되었던 휴옹의 경우에서도 곧 확인된다.

우리 동쪽 사람은 학문을 좋아한다고 하나 배우는 사람이 익히는 것은 오직 중국의 서적이며 우리나라의 책을 거들떠 보지 않아 그 제목도 모른다. 그리하여 상하 수천년간의 선악과 흥망의 사실을 전혀 모르니 어찌 옳겠는가? 그러므로 악한 행위를 하는 사람들이 멋대로 행동하면서 돌이켜보지 않으며 심지어는 "누가 동국통감을 보겠는가?" 하는 말까지도 하고 있는 바, 나는 이를 가슴아프게 여겼다.[3]

---

2) 영사악부는 17C ~ 19C에 걸쳐 이어져 창작되었으며 그 대표작으로는 심광세(沈光世, 1577~1624) 이익(李瀷, 1681~1763), 임창택(林昌澤, 1682~1723), 오광운(吳光運, 1689~1745), 이학규(李學逵, 1770~1835), 이복휴(李福休, 1729~1800), 이유원(李裕元, 1814~1898)의 각각의 <海東樂府>와 이광사(李匡師, 1705~1770), 이긍익(李肯翊, 1736~1806)의 <東國樂府>, 그리고 이학규(李學逵)의 <嶺南樂府>와 조현범(趙顯範, 1716~1790)의 <江南樂府> 등이다.

3) 심광세, <海東樂府序> "吾東方雖曰好學, 學者所習, 惟在中國書籍, 東國之書, 漫不識其題目, 故上下數千年, 善惡興亡之事, 瞢然莫知, 豈可乎哉, 是以爲惡之人, 恣行不顧, 至有誰見東國通鑑之語, 余爲此痛"

 여기에서 주목되는 것은 자국의 사서(史書)를 중시하면서, 역사의 발전과 주체자로서의 인간관계를 밀접하게 연관지워 인식하는 역사의식이며, 나아가 역사 흥망의 자취속에서 선악을 엄정하게 포폄해야 한다는 비판의식의 자각이라 하겠다. 따라서 위와 같은 역사의식에 투철한 영사악부의 작가들이 역사의 전환기에 그 시대와 함께 부침했던 주요 인물의 진퇴출처에 대하여 사필(史筆)을 가하게 됨은 매우 당연한 일인 것이며, 특히 왕조의 교참기(交替期)라 한다면 그들의 절의문제야말로 피할 수 없는 제재가 될 것이다.

 영사악부의 저자들은 모두 사대부 계층에 속한다. 주지하는 바와 같이 조선의 사대부 계층은 그들의 사고체계나 행위규범을 성리학의 정신기반 위에 두고 있다. 여말에 수용된 성리학(송학(宋學), 주자학(朱子學))이 인간의 본성과 우주의 형이상학적 원리탐구를 통해 궁극적으로는 인간행위의 올바른 준칙과 원리 및 그 근거를 추구하는 논리적 학문으로서 자리 잡고,[4] 조선전기 사림에 의해서 도학으로 확고하게 자리매김 되면서, 특히 인간의 도덕성과 실천성을 중심과제로 삼는 의리사상이 대두되었으며,[5] 이 의리사상이 곧 구체적 역사현실 속에서 정도를 밝히고 정의를 실천하여 올바름과 마땅함을 추구하는 사상으로 존숭되면서 유교윤리의 핵심 덕목 충은 때로는 생사를 초월하는 강상이념으로 인식되었다.

 그러므로 성리학 또는 의리학이 비록 상대적으로 전기에 비하여 약화되어가던 조선후기이며, 성리학지상주의 학문경향에 몰입되지 않고 비교적 학문의 다양성과 개방성을 추구하였던 이들 영사악부 작가들이라도 충절과 의리의 문제는 역시 중심 소재에서 배제할 수 없었을 것이

---

4) 류승국, 『한국의 유교』(세종대왕기념사업회, 1980), 207면.
5) 오석원, "華西 李恒老의 歷史意識과 義理思想" 『儒敎思想硏究』 제 7집(유교학회, 1994), 335및 358면.

며 오히려 이들은 한 발 나아가 역사의 변화성과 규범원리의 항상성 속에서 절의에 대한 새로운 가치판단을 시도하였는지도 모른다.

본고는 곧 위와 같은 점에 착안하여 영사악부 작가들의 나(羅)·여(麗), 여(麗)·선(鮮) 왕조 교체기에 주요인물의 처신에 대한 비판적 의논 중 특히 절의에 초점을 두고 그 가치판단과 의미부여의 양상을 고찰하므로써 궁극적으로 조선 후기 사대부의 절의관을 파악하고자 하는데 목적을 둔다.[6]

2. 영사악부에 표현된 절의정신의 양상

악부의 작가들이 절의와 연관지어 거론한 인물들은 대체로 나·여 교체기에는 최치원을, 여·선 교체기에는 정몽주와 김주, 원천석 등에 집중되고, 그밖에 이색과 길재등이 있으나 본고는 편의상 위 사인(四人)을 대상으로 하며, 이들과 악부작가가 다룬 시제와의 관계를 도표로 나타내면 다음과 같다.

대상 / 작가	최치원 (崔致遠)	정몽주 (鄭夢周)	김주 (金澍)	원천석 (元天錫)
심광세(沈光世) (해동악부(海東樂府))	최진사 (崔進士)	풍색악 (風色惡)	환입조 (還入朝)	백의래 (白衣來)
이익(李瀷) (해동악부(海東樂府))	상서장 (上書莊)		임강곡 (臨江曲)	
임창택(林昌澤) (해동악부(海東樂府))	가야곡 (伽倻曲)		기의곡 (寄衣曲)	

---

6) 영사악부의 연구에서 절의의 문제와 관련하여 언급한 것으로는 이혜순, 「韓國樂府研究二」 『東洋學』제12집(단대 동양학연구소, 1982), 김종진, 「海東樂府를 통해 본 星湖의 歷史및 現實認識」 『民族文化研究』제17호(고대 민족문화연구소, 1983), 필자의 「洛下生 李學逵의 詩研究」(성대 박학논문, 1991)가 있고 최근에 신장섭, 「詠史樂府類 창작동인과 작가의 世界觀」 『淵民學志』제2집(연민학회, 1994)에서는 더욱 중점을 두어 고찰하고 있다.

이광사(李匡師) (동국악부(東國樂府))	상서장 (上書莊)	백사가 (百死歌)		
김수민(金壽民) (기동악부(箕東樂府))	최고운 (崔孤雲)	포은가 (圃隱歌)		운곡가 (耘谷歌)
이학규(李學逵) (영남악부(嶺南樂府))	상서장 (上書莊)	정시중 (鄭侍中)	김농암 (金籠巖)	
(해동악부(海東樂府))				원처사 (元處士)
이복휴(李福休) (해동악부(海東樂府))	해운곡 (海雲曲)	산죽교혈 (删竹橋血)	기조의 (寄朝衣)	방운곡 (訪耘谷)

(1) 최치원(崔致遠)과 상서장(上書莊)

휴옹(休翁) 심광세(沈光世, 1577∼1624)의 해동악부는 보편적인 영사 악부시체(詠史樂府詩體)인 '시제＋서＋시'의 형식을 취하고 있는 데다가 시제 바로 다음에 총평형식의 '단문'을 첨가하고 있음이 타 작가의 악부 와 다른 바, 이것은 곧 작가의 사안(史眼)의 핵심과 의론의 정수를 담고 있어 주목된다. 최고운을 대상으로 한 그의 시는 다음과 같다.

崔進士

十二別鷄林	12세에 계림을 떠나
二十還鷿谷	20세에 진사가 되었네
觀光早破荒	관광으로 이국땅 누비었고
入幕曾草檄	막부에 들어가서는 격문을 지었네
世路少知音	세상에 알아주는 이 적어
衣錦還故鄕	금의환향하였네
松靑葉黃時	소나무(고려) 푸르고 낙엽(신라)지는 때에
高臥上書莊	상서장에서 초연하게 지냈네
北學無所用	배운지식 쓸모없게 되어
物外從赤松	속세 떠나 신선을 좇았네
萬疊伽倻山	첩첩 가야산 속에서

千古秘靈蹤	오랜 세월 신비한 자취만 남겼네
咳唾留人間	지은 글들 인간세계에 남겼는데
英風如昨日	영특한 풍체가 어제처럼 생생하구나
學宮儼從祀	문묘에 엄연히 배향되었으니
益見公明哲7)	공의 명철함을 더욱더 알겠구나

위 시 내용을 개관할 때 표면적으로는 휴옹은 최고운의 출처나 상서 건에 대하여 의리상의 시비를 전혀 문제삼지 않고 있음을 볼 수 있다. 우선 제목의 '최진사'에서는 당나라에서 진사급제한 것을 영광스럽게 여기는 의식의 일단이 엿보이며, 이는 "관광으로 이국땅 누비었고(觀光 부破荒)"에서 더욱 잘 드러나고 있다. 그리고 '청송황엽(靑松黃葉)'의 상 서건은 사실만을 서술하였고, 방외에 노니는 신선세계를 좇은데 대하여 도 포폄의 붓을 가하지 않았다. 오히려 문묘에 배향됨에서도 고운의 명 철함을 더욱 잘 볼 수 있다고 하여 고운의 처세를 전적으로 긍정하고 있음을 본다.

이는 신라-고려의 교체기에 신라의 지성으로서의 최고운의 역할과 처신에 대하여 명분론에 고착된 의리의 잣대로 평가하지 않은 것이다. 이는 아마도 휴옹이 당대를 난세로 볼 뿐만 아니라 삼국쟁패의 혼란속 에서 극도로 부패·무능한 신라 왕조를 지켜야 할 사명이 주어지는 위 치에 고운이 있지 않았다는 판단에 의한 것이 아닌가 한다. 실제로 휴옹 은 고운이 문란한 정치현실에 용납되지 않아서 외방의 고을살이로 전 전하는데 그친 존재였음을 명기하고 있다.8)

또한 이미 천명(天命)의 향배를 알게 된 지성으로서 나아갈 바가 무

---

7) 심광세, <海東樂府>≪漢文樂府·詞資料集≫3. (계명 문화사, 1988), 367면. 이하 작품의 경우도 개별문집을 들지 않고 ≪漢文樂府·詞資料集≫을 출전으로 들며, 편 의상 ≪樂府資料集≫으로 약기하기로 한다.

8) 같은 곳 '序'. "時新羅女主政亂, 自以此學多有所得, 而不容於時, 屢倅外郡."

엇이겠는가? 이때는 은거야말로 현자의 최선의 길인 것이다. 시세와 입신을 좇아 여조에 의탁함이야말로 의리에 유배된다. 여기에 나말 최고의 지성 고운의 갈등이 있었을 것이나, 휴옹은 아마도 고운의 선택이 객관적 상황속에서 취할 수 있는 최선의 방책으로서 의리에 합당하다고 보아 긍정적 평가를 내린 것으로 보인다.[9]

성호(星湖) 이익(李瀷, 1681~1763)의 경우는 <상서장(上書莊)>이라는 시제가 말해주듯 고운의 상서(上書)를 문제삼아 의리상의 시비를 주안점으로 하여 작시(作詩)하였다. 따라서 서와 시부분에서도 당유학이나 문명 등에 대하여 일체 언급하지 않았다.

上書莊
廣明討亂檄宜草 광명년간 토황소격문 기초는 마땅하나
作書佞佛多愆尤 글지어 부처에게 아부함은 허물이 많구나
牝晨昏德見幾明 여왕의 혼정에서 기미 알아챔은 현명하지만
爲臣外交果何求 신하된 몸이 타국에 손짓함은 무엇을 구함인가?
鷄林黃葉舊臣哭 계림(신라)시들어감은 구신으로서 통곡할 일이고
鵠嶺王業還堪憂 곡령(고려)왕업은 도리어 근심스러운 일이로다
隆興密贊語大謬 고려 발흥 몰래 찬양한 말 크게 그릇되었으니
兩廡血食(渠應羞)[10] 문묘에 배향됨을 자신도 응당 부끄러워 하리
上書莊前一拍手 상서장 앞에서 한번 손뼉치며 수긍하는데
文純定論今悠悠[11] 문순공(퇴계)의 정론은 이제 아득하기만 하구나

---

9) 휴옹은 또한 고운에 관하여, 동 시에서 "고운은 고상하게 속세 밖에 노닐었으나 문묘에 배향되었으니 만고에 이 한사람뿐이다(孤雲高擧物外 乃獲從祀 萬古一人耳)." 고 하여 구체적으로 총평하였는 바 여기에서 고운의 처세에 긍정적인 휴옹의 입장이 분명하게 보인다.

10) <樂府資料集>에는 三字 누락된 상태(성호전서)대로 영인되었는 바, 본고에서는 <星湖僿說>에 의거 '거응수(渠應羞)'를 보완하였음.

11) 李瀷, <海東樂府> ≪樂府資料集≫ 권 2, 109면.

보는 바와 같이 성호는 고운에 대하여 철저히 부정적인 평가를 내리고 있다. 하나는 불(佛)을 옹호 내지 수용하는 고운의 입장에 대해서이고, 다른 하나는 신라의 신하된 자로서 고려왕에게 사사롭게 호의적인 서신을 보낸 패역의 처신에 대한 것이다. 성호는 전자보다도 후자에 더욱 비판적임을 알 수 있는데, 이는 결구에서 보여주고 있는 문순공 이퇴계의 고운에 대한 비판(정론)에 성호 자신이 전적으로 찬동(일박수(一拍手)가 의미함)함은 물론, 이에 그치지 않고 더 나아가 상서(上書)의 패역적성격(悖逆的性格)까지를 더욱 분명히 문제삼는 데서 드러난다.

문순공의 정론(定論)이란 무엇인가? 성호는 이에 대해서 "퇴계는 일찍이 말하되, '나는 부처에게 아첨한 그의 글을 보면서 일찍이 마음에 통탄하지 않음이 없었다. 그의 신인들 어찌 감히 문묘의 배향에 편안하리오?'하였으니 이는 정론이다. 지금 사람들이 퇴계에 대하여 일마다 높여 우러르되, 오직 이말은 따르지 않으니 왠 일인가?"[12]라고 하였다. 문맥에 의하면 퇴계의 정론은 곧 고운의 찬불(讚佛)에 대한 비판으로서 그러한 행적이 있는 자를 유교의 대성전인 문묘에 종사할 수 없다는 것인데, 이에 대하여 성호는 확고 부동의 의론으로 받아들여 공감하는 반면, 다른 사람들은 퇴계를 존숭하면서도 퇴계의 고운에 대한 평가에는 아랑곳 없이 최고운의 문묘종사문제를 별로 문제삼지 않고 있다는 것이다.

성호가 퇴계의 정론에 기초하여 문제삼는 고운의 패역은 무엇인가? 성호는 고운에 대하여 "신라시중 최치원이 고려 태조에게 글을 보냈는데 '계림황엽 곡령청송(鷄林黃葉 鵠嶺靑松)'의 글귀가 있었다. 현종이 태조의 왕업을 몰래 도운 것이라 하여 그 공을 잊을 수 없다하고 공자의 문묘에 배향하였으며 문창후라 추봉하였다.……최는 신라대신인데 이미

---

12) 李瀷, <崔文昌> ≪星湖僿說 類選≫9권, "退溪嘗曰 吾見其佞佛之書, 未嘗不心通, 彼其神豈敢安於兩廡之享, 此已定論, 今人於退溪, 事事尊仰, 而獨不採此言何也".

비밀히 찬양하는 뜻이 있었으니 패역을 저지른 것으로서 신하가 아닌 것이다. 하물며 그 말은 참위서의 어투에 불과한 것이니 족히 숭상할게 무엇인가?"13) 라고 하여 마치 추상숙일(秋霜熟日)같이 엄각(嚴刻)하게 비판함에서 드러나는 바, 곧 최고운의 상서(上書)행위를 불충으로 본 것이다.

생각컨대, 성호의 최고운에 대한 남다른 냉엄한 평가는 다음 두가지의 기본적인 인식에서 비롯된 것으로 보인다. 하나는 타 악부작가와 다르게 고운을 '신라의 대신'으로 인정한 점이다. 대신이라면 그 운명은 나라와 함께 함이 마땅하고, 이것이 충이다. 또 하나는 적대 관계에 있는 타국의 왕에게 '자국의 쇠망과 타국의 흥망'을 예고하는 사사로운 글을 보낸 행위는 이미 마음의 불충에서 비롯된 것이므로 패역이라고 본 것이다. 이것은 곧 조선의 도학자들이 보편적으로 신봉하는 '춘추주의 지법(春秋誅意之法)'의 정신을 성호도 따르고 있음을 알 수 있다.

이를 볼 때 성호는 나·여 교체기의 역사적 상황에 따른 시세에 대한 자각이나 최고운의 문명에 대한 이해가 없었던 것은 아니나, 그보다는 충절에 비중을 두는 의리사상에 보다 더 철저한 자세를 견지하였다고 할 것이다.

숭악(崧岳) 임창택(林昌澤, 1682~1723)의 <해동악부>에서는 일체의 의논을 배재하고, 다만 고운의 가야산 입산만을 노래하고 있는 바, 다음과 같다.

伽倻曲
鵠嶺松欲靑   곡령의 솔은 푸르러 가는데
鷄林葉已黃   계림의 나뭇잎은 이미 시들었네

---

13) 위의 책, 같은곳. "新羅侍中崔致遠, 貽書麗太祖, 有鷄林黃葉鵠嶺靑松之句, 顯宗以 其密贊祖業, 功不可忘, 配享先聖廟庭, 追封爲文昌候,…崔是新羅大臣, 已有密贊之 志, 涉乎悖逆, 而爲不臣矣, 況其言不過在讖緯圈套, 何足尙也."

歸去來兮山之中　　　산중으로 돌아감이여
白雲黃鶴共倘徉　　　백운황학과 함께 노닌다네
瑤琴一曲人不見　　　거문고 한 곡조에 사람은 보이지 않고
煙霞蒼蒼山百轉[14]　　안개노을 창창한데 산만 첩첩히 둘러있네

시제에서도 시사해 주듯이 고운의 가야산 입산과 은거를 들어, 오히려 고운이 인간세계의 명리를 벗어나서 자연속에서 구름과 학을 벗삼아 초연한 삶을 누리는 것을 긍정적으로 그려내고 있다. 상서에 관하여 의·불의나 문묘 배향의 정당성 여부등 요컨대 의리에 관하여는 일체 거론치 아니하였다.

원교(圓橋) 이광사(李匡師, 1705~1770)는 <동국악부(東國樂府)>에서 역시 최고운의 절의를 문제삼기 보다는 상서(上書)에 이어 가야산에 은거함을 그의 혜안(慧眼)의 소치로 보는 입장에 서 있다.[15]

上書莊
午夜金鷄不拊翼　　　한밤에 금계는 날개도 푸득이지 못하니
却似城頭畢連烏　　　마치 그물에서 도망쳐 나온 성벽의 까마귀 같구나
聞道西郊禬祀馨　　　들으니 서쪽지방에는 제사향기도 성하다는데
仙桃瑞靄光不敷　　　선도산(경주)상서로운 무지개는 빛도 펴지 못하네
始林忽作梧宮秋　　　계림은 급작히 제나라 궁전의 가을처럼 되어
春來滿目黃彫搜　　　봄이 와도 온 눈에 시든 잎만 어지럽네
鵠嶺葱鬱氣相奪　　　곡령은 울창하여 기를 빼앗아가니
南國光華萬里收　　　남국의 번화한 빛 만리에 걸쳐 스러지네
正如楊李江北南　　　마치 수와 당이 강남북에 대치함과 같은데
榮瘁已自興亡占　　　무성함과 시듦으로 이미 흥망이 점쳐졌도다

---

14) 林昌澤, <海東樂府> ≪樂府資料集≫ 권 2, 222면.
15) 李匡師의 上書莊 詩序에는 "崔致遠, 知高麗將興, 上書有鷄林黃葉, 鵠嶺靑松之語, 羅王惡之, 致遠入伽倻山, 人服其鑑識."이라 하여 이러한 그의 관점이 드러나 있다.

抱書奔告臣有見　　　글지어 급히 고한 신하는 견식이 있었는데도
君王不聞余心熠　　　군왕은 들어주지 않아 마음만 태우네
浩然歌噫西入山　　　시원히 떨쳐버리고 탄식하며 산속에 들어가니
山上白雲流水閑　　　산위 흰구름과 흐르는 물 한가롭구나
萬事盡與金徽知　　　만사는 모두 거문고에나 부쳐버리니
一十二絃動天關16)　　열두 줄에서 나온 가락 천상까지 울리네

시의 전반부는 서로 대치하고 있는 당시 반도의 역사적 정황을 수식을 다하여 비유적으로 묘사하고 있으며, 상서(上書)는 사실로 인정하되 고려 태조에게 보낸 것인지, 신라왕에게 충간하기 위하여 보낸 것인지 분명하지 않게 표현한 것이 다른 시와 크게 다르다. 마치 고운이 상서에서 충간한 것을 당시 신라왕이 받아들이지 않고 오히려 미워하므로 모든 것을 떨쳐버리고 가야산에 입산한 것처럼 전개시키고 있다. 그러므로 굳이 고운에게 절의의 문제를 묻지 않았으며 시의 끝부분에서도 속세를 떠나 자연속에 묻혀사는 초월적인 삶을 그만큼 여유있게 호의적으로 묘사하고 있다고 보여진다. 다분히 수사를 동원한 문예취향적인 시에는 의리와 같은 심각한 내용을 담기에는 부적당하다고 하겠다.

　명은(明隱) 김수민(金壽民, 1734~1811)은 고운의 생애를 평면적으로 기술하는 방법으로 작시하였다.

崔孤雲
崔學士　　　　　　　최학사여
寔文儒　　　　　　　진실로 글하는 선비로다
重峰巫山之歲入中國　12세에 중국에 들어갔다가
銀河列宿之年還故都　28세에 고국에 돌아왔네
不惟天下之人皆思顯戮　천하인이 모두 죽일 것을 생각하고

---

16) 李匡師, <東國樂府> ≪樂府資料集≫ 권2, 314면.

抑亦地中之鬼已議陰誅	땅속 귀신도 이미 벨것을 의논했다는
草檄黃巢	토벌격문에 황소는
落下床偶	침상아래로 떨어졌네
侍御史唐官淸	시어사는 당나라의 청환(淸宦)직이었는데
太山守下僚趨	태산 군수는 낮은 관위(官位)였구나
鵠嶺靑松立	곡령의 푸른 솔은 우뚝 서있고
鷄林黃葉枯	계림의 낙엽은 시들어가는데
歷覽山川	산천 두루 돌면서
聊以自誤	오로지 자락할 뿐
方丈蓬萊好烟霞	방장, 봉래산 좋은 안개노을
到處自家粮需	도처에 집삼고 식량삼았네
携妻子仙入伽倻山	처자 이끌고 신선되려 가야산에 들어갔다는데
荒唐之說眞有無17)	황당한 이 말이 참인지 아닌지

당나라 유학과 그곳에서의 문명 떨친 것을 자랑스럽게 표현하고 산수간에 유유자적하는 생활에 대하여도 매우 긍정적으로 그렸을 뿐 상서 행위나 은거하는 태도에 어떠한 비판적인 의논도 가하지 아니하였다. 오히려 종결구에서 신선이 되고자 가야산에 들어갔다는 전설을 두고 '황당한 말로서 믿을 수 없다'는 견해를 피력한 데에서는 신선사상을 배격하는 유자인 작가의 의식과 아울러, 역시 유자로서 존경받아야 할 대상인 최고운을 오히려 옹호하고자하는 작가의 의도를 엿볼 수 있다고 하겠다.

낙하생(洛下生) 이학규(李學逵, 1770~1835)의 <영남악부(嶺南樂府)>(1808년 작)에서는 시서(詩序)에서 최고운의 행적을 소상하게 서술한 반면 원시(原詩)는 7언 4구의 지극히 축약한 형태로 지었다.

---

17) 金壽民, <箕東樂府>≪海東樂府 集成≫(경인문화사 영인) 권1, 370면.

上書莊
飛魚紫帶返窮荒　　　자금어대 하사받은 몸 궁벽한 땅에 돌아왔는데
枯木禪居黯夕陽　　　고목사이 적막한 거처는 석양 빛에 어둡구나
一片鷄林黃葉裏　　　한조각 모양 계림의 낙엽속에 있는데
行人指是上書莊[18)　　행인들이 가리켜 상서장이라 하네

고운이 당에서는 자금어대를 하사받는 등 공을 세우다가 신라에 돌아 왔음을 말하면서, 고국 신라를 '궁황'으로 표현한 것은 당시 신라가 국정이 어지럽고 국토가 피폐해졌음을 뜻하고 있으며, 그의 거처가 매우 어둡고 쓸쓸하게 그려진 것은, 고운이 귀국 후 그의 뜻을 제대로 펴지 못하였음을 은연중에 드러내주는 부분이라 하겠다. 낙하생 역시 상서의 행위나 은거의 처신에 대하여는 시(詩) 속에 일체 거론치 않음으로써 자연 고운의 행적에 대하여 '의·불의'를 문제삼지 않게 되었다.

　담촌거사(澹村居士)라고 알려진 이복휴(李福休, 1729~1800)는 최고운을 신선같은 존재로 미화하여 그려낸 것이 특징이다.

海雲曲
靑海仙郞仙不遠　　　동쪽바다 선랑은 신선과 멀지 않아
八荒周流八龍蜿　　　팔방세계 주유하니 팔룡이 꿈틀거리는 듯
巫山列岫列如年　　　무산 12봉과 같은 나이에
飄然羽衣遊不返　　　나부끼듯 신선옷 입고 돌아오지 않았다네
洞庭落日鳴琵琶　　　동정호 해지며 비파소리 울릴제
遊人萬里思鄕谷　　　나그네 만리에서 고향을 생각했네
自傷世亂歸故國　　　스스로 난세를 슬퍼하며 귀국하였는데
故國茫茫夕陽色　　　고국 정세 암울하여 석양빛이네
太山富城空棲棲　　　태산과 부성태수로 부질없이 지냈으니

---

18) 李學逵, <嶺南樂府> ≪樂府資料集≫ 권4, 223면.

時乎誰識治平策	때에 어느 누가 치평책을 알았으리오
山水友伽倻山	산수로서는 가야산을 벗삼고
風月友淸凉間	풍월로서는 청량사를 벗삼았네
松竹友月咏臺	송죽은 월영대에서 벗삼고
書籍友雙溪湾	서적은 쌍계만에서 벗삼았네
歸來但作黃葉讖	돌아와 단지 계림황엽의 참언 지었는데
文廟侯爵還爲濫19)	문묘배향에 후 봉작은 도리어 지나치구나

최고운을 동쪽나라의 신선같은 존재로 보아 당나라에서의 고난에 찬 생활조차도 감상적이며 여유있게 묘사하였다. 귀국하여서는 시대에 부합되지 않아 역시 속세를 등지고 산수간에 노닐어 탈속한 삶을 살았는데, 그러한 현실세계와 유리된 고운의 행적이 그의 자의적인 불평에 의한 것이라기보다는, 치평의 시무책을 상주하는 등 일찍이 신직(臣職)의 책무를 다하였으나 용납되지 않으므로 취할 수 밖에 없었다고 간주하는 등, 대체로 고운에 대한 호의적인 시각을 드러내주고 있다. 그러므로 결구에서 '계림황엽'이라는 참언성의 어구 하나로써 밀찬(密贊)의 공(功) 운운하며 문묘에 배향하고 문창후(文昌侯)를 봉작한 것은 실제로는 고운의 의도와도 다르며 합당치 않은 지나친 처사였다고 한 것이다.

이는 문묘에 배향받고 후(侯)로 봉함받은 고운에 대해 과실의 화살을 돌린 것이 아니며, 오히려 반대로 고운의 대단치 않은 말 한마디를 극대화하여 의미를 부여하며 이를 이용한 당로자(當路者)들의 정략적인 처사를 탓하는 것으로 보아야 한다.20) 이렇게 볼 때 작가가 고운을 향하여

---

19) 李福休, <海東樂府> ≪樂府資料集≫ 권6, 194면.

20) 이같은 판단은 작가의 견해를 담은 동 악부시 하면(下面)의 부기(附記)를 통해서 확인되는 바 다음과 같다. "按高麗顯宗朝, 以孤雲書中有鷄林黃葉, 鵠嶺靑松之語, 爲有密贊之功, 拜爲文昌侯, 配食文廟廡, 先輩多疑之, 其道學淳厖, 果與薛弘儒, 分數如何, 世久無傳可歎." 고운의 배향과 봉후에 대하여 선인들도 적잖이 의아롭게 여겼다던지, 그의 도학을 설총과 견주어 말하는 데에서 고운에 대하여 대체로 긍정적인

절의문제를 거론치 않음은 당연한 결과인 것이다.

(2) 정몽주(鄭夢周)와 선죽교(善竹橋)

휴옹(休翁, 심광세(沈光世))은 정포은의 충절을 높이 찬양하여 그려
내면서도 다른 면에서는 약간의 유보적인 평가를 내리고 있음이 주목
된다.

風色惡	
今日風色雖甚惡	오늘은 정황이 비록 매우 사나우나
階上含盃舞亦樂	섬돌에서 술잔들고 춤추니 즐겁도다
全裝武夫衝焉過	무장한 사내들 가로질러 지나가니
愼莫詰問知能那	함부로 저들을 알려고 묻지 마시오
五百年綱常	5백년 이어온 강상을
一身都自任	한몸으로 모두 감당했네
白骨委塵土	백골이 진토가 되더라도
未改向主心	임향한 마음 고치지 않았네
相公一死分內事	상공의 죽음은 분수안의 일이나
彼祿事誰氏子	저 녹사는 누구의 자식이더냐
生從相公生	살았을 때 상공따라 살았고
死從相公死	죽을 때도 상공따라 죽었구나
君不見	그대는 보지 못했나
聖朝開國策勳臣	조선 개국에 훈신으로 책봉받은 이들이
盡是麗時食祿人[21]	모두 다 고려조에 녹먹던 사람인 것을!

작가의 마음을 읽을 수 있으며, 또한 시서(詩序)에서도 타 작가와 달리 '황엽(黃葉)'
의 내용을 전혀 서술하지 않은 점으로 보면 사실 자체의 진위여부에 의문을 품은 것
이 아닌가 추정되기도 한다.

21) 沈光世, 같은 책, 414면.

위 시는 3단으로 구성되었으니, 상단에서는 포은이 희생되던 날의 정황을 서술하고, 중간 부분에서는 포은과 그를 따르던 녹사(祿事)의 충절을 드러내었으며, 결미에서는 그들의 충절에 대한 가치판단을 시도하였는데, 다른 작품과 달리 포은을 수행하던 녹사의 순사(殉死)를 덧붙혀 의미있게 표현한 점이 색다르다. 곧 포은은 고려조의 대신인 만큼 고려조를 지키려 죽음을 맞게 된 것을 '분내사(分內事)'라 하여 의당한 일로 볼 수 있지만 그를 수행하던 녹사가 함께 죽음을 맞은 것은 예사의 충절이 아니라 본 것이다.

그러므로 결미의 강한 반어적 물음은 포은의 행적을 기준삼기 보다 녹사의 경우를 기준삼아 제기된 것으로 보아야 할 것이다. 이름없는 말직의 녹사마저 죽음을 두렵게 여기지 않은 충절이 있었는가 하면, 이와는 달리 고려조의 녹을 먹던 중신(重臣)으로서 신왕조에 훈신된 자들의 '사이군(事二君)'이 있었음을 선명히 대조적으로 표현하고 있기 때문이다. 그러므로 결국 이 시는 상전(上殿)인 포은의 죽음에 그 수하인 녹사의 순사까지 더해짐으로써 더할 나위없이 비장하기까지 한 감동을 주면서 이들을 절의의 표상으로 형상화 하는 데 성공한 작품으로 평가될 수 있을 것이다.

그런데 작가는 위와 같이 포은의 충에 대해서는 높이 추앙하면서도 다른 한 면에는 유보적인 평가를 내리고 있으니 주목되는 바, 곧 총평에서 "문충공의 충은 충이지만 도로써 몸을 따르게 한 참된 유자는 아니다."[22]고 제한된 평가를 내리고 있다. 이는 여·선의 교체를 거역할 수 없는 시운(時運)에 의하여 이루어지는 역사적 상황으로 보는 작가의 사

---

22) 위의 책, 같은 곳. "文忠忠則忠矣, 非眞儒以道殉身者也." 이곳의 의론은 맹자의 "天下有道, 以道殉身, 天下無道 以身殉道(盡心上)"에 근거를 둔 듯 한데 작가는 아마도 포은의 죽음을 '天下無道 以身殉道'의 경우로 보았기 때문에 포은에게 그러한 유보적인 평을 내린 것이라고 보여진다.

안(史眼)에 의한 것으로 보인다. 그렇다면 조선 개국에 참여하는 것이 크게 허물될 것이 없고, 조선 개국에 도(道)의 향방이 있다면 이를 외면한 포은의 죽음은 그저 충으로써만 가치를 부여할 수 있을 뿐, 도와 함께 처신하는 진유(眞儒)일 수는 없다고 평한 것이라 보여진다.

원교(圓橋, 이광사(李匡師))는 포은이 화답하여 부른 노래를 중심으로 수식과 비유를 구사하여 주변의 상황까지를 부연하는 방향에서 작시하고 이를 백사가(百死歌)라 이름하였는데, 앞부분은 조금 범람(汎濫)한 모습을 띠고 있으므로 생략하고 뒷 부분을 들어보면 다음과 같다.

百死歌
(前 略)

興酣放吟百死歌	취기돌아 백사가를 크게 읊으며
起奮長袖飜山河	일어나 긴 소매 떨치니 산하를 뒤집을 듯
頓蔚躘跙不能已	머리 흔들리고 비틀거림 그치지 못하니
貂蟬歆側玉帶斜	갓은 비스듬히 기울고 옥대도 빗겨찼다
亂極天意歸龍德	혼란이 극하여 하늘 뜻 임금 될 자에 돌아가는데
孤節不肯餇周粟	고고한 절개 주나라 곡식 먹지 않았네
玉字貞珉粲竹橋	곱게 새긴 비석 선죽교에 산뜻하니
萬古黃壤虹氣白[23]	길이길이 저승에서도 아롱진 기운이 빛나리라

상단에서는 포은이 고려 국운의 다함과 자신의 최후를 예감하고 비탄에 젖어 술에 취한 채 춤을 추는 모습을 실감있게 묘사함으로써, 포은이 겪는 고뇌와 갈등을 잘 드러내었고, 후단에서는 만고에 스러지지 않는 포은의 절의를 찬상하였으나, 조선 개국에 대하여서는 고려조의 혼란으로 하늘의 뜻이 옮겨지게 되었다고 하는 시세론적인 사관을 보여주고 있다.

---

23) 李匡師, 같은 책, 331면.

명은(明隱, 김수민(金壽民))은 포은의 충절뿐 아니라 이학(理學)의 조(祖)로 추숭하는 등 포은에 대한 전반적인 위상을 평가하려는 적극적인 입장에서 노래하고 있음이 주목된다.

圃隱歌	
理學祖	성리학의 선조
圃隱老先生	포은 노선생이시여
一依晦翁家禮	하나같이 주자 가례에 의하여
立廟祭祀行	가묘세우고 제사 행하였네
設鄕校內建五部學	향교도 세우고 서울에 5부학당 세우니
化民成俗自此成	백성교화 미풍양속 이로부터 이루었네
註釋四書疑義	사서의 의문점과 바른 뜻 자세히 풀어내니
橫說竪說无不脗合	이리저리 말한 학설 모두 다 부합되네
忠節軒天地耀日月	충절은 천지에 가득하며 일월처럼 빛나는데
風色不可時運傾	정황도 나쁜데다 시운도 기울었네
可憐天壽門前橋	가엾구나, 천수문 앞의 다리여
千古長留善竹名	오래도록 선죽의 이름 길이 남으리라
理有漸氣先至	이(理)는 점점 드러나되 氣는 먼저 이르나니
天啓本朝休運明[24]	하늘이 본조의 아름다운 운수를 맑게 열었도다

상단에서는 포은을 동방이학(東方理學)의 비조라고 존숭하는 조선사대부층의 평가를 그대로 수용하면서 여말 성균관에서 후학양성과 성리학의 학문적 체계를 정립시킨 공적을 구체적으로 거론하고, 하단에서는 높은 충절을 찬양하고 있다. 특히 결미에서 하늘이 조선왕조의 밝은 앞날을 열었다는 표현은 예사로운 의미가 아닌 듯 하다. 곧 이것은 조선왕조의 흥성과 포은의 영향관계를 유추하여 내린 결론(판단)이라고 볼 수

---

24) 金壽民, 같은 책, 392면.

있는데, 그렇다면 이것은 무엇을 말함인가?

　다시 말해 조선왕조가 흥성을 이루는데 포은이 결과적으로 어떠한 공헌을 하였다고 보는 입장이라면 그 내용은 무엇일까? 실제로 작가는 이에 대하여 명시적으로 답을 보여주지 않고 있다. 따라서 본 시의 내면에 흐르는 시상 전개의 특성과 시의 분위기를 통해서 추정할 수 밖에 없겠는데, 우선 그 하나로는 포은의 존재로 인하여 여말에 성리학이 학문으로서 본 괘도에 오르게 되었으며 이로부터 조선의 성리학에 이어져 도학으로 확립되었을 뿐만 아니라 국가 통치 이념이 되었다는 것을 들 수 있다. 그 다음으로는 포은이 보여준 불사이군(不事二君)의 충절은 곧 군신간의 의리의 표상이 되어 이후 군왕과 신민 상하간 부동의 윤리로 자리잡혔으며 또한 국가의 기강이 바로 세워질 수 있게 되었다는 견해에서 비롯되었을 것으로 추정된다.

<table>
<tr><td>鄭侍中</td><td></td></tr>
<tr><td>起舞莫錯愕</td><td>일어나 춤춘다고 놀라지 말라</td></tr>
<tr><td>飮酒無多酌</td><td>술마셨어도 많은 잔이 아니라네</td></tr>
<tr><td>花階花大零落</td><td>계단의 꽃들마저 모두 떨어지니</td></tr>
<tr><td>今朝風太甚惡</td><td>오늘 아침 바람이 몹시 사납구나</td></tr>
<tr><td>公無早作苦乃作</td><td>공은 일찍이 애쓸게 없는데도 괴롭게 애쓰니</td></tr>
<tr><td>擎天何用隻手著</td><td>하늘 받칠 때 어떻게 한손으로 받치리오</td></tr>
<tr><td>臺臣十輩眞一錯</td><td>대신 10여사람 참으로 일 그르쳤으니</td></tr>
<tr><td>神龍暫困終飛躍</td><td>신룡은 잠시 곤궁하나 끝내 날아오른다네</td></tr>
<tr><td>君不聞</td><td>그대는 듣지 못했나</td></tr>
<tr><td>善竹橋頭血淸赭</td><td>선죽교머리 피 배어 붉은 것을!</td></tr>
<tr><td>千年雨洗鮮如昨[25]</td><td>천년비로 씻겨도 어제처럼 선명하다네</td></tr>
</table>

---

25) 李學逵, 같은 책, 202면.

　낙하생(이학규)역시 위 시의 결미부분에서는 포은의 절의는 비록 세월이 오래되어도 변함없이 빛날것이라 추앙하여 그렸으나, 중반부에서 보는 바와 같이 포은을 고려조에서 조선조로 이어지는 역사의 도도한 흐름을 혼자의 힘으로 막기에 애쓰는 외로운 존재로 파악하였는 바, 여기에서 고려조의 몰락과 조선조로의 개국이 역사적 방향 선상에 있음을 긍정하는 작가의 시세(時勢)인식의 사관(史觀)을 볼 수 있겠다.

刪竹橋血	
天地至剛氣	천지에 가장 굳센 기개는
浩劫流不滅	영겁의 세월 흘러도 사라지지 않으니
湘波竹淚斑	상강반죽(湘江斑竹)의 눈물 자욱 무늬같고
狄泉萇血碧	적천(狄泉)에서 흘린 장홍(萇弘)의 피빛처럼 푸르다
歸來滿月東	귀가하는 만월대의 동쪽 길에는
有橋高屹屹	높이 우뚝솟은 다리가 놓였다네
風磨與雨洗	바람에 닳고 비에 씻겨도
不泐橋頭血	다릿돌 밴 핏자국 흐려지지 않네
橋崩國與崩	다리가 무너지면 나라도 함께 무너지고
血存名俱存	핏자국 남는다면 이름도 함께 남으리니
云是鄭先生	정선생이라 일컬어지는 이분은
誓心甘喪元	맹세지켜 죽음도 달게 받았다네
(中　略)	
至今崧陽院	지금도 숭양원에는
毅魄遊洋洋26)	강직한 넋이 양양하게 떠돈다네

　위 시는 중국의 고사까지 인용, 이것들에 비유하면서 포은의 단충(丹忠)을 기리는 내용으로 일관되고 있는 바, 시의 분위기는 전체적으로 대

---

26) 李福休, 같은 책, 294면.

상인물을 향한 애상적 정감이 드러나고 있으며, 따라서 작가의 포은에 대한 무한한 애정어린 시각이 주조를 이루고 있는 반면, 날카로운 시대의식 내지 역사의식은 드러나지 않고 있음을 알 수 있다.

(3) 김주(金澍)의 환입조(還入朝)

여말의 김주(金澍, 호 농암(籠巖))는 비록 그 행적이 자세치는 않으나 그의 특출한 충절로 인하여 영사악부 작가들에게는 가시(歌詩)의 좋은 소재가 되었던 것으로 추정되는데, 휴옹의 악부시 <환입조(還入朝)>의 서(序)에 그 개략적인 내용이 소개되고 있다. 곧 김주는 공양왕 말년에 명나라에 사신으로 갔다가 돌아올 때 압록강가에서 이태조가 선위받았다는 소식을 듣고 명으로 되돌아갔다. 그때 노복에게 조복과 신발을 보내면서 자신이 되돌아 간 날을 제사일로 삼도록 하고 또 아내가 낳을 자식에게 작명하여 보냈다. 중국 형초간(荊楚間)에서 일생을 마쳤는데 임진란 때 명군(明軍)중에 자칭 김주의 외손이라는 자가 있어 고국의 후손을 찾은 일이 있었다는 것이다.27) 이를 읊은 휴옹의 시는 다음과 같다.

```
還入朝
去時辭舊主        갈 때는 옛 임금께 작별하고
含命朝帝闕        명 받들어 황제에게 조회하였네
來時開新主        돌아올 때 새 임금이 앉았으니
此江不可越        이 강을 건널 수가 없구나
手持高麗節        손에는 고려의 節旄 붙들고서
口食天朝祿        입으로는 황국의 녹을 먹었네
```

---

27) 沈光世, <還入朝> ≪休翁集≫, 권 3, 364면. ≪樂府資料集≫에는 김주의 호는 농암(聾岩)으로 이름은 김주(金湊)로 오기되어 있으므로 休翁集에 의거 정정하였다.

有是首山岳　　　　　이곳 바로 수양산에 있었으니
無飢也非惡　　　　　굶주림 없었다 해도 그릇된 일 아니라네
吁嗟乎　　　　　　　안됐구나!
王相國[28]　　　　　　왕상국이여!

앞서 소개한 작중인물인 김주의 처신에 대하여는 보편적으로 다음과 같은 의론이 제기될 수 있겠다. 첫째는 조선의 역성혁명을 거부한다고 해서 꼭 타국인 중국으로 도피 또는 망명할 수 있겠는가 함이요, 둘째는 그렇다고 하더라도 중국의 녹을 받고 목숨을 부지함이 과연 의리에 합당한가 하는 점일 것이다. 이에 대하여 휴옹은 이 시에서 보는 바와 같이 분명한 견해를 피력하고 있다.

결론적으로 말한다면, 휴옹은 김주의 처신을 의리에 비추어 전혀 문제가 없으며, 아주 합당한 것으로 평가하고 있다는 것이다. 그가 고려의 깃발을 지녔다고 한 것은 곧 고려인임을 망각하지 않았다는 것으로서 이는 한무제 때 소무(蘇武)가 흉노의 선우에게 붙잡혀 있을 때 한시라도 한의 깃발을 놓지 않았다는 고사에 견준 것임을 알 수 있다. 또 그가 중국의 변방인 형(荊)·초(楚)지역에서 일생을 마친 것에 대하여는 백이 숙제가 수양산에 들어간 것과 같은 경우로 보고 있으며, 굶어 죽었느냐의 여부는 크게 문제되지 않는다고 생각하고 있음을 알 수 있다.

그렇기 때문에 시의 결미에서 김주와는 상반된 행적으로 인해 죽음을 당한 왕상국(왕강(王康))에 대하여 "안됐구나"하고 탄식하게 된 것이며,[29] 무엇보다도 휴옹이 김주를 두고 내린 총평, 곧 "일의 처신함이 명쾌하여, 저 연연해 하는 하층배들과 비교한다면 하늘과 땅처럼 판이하

---

28) 위의 책, 같은 곳.
29) 휴옹은 본 시의 서(序)에서, 같은 때에 고려 왕실의 종성(宗姓)으로서 재능이 뛰어나 8도 관찰사까지 역임한 왕강(王康)도 사신으로 갔는데, 혁명후에 돌아왔다가 마침내 왕씨들과 함께 멸족을 당했다고 소개하고 있다.

다(處事明快 若此戀皀櫪者 霄壤判矣)"[30]는 말이 위와 같은 분석을 뒷받
침해주고 있다고 하겠다.

　성호(李瀷)는 의리문제를 표면으로 드러내지는 않고, 내면에 깊숙이
안은 채 시상을 전개하고 있음이 두드러진다.

　臨江曲
　長江浩翻瀾　　　　　긴강은 넓게 번득이며 물결치고
　萬古風悲鳴　　　　　세월 뚫고 부는 바람 구슬피 우는 듯
　當時白馬路　　　　　당시 백마타고 가던 길이
　便作旋車程　　　　　문득 수레 돌려 오는 길이 되었네
　莫唱臨江曲　　　　　임강곡 부르지 마오
　烈士淚暗傾　　　　　열사의 눈물 남몰래 흐른다오
　故國棋一局　　　　　고국은 바둑 한판 대국과 같이
　翻覆浮雲輕　　　　　뜬구름처럼 가볍게 뒤집혔네
　如何飲冰[31]行　　　　어떻게 하나 이 사신의 행차를
　復命今無地　　　　　복명하려 해도 이제 할 곳이 없다네
　回瞻嶺外天　　　　　고개 너머 먼 하늘을 돌아보며
　但將衣靴寄　　　　　다만 옷과 신발만을 부쳤다네
　茫茫九州大　　　　　아 망망한 중국의 넓은 대륙에
　此去安所止　　　　　여기를 떠나 어디에서 머물까
　攀龍[32]勳業付何人　　출세니 공훈이니 아무에게나 넘겨버리고
　首陽薇蕨吾心事　　　수양산 고사리 캠이 나의 일이로다
　夜夜東天月上來　　　밤마다 동쪽 하늘에 달은 떠오르는데
　故鄉消息依俙是　　　고향의 소식은 아득하기만

---

30) 위의 책, 같은 곳.

31) 사명(使命)을 받아 두렵고 긴장한 나머지 몸에 열이 날 때, 어름을 먹으면서 진정시
　　킨다는 말이 있다(장자, <人間世>: 今吾朝受命 而夕飲冰 我其內熱與). 여기에서는
　　사신을 가리킴.

32) 훌륭한 인물을 좇아서 입신하거나 공훈 세움을 일컬음(漢書), <叙傳> 攀龍附鳳))

妻留死未死　　　아내는 죽지나 않았는지
後會泉塗期　　　뒷날 저승에서나 만나길 기약하네
兒生長未長　　　아이는 나서 자라는지 어떤지
音容兩不知　　　목소리나 모습도 전혀 모른다네
上有皇穹下后土　위로는 하늘이요 아래는 땅인데
綿綿此恨無休時[33]　끝없는 이 한스러움 그칠 때가 없구나

　이 시는 작중인물이 화자가 되어 자신의 처지와 형편을 진솔하게 토로하는 형식을 갖추고 있다. 그렇기 때문에 충절이나 의리등 도덕적 가치관이나 이념등을 관념적인 언어를 통하여 거론키 보다는, 한 지아비가 고국과 가족을 이별하고 이국의 하늘 끝 변방에서 살아야하는 고통스러운 삶을 호소하는 극히 인간적인 모습을 보여주게 된 것이다. 그러므로 작가는 여·선이 교체하는 역사현실에는 어떤 평가 내리기를 유보하고, 단지 그러한 역사속에서 고통을 당해야 하는 인간의 삶에 초점을 맞추고 있는 바, 여기에서 우리는 중세사회 속에서도 절대적인 규범이나 의리등의 윤리의식과 명분론에 의하여 인간성이 매몰되는 것을 배격하는 작가의 인본주의적 정신을 볼 수 있으며, 이는 곧 인간성을 긍정하는 실학자의 현실주의적 사고의 표출이라고 하겠다.

　그러면서도 '출세나 공명은 헌신짝처럼 버리고, 오직 수양산에서 고사리나 캐리라'는 시구(攀龍勳業付何人 首陽薇蕨吾心事)에서 보듯이 실제로 작가의 심중은 작중인물의 '불사이군'의 절의를 장하게 여기고 있는 바, 이는 성호의 경우에서도 조선 사대부가 보편적으로 갖추고 있는 의리사상의 한 모습이 드러난 것이라 하겠다. 그러나 성호는 현 왕조(조선)의 개국에 대하여는 그 당위성이나 불가피성, 또는 시세론 등에 걸쳐 호의적인 또는 의례적인 것이나마 일체 시에서는 언급하지 않음이 주

---

33) 李瀷, 같은 책, 173면.

목된다. 이는 역으로 성호는 조선조 사대부들의 경직된 이념의 세계, 예
컨데 왕조나 군신간의 충에 대한 맹목적이고 무비판적 추종의 틀을 벗
어나고 있음을 보여주는 것이며, 이 때문에 위의 시는 생명력을 갖춘 감
동을 주는 작품으로서 문학적 성취도에서도 좋은 성과를 거두었다고
볼 수 있다.

숭악(崧岳, 임창택)은 작중인물이 처한 상황의 일부분만을 소재삼은
것이 특이하다.

寄衣曲
江之水洋洋   강물은 넘실대는데
江上日落行彷徨   해질 녘 강가에서 방황하네
孰謂我無舟   누가 나에게 배 없다고 하는가
匪舟不能東   배 없어 동으로 못가는 것이 아니라네
吁嗟不東將安歸   슬프다, 동쪽이 아니면 장차 어디로 갈고
願言採薇山在西   고사리 캘 산이 서쪽에 있다네
遠寄一衣謝家人   옷 한벌 멀리 부치며 집 안사람 이별하니
故園桃李向誰新34)   고향의 도리화는 누굴 향해 새롭게 필고

이 시는 작중인물이 압록강가에 다달아, 강을 건너지 못하고 갈등하
는 모습에 초점을 맞추고 이때에 일어날 수 있는 번다한 감정을 절제하
는 방향에서 매우 압축하여 표현하고 있다. 그러한 가운데서도 작가는
고사리를 캐러 서쪽으로 가겠다는 시구를 통해서, 작중인물을 역시 불
사이군의 절의 정신이 투철한 인물로 그려내고자 하였음을 알 수 있다.

다음 낙하생(이학규)의 경우는 농암 김주의 절의에 대하여 다른 사람
(정몽주, 원천석 등)과 비교하여 의론을 전개하고 있음이 주목된다.

---

34) 임창택, 같은 책, 229면.

金籠巖

金籠巖	김농암이여
絶巉巖	아주 우뚝 높구려
渡江不落帆	강을 건너 돛 내리지 않고
寄書愼封函	편지만 삼가 봉하여 보냈네

生女復生男	"딸을 낳거나 아들을 낳으면
命名卿須諳35)	이름 지은 뜻을 그대는 알아야 하오
朝鞾與朝衫	신발과 관복은
同穴埋嶺南	합장하여 영남에 묻어주오
要知我夫日	나의 제삿날을 알려면
視我還歸驂	내가 말 돌려 돌아간 날을 보시고
要知我歸處	내가 돌아간 곳을 알려면
楚水迷江潭	초수가의 아득한 강언덕이라오"

君不聞鄭侍中	그대는 듣지 못했소 정시중의
善竹橋頭如血含	선죽교 돌다리에 피가 흠뻑 배인 것을
又不聞元處士	또 듣지 못했소 원처사의
雉嶽山間孤草庵	치악산 속의 외로운 초막을
死亦何所恨	죽어도 무엇이 한될 것이며
生亦無所慙	살아도 부끄러울 것 없는데
金籠巖	김농암이여
天必監	하늘이 반드시 굽어보는데
豈必去故絶無參	어찌 꼭 고국떠나 인연을 아주 끊었는가
老死(異)域嗟何堪36)	이역에서 늙어 죽는 것을 어떻게 견디려오

---

35) 본시의 서에 의하면 김주가 부인에게 보낸 편지에 생남(生男)에는 '양수(揚燧)'로, 생녀(生女)에는 '명덕(命德)'으로 이름하라 하였다 한다. 또 이 싯구의 경(卿)자는 낙하생의 <嶺南樂府>에 향(鄕)으로 되어 있으나 오자로 판단되어 고친 것이다.

36) 이학규, 같은 책, 149면. 본시 끝 구의 이(異)는 역시 필사본인 <嶺南樂府>에 없으

위 시는 시상 전개와 서술체계에서 3단으로 구성되어 있다. 곧 상단과 하단은 작자(시인)의 진술로 되어 있고, 중간단락은 작중인물이 직접 화법으로 사태를 진술하고 있다. 또 이중 상단과 중간 단락은 사실의 서사에 치중하여 사태의 정황을 파악하게 하고 있으나, 하단에서는 작자의 강한 가치 판단 곧 작중인물에 대한 평가가 제기되고 있음을 볼 수 있다. 특히 여기에서는 김농암의 처신과 동시대 인물들인 정포은 및 원처사의 처신과를 대비시켜 의논을 가함으로써 작자의 가치판단이 보다 분명한 모습으로 들어난다고 하겠다.

곧 서두에서 작자는 김농암이 신왕조를 섬기지 않으려고 고국에 발을 들이지 않고 처자도 버렸으며, 중국에서도 멀리 서쪽 변경의 이역(異域)으로 돌아가 버린데 대하여는 ‘절참암(絶巉巖)’이라 하여 그 서릿발 같은 기상을 높이 추앙하고 있으나, 하단에서는 위의 2인과 비교하여 상대적인 평가를 내리고 있음에 유의해야 한다. 여기에서 작자는 김농암의 처신을 도피 또는 망명의 성격으로 보고 있는 듯 하다. "어찌 꼭 고국을 떠나 아주 인연을 끊어버렸는가?(豈必去故絶無參)"에서 일정한 정도의 비판적 시각이 드러나 있기 때문이다.

곧 이것은 ‘죽어도 한 될 것이 없는 경우(정포은)’와 ‘살아도 부끄러움이 없는 경우(원처사)’처럼 고국의 현실속에서도 치열한 자세로 견지하고 실천하는 충절이 있을 수 있고, 이것들과 비교할 때 김농암의 망명이 과연 최선의 길인가에 대하여 의문을 제기한 것으로 볼 수 있다. 이렇게 본다면 작자는 김농암의 절의에 대하여는 의리사상에 비추어 높이 추앙하기는 하나, 망명등의 방법에는 일정하게 상대적인 평가를 내리고 있음을 알 수 있다.

담촌거사(이복휴)는 고사의 인용과 비유를 통하여 작중인물의 절의를 두드러지게 표현하려는데 고심한 듯하다.

나, 결락된 것으로 판단되어, 동 글자를 보완하여 풀이하였다.

寄朝衣

我有朝衣襲天香	내가 입은 조복엔 황실의 향기 배었는데
來時滿濕遼東雨	돌아오며 요동비에 흠뻑 젖었네
遼東一水限西東	요동의 한줄기 강물 동과 서를 가르는데
紫騮臨流不肯渡	자류말은 물가에 다달아 건너려 하지 않네
黃花獨保晋日月	국화 기르며 홀로 진나라 일월을 보존하고
薇蕨不帶周雨露37)	고사리 캐며 주나라 우로는 받지 않으려네
朝衣送去寄家人	조복을 벗어서 가인에게 부쳐 보내니
此身無歸衣有歸	이 몸은 못가고 옷만 돌아갔구나
此生面目無相見	이러한 면목으로 서로 볼 수 없으니
欲見郎身須見衣	낭군을 보려거든 부디 옷을 보구려
楚山處處多白雲	초산 곳곳에는 흰 구름만 많은데
黃冠一去音塵稀	도사는 한번 가서 소식이 드물구나
封書瀉盡肚血哀	봉서에 가슴속 슬픔 다 쏟아내고
一哭天雲鬱不開	한차례 통곡하니 구름도 뭉쳐서 흩어지지 않네
君不見	그대는 보지 못했나
淸溪白石望京臺	청계 백석산의 망경대를
尙怕新都消息來38)	오히려 새나라 소식올까 두려워 했네

위 시는 시의 상단에서 작중인물이 강을 건너지 않는 각오를 분명하
게 드러냄으로써 다른 작품에 비해 훨씬 강렬한 긴장감을 주고 있다. 곧
동진(東晋)의 군주(안제(安帝)·공제(恭帝))를 시해(弑害)하고 제위(帝
位)를 찬탈, 남조(南朝)의 송(宋)을 세운 유유(劉裕, 무제(武帝))를 미워

---

37) 이 시 셋째연의 황화(黃花)는 도연명을 가리킨다. 그가 팽택령(彭澤令)을 그만두고
   향리에 돌아와 국화를 가꾸며 은거하던 중 유유(劉裕)가 동진(東晋)을 멸망시키고
   남조(南朝)의 송(宋)을 세우자, 그는 유유(劉裕)를 미워하여 기노초(寄奴草)를 뽑아
   버렸다 한다(유유(劉裕)의 소명(小名)이 곧 기노(寄奴)이다). 또 미궐(薇蕨)은 곧 고
   사리를 캐먹던 백이 숙제를 가리킨다.

38) 李福休, 같은 책, 297면.

한 나머지, 그의 소명(小名)과 같은 이름의 약초인 기노초(寄奴草)를 제거하였던 도연명과, 아울러 주나라의 어떤 은택도 받지 않겠다고 입산하여 고사리로 연명하다가 아사하였다는 백이와 숙제를 거론하고 있기 때문이다.

뿐만 아니라 결미에서도 신국(新國)인 조선의 소식조차 접할까 두려워할 정도로 철저히 고국과 절연한 인물로 주인공을 그려냄으로써, 작가는 오직 주인공의 강직한 성품과 불사이군의 절의 정신을 문제삼는데 초점을 두고 있으며, 그밖에 시대상황에 대한 어떠한 인식이나 또 가족과 고국을 등진데 따른 문제등에는 전혀 관심두지 않았음을 알 수 있다.

(4) 원천석(元天錫)의 은거(隱居)

운곡(耘谷) 원천석(元天錫, 1330~?)은 고려사 열전 등 정사(正史)에 거론되지는 않고, 야사류(野史類)에 여말의 재야지신(在野之臣)으로서 거론되는 대표적 인물이다. 그는 원주인(原州人)으로서 여말의 정치가 혼미하자 치악산에 은거하여 목은등과 교유하였으며, 특히 태종이 잠저(潛邸)시에 공에게 수학한 바 있었으므로, 귀하게 되어 누차 불렀으나 응하지 않았다. 문집 수권을 봉하여 깊이 보관토록 하면서 현명한 자손이 아니면 개봉치 말라는 유언을 남겼는데, 4~5대 지난 뒤 열어보니 여말의 야사로서 국사(國史)와 다르므로 화가 미칠까 두려워 태워버렸다한다.

위와 같은 행적을 두고 후대의 사대부들도 대체로 그를 '처사'라 부르면서 절의의 상징적 인물로 추앙하기에 주저하지 않았는데 영사악부 작가들 역시 대체로 뒤의 내용을 수용하여 작시(作詩)하고 있다.

먼저 휴옹의 경우를 본다.

白衣來

白衣來	흰 옷 입고 왔으며
自草萊	거친 곳에서 왔다네
紫袍坐	자주빛 도포 입고 앉았으니
開王座	나라를 열었도다
但見故人恩	다만 옛 知己의 은정만 볼 뿐
不見千乘尊	군왕의 존귀함을 보지 않았네
此行竟何事	이번의 행차에서 무슨 일 이루었더냐
應對惟一言	응대한 것 오직 한마디 뿐이네
君不見	그대는 보지 못했나
櫝中之書成灰塵	괘속의 책들 모두 다 재가 된 것을
曾謂子孫生聖人	일찍이 자손 중에 성인이 난다고 일렀더냐
當時著述空勞神[39]	당시 저술에 헛되이 애만 쓴 셈이네

위 시에서 보면 작가는 작중인물의 불굴의 기개를 통해 그의 절의정
신을 드러내고자 하고 있음을 알 수 있는데, 번다한 사실의 서술이나 직
설법을 피하고 간명한 상징적 표현을, 그것도 대조적으로 적절히 구사
함으로써 좋은 시적 구성미를 갖추면서 아울러 예사롭지 않은 감동을
불러 일으키고 있다.

상단의 백의(白衣)는 곧 자포(紫袍)가 표징(表徵)해주는 작위에 대한
근본적인 거부의 의미를 갖는다. 복색(服色)이 신분의 상하를 구분지웠
으며 '조정에는 막여작(莫如爵)'이라는 보편적 인식에서 볼 때 작위에
대한 거부는 곧 군신관계를 부정하는 것이며, 이는 바로 역성혁명과 조
선왕조에 대한 거부의 의미까지도 내재되어 있다고 보아야 한다. 작가
가 시제(詩題)를 굳이 '백의래(白衣來)'라 붙인 것도 우연한 일이 아닐
것이다.

---

39) 沈光世, 같은 책, 424면.

시 중단 부분의 내용 역시 작중인물이 태종을 군왕으로 대하지 않는 모습을 그리고 있는데 이는 본시의 서를 통해서 구체적으로 확인된다. 서에 "옛일을 말하면서 마치 평소처럼 즐거워하는데, 이어 여러 왕자를 불러내어 보이며 '내 손자들이 어떠합니까?'하자 천석이 광묘(세조)를 가리키며 '이 아이는 네 할아비를 꼭 닮았구나' 하고 또 '오오 모름지기 형제를 사랑하거라, 모름지기 형제를 사랑하거라'하였다(道故若平生歡 仍召諸王子出見 門曰我孫如何 天錫指光廟曰 此兒酷似乃祖 且曰嗟須愛兄弟 須愛兄弟)."[40]라고 소개하고 있는 바, 왕자를 '이 아이(차아(此兒))'라 하고, 태종을 지칭하여 '네 할아비(내조(乃祖))'라 하는 등의 어투가 곧 그러한 모습의 하나이다. 더구나 태종을 꼭 빼닮은 세조를 가리키면서 '모름지기 형제를 사랑하거라'한 말은 실제로 태종이 왕위를 둘러싸고 형제(방번(芳蕃), 방석(芳碩))들을 살육한 사실을 감안한다면, 이러한 훈계는 감히 입밖에 내기조차 어려운 말이 아니겠는가?

하단은 주인공의 직필(直筆)로 된 저술이 불타 없어진 것을 아쉬워하는 내용으로서 이는 작가의 "그 책이 전하지 않음이 안타깝다(惜其書之不傳)"[41]하는 총평에서 확인되고 있다.

명은(明隱, 김수민)은 평이한 서술형식을 취하여 운곡(耘谷)의 행적을 묘사하면서 절의 문제나 그의 사관을 직접 드러내지 않는 듯 하나, 자세히 보면 역시 작가의 의논이 내면에 분명하게 살아 있음을 본다.

耘谷歌
雉朝飛雉岳山	꿩이 아침에 날개짓하는 치악산
云誰之隱惟姓元	은거하는 이 누군가, 성은 원씨라네
躬耕耘田以養親	몸소 농사지어 어버이 봉양하니

---

40) 위의 책, 423면.
41) 위의 책, 같은 곳.

乃知孝者百行源　효가 백행의 근본임을 안다네
當時爲師傅　당시에는 왕의 스승된 몸인데
不樂就仕樂山樊　벼슬 싫어하고 산 그늘을 좋아했네
上幸其第　임금이 집을 찾았을 때는
循墻踰垣　담장을 넘어 숨었다네
白衣來謁上王時　흰옷을 입고 상왕을 뵈었을 때
師弟舊情還相敦　사제의 옛정 도리어 도타웠네
目指光廟曰　세조를 가리키며 말하길
酷類乃祖孫　"꼭 닮았구나 할아버지와 손자가
嗟須愛兄弟愛兄弟　오오 모름지기 형제를 사랑하거라, 형제를 사랑하거라
骨肉不可傷情恩　혈육사이에는 은혜로운 마음을 잃어서는 안된다."
一宿便辭歸　하루 묵고는 곧장 하직하고 돌아오니
雉子班奏賁丘園　꿩들이 반겨울며 언덕을 바삐 난다
修野史麗之末　고려 말의 시대를 야사로 엮으니
國史所載不同文　나라의 사책과 글이 같지 않더라
十襲藏廟中　열겹으로 둘러싸서 사당깊이 간직하고
匪聖不可開視云　성인 아니면 열어보면 안된다고 일렀네
誤了四世開　그릇되게도 4대에 와서 열어보고서
便恐獲罪遂爲焚　죄얻을까 두려워 드디어 태워 버렸네
焚之已成灰　불타서 이미 재가 되어 버렸으니
後學無徵安得聞[42]　후학들 증거할 바 없어 어떻게 들을 수 있겠는가?

시의 서두에서 작중인물이 효를 실천하는 바람직한 인간상으로 그려
짐으로서, 이미 운곡(耘谷)의 처신에 대한 작가의 시각이 우호적임을 짐
작케 하는 바, 실제로 시의 전개에 따라 구체적으로 확인되고 있다. 곧
태종의 사부가 되는 처지인데도 벼슬에 응하지 않을 뿐만 아니라 직접
찾아갔는데도 몸을 피하였으며, 또 상왕과 면대해서는 직언을 서슴치

---

42) 金壽民, 같은 책, 394~395면.

않는 점 등에서, 운곡의 불굴의 기개와 꼿꼿한 기상을 보여주고 있으며, 아울러 여말의 왜곡된 국사를 바로잡고자 직필을 들어 야사를 기초한 사실을 매우 객관적으로 전하면서도, 결미에서는 그것이 불에 타 없어진 것을 애석하게 여기는 작가의 심중을 드러냄으로써, 결국 작가가 야사에 대하여도 매우 긍정적으로 평가하고 있음을 알 수 있게 한다.

따라서 본시의 포괄적인 정조는 작중인물의 불굴의 기개를 높이 드러내고자 하는데 있으며, 이는 원천석의 불사이군(不事二君)의 절의 정신을 높이 평가하는 작가의 가치관에서 비롯되고 있음을 알 수 있겠다.

낙하생(이학규)의 경우, 시서(詩序)에서는 원천석의 행적을 자세히 소개하면서도 원시(原詩)는 절구 일수의 매우 축약된 모습을 띠고 있다.

元處士
詠菊詩成意自哀   국화 읊은 시 지으며 가슴아파 하는데
門前玉趾正裵回   왕의 발걸음은 문앞에서 배회하였네
可憐密閣藏書後   안타깝도다, 문집을 봉하여 두고
猶向龍牀加足來[43]   오히려 용상에 발 올려 놓았다네

기구(起句)는 원천석이 목은과 교유할 때 국화를 두고 시를 지으면서, 찬서리에 시들지 않는 국화에서 충신의 절의를 보며 상시감개(傷時感漑)하였던 심중에 대하여 언급한 것이며,[44] 승구(承句)는 태종이 치악산으로 원천석을 찾아 갔으나 만나지 못하고 돌아 온 고사를 인용한 것이다. 전구(轉句)는 여말의 정변등을 기록한 야사(野史)를 지어 비밀히 봉하여 감춰 둔 사실을 일컬으며, 결구(結句)는 당시 상왕(上王)인 태종에게 굴하지 않은 꼿꼿한 기상을, 중국 후한때 광무제에게 굽히지 않았던

---

43) 李學逵, 같은 책, 327면.
44) 본시의 서에 元天錫의 <次牧隱詠菊> 일절을 소개하고 있는 바 다음과 같다. "須信
　　無情勝有情　無情元是一平生　陶公去後今千載　依舊東籬燦燦明"

엄광(嚴光, 자: 자릉(子陵))에 빗대어 표현한 것이다.45)

　이로써 보면 위의 시는 태종 앞에서 당당하였던 불굴의 기상과 사필(史筆)로써 대의(大義)를 밝히려 했던 강직한 의지에 대하여 찬양하는 내용임을 알 수 있는 것이다.

　담촌거사(澹村居士, 이복휴)는 태종이 치악산의 원천석을 찾는 정황을 중심으로 작시(作詩)하였는 바, 그리하여 시제(詩題)도 '방운곡(訪耘谷)'이라 하였다.

訪耘谷

師家在何處	스승의 거처는 어느 곳이더냐
白雲籠雉岳	흰구름 두른 치악산이라네
雲山杳一別	구름덮힌 산으로 아득히 떠난 후
去住無消息	거주하는 곳에서는 소식이 없었네
行行八師門	가고 또 가서 스승댁 문에 다다르니
門扉掩寂寂	사립문 닫힌 채 적막한데
傴僂有赤脚	허리 굽은 하인 있어
出門迎前客	문에 나와 예전의 손을 맞이하네
云郎舊學徒	"그대는 전에 공부하던 청년이로구먼
去做何官職	가서 무슨 관직에 있소
師今不在家	스승은 지금 집에 계시지 않고
遠山去採藥	먼산에 약캐러 가셨다오
殷勤欲報客	은근히 손님 오심을 알리려 해도
小籠無飛鶴	작은 새장에는 날려 보낼 학이 없다오"
庭前有葵藿	뜰 앞엔 아욱과 콩이 자라고

---

45) 엄자릉(嚴子陵)이 젊은 시절에 광무제와 함께 공부하였는데, 광무가 즉위하자 변성명하고 숨어 지냈다. 광무제가 물색(物色)하여 찾아 내 간의대부(諫議大夫)를 제수하였으나, 받지 않고 부춘산(富春山)에 은거하여 일생을 마쳤다. 어느날 광무제가 불러 함께 잠잘 때에 자릉이 광무제의 배 위에 발을 올려 놓은 채 자고 있었다 한다(通鑑節要, 권 16)

籬後長松栢　　　　울타리 뒤엔 소나무 잣나무 울창하네
案上有野史　　　　책상 위엔 야사가 놓였으니
筆沾淸露菊[46]　　　국화 이슬 적셔 붓으로 썼다네

　시의 상단에서는 여말의 정란(政亂)에 미리 은거하였던 상황을 그렸고, 곧 이어 태종이 치악산의 운곡을 찾은 때의 정황을 그리고 있는 바, 여기에서는 주인공의 은거가 예사로운 수준이 아님을 보여주고 있다. 찾아간 태종을 두고 아직도 옛적의 공부하러 드나들던 젊은이로만 기억하면서 지금은 무슨 관직에 있느냐고 묻는 늙은 하인의 말은, 곧 운곡의 은거의 정상(情狀)이 어떠한 것이었나를 가식없이 드러내주고 있기 때문이다.

　흔히 사대부들의 처세에서 출보다는 처가 더욱 어렵다는 보편적 관념에서 본다면, 운곡의 이같은 은거는 세속의 명리를 초월한 높은 경지로 평가할만 하며, 이러한 삶은 곧 조선조 사대부들이 대체로 동경하는 처사적 삶의 한 전형을 보여주는 것이었는데, 여기에 그치지 않고 실제로 이것의 저변에는 '충신불사이군'의 절의 정신이 그 바탕을 이루고 있다는 데까지 미치게 되면, 이때의 은거는 은거로만 설명되지 않는 의미를 지니게 되는 것이다.

　그러므로 본시의 작가가 시 속에서 절의 문제 등을 일체 거론치 않고 운곡을 은일(隱逸)로서만 그저 담담하게 그리게 된 연유도 곧 여기에서 그 해답을 찾을 수 있는 것이며, 또한 실제로 작가는 본 시의 후기에서 "그가 의리에 맞게 처신한 경지는 상산사혹(商山四酷)보다 높으며, 백대의 아래까지도 남겨진 정신이 잘 이어지리니, 은일중의 신선이라 할만하다."[47]고 하여 작가 스스로 운곡의 은일에 대하여 높이 추앙하고 있

---

46) 李福休, 같은 책, 302면.
47) "其處義, 高於商山四酷, 百世之下, 餘風儵然, 可謂隱逸中, 神仙也" 작가는 이에

음을 숨김없이 토로하고 있는 데에서 다시 확인된다고 하겠다.

3. 결언

본고는 나·여와 여·선의 왕조교체기에 생존했던 당시의 대표적 지성이었던 사인(四人)—최치원, 정몽주, 김주, 원천석—을 대상으로 왕조교체라는 역사적 변화의 현실에 처하여 그들이 대응한 삶의 방식을 흥미롭게 작품화한 조선후기의 영사악부를 분석하였다. 이를 통해 조선후기 사대부들의 경우 역사의 변화성과 규범 원리의 항상성이라는 다분히 이율배반적인 인식체계속에서 형성된 '절의'에 대한 가치판단이 시속에 어떤 양상으로 형상화 되었는지 살펴보았다.

이를 대상인물을 중심으로 파악하면 다음과 같다.

① 최치원의 경우 ; 고려 태조에게 상서한 일과 가야산 은거의 행적등 양면에 걸쳐 가해진 의논을 검토하여 보면, 성호 이익을 제외한 타 작가들은 대체로 상서건을 문제삼지 않고 은거에 대하여는 현명한 처신으로 긍정하거나, 더 나아가 아름답게 묘사하고 있다. 따라서 상서건과 결부시켜 절의를 일체 거론치 않는 다수의 작가들은 신라-고려의 왕조교체를 역사의 정당한 방향으로 파악하고 있으며, 이때 은거야말로 최고운이 취할 수 있는 최선의 행위이며, 의리에 합당한 처신으로 평가한 것으로 볼 수 있다. 따라서 성호(이익)가 보여주는 최고운에 대한 부정적 평가—고운의 친불교적 태도에 대한 비판, 상서의 패역성 거론, 문묘 종사의 부당성 지적—는 의리사상(義理思想)에 보다 철저한 성호의 의식세계를 보여주는 것이라 하겠다.

그치지 않고 이어서 다음과 같이 찬(贊)을 붙여 운곡에 대한 앙모(仰慕)의 정(情)을 읊었다. "少微直人 原山逸民 雲在山頭 月在溪濱 飄然羽化 獨立超塵 我懷維何 喬松之隣"

② 정몽주의 경우 ; 작가들 모두 고려-조선의 왕조 교체에 대하여는 시운(時運)에 의해 이루어지는 역사적 상황으로 인식하는 시세론적 역사인식을 보여주고 있으면서도, 포은의 죽음에 대하여는 역시 모두 충절로 높이 추앙하고 있는 바, 이는 고려조 대신의 위치에 있던 포은을 두고, 불사이군의 절의 정신을 죽음으로써 실천한 상징적 존재라고 여기는 사대부의 일반적 정서를 보여주는 것이라고 하겠다. 다만 휴옹(심광세)은 충은 인정하면서도 도(道)에까지 합치되느냐 하는 것에는 유보적인 평가를 내렸다.

③ 김주의 경우 ; 신왕조(조선)를 거부하여 압록강을 건너지 않은 김주의 행위에 대하여는 작가들 모두 역시 절의로서 인정하고, 특히 주위와 일신을 돌아보지 않은 장부다운 단호한 처신에 대하여 더욱 추앙하여 높이 평가하는 경향을 보여주고 있으나, 한편으로 이학규만은 이국(異國, 중국)에의 망명이라는 방식을 취한데 대하여 비판적 견해를 보여주고 있다.

④ 원천석의 경우 ; 악부작가들 모두 한 점 비판적 의논없이 절대적인 숭앙을 보여주고 있는 바, 이는 반드시 그를 여조의 은일로서만 인식하는 것이 아니라, 오히려 그에게서 은일의 전형을 보았기 때문으로 보인다. 부귀와 공명을 거부한 탈속의 삶과 군왕에게도 굽히지 않는 강의 선비정신을 보여 준 그에게서, 작가들은 아마도 조선조 사대부들이 동경하며 정신적 귀의처로 삼았던 '처사적 삶'의 '온전한 모습'을 발견하였기 때문이 아닌가 생각된다.

이상에서 볼 때 조선후기의 악부작가들은 왕조교체기의 역사적 변화에 대하여 시세론적으로 인식하는 합리적인 사관을 보여주고 있으며, 절의에 대하여는 한결 같이 높은 도덕적 가치를 부여하고 있는 바, 의리사상에 투철함에는 예외가 없음을 여실히 보여주고 있다고 하겠다.

(韓國의 經學과 漢文學, 태학사, 1996)

조선후기 한시비평론의 전개 양상

1. 서언

우리의 문학사에서 조선후기는 일반적으로 커다란 변화 국면을 맞이한 것으로 인식되고 있다. 이는 조선 전기·중기를 거치면서 확고부동하게 자리 잡았던 재도론적(載道論的) 문학론이 그 절대 우위의 자리가 흔들리면서 개성적인 다양한 문학론이 문학사의 지평으로 부각되었기 때문이다. 이는 물론 조선후기의 제반 역사 사회 현상의 변화와 그 맥을 같이 하고 있는 것이다.

여기에서 문제 삼는 한시비평론은 결국 문학론에서는 많은 비중을 점유하게 된다고 보겠다. 그것은 국문문학론의 전개가 상대적으로 열세였던 조선후기의 시대적 특성상 상대적으로 한문학론이 자연 그 중심이 된 데다가, 이때 문론 보다는 시론이, 그리고 시론에서는 또한 비평론의 위치가 높기 때문인데, 이는 시론에 관한 제반 영역, 예컨대 시의 본질 창작 그리고 감상에 관한 제반 논의도 결국 비평론의 범주로 아우를 수 있기 때문이다.

따라서 본고에서도 고찰해야 할 비평론은, 앞에서 거론한 바의 성격에 따라, 시론의 제반 영역과 연관하여 비평에서의 이론적인 면과 실제적인 면이 아울러 파악되어야 할 필요성이 있다고 보며, 그 시대적 공

간인 조선후기는 문학사에서 범칭되는 18·19세기를 대상으로 하고자
한다.

우리의 한문학사상 시비평에 관하여는, 일찍이 그 필요성이 언급되었
다.1) 그러나 실제로는 이론 및 실제비평에 있어 그리 많은 유산이 축적
되지 못하였음을 홍만종(1643~1725)은 다음과 같이 말하고 있다.

> 우리 동방의 시도는……작자는 시대별로 왕왕 자성일가한 사람이 있지만,
> 특히 시를 평한 사람은 매우 드물고, 평하였으나 볼만한 것은 거의 없다.
> ……이에 여러 사람이 지은 것을 합하되, 오직 시화만을 취하여 한편을 이루
> 어 ≪시화총림≫이라 이름한다.2)

그런데, 홍만종이 모은 각종 시화류, 예컨대 고려조의 <백운소설>,
≪역옹패설≫에서부터 조선조의 ≪지봉유설≫, ≪어유야담≫을 비롯하
여 그와 교유하였던 동시대인인 백곡(栢谷) 김득신(1604~1684)의 ≪종
남총지(終南叢志)≫까지도 실제로는 그 내용이 시화(詩話) 외에 야사(野
史)·일화(逸話)·전설(傳說) 등이 잡다하게 혼재되어 있으므로 본격적
인 시론서로 볼 수 없다는 데 더욱 문제가 있다고 하겠다. 다행히 조선
후기에는 신경준(申景濬, 1712~1781)의 <시칙(詩則)>이 비로소 본격적
인 시론서로서 그 출현을 고하기는 하였으나, 그나마 널리 알려지지 못
하였다.

이는 대체로 문학(장)을 '소기(小技)'로 인식하여 온 조선시대의 보편
적인 학문사상관에서 비롯된 것으로 볼 수 있는 바, 그러므로 시론을 포

---

1) <東人詩話序>에서는 "대개 시는 비평이 없이는 잘못된 점을 물리칠 수 없다(蓋詩
不可捨評而祛疵)"고 하여 비평의 필요성을 지적하였다.
2) 洪萬宗, <詩話叢林序> "吾東方詩道……作者代各有人 往往自成一家 而獨評詩
者甚罕 評而可觀者 亦無幾……於是合諸家所著 而專取詩話 輯成一編 名之曰詩
話叢林"

함한 제반 문학론 등은 그들의 문집 등에 부분적으로 피력될 수밖에 없는 한계가 있었다.

이제 이러한 것, 즉 이 시대에 거론하고 또는 적용하였던 문학에 관한 전반적인 논의들을 비평론적인 입장에서 그 개념들을 정리한다면 대체로 효용론, 풍격론, 표현론으로 구분지울 수 있다.

2. 효용론(效用論)

효용론은 문을 문으로서 시를 시로서 그 존재를 인식하기보다, 이들을 도덕적·교육적 또는 정치 사회적인 어떤 목적을 성취하기 위한 수단 방법으로 보는 입장에 서 있다.

"문학이란 도를 싣는 것이다(文所以載道也)"[3]라는 이른바 재도적 문학관은 성리학의 융성과 함께 가장 이른 시기에 우리에게도 확고하고 권위 있는 것으로 자리 잡게 되었다. 그리하여 일찍이 정도전(鄭道傳)이 "文은 道를 싣는 그릇이다(文者 載道之器)[4]라고 말한 이래, 이러한 관점은 조선 중기의 극성기를 거쳐, 후기에까지도 여전히 상당한 정도 그 여세(餘勢)가 남아 있었다.

예컨대, "문(文)은 도를 담는 그릇이다(文者 載道之器)"[5]를 위시하여, "문(文)은 말단(末端)이고 도(道)는 근본이다(文者末也 道者本也)"[6], "문장이란 말단(末端)의 일이다(文章爲末事)"[7] 외에, "문은 기예이다(文者 藝也)"[8]에 이르기까지 모두 그러한 견해인 것이며, 이는 대체로 주자학

---

3) 周敦頤, ≪通書≫ <文辭>.

4) 鄭道傳, ≪三峰集≫卷3, <陶隱文集序>.

5) 南公轍, ≪金陵集≫卷10, <與沈穉敎象奎書>.

6) 徐命膺, ≪保晚齋集≫卷6, <答鄭子正昌朝書>.

7) 李縡, ≪陶庵集≫ 卷24, <陽谷集序>.

적 규범속에서 생활을 영위하였던 이른바 관료문인들과 사대부들의 보편적인 문학관이라고 볼 수 있다.

그런데 여기서 말하는 도는 형이상학적으로는 우주론적인 도일뿐만 아니라, 인성론적인 도로서 도덕을 지칭하기도 하고, 또 육경(六經)에 근본하는 치민 교화의 도리도 포괄하게 되었다. 이에 따라 현실과 관련하여 풍교의 역할이 강조되었으며, 이는 대체로 시를 통해서 그것이 효과적으로 구현될 수 있다고 보았다. 그러므로 그와 같은 강력한 재도적 문학관의 위세속에서도 시는 그 가치와 역할이 상당한 정도 긍정적으로 인식될 수 있었던 바, 바꾸어 말하면 이는 풍교의 효용적 척도로 시를 재단하고 평가하게 되었음을 뜻한다.

이때 시는 전범을 모두 시경에 둠에는 일치하였으나, 작자의 처지에 따라, 또는 시의 기능에 대한 인식의 차이로 말미암아 시의 역할과 그 평가에 관점을 달리하는 양상이 비롯되었다. 그 하나는 치자의 입장에 비중을 두는 경우이고, 또 다른 하나는 민(民)의 입장에 비중을 두는 경우였다.

첫째 치자의 입장에 비중을 두는 경우는, 대체로 성정지정(性情之正), 온유돈후(溫柔敦厚), 민심교화(民心敎化)가 시의 핵심과제이며 그 평가의 척도가 된다.

> 내가 본래 시학에는 어둡지만 그래도 온유돈후 네 글자가 시를 말하는 묘체가 되는 줄은 안다.[9]

> 시는 성정을 읊은 것이다. 성정이 그 바름을 얻어 말하여 시가 된 것은 또한 삼백편의 류뿐이다. 그러므로 군자는 반드시 성정의 바름을 다스린 뒤에야

---

8) 南九萬, ≪藥泉集≫ 卷27, <竹西集跋>.

9) 李宜顯, ≪陶谷集≫ 卷26, <歷代律選跋> "余素昧詩學 猶知溫柔敦厚四字爲言詩之妙諦"

더불어 시를 말할 수가 있다.10)

　시가 교화를 한다는 것은 본래 온유돈후한 것으로서 성정을 다스려서 풍화를 이루며, 인심을 감화시켜 세상의 도리를 편안히 하고자 함이다.11)

　그리하여 위와 같이 궁극적으로 시는 성정지정(性情之正)→온유돈후(溫柔敦厚)→인심교화(人心敎化)의 과정을 거치어 세교(世敎)에 보탬이 되는 것이어야 바람직한 시로서 평가되기에 이른 것이다.12)

　둘째 민(民)의 입장에 비중을 두는 경우는, 시경의 비흥(比興)의 전통에 근본을 두면서, 개인정서보다는 역사현실의 문제를 심각하게 문제삼는다. 그러므로 대체로 두보의 시를 전범으로 추숭하면서 이를 높게 평가한다.

　다산 정약용은 그의 아들에게, 낙하생 이학규(1770~1835)의 시를 평하는 자리에서 다음과 같이 말하고 있다.

　지난번에 보낸 성수(이학규의 字)의 시를 보았다. 그가 너의 시를 논함에 절실하게 잘못된 곳을 말했으니 너는 마땅히 받아들여야 한다. 그가 지은 시들은 비록 아름답지만 역시 내가 좋아하는 바는 아니다. 후세의 시는 마땅히 두 공부를 공자 같이 여겨야 하니, 대개 그의 시가 모든 작가보다 앞서는 것은 시경 삼백편의 유의를 얻은 까닭이다. 이 삼 백 편은 모두가 충신, 효자, 열부, 양우들이 가엾게 여기어 슬퍼하며 충성스럽고 순후한 마음을 나타낸 것이다.13)

---

10) 洪萬宗, ≪詩評補遺≫ 下, “詩詠性情 性情之得其正則發爲詩者 亦三百編之流耳 是以君子 必先理性情之正 然後可與言詩”

11) 南九萬, ≪藥泉集≫ 卷27, <琴湖遺稿序> “詩之爲敎 本欲以溫柔敦厚者 理性情而 形風化 感人心而裨世程

12) 이러한 관점은 “시로써 세교에 보탬이 없다면, 또한 어떻게 배우들의 하찮은 기예로 지목됨을 거절할 수 있을 것인가? (洪奭周, ≪淵泉全書≫7, <鶴岡散筆>)”에서 재차 확인되며, 정조(正祖)의 문체반정(文體反正)에 당시의 관료문인들 다수가 추종하게 된 것도 이와 궤를 같이한 것으로 보아야 한다.

그리하여 다산은 한 걸음 나아가 좋은 시는 다음과 같아야 함을 역설하고 있다.

임금을 사랑하고 나라를 걱정하지 않으면 시가 아니며, 시국을 가슴 아파하며 시속에 분개하지 않으면 시가 아니며, 칭송하고 풍자하며 권장하고 징계하는 의리가 있지 않으면 시가 아니다. 그러므로 뜻이 서지 않고 학문이 순수치 않으며 대도를 듣지 못하여 치군택민(致君澤民)의 마음을 갖지 않은 사람은 시를 짓지 못한다.14)

다산은 또 다른 곳에서도 "단지 자기의 이해만 생각한 것은 시가 아니다(若只管自己利害 便不是詩)"15)고 거듭 강조 하였거니와, 그가 유배지에서 창작한 날카로운 현실인식을 보여주는 다수의 시는 곧 그의 주장을 실증하여 주는 것들이다.

3. 풍격론(風格論)

시문의 비평이 본격적으로 시작되면서 가장 오래전부터 그리고, 광범하게 보편적으로 자리잡아온 것이 시의 풍격을 논하는 풍격론이라 볼 수 있다. 여기서의 '풍격'은 시문을 비롯한 예술품에 있어서, 그 기풍(氣風)의 품격(자형(姿形))을 말하는 것으로서, 바꾸어 말하면 시문의 경우, 그 작품에서 풍겨지는 미적 정취의 자태라고 할 수 있다.16)

---

13) 丁若鏞, ≪與猶堂全書≫ 一, p.443. <寄淵兒> "向來醒叟之詩見之矣 其論汝詩切切中病 汝當服膺 其所自作者雖佳 亦非吾所好也 後世詩律 當以杜公部爲孔子 蓋其詩之所以冠冕百家者 以得三百編遺意也 三百編者 皆忠臣孝子烈婦良友惻怛忠厚之發"

14) 위와 같은 곳, "不愛君憂國非詩也 不傷時憤俗非詩也 非有美刺勸懲之義 非詩也 故志不立 學不醇 不聞大道 不能有致君澤民之心者 不能作詩"

15) 같은 책, p.447, <示兩兒>

중국의 경우, 일찍이 시비평의 원조라 인정하는 유협(劉勰, 465~522)의 ≪문심조룡(文心雕龍)≫과 종영(鍾嶸, 469~518)의 ≪시품(詩品)≫으로부터 사공도(司空圖, 837~908)의 ≪이십사시품(二十四詩品)≫, 원매(袁枚, 1716~1797)의 ≪속시품(續詩品)≫에 이르기까지 풍격의 분류는 시평에 있어서 대종(大宗)을 이루고 있거니와, 우리의 경우도 초기 시화집(詩話集)에서부터 이미 시평은 비록 체계를 세우지는 아니했으나 풍격론의 입장에서 전개되었다.

그러나 조선후기에 접어들면서 이 분야에 괄목할 만한 저술이 나오기 시작하였다. 곧 남용익(南龍翼, 1628~1692)이 <호곡시화(壺谷詩話)>에서 고려조의 시인 25인과 조선조의 인물 54인을 거론하여 그들 시의 풍격을 논하였고, 김석주(金錫胄, 1634~1684)는 최치원(崔致遠)으로부터 정두경(鄭斗卿)에 이르기까지 41인의 시를 8자어로 평하였다. 그 밖에 홍만종은 역대 시인들의 경구(警句)를 들고 그에 대하여 4자 혹은 2자 평어(評語)로 평하였으며, 신경준(申景濬)은 10가지로 기품을 나누었다.17)

그런데 이 풍격론은 독자의 입장에서 대상시를 감상하여 맛보게 되

---

16) 이 '풍격'의 개념에 대하여는, 대체로 '풍신품격(風神品格)'의 약어(略語)로 정의하고 이를 미의 종류로 파악하고 있다(차주환, 「崔滋의 詩評」, p.47.『東亞文化』 제9집, 1970. 5, 서울대). 이에 관하여 필자는, 시의 체격을 품제한다는 의미를 살려 이를 '품격론'(품제(品題)+체격(體格)의 약어(略語))이라 불러도 좋다고 생각한다(우리 선인들의 경우에도 그러한 용례를 접할 수 있는 바, 곧 임경(任璟)의 <玄湖瑣談> 등에서 볼 수 있다).

17) 남용익은 <호곡시화>에서 고려조 25인 중 색운(色韻)의 정아(精雅)에는 이익재(李益齋, 제현(齊賢)), 성률의 청신(淸新)에는 정사간(鄭司諫, 지상(知常)), 기력(氣力)의 웅장(雄壯)에는 이문순(李文順, 규보(奎報))을 으뜸으로 평하고, 조선조 54인 중에서는, 조격(調格)의 탁매(卓邁)에 박읍취헌(朴挹翠軒, 은(誾)), 정경(情境)에는 권석주(權石洲, 필(鞸)), 체제(體制)의 기발(奇拔)에는 정동명(鄭東溟, 두경(斗卿))을 으뜸으로 평하였다. 김석주의 8자어평은 최치원의 경우 '千仞絶壁 萬里洪濤'라 하여 더욱 추상적인 평어를 사용하였고, 신경준의 10가지 기품은 '平淡 奇工 豪壯 沈深 雄渾 切至 蒼古 淸寒 麗艶 險絶'이다.

는 미적 감정을 논한다는 성격상, 그 시평은 분석적이기보다는 직관적
이며, 지극히 추상적인 평어를 사용하고 있음이 특징이다. 따라서 그 기
준은 전적으로 평자(감상자)의 주관에 의하게 되며, 비평단계에 있어서
는 제1차 단계라 보는 감상비평 또는 인상비평의 수준에 머물 수밖에
없다는 인식상 오늘날은 객관성과 공정성이 문제가 되기도 한다. 그러
나 선인들은 상대적으로 높은 수준의 감식안이 아니고서는 함부로 시
평을 시도할 수 없다는 것을 익히 인식하고 있었다.

　　씌어진 말은 알면서 그 마음은 모르고, 그 모습은 논하면서도 그 정신은 논
하지 못하니 되겠는가. 그러므로 시를 아는 것은 본디 어려우며, 시를 평론하
는 것도 쉽지 않는 것이다.[18]

그러므로 선인들은 시평에 있어서 신중을 기함은 물론 평안(評眼)을
기르고 그 기준을 세우는데 적잖이 고심하게 되었는데, 홍만종의 경우
그러한 경로를 자세히 알려주고 있다.

　　나는 이갈 나이때부터 평에 뜻을 두었다……그러나 재질이 낮고 학력도 거
칠어서 그 입의의 심천(深淺)과 조어의 공졸(工拙)과 격률의 청탁(淸濁)에
어둡기만 하여 울타리나 벽을 넘지 못하였다. 매번 남을 대하여 시를 논할 때
는 어떤 때는 혼동을 일으키기도 하여 마음에 부족함을 느꼈다.[19]

그는 시평을 평생의 사업으로 생각하고, 정진한 보기 드문 문인이거
니와, 그도 초기에는 평안(評眼)을 갖추지 못하여 고심하였음을 토로하
고 있다.

---

18) 申景濬, ≪旅庵遺稿≫ 卷8, 雜著2, ＜詩則＞.

19) 洪萬宗, ≪小華詩評≫ 上, “余自髫齔 有志于評……顧才質卑下 學力魯莽 其於
　　立意之深淺 造語之工拙 格律之淸濁 昧昧焉 不得窺其藩籬 闖其閫域 每對人論詩
　　或混淄澠 是以有慊于心”

아울러 그는 평가의 기준을 세 부문에서 세우고 있으니, 곧 입의지심천(立意之深淺)과 조어지공졸(造語之工拙)과 격률지청탁(格律之淸濁)이다. 그는 결국 시에 있어서는 내용(입의(立意))과 표현(조어(造語)) 그리고 성률(聲律, 격률(格律))을 핵심 요소로 파악, 여기에 초점을 맞추어 평가하려 하였던 것이다.

반복 음미하며 먼저 입의의 소재를 파악하고 다음 조어가 어떠한가 살핀다. 끝으로 격률로서 합치시켜 본 뒤에야 작자의 정밀함과 거칠음, 참됨과 거짓됨이 내 마음에 이해되는 듯 하였다. 이와 같이 하면서 또 여러 해를 보내고서야 천자(淺者), 심자(深者), 공자(工者), 청자(淸者), 탁자(濁者)가 마치 이아(易牙)가 맛에 대한 것 같이, 또 사광(師曠)이 음악에 대해서와 같이 명료하게 흑백이 분별되었다.[20]

위와 같이 입의(立意) → 조어(造語) → 격률(格律)의 순으로 단계별로 면밀히 관찰하여 평가하는 작업 끝에 시의 수준을 가늠하는 데 있어 분명한 식별력을 갖추었음을 밝히고 있다. 그리하여 그는 그의 본격적인 시평서인 ≪소화시평(小華詩評)≫과 ≪시평보유(詩評補遺)≫에서 방대한 규모로 시인과 그 작품에 대하여 주저 없이 평가의 붓을 휘둘렀던 것이다. 그러므로 그가 최립의 <조천시(朝天詩)>를 '고아전중(高雅典重)'이라 하고 허균의 <남평도중(南平途中)>을 '청신완려(淸新婉麗)'라 평하였다 해서 이것을 단순하게 인상비평이라 하여 저급한 비평의 단계로 간과해서는 안 될 것이다. 오히려 종합비평 또는 총괄비평으로서의 성격을 부여해야 하며, 여기에 풍격론에 대한 새로운 시각이 요구된다고 하겠다.

---

20) 위와 같은 곳, "反復諷詠 先觀立意之所在 次察造語之如何 終又協之以格律而後 作者之精粗眞贋 似若有會于吾心 若是者又有年而淺者深者工者拙者淸者濁者 如易牙之於味 師曠之於聲 了了然白黑分矣"

  그런데 조선후기에도 대체로 풍격론의 큰 성향은 당시(唐詩)의 풍격
(風格)을 추숭하였으며 이를 당풍(唐風)·당조(唐調)라 부르면서 이와
근접한 시들을 잘된 시로 평가하였는 바, 이는 전대보다 못지않은 바가
있었다.

  우리나라의 시는 중엽 이전에는 모두 송인을 본받았으니 대개 소식(蘇軾)
과 진사도(陳師道)의 범위를 벗어나지 못했는데, 선조대에 문사들이 많이 배
출되어 점점 삼당(三唐)으로 나아갔다. 붓을 들고 익히는 자들이 대개 송·
원의 시는 말하기를 부끄럽게 여기면서도 오히려 몸에 배인 기풍을 다 씻어
내지 못하였는데, 오직 손곡(蓀谷)과 석주(石洲)가 당에 가깝다 불렸는 바,
실로 시작을 바르게 창조한 공적이 있다.21)

  위와 같은 존당척송적(尊唐斥宋的)인 경향은, 홍만종의 경우, 긍정적
인 평가에는 '당인절조(唐人絶調)', '혹사당가(酷似唐家)' 등으로 평하고,
부정적인 평가에는 '격자타송(格自墮宋)', '격개타송(格皆墮宋)' 등으로
평하는데서도 드러나고 있다. 그런데다 이 시기에는 문학사의 변화국면
을 맞아 재도적인 문학관이 흔들리면서, 반동적으로 개성주의 문학관이
발흥되는 시점이었는 바, 그 특징이 성정지발(性情之發) 또는 천기지발
(天機之發)로 상징되는 천성(天性)과 자연(自然)에 있었다. 그런데 이 천
성(天性)과 자연(自然)이야말로 당시(唐詩)의 장처(長處)로 평가되어오
던 것이었으므로, 여기에서 당풍(唐風)을 추구하게 된 것은 자연스러운
귀결점이었다.

  당인의 시는 성정과 흥기를 위주로 하며 전고와 사실과 의논을 일삼지 않
으니, 이것을 본받을만한 것이다.22)

---

21) 최석정, ≪明谷集≫, 卷8, <鳴皐集序> "本朝之詩 中葉以前 皆效宋人 槩不出蘇
    陳範圍 穆陵之世 文士鬱興 稍稍步驟於三唐 操觚講藝者 舉能羞道宋元而猶未能
    盡洗習氣 獨蓀谷石洲 號爲近唐 實有倡道正始之功"

시는 성정의 발함이며 천기의 움직임이다. 당인의 시는 이것을 얻었기에 초·성·중·만당을 막론하고 대체로 모두 자연에 가깝다.[23]

그리하여 인교(人巧)가 없이 천연스럽게 된 것은 으레 당풍으로 지목되어 높이 평가되는 것이 상례로 되었다.

자소(임준원의 자 : 필자)는 시에서 비록 전공함이 없었으나 천기에서 얻었기에 청렴함의 唐響이 있다.[24]

이것은 그 예의 하나이며, "우리나라의 시학은 대대로 인물이 적잖았으니 읍취헌 박은의 天成은……모두 성세 풍아의 전통이다(我東詩學 世不乏人 而挹翠軒 朴闇之天成……皆盛世風雅之遺)."[25]에서 '천성(天成)' 역시 당풍(唐風)을 두고 지칭한 말이다.

4. 표현론(表現論)

문학이론 중 표현론적인 시관은 '시언지(詩言志, 서경(書經))'라는 매우 오래되고 권위 있는 경전의 글귀에서부터 출발점을 찾을 수 있는 데, 이는 다시 <시경대서(詩經大序)>의 "詩者 志之所之也 在心爲志 發言爲詩"로 이어진다. 그러므로 이같이 표현된 것을 도덕적…사회적인 관점으로부터 해방시켜 '시는 작자(시인)의 뜻을 나타낸 것이다'는 것을 제일의적으로 순수하게 수용할 때 표현론은 한층 강해진 근거를 갖게 된다

---

22) 金昌協, ≪農巖全集≫ 卷34, <雜識> 張6 "唐人之詩 主於性情興寄 而不事故事
    議論 此其可法也"
23) 위와 같은 곳, "詩者 性情之發 而天機之動也 唐人詩 有得於此 故無論初盛中晚
    大低皆近自然"
24) 鄭來僑, ≪浣庵集≫ 卷4, <林俊元傳> "子昭於詩 雖無專工 而得之天機 淸艶有唐響"
25) ≪弘齋全書≫ 卷164, <日得錄> <文學>張7.

고 하겠다. 그러므로 조선후기 재도적인 문학관이 서서히 그 절대적인 권위가 약화되면서 동시에 개성주의적인 문학관이 흥기하게 된 것은, 곧 재도적 문학관을 배경으로 한 효용론의 약화를 의미하여, 상대적으로 개성의 표출을 강조하는 표현론이 우세하게 된 변화 국면을 설명해 주는 것인데, 이는 또한 시문학의 독자성 및 예술성과 미의식을 지향한다는 점에서, 더욱 중요한 의미를 갖는다고 하겠다. 이때 이렇게 변화되는 사조를 이끄는 핵심적인 주장은 곧 '성정지발(性情之發)', '천기지발(天機之發)', '성령지발(性靈之發)', '신운지발로(神韻之發露)'로 요약된다.

(1) 성정론(性情論)

어떤 관점에 서 있는 작자라도 '시본성정(詩本性情)'에는 이의가 없다. 그러므로 '성정지발위시(性情之發爲詩)'라는 논지에도 모두 수긍한다. 그러나 한 걸음 나아가면, 효용론적(재도론)관점과 표현론적(개성주의적)관점이 다르다. 효용론적 관점에서는 '성정(性情)'을 '성정지정(性情之正)'으로, 그리하여 궁극적으로 '양성정(養性情)' 또는 '이성정(理性情)'에 목표를 두는 반면,26) 후자에서는 '성정(性情)' 자체이며, 또한 '성정지발(性情之發)' 자체를 말할 뿐이다.

　　무릇 시를 지음에 있어 귀함은 성정을 그려내고 사물을 마음대로 포착하여 느낌이 발하는 대로 따름에 있으니, 불가능할 것이 없다. 일의 정조나 말의 아속도 오히려 가리어 택하지 말하야 한다.27)

---

26) 본고 주 10), 11) 참조, 그 밖에 "本於性情之正(≪栗谷全書≫二, ＜精言妙選序＞)"을 말하고, "性情者 雖或不純乎天理之正(≪宋子大全≫5, ＜晴峯集序＞)"에서 성정의 순과 불순을 거론하며, "詩所以養性情(申景濬), ≪旅庵遺稿≫, ＜詩則＞)"이라고 한 것이 모두 같은 사례이다.

27) 金昌協, 전게서 卷34, 張8 "夫詩之作 貴在抒寫性情 牢籠事物 隨所感觸 無乎不可 事之精粗 言之雅俗 猶不當揀擇"

> 천하에는 성정이 없는 사람이 없으니, 시가 없을 사람도 없다. 그러므로 사람은 누구나 시를 지을 수 있다.[28]

결국 시는 성정의 표출 자체임을 강조하고 있으며, 그것도 느낌이 발하는 데로 그대로 따라 표편함이 중요하다고 하였다. 그리고 누구나 시를 지을 수 있다는 말은 곧 '교화'니 '성정지정(性情之正)'이니를 떠나 시인의 자기표현에 초점을 맞춘 데서 하는 말이다. 그런데 이때의 성정론에서는 앞서 이가환이 위항시집인 ≪풍요속선(風謠續選)≫의 서에서 말한 바와 같이, "성정의 소유자이면 누구나 시를 지을 수 있다"는 명백한 논거를 제공하고 있으므로, 결과적으로 위항 시인들의 입지를 한층 강화시켜 주는 계기가 되었다.

> 사람은 천지의 중을 얻어 태어났으며, 그 정에서의 느낌이 말로써 나타난 것이 시가 됨은 귀천이 없이 하나같다. 이 때문에 삼 백편(시경)이 이항가요의 작품에서 나온 것이 많으나 부자께서는 그것들을 취하여……풍아와 나란히 배열하였으며, 애초부터 그 작자와는 관련짓지 아니하였으니 이야말로 성인의 지극히 공정한 마음인 것이다.[29]

이와같이 위항시인들은 성정론을 통하여 자신들의 신분적인 갈등을 어느 정도 극복하고 사대부 문인들의 후원아래 시작 활동을 왕성하게 벌여 나갈 수 있었다.

한편, 개성의 표출을 소중히 하는 성정론에서 중화주의를 배격하게 됨은 필연적인 귀결이다. "당인은 당인이고 지금 사람은 지금 사람이

---

28) 李家煥, ≪錦帶詩文鈔≫, <風謠續選序> "天下無無性情之人 則無無詩之人 故人皆可以爲詩"

29) 洪世泰, ≪柳下集≫ 卷9, <海東遺珠序> "夫人得天地之中以生 而其性之感而發於言者爲詩 則無貴賤一也 是故三百編 多出於里巷歌謠之作 而吾夫子取之……竝列之風雅 而初不係乎其人 則此乃聖人至公之心也"

다.(唐人自唐人 今人自今人)"30)는 주체적 자의식은 특히 실학파 문인들에게서 더욱 확고하게 드러나고 있다.

> 영처고(이덕무의 시고 : 필자주)에서 살피면, 삼한 조수 초목의 이름을 많이 알게 되며, 우리나라 사람들의 성정을 관찰할 수 있다. 비록 조선의 풍이라 하여도 좋은 것이다.31)

나아가 연암은 같은 글에서, 시경 삼백편도 '여항남녀지어(閭巷男女之語)'에 불과한 것이라고 하였는 바, 곧 여기에서 민요를 가치롭게 인식하는 사고의 단초가 마련되고 있다. 곧 여항남녀의 말로서 그들의 성정이 자연스럽게 표출된 것이 '민요'이기 때문이다. 그러므로 그는 "방언을 한자로 옮기고 민요에 운자를 달면 자연히 문장을 이루고 진기(眞機)가 발현된다(字其方言 韻其民謠 自然成章 眞機發現)"라고 말하게 되었다. 그러므로 조선후기에 민요의 한역시를 포함, 민요 취향시가 대거 창작된 것은, 성정론을 배경으로 민요를 긍정적으로 인식하는 분위기가 밀접하게 연관되는 것으로 볼 수 있으며, 또한 이러한 사조는 다산의 '조선시'와도 그 맥을 같이 한다고 하겠다. 그리고 또한 여기에서는 미미하나마 민족주의적 문학의식의 배태도 확인되고 있다.

(2) 천기론(天機論)

조선후기의 시론에서 천기론은 대체로 성정론(性情論)과는 보족적(補足的)인 관계를 갖고 있는 바, 그것은 천기가 대개 성정과의 연장선상에서 거론되고 있으며, 그 개념도 '천성(天性)' 또는 '천성(天性)을 담

---

30) 金昌協, 전게서 卷34, 張6.

31) 朴趾源, ≪燕巖集≫ 卷7, <嬰處稿序> "巧諸嬰處之稿 而三韓之鳥獸草木多識其名矣 貃男濟婦之性情 可以觀矣 雖謂朝鮮之風可也"

는 국량(局量)'이라는 의미를 갖기 때문이다. 그것은 다음 글에서 확인
된다.

> 시는 성정의 발함이며 천기의 움직임이다. 당인의 시는 여기에서 얻음이 있
> 기 때문에 초·성·중·만당을 막론하고 대체로 자연에 가까웠다.[32]

원래 우리의 경우 시론과 관련하여 천기를 거론한 것은 허균(1569~
1638)에 거슬러 올라간다. 허균의 다음 말은 그 이후의 천기론의 의미를
대체로 방향지우고 있다고 보여진다.

> 시는 별도의 취향을 지니고 있는 바, 이치와 관련되지 않고, 시는 별도의 소
> 재를 가지고 있는 바, 서책과 관련되지 않는다. 오직 천기를 희롱하고 현조를
> 빼앗는 즈음에 신기(神氣)가 솟아나고 음운이 맑으며 격이 높고 생각이 깊어
> 야만 으뜸이 된다.[33]

시가 추구하는 것이 이(理)와 상관없으며, 시에서 문제 삼는 것이 서
책과 관계없다는 허균의 말은, 재도적 문학관에서 추구하는 시의 이상
적인 모습을 거론한 것이 아니다. 시인의 개인적 취향을 노래하는 것이
아니라 이치를 담아야하고, 육경을 비롯한 고전에서 그 소재를 취해야
함은 중세 재도적 문학에서 지향해야 할 바이겠으나, 위와 같이 그는 시
(문학)자체로서의 독자적 존재 의의를 밝혀, 결과적으로 그러한 구속에
서 벗어날 수 있는 논리적 근거를 마련한 것이다. 나아가, 잘된 시는 곧

---

32) 金昌協, 같은 책 卷34, 張5 "詩者 性情之發 而天機之動也 唐人詩有得於此 故無
　　論初盛中晚 大低皆近自然" 김창협은 또 다른 글에서 "余謂詩者 性情之物也 惟深
　　於天機者能之(같은 책 卷25, <松潭集跋>)"라 하였는 바, 역시 '천성(天性)'을 담는
　　국량(局量)'의 의미로 쓰고 있다.
33) 허균, ≪惺所覆瓿藁≫, <石洲少稿序> "詩有別趣 非關理也 詩有別材 非關書也
　　唯其於弄天機奪玄造之際 神逸響亮格越思淵爲最上"

'농천기(弄天機) 탈현조(奪玄造)'하는 데서 창작된다는 결론을 붙여 자신의 주장을 뒷받침하였다.

여기에서 천기(天機)는 "其嗜欲深者 其天機淺"에서 알 수 있는 바,[34] '천성(天性)' 또는 '천의(天意)'를 의미하고 현조(玄造)는 '천지(天地)의 조화로움'을 의미하나 여기서는 '천기'와 크게 다를 바 없이 쓰인 것으로 보아야 한다. 그러므로 결국 작자 개인의 천성을 자연스럽게, 그리고 자유자재로 드러낼 때 가장 잘된 시가 된다고 한 것이다.

장유는 천기의 개념에 '진(眞)'을 덧붙여 이해하였다. 시는 곧 천기이며, 천기는 자연에서 나오는 것이므로 천기의 오묘한 경지를 의식적으로는 만들어 낼 수 없다고 하였다. 만일 억지로 닮을려고 하거나 본뜬다면 가짜가 되는 셈인데 진실이 없기 때문이라고 하면서, 진실성이 곧 천기라고 하였다.[35]

허균과 장유에 이어, 김득신은 "무릇 시는 천기에서 얻어지며, 저절로 조화의 공이 운용된 것이 으뜸이 된다(凡詩得於之功者爲上 : ≪종남총지(終南叢志)≫)"고 하여 역시 천기가 발하여 저절로 자연스럽게 된 시를 높이 평가하였고, 이어 김창협(1651~1708)과 오광운(吳光運, 1689~1745), 이천보(李天輔, 1698~1761), 홍량호(洪良浩, 1724~1802), 조두순(趙斗淳) 등 사대부 관료문인들이 앞다투어 위항인들과 교유하면서 그들의 시를 높이 평가하는 것이 일세의 조류가 되었으므로, 이에 위항인들도 득의하여 위항시집(委巷詩集)이 연이어 편찬되는 형세를 이루었다.

이때 사대부들은 대체로 두 가지 측면에서 위항시인들을 천기와 연

---

34) 천기론자들이 천기(天機)를 거론하면서 흔히 예거하는 이 구절은 ≪莊子≫, <大宗師偏>에 있는 것이다.

35) 장유, ≪계곡집≫, <석주집서> "詩天機也 鳴於聲 華於色澤 淸濁雅俗 出乎自然 聲與色 可爲也 天機之妙 不可爲也 如以聲色而已矣 顚冥之徒 可以假彭澤之韻 醲齪之夫 可以效靑蓮之語 肖之則優 擬之則僭 夫何故 無其眞故也 眞者何 非天機之謂乎"

관지어 거론하였는데, 하나는 그들이 여항에 살고 있으므로, 그들의 시를 곧 '여항지풍(閭巷之風)'이라 생각하고, 시경의 국풍과 비견하여 긍정적으로 평가한 것이며, 또 하나는 그들의 신분상의 제한이 결과적으로 공명과 영리를 멀리하여, 사대부층과는 달리 천성(天性)을 온전히 보전할 수 있으므로 그들의 시도 천기로부터 나온다는 것이었다.36) 그리하여 천기론은 비록 상당한 만큼 추상적이며 주관적인 평가논리이기는 하나 이 시대 시평에서는 어느 것 보다 우위의 자리를 차지하고 있었다. 그리고 그 개념은 외연적으로 확산되면서, 국풍과의 연관하에 우리 민요에까지 적용되기에 이르렀다.

국풍은 雅頌과 비슷한 곳이 있는데, 아송은 국풍과 자연스럽게 합치되는 것이 없으니, 이는 인위적인 기교가 끝내 천기에 미치지 못한 것이다.37)

여기에서는 인위적인 기교(인교(人巧))의 상대적 입장에서 천기를 말함으로써, 곧 천기는 '천연적인 경계'의 의미를 내포하는 것으로 풀이된다. 그런데 천기를 지녔다고 해서 높이 평가하는 국풍은, 곧 중국 고대 사회의 민간가요였다는 데 생각이 미치자, 이제는 이를 다시 조선후기 당시의 민간가요에도 그대로 적용시켜, 가치를 부여할 수 있다는 데 큰 장애는 없게 되었다. 그러므로 성정론과 더불어 이 천기론은, 조선후기 사대부들이 즐겨 민요를 한역하고 또 민요취향시를 짓게 되는 사상적

---

36) 위항시인 정내교(1681~1757)의 시집 서문(≪浣巖集≫ <序>)에서 이천보는 洪世泰(1653~1725)와 그 문하인 정내교의 시를 다음과 같이 모두 천기와 연관지어 높이 평가하고 있다. "夫詩者 天機也 天機之寓於人 未嘗擇其地 而澹於物累者能得之 委巷之士 惟其竆而賤焉 故世所謂功名榮利 無所撓其外而汩其中 易乎全其天 而於所業 嗜而且專 其勢然也 近世詩人 如滄浪洪道長卽其人 而繼道長 又有浣巖鄭潤卿者 名來僑(李天輔, ≪晉庵集≫, <浣巖稿序>)"

37) 정조, ≪弘齋全書≫卷162, <日得錄> <文學>, 張7 "國風有似雅頌處 雅頌無暗合國風處 此是人巧終不及天機者也"

배경이 되었거니와, 나아가서 국문 가사나 시조(時調)를 문학으로 인정하는 데에 일정한 기여를 한 점에도 의미를 부여할 수 있는 것이다.[38]

(3) 성령론(性靈論)

성령론 역시 성정론이나 천기론과 상이한 개념이기보다는 동일하거나 보완하는 의미를 지니고 있다. 천기론이 성정에서의 천성적인 면을 중시하여 성정론을 보완하고 있는 것처럼, 성령론은 성정이 갖는 영(靈) 또는 영감(靈感)을 중시하여, 성정론을 보완하고 있는 듯하기 때문이다. 그러므로 성령은 흔히 '개인적 천성' 또는 본성에서 우러나온 '신실한 영감', 혹은 '진정(眞情)과 재기(才氣)' 등으로 이해 되고 있다.

원래 성령론은 중국 명말(明末)에 삼원(三袁)이라 불리는 공안파에 의하여 창도된 시론인데 그 원씨삼형제중(袁氏三兄弟中) 중심인물은 원굉도(袁宏道, 1568~1610)이다. 당시 이반룡, 왕세정 등 이른바 후칠자(後七子)들이 '문필서한시필성당(文必西漢詩必盛唐)'의 기치아래 극도로 의고주의(擬古主義)로 흐르게 되자, 이들이 이에 반기를 들며 개성과 창의를 존중해야 함을 역설한 데서 성령론은 비로소 비평의 주요어휘로서 등장케된 것인데, 다음 글에서 그 용의(用意)를 파악할 수 있다.

대부분은 독자적으로 성령을 나타낸 것으로서 격식에 얽매이지 않고, 자신의 가슴속에서 우러나오는 것이 아니면 붓을 대려하지 않았다. 때로 정과 경이 어울러지면 일순간에 천마디의 말이 물 흐르듯하여 사람들의 넋을 빼앗았

---

38) 조금 앞서 김만중의 국문가사 옹호론이 있었거니와, 홍대용(1731~1783)은 시조집의 서문으로 보이는 <대동풍요서>에서 확인되는 바와 같이 나무꾼과 농부들의 노래가 천기를 보존하고 있으므로 사대부들의 시문보다 낫다고 평가하고 있다. "詩之所謂風者 固是謠俗之恒談……惟其信口成腔 而言出衷曲 不容安排 而天眞呈露 則樵歌農謳 亦出於自然者 反復勝於士大夫之點竄敲推 言則古昔 而適足以斲喪其天機也(洪大容, ≪湛軒書≫, 內集 卷3, <大東風謠序>)"

다. 그중에는 잘된 곳도 있고 흠있는 곳도 있다. 잘된 곳은 말할 필요 없거니와, 흠있는 곳은 역시 개성이 강한 독특한 어구가 많다. 그러나 나는 이 흠있는 곳을 아주 좋아한다.[39]

이 예문은 성령의 개념을 파악하는 데 매우 요긴한 대목들이 언급되고 있다. 곧 성령은 개인마다 소유하는 것, 격식과 투식에 얽매이지 않는 것, 각자의 가슴에서 우러나오는 것, 물흐르듯이 자연스럽게 표출될 수 있는 것 등이다. 그리고 본색독조어(本色獨造語)를 좋아한다는 것은 흉내내지 않고 개성적으로 표현한 곳이 잘된 곳이라고 한 말이다.

이 성령론은 청대의 원매(袁枚)에 의해 계승되었는데, 그 역시 복고주의와 형식(기교)주의를 비판하면서, 성령론에 입각하여 시란 성정을 표현하는 것이라 하면서, 성령의 자유로움을 제약하는 것을 배척하였다.[40]

우리나라에서 시 창작이나 비평에 관련하여 성령론이 본격적으로 거론된 것은 김창흡(金昌翕, 1653~1732)에게서 비롯된 듯하다.

시는 어떻게 지어지는가. 성령에 근원하여 물상에 가탁하는 것인데, 청·황이 섞여서 문채를 이루고 궁·상이 어울려 음률이 되므로 정한 법전이 있을 수 없고 오직 변화에 맞추는 것이며, 神이 정해진 방향이 없고 易이 일정한 體가 없듯이 시도 그러한 것이다. 그러므로 형상은 전용함이 있어 눈 속에 파초를 표현해도 좋고, 의경은 빼앗는 바가 있어 겨자 속에 수미산을 그려내도 괜찮은 것이다……우리나라에서 시를 지음에는……천편일률이어서 분간할 수 없다.[41]

---

39) 袁宏道, ≪袁中郞全集≫, <敍小修詩> "大都獨抒性靈 不拘格套 非從自己胸臆流出 不肯下筆 有時情與境會 頃刻千言 如水東注 令人奪魂 其間有佳處 亦有疵處 佳處不必言 卽疵處亦多本色獨造語 然余則極喜其疵處"

40) 원매, ≪隨園詩話補遺≫ 卷1, <隨園三十六種> "詩寫性情……何得以一二韻 約速爲之"

41) 金昌翕, ≪三淵集≫ 卷23, <何山集序> "夫詩何爲者也 原於性靈 假於物象 青黃之錯爲文 宮商之旋爲律 不可爲典要 惟變所適 神無方而易無體 詩亦如之 故象有所轉

여기서 성령은 기본적으로는 성정이나 천성과 같은 의미로 쓰였으나 그는 그것들에 보다 더 동적인 성격을 부여하여, 물상과의 접촉에서 그 물상을 통하여 생동감있게 감발하는 심미적 정신작용을 내포하고 있는 것으로 이해하고 있다. 그가 다른 글에서 "그 성령이 쌓인 바는 반드시 영롱하게 뚫고 나와 경물과 간격이 없게 되는데, 그것을 나타내면 글이 된다."[42]고 한 데서 확인된다. 요컨대 그는 시에 있어서 정해진 격식이나 율격의 구속으로부터 벗어나 작자가 개인 성정을 자유롭게 표현해야 한다는 주장을, 성령을 들어 강조하는 형식을 통하여 드러낸 것이다.

이 뒤를 이은 성령론은 중국의 성령론자들인 원굉도나 원매의 시문집을 접함으로써 이들의 주장을 비교적 정확하게 이해하는 세대들에 의해서 활발히 거론되는 추세를 보였다. 신정하(申靖夏, 1680~1715), 이충익(李忠翊, 1744~1816), 이덕무(1741~1793), 유득공(1749~?)이 이들인데, 이들은 성령론의 장단처를 파악하고 있었던 듯하다. 성령설이 성정(性情)이나 진정(眞情) 또는 천성 등의 정적(靜的)인 감정적 요소 이외에, 영롱·영묘·총명·혜식(慧識) 등 직관적이며, 생동하는 재기(才氣)의 요소 등 양측면이 있음을 간파한 이들은 제한적이거나 비판적으로 수용하였던 것이다.[43]

그런데 이러한 비판적 성향은 뒤를 이은 김정희(金正喜, 1786~1856)나 조두순(趙斗淳, 1786~1870) 등 사대부 계층에서는 동궤(同軌)로 드러나고 있으나 이들을 추종하는 주위의 중인층에게는 보다 개방적이며 긍정적인 형태로 수용되고 있는 것으로 보인다.

雪中芭蕉可也 境有所奪 芥裏須彌可也……我東爲詩……千篇一律 無可揀別也"
42) 같은 책, <西浦集序> "其性靈所蘊 必其玲瓏穿穴 與物靡隔 而其發爲文辭"
43) 예컨대 이덕무는 그의 내제(內弟, 박완산(朴完山))에게 준 글에서 원중랑(袁中郎)을 배워야 하지만 어디까지나 객으로 대우해야하며 주인(主人)으로 섬겨서는 안된다고 하였다.(……勿以中郎爲末季怪品侮之……每當以此輩賓禮待之 不可喚入我室 反以主人事之也 : ≪靑莊館全書≫16, ≪雅亭遺稿≫8, <與內弟朴稚川宗山書>)

무릇 시도(詩道)는 광대하여 두루 갖추어 있으니 웅혼(雄渾)·섬농(纖濃)·고고(高古)·청기(淸奇) 등이 있다. 각각 자기성령의 가까운 바를 따를 일이며, 어느 한가지에 집착되어서는 안된다. 시를 평론하는 자들이 그 시인의 성정을 논하지 않고 제 자신이 잘 알고 있는 것으로써 단정하기를, (시는) 웅혼해야하지 섬농은 좋지 않다고 한다면 어찌 만상(萬象)을 감싸안고 천대(千臺)를 헤아리는 뜻이겠는가.44)

이와 같이 시는 작자의 성령에 따라 자유로이 지어지는 것이므로, 제각각의 시풍을 지닐 수 밖에 없으며, 그러므로 그것을 인정하는 선상에서 시평도 이루어져야 함을 말하고 있다. 이것은 곧 창작 주체의 개성표현을 중시하는 태도이면서, 또한 전통적 격식에 구속되어 규범을 맹종하고 답습하는 당시의 몰개성적인 문단의 병폐를 성령설에 근거하여 비판하는 것으로 볼 수 있다.

그러나 추사는 성령과 함께 격조를 거론하며, 성령설의 병처(病處)도 아울러 지적하였다.

그러나 성령과 격조가 함께 갖추어져야 시도가 공(工)해진다. 그러나 주역에서는 진(進)·퇴(退)·득(得)·상(喪)에 부실기정(不失其正)이라고 하였는데, 그 부실기정(不失其正)을 詩道로서 말하면, 반드시 격조로써 성령을 재정(裁整)하여 '음방귀괴(淫放鬼怪)'를 면한 뒤에야 시도도 공해질 뿐 아니라 또한 부실기정(不失其正)이 되는 것이다.45)

곧 추사는 성령에만 맡기면 시가 음방귀괴(淫放鬼怪)에 빠지므로 격

---

44) 金正喜, ≪阮堂集≫ 卷8, 張7, <雜識>, <答李梧堂問> "凡詩道 亦廣大 無不具備 有雄渾 有纖濃 有高古 有淸奇 各從其性靈以所近 不可得以拘泥於一段 論詩者 不論其人性情 以自己所習熟 斷之以雄渾而非纖濃 豈渾函萬象寸心千臺之義也"

45) 같은 책 卷6, 張7, 題跋, <題彛齋東南二詩後> "然性靈格調 具備然後 詩道乃工 然大易云 進退得喪 不失其正 夫不失其正者 以詩道言之 必以格調裁整性靈 以免乎淫放鬼怪而後 非徒詩道乃工 亦不失其正也"

조로써 재정(裁整)하여 일정한 정도 전아한 품격을 갖추어야 함을 말한 것이다. 이것은 당시 그를 추종하는 중인층 시인들이 성령설에 입각하여 규범에서 지나치게 일탈하는 경향을 보인 데서, 이들에 대하여 검속(檢束)을 가하려는 사대부 계층의 의식이 드러난 것으로 볼 수 있다.

그러나 이때 추사를 중심으로 그룹을 이룬 중인층 문인들, 예컨대 장지완(張之琬, 1806~1858), 최성환(崔瑆煥, 生卒年代 미상), 정수동(鄭壽銅, 1808~1858), 조희룡(趙熙龍, 1789~1866) 등은 추사와는 달리 보다더 적극적으로 수용하고 있다. 최성환이 ≪성령집≫46)을 편찬하면서 한, 다음 말은 이들의 성령설에의 경도와 그 수준의 일단을 가늠케 한다.

이 시집은 오로지 성령을 위주로 하였으며, 격조는 뒤로 하고 기백은 버렸다. 이것은 진실로 나의 성정에 가까운 바가 있으며 실로 나의 시집이 된 것이다. 이 시집을 보는 자가 각체의 시를 갖추지 못했다고 책한다면, 그것은 이 시집의 체제를 모르는 것이오, 어의에 창신이 많다고 책한다면, 그것은 이 시들의 본지를 모르는 것이다.47)

그는 성령만을 위주로, 곧 그것을 절대적인 기준으로 하여 선집하였고, 그 때문에 받게 되는 비난에도 결코 자신의 뜻을 굽히지 않는 강한 의지를 내보이고 있는데, 그렇게 되는 소이연은 남다른 '자아의 자각'에 있었다.

고인의 성(性)이 곧 나의 성(性)이요, 고인의 성(性)이 좋아하는 바는, 곧

---

46) 崔瑆煥의 性靈集은 중국 한대—청대에 이르는 1,200여 년 간의 시를 모두 39권 20책의 분량으로 선집한 것으로서 성령에 가까운 시를 선정한다는 원칙을 세우고, 그에 따라 5·7언 금체시를, 먼 시대의 것보다는 가까운 시대의 것을 더 많이 수록하였다.

47) 崔瑆煥, ≪性靈論≫, <서> "是集也 專主性靈 而後格調 捨氣魄 是固我之性 有所以相近者也 是固爲我之詩集也 覽是集者 以各體之未備爲責 則非是集之制度也 以語意之多創爲言 則非是詩之本旨也"

나의 성(性)이 좋아하는 바이다. 고인의 성(性)으로써 고인의 좋아하는 바를 말하면 다만 이와 같은 것에 불과하고, 나의 성(性)으로써 나의 좋아하는 바를 말하는 것도 다만 이와 같은 것에 불과하다. 이래서 고인이 말한 것이 곧 나의 말이라는 것이다. 어찌 나의 입을 거치지 않았다고 해서 드디어 나의 마음이 아니라고 하겠는가? 그렇다면 내 마음에 합치되는 것은 진실로 나의 말이요, 내 마음에 합치되지 않는 것은 나의 말이 아니다. 그 합치되는 말을 취하여 나의 말로 삼는다면, 그 말이 발하여 문장이 된 것은 즉 나의 문장인 것이다.48)

고인도 상대적인 존재로 여기고, 나아가 고(古)와 금(今), 고인(古人)과 아(我)가 대등한 입장이 된다. 그러므로 고(古)의 절대적 가치나 권위가 부정되고 어디까지나 아(我)의 성(性)에 합치되느냐의 여부에 따라 평가되는 것이다. 성령설의 본령이 개성에 있거니와, 최성환에 이르러서는 자각에 의하여 보다 강한 '자아(自我)'의 개념이 첨가됨으로써 한층 고양된 의식 세계를 보여주고 있다고 하겠다.

(4) 신운설(神韻說)

'신운(神韻)'의 개념이 시학(詩學)과 관련하여 정립된 것은 청(淸)의 왕사정(王士禎, 1634~1711)에 의해서였다. 그는 시에서 정(情)·경(境)의 일체화를 지향하고, 여기에 특히 대상이 되는 사물의 정신(神)까지를 포착하여야 개성적 운취를 갖게 된다고 주장하였는데, 그러한 시의 규범을 성당의 시풍(그 중에서도 왕유, 맹호연, 위응물 등의 청원(淸遠)함)

---

48) 같은 글, "古人之性 卽我之性 古人性之所好 卽我之性之所好 以古人之性 道古人之所好 直不過如是也 以我之性 道我之所好 亦直不過如是也 是古人之所言者 卽我之言也 豈可以不經我口 遂謂之非我之心哉 然卽我心之所合者 固我之言也 我心之所不合者 非我之言也 取其所合之言 而以爲我言 則其言之發爲交章者 卽亦我之文章也"

에서 찾았다. 그는 특히 엄우(嚴羽)의 시선일치설(詩禪—致說)을 수용하였는데, 선가(禪家)의 묘오(妙悟)개념을 시에 적용하여 자자입선(字字入禪)의 경지를 최상으로 여겼다.

우리나라에서 이러한 신운설을 받아들여, 시 창작이나 비평개념으로 적용한 것은 18세기 후반부터였는데, 상당한 반향을 불러 일으켰던 것으로 보인다.

영조 말년에 이르러 전집과 정화록이 처음으로 우리나라에 전해졌다. 이척재(서구)·이아정(덕무)·박초정(제가) 등이 보고서 놀라고 감탄하였다. 생각컨대, 어양(왕사정)이 죽은 지 거의 50년인데다, 또 압록강 한 줄기로 격해 있는데도 이제야 비로소 세상에 왕안정(사정)이란 사람이 있음을 알고서 서로 극도로 칭찬하기를 마지 않으니, 우리나라 사람들의 고루함이 이와 같다.[49]

그리하여 이들은 신운설을 적극 섭취하였다.

나는 이상(왕사정의 字)의 시를 아주 좋아하였다. 일찌기, 명나라 3백년간에 이러한 바른 성률이 없었으며, 송·원대에서 구해도 또한 짝할 사람이 드물 것이라 여겼다.……강산(이서구의 호)이 시를 지으면서 흠모하여 힘껏 따라, 대단한 수준에 이르렀다. 내가 일찌기 '동국의 어양'이라고 추켜 불렀다.[50]

위와 같이 18세기 후반에 신운을 처음 접한 뒤, 적극 수용한 일군의 문인들은 비교적 진취적인 사상과 개성주의적 시관의 소유자들로서 이

---

49) 洪翰周, ≪智水拈筆≫ p.312, <王士禎> "及英宗末年 全集與精華錄 始來我國李惕齋及李雅亭朴楚亭諸人 見而驚歎之 以爲漁洋之死 幾五十年 且隔一鴨江衣帶水, 今始知世間 有王阮亭 相與極稱之不已 東人之固陋 如是矣"

50) 李德懋, ≪淸脾錄≫, 卷3, <王阮亭> "余酷嗜貽上詩 嘗以爲非徒有明三百年 无此正聲 求諸宋元 亦牢厥傳……薑山爲詩 心摹力追 登堂入室 余嘗推轂爲東國漁洋" 또, 남공철(南公轍)은 "近讀漁洋詩 酷好之……乃知李杜之外 別有如此奇種文字(≪金陵集≫ 卷10, <與李元履>)"라고 하여 왕사정의 시를 좋아한 나머지 이백·두보와 함께 거론하였다.

를 통해 당시의 시풍을 어느 정도 일신시키는 데 성과를 거두었다. 이후 19세기로 접어들면서는 더욱 광범위하게 수용되기에 이르렀으며, 서(書)·화(畵) 등 그 영향권이 예술일반에까지 품격과 관련하여 확산되는 추세였다. 그러나 신운의 확산에는 그에 따르는 비판적인 견해도 만만치 않았다.

정약용은 "곱고 아름다우나 骨肉이 부족하고 비록 굴강한 모습은 모자라나 함축이 있다"[51] 하였고, 홍한주는 "대개 그 시는 비록 기골은 모자라나 또한 역시 대가(大家)이다."[52]라고 하였으며, 김윤식(金允植, 1835~1892)이 "우리나라에서는 백년이래 시인들이 그를 본받음이 많았는데 대체로 체제는 유여하나 기격이 부족하다"[53] 등등으로 하였다. 역시 신운을 제한적으로 수용하면서, 그 결함을 '기(氣)·골(骨)'의 부족에서 찾고 있음을 알 수 있다.

뿐만 아니라, 시작(詩作)에서 신운을 일정한 만큼 추구하였던 신위(申緯, 1769~1845)나 김정희(金正喜) 등은 신운 일방에 치우치는 경향을 경계하고 그 보완점을 말하였다.

詩有別才是何說	시에 별재가 있다 함은 무슨 말인가
罔聞實事詎眞傳	實事를 듣지 않고 어떻게 진실을 전하리
孤高必自鉤深始	고고함은 반드시 깊이에서 시작되고
神韻徐廻蓄力全[54]	신운은 서서히 쌓은 힘에서 돌아 온다네

여기에서 신위는 곧 신운파들이, 그들의 이론적 근거로 삼는 엄우의

51) 정약용, 같은 책 卷4, 張10, <古詩二十七首> "淸人又一變 嫩艶勻骨肉 雖乏崛强態 猶能有函蓄"
52) 洪翰周, 같은 책, 같은 곳 "盖其詩雖欠氣骨 而終亦不失爲大家也"
53) 金允植, ≪續陰晴史≫ 上, <答沈鐘山書> "我東百年以來 詩人亦多倣之 盖體製有餘 而氣格不足"
54) 申緯, ≪全集≫제3집 p.1239. <題復初齋集選本二首> 中 其二.

"夫詩有別才, 非關書也(≪창랑시화(滄浪詩話)≫)"의 논리를 왜곡하여 받아들여, 空趣나 虛境만을 力追하는 데 비판을 가하고, 신운도 학력을 축적한 데서 우러나오게 됨을 말한 것이다. 다음은 秋史의 경우이다.

斷斷忠孝旨	변함없는 충효의 뜻이여
法本自儒家	그 법 본래 유가에서 나왔다네
胡爲禪理喩	어찌 선의 이치로 비유하여
標水月鏡花55)	水中月 鏡中花를 표방하는가

역시 엄우의 시론을 그릇되게 받아들여, 시에서의 묘처(妙處)를 "如空中之音, 相中之色, 水中之月, 鏡中之像" 등 선도(禪道)에 의하여 제시한 '묘어(妙語)'의 경지만을 추구하는 폐단을 지적하였다. 그리고 유가(儒家)에 근본을 둔 학문적 소양을 바탕으로 불변하는 뜻(실사(實事))을 표출하는 데 힘써야 함을 강조한 것이다.

5. 결언

우리의 한문학사상 문학론에 관한 논의가 활발하게 전개된 시기는 조선후기이다. 이때까지 오랫동안 재도론적 문학관이 지주(支柱)의 역할을 수행하여 왔으나, 이제 역사사회의 변화와 함께 새롭게 다양한 문학론이 대두되었던 것이다. 이에 따라 한시의 창작과 감상, 비평에 관한 논의도 보편성과 규범성의 중세주의의 틀을 벗어나 개별성과 자율성이 존중되는 근대지향의 성향을 보이게 되었다. 이제 이러한 제반 논의들을 한시의 비평론적 입장에서 정리하면, 효용론·풍격론·표현론으로 대별하여 살필 수 있다.

---

55) 金正喜, 같은 책 卷9, 張37, <念以仲論詩卷…>

이중 효용론과 풍격론은 전대의 흐름을 이어받아 이 시기에도 여전히 시비평의 기본적 규구(規矩)로서 그 역할이 중대하였다. 그러나 그 내면을 보면, 전대와는 상당히 변모된 모습을 띤다.

곧 효용론의 경우, 세교(世敎)와 관련짓는 것은 다름없으나, 전대는 백성을 교화하고 치민의 득실을 살핀다는 다분히 치자의 시각에서 거론됨이 많았다. 그러나 이 시기에는 시경의 비흥(比興)의 전통을 중시, 개인 정서보다는 역사현실을 문제 삼아 치자보다는 민(民)의 입장을 중시하는 방향에서 시의 효용을 거론하는 경향이 두드러졌다는 점이다.

풍격론의 경우, 전체적으로 존당척송적(尊唐斥宋的)인 경향은 전대와 다름없으나, '시필성당(詩必盛唐)'의 고답적인 추구나 의고주의의 수준을 벗어나, 당시(唐詩)의 '자연성'을 높이 평가하는 시각에서 당풍(唐風)을 존중하였던 것이다. 그러므로 결과적으로는 개성주의의 단초가 여기에서 배태되고, 그 지반이 형성되었다고 볼 수 있다.

그러나 무엇보다도 이 시기에 새롭고 활발하게, 다양화와 개성화의 방향으로 진전된 문학론은 곧 성정론(性情論)·천기론(天機論)·성령론(性靈論)·신운설(神韻說)이다. 이 가운데 전자(前者) 삼개론(三個論)은 성정론과 상호 보완적인 개념을 가지며, 궁극적으로 창작자의 개성(천성)을 중시하는 성향을 갖는다. 이들이 비록 그 모범을 시경(詩經)이나 당시(唐詩)에서 찾고는 있으나, 그것은 그들에의 몰입이 아니며, 어디까지나 그들의 장처(長處)인 자연성과 개별성을 창작 및 비평의 논리적 근거로 수용하는 데 의도가 있었던 것이다.

그러므로 성정론(性情論)에서는 인간이면 누구나 소유하는 성정(性情) 그 자체의 발로를 작시(作詩)의 충분조건으로 거론하고, 천기론(天機論)과 성령론(性靈論)에서는 이에 한 걸음 나아가, 거기에다가 천성적(天性的)인 것과 영감적(靈感的)인 것의 기능을 덧붙여 이해하면서, 역시 궁극에 가서는 창작 주체의 개성의 표출을 중시하였던 것이다.

이와는 달리 신운설(神韻說)은 18세기 후반에 중국으로부터 뒤늦게 수용한 시론이기는 하나, 전자의 성정론 계열과는 개성을 추구한다는 점에서 동일선상에 있으며, 그러므로 별다른 논쟁 없이 비교적 진취적인 문사들에게 다시 환영을 받았다. 다만, 개성적 운취에 집착, 선가(禪家)의 논리를 빌어 묘어(妙語)의 경지를 지나치게 추구하는 나머지, 자연 기교적인 면에 흐르는 경향이 나타나자 이에 대한 비판도 만만치 않게 제기되었던 바, 이는 성령론의 경우에서도 조금은 엿볼 수 있었다.

요컨대, 조선후기의 시론(詩論), 그 중에서도 비평(批評)과 관련한 제반 논의들은, 시작품에 대한 평가에서 중세의 획일적인 그리고 규범적인 척도의 틀을 벗어나, 다양화와 개성화를 추구하였다. 그리고 문학에서의 자아의 발견과 민족주의적인 의식이 점차 대두되는 데 일정한 밑거름이 되었다고 볼 수 있다. 이 시기 민요의 한역시를 비롯하여 민요취향 한시가 다수 창작되고, 위항인(委巷人)들의 시단활동이 활력을 부여받은 것은 이러한 정신사적 흐름에 기인하는 것이다. 더불어 여기에는 사대부계층의 기존 중세주의의 규범적 입장도 어느 만큼 부가되어, 서로 균형을 이루려는 노력도 상존하는 가운데, 문학운동에 있어서 근대를 지향한 행보가 계속되었다고 하겠다.

(제22회 동양학학술회의, 동양학연구소, 1992)

좌담회초(座談會鈔)

사회 : (황패강) 감사합니다. 요컨대 실학파 시인들의 시에는 사회시
　　　도, 또 일반 생활에서 느끼는 시라든지, 이것도 진실을 나타내
　　　고 있다 하는 쪽으로 합일점을 찾아야 될 것 같습니다. 다음
　　　백원철 선생님이 「朝鮮後期 漢詩批評論의 展開 樣相」을 말씀
　　　해 주시면 고맙겠습니다.
백원철 : 공주대학교 사범대학 한문교육과에 근무하는 백원철입니다.
　　　저도 동양학연구소로부터 「朝鮮後期 漢詩批評論의 展開 樣
　　　相」이라는 제목으로 원고 요청을 받고 퍽 망설였습니다.
　　　그것은 우선 제가 어제도 잠깐 발표에 말씀드렸습니다마
　　　는 이 분야는 결국 당시 문학이론의 총체적인 조감이 필수
　　　적으로 다루어져야 할텐데 이런 분야에 대해서 제가 워낙
　　　아는 바가 없고, 그래서 좀 두려움이 앞섰습니다마는 역시
　　　이 기회에 저 같은 공부를 시작하는 사람으로서는 좀 의욕
　　　적으로 공부를 해보고 이 분야의 석학 원로 선생님들로부
　　　터 좋은 지도를 받는 것이 좋겠다는 생각에 겁 없이 달려
　　　들었습니다. 이것을 작업하는 과정에서 제가 겪었던 어려
　　　움은 기존 연구 성과를 제가 충분히 이해하기 어려울뿐더

러 특히 중국 문학 이론과의 영향 관계를 볼 때에 이것이 어느 만큼 독자적이냐 또는 자생적인 것인가, 전적으로 영향 수수에 의한 것인가 하는 것을 어떻게 판별해야 할 것인가 하는 문제도 저에게는 어려운 문제였고, 특히 그 때에 중국 문학 이론에 대한 조예가 없는 저로서는 여간 어려운 점이라 생각이 되었습니다.

다음 또 어려운 문제는 그렇다면 전대의 문학이론과 조선 후기의 문학 이론 사이에 전통적이고 연속선상에 있는 것은 어떤 것이고, 조선 후기에 새롭게 파악해야 할 부분은 어떤 것이고, 그리고 새로운 기풍으로써 파악해야 할 것은 어떤 것인가. 그것을 어떻게 정리해서 몇 개의 비평론으로 정리할 수 있을 것인가 하는 것이 또 그 다음에 어려운 과제였습니다. 그리고 이제 각 문학 이론 내지 비평론간의 변별을 그러면 어떻게 해야 할 것인가 하는 것도 바로 부수적인 어려움의 하나였습니다. 끝으로 결국 비평론이라고 하지만 앞서 말씀드린 바와 같이 그렇게 표현했고, 또 중국의 유약우 같은 분도 그렇게 표현한 것으로 알고 있습니다. 결국은 비평론은 총체적인 문학이론이다. 이렇게 표현한 것으로 알고 있습니다. 그렇기 때문에 이것을 함께 보면서 어떻게 그럼 적용했는가, 평가로도 적용이 되었겠지만 작가의 입장에서 보면, 논의될 때 독자, 감상자의 입장에서 본다면 이것이 평가의 척도가 될 것입니다. 따라서 이것은 서로 상호관계가 있겠는데 이런 면을 어떻게 아우를 수 있겠는가, 그리고 사실은 앞으로의 과제이기도 했습니다. 이러한 것들이 실제 시에 어떻게 드러나 있는가, 시에서 그런 모습의 실체를 어떻게 파악할 수 있는가 하는 것이 사실은 큰 과제이고, 저에게는 역부족이었습니다마는 앞으로의 과제가 아닌가, 그리고 이 점은 역시 연구소에서 요청한 그런 문제는 아니라고 생각은 하고 있습니다마는 궁극적으로 그런 쪽에까지 문제를 확산시키면서 공부를 해야 하지 않을까 하는 생각을 가졌습니다. 대체적으로 지금 제가 말씀 드렸던 것은 사실 오늘 여러 선생님들로부터 많은 지도를 받아야 할 부분이라고 생각이 됩니다. 이상 말씀 드렸습니다.

사회 : 예, 감사합니다. 정요일 선생이 좀 말씀해 주세요.

정요일 : 예, 아까도 제가 말씀을 드렸고, 또 아직 말씀하지 않은 분도 많이 계신 것으로 알고 있는데 그러면 간단히 말씀 드리겠습니다. 선생님께서 목차를 정하시면서 효용론, 풍격론, 표현론이라고 해가지고, 표현론에서 성정론, 천기론, 성령론, 신운설이라고 표현론(表現論) 속에 몇 가지를 묶어서 말씀해 주시고 발표해 주신데 공감합니다. 그러면서도 또 한편으로는 표현론 중에서 성정론을 다루셨을 때 '시는 성정의 표출이다' 그런 관점에서 다루셨는데, 대개 그 성정의 표출이라고 하는 성정론이라는 것은 효용론과 대개 연결되는 경우가 많지 않을까, 성정의 표출이란 시는 성정의 바른 데에서 나와서 성정을 순화시킨다하는 이론하고 연결되거든요. 그러니까 효용론속에서도 또 성정론이 한 갈래로서 다루어져야 될 것 같고 또 풍격론도 마찬가지라고 생각합니다. 그리고 또 천기론도 자연스런 표현이 감동을 준다는 의미에서 그것이 표현론에 들어가면서도, 또 그 자연스런 표현이 진솔하기 때문에 감동을 준다. 그래서 그것이 사람의 성정을 순화시킨다는가 해서 일정한 효용성을 지닌다 하는 점에서는 또 효용론 속에서도 천기론이 들어가야 되지 않을까 그런

생각을 하면서도 선생님께서 이렇게 나누어서 논하신 데에 일정하게 공감을 합니다.

그런데 한가지 여쭤보고 싶은 것은 성정론, 천기론, 성령론, 신운설 등이 조선후기적인 특성이라고 말씀하셨고, 근대지향적인 특성이라고 하셨는데, 그러면 장점이 무엇이며, 어떤 장점 때문에 이렇게 조선후기의 문학이론이 조선 후기 문학이론으로서의 특징을 지니고 가치가 있는지 아까 여러분께서 말씀해 주신 참 모습을 그려낸다든가, 또는 진실을 추구하고 자연스러움을 추구하는 것이 중요하다는 그런 이론이기 때문에 그런 것인지 그것을 말씀해 주셨으면 좋겠고요. 85p.의 상단에 보시면 그러니까 '풍격론 그 기준은 평자(評者)의 주관에 의하게 되며 비평단계에 있어서는 제 1차 단계라 보는 감상비평 또는 인상비평의 수준에 머무를 수밖에 없다는 인식 상, 오늘날은 객관성과 공정성이 문제가 되기도 한다'고 하였는데 감상비평이라든가 인상비평이라고 할 수 있으면서도 그 품격평어 또는 품격평어가 객관성에 기초한, 누가 보더라도 그렇게 평할 수밖에 없는 객관성에 기초한 주관이 아니겠는가 그런 생각을 해봅니다. 그래서 제가 잘 모르는 것, 아까 어떤 장점 때문에 조선후기의 문학론이 근대지향적이고 좋은 이론인지 다시한번 정리해 주셨으면 고맙겠습니다.

백원철 : 예, 정요일 선생님 질의해 주신데 답변을 드리겠습니다. 먼저 일단 좀 이렇게 목차를 구성한데 대해서 상당한 만큼 공감을 해 주신다고 말씀을 하셨습니다. 바로 제가 이렇게 목차를 정하면서 이렇게 파악을 해도 될 것인가 하는 것에 가장 큰 고심을 겪었던 부분입니다. 그래서 그런 말씀을 주셨

기 때문에 조금은 이제 용기를 가지고 다음 부분을 답변해 드리겠습니다.

말씀하신 바는 첫째는 성정론을 표현론으로 보는 경우, 결국 이 성정론은 효용론의 성격도 있지 않는가 이렇게 말씀하셨는데 천기론도 마찬가지겠습니다. 저도 물론 그 부분에 일면 공감을 합니다마는, 제가 보는 관점은 여기서 조금 달리 보았습니다. 이 성정론이라고 이렇게 우리가 우리 문학사에서 또는 비평론의 부분에서 따로 이야기를 해 왔는지는 제가 잘 모르겠습니다. 과문한 탓이겠습니다마는 그렇게 분명한 것 같지가 않았어요. 그래서 저는 우리의 선인들이 전통적으로 또는 전래적으로 '시출성정(詩出性情), 시본어성(詩本於性)'이라는 그런 말을 하고 있습니다. 이것은 물론 훨씬 거슬러 올라가서 시경에서부터 또 그 뒤에 쭉 이어져 온 이야기입니다마는 문제는 성정(性情)을 이야기할 때, 그 다음 단계에서 '시본어성정(詩本於性情) 시출어성정(詩出於性情)' 그 다음 단계에서 어떻게 이것을 더 해석을 하느냐, 말하자면 성정(性情) 자체를 얘기할 것인가, 아니면 아까 정(鄭)선생님께서 지적을 해 주신 것처럼 '양성정(養性情)' '성정지정(性情之正)' 그래서 인심교화의 수단으로해서 효용론까지 말씀드린 바와 같이 성정자체를 말하는 경우도 있다고 저는 그 두 가지로 파악을 했습니다. 왜 그런가 하면 사실은 우리네 전통적이고 전래적인 시관에 이 성정론 하면, 또 성정을 얘기할 때는 사실은 성정지정(性情之正)을 얘기했습니다. 이것은 중세의 적어도 조선 중기까지도 그러한 시관(詩觀)이 확고했다고 생각을 했습니다.

그런데 조선후기에 오면서 꼭 성정을 얘기할 때 성정지

정(性情之正)을 얘기하거나, 또는 '양성정(養性情)'이나 '이성정(理性情), 존심양성(存心養性)'의 면에서 이것을 얘기하고, 또는 인심교화를 이야기하고, 풍교에 도움이 된다는 쪽을 얘기하기에 앞서서 그것은 이미 전개적으로 그렇게 밑바탕에 깔려 있습니다. 그러나 그것에서 벗어나고 질곡에서 벗어나서 성정 자체를 문제 삼자라는 것이 적어도 조선 후기의 진보적이고 진취적인 문학사상을 가진 사람에게는 공통된 그런 정서가 아니었겠는가, 그래서 결국은 성정론을 조선후기에 와서는 따로 효용론 속에서 우리가 다루던 성정은 부차적입니다. 효용 자체가 중요한 궁극적인 목적이기 때문에, 그러나 조선 후기에 와서 '성정은 성정 자체의 표출에 목적을 둔다'라고 그 쪽에 비중을 많이 둔다라고 보았을 때, 저는 이것은 중국과 연관해서 파악하기보다도 조선 후기의 시대정신사 속에서 우리네 선인들의 대단히 귀중한 그러한 사상으로 보는 것이 옳지 않겠는가, 거기에 의미가 있지 않겠는가 생각했습니다. 곁들어서 말씀드린다면 바로 거기에서부터 출발해서 이 성정 자체의 표출에서 출발해서 좀 더 발전적으로 본다면 천기나, 성령, 신운에까지 확산될 수 있지 않는가, 물론 그렇게 된데에는 중국문학사조의 영향이 물론 있습니다. 그러나 중국의 문학사조를 그대로 이어 받아서 그렇게 되었다기 보다도 기본적으로 이미 성정 자체의 표출에 두는 그런 기본적인 사상이 있었기 때문에 중국의 그러한 문예이론을 거부감 없이 바로 받아들일 수 있었던 것이 아니겠는가, 그래서 저는 따로 이 성정론을 조선후기의 표현론 속에 하나를 넣었던 의도가 거기에 있습니다.

그리고 두 번째 말씀해 주신 것은 조선 후기적인 특성으로써 말하자면 이런 것들의 장점이 무엇이냐, 또 가치가 어디에 있는가 하는 것은 모르겠습니다. 한 마디로 말씀드리기는 어렵겠습니다마는, 요컨대 이것은 중세의 규범적인 문학관으로부터 개성적인, 그리고 상당히 개방적인 다양한 문학관으로의 전이에서 바로 이러한 것들이 가치가 있지 않는가 이렇게 말씀드립니다. 이것은 곧 개성을 존중한다는 의미에서, 또 창작자의 개성뿐만 아니라, 그리고 어떤 규범성을 벗어나서 자율성이나 개방성을 지향한다는 점에서 이것은 근대지향적인 사상체계의 비평론으로 보았던데 그 가치를 부여했다고 말씀드릴 수 있습니다.

그리고 세 번째로 풍격론을 저도 사실은 이렇게 단적으로 말씀드리기는 어렵습니다. 사실 품격론을 볼 때, 시의 품격을 얘기할 때 이것이 감상비평, 인상비평이라고 보지 않을 수는 없는데, 결국 그것도 객관성이라는 말은 빌리지만 결과적으로는 주관적인 평가가 아니냐 물론 이렇게 정선생님께서 지적을 해주셨는데 저도 물론 거기에 공감은 합니다. 그런데 꼭 그렇게만 보아야 할 것인가, 그렇다면 품격론 자체를 우리는 좀 경시하거나 폄하할 수 밖에 없는 그런 문제점이 조금 있다고 봅니다. 그런데 우리네 선인들이 사실은 품격론이 대단합니다. 왜냐하면 그것이 일반적인 방법이기 때문이지요. 그런데 이때의 선인들은 과연 이 한 두마디로 축약해서 평을 했는데 그것을 그냥 그렇게 보기에는 여기에 어떤 의미가 있지 않겠는가 생각됩니다. 그래서 제가 이것은 홍만종의 말씀을 보고, 지금 여기 계시는 홍인표 선생님의 『洪萬宗詩論研究』라는 책을 보면서 아, 바로 이것이 아닌가, 그래서 이 홍만종이라는 분이 감상비평의 형태로서

물론, 지금 드러나 있는 ≪小華詩評≫이나 ≪詩評補遺≫에
서 많은 품격론의 평을 했는데, 그 분이 그러한 평을 하기까
지에 고심한 흔적이 분명히 보였습니다. 그래서 대단한 감
식안, 처음에 구조적인 분석부터 시작해서 본질을 파악하고
수사까지 파악한 결과, 종합적으로 축약해서 넉자 평이나
여덟자 평으로, 평어를 내렸습니다. 우리가 지금 그것을 대
하면 단순한 감상비평이나 또 인상비평으로 볼 소지가 있지
만, 사실은 그렇게 평하기까지 평자들의 대단한 감식안이
수반이 되어 있지 않겠는가, 그것이 기초가 되었다, 따라서
우리가 지금 옛 분들의 품격론에서 많은 시품을 논했을 때,
그것을 우리는 그런 분의 수준에 이르지 못한 것이 좀 아쉽
고 그런 면에서 앞으로 더 연구해야 할 점이 아닌가 하는
뜻에서 저는 그렇게 표현을 해 보았던 것입니다. 답변이 되
었는지 모르겠습니다.

사회 : 이제 답변하신 가운데 이름이 나온 홍인표 선생님 말씀 좀 해
주세요.

홍인표 : 백 선생님 발표논문을 요약한 것을 쭉 제가 읽어 보았습니
다. 저는 홍만종(洪萬宗) 시를 연구한 책을 내기는 했습니다
마는 조선후기라든가, 전기시(前期詩)에 대해서 깊이 연구
하고 있지 않는 그런 입장이기 때문에, 다른 분들이 주위에
여러 가지 연구를 계속해 주셨으면 그런 희망이 있었는데
지금 백(白) 선생님 논문에 상당히 배운 점이 많고 공감하는
면도 많았습니다. 그런데 여기서 제 의견하고, 좀 다른 점은
아까 어느 분이 표현론이라는 말에 공감이 간다. 그런 말씀
을 했는데 저는 그 사항에 표현론이라는 말이 제 입장에는
공감이 안가요.

그래서 성정론이라든가 천기론이라든가 성령론이라든가 신운설이라든가, 이런 것들이 만약에 그것을 뭉뚱그리는 그런 말이라면 그것을 창작론이라고 바꾸면 어떨까 생각합니다. 그래서 혹시 시를 창작할 적에 성정이 정직해야 된다든가 성령이 표현되야 된다든가, 신운이 나타나야 된다든가, 그래서 포괄될 수 있는 그런 용어지만, 표현론이라고 하면 그것은 수사적인 그런 면에 치중된 용어이기 때문에 여기서는 창작론이라는 말을 쓰는 것이 제 생각에는 옳은 것 같다 그런 생각이 듭니다. 연거푸 효용론, 풍격론, 표현론, 등 '논' 자를 썼는데 논이라고 하는 것은 '설'자하고 비슷한 뜻이 있습니다. 논(論)은 하나의 굳어지는 이론이라는 입장이 강하고, 표현론 혹은 창작론 그 다음에 나타나는 것들은 여러 가지 주장이기 때문에 가능하면 그 위의 항목과는 달리 성정설, 천기설, 성령설, 신운설로 개인적인 주장이 강하기 때문에 그런 용어를 썼으면 더 좋지 않았을까라는 생각을 가집니다.

그리고 내용 중에서 새로운 발견을 한 것이 있는데 90p. 하단에서 91p. 상단에 보면 천기론에 허균의 설을 인용한 것이 있습니다. 그런데 거기에 '시유별재(詩有別材) 비관서야(非關書也)'라는 말에서 '별재(別材)'라는 '재(材)'자를 일반적으로 재주 '재(才)'자와 똑같이 해석하는 것이 통설입니다. 물론 재료를 소재 뜻으로도 해설할 수 있지만, 여기서는 그것을 소재라고 해가지, 책하고 대비해서 그것을 강조하는 설명을 하셨는데 그 방법도 있을 수 있지만, 허균의 주장이지만 이 앞에 있는 내용은 중국 사람인 엄우의 ≪滄浪詩話≫에도 나오는 내용입니다. 이 분야에 대해서 한당 거주환 선생님께서 깊이 연구를 하셨지만 사실은 엄우는 '시유별취(詩有別趣)'하고 '시유별재(詩有別材) 비관서야(非關書也)'이 내용이 완전히 시하고 일치하고 동떨어져서 상관이 없다는 얘기가 아니라, 사실은 그런 것을 잘 표현하려면 많은 독서를 하고 많은 궁리(窮理)를 해야 한다는 단서가 붙어 있습니다.

엄우의 ≪滄浪詩話≫의 내용을 보면 '불섭이로(不涉理路)'라든지 '불락언전(不落言筌)'이라는 말로 이치를 추구하는 것이 시가 아니고, 언어의 구속에 빠지는 것이 시가 아니지, 사실은 시 자체에 있어서는 진리가 정확히 표현되어야 되고, 또 그것은 많은 책을 읽다보면 그 이치를 깨달을 수 있다고 주장하고 있어요. 그런데 이 내용을 훑어보면 허균의 이 말 자체가 허균의 말로 단정을 한 것 같고, 이것을 해석을 해 가지고 완전히 문학이 경전하고는 독립되었다 그런 식으로 논리를 전개하고 있어요. 그런데 사실 허균 뒤에 쭉 읽어 보면 허균이 그랬을까? 허균도 결국은 엄우와 똑같은 독서와 궁리를 계속하라는 그런 말을 하지 않았을까, 저는 그 밑의 것을 못 읽어 보았기 때문에 인용문만 보고, 설명한 것만 보아서 그런데 그런 문제가 어떻게 되나 의문스럽습니다. 그 두 가지 점을 지적하고 싶습니다.

백원철 : 예, 홍선생님 감사합니다. 용어의 문제에 있어서 표현론이란 용어에 사실은 창작론이라는 용어가 더 적절하지 않겠는가? 왜냐하면 표현론이라고 했을 때 수사적인 의미가 강하기 때문에 그렇다 그런 말씀을 해 주셨는데 사실은 저도 이 문제에 대해서 조금 판단이 잘 서지 않았습니다. 왜냐하면 이것을 창작론이라고 했을 때는 일단 작가의 입장에서 본다는 얘기죠. 그리고 표현론이라고 제가 썼을 때는, 작가의 입

장보다는 작품이 어떤 상태로 드러나 있어야 하는가? 말하자면 비평가의 입장이나 감상자의 입장에서 창작론으로 용어를 붙이기에는 부적절한 생각이 언뜻 들었다는 것입니다.

홍인표 : 수사론이란 말이죠. 수사론의 성정설 같은 의미를 보니까 창작론이 더 맞다고 생각합니다.

백원철 : 말씀 잘 알아듣겠습니다. 그래서 결국은 시가 성정이 제대로 표출되어 있는가? 이것이 평가의 잣대가 되어야 된다고 보고, 또 달리 표현한다면 천기가 제대로 드러나 있는가? 성령이 제대로 발휘되어 있는가? 그리고 신운이 제대로 들어 있는가? 이런 쪽에서 본다면 제대로 표현되어 있다 라는 쪽으로 볼 수 도 있지 않겠는가? 그래서 저는 소박한 생각으로 표현론이라는 목차 속에 뭉뚱그려 넣어 보았습니다. 그런데 이것을 따로 변별해서 용어를 붙이려고 하니까 문제가 있었습니다. 왜냐하면 기교론 쪽하고도 연관이 맺어지고, 지금 말씀하신 것과 같이 창작론도 되고 그래서 하여튼 제가 판단을 제대로 못해서 아까 소박한 생각에서 그렇게 했는데 이 점은 지금 홍(洪) 선생님이 지적해주신 것을 제가 잘 받아서, 앞으로 이 점을 손질해 볼 생각입니다. 다음으로 '설(說)과 논(論)' 문제는 아주 적절하게 지적을 해주신 것 같아요. 이 점도 배운 바가 많습니다.

　그리고 마지막으로 말씀하신 허균의 주장인데 물론 지금 홍선생님 말씀하신 것과 같이, 이것은 엄우의 ≪滄浪詩話≫에 있는 이야기입니다. 그런데 허균은 엄우의 창랑시화의 이 부분을, 앞뒤 조금만 고쳐 가지고 그대로 인용하면서 이야기를 했습니다. 예컨대 허균이 이야기한 본질은 무엇인가? 이것은 아무래도 천기를 드러내야 된다, '천기자명(天機

自鳴)', 그리고 '천기(天機)가 발(發)해져야 된다'라는 쪽으로 말하자면 상대적인 입장에서 자연스러운 성정, 꾸밈없는 성정을 천기(天機)로 보면서 '그것을 그대로 표출하는 것이 정말 좋은 시다'라는 쪽에 사실은 강조를 하는 것이 허균의 입장이라고 파악을 했습니다. 지금 홍선생님 말씀하신 바와 같이 엄우의 ≪滄浪詩話≫에 보면 '비다독서(非多讀書)'라는 말이 들어 있지요. '비다궁리(非多窮理)' 궁리를 많이 하지 않으면 제대로 시를 지극한데 이르지 못하게 한다. 바로 이것이 단서조항으로 붙어 있습니다. 홍선생님께서 잘 지적을 해 주셨는데 허균이 이 말을 쓸 때에는 그런 쪽에 비중을 두기 보다는, 허균이 원래 정(情)을 인정하는 쪽에서 또 당시 규범이나 구속에서 벗어나는 대단히 자유주의적이고 개방적인 생각을 가졌습니다. 허균의 입장에서는 그 뒤에 있는 '시유별재(詩有別材) 비관서야(非關書也)'보다는 앞에 있는 '시유별취(詩有別趣) 비관리야(非關理也)'라는 쪽에 관점을 두고 표현한 것이라고 저는 보았기 때문에, 말하자면 단장절취(斷章截取)해서 그 부분만을 제가 인용했던 것입니다. 물론 이것은 그 뒤에 바로 성령론이나 신운론에서도 홍선생님이 말씀하신 부분을 다른 학자들이 지적을 합니다. 그래서 그 점은 함께 공감을 하면서 제가 이것을 인용했던 것도 바로 허균의 그런 입장을 높이 평가하기 때문에 그것은 단장절취(斷章截取)해서 썼습니다. 그리고 소재라고 보느냐, '시유별재(詩有別材)'에서 그 '재(材)'자를 저는 몇 가지 책에서 보았습니다. 책에 따라서 재주 '재(材)'로도 쓰여 있고, 소재의 '재(材)'자로도 쓰여 있습니다. 그래서 인지할 때 이것을 어떻게 볼 것인가? 어떤 부분에서 보면 이것이

재(材)로 보아 가지고 공부한 것이 아니고, 재능으로 볼 수도 있고, 또는 따로 다른 어떤 소재보다는 특별히 시에 있어서는 별다른 소재가 있다 그러니까 인륜, 도덕만을 얘기하는 것이 아니고, 별도의 소재가 있다는 쪽으로 볼 수도 있는 그런 부분이 있었습니다. 그래서 저는 홍선생님께서 지적하신 바와 같이 과연 어떻게 보는 것이 더 정확한 것인가 하는 것은 저도 조금은 의문으로 남아 있습니다마는 두 가지 경우에 따라서 볼 수 있는 소지가 있었기 때문에 편의상 저는 이런 쪽을 보았습니다. 답변이 되었는지 모르겠습니다.

홍인표 : 예, 되었습니다.

사회 : 최신호 선생님, 말씀해 주시지요.

최신호 : "천기니 성정이니 하는 것은 백선생님에 앞서서 제가 이미 언급을 한 것인데 어렵습니다. 홍량호의 글을 보면 같은 자리에 시는 천기에서 나왔고, 성정에서 나왔다고 같이 언급을 했고, 어느 대목을 보면 시는 하늘에서 나왔다고 얘기를 합니다. 그러니까 천기는 두 가지 뜻이 있어요. 화담(花潭)의 문집에 나오는 시를 보면 그 때의 천기(天機)는 하늘의 기밀(機密)을 뜻한 것인데, 조선후기에 와서는 인간이 타고난 생리적인 것으로 해석이 됩니다. 백선생님께 질문이 아닙니다. 아까 하늘을 소이연(所以然)의 천(天)으로 보는 경우가 있지 않습니까, 하늘을 만든 또 그 위에 무엇이 있지 않아요. 그런데 후기에 오게 되면 인간의 정(情) 속에 하늘이 들었고, 정(情)이 다 들었어요. 그러니까 성정이 후기에 오게 되면 성(性)은 허사에 불과합니다. 인간의 칠정(七情) 감정이 주(主)가 된 것이고, 성(性)은 허사에 불과해요. 그러니까 정(情) 속에 소이연(所以然)의 천(天)이 아니라, 정(情) 속에 들어있

는 천(天)과 성(性)이 정(情)에 들어 있는 그런 의미에서 천
(天)과 천기(天機)와 성정(性情)이 한데 모아진 것이지, 조선
전기처럼 성정(性情), 높은 성(性)이라든가 소이연(所以然)
의 처(處) 그런 관계가 아니고 인간의 진솔한 꾸밈이 없는,
그러니까 이것은 시조집에도 보면 천기(天機)가 많이 나오
고, 양반도 천기(天機)라는 것을 많이 쓰지 않습니까? 그런
데 이것은 정(情) 속에 포함된 천(天)과 성(性) 그런 시가 무
엇이냐 하니까, 시경으로 나오지 않습니까. 그러면 시경과
비슷한 시가 무엇이냐 하니까 '촌구항요(村謳巷謠)' 우리나
라 떠돌아다니는 나무꾼이나 물 긷는 아낙네들의 중얼거리
는 그런 소리, 꾸밈이 없는 정(情)을 노래하는 그러니까 정
(情)속에 하늘이 들었고, 성(性)이 들었고 이런 것이 아닌가,
그래서 이것도 철학의 변천, 또한 역사(歷史)의 변천 이런
것이 합류되어 있어요. 아울러 이런 것까지 합류를 하면 단
단한 논문이 되지 않을까? 그런 생각을 해보고, 그 다음 표
현론 같은 것은 유약우 ≪中國詩學≫이 나온 이후로 많이 쓰
는데 洪선생님 말씀을 참고하시면 좋을 것 같습니다. 이상
입니다.

사회 : 조종업 선생님!

조종업 : 말씀 잘 들었습니다. 저보다도 한당차주환선생님께서 나중
에 시화연구(詩話硏究)에 관해서는 총평이 있으시지 않을까
생각합니다마는 제가 두어 가지 의문 나는 점을 말씀 드리
겠습니다.

여기 효용론, 풍격론, 신운론 이렇게 말씀하신 것은 그대
로 명·청대에 중국에서 있었던 것을 그냥 우리 학자들이
언급한 것에 지나지 않는가, 이렇게 생각되고 얼마만큼 시학

(詩學)과 관계있느냐가 문제가 될 것 같습니다. 그러니까 지금 한시비평론에 있어서의 그것이 비평이 있으면 그대로 시(詩)에 나타나야 됩니다. 그것이 하나 문제가 있고, 또 아까 표현론 안에 성정론, 천기론 혹은 신운설 이렇게 말씀하셨는데 이것은 거기에 포함될 필요도 없습니다. 왜 그러냐 하면 표현론은 표현론이고, 성정(性情)은 성정(性情)대로, 표현이 왜 성정류(性情類)에 그 안에 들어갑니까? 완전히 내용론으로 중대한 문제인데, 그러니까 이런 것들은 따로 하나하나 각각 독립되어서 말씀이 되어야 하지 않는가 그런 생각입니다. 먼저 말씀도 있었습니다마는 참고하시기 바랍니다.

그리고 이제 천기설 가지고 아까부터 여러 말씀들이 계신데, 천기라고 하는 것은 천(天)은 자연으로 보셔야 합니다. 저는 그렇게 알고 있어요. 파악하기를 하늘 위의 무슨 철학적인 원리가 아니고 자연스럽다 하는 것, 곧 천연스러운 것이죠. 그러니까 자기 개인의 본심이지요. 자연대로 나타나는 것, 자기 본심대로 나타나는 것, 그것이 우리나라에서는 천기(天機)란 말씀으로 쭉 나옵니다마는 중국에 보면 이탁오라고 하는 이가 동심설을 얘기한 것이 있습니다. 어린아이 마음, 동심(童心)이 그냥 발로되는 것이 곧 시의 진실이다. 이런 얘기를 했습니다. 결국 그런 것이 우리는 지금 표현을 천기(天機)라 하고, 중국도 물론 천기(天機)란 말이 있습니다마는 그렇게 된 것 같습니다. 한 가지 우리가 주목해야 할 것은 지금 조선 후기의 한시 비평을 전반적으로 고찰하시면서, 이렇게 중대한 얘기가 오늘 거의 언급이 되고, 다른 것도 말씀하시는데 소외된 부분이 하나 있습니다. 물론 간혹 말씀들이 계셨는데 자주(自主)·자아(自我) 소리가 없습니다.

왜 그러냐 하면 중국 사람들은 자주(自主)라고 하는 말이 필요하지 않습니다. 일본도 없습니다. 일본서 다 뒤져봐도 없는 데 한국만은 이것이 있습니다. 왜 그런가 하면 옛날에 우리가 중국을 중화라고, 중국에서는 우리 보고 동이라고 그러는데, 우리는 소중화 그랬습니다. 이런 것이 고려시대부터 있었습니다. 우리는 그냥 쓰는 것으로 알고, 중국 사람도 아는 줄 알았는데 중국학자가 한국 사람들이 소중화라고 한다고 하니 대만사대에 있는 왕중선생이 와서 그럽니다. 너희도 소중화라고 하느냐, 우리 자신이 소중화고 너희는 오랑캐다 그런 얘기지요. 저쪽이 워낙 나라는 크니까! 그것은 상대적으로 무슨 얘기가 되느냐 하면 우리가 '정(正)'이고 너희는 부정(副正)이다. 이런 얘기가 되지요. 즉 이쪽이 화(華)이고 너희는 오랑캐다 그런 이야기가 됩니다. 이 사상이 우리가 시론사상(詩論思想)에서 가장 주목해야 될 문제입니다. 물론 이 말씀은 나왔습니다. 조선풍(朝鮮風), 여러분이 말씀하셨는데 연암의 조선풍 얘기가 바로 자주 정신이죠. 그 얘기는 다시 올라가면 농암의 자주설이 있습니다. 물론 송강의 「星山別曲」을 평한 말씀에도 그런 것이 나옵니다. 서포만필에도 나오죠. 이런 것이 후기 평론 내지는 시화를 다루는 데 우리가 빼서는 안 될 하나의 중요한 문제가 아닌가 이렇게 해서 이것을 첨가해서 말씀 드립니다.

백원철 : 감사합니다. 효용론이나 풍격론이 중국의 경우에 물론 그대로 있어 왔고 저도 그것을 그대로 언급은 했습니다. 우리와 중국과의 관계에 있어서 과연 얼마나 구분이 되느냐 하는 것은 저도 의문을 갖습니다만 문화의 동일성이나 당시 중세 사회의 보편성, 동아시아적 보편성으로 봐서 공유할 것

은 같이 공유했지, 변별적으로 공유한 것만은 아닐 것입니다. 따라서 그 문제는 그렇게 큰 문제가 되지 않을 수 있다고 저는 생각했고, 여기서 제가 조금 우리의 것으로 의미 있게 봤던 것은 아까 처음에 말씀을 드렸습니다만 우리 스스로 성정론에 대한 새로운 각성, 이것에서 저는 천기론이나 성령론, 신운설이 크게 거부감 없이 받아들여질 수 있었다고 보았습니다. 이것은 곧 달리 말한다면 성정론 자체를 우리식으로, 다시 새로운 각성에 의해서 새롭게 인식했다는 것은 지금 바로 조선생님께서 지적해 주신 자주·자아의 정신이 바로 밑바탕에 깔려 있는 것이라고 보았던 것입니다. 그리고 제가 천기론, 성령론 속에 사실은 지금 조선생님께서 지적해주신 자주·자아의 얘기를 여러 번 언급을 했습니다. 우리의 민요에 대한 새로운 인식, 아까 '촌구항요(村謳巷謠)' 말씀이 있었습니다. 곧 농촌의 물긷는 촌부들의 노래나 나무하는 아이들의 노래 소리도 의미있게 보느냐, 그래서 우리가 민요를 한역도 하고, 민요 취향의 시를 짓고, 그리고 또 다산의 조선시나 연암의 조선풍이 모두 사실은 성정 자체를 중요하게 여기다 보니까 우리나라 사람의 성정을 표현하면 되지, 다른 나라 사람의 성정을 표현하는 것이 아니란 말이지요. 여기서 바로 화이론(華夷論)도 극복할 수 있는 기반이 되었던 것입니다. 당인(唐人)은 당인이고 지금 사람은 지금 사람이다 해서 꼭 학당(學唐)할 필요나 학송(學宋)할 필요도 없다. 우리의 성정을 막힘없이 꾸밈없이 그대로 표현하면 좋다. 그러한 주장을 하게 된 바탕들이 바로 조선후기에 지금 조(趙)선생님께서 지적해 주신 자주(自主)·자아(自我)의 정신이 기반이 되었다는 것을 저도 공감하고, 그

점을 저도 조금 얘기를 했던 것입니다.

다음에 이탁오의 동심설 같은 것은, 저도 여기에 구체적으로 언급은 안했습니다마는 바로 삼원파의 원굉도의 스승이 바로 이탁오로 제가 알고 있습니다. 왕양명의 좌파인데 바로 이러한 파들의 문학사상과 주장이 자유주의적인 것이고, 개성적인 것입니다. 그래서 이것이 제가 알기로는 단견입니다만 명말에 함께 쇠퇴를 겪고 청초에 복고주의 때문에 탄압을 받았던 것으로 압니다. 그런데 거기서 이탁오가 얘기했던 동심설 이것도 바로 천진한 마음, 천진한 마음은 꾸밈없는 마음이고 이것은 바로 천성(天性)입니다. 타고 나서 가지고 있는 그대로의 본성(本性)이라고 볼 수 있는 것이죠. 따라서 이것을 제가 언급은 안했습니다마는 사실은 그대로 천기(天機)나 성령(性靈)하고 바로 통할 수 있는 그런 용어라고 저도 생각을 하고 있습니다. 지적해 주신 데 감사하게 생각합니다.

사회 : 그 밖에 질문하실 분 있으세요.

정요일 : 제가 또 말씀 드려서 송구스럽습니다. 아까 90페이지~91페이지에 홍인표 선생님께서 말씀해 주셨는데, '시유별재(詩有別材)'라고 하는 것은 홍인표 선생님의 말씀대로 재료·소재로 보시는 것보다는 재주 쪽으로 보시는 것이 좋을 것 같습니다. 그러니까 91페이지 셋째 줄에 "시가 추구하는 것이 이(理)와 상관없으며, 시에서 문제 삼는 것이 서책과 관계없다는 허균의 말"이라고 하셨는데, 허균의 말이 시가 추구하는 것이 이(理)와 상관없다거나, 또는 시에서 문제 삼는 것이 서책과 관계없다는 말로만 해석될 수는 없을 것 같고, 시도 이치에 맞아야 하는 것이고, 또 시를 짓는 데도 서책을 많이

보아야 좋은 시가 나올 것은 당연한 일입니다. 그렇지만 시라는 것은 조금 특별한 것이라서, 시가 반드시 논리나 이치로만 설명될 수 있는 것이 아닌 경우가 있고, 또 서책을 많이 본다고 해서 좋은 시가 나오는 것이 아니라는 그런 말로 이해하고 싶습니다. 대답을 꼭 안해주셔도 됩니다.

그리고 흔히 조선후기 또는 실학자들의 문학이론이나 문학관을 논하시면서 재도론적 문학관이라는 보편성과 획일적인 규범성이 중세주의 틀을 벗어나서, 개별성·자율성이 존중되는 근대지향의 다양화·객관화 성향을 보인다고 말씀을 해 주시고 글을 쓰신 부분이 있습니다. 획일적인 규범이 중세주의의 틀이라고 해서 재도론적 문학관이 조선후기까지 언제나 지속되는 것인데, 부정적으로 인식될 우려가 있기 때문에 조금 약화하여 주셨으면 좋겠다는 부탁입니다.

그리고 또 있다면 다시 한번 말씀을 드리면 더욱 송구스러울 것 같아서 아까 최신호 선생님께 여쭈어 본 묘(妙)와 돈오(頓悟)는 어떻게 다른지 질문을 드립니다, 다음에 제가 바로 나중에 깨달음의 경지, 엄우의 ≪滄浪詩話≫에서 얘기가 되고 했는데 돈오(頓悟)는 갑작스러운 깨달음, 갑자기 깨닫는 것은 있을 수가 없다고 퇴계선생님이 말씀해 주신 것은 배우는 제자들이나 듣는 분들에게 맞추어서, 노력을 안하고 깨달음의 경지에 도달할 생각은 하지 말라, 절차탁마하고 갈고 닦아 가지고 학문을 한 이후에 깨달음이라는 것도 가능한 것이다. 그러니까 학문을 권장하기 위해서 하신 말씀으로 제가 스스로 해석이 됐습니다. 감사합니다.

사회 : 말씀 있습니까?

백원철 : '시유별재(詩有別材)'할 때의 재(材)를 재주 재자(材字)로 봄

이 타당하지 않느냐, 아까 홍인표 선생님께서 지적해 주신 것을 다시 말씀하셨고, 그 다음에 획일적이다, 규범적이다, 재도론적 문학관을 그렇게 너무 강하게 표현한다면 문제가 있지 않느냐, 제가 쓰다 보니까 그렇게 됐습니다만 역시 조선후기 뿐만이 아니라 지금에 이르기까지도 사실은 한시에 있어서 재도론적 문학관의 어떤 의미나 가치는 쇠퇴될 수는 없는 것이죠. 문제는 거기에서 또 다른 개성적인 면으로의 진취적인 면이 있었다는 것입니다. 근본적으로는 조선후기까지도 그대로 효용론의 어떤 의미와 가치는 살아 있었고, 또 그 역할이 컸다는 데 대해서는 저도 함께 인식하고 있습니다. 이상입니다.

사회 : 마지막으로 윤주필 선생님 간단하게 질문해 주시기 바랍니다.

윤주필 : 배우는 입장에서 오늘 여러 선생님들 말씀해주신 것을 저도 나름대로 혼자 정리하고 있는데 어느 한 방향으로 모아지고 있는 것 같은 느낌이 들다가, 또 간혹 그것이 흩어지는 작업이 자꾸 이루어지는 것 같습니다. 그렇게 되는 이유가 우선 조선후기에 관해서 얘기하고 있는데, '조선 전기하고 얼마나 다르냐'를 얘기할 때는 '같은 것이 있다'라고 얘기를 하게 되고, 또 '한국적인 것이 특히 다른 것이 있다' 이렇게 얘기를 하면 '중국에도 있는 것이다' 이런 식의 논의와 반론이 나오고 그래서 결국은 모든 사물이 일반론적인 의미가 있고, 개별적인 의미가 있게 마련인데 그것이 결국은 어느 쪽에 비중을 두느냐 하는 것이 문제일 것 같습니다. 그래서 지금 저 나름대로는 오늘 이제까지 발표된 논의들이 최신호 선생님 발표까지 합해서 소위 형이상학적인 철학론이라든가 또는 실제비평으로서 말씀하신 문학론이라든가 아니면 조금 전

에 송준호 선생님께서 말씀해 주신 문학사조라든가 영향, 특색 이런 것도 있었고, 아까 최신호 선생님께서 말씀해 주신 문학사상 그것까지도 있었습니다. 그런데 제가 자꾸 혼란을 일으키는 이유는, 나름대로 분석을 해보니까 결국 같은 차원의 용어들이 아닌 것을, 자꾸 같은 차원에서 이야기하기 때문에 그런 것이 아닌가 이런 생각이 듭니다. 그래서 구체적으로 백원철 교수님께 이 논문에 관해서 질문을 드려보면, 예를 들면 아까도 말씀이 나왔습니다만 성정론을 효용적 관점과 표현론적 관점이 있다고 하면서, 그것을 변별기준으로 성정지정 또 성정지발 그런 주안점이 서로 다르다는 것을 지적하셨습니다. 그리고 후자에 성정지발 그러니까, 표현론적인 관점에서의 성정론은 그 이후에 천기론이라든가, 성령론 그런 서로 상호 보족적(補足的)인 관계를 가진다고 그러셨습니다. 그런데 이것은 어떤 것하고 비교를 하느냐에 따라서 달라지는 문제라고 생각합니다. 그러니까 예를 들면 전자에 성정론이 확실히 윤리적인 주제의식을 달리하는 것에 비한다면, 후자가 개성을 강조하는 관점이라는 것이 옳은 지적이지만, 다른 문학론, 여타의 성령론이라든가, 천기론이라든가 이런 것과 비교를 할 경우에는 그 두 가지 관점의 성정론을 매우 가까운 것으로 파악되어야 하지 않겠는가 이렇게 생각이 듭니다. 그런데 실제 자료를 살펴보면 그렇게 파악하기에는 둘 사이에 이질적인 요소가 너무 많다고 한다면, 후자의 성정론은 다른 문학론을 전개시키기 위한 구실, 아까도 말씀드렸습니다만 천기론과 같이 새로운 이론을 위한 방패막이로서 우선 내세운 것으로 보고 성정론이라고 용어를 하지 말고, 대신 그것은 다른 어떠한 과정으로 가기 위한 중간단계다 이렇게 파악하는 것이 더 옳지 않을까 생각이 듭니다. 그 얘기는 실제 비평으로서의 문학론만 따져서는 얘기가 되지 않을 것 같고, 아까 최신호 선생님이 했던 그런 관심의 방향, 그러니까 문학론이라고 하는 것은 기존 용어를 쓸 수밖에 없는 한계 속에서 새로운 사상의 달라진 인식을 표현할 수밖에 없다고 한다면 그렇게 새롭게 형성되어가는 인식 쪽에 바뀌어져 가는 변모 자체를 중시해야 되지 않을까 이렇게 생각이 듭니다. 그래서 제 생각에는 성정론 같은 것은 아까도 성정론을 문이재도론과 연과 시켜서 생각한다면, 그것을 일반론적으로 얘기하자면 어느 시대나 다 적용될 수 있지요. 그런데 우리가 학계에서 얘기하는 성정론이라고 하는 것은 조선 전기의 가장 특징적인 문학이론이다, 이렇게 얘기가 되고 있습니다. 그러니까 개별적인 의미로서의 성정론과 일반적인 의미로서의 성정론을 구별해서 얘기해야 되지 않겠는가. 그런데 왜 그러면 조선후기에도 계속해서 성정론이란 말이 나오느냐, 그러면 그것은 다른 문학이론 또는 문학 사상을 구축하기 위한 실제적인 작업, 고충의 결과가 아닌가 이렇게 생각이 듭니다. 그래서 그럴 경우 성정론에도 소위 표현론적인, 조선전기의 의미표현론적인 성정론을 찾아보면 얼마든지 많습니다. 아까 연민 이가원 선생님께서도 지적하셨지만 퇴계(退溪) 선생의 시 중에 사물의 관찰이 굉장히 뛰어난 시를 몇 개 지적하셨습니다. 그것이 조선후기하고 다른 바가 없지 않느냐 이렇게 얘기할 것이 아니고 조선 전기에 이미 성정론의 두 갈래가 있었다. 그런데 설사 표현론적인 성정론이 조선전기에 있었고, 후기에 그것이 계승된다. 그러므로 연결되는 점이 있다. 그런 공통되는 점을 간과하자는 것이 아니라 그런 것이 있다 하더라도 새롭게 다른 측면을 더 주목해 볼 필요가 있는 것이 아닌가……그래서 제 생각에는 성정론은 조선전기에 이미 완성이 됐고, 그 뒤에 다른 용어로써 이미 표현이 된 성정론이라든가 천기론이라든가, 아니면 더 극단적인 신운설로 가기 위한 징검다리 역할을 하는 것이 아닌가 이렇게 생각이 듭니다. 그것에 대해서 의심이가서 말씀드렸습니다.

백원철 : 간단히 말씀드리겠습니다. 결론적으로 말씀하신 그 논지는 제가 앞서 말씀을 드렸던 것이고, 그렇기 때문에 거기에 이의가 없습니다. 다만 이 성정론이란 말을 새롭게 제가 용어를 썼던 까닭은 사실 아까 최신호 선생님께서도 말씀하셨듯이 성(性)은 의미가 없습니다. 정(情)을 그대로 표현하자는 것입니다. 따라서 이것은 조선전기나 중기에 얘기했던 성정론과 동일선상에서 이야기하기가 어렵습니다. 성(性) 자체가 무시되기 때문에 성정론이란 말을 그 전에 없던 용어라고도 볼 수 있겠는데, 조선 후기에 따로 이것을 첫 항에 넣고, 이것이 결국 이러한 사조가 기반이 되어서 그 다음에 천기론이나 성령론 신운설로 발전을 할 수 있었다 하는 그런 생각을 가졌던 것입니다. 그런데 그런 문제를 굳이 여기서 다시 항목으로 넣어서 이렇게 표현해야 할 것인가 아니면, 천기론이나 성정론 신운설을 얘기하면서 과도기적인 이야기로 언급하고 넘어가야 할 것인가라는데 대해서는 지금 윤 선생님께서 지적해 주신 것이 저에게 앞으로 참고사항이 되겠습니다. 감사합니다.

사회 : 감사합니다. 시간이 너무나 지나서 더 이상의 논의는 어려울 것 같습니다. 요컨대 시비평의 기준, 조선 후기에 시비평의 기

준이라고 하는 것이 상당히 심도 있게 오늘 논의가 된 것 같습
니다. 조선후기의 시대적, 사회적 상황 속에서 일어났던 자아
각성이라고 하는 것이 우리 한시를 비평하는 기준으로서 어떻
게 수용되었으며, 그것이 수용계승 되는 가운데에서 전통적인
비평의 용어에 대해서도 상당한 저항과 마찰을 일으키고 있는
것 같이 느껴지는 것입니다. 앞으로 이 문제에 대해서 더 많은
연구들이 이루어지기를 바랍니다. 그러면 이 논의는 이쯤 해
서 마치고 다음으로 넘어가도록 하겠습니다.

(『동양학』 제23집, 단국대학교 동양학연구소, 1992)

조선후기 실학자의 시문학세계

조선 후기 백성들의 생활상을 담은 다산(茶山)의 한시

1. 암행어사로서 백성의 궁핍한 생활상을 목격하고

냇가에 부서진 집 엎은 사발 같은데	臨溪破屋如瓷鉢
북풍에 지붕 걷혀 서까래만 앙상하네	北風捲茅椽蠡蠡
묵은 재 눈 덮여 아궁이 썰렁하고	舊灰和雪竈口冷
무너진 벽으로는 별빛만 비쳐드네	壞壁透星篩眼谿
집안에 있는거란 보잘 것 없어	室中所有太蕭條
거두어 팔아도 칠팔전도 못되리	變賣不抵錢七八
개꼬리 같은 조 이삭 세 고갱이에	尨尾三條山粟穎
닭 창자같이 꿰어논 고추 한 줄 뿐	雞心一串番椒辣
깨진 독 헝겊 발라 새는 곳 막고	破甖布糊杜穿漏
찬장선반 무너질까 새끼줄로 얽었네	庋架索縛防墜脫
구리 수저 옛적에 이정에게 빼앗겼고	銅匙舊遭里正攘
쇠솥은 새로이 이웃 부자가 가져갔네	鐵鍋新被隣豪奪
무명 베 낡은 이불 한 채 뿐이니	青綿敝衾只一領
부부 유별이란 당치도 않다네	夫婦有別論非達
어린놈은 저고리 헤져 어깻 쭉지 드러나고	兒穉穿襦露肩肘
날 때부터 바지 버선 걸쳐 보지 못했네	生來不著袴與襪
큰 아이는 다섯 살에 기병으로 이름 올랐고	大兒五歲騎兵簽

작은 애는 세살 적에 군관으로 올랐네	小兒三歲軍官括
두 아이 세공으로 오백전을 내야하니	兩兒歲貢錢五百
어서 죽기 바라는데 하물며 옷 입히랴	願渠速死況衣褐
강아지 새끼 태어나 아이들과 함께 자니	狗生三子兒共宿
호랑이는 밤마다 울타리 맴돌며 으르렁대네	豹虎夜夜籬邊喝
사내는 나무하고 아낙은 방앗품 떠나	郎去山樵婦傭舂
대낮에도 사립 닫혀 쓸쓸하기만	白晝掩門氣慘怛
점심 걸러 두끼라 저녁에나 불 때고	晝闕再食夜還炊
여름엔 두꺼운 옷 겨울에는 얇은 옷	夏每一裘冬必葛
냉이싹도 깊이 박혀 땅 풀리길 기다리고	野薺苗沈待地融
마을의 술찌끼도 술 익어야 나온다네	村篘糟出須酒醱
지난 봄 관곡을 다섯 말이나 먹었는데	餉米前春食五斗
금년에도 이런 형편 살길이 없겠구나	此事今年定未活
나졸들이 닥칠까 두려울 뿐	只怕邏卒倒門扉
관가에서 매맞는 것 걱정치 않는다네	不愁懸閣受笞撻
아아! 이런 집이 세상에 가득한데	嗚呼此屋滿天地
궁궐 깊은 곳에서 어찌 다 살피랴	九重如海那盡察
한나라 관리인 직지사자는	直指使者漢時官
지방수령 태수도 마음대로 처벌했네	吏二千石專黜殺
병폐의 근원 얽혀 바로 잡지 못하니	槃源亂本梦未正
공수(龔遂) 황패(黃覇) 다시 난들 뿌리 뽑기	龔黃復起難自拔
어려우리	
멀리 정협(鄭俠)의 유민도(流民圖)를 본받아서	遠摹鄭俠流民圖
시 속에 묘사하여 임금께 바치리라	聊寫新詩歸紫闥

이 한시는 다산(茶山) 정약용(丁若鏞)의 <봉지염찰도적성촌사작(奉
旨廉察到積城村舍作)>이라는 장편 고시이다. 다산이 정조 18년(1794) 경
기도 암행어사의 명을 받들어 연천지방을 순찰하던 중 적성촌에 이르

러 백성들의 참담한 생활상을 목격하고 이것을 사실적으로 묘사한 것이 곧 위의 시이다.

조금 내용을 구체적으로 보면, 우선 한 백성의 곤궁한 모습을 눈에 잡힐 듯 선명하게 묘사한 다산의 글 솜씨에 놀라게 된다. 그러나 우리는 다음으로 곧 다산의 의도, 즉 이 시에서 나타내고자하는 그의 뜻이 무엇인가에 생각이 미치게 된다. 그리하여 이러한 사실적 묘사가 다만 묘사에 그치는 것이 아니고, 그 뒤에 이어지는 그러한 비참한 결과를 가져오게 된 원인이 어디에 있는가를 예리하게 비판하는 그의 울분에 찬 목소리를 접하게 된다.

먼저 그는 이정(里正)과 이웃 부호가의 횡포를 고발하고 있다. 다음으로 군정(軍政)의 문란을 들고 있다. 어린 두 아들이 다섯 살과 세 살적에 군적에 올라 해마다 군포의 몫으로 5백전을 바치고 있다는 것이다. 이것은 탐관오리(지방관리와 아전)의 부패가 극에 달한 것으로서 차라리 희극적이기까지 하다.

농민이 한 뼘의 농토도 소유하지 못한데다가 더구나 위와 같은 학정에 시달리고 있음을 알 수 있거니와, 결국 국가 기강이 무너진 상태로서 흔히 지적하는 바대로 봉건사회의 모순이 누적되어 말기적 현상이 노출되고 있었던 것이다. 결국 이러한 정치의 부패상과 농민들의 참상을 직접 목격한 암행어사의 직분을 가진 33세의 젊은 다산은 커다란 충격을 받았던 것이다. 그러므로 한나라 때의 직지사자 같이 전권을 휘둘러 부패한 관리를 한꺼번에 숙청하고 싶다고 한 것이다.

그러나 워낙 그 뿌리가 얽혀 있었고 근본적으로 썩어 있으므로 공수와 황패 같은 어진 신하가 있어도 어찌 할 수 없는 지경임을 한탄하면서, 송나라의 정협과 같이 농토가 없어 유리걸식하는 백성들의 모습(流民圖)을 그려 군주에게 바쳐서 그 실상을 알리겠다고 한 것이다.

물론 이때 다산은 현실에 비탄만하고 체념만 하지는 않았다. 암행어사로서, 경기 감사를 위시하여 관직의 고하를 막론하고 색출 엄단하였던 바, 이 일로 해서 뒷날까지도 집권층의 탄압을 받기에 이르렀기 때문이다. 결국 이때의 충격과 체험은 뒷날 다산으로 하여금 정치제도의 근본적인 개혁을 위한 학문에 심혈을 기울이게 하여, 조선후기실학을 집대성케한 하나의 중요한 계기가 되었던 것이라 볼 수 있다.

2. 천주교도로 몰려 강진으로 유배 당하고

우리는 위의 시를 접하면서 많은 놀라움과 함께 몇 가지 의문점을 가지게 된다. 하나는, 다산은 어떤 사람이었기에 여느 사대부(지배층)와는 달리 현실에 대한 강한 비판의식이 담긴 위와 같은 시를 지었는가? 또 하나는, 당시의 역사현실, 그 중에서도 특히 농촌 사회의 현실이 그토록 비참한 모습으로 존재하고 있었는가? 하는 점 등이다.

먼저 그의 생애와 시대배경을 개략적으로 살펴봄이 문제의 접근에 도움이 될 것이다. 다산은 영조 38년(1762)에 경기도 광주 마현(지금의 양주군 와부면 능내리)에서 부친 정재원(丁載遠)의 4남으로 태어났다. 관직에 있던 부친을 따라 서울, 화순 진주에도 거주하였다. 16세에 성호(星湖) 이익(李瀷)의 저서를 접하고 크게 감명을 받아 실학(實學)에 뜻을 두었다. 이때부터 성호가(星湖家)의 후손들과 교우하면서 북학파인 박지원, 박제가 등과도 접촉하였고, 특히 같은 남인계 학자들과 천주교의 교리와 서양의 학문에 접할 기회를 가졌으며, 한 때는 천주교를 신봉하기도 하였다.

이로써 그의 학문과 사상은 커다란 영향을 받았다. 28세에 과거에 합격한 뒤로는 수원성 축조에 공을 쌓는 등 그의 탁월한 재능이 인정을 받았고 국왕 정조의 극진한 총애로 중요 관직을 역임하였다. 곧 그가 출

사 10여 년간에 서교(천주교)로 인하여 반대파의 모함을 받아 곡절을
겪으면서도, 사헌부 지평, 사간원 정언, 홍문관 수찬, 교리, 성균관 직강,
암행어사, 승정원 좌부승지, 병조참의, 형조참의 등 대체로 내직으로서
사대부라면 누구나 선망하는 청환요직(淸宦要職)을 두루 거쳤다. 다산
이 이와 같이 다른 사환자(仕宦者)에 비하여 이례적으로 요직을 역임하
면서 국왕의 측근에 기용되었던 것은, 그의 경세지재(經世之才)와 함께
출신가문도 크게 고려되었던 것이었다.

　곧 정조때에는 비록 숙종때와 같은 당파적 대립이 표면적으로 치열
하게 전개되지는 않았으나, 영조 때에 있었던 장헌세자(사도세자)의 불
행을 두고, 과거 세자를 불행으로 이끈 노론계와 불행을 막으려 했던 남
인계와의 사이에 반목과 대립이 심각하게 내연되고 있었다. 이때 정조
는 죽은 아버지(사도세자)의 원한을 갚고 왕권을 강화해야할 필요에 의
해서, 자연 남인계 인사를 중용하기에 이르렀던 것이다. 대표적 인물들
이 채제공·이가환·정약용 등이다. 실상 정조는 재위 24년에 걸쳐 선
대왕 영조의 탕평책을 계승한다는 이름 아래 이들 남인계(南人系)를 요
직에 등용하였다. 노론의 전횡을 막으면서, 선세자(先世子)의 불행을 정
당하다고 보는 이들 노론계, 그 중에서도 벽파(辟派)를 드러내지 않고
다른 일을 구실로 삼아 많이 숙청하기도 하였다. (노론과 남인의 당파
에, 세자의 죽음을 놓고 정당하다고 보는 벽파와 그렇지 않게 보는 시파
(時派)의 갈림이 또 있었다.)

　따라서 다산이 조정에서 활동한 정조 재위기간의 정세는 표면적으로
는 비교적 평온을 유지한 듯 하나, 실제로 그 내면에는 양 세력간에 적
대와 질시가 극도로 깊어져 있었으므로, 언제든 또 다시 촉발 할 수 있
는 정쟁의 불씨를 내포하고 있었던 것이다. 그러므로 1800년 정조의 죽
음은 곧 동시에 남인계 그 중에서도 시파(時派)의 몰락을 의미하는 것
이 된다. 12세의 어린 나이로 순조가 즉위하자 영조의 계비(繼妃)로서

벽파의 배후였던 대왕대비 김씨(정순왕후)가 수렴첨정을 하게 되자, 전권을 장악한 벽파세력은 곧 천주교를 구실로 내세워 시파, 즉 주로 남인계를 모두 체포하여 혹독한 형벌을 가했다. 이름하여 신유사옥(辛酉邪獄, 1801)이다. 이때 가장 극심한 탄압을 받은 곳이 성호학파(星湖學派)였다.

성호가에서는 이가환(李家煥, 당시 공조판서)이 옥사하고 다산가(茶山家)에서는 본인과 둘째형 정약전(丁若銓)이 유배당하고, 셋째형 정약종(丁若鍾)이 참형을 당했으며, 다산의 매부가 되는 이승훈이 극형을, 그 형제인 이치훈(李致薰)이 유배를 당했던 것이다. 이때 다산은 2월에 경상도 장기현에 유배당했다가, 10월에 황사영백서 사건으로 다시 서울에 불려와 추국(推鞫)을 당한 다음 전라도 강진현으로 이배(移配)되었다. (그리하여 순조 18년(1818) 8월 그의 나이 57세 때에야 19년에 걸친 유배생활에서 벗어 날 수 있었다)

국토의 최남단 바닷가에 버려진 다산, 그것도 대역죄인의 누명을 입고 일문이 거의 몰락되어 폐족의 지경에까지 이르게 되었을 때, 그의 심정은 어떠했을까. 전날 암행어사의 명을 받고 민정을 살필 때 힘없는 일반 백성들이 인간이하의 궁핍한 생활을 하는 경우를 접하고, 그것도 그러한 백성들이 천지에 가득한 형편임을 보고서 비통해 마지않던 그였다.

그리고 그 때 이미 그러한 현실은 부분적인 개혁(수술)으로써는 치유가 불가능함을 한탄해 마지않았었다. 그러했던 그가, 이제는 바로 위치가 바뀌어, 그 자신이 집권세력의 탄압을 받아 하루아침에 몰락된 처지가 되었다. 이렇게 되자, 그에게 당대의 역사현실은 더욱 그 모순점이 두드러지게 보였고, 조정의 손길이 미치지 않아, 지방관의 횡포가 더욱 자심한 유배지 농촌지역 촌민의 처참한 생활상은, 그로 하여금 이제 자신이 해야 할 일이 무엇인가를 분명히 깨닫도록 하였다. 그리하여 그는 정치, 경제, 국방, 토지 제도 등을 포함한 각 방면에 걸친 일대 개혁안을 구상, 저술을 통해 밝혔으니 일표(一表) 이서(二書, ≪경세유표(經世遺表)≫·≪목민심서(牧民心書)≫·≪흠흠신서(欽欽新書)≫) 등은 그 대표적인 것들이다.

3. 갈밭마을 아낙네의 딱한 사연을 듣고

그러므로 이제 첫머리에 소개된 부류의 한시를 다산이 다수 짓게 된 동기는 어느 정도 설명이 된 셈이다. 곧 당대의 너무나 절박한 현실은 그로 하여금 '꽃피는 아침과 달뜨는 저녁(화조월석(花朝月夕))'만을 노래할 수 없게 했던 것이다. 그러므로 그는 문학을 하는 자세에 대해서 그의 큰아들 학연에게 다음과 같이 말하였다. "후세의 시율은 마땅히 두보를 공자와 같이 여겨야 한다. 대개 그의 시가 모든 시인들보다 나은 것은, 시경 300편에 담긴 뜻을 얻었기 때문이다. 삼백편의 시는 모두 충신 효자 열부와 진실한 벗들의 불쌍히 여기어 슬퍼하는 마음과 충직하고 도타운 마음의 발로인 것이니, (그러므로) 임금을 사랑하고 나라를 걱정하지 않으면 시가 아니며, 시국을 안타까워하고 퇴폐적인 풍습에 분개하지 않으면 시가 아니며, 참됨을 찬미하고 거짓을 풍자하며 선한 것을 권장하고 악한 것을 징계하는 뜻이 없으면 시가 아니다(後世詩律 當以杜工部爲孔子 皆其詩之所以冠冕百家者 以得三百篇遺意也 三百篇者 皆忠臣孝子烈婦良友 惻怛忠厚之發 不愛君憂國非詩也 不傷時憤俗非詩也 非有美刺勸懲之義 非詩也)"고 하였다.

여기에는 다산의 문학사상이 잘 드러나 있다. 곧 공자가 정리한 시경 시 3백편을 이상적인 시의 모습으로 여겼고, 당나라가 전란에 휩싸여 나라가 기울고 백성이 고통에 시달리는 것을 안타까워한 두보의 시를 그에 준하는 것으로 보아, 후세의 시인들이 마땅히 따라야 한다고 한 것이다. 따라서 조선후기의 극도로 부패한 정치상과 문란한 시대상을 목격한 다산으로서, 나라의 형편을 근심하고 백성을 불쌍히 여기는 마음을 시로써 표현한 것은 너무나 당연한 일인 것이다.

다음에 시 한편을 더 들어본다.

갈밭 마을 젊은 아낙 슬프게 울어대니	蘆田少婦哭聲長
관청 향해 곡하다가 하늘 보고 호소하네	哭向縣門號穹蒼
군인 간 남편의 못 돌아옴 있다하나	夫征不復尙可有
옛부터 남절양(남자의 성기를 자르는 일)은 들어보지 못했노라	自古未聞男絶陽
시아버지 상에 소복 입고 아이놈 배냇물도 마르지 않았는데	舅喪已縞兒未澡
삼대이름 군적에 그대로 올라있네	三代名簽在軍保
관가에 달려가 하소연해도 범 같은 문지기 버티어 섰고	薄言往愬虎守閽
이정(里正)은 호통치며 소를 끌고 가버렸네	里正咆哮牛去皁
칼 갈아 방에 들자 선혈이 낭자하니	磨刀入房血滿席
아이 낳아 이 고생 당해서라네	自恨生兒遭窘厄
말 돼지 거세함도 슬프다 하건마는	騸馬豶豕猶云悲
하물며 민생은 대이음 생각지 않겠는가	況乃生民思繼序
부자집 한평생 풍악을 즐기면서	豪家終歲奏管弦
쌀 한톨 베 한 치 세금내지 않는다네	粒米寸帛無所捐
다 같은 백성인데 이다지도 다른고	均吾赤子何厚薄
쫓겨난 신세로 시구편(백성을 고루 돌본다는 시경의 편명)만 거듭거듭 읊노라	客窓重誦鳲鳩篇

위의 시는 1803년 다산이 유배지인 강진에 있을 때 지은 것인 바, 이에 대하여 다산은 『노전에 사는 한 백성이 아이를 낳은 지 사흘 만에

군보에 등록되고, 이정이 소를 빼앗아 끌고 가버렸다. 이에 이 사람은 칼을 들어 자신의 생식기를 스스로 베면서 하는 말이 '내가 이것 때문에 곤궁을 당한다'고 하였다. 그 아내가 베어진 것을 가지고 관청에 달려가니 피가 아직 뚝뚝 떨어지는데, 울며 하소연 하였으나 문지기가 막았다. 내가 듣고 이 시를 지었다』고 하였다.

곧 당시 군정의 문란과 지방관들의 횡포가 어떠했는가를 극명하게 보여주는 시이다. 또한 이것은 단순한 시가 아니라 처절하면서도 생생한 역사의 기록임을 알 수 있다.

(공주사범대학신문 제333호, 1989. 4. 3, 「사대논단」: 이 글은 신문에 본래 「茶山(丁若鏞) 實學의 一面」의 제목으로 실렸던 것이며, 여기에서는 자구를 약간 수정하고 내용을 줄이면서 그에 따라 제목을 바꾸었다.)

유배지 김해(金海)와
낙하생(洛下生) 이학규(李學逵)의 문학

1. 조선후기 실학풍과 낙하생

조선후기에는 봉건지배질서의 점차적인 붕괴와 함께 근대지향적인 제반 역사·사회적 변화가 일어나게 된다. 사상과 학문분야에서도 그동안 정교(政敎)의 지배이념이며 유학의 본령으로서 확고한 위치에 있던 도학—의리지학(義理之學)이 점차 관념화되어 그 현실성이 약화되기에 이르렀다. 이때에 심각하게 노정되는 봉건사회의 모순에 현실적으로 대처하면서 극복하려는 실질적인 학풍이 대두되었으니, 곧 실학이다.

이 새로운 학풍으로서의 실학사조는 경세치용의 분야뿐만 아니라, 문학에 대하여서도 새롭게 가치와 의의를 부여하여 종래의 도본문말(道本文末)의 완고한 재도적문학관을 탈피하는 계기를 마련하였고, 이에 따라 문학에 정진하는 사계층(士階層)이 확대되었다. 이들은 문학을 사대부의 보람있는 과업으로 인식하는 동시에 중화중심주의 세계관을 극복하여 민족에 대한 자각과 민중에 대한 새로운 인식을 소유하게 되었다. 그리하여 이른바 조선풍(朝鮮風)·조선시(朝鮮詩)로 표징되는 문학사적 신기풍이 일어나게 되었거니와, 곧 이러한 변화국면을 선도하면서 실천적으로 문학창작 활동을 벌인 일군의 사계층 문인들이 바로 박지원 중심의 연암 그룹과 다산(정약용)으로 대표되는 성호학파(星湖學派)의 문인학자들이었다.

이 때 낙하생 이학규(1770~1835)는 그의 출신가계와 학문연원등이 당시 경세치용학파의 본산격이었던 성호가와 일치됨으로 인하여, 그는 자연스럽게 조선후기 진보적 지성을 대표하는 성호가문의 실학적 가풍 속에서 성장하게 되었으며, 이것이 뒷날 다산과의 동지적 결속과 교유 속에 실학적 문학세계를 확충시켜 나갈 수 있었던 배경이 되었다. 낙하생은 곧 다산과 함께 성호학파의 마지막 세대에 속한 문인이다.

2. 촉망받던 문사에서 유배의 길로

낙하생 이학규는 1770년(영조, 46) 평창이씨(平昌李氏)를 본가로 출생하였는바, 외가는 여주이씨(驪州李氏) 성호(李瀷)가문이며 처가는 나주정씨(羅州丁氏) 다산의 가문이다. 곧 그는 조선후기 대표적인 남인가(南人家)의 사인층(士人層)신분을 가지고 태어났음을 알 수 있다.

그는 부(父)가 조졸(早卒)한 나머지 외가에서 유복자로 태어나, 외조인 이용휴(李用休 : 성호의 조카)와 외숙인 이가환(李家煥)의 훈육을 받으며 성장하였다. 총명하고 문재(文才)가 있어 당시 남인가의 촉망받는 청년학사로 세인의 주목을 받았으며, 국왕 정조에게도 알려지게 되었다. 실제로 그는 왕의 부름을 여러 차례 받았는바, 26세의 포의로 규장전운 편찬에 참여하기도 하였으며, 왕명으로 사서(史書)를 교정하여 바치는 등 왕의 각별한 지우를 입었다. 그가 유배된 후에 회고하며 지은 다음 시구는 당시의 정황을 말해주고 있다.

글 솜씨는 인재들도 물어왔고	風騷才子問
임금의 인정하심 신하들도 알았네	王笑待臣知
득의함이 이와 같았으니	得意應如此
비방함도 이에서 비롯되었네	訛言亦在玆

한편 위 시구는 그가 받은 명성이 곧 반대당의 질시를 불러 일으켜 그로 하여금 정쟁의 희생이 되게 하였음을 내비치고 있기도 하다.

이때의 정국의 형편은 어떠하였는가? 낙하생이 청년문사로서 조야에서 어느 정도 명성을 얻고 국왕의 인정을 받았던 이 시기는 곧 18세기 끝 정조 말년에 해당된다. 조정에서는 노·소·남당간의 계속되어 온 반목에 다시 사도세자(정조의 친부)의 죽음을 계기로 시·벽파의 대립이 겹쳐 그 양상이 한층 심각하였다. 이때 낙하생의 친인척가는 대체로 사도세자의 불행에 동정하는 남인가 시파에 속하였으므로, 사도세자의 죽음을 주도한 노당의 벽파와는 자연 서로 대립관계에 있었다. 그러므로 정조는 부군 선세사(곧 사도세자)의 불행에 동정하는 시파를 측근의 친위세력으로 기용하려는 의지를 가지고 있었으며, 이 때문에도 낙학생은 다산 등과 함께 국왕의 총애를 받을 수 있었던 것으로 추정된다.

그러나 1800년 6월 정조가 세상을 떠나자 상황은 급변하게 되었다. 벽파를 견제하기 위하여 시파를 중용하였던 정조의 죽음은 곧 시파의 몰락을 예고하는 것이 되었다. 12세의 어린나이로 순조가 즉위하자, 영조의 계비로서 벽파의 배후였던 대왕대비 김씨 정순왕후(貞純王后)가 수렴청정을 시작함에, 전권을 장악하게 된 벽파세력은 곧 사교(천주교) 척결을 내세워 주로 남인계 시파를 혹독하게 탄압하였다. 이름하여 신유사옥(1801)이다.

이때 가장 극심한 피해를 입은 곳이 성호학파였다. 성호가에서는 이가환(낙하생의 외숙, 당시 공조판서)이 옥사하고, 다산가에서는 형제들이 참형(정약종)과 유형(정약전)을 당하였으며, 낙하생가 역시 9촌숙(九寸叔)이 되는 이승훈이 극형을 당하고 이치훈이 유배되었다. 낙하생 본인은 실질적으로 서교(천주교)와도 무관하고 또 재조 관원(在朝 官員)의 신분도 아니었으나, 도당으로 지목되고 연좌되어 의금부에 구금되었다가 동년 여름(5월경)에 전라도 능주(현 전남 화순군)에 1차 정배되었다. 그 해 10월 황사영 백서사건이 일어나자 다시 그 배후 인물로 지목되어 서울에 압송되었으며, 관련사실이 없었으나 경상도 김해부로 재차 정배되었다. 이후로 24년에 걸친 유례가 드문 장기간(1801~1824)의 유배생활이 시작되었다.(황사영은 다산의 맏형 정약현의 사위이며, 낙하생에게는 내종제(內從弟)가 된다. 이때 다산도 낙하생과 동일한 경위로 인하여 경상도 장기-1차 유배지-에서 전라도 강진으로 유배지가 옮겨졌다.)

3. 가정의 몰락과 문필을 벗삼은 유배지의 삶

원래 낙하생가는 벌족(閥族)은 아니나, 수백년 인천 근교(소래)에 터전을 이루어 왔고 국가식록(國家食祿)이 이어졌던 집안이다. 낙하생 당대에는 부친의 조졸(早卒)로 비록 가산이 부유치는 못하였으나, 서울 반송방(서소문 밖)의 가옥에는 장서 천여권과 노비 4-5명, 영서(嶺西)에 약간의 전답이 있었으니, 그런대로 사부가(士夫家)의 규모는 갖추었다고 볼 수 있다.

그러나 그가 신유년 그의 나이 32세에 갑자기 국토의 최남단 김해에 유배되어, 24년이란 긴 세월을 정배에서 풀려나지 못하자, 가장을 잃은 그의 집안은 하루가 다르게 기울게 되었다. 실제로 전답과 가옥을 팔고 노비도 흩어졌으며, 해를 보내면서 어린 자식과 노모 그리고 처(妻) 정씨마저 세상을 떠나는 비운을 맞게 된 것이다. 그러므로 뒷 날 그가 55세에 백발이 성성한 쇠잔한 몸으로 방면은 되었으나, 여생을 마치기까지의 10여년간 마저도 고향인 인천이나 서울에 안착하지 못하고 충청도의 산골 어느 곳에 이주하였고, 그 곳에서도 오히려 유배지였던 김해에 자주 왕래하며 말년을 보낸 것은 곧 위와 같이 유배기간 중에 가정이 철저히 몰락되었던 까닭에서였다.(지금도 그의 말년 이주처와 후손을 찾을 수 없다. 한편 방면 후에도 유배지를 찾아 왕래하면서 이 곳 인사들과 교유를 계속한 것은 매우 특이한 사례이다.)

한때 촉망받던 청년학사로서 지녔던 청운의 꿈이 여지없이 꺾이고 여기에 가정마저 처참히 몰락됨을 보면서도 속수무책일 수밖에 없었던 낙하생은, 한 인간으로서 겪어야 했던 이러한 처절한 고통을 어떻게 감내하였는가? 이것은 곧 그의 유배생활의 면모를 말해 주는 것이기도 하다.

그는 유배지에서의 거처에 대하여 "낙하생의 우거는 높이는 한 길이 못되고, 넓이는 9자도 안된다. 읍하면 모자가 걸리고 자리에 누우면 무릎이 굽혀진다(洛下生之屋 高不及一仞 廣不及九咫 揖讓則妨帽 寢處則跼膝 '匏花屋記')"라고 하였으며, 또 그의 곤궁한 처지에 대해서는 "비록 붓대를 불사른다 해도 시원치 않고, 송곳 끝 세울 땅조차 없다(縱能焚筆 未爲得 無可立錐方是貧 '西齊卽事')"고 토로하고 있다.

그리하여 그는 결국 이러한 고통에서의 탈출구를 문필에서 찾을 수밖에 없었다. 실제로 그는 편지글에서 "우리들이 어떻게 하루라도 시를 짓지 않을 수 있겠소. 만일 시를 짓지 않는다면 어떻게 이 많은 긴 날을 보낼 수 있단 말이요?(吾曹何可一日不作詩 若不作詩 何以推過此許多長日耶, 尺牘 '與')"라고 말하고 있다. 또한 그는 "늙은이의 못난 삶이 우스울 뿐이니, 부질없이 굶주린 배에 글만 쌓을 뿐이네(堪笑老生生事拙 謾特空腹貯詩書 '自晨至暮率意口號---')라고 탄식하기도 하였는데, 바로 본 시의 제목이 말해 주듯이 '새벽부터 저물녁까지 생각나는대로 읊 조리는 일'이 그의 일과가 되었다.

그러므로 그가 유배기간 중 부딪혀야 했던 고통스러운 현실은 그로 하여금 문필을 벗삼도록 강요하였고, 여기에 이 지역에서의 새로운 삶의 체험은 타고난 그의 문재(文才)를 더욱 촉발시킴과 동시에 한편으로는 참신하고 다양한 문학적 소재를 풍부히 제공하게 됨으로써, 그로 하여금 조선후기 현실주의 실학파 문학에서 괄목할 만한 업적을 남기도록 하였다고 볼 수 있다.

4. 유배지에서 꽃피운 문학세계

유배되기 전 이미 경사(京師)에서 문학으로 촉망받았던 낙하생은 그 자신도 문필을 자임하는 문사(文士)로서의 의식이 분명하였다. 그러나 이 시기의 그의 시들은 화조월석(花朝月夕)의 감흥을 노래한 것이 대부분인 바, 만일 그가 유배생활의 체험이 없었다면, 그도 또한 여느 문인과 같이 다만 재능있는 문인으로서의 족적을 남기는데 그쳤을 수도 있었을 것이다.

그러나 무고한 탄압에 의한 유배, 고통의 체험은 그의 의식을 크게 변화시켰으며, 그 결과 문학창작의 방향도 달라지게 되었다. 오늘날 실학파 문인의 현실주의 문학으로 의미있게 평가되는 다수의 작품은 모두 이 유배기에 창작된 것이다.

(1) 민중세계의 발견, 그리고 창작공간의 확대

그가 신유년(1801) 사학죄인(邪學罪人)이라는 누명을 쓰고, 정배되는 처지가 되자, 비로소 역사현실의 실체와 그 모순을 파악하게 되었으며, 이 시대를 살아가는 민중에 대하여도 새롭게 인식하게 되었다.

아아! 몸이 한번 패하여 멀고 거친 땅에 귀양오자, 날로 떡장수 술집 노파
와도 '너·나' 하는 사이가 되었다.

　　(嗟呼 身名一敗 竄伏荒徼 惟日與餠師酒媼 爲爾汝之交 '感舊紀恩三首')

사인층의 신분이었던 그가 이 시점에 와서는 유배지의 하층민, 곧 민
중계층과도 격의 없는 교제를 가졌음을 알 수 있다. 비록 과장된 표현이
있다 하더라도 이것은 그의 의식에 커다란 변화가 있었음을 의미한다.
아마도 자신과 함께 고통 받는 민중들에게 민족적 동포의식을 어느 만
큼 갖게 된데서 비롯되었으리라. 그러므로 이제 그에게 있어서 민중세
계에 대한 새로운 발견은 당연한 귀결처였다.

　　현왕 정묘(1807)에 내가 바야흐로 이 지방에서 죄를 기다리던 중 한가한 날
　에 토속과 농민들의 상말, 그리고 나무하고 고기 잡으며 베짜는 집들의 고락
　을 물어서 모두 알았다. 이에 고시가잡체 몇 편을 지어서 그 일들을 자세히
　기술하였다(當宁丁卯 余方俟罪此方 暇日詢及土風農諺 暨夫樵漁織作 諸家
　苦樂甚悉 乃著爲古詩歌謠雜體若干篇 以詳述其事 '苽亭紀事詩幷序').

위는 과정(苽亭)마을 농민들의 생활상을 말한 것이다. 여기에서 그들
의 풍속과 상말을 비속하다 여기지 않고 상세히 기술한다 하였으니, 이
러한 생각은 대단히 중요한 의미를 갖는다. 왜냐하면, 그가 순정고아(醇
正古雅)를 추구해야하는 중세적 정통한문학의 굴레를 극복하는 발판을
스스로 마련하고 있기 때문이다.

따라서 여기에서 그의 문학창작의 방향은 새롭게 전개될 수 있었으
니, 곧 그것은 민중 세계의 새로운 발견에 따른 문학창작공간(영역)의
확대인 것이며, 구체적으로 민중의 정서와 생활상의 형상화로 나타나게
되었다. 이때 그는 이것들에 더욱 생동감을 불어 넣기 위하여 방언과 속
어조차도 과감하게 시어(詩語)로 구사하였다. 예컨대 맥령(麥嶺 : 보릿고

개), 노면피(老面皮 : 늙은이 낯가죽), 마풍(馬風 : 마파람), 가사내(假男兒 : 가시내) 등이 그것이다.

(2) 민중 정서의 수용, 그리고 생활상의 묘사

낙하생이 농어촌 민중들의 삶의 터전과 그 양상에 애정 어린 시선으로 접근하여 그의 창작세계에 적극 수용하였을 때, 주목한 것은 수고롭게 노동하는 현장과 그러한 민중들의 군상(群像)이었다.

보리 타작 보리 타작	打麥打麥
팽팽도는 도리깨질	彭彭魄魄
높은 언덕 바람 많아도	高原饒風
쭉정이도 없구나	而無卉石
뒷마당 도리깨질	連耞上場
일당 백라이네	一夫當百
산 남쪽 기슭에서 두들기니	山南之墟
울림소리 산 북쪽에 들리네	聲應山北(＜打麥行＞)

힘있게 내리치는 도리깨질이 눈에 선하고 타작하는 소리가 들리는 듯하다. 흥겨운 가운데 땀 흘려 일하는 근실한 농촌 민중의 모습이다.

좁은 폭 삼베치마 속옷도 못가리나	窄幅麻裙不掩褌
땋아서 묶은 머리 맵시는 있다네	縮來鬆髻態猶存
타고 난 모습이야 앵두같은 입술인데	生來自是櫻脣女
어쩌다 스치면 마늘냄새 풍긴다네	一陳風前蒜臭歕
	(＜金官紀俗詩＞)

치장에 관심없고 그리하여 화장분 대신 마늘냄새가 난다고 하나, 이

런 모습이야 말로 가식을 모르는 시골처녀의 건강미 넘치는 모습이다.

그는 또한 당대 민중집단의 노래인 민요에 대하여도 의의롭게 인식하여, 한시에 적극 수용하였다. 민요야말로 민중들의 진솔한 정감이 천연의 모습으로 담긴 것이라 보았기 때문이다.

일찍이 들으니 주흘령 고개는	曾聞主紇嶺
상봉은 하늘 서쪽 언덕이라서	上峰天西陬
구름도 한번 쉬어넘고	雲每一半歇
날쌘 보라매 해청조도	豪鷹海青鳥
쳐다보면서 근심한다네	仰視應復愁
나는 약한 다리 여자몸이라	儂是弱脚女
걸어본 곳 다만 좁으나	步履只甌窶
반가운 우리님 계신 곳 알기만 하면	聞知所歡在
높다란 고갤망정 평지와 같아	峻嶺卽戶疇
천걸음에 한번 쉬지도 않고	千步不一喙
나는 듯이 꼭대기에 올라가리라	飛越上上頭(<秧歌>)

이를 보면 사설시조가 당시 남도지방에서 민요와 함께 불리워졌음을 알게 하는데, 대개 여인네들이 모내기할 때 부르는 노래로서, 그 가락이 애절하였다 한다. 내용으로 보면 남녀상열지사에 해당되는데 낙하생이 개의치 않고 한시에 수용한 것은 하나의 파격이다.

(3) 민중의 고통어린 삶, 그리고 역사현실의 비판

낙하생이 유배되어 있던 19세기 전반은 중세적 역사모순이 가장 적나라하게 드러나 있던 시기이다. 이때는 농촌사회에서도 농민분화현상이 급격히 진행되었다. 예컨대 토지가 지주층에 집중되고 일부의 농민이 부농(富農) 상호(上戶)로 상승하는 반면, 대부분의 농민은 하호(下

戶), 빈호(貧戶)로 전락되었으며, 나아가 토지에서 이탈된 농민이 증가되었던 것이다. 그러므로 이들 빈민들은 땅을 빌어 농사짓더라도 소출의 반밖에 차지할 수 없었으며, 농사일에 품팔이하거나 그도 못하면 유리걸식 할 수밖에 없었다.

이와 같이 다수의 민중이 고난에 찬 삶을 살아가는데도, 당시의 지배체제는 이러한 현실에 대처할 능력이 없었고, 더욱 보수 세력의 세도정치가 들어서자 관정(官政)의 기강이 무너지고 부패가 심해졌으므로 민중들의 고난은 깊어가기만 하였다.

이때 낙하생은 이 같은 현실을 외면하지 않고 오히려 이러한 실상을 사실적으로 그려내고자 하였다.

3월이라 윗 묵밭에는	三月上平菑
종달새 구름속으로 날아 오른다	天鷚雲中飛
묵은 곡식은 이미 떨어졌는데	舊穀已垂盡
더구나 세금마저 독촉하네	況是催租時
지난 가을 흉년이 들었는데	去秋歲不稔
세금 거둔다니 슬프지 않으랴	稅斂無乃悲
관청의 고지서 불같이 독촉하고	府帖急如火
문마다 내달아 값나갈것 뒤지네	沿門索家貲(〈催租行〉)

이 시기 농민들이 겪는 위와 같은 고통은 보편적이었으며, 이는 천재보다는 지배계층의 부패와 탐학(貪虐)에 의한 것이었다. 낙하생이 아전의 횡포에 대하여 고발한 다음과 같은 시가 그 내용을 말해주고 있다.

8월이면 아전이 와서	八月府胥來
문서 들치며 앞 언덕에 내닫네	按簿馮前皐
부로들을 불러 호령하며	傳呼父老輩

들추고 거두기를 급히 볶아대듯	徵索急煎熬
술두루미에 소라회 갖추어	開尊膾螯蛤
좋은 술 따르며 대접한다네	對面斟香醪
원하노니, 세금덜어 줄	所願蠲吾稅
정직한 사람이나 만났으면!	廉直幸所遭
이리저리 끌다가 끝내 외면하고	依違竟背棄
살가죽 벗기고 기름조차 짜낸다네	割剝任浚膏
포목을 바치려다 벌써 노여움사니	抱布已逢怒
하물며 떨어진 도포 따위랴!	而況取縕袍(＜槁苗＞)

또한 수령 김해부사의 실정에 대하여 비판한 시에는 다음과 같은 것
이 있다.

금주한다고 항아리까지 깨지말고	禁酒莫破瓴
술 마셨다고 함부로 때리지 마오	飮酒莫浪笞
장정은 군대에 집어넣고	丁男充伍佰
부녀는 기생으로 끌고 가네	婦女妓帽綏
죄 면할려면 이천냥이나 드니	贖刑二千錢
가축조차 씨를 말리네	鷄犬無孑遺
부사는 편안히 앉았는데	府主坐堂時
얼굴이 꽤나 불그레하구나	顔色殷紅滋
콧김을 길게 내쉬며 거드름 피우고	鼻息每紆長
호령은 제멋대로 바뀌네	號令數改爲
부사는 어찌 그렇게 즐거우며	府主一何樂
우리 신세는 어찌 그렇게 서글프더냐	愚頑一何悲
우린 쓴 고통만이 이어지는데	愚頑長辛苦
부사는 달콤한 세월만 누린다네	府主長甘飴(＜破瓴＞)

시서(詩序)에 의하면, 흉년을 만나 조정에서 금주령을 내렸는데, 수령 (부사) 자신은 영을 지키지 않고, 다만 엄한 법으로써 백성들만 학대한 다고 하였다. 이 시는 원성에 찬 백성들의 말투를 그대로 한시에 수용하 였기에, 더욱 실감있게 표현되었다.

5. 글을 마치며 - 낙하생 유배기 문학의 의의

20여 책에 달하는 낙하생의 시문집, 곧 낙하생고(洛下生稿)는 거개가 유배지 김해에서 지어진 글들로 채워져 있다. 그 중에서도 치열한 작가 의식이 엿보이는 작품들은 대체로 김해지역의 역사적·지역적 환경의 특성과 관련하여 지어진 것들이다. 그리고 이들 작품의 경향은 일반적 으로 두 가지로 대별되는 바, 그 하나는 이 지역의 민풍토속과 민중정서 를 과감하게 문학창작의 소재로 수용한 것이며, 다른 하나는 당대 역사 현실의 모순, 그 중에서도 지배계층의 탐학(貪虐)에 대하여 날카롭게 비 판을 가한 것이다.

대표되는 작품들에는 기속시(紀俗詩), 민요시(民謠詩), 기사시(紀事 詩), 영사악부(詠史樂府) 등이 있는 바, 모두 수십·백여 수에 이르는 거 편들이다. 이들은 모두 그의 현실주의 작가정신의 산물로서, 조선후기 한문학 유산을 풍부하게 하였을뿐만 아니라, 나아가 한문학의 민족문학 에로의 접근에 괄목할만한 성과를 거둔 것으로 평가될 수 있을 것이다. (경상대학교 신문사, 「기획 탐방 : 유배인의 흔적을 찾아」, 경상대신문 제509호(1994. 5. 9)와 510호(1994. 5. 16))

이학규(李學逵)의 문학사상

1. 서언

　조선후기에 들어서는 봉건지배질서의 점차적인 붕괴와 함께 근대지향적인 제반 역사 사회적 변화가 일어나게 되었다. 사상과 학문 경향에서는 선초 이래 의리지학(義理之學), 이른바 도학이 유학의 본령으로서 중시되었으나, 후대에 오면서 점점 관념화되어 그 현실성이 약화되기에 이르렀다. 이때에 심각하게 노정(露呈)되는 봉건사회의 모순을 현실적으로 대처, 극복하려는 실질적인 신학풍이 대두되었으니, 곧 실학이다.

　이러한 새로운 학풍, 이른바 실학사조는 문학에 대하여도 새로운 가치와 의의를 부여하여, 종래의 도본문말(道本文末)의 완고한 재도적 문학관을 탈피하는 계기를 마련하였고, 이에 따라 문학에 정진하는 사계층(士階層)이 확대되었다. 이들은 일정 정도 문학을 사대부의 보람 있는 과업으로 인식하는 사고의 전환을 이룬 가운데, 중화중심주의 세계관을 극복하여, 민족에 대한 자각과 민중에 대한 새로운 인식을 소유하게 되었다. 그리하여 이들에 의하여 조선풍·조선시로 표징되는 문학사적 신기풍이 배태되었던 바, 이러한 변화 국면을 선도적으로 개창하고 또 실천적으로 창작활동을 벌인 일군의 사계층(士階層) 문인들로는 알려진 바와 같이 연암 그룹과 다산, 그리고 이옥(李鈺)·김려(金鑢) 등을 들 수 있다.

이 때 이러한 문풍을 호흡하면서, 특히 다산과의 긴밀한 연관에 의한 동인적(同人的) 결속에서 문학세계를 확충시켜 나아갔던 낙하생(洛下生) 이학규(1770~1835)는 다산과 함께 실학파 문인으로서, 근래에 새롭게 주목을 받게 된 인물이다.[1]

이학규의 본가는 평창(平昌) 이씨 남인가이며, 외가는 여주이씨(驪州李氏) 성호가문(星湖家門)이다. 그는 유복자로 외가에서 출생하여 외조인 혜환(惠寰) 이용휴(李用休)와 외숙인 금대(錦帶) 이가환(李家煥)의 훈육을 받으며 성장하였다. 총명함과 뛰어난 문재(文才)로써 당시 남인가(南人家)의 촉망받는 청년학사로 세인의 주목을 받았으며, 국왕 정조에게 알려져, 26세에 포의로서 규장전운 편찬에 참여한 한편, 왕명으로 사서(史書)를 교수(校讐)하는 등 각별한 지우를 받았다.

이러한 그의 명성이 뒷날 그로 하여금 정쟁에 휩쓸려 참혹한 수난을 겪게 하는 요인이 되었다. 곧 서교(西敎)의 배척을 구실로 내세워 주로 남인계 시파(時派)를 대상으로 혹독한 탄압을 자행하였던 신유사옥(1801, 순조 1년)에서, 그는 사학도당(邪學徒黨)으로 몰려 동년 여름 전라도 능주에, 다시 10월에는 경상도 김해로 정배(定配)되었던 바, 이후 24년에 걸친 유례가 드문 장기간의 유배생활을 보내게 되었다.[2]

---

1) 이학규에 관하여서는 일찍이『逸士遺事』(1922, 장지연(張志淵)),『朝鮮平民文學史』(1947, 구자균),『國文學史』(1948, 조윤제),『國文學全史』(1957, 이병기, 백철)에서 언급된 바 있고『韓國漢文學史』(1961, 이가원)에서 조선후기사실파문인의 주요인물로 주목한 이래, 최근(1980년대)에 와서야 관련논문 10여 편이 발표되는 등 본격적인 연구가 시작되었으며, 흩어져 있던 유고도 수집되어 ≪洛下生全集≫三卷(한국한문학연구회편, 1985)이 발간되었다. (최근의 논문은 본고 뒤 참고문헌에 정리 기재함)

2) 신유옥사에서 이가환, 이승훈, 정약용은 사학(邪學)의 근저(根底)가 되는 삼흉(三凶)으로 불려 졌고, 이학규는 그들을 추종하는 도당중(徒黨中)의 드러난 자로 지목되었다.(조선왕조실록, 권47, p.365 참조.) 이때 가장 극심한 피해를 당한 곳이 성호학파

이 이례적으로 장기간에 걸친 유배생활은 결국 그의 가정을 완전히 몰락시켜 재기 불능으로 만들었으며, 그 결과 55세에 방면되어 그 이후 10여년에 걸친 생존기간에도 구거(舊居)인 서울에 안착하지 못하고, 오히려 유배지였던 김해를 자주 왕래하면서 유랑하다가 충협(忠狹)에 이주(移住), 그의 불우한 생애를 마감하게 되었던바, 현재 후손조차 알려지지 않게 되었다.

그러나 한편, 김해 적소지(謫所地)에서의 처절한 체험은 그의 의식과 문학에 일대 전환을 가져오게 하였다. 본래 재능 있는 문사(文士)로서 문인의식과 더불어 성호계의 실학적 지성을 갖추었던 그는, 일조(一朝)에 사학죄인(邪學罪人)이라는 누명을 쓴 채 국토의 남단에 던져져 경세제민의 꿈은 무산되고 가정조차 몰락되는 처절한 고통과 좌절을 겪게 되었을 때, 그는 문필을 벗 삼는 일 외에 달리 보람찬 일을 찾을 수 없었으며, 이것은 또한 그가 겪는 좌절과 절망에서 오는 고통을 극복하는 유일한 수단이 되었다.3)

그리하여 결과적으로 그는 농어촌 민중들의 삶의 현장을 깊이 체험

였는 바, 이는 곧 이학규의 일가문을 의미한다. 곧 그의 본가에서는 구촌숙(九寸叔)인 이승훈이 극형, 이치훈이 유형을, 외가에서는 외숙인 이가환이 옥사하였으며, 처족인 다산가에서는 다산의 둘째형 약전과 다산이 유형, 셋째형 약종이 극형, 백형 약현의 사위 황사영(이학규의 내종제(內從弟))이 극형을 당하였다.

3) 예컨대, 그의 글, "붓대를 불사른다 해도 시원치 않고, 송곳 끝 세울 땅조차 없다(縱能焚筆未爲得, 無可立錐方是貧; ≪洛下生全集≫, 中卷, p244. <西齋卽事>)"에서는 유배된 후의 곤궁한 처지를 알 수 있으며, "우리들이 어떻게 하루라도 시를 짓지 않을 수 있겠소. 만일 시를 짓지 않는 다면, 어떻게 이 많은 긴 날을 보낼 수 있겠소.(吾曹何可一日不作詩, 若不作詩, 何以捱過, 此許多長日耶: 같은 책, p16. <與>)"와 "늙은이의 못난 삶이 우스울 뿐이니, 헛되이 굶주린 배에 글만 쌓을 뿐이네.(堪笑勞生生事拙, 謾持空腹貯詩書: 같은 책, p154. <自晨至暮…凡一十四章>)"등을 보면, 그가 처한 환경이 곧 그에게 문필을 벗삼도록 강요하고 있음을 알 수 있다. (≪洛下生全集≫은 한국한문학연구회편(韓國漢文學硏究會編) 上·中·下 三卷으로 아세아문화사에 의해 1985년 영인, 발간되었는 바, 본고 이하에서는 ≪全集≫으로 표기한다.)

하고, 그들과도 격의 없는 교유를 가졌던 바, 이를 통하여 그는 조선후기의 민중들의 질고(疾苦)를 더욱 깊게 이해하는 한편, 그들에 대하여서도 새롭게 애정 어린 동포의식을 지니게 되었다.

그는 민중들의 생동하는 삶의 현장에서 새로운 소재를 취하여 창작세계를 넓혀 갔다. 그 결과 농어촌 사회의 풍속과 생활정서를 방언까지 구사하여 실감 있게 표현하는가 하면, 당대의 모순된 역사 현실을 신랄하게 비판하는 등 민족적 정조와 애민의식이 담긴 일련의 작품을 창작하였다. 그러므로 이것은 실학파 문인으로서의 그의 현실주의적 시정신의 실천적 소산이라고 볼 수 있다.

그러므로 이학규의 경우 그의 문학사상을 논하기 위해서는 문학에 대한 그의 제반 원론적인 논의를 중심으로 그의 문학론을 도출하는 한편, 아울러 남과는 다른 특수한 생애라 볼 수 있는 장기간의 유배생활—곧 조선후기 민중사회의 직접적인 체험—을 통하여 형성된 그의 작가의식과 그 구현양상의 고찰이 함께 요구된다고 하겠다. 물론 이때, 그의 문학론과 작가의식과의 연관관계도 마땅히 유기적으로 파악되어야 한다고 본다.

2. 이학규의 문학론

이학규는 스스로를 문인·문사로 자처하는데 주저하지 않았으며, 오히려 문학을 사(士)의 보람있는 과업으로 여기어 상당한 긍지조차 지녔던 것으로 이해된다.

우리들이 어떻게 하루라도 시를 짓지 않을 수 있겠소. 만일 시를 짓지 않는다면 어떻게 이 많은 긴 날을 보낼 수 있겠소. 제가 전에 서울에 있을 때 매양 좋은 날씨와 경치를 만나 구름은 맑게 피어오르고 새들은 숲속에서 지저귀면

깨닫지 못하는 사이에 혼연히 뜻이 통하여 情과 境이 어우러지게 되니, 종이
를 펴고 붓을 들어 반드시 한번 그려내고자 하였습니다. 간혹 한 글자가 알맞
지 않거나 하나의 대구라도 들어맞지 않으면 마침내는 이것이 고통이 되어
도리어 의욕조차 없어져 버리니, 이 때문에 혹 구를 완성치 못하면, 편을 마치
지 못하여, 문득 서랍 속에 던져놓는데, 지묵이 점차 많아지면 때때로 들춰보
며 오직 스스로 탄식할 따름이었습니다.4)

위 글은 그가 유배지에서 보낸 편지 글로써, 첫 부분은 유배지에서의
고통을 이겨내기 위하여 시작(詩作)에 몰두할 수밖에 없음을 말한 것이
나, 다음의 이어진 곳에서는 유배전의 재경시(在京時)에도 곧 평소에 시
작(詩作)을 일과로 하였으며, 대단한 정성을 기울였음을 말하고 있는 것
이다. 또한 일자 일구라도 흡족치 않을 때는 그만 의욕을 잃게 되고, 미
완구와 미종편을 다시 들춰보면서 오직 한탄할 뿐이라는 데에 이르러
서는, 그의 시에 대한 인식이 어떠한가를 짐작케 한다. 곧 그는 시 자체
에 대단한 가치를 부여하고 있으며, 따라서 詩作의 과정에도 그 만큼의
열성을 쏟을 수 있었음을 주저하지 않고 밝히게 된 것이다. 그러므로 바
꾸어 말한다면, 그는 문필에 전념하는 일에 자부심과 긍지를 갖는 뚜렷
한 문인의식의 소유자였다고 말할 수 있겠다. 따라서 그는 도본문말 등
의 도학적인 문학이론에 구속받아 위축되기 보다는 오히려 文士로서 그
의 문예취향적인 기질을 숨김없이 드러냄과 동시에, 문학에 대하여 개
성적이면서도 다양한 논의를 전개하고 있는바, 이를 편의상 본질론·창
작론 및 비평론의 두 부분으로 정리하여 살펴보면 다음과 같다.

---

4) ≪全集≫, 中卷, pp16~17. ＜與＞. "吾曹何可一日不作詩 若不作詩 何以過此許多
　長日耶 僕向在京洛 每遇良辰美景 雲物澄鮮 鳴禽在樹 則不覺忻然意動 情與境會
　攤紙把筆 必欲摹寫一番 間遇一字未安 一對未屬 則竟是自詒伊苦 反覺沒趣 是以
　或未完句 或未終篇 輒復委棄巾衍 紙墨漸多 時時披閱 惟自浩歎而已"

(1) 본질론(本質論)

1) 시와 문의 변별

이학규는 시(詩)와 문(文)의 구분, 곧 이들이 어떻게 다른가에 대하여 서부터 매우 진지한 탐구적 자세를 보여주고 있다.

> 시도 文이기는 하나, (시는) 홍·비·구·운이 있어서 말을 길게 할 수 있고, 성조에 힘입을 수 있기 때문에 文이라 하지 않고 시라고 이르는 것이 아니겠소. 시에는 시법이 있고, 文에는 文法이 있어서 단연코 어지럽혀 섞어 쓸 수 없는 것이오. 아니라면 증자고가 왜 시가 없을 것이며, 두자미의 시서 제편을 왜 거의 읽을 수 없다고 할 것이오. 이제 만일 시를 가리켜 홍·비·구·운이 있는 문이라 한다면 괜찮을 것이오.[5]

곧 그는 시는 시대로 문은 문대로 각각의 작법이 있어 그에 따라 이루어져야 시다운 시, 문다운 문이 될 수 있음을 말하고 있다. 그러므로 시를 잘한다고 해서 문도 잘할 수 있는 것이 아니며, 마찬가지로 문을 잘한다고 해서 또 시도 잘할 수 있는 것이 아님을, 증자고와 두자미의 예를 들어 구체적으로 밝히고 있다.[6]

그렇다면 각각의 법은 어떻게 다른 것인가. 그는 이(理)와 운(韻)으로써 구분하여 말하고 있다.

---

5) 위의 책, pp. 11~12. <答>. "詩亦文也 而豈非以有興 有比 有句 有韻 可以永言 可以依聲 故不謂文而謂詩也乎 詩有詩法 文有文法 斷不可胡亂混用 不爾 曾子固 何以無詩 杜子美 詩序諸篇 何以殆不可讀耶 今若曰詩卽 有興 有比 有句 有韻之 文 則可矣"

6) 흔히 시성(詩聖)이라고도 일컫는 두보도 문은 부족함을 지적한 것이며, 증공의 경우도 그의 문명에 비해서 시격이 떨어진다고 평가되었던 바, 예컨대 <冷齋夜話> (송 석혜홍 찬)에서는 송의 팽연재가 오한(五恨)을 꼽을 때 '증자고불능시(曾子固不能 詩)'를 그 하나로 들었다.

문은 이로써 승하고 시는 운으로써 승함은 바꿀 수 없는 법이오. 시는 모름지기 '수중의 달'같고 '거울속의 꽃'과 같아서 보기에는 있지만 잡으려면 실재하지 않는 것이니, 내전의 "나아감도 떠남도 아니며, 붙음도 벗어남도 아니다.…"함이 이것이오.7)

그는 문은 이치(내용)가 앞서야 하고, 시는 운치(운격)가 앞서야 함을 먼저 말하고 있다. 이는 시를 좀 더 분명히 부각시키기 위하여 문과 대조시켜 표현한 것으로써, 시는 어떤 것인가, 어떤 모습으로 존재하는 것인가에 대하여 본질적 특성을 제기하고 있는 것이라고 하겠다. 시는 운이 승한 것이므로, 이(理)가 승한 문(文)과는 달리 뚜렷이 손에 잡히는 존재가 아니다. 곧 이치가 勝해서 논리 정연해야 하는 문(文)과는 엄연히 크게 다르다는 것이다. <수중월(水中月)>이나 <경중화(鏡中花)>처럼 형체가 있으면서도 없으며, <부즉불리(不卽不離)>하고 <부점불탈(不粘不脫)>하여 어떤 자취나 흔적이 없이, 물상 밖에서 느껴지는 운치의 미적 경계로 이루어진 것이 시임을 밝히고 있다.

2) 정(情)의 발로(發露)로서의 문학

'시는 마음속에 감동되어서 밖으로 사무쳐 나타나면 그만이다.'는 낙하생의 견해에서 볼 때, 마음속에 감동되는 것은 곧 정(情)이며, 밖으로 드러나는 것도 정(情)이므로, 바꾸어 말하면, 시는 곧 정(情)의 발로라고 풀이된다.

흔히 중세 규범적인 문학관은 성정이원론(性情二元論)에 근거하여, 성(性)을 기르고 이(理)를 구현하는 것을 문학의 이상으로 삼으면서, 마음을 정(情)에 내맡기지 않아야함을 강조하였으며, 그리하여 문학은 재

---

7) 위의 책, p.427. <答朴思浩>. "文以理勝 詩以韻勝 不易之法也 詩須如水中月 鏡中花 覦之故在 捉之不定 內典所云 不卽不離 不粘不脫……是也"

도지기(載道之器)라는 문학관이 정립되었거니와, 낙하생의 경우는 성
(性)이나 도(道)를 구태여 말하지 않고 오히려 정(情)을 강조함으로써,
성정일원론적(性情一元論的)인 입장을 견지, 복고적인 이원론을 따르지
않은 것으로 해석된다. 이점은 다음 글에서도 다시 확인할 수 있다.

> 제가 전에 서울에 있을 때 매양 좋은 날씨와 경치를 만나 구름은 맑게 피어
> 오르고 새들이 숲속에서 지저귀면, 깨닫지 못하는 사이에 흔연히 뜻이 동하여
> 정(情)과 경(境)이 어우러지게 되니, 종이를 펴고 붓을 들어 반드시 한번 그
> 려 내고자 하였습니다.8)

위에서 '아름다운 경치를 보고 뜻이 동(動)하여 정(情)과 경(境)이 어
우러지게 되면 종이를 펴고 반드시 글로써 한번 나타내고자 한' 그것도
바로 정(情)이라고 볼 수 있다. 좋은 경치를 보고 마음속에 일어나는 감
정을 그대로 표현하고자 하는 욕구는, 미발(未發)의 상태인 성(性)이거
나, 아니면 사물과의 접촉에서 깨닫는 변함없는 이(理)를 대상으로 한
것이 아니고, 그것은 곧 심중에 일어나는 흥(興)을 주저 없이 드러내고
자 한 것이며, 이때의 흥(興)은 '흥겨운 정감'으로 보아야 할 것이다.
 따라서 이학규는 문학에서, 특히 시에서 항상 심중에 이는 감정을 문
제 삼고 있다.

> 남쪽으로 내려온 후로 10년 사이에, 눈앞에는 마음에 드는 사람이 없고, 마
> 음속에는 마음에 드는 일이 없어서, 마음과 눈을 두는 데에 저절로 마음에 드
> 는 경계가 없으니 어떻게 마음에 드는 시를 지을 수 있겠소.9)

---

8) 같은 글, p.17. <與>. "僕向在京洛 每遇良辰美景 雲物澄鮮 鳴禽在樹 則不覺忻然
　　意動 情與境會 攤紙把筆 必欲摹寫一番"
9) 같은 글, 같은 곳. "落南以後 十年之間 目前無可心人 心中無可心事 心目所在 自
　　無可心境界 則何能作可心詩乎"

여기에서 '마음에 드는 사람·일·경계'는 보편적으로는 작가가 사물과 접촉하는 과정에서 갖는 느낌에 의해서 결정되어지는 대상들이다. 또 대상자체가 '호(好)·오(惡)'의 성격을 지닌 것이 아니라, 작자가 느끼는 '호(好)·오(惡)'의 정(情)에 의해서 좌우될 뿐이다. 더구나 여기서는 작자의 불평지기(不平之氣)에 의해서 주관적으로, 대상들은 이미 그렇게 인식되도록 되어 있으며, 이는 어디까지나 작자의 심정적(心情的) 차원에서 결정지워지는 문제이다. 곧 그는 유배된 지 10여년이 지나도록, 부당하게 탄압받는 데 대한 불만과 탄압자들에 대한 분노와 증오로 인하여 좋은 경계가 있어도 그것을 좋게 느끼지 못하게 된 것이다.

그러므로 '마음에 드는 시'는 곧 그의 심정(心情)의 여하(如何)에 의하여 가부(可否)가 결정되며, 이것 역시 그 대상들에 대하여 흥(興)을 느끼느냐의 여부에 달려있으므로, 종국에는 정(情, 정감)의 문제로 귀결되는 것이다.

따라서 그는 솟구치는 충동에 의해서도 거침없이 시를 짓게 되었음을 다음과 같이 토로하고 있다.

요즈음 집편지를 보면 백진(이명규(李明逵) : 이학규의 종형)이 때때로 시를 부치고, 여러 사람들도 그렇게 시를 부치는데, 모르는 사이에 동하고 정신이 쏠려서 혹 하루에 수십 수의 시를 짓기도 하고, 혹은 한 수의 시를 서너 차례나 고치면서도 그칠 줄 모르니, 이는 마치 굶주린 자가 먹을 것을 만나고, 목마른 자가 마실 것을 만난 것과 같아서, 항상 스스로는 그것이 지나친 줄을 모릅니다. 이 후로는 재미없이 무료하기만 하여 넘어진 시체처럼 누워 지냅니다.[10]

그는 적소지에서의 울적한 심사를 달래는 길을 작시(作詩)에 의지하

---

10) 같은 글, p.18. "近日見家書 伯津時時寄詩 數人者 亦時時寄詩 不覺情動神往 或一日作數十詩 或一詩易數三藁 而不知止 是猶飢者當食 渴者當飮 每每自不知其過量也 過此以往 則索然無聊 廢然僵臥"

여 찾았거니와, 위 글에서도 드러나고 있다. 곧 천수백리 상거한 서울에서부터 보낸 시들을 보고 이에 충동을 느껴서 하루에 수십 수의 시를 짓기도 하고, 또 그 시들을 수차례씩 고치기도 하였던 것이다.

그런데 그는 깨닫지 못하는 사이에 정신이 쏠려서 시를 지으면서 또 고치는데, 이를 마치 굶주린 자가 먹을 것을 만나고, 목마른 자가 마실 물을 만난 듯이 몰두한다고 토로하고 있다. 그러므로 어떤 계기에 촉발되어 충동적으로 작시(作詩)에 전력투구하고, 또한 거의 본능적인 욕구인 양 탐색하게까지 되는 경우는 분명 억제할 수 없이 분출되는 정(情)의 세계를 시화(詩化)하는 과정이라 볼 수 있는 바, 여기에서 다시 우리는 그가 정(情)의 발로가 곧 시(문학)라는 인식을 소유하고 있었음을 확인할 수 있다.

3) 기예(技藝)로서의 문학

이학규는 "문장은 곧 하나의 소기일 뿐이다(文章直一小技耳)"라고 하였으니, 이 한 구절만을 놓고 본다면, 그토록 문학에 정진하였던 그의 생애에 비추어 볼 때 서로 모순을 이루며, 또 매우 열성적으로 문학에 관한 적극적인 논의를 전개한 그의 문학관에 견주어 봐도 걸맞지 않은 표현으로 판단된다. 그리고 그 역시 유자(儒者)로서 즉 사대부로서, 도본문말(道本文末)이라는 도학 우선의 재도적인 문학관의 틀 속에서 언급한 것이 아닌가 하는 의심을 갖게 한다.

그러나 다음에 인용하는 글 전체의 문맥을 관찰하여 보면 그가 말한 '소기(小技)'는 도학과의 대립 속에서 상대적으로 폄하하여 언급한 것이 아님을 곧 알 수 있다.

문장은 곧 하나의 소기(小技)일 뿐이오. 부자(夫子)는 대성(大聖)인데도 오히려 "나에게 수 년을 빌려주어 주역 공부를 마치도록 하면 대과(大過)가 없을 터인데"라고 하셨으니, 이것은 부자가 스스로 부족하게 여긴 곳이나, 실제로는 또한 부자를 大聖이 되도록 한 곳이오. 후세에 선종이 관심면벽(觀心面壁)하면서 스스로 하루아침에 갑자기 깨닫는다고 한 것과는 다릅니다. 그대가 이러한 경계(境界)에서 항상 한 겹씩을 뚫고 통과하고자 함은 옳거니와, 만일 이러한 겹을 아예 없애고자 한다면, 곧 우리의 도(道)에서는 이와 같은 境界가 없을 뿐만 아니라, 바로 이것은 그대가 스스로 한계를 그어서 더이상 나아가지 못하게 하는 것이오.[11]

위에서 그는 문장을 소기(小技)라 하면서도 오히려 문장 공부를 어떻게 해야 하는가를 힘주어 말하였으며, 그것도 공자의 학문하는 자세에 비추어 절실하게 설명하고 있음을 볼 때 예사의 주장이나 견해가 아님을 직감케 한다. 공자가 역(易)에 몰두하여 죽간(竹簡)을 엮은 가죽 끈이 세 번이나 끊어 졌다는 '위편삼절(韋編三絶)'의 고사는 부단한 학문에의 정진을 말하거니와, 환언하면 이학규는 문장공부도 그와 같이 부단한 노력이 있어야 한다는 것을 나타내고자 한 것이라 볼 수 있다. 그리고 이어서 공자는 가죽 끈이 세 번 끊어질 정도로 많이 읽었으면서도 오히려 몇 년을 더 공부할 수 있기를 바랐는바, 이와 같이 공자도 스스로 모자란 점을 인식하였기에 더욱 정진하여 높은 경지 곧 성인의 경지에 오르게 되었다고 파악하였다. 이것은 점진적인 노력의 효과를 말하고자 한 것이다. 그러므로 선종에서와 같이 관심면벽(觀心面壁) 중에 하루아침에 깨달음을 얻는 경지가 우리의 도(道)에는 없다고 한 것이다. 따라서 한 겹 한 겹을 극복하여 나아가야 하는 것이며, 이러한 단계를 아예 한꺼번에 없애 버릴려고 덤빈다면, 결과는 스스로 한계를 그어서 더 이

---

11) 위의 책, pp. 15-16. <答> "文章直一小技耳 夫子大聖也 猶謂假我數年 卒以學易 可以無大過 此是夫子自欲處 實亦夫子做大聖人處 非如後世禪宗 觀心面壁 自謂 一朝頓悟者也 足下於此等境界 常欲透此一重則可 如欲終無此一重 則非惟吾道 無此等境界 正是足下 自畫而不將進也"

상 나아갈 수 없게 된다고 하였다. 여기에서의 '오도(吾道)'는 '유학의 도(道)'이며 또한 '문장의 도'를 말한다고 보아야 한다. 이학규는 그것을 다음과 같이 분명하게 밝히고 있다.

> 그대가 "문장의 경계를 살펴보면, 항상 한 겹 비단으로 가리워져 있는 것 같다."고 하였는 바, 진실로 명언이오. 문장은 참으로 이러한 경계가 있으니, 겨우 한 겹을 벗겨내면 또 한 겹으로 가려져 있어, 마치 파를 벗기는 것 같이 벗기면 벗길수록 있게 되는 것이오. 이것이야말로 스스로가 스스로를 부족하게 여기는 곳이며, 실제로는 스스로가 크게 장차 진보할 곳이라오. 그렇지 않다면 두공부가 어떻게 만년에 가서 점점 시율에 섬세해졌으며, 왕원미가 어떻게 귀진천을 조상하는 글 한편을 가질 수 있었겠소?12)

위에서와 같이 문장의 경계를 겹겹이 껍질에 싸여 있는 물체인 파에 비유한 것은 바로 앞서 제시한 문장에 관한 그의 인식 곧 "문장직일소기이(文章直一小技耳)"의 참뜻과 성격을 밝혀주는 대목이다. 곧 문장의 경계가 파를 벗기는 것과 같다는 것은 한 껍질 한 껍질 파를 벗겨 가듯이 문장도 한 단계 한 단계 점점 진경(眞境)의 경지로 나아가게 된다는 뜻이다. 그러므로 한 단계 한 단계 솜씨가 나아지는 것은 말하자면 백공(百工)의 경우에는 그 기(技)가 점점 닦아져감을 뜻한다고 할 수 있다. 따라서 문장 공부도 단계가 있어 그 수준이 단계별로 이루어져야 함을 강조한 것이 되므로, "文章直一小技耳" 곧 "문장은 바로 하나의 작은 기예일 뿐이다"라는 표현이 결코 문장을 폄하해서 한 말이 아님을 알 수 있다. 또한 "벗기면 벗길수록 있다"는 경지는 그만큼 문장의 진보가 쉽게 이루어지지 않음을 말한 것이며, 그렇기 때문에 두보나 왕세정같은

---

12) 위의 책, 같은 곳. "足下謂覰得文章境界 常如隔一重紗者 眞名言也 文章眞有此境 纔涉重 又隔一重 如剝蔥頭 愈剝愈在 此正自家自歉處 實亦自家大將進處 不爾杜工部 何以能晚年 漸於詩律細 王元美 何以有弔歸震川文一篇耶"

누구나가 인정하는 대가들도 만년에 가서야 일정한 경지를 이룩하게
되었다고 한 것이다.

그러므로 그는 한 걸음 더 나아가서 문장은 부단하게 정진해야 한다
고까지 강조하고 있다.

> 또한 무릇 문장을 한다는 것은 탕을 데움과 같음이 있으니, 데우고 나면 식
> 어가는 것이 탕이요, 식어버리면 데워가는 것이 탕이로되, 다만 식어가는 것
> 은 갈수록 식어지고, 데워가는 것은 갈수록 데워지니, 이것이 또한 점진과 점
> 퇴의 구별인 것이오.13)

여기서 그는 문장공부를 탕물을 데우는 것에 비유해서 중단함이 없
어야 함을 역설하고 있다. 물을 데울 때 중단하면, 갈수록 식어가듯이,
문장공부도 중도에 그만두면 점점 후퇴해짐을 말하고자 한 것이다.

그러므로 이상의 그의 말들을 종합해 볼 때 문장은 다 됐다는 완벽한
경지도 없을 뿐 아니라, 하루아침에 이루어지는 것도 아니므로, 파 껍질
을 벗겨가듯이 중단 없이 한 걸음 한 걸음씩 나아가야 할 대상이며 따
라서 한 단계씩 터득하는 섬세한 기예같은 존재로 본 것이다. 따라서
'소기(小技)'라는 용어는, 그러한 문학 자체의 특질에 비추어 개념을 마
련한 것이며, 재도적 문학관에서처럼 도를 상위개념으로 인정하고 문학
을 그 아래에 부차적으로 인식한 결과에 의한 것이 아님을 알 수 있다.

(2) 창작급비평론(創作及批評論)

1) 용운(用韻)의 강조

이학규는 앞에서 검토한 바대로 문과 시를 구분하면서 "문은 이(理)

---

13) 위의 책, 같은 곳. "且夫爲文章 有如煖湯 煖過而向冷者湯也 冷過而向煖者湯也
但向冷者 愈往愈冷 向煖者 愈往愈煖 此又漸進 漸退之別也"

로써 승하고 시는 운(韻)으로써 승함은 바꿀 수 없는 법이다(文以理勝 詩以韻勝 不易之法也)"14)라고 하여, 시에 있어서는 운(韻)이 우선함을 밝힌 바 있거니와, 실제로 이 같은 결론을 내리기 훨씬 전부터 그가 '운(韻)'에 대하여 일관된 관심과 견해를 피력한 것을 볼 때, 그는 詩에 있어서의 '운(韻)'의 중요성과 그 위치에 대하여 분명히 인식하고 있었던 것으로 파악된다.

시를 지을 때 운자를 씀은 모름지기 그렇게 하지 않을 수 없는 형세가 있게 해야 하니, 이렇게 아니하면 안되오. 다시 두 번째의 운자로써는 바꿀 수 없게 되어야 비로소 좋은 시라 말하는 것이오. 비유하면 바늘귀를 뚫음에는 모름지기 금강석을 써야하고, 도황순을 뚫음에는 모름지기 오금석을 써야함과 같소. 아니면 비록 공수와 같은 재주로도 손 쓸 수 없는 것이오.15)

그는 좋은 시가 될 수 있는 요건을 운자의 사용에서 구하면서 그 운(韻)은 바늘귀를 뚫는데 금강석이 아니면 안되듯이, 꼭 그 운자라야만 되는 그 자리에 그 운자를 써야만 좋은 시라고 하였으니, 환언하면 시를 구성하는 요소 중에서 운자의 위치와 역할에 그만큼 중요한 의미를 부여한 것이라 볼 수 있다. 그러므로 그는 시를 창작할 때의 실제상황에서도, 운자를 중심으로 시를 지어야 함을 다음과 같이 강조하고 있다.

오늘날의 시들은 혹은 그렇지 아니하니, 만일 기구(起句)의 용운(用韻)이 이미 적당하게 되었으되, 이구가 마음에 안든다고 해서 제일구(第一句)로 되

---

14) 출전은 앞의 주7)참조. 이 글은 이학규가 유배된 지 20년째인 경진년(1820년 : 51세)에 유배지 김해에서 그의 지도를 받는 처지에 있던 그 지역의 문사(文士, 박사호(朴思浩))에게 준 것이다.

15) ≪全集≫, 上卷. p.193. <與>. "作詩用韻 須令有不得不然之勢 非此不可 更無第二字 可以代換然後 說好詩 譬如鑽鍼眠 須用金剛 鑽塗簧脣 須用烏金石 不爾 雖公輸之巧 措手不能矣"

돌아가, 다른 韻으로 구차하게 바꾸어 억지로 지탱하려 하면 처음의 뜻마저
몽땅 잃게 되오.……작시자(作詩者)는 만약 기구(起句)가 운이 있고 둘째구
가 운이 없다면, 기구(起句)의 운을 바꾸지 말고 둘째구의 뜻(내용)을 바꿔야
하오.16)

첫 구(기구(起句))에 운이 있다는 말은 그 운자의 붙임(쓰임)이 알맞
게 되었다는 뜻이다. 둘째구(第二句)에 운이 없다는 말은, 운(韻, 운치(韻
致))이 맞지 않는다는 뜻으로 곧 둘째구의 의사(뜻)가 앞구의 운자와 걸
맞지 않게 되었음을 말하는 것이다. 이때에는 둘째구의 의사(의치(意
致))를 바꾸어 기구(起句)의 운자(韻字)와 맞추도록 해야 한다고 하였다.
결국 운자(韻字)중심으로 시상(詩想)을 전개시켜야 함을 말한 것이다.
　이학규가 이와 같이 시 짓기에 있어서 용운(用韻)에 특별히 주목한
것은, 이 분야에 대한 그의 남다른 관심과 해박한 지식이 배경이 된 것
이거니와, 동시에 이러한 것들은 그를 전문 문인으로 성격지워주는 하
나의 반증이 되기도 한다.
　곧 그는 일찍이 젊은 시절에 규장전운 편찬에 참여하여 상당한 역할
을 수행한 일이 있었으며,17) 그 뒤에도 그는 이에 관하여 지속적인 관심
을 가졌음을 알 수 있는 바, 유배지인 김해에서 지은 <성운설(聲韻說)>
두 편이 이를 설명해주고 있다. 그는 여기에서 "우리 동방의 풍속은 문
학을 오로지 숭상하되 오직 성운일도(聲韻一道)엔 거의가 다 어두워서,
그 폐단이 4가지가 있는데, 학사대부(學士大夫)가 비록 옛것을 살필 수

---

16) 위의 책, 같은 곳. "今詩或不然 如起句用韻 旣妥帖矣 因第二句失穩 回向第一句
　　苟換他韻 牽强依違 頓失前意……作詩者 若起句有韻 第二句無韻 不去換起句韻
　　旋換第二句意致"
17) 이학규는 청년문사로서 국왕 정조의 인정을 받아, 포의로서 규장전운 편찬에 참여하
　　였는 바, 뒷날에 그때를 회상한 글 "正宗乙卯頒行奎章全韻 予實從事于校讐之役 當
　　其增入協韻之際 間有由予一言 存拔者"(≪全集≫, 中卷. p.201. <聲韻說一>)에서
　　보면, 그의 말 한마디에 의해서 협운을 넣거나 빼내었음을 알 수 있다.

있으나 음률에 익숙하지 않은 것이 그 하나이다.…"[18]라고 개탄하였으며, 또 "우리 동방에 이르러서는 더욱 추종해서는 안되는 것이 있으니, 곧 고시에 있어서 상성(上聲)과 거성(去聲)을 혼합하여 운자로 쓰고, 과부(科賦)에서 (다만) 끝음이 가까운 것을 취하는 것은, 진실로 한문을 같이 쓰는 지역에서는 반드시 없는 바이다"[19]고 하여 그 잘못을 지적하였다. 그리하여 그는 고금 용운(用韻)의 제법(諸法)에 대하여 그 실례를 들어 장편의 논설 2편을 직접 지었던 것이다.

2) 모방의 배격

이학규는 과시(科詩)의 득실을 논하면서, 특히 모방을 배격하였다.

과시는 이서우, 부는 정항령, 표전은 임상덕에 이르러 완벽하게 되어 다시는 부족함이 없습니다만, 다만 지금 사람들은 오로지 이 몇 사람들을 본받고자 하면서, 의량은 모두 빠뜨린 채 겉모양만 본뜨고 통째로 삼키니 그들을 둔 적이라 하는 것입니다. 어떤 사람은…이에 근세의 과장에서 장원한 사람들의 것을 널리 모아 교졸을 따지지 않고 한 해가 바뀌도록 가려 베껴서, 받들어 금과옥조로 삼아 朱黃으로 어지럽게 점을 찍고, 읊조리며 외우기를 그치지 않으며,…혹은 하루에 4-6편을 짓고, 혹은 아침엔 시 짓고 저녁엔 부를 지으며, 혹은 밤엔 글 읽고 낮엔 글을 짓습니다.[20]

위에서 보면 당시 응거가(應擧家)들이 과시(科詩)를 공부하는 방법이

---

18) 《全集》, 中卷, p.194. <聲韻說一>. "我東之俗 專尙文學而獨於聲韻一道 率多瞢昧 其弊有四 學士大夫 雖能稽古 不嫻音律一也……"

19) 위의 책, p.215. <聲韻說二>. "至于我東 尤不可爲訓 乃若古詩之混押上去 科賦之取似收音 是固同文之域 所必無者"

20) 위의 책. p.36. <答>. "科詩至於李瑞雨 賦至於鄭恒齡 表箋至於林象德 能事盡矣 無復餘憾 但今之人 專意師法於此數人者 全沒意量 依樣葫蘆 生呑活剝 謂之鈍賊 或……於是乎 裒聚近世之占魁於場屋者 不論巧拙 閱歲抄謄 奉爲金科玉條 朱黃亂加 吟誦不輟……或一日草四五六篇 或朝詩而暮賦 或夜讀而晝製"

두 가지이며, 그 모두를 비판하고 있음을 알 수 있다. 첫째는 완벽하게 되었다는 이름난 사람들의 글을 그대로 모방하고 더 나아가 아예 삼키듯이 하므로 서툰 도둑으로 비유해서 둔적이라 부르고, 둘째는 시세에 유리하다고 판단해서 근대의 장원작품들을 대상으로 초록하여 밤낮으로 외우며, 그것들을 흉내 내면서 가볍게 글 짓는 부류들을 거론한 것이다.

따라서 이학규는 이상과 같은 작시(作詩)태도를 비판하면서, 자신의 경험을 토대로 하여 바른 창작태도를 다음과 같이 제시하고 있다.

옛적에 2-3인의 벗과 더불어 이러한 시예(時藝)를 공부할 때, 저는 하루에 오직 1~2구 혹은 4~5구를 짓는데 그쳤습니다. 그러나 오히려 생각의 폭을 넓히고 고사를 잘 배치하여 실로 한부분이라도 이루어진 편이 있으면, 가슴속에 편안히 간직하기를 마치 닭이 계란을 품듯이 하고, 고양이가 쥐를 노려보듯이 하여, 정신과 의사를 대개 여기에 두지 않음이 없었습니다.21)

위와 같이 그는 비록 과시(科詩)일망정, 선인들의 작품을 표절하거나 철습(綴拾)하지 아니하고, 심혈을 기울여 각고에 찬 창작의 자세를 견지하였음을 밝히고 있다. 특히 일부분 이루어진 글귀를 닭이 계란 품듯이 간직하고 고양이가 쥐를 노려보듯 한다는 것은 곧 오랜 시간을 두고 내면의 세계에 축적시켜 무르익은 것이 각고에 찬 연탁(練琢)의 과정을 거쳐 밖으로 표출되도록 한다는 것을 비유적으로 표현한 것으로, 그의 시 창작에 대한 엄숙할 정도의 진지한 자세를 엿볼 수 있다. 그런데 그는 이와 같은 작시(作詩)의 방법을 '고문법자(古文法子)'즉 '고문하는 방법'이라고 하면서, 시세지인(時世之人)의 '시문(時文)'과 구분하여 그는

---

21) 같은 글, pp.37~38. "昔年與二三窓友 業此般時藝 僕惟一日作一二句 或四五句而止 然猶敷演意量 排布故事 實有一部成篇 安放肚內 如鷄抱卵 如貓伺鼠 精神意思 蓋未嘗不在於此"

'고문(古文)'을 한다고 하였다.22) 그러므로 이때의 그의 고문(古文)은 '능자수립(能自樹立) 불인순(不因循)'의 창작적 문장관(文章觀)으로 이해되어야 하며, 동시에 또한 이것은 '천편일투로 천루(淺陋)한 과시(科詩, 시문(時文))'의 모방성을 배격한 말이기도 한 것이다.

3) 중정(中情)·천기(天機)의 발로

작시(作詩)에 있어서 모방을 배격한 이학규는 더 나아가 시문(詩文)의 투식에 얽매이지 말고 중정(中情)과 천기(天機)를 담아내어야 좋은 작품이 된다고 말하였다.

> 시와 문을 짓는데 송옥(宋玉)의 슬퍼함과 두공(杜公)의 나라 근심함을 억지로 본떠 해보아도 정히 흉내 내지 못하겠소. 비록 다시 완전하게 흉내 낸다 하더라도 중정(中情)과 동떨어져 있어 마침내 진실 되지 못하므로 자연히 보는 사람들을 흥기시켜 슬퍼하게 할 수 없을 것이오. 비유한다면 슬퍼하는 자는 반드시 울고 겨자를 씹은 사람도 울게 되는데, 우는 것은 같되 중정(中情)이 다름이 있으니 비록 삼척동자라도 스스로 구분할 수 있을 것이오.23)

전국시대 송옥이 당시에 뜻을 얻지 못하고, 그 시대 사회의 어두운 측면을 비판하면서 애수(哀愁)에 찬 초사체 즉 사부(辭賦)를 짓고, 역시 두보가 전란에 시달리는 인민의 고통과 국가의 위기를 근심하는 시들을 지었다.

그리하여 후세의 문인들은 당연히 이들의 작품을 애민우국하는 시의 전범으로서 추숭하였거니와, 만일 후인들이 이것들을 그대로 흉내 내어

---

22) 같은 글, 같은 곳. "僕之所言者 古文而時世所好者時文 正謂此也"

23) 위의 책, p.10. <答>. "作詩若文 强效宋玉之悲秋 杜公之憂國 定是摹擬不出 縱復十分摹擬出來 中情逈別 終是不眞 自不能使賢者興愴 譬之 悲哀者必泣 啜芥者亦泣 同是泣也 而中情有異 則雖三尺小童 自可辨別也"

짓는다면, 비록 거의 완벽하게 되었더라도 참된 시가 될 수 없다고 한 이학규는, 그 까닭을 중정(中情)과 동떨어졌기 때문이라고 하였다. 여기에서의 '중정'은 속마음이나 본심으로 보아 무방할 것이다. 그러므로 작가의 본심이 절실한 체험을 수반한 것이 아니라면, 아무리 완벽하게 흉내 내어 지었더라도 독자를 흥기시켜 슬픔을 자아내지 못한다고 본 것이다.

따라서 환언하면 중정을 담아내어야 감동을 일으키는 시가 될 수 있다고 한 것으로, 그의 이러한 견해는 민요를 '불탁지시(不琢之詩)'로 인식하는 데에도 드러나고 있다.

> 큰 길거리에서 달을 보는 것이 특이한 경치가 아니지만, 아이들은 팔을 휘두르며 때지어 다니면서 떠들며 흥거워하고, 입에서는 저절로 휘파람 불면서 서로 부르고 화답하는 것은 어째서인가? 그것은 심중에 감동이 있으면 저절로 그 소리가 밖으로 발해지기 때문이오. 이것은 우리네 사람들의 상정(常情)으로서 참으로 천지간의 불탁지시(不琢之詩)이며 부절지영언(不節之永言)인 것이오.24)

곧 심중에 감동이 있어 밖으로 발해진 것으로서 길거리 아동들이 부르는 노래는 동요이거나 민요이다. 이러한 노래들이야말로 천지간에 인정받는 '다듬지 않은 시'이며, '곡조로 다듬어 맞추지 아니한 노래'라고 하였다. 기교나 꾸밈과는 거리가 멀다. 그러므로 더욱 민중들의 순박한 정감이 천연의 모습으로 담겨진 것이며, 이것이 우리네 인간의 상정(常情)이라고 하였다. 인위나 가식이 없는 상정은, 자연스러운 情이고, 이 자연스러운 정(情)은 천기(天機)로 표현할 수 있을 것이다. 그러므로 이

---

24) 위의 책, p.19. <與>. "通衢見月 本無異景 而街兒市童 掉臂群行 懽然興發 口自作 吹彈聲 旋唱旋和者 何也 由其感於中 自不覺其聲發於外也 此吾人常情 而眞乃天 地間 不琢之詩 不節之永言也"

학규가 다시 작시(作詩)에 있어서 천기(天機)를 거론함은 일관된 문학
창작의 논리로 볼 수 있다.

> 오늘부터 참되고 질박한 상태로 돌아와 소요자재하며, 등산하여 짓고 강가
> 에 나가(작품을) 얻어서는, 인위적인 기교가 거의 없이 천기(天機)를 머금어
> 드러내게 되면, 이것이 내전(內典)에서 이른바 "나아감도 떠남도 아니며 붙음
> 도 벗어남도 아니다"함이오.[25]

여기에서, 진실 된 자세와 질박한 마음을 돌이킨다는 것은, 작시(作
詩)에 있어서 투식과 격식의 구속에서 부터 벗어남을 말하는 것인 바,
이렇게 유유자적한 태도로 사물과 접하여 작품을 얻어야 하고, 이때의
작품은 또 인위적인 기교를 거의 없애서 천연스러움(천기(天機))을 띤
채 발하게 하면, 좋은 시가 된다고 보았다. 여기의 내전(內典)은 불전(佛
典)으로서, '불즉불리(不卽不離)'나 '불점불탈(不粘不脫)'은 곧 억지로 지
어지지 아니하여 흔적 없이 된, 즉 '자연스럽게 이루어진 경지'를 말한
것으로 이해할 수 있으며, '중정(中情)'이나 '천기(天機)' 역시 가식이나
인위를 거부한 본래의 순수한 작가의 마음을 가리킨 것으로 볼 수 있을
것이다.

4) 여운미(餘韻美)의 추구

시의 본질을 규정한 이학규의 다음과 같은 글은, 동시에 그의 시문학
의 예술적 미적 판단의 기준이 무엇인가도 밝혀주고 있으므로 다시 살
펴볼 필요가 있다.

> 문은 이(理)로써 승하고 시는 운(韻)으로써 승함은 바꿀 수 없는 법이오.

---

25) 위의 책, p.536. <與禹之沈>. "自今日 回眞返樸 逍遙自在 登山有作 臨流有得 及
　　 至人巧略盡 天機逗露 此內典所謂 不卽不離 不粘不脫者也"

시는 모름지기 '수중의 달' 같고 '거울속의 꽃'과 같아서 보기에는 있지만 잡으려면 실재하지 않는 것이니…의(議)·논(論)·서(序)·사(事)에 이르러서는 스스로 별도로 하나의 체가 정해져 있소.26)

그가 문과 시의 본질을 규정하면서, 시는 운(韻)이 앞서야 한다는 견해를 피력한 것은, 환언하면 곧 시의 미적 기준이 운(韻)이 되어야 함을 말한 것으로 보아야 한다. 그러므로 시는 모름지기 '수중월(水中月)'이나 '경중화(鏡中花)' 같다고 비유하면서 그 특성을 '보기에는 있지만 잡으려면 실재하지 않는다.'고 하였는바, 바로 위와 같은 속성에 관한 구체적인 표현은 다시 '운(韻)'의 성격을 규정짓는 말이 되는 것이다.

그런데 그의 시(詩)에 있어서의 운(韻)의 우선적인 추구는 '시언지(詩言志)'라는 유가의 전통적 문학관이나, 그로 인하여 보편적 인식으로 자리 잡혀 문학과 사회와의 관계를 중시하였던 효용론적 관점과는 거리가 있는 것으로써, 결과적으로 그의 문학으로 하여금 탐미적이며 문예취향적인 특질을 갖추도록 하였다. 이로써 그는 역량을 갖춘 조선후기의 개성 있는 문인으로 인정받음과 동시에, 또한 그 때문에 다산으로부터는 약간의 지적을 받은 바 있었다.27)

---

26) 위의 책, p.427. <答朴思浩>. "文以理勝 詩以韻勝 不易之法也 詩須如水中月 鏡中花 覬之故在 捉之不定……至於議論序事 自別定一體"

27) 이학규의 경우, 문학에 있어서의 탐미적 경향은 그를 성호계의 실학파 중에서도 학자보다는 문인으로 성격 짓게 하였으며, 다산 정약용은 일찍이 이학규의 이러한 경향에 대하여 다음과 같이 지적한 바 있었다. "向來 醒叟之詩 見之矣 其論汝詩切切中病 汝當服膺 其所自作者雖佳 亦非吾所好也 後世詩律 當以杜工部爲孔子……不愛君憂國 非詩也 不傷時憤俗 非詩也 非有美刺勸懲之義 非詩也"(≪與猶堂全書≫, 一, p.443. <寄淵兒>) 이 서간은 戊辰年(1808) 겨울의 것으로 추정되는데, 이때 이학규와 정약용은 각각 김해와 강진에 유배되어 있으면서도 서로 시문을 빈번히 주고받았다. 여기에서 보면 성수(醒叟, 이학규의 자)가 다산의 장자(長子)인 학연(學淵)에게 시작(詩作)을 지도하고 있음을 알 수 있는 바, 정약용은 이학규의 지도가 모두 절실하게 잘못된 곳을 지적하고 있으므로, 아들에게 마땅히 수긍하여 따르라고 당부하고 있다. 그러나 한편 이학규의 시는 아름답기는 하나 그러한 시는 자신이 좋아하는 것이 아니

한편 모든 시가 다 운승(韻勝)할 수는 없는 것이므로, 그는 이어서 의(議)·논(論)·서(序)·사(事)의 내용을 담아야하는 경우는 따로 하나의 문체(文體)가 정해져 있다고 하여 문학관의 편협성을 벗어나고 있는 바, 이것은 또한 그로 하여금 고시체를 이용한 현실주의 문학 등 다양한 문학을 창작케 하는 문학적 공간을 확보하게 하였다고 볼 수 있다.

그러므로 그의 시에서의 미적 경계에의 탐구는 주로 절(絶)·율(律)을 중심으로 논의가 이루어지고 있으며, 이때의 대상 기준인 운(韻)은 여운(餘韻)·여미(餘味)·취(趣) 등의 개념이 적용되고 있다.

> 요즈음 유혜풍(유득공)을 사람들이 칠절의 능수라고 하는데, 나는 홀로 그렇게 여기지 않소. 대개 칠절은 사구에 불과할 뿐이라 그 우열을 알기가 무척 어렵소. 다만 모름지기 한번 외워 지나감에 가슴에 유연하게 여미가 있는 것이 가작이고, 공허한 한마디 소리가 돌로써 돌을 치는 것 같아 다시 여운이 없는 것이 졸렬한 솜씨오.[28]

작품에서 '여미(餘味)'나 '여운(餘韻)'은 형체로 드러나지 않고 다만 독자의 심중에 이는 '감응(感應)'이다. 특히 한번 읽음에 가슴에 유연히 '여미(餘味)'가 있다는 것은, 시가 갖는 형식적 특징 즉 음상·리듬·이미지 등 시적 요소가 기능적으로 조화되어 독자로 하여금 고유의 쾌감을 느끼게 한다는 것이다. 그것은 또 직설적 표현보다는 함축과 함의(含意)에 의하여 정서의 공감을 불러일으킨다. 달리 표현하면 일종의 '미적 울림'을 느끼게 한다는 말이다. 이학규는 정서의 공감을 불러일으키는 이

라고 말하고 있는 바, 그 까닭은 두보의 시와 같은 애군우국의 시가 아니기 때문이었다. 따라서 정약용은 이학규 문학의 심미성 추구, 곧 탐미적 작시 경향에 비판적인 시각이었음을 알 수 있다.

28) 위의 책, p.14. <與>. "近日柳惠風 人皆謂七絶能手 吾獨以爲不然 蓋七絶不過四句耳 知其優劣亦甚難 但須誦過一遍 胸中悠然 有餘味者 佳作也 索然一聲 如用石擊石 更無餘韻者 拙手也"

러한 '울림'의 경지를 또 '취(趣)'로도 표현하고 있다.

　　전에 글을 지어 그대들에게 보였을 때, 어떤 사람이 취(趣)를 묻는 말이 있기에, 내가 응답하기를 "말하기에 어려우니, 진실로 형체에 구속되지 아니하고 말의 밖에서 깨달아 알면 됩니다. 한퇴지의 <태학청금서(太學聽琴序)>에는 "저물어서 물러나니 가득하게 얻은 듯하다."고 하였고, 육무관의 <풍우야좌시(風雨夜坐詩)>에는 "책을 덮으니 여미(餘味)가 흉중에 있다."고 하였으며, 원석공(袁石公)은 "산상(山上)의 색(色)과 수중(水中)의 미(味)와 화중(花中)의 광(光)과 여자의 자태는 비록 말을 잘하는 자도 한마디로 표현할 수 없고 오직 마음으로 이해하는 자가 안다."고 하였소. 대개 취(趣)는 진실로 가득하게 얻음이 있는 듯한 것이고, 여미(餘味)가 흉중에 있는 것이며, 색(色)·미(味)·광(光)·태(態)로서 한마디 말로 표현하지 못하는 것이오.[29]

　　이상과 같이 여운(餘韻)·여미(餘味)·취(趣)는 모두 같은 개념으로 또 운(韻)·운취(韻趣)·운치(韻致)와도 같이 쓰일 수 있다. 모두 이것들은 형상의 직설적인 표현에 의해서보다 함의와 함축에 의하여 쓰여진 시에서 더욱 두드러지게 되고, 또 언외지의(言外之意)에서 감득(感得)케 되는 정서의 공감이며 미적 울림인 것이다.

　　따라서 이러한 여운(餘韻)이 있어야 시로서 가작(佳作)일 수 있다는 이학규의 견해는, 곧 이것을 문학 특히 시에서 추구할 본질적인 '미적 정취'로 이해한 것으로서, 문학을 문학자체로서 인정하려는 그의 개성적인 문학관의 일단을 보여준 것이며, 따라서 종래의 전통적 문학관의 질곡을 벗어난 문인으로서의 그의 모습을 발견케 해 주는 것이기도 하다.

---

29) 위의 책, p.506. <與尹師赫李思淳>. "俄作書付賢輩 或有問趣之說 予應之曰 難言也 苟勿拘於形 而理會言外則可矣 韓退之太學聽琴序云 及暮而退 充然若有得 陸務觀風雨夜坐詩云 掩書餘味在胸中 袁石公有言曰 山上之色 水中之味 花中之光 女中之態 雖善說者 不能下一語 惟會心者知之 蓋趣者 固充然若有得者也 餘味在胸中者也 色味光態之不能下一語者也"

3. 이학규의 작가의식과 그 실천

낙하생 이학규는 앞서의 문학론에서 확인된 바와 같이 문필을 자임하는 문사로서의 의식이 분명하였으며, 다분한 문예기질과 아울러 탐미적인 문학성향을 보여 주었다. 또 이러한 기질과 성향은 유배전후를 통하여 일관되게 관류하고 있음을 파악할 수 있다. 따라서 만일 그가 사대부로서 큰 굴곡이 없는 평상적 생애를 살았다면, 그의 문학도 그저 재능을 발휘한 문예취향적인 작품들이 다수를 점유하는 데 그쳤을 것으로 상정할 수 있겠다.

그러나 무고한 탄압으로 인한 유배생활의 체험은 그의 작가의식에 커다란 영향을 미쳤으며, 그의 문학창작의 방향에 일대 전환을 가져오도록 하였다. 그리하여 오늘날 실학파문학으로 의미 있게 평가되는 그의 다수의 작품은 모두 이 유배기에 창작되었던 것이다. 따라서 그러한 의미 있는 문학을 탄생시킨 그의 작가의식은 어떠하였으며, 또 어떻게 형성되고 실천되었는지 살펴보고자 한다.

(1) 유배생활의 체험과 현실주의 문학의식의 개안(開眼)

이학규는 신유년(1801) 5월 사학죄인(邪學罪人)이라는 누명을 쓰고 정배길에 올라 유배지 능주(전라도 화순군)에 도착하자, 곧 낯선 지역에서 새롭게 접안되는 그곳의 민풍토속은 물론 조수어별(鳥獸魚鼈)에 이르기까지 흥미롭게 관찰하여 시문화(詩文化)하고 있는 바, 이는 그의 문학창작의 변화 국면을 예고하는 바라고 하겠다. 그리고 그는 참담한 곤경을 당하는 이러한 정황에서조차 작시(作詩)를 멈추지 않고 오히려 새로운 세계에서 접하는 대상들에 대하여 주목, 앞서와 같이 창작의 계기로 삼은 것을 보면, 문인작가로서의 그의 모습이 다시 드러난다 하겠다.[30]

실제로 그는 탄압을 받아 유배된 것도 그의 문명(文名)때문이었다고 말하고 있다.31) 따라서 그는 유배초기에는 자신이 당하는 탄압에 대하여 그리 심각하게 여기지 않았다.

今朝攬淸鏡	오늘 아침 맑은 거울 대하니
白髭見數根	흰 머리칼 드문드문 보이네.
齒疎骨盆高	이빨 성글고 뼈도 앙상해지니
恐此遂凋殘	이대로 시들까 두렵네.
新詩萬餘字	새로지은 싯귀는 만여자인데
近作盆飛騫32)	요즈음 지은 것이 더욱 좋다네.

위의 시는 그의 유배생활 5년째인 병인년(1806)에 지은 장편고시의 일부로서, 그의 종형인 백진(伯津, 이름 : 명규(明逵))에게 보낸 것인 바, 근래의 시작이 더욱 나은 수준을 이루었다고 말하고 있다.

결국 예나 지금이나 자신은 문필에 정진하고 있으며, 그리하여 근작이 더욱 진경을 이루고 있는데, 그만 쓰여지지 못하고 그대로 몸이 먼저 쇠잔해져 가는 것을 안타까워하고 있다. 자신의 불행에 대한 인식이 스스로에 국한된 채로 머물러 있으며, 자아와 세계와의 갈등을 통해서, 개인에서 사회나 민족에로의 인식의 시계확산이 이루어지지 않고 있음을

---

30) 이들 작품으로는 <綾州雜詩> · <綾州紀俗> · <種秧詞> · <靑魚> · <輂簾> · <雁來紅> · <鵲川橋> 등이 있다.

31) 다음시를 보면, 이학규는 문사로서 상당한 긍지를 가지고 있었으며, 그 재능 때문에 탄압을 받게 된 것으로 이해하고 있음을 알 수 있다. "옛글로는 양웅의 부를 좋아했고/ 새로운 시체엔 이백시도 만족스럽지 않았네./글짓기엔 재능있는 사람도 물어 왔고/임금의 인정받음 신하들도 알았네/득의함이 응당 이와 같았으니, 헐뜯음도 또한 이 때문이었네." (≪全集≫, 中卷, p.244.<酒後感懷>) 한편 정다산도 의금부에서 이학규를 다음과 같이 변호하였다. 3인(홍헌영 · 유리환 · 이학규 : 필자주)은 근래 학문의 진보에서 재명(才名)이 있었는 바, 이 때문에 시기를 받아서 비방을 얻게 되었다. ≪推案及鞫案≫ 第 二十五卷, <辛酉邪獄罪人李家煥等 推案>.

32) ≪全集≫, 上卷, pp.260~266. <詠懷奉寄伯津>

볼 수 있다. 따라서 현실에의 객관적인 성찰과 인식이 결락된 느낌을 주고 있다.

그러므로 유배초기의 그의 의식세계는 당면 역사현실의 본질을 파악하는데 까지는 이르지 못하였으며, 따라서 현실인식이 철저하지 못했다는 평가를 받을 수 있게 되었다. 실제로 유배 6,7년에 이르기까지 그의 문학은 새로운 세계를 경험하는 데 따른 문학세계의 확충노력이 초기에 비해서 더디어지고, 대신 일상적인 평범한 문장이 다수이며, 더욱이 <해부(海賦)> · <화부(火賦)> · <임우부(霖雨賦)> 등 현학부문이 호한한 문체로 지어지고 있음을 볼 때, 같은 처지에 있던 정약용의 경우와 크게 다름을 보여주고 있다. 곧 다산은 이 유배초기에 조선후기의 역사현실에 대한 제반 모순점을 통찰력있는 안목으로 투시하고, 그에 대한 통렬한 비판 의식을 담은 일련의 사회시를 매우 정열적으로 창작하고 있었기 때문이다. 널리 알려진 <해랑행(海狼行)> · <채호(采蒿)> · <유산(酉山)> · <애절양(哀絕陽)> 등이 여기에 속한다.

따라서 이학규의 경우, 유배초기(1801~1807)의 문학은 그가 국토의 남단에 유배되어 새롭게 접하는 세계에 흥미를 느끼면서 방언까지 구사하여 토속적인 정취를 구사하였고 그 결과 그의 창작세계가 다채로워졌으나, 그것은 다분히 그의 문예취향적인 기질이 작용한 결과로 볼 수 있다.

그러므로 그의 본격적인 실학문학은, 새롭게 갖추어지는 현실주의 문학의식의 배태와 정립을 기다려서 비로소 폭넓게 개창될 수 있었던 바, 이때 이의 개안에 선도적 역할을 담당한 인물이 다산 정약용이었다. 그것은 유배 중기(1808년)에서부터 활발하게 전개된 양인간의 시문왕래에 의한 것이었던 바, 이를 다산은 다음과 같이 밝혀주고 있다.[33]

---

33) 양인간의 교통은, 다산(강진) → 다산의 이자(二子, 학연 · 학유(學淵 · 學游)) → 명규(明逵, 낙하생의 종형) → 낙하생(김해)의 경로로 이루어졌는데, 다산의 이자(二子)

성수(이학규의 字)는 금관(김해의 옛 이름)에 있으면서 나의 시에 화답한 것이 많으니, 예를 들면 강창농가 10장은 나의 탐진농가에 화답한 유이다. 또한 그가 보낸 시…를 읽음에 처량해져 장구를 지어 부쳤는데, 이어 신유년 봄이 떠올랐다.[34]

다산의 위 시서(詩序)는 이학규가 다산에게 보낸 시 <봉기정탁옹(奉寄丁籜翁)>[35]을 접하고 화답한 시의 서(序)이다. 본 시는 ≪낙하생전집(洛下生全集)≫에 실린 것으로서 다산에게 보낸 최초의 것으로 확인되는 바, 이때는 기사년(1809)으로서 유배 9년째에 해당된다. 그러나 이미 화답한 시(탐진농가에 화답한 강창농가)가 있었고, 또 무진년(1808) 여름에 다산의 <탐진악부> 저작 소식을 듣고 <영남악부>를 지었다는 이학규의 말을 통해 본다면, 이전부터 양인은 서로의 시문을 접해볼 수는 있었던 것으로 파악된다.

이와같이 다산과 낙하생 간에 일단 시문교통이 이루어지자, 낙하생의 문학창작은 급속도로 다산의 문학노선에 접근하는 추세를 보이게 되었다.

강창은 김해부성 남쪽 5리쯤 떨어진 곳으로 바닷가에 닿아 있고, 뭇물이 돌아나가는 곳이다. 또한 농사는 수고롭지 아니하면 생활이 어려우니, 진즉 강창농가를 짓고자 하여 그 일 들을 기록하고 있던 차 우연히 정탁옹(다산)이 지은 탐진농가 12장을 얻었다.(그것은) 농민들의 감정과 일을 속속들이 표현하였고 글의 조리가 은근하면서도 완곡하여 시경 등을 지은 이의 뜻을 깊이 얻은 것이었다.
곧 그의 뜻에 동조하여 강창 농가 10장 및 남호어가 상동초가 모두 약간편씩을 지었다.[36]

와 명규(호 백진(伯津))가 각각 근기지역 향리(다산은 양주, 백진은 인천임)로부터 유배지에 왕래함으로써 가능했다.

34) ≪與猶堂全書≫, (경인문화사 영인본)一 p.93. <寄醒叟三十韻>. "惺叟在金官 和余詩甚多 如云江滄農歌十章 和余耽津農歌之類也 又寄詩曰湖南猶久客 京口信全虛"
35) ≪全集≫, 上卷, p.322.

위에서 확인되는 바, 이학규의 강창농가·남호어가·상동초가 등의 작품은 곧 다산의 탐진농가류(탐진어가·탐진촌요 포함)를 보고, 그것을 통해 드러내고자 한 다산의 뜻, 곧 풍인지지(風人之旨)에 동조하여 지은 것임을 알 수 있다. 따라서 여기에서 주목되는 것은, 이들 양인이 갖게 된 문학사상적 동인의식이다. 곧 농민의 감정과 농촌사회의 현실에 대한 깊은 통찰을 배경으로 그들과 함께 호흡하려는 자세를 양인이 함께 취하고 있다. 이때 다산이 한 걸음 앞서 나아가고 낙하생이 그 뒤를 따르는 형국이 되고 있음을 알 수 있다.

이상과 같은 과정을 통해서 이학규의 현실주의 문학의식은 점차 개안의 범위를 넓히게 되었는 바, 다음에서 더욱 구체적으로 확인된다.

기사년의 정탁옹(다산)이 금능의 다산초암에 있었는데, 이 해는 크게 가물어 굶주려 죽은 시체가 서로 이었고 유민들이 길을 메웠다. 이에 전간기사시 6편을 지어서 그의 맏아들 학기에서 부쳤더니, 학기가 나의 종형 백진에게 보였다. 백진은 나에게 편지를 보내며 "탁옹은 금세기의 사백(詞伯)이야, 시에 풍인의 뜻이 있어…"라고 하며 그 시까지도 부쳐주었다. 생각건대, 기사년의 가뭄은 호남·영남이 비슷하였는데 탁옹은 근심스럽고 답답한 가운데서도 오히려 그 저술은 우뚝하여 생각할만하고 홍기시킬만하며 징계삼을 만하여 당세의 수령들로 하여금 각각 한 책을 베끼어 귀감을 삼게 한다면 이 백성들에게 다행이 될 것이다.37)

---

36) 위의 책, pp.300~301, <江滄農歌 並小序>. "江滄距府城南五里地 瀕海口衆水匯焉 且農不勞 生理難聊 業欲作江滄農歌 識其事 偶得丁籜翁著 有耽津農歌十二章 曲盡農人情事 詞理微婉 深得風人之旨 卽同其意 爲江滄十章 及南湖漁歌 上東樵歌 共若干篇"

37) 위의 책, pp.538~539, <己庚紀事詩序>. "己巳歲 丁籜翁在金陵之茶山草菴 是歲大旱 餓殍相續 流民塞路 乃著田間紀事詩六篇 付其胤君學箕 學箕以示余從兄伯津 伯津寄余書曰 籜翁今之詞伯也 詩有風人之旨…仍以其詩付余 惟己巳之旱 湖嶺惟均 而籜翁於憂瘋 鬱悒之中 猶其著述卓卓 可以思可以興可以懲創而有爲 使當世之莅州縣者 各鈔一本 用爲龜鑑 則斯民其庶幾矣"

기사년(1809 : 순조 9년) 영·호남이 큰 가뭄을 당했을 때, 다산은 많은 백성들이 굶주려 죽고, 유민이 길을 메우는 참상을 목도하게 되었다. 그러나 유배당한 자신의 처지로서는 다른 방도가 없어 안타까워하는 나머지 마침내 글로써 나마 기록하여 후세에 남겨야하겠다는 생각에 이때의 정황을 매우 사실적으로 기사하였던 바, 이것이 곧 전간기사시(田間紀事詩) 6편이었다.[38] 이 시가 다산→학기→백진→낙하생의 경로로 전해지자, 낙하생은 다산의 의취(意趣) 곧 '풍인지지(風人之旨)'에 공감하였다. 특히 다산이 자신이 당한 곤경과 불행에 매몰되지 않고, 오히려 주위의 일반 백성이 겪는 고통에 시선을 돌려 그들의 아픔을 감싸안는 모습을 보이고 있음에 낙하생은 적잖이 감명을 받았다.

그러므로 그는 자신을 돌이켜 보면서 다음과 같이 말하게 되었다.

돌이켜 보건대, 내가 처한 곳 영외(嶺外)도 곧 천재와 민막은 대략 같은데, 홀로 가슴만 치며 뜻을 묶어두어 침묵함으로써, 천재와 민막 가운데 경계하고 두려워하며 권장하고 징계삼을만한 것들을 모두 사라지게 하여 전하지 아니하면 애석하게 될 것이다. 그러므로 듣고 본 바에서 시정(時政)과 풍교에 관한 일 십 수 가지를 모아 시로써 풍간하여 읊고, 서로는 자세히 기록하였다… 기경기사라 이름 붙였다.[39]

이제 낙하생 이학규는 다산의 시와 그 정신에 감발되어, 스스로의 위치를 돌아보면서, 당시의 역사현실을 대하는 새로운 자각을 갖추게 되었다. 곧 〈천재〉와 〈민막〉에 있어서 영·호남이 겪는 참상이 같은데도, 자신은 그러한 현실에 대하여 미처 객관적으로 인식하지 못하였고, 그 때문에 다산과 같은 치열한 작가의식이 자신에겐 미약했었음을 깨닫게 된 것이다.

---

38) ≪與猶堂全書≫, 一, p.96. 〈田間紀事序〉 참조.
39) 주 37)과 같은 곳.

그런데 이것은 또한 다산이 강조하여 밝힌 그의 견해 즉 "임금을 사랑하고 나라를 근심하지 않으면 시가 아니며, 시대를 아파하고 유속에 분개하지 않으면 시가 아니며, 찬미하고 풍자하며 권면하고 징계하는 의리가 있지 않으면 시가 아니다"[40]라는 우국휼민의 문학사상에 인식의 괘도를 같이 하게 되었음을 뜻한다.

그러므로 그는 이제 한걸음 더 다산의 현실주의 문학노선에 접근케 되었으며, 따라서 그 스스로도 이를 토대로 하여 한층 강화된 작가의식을 발휘, 다산에 뒤질세라 현실주의적인 시문의 창작에 힘을 기울였던 것이다. 다산의 <전간기사> 6편을 접하고, 그가 <기경기사> 15편을 짖게 된 것은 곧 그러한 노력의 구체적인 결과이다.

(2) 애민의식과 사회시를 통한 현실비판

이학규의 현실주의 문학의식에 관류하는 정신은 애민의식이다. 이는 그가 다산의 시 <전간기사>를 평하여 "당세의 수령들로 하여금 각각 한책을 베끼어 귀감을 삼게 한다면 이 백성들에게 다행이 될 것이다"라고 그 의의를 부여한 것과, 자신의 시 <기경기사>에서도 "천재와 민막 가운데 경계하고 두려워하며 권장하고 징계삼을 만한 것을 모두 사라지게 하여 전하지 아니하면 애석하게 될 것이다"라고 하여 시 창작의 동기를 밝힌 데서 분명하게 드러나고 있다.[41]

그러므로 천재(天災)와 민막(民瘼)을 제재로 하여 창작하는 경우, 그 시점을 백성의 입장에 두게 되며, 그 주지는 백성들의 고통과, 상대적으

---

40) 《與猶堂全書》, 一, p.443, <寄淵兒> 다산에게 있어서 현실주의 문학정신의 핵심이 되는 이 부분의 언급이 바로 이학규의 탐미적인 시경향을 비판하면서 제기된 것이었음을 감안할 때(본고 주 27)참조) 다산의 시정신에 대한 이학규의 공감은 더욱 의미가 있다고 하겠다.

41) 본고의 주 37)과 39) 참조.

로 백성들에게 고통을 가하는 지배계층에 대한 강한 비판이 중심을 이루게 된다. 나아가 역사적 시대현실의 모순에 대한 문제제기와 폭로가 뒤따르게 되므로, 곧 이러한 사회성이 강한 시들을 사회시라 부르거니와, 이학규의 사회시들 역시 다산의 선도에 힘입은 것이 적지 않으나, 그에 못지 않는 면모를 보여주고 있다. <기경기사>시의 경우, 총 15편 중에서 11편이 수령과 아전들, 곧 지배계층의 학정과 횡포를 고발하는 것이며, 그 외 4편만이 순수한 천재로 인한 백성들의 고난을 노래하고 있는 바, 이에서 작가의 강한 현실비판의식을 엿볼 수 있다.

시 <귀산(龜山)>은 그 중의 한편인 바, 중간 부분을 들어 본다.

今玆大旱天	이번은 너무 가물어
百昌斯無秋	곡식이란 거둘 수 없으리
禾苗立燥死	모판은 다 말라 죽고
但有蓬與萩	다만 쑥덩굴만 있다네
察司近有帖	관찰사는 영을 내리어
惟蕎望其收	메밀 갈아 거두라, 하네
蕎儲在官廩	메밀은 관아 창고에 있을 뿐
蕎種無他求	다른 데선 구할 수도 없는데
官不出蕎種	관아에선 종자 내주지 않고
民亦莫亂咻	백성은 감히 요구도 못하네
官民至相望	관·민이 서로 바라만 보며
時節忽如流	그저 세월만 보낸다네.
－ 中略 －	
府主遣軍校	수령은 군교를 내보내니
赤棓行阡溝	방망이 차고서 둑에 다니네
緣阡四十里	잇닿은 언덕은 40리나 되는데
汙邪與甌窶	낮은 곳 높은 곳 이어 있다네
十目之所視	모두가 바라보는 곳이며

何翅百千區   어찌 백·천의 구역뿐이랴만
不種而使耕   씨도 뿌리지 않고 밭갈게 하여
以欺察司不[42)   관찰사를 속일 수 있을까

기사년(1809)에 흉년이 들어 논밭의 곡식이 모두 타들어 죽게 되었다. 작자의 서에 의하면 관찰사가 명을 내려 메밀종자를 나누어 주도록 하였으나, 수령은 종자는 주지 않고 관찰사가 다니는 연도의 밭을 거짓으로 갈아 씨 뿌린 듯이 속였다 한다. 김해부의 북면 구산(龜山)으로부터 삼랑진까지는 40리에 걸친다 하므로 많은 백성들이 동원되었다. 수령은 군교를 내세워 위협하며 굶주림에 지친 백성들을 매질까지 하면서 강제노역을 시키고 있다. 따라서 이 시는 수령의 간교한 부정과 횡포, 나아가 명령만 내린채 수령에게 속임을 당하여 결과적으로는 안렴의 책무를 소홀히 하는 무능한 관찰사에 대한 신랄한 비판에 그 초점이 맞추어져 있는 바, 궁극적으로는 조선후기의 부패한 관료사회와 그 때문에 수난을 당하여 신음하는 농어촌 사회의 실상을 드러내고자 한 것으로 볼 수 있다.

특히 그는 중세 봉건사회의 고질적인 병폐의 하나였던 아전들의 해악에 대하여도 심각하게 인식, 적잖은 시편을 남기고 있다. 다음은 그 중의 하나이다.

官糴在冬秋   관곡은 가을과 겨울에 사들이니
轆轆車輪倉   수레소리 요란하게 실어 나르네
官府有常平   관부에는 상평창이 있는데
奸細以低昂   간사한 무리들이 값을 조작하네
州圖一万戶   고을의 도적에는 일만 호수인데
爾逋三万强   저들은 3만량도 더 축냈다네

---

42) ≪全集≫, 上卷, pp.542~543. <龜山>

中庭椎肥牛	뜰 가운데 소도 때려 잡아놓고
呼盧間吹簧	도박판 벌리고서 풍류도 즐긴다네
十口且安坐	열식구나 되는 가족 무슨 죄이랴
那不化鼠狼[43]	어떻게 사나운 짐승으로 변하지 않으리

교활한 아전배들이 농간을 부려, 본래 구휼을 목적으로 하는 상평창의 곡가를 조작하고, 그 틈을 이용하여 수 만 량을 포흠하였다. 그 돈으로 소를 잡아먹으며 도박놀이를 벌이고 있다. 그 때문에 백성들은 수탈을 당하게 될 것이 분명하다. 그러므로 "무슨 죄가 있기에 이렇게 고통을 당하게 되느냐, 어떻게 사나운 짐승으로 변하지 않고 베길 수가 있겠는가"하여 원망하게 된 것이다. 곧 작자는 백성의 처지에서 아전배들의 횡포를 고발하고 있는 것이다.

그런데 이와 같이 해체되어 가는 봉건사회의 말기적 현상이 여실하게 노정되고 있는 이 시기에는 일반 백성들이 겪는 고통은 보편적인 현실이었으며, 어디라서 면할 곳이 없었다. 시 <채복녀(採鰒女)>가 그러한 사정을 말해주고 있다.

①

噫彼採鰒女	슬프다 저 전복캐는 여인이여
生死寄斯須	생사가 순식간에 달려있네
處地本潟鹵	사는 곳이 본래 염밭이라서
蠶穀非所圖	누에치고 농사짓기 아예 못하네

②

洶洶白銀玉	거센파도 집채같은 흰물결은
立地猶愁予	뭍에 서있어서도 오히려 근심스러운데

---

43) 위의 책, p.495, <飢民十四章> 中 其五

| 敎人到彼中 | 사람에게 저 물속에 들어가게 하니 |
| 奚翅撲虎愚 | 맨손으로 호랑이 잡는 어리석음과 무엇이 다르리 |

③

稍稍頭容露	점점 머리모습 드러나니
慘慘顔色沮	고통스런 얼굴에 물기 흐르네
劃然乃一喙	휘익하고 길게 한번 내뿜으니
而今知免魚	이제야 고기밥 면한걸 알겠구나

④

隣人簇岸上	이웃 사람들 언덕에 둘러 앉았고
督促來府胥	독촉하러 달려온 관아 아전배는
鮮肌藿葉膾	신선하고 살찐 건 곽엽회 만든다고
急遞歸官廚	급히 옮겨 관아주방으로 가져가네

⑤

聯弗黃蠟光	잇달아 꿰어 황랍빛 나는 것은
乞與京官輸	걷어서 서울 벼슬아치에게 실어간다네
紛然石決明	애써서 잡아들인 전복따위는
是女當梠盂44)	이곳 여인네의 살림밑천인 것을

위 시 ①~③은 바닷가에 태어난 여인네의 숙명적인 생애의 멍에와,
거센 파도 속에서 물질하는 작업의 위험성 및 고통스러움을 표현하고
있으며 ④·⑤는 그처럼 위험한 고통을 무릅쓰고 채취한 전복을 빼앗아
가는 아전배들의 횡포와 또 이것을 거두어 서울의 벼슬아치에게 뇌물
로 실어 보내는 수령의 탐욕한 부정행위를 묘사하고 있다. 여기에서 작
자는, 고통을 감내하며 강한 생활력을 보여주는 바닷가 전복 캐는 여인

---

44) 위의 책, pp.480~482. <採鰒女>

(백성)에게는 연민의 정을, 반대로 무력하나 선량한 백성들을 괴롭히기
만 하는 수령과 아전배들의 지배층에게는 증오의 시선을 주고 있다. 그
러므로 위와 같은 시는 작자의 애민의식과 현실주의 시창작 노력이 만
나 이루어진 역사의 현장인 동시에 문학세계인 것이다.[45]

(3) 민중에의 우호의식과 민중정서의 형상화

사인(士人)계층인 이학규에게 있어서 하층민에 대하여 우호의식을
지니게 된 것은 커다란 의미가 있다. 조선후기 봉건사회체제를 배경으
로 할 때, 하층민에 대한 우호의식은 대체로 애민의식과 대동소이하다
하겠으나, 여기에서는 두 의식 사이의 조금 다른 면을 더 의의롭게 보는
관점에서 논의한다.

곧 애민의식은 사인(士人)계층과 하층민과의 상호관계에서 볼 때, 상
하 수직구도의 성격이 강한 반면, 우호의식은 호혜대동(互惠大同)구도
의 성격이 일정한 만큼 내포된다는 관점을 그 전제로 삼는다. 그러므로
만일 이러한 파악이 적절하다면, 사농공상(士農工商)의 종래의 상하 차
별적인 신분질서에서 볼 때, 애민의식보다는 우호의식이 조금 더 근대
적인사유체제(의식체계)라 판단되며, 여기에 그 의미가 있다고 본다.

따라서 위와 같은 관점에서, 이학규의 현실주의 문학창작의 방향을
변별하여 본다면, 애민의식에서는 곧 이미 앞장에서 고찰한 바와 같이
사회시 창작을 통한 현실비판의 방향에서 전개되었음을 확인하였거니
와, 반면 우호의식에서는 어떤 방향에서 전개되었으며 또 그 구체적인

---

45) 이학규의 경우, 현실비판의식이 담겨진 시들은 대개 장편고시의 형태를 취하고 있는
　　바, 위에서 언급한 것(기경기사시 15편, 기민14장, 채복녀 40운)외에 농가류 강창농가
　　10장, 남호어가 10장, 상동초가 8장)와 영사악부시(영남악부 68장, 해동악부 55장) 등
　　에도 상당수 들어 있다. 특히 영사악부 시에서는 풍자와 해학의 수법으로 지배권력층
　　(탐관오리, 암군혼주(暗君昏主) 등)에 대하여 신랄한 비판을 가하고 있는 바, 이는 역
　　사에 대한 시대를 초월한 현실인식에 의한 것이었다.

모습은 어떠한가. 결론적으로 말한다면, 우호의식에서는 민중세계의 생활과 정서를 적극적으로 수용, 이를 문학적으로 형상화하였다고 말할 수 있다.

여기에 먼저 사인(士人)층인 작가가 민중에 대하여 우호의식을 소유하였음과 그것에 대하여 의미를 부여하는 데서부터 논의가 출발되었던 만큼, 우선 그것의 형성배경과 성격부터 고찰할 필요가 있다.

그가 처음 능주에 유배되었을 때 그 지역의 반응에 대하여 회상한 시가 있다.

城中正擊鼓	성안에선 북을 치고
客至旋閉門	객이 오자 문닫아 걸더니
隣人稍來見	이웃들 점점 와서 보고는
情誼久已敦	정이 깊이 들었다네.
開樽瀉火酒	술동이 기울여 화주도 따라주고
磨刀鱠銀鱗46)	칼을 갈아 은어회도 마련했네.

처음에는 큰 죄인이라는 유배객이 성중에 도착하자, 관아에서는 경계의 북을 울리고, 이에 따라 일반 백성들은 두려워 문을 닫아 걸었다. 그러나 시일이 지나면서 '큰 죄인'이 실제는 현재의 집권세력에 의해 탄압받는 자에 불과하다는 그 실상을 알게되자, 이웃들은 마음의 문을 열고 그를 받아 들여 정이 돈독할 정도가 되었다. 여기의 이웃은 양반층이 아닌, 하층민 곧 민중이다. 그들은 지배계층간의 정쟁(政爭)과는 무관하며, 오히려 조선후기의 농촌사회에서 갖가지로 수난을 당하는 존재일 뿐이므로, 양반층과는 달리 박해를 받는 처지에서, 유배객에게 충분히 동정을 베풀고 친근하게 접근하였던 것이다.47)

---

46) 위의 책, p.262. <詠懷奉寄伯津> 이 시는 그가 유배 된지 6년째 되는 병인년(1806)의 것이다.

이 때문에 유배기간이 10여년이 경과되면서부터는 그 지역의 하층
민중과의 관계가 더욱 우호적으로 진전되었다.

> 아아! 몸이 한번 패하여 멀고 거친 땅에 귀양오자, 날로 떡장수 술집노파와
> 도 '너·나'하는 사이가 되었다.[48]

> 이 고장 사람들은 이웃의 喪死를 만나면, 나무꾼·목동·떡장수·술집 노
> 파할 것 없이 한 장의 종이를 마련하여 동서로 내달리면서 만시(輓詩)를 구
> 한다오.…이웃들과 정이 들어 부지런히 요구에 응해주니, 그 시를 보고서 그
> 사람을 아지 못하는 경우는 예전에도 혹 있었지만, 그 사람의 성명과 거처도
> 모르면서 그를 위하여 시를 지어주는 경우는 반드시 나에게서 비롯되었을 것
> 이오.[49]

위에서 보면, 떡장수·술집노파와 '너·나'하는 사이가 되었다고 하였
다. 그리고 이웃들과 정이 들어 그들의 만시 요구에 부지런히 응해주었
다고 하였는바, 여기의 '이웃' 역시 그가 거론한 나무꾼 등을 지칭한 것
임을 알 수 있다. 그러므로 작가가 몰락한 자신의 처지를 한탄하는 뜻에
서 비록 조금 과장된 표현을 썼다 하더라도, 저들 하층민의 부류, 곧 민
중계층과 거리 없는 교제를 가졌다는 것은 분명하다 하겠다. 따라서 사
인(士人)층의 신분이었던 작가는 이 시점에 와서는, 이들 민중들과의 관

---

47) 이 때 이 고을의 수령은 유배객 이학규를 우호적으로 대하는 백성들을 오히려 처벌
   하면서, 그를 적대시하였던 바, 다음 부분이 그 사정을 말해주고 있다. "신임사또는
   시랑의 아들인데/대이은 문벌에 충근하여/부임하자 명을 내리고/다스려 성가심 없앤
   다네./시간따라 지키는 군졸 배치하고/어깨 높이로 담을 높였네./주인네 불려가 매를
   맞으니/내 무슨 낯으로 행동하랴." (위의 책, 같은 곳)

48) ≪全集≫, 中卷, pp.217~218. <感舊紀恩三首>. "嗟乎身名一敗 竄伏荒徼 惟日與
   餠師酒媼 爲爾汝之交"

49) 위의 책, p.17. <與>. "此鄕之人 遇隣里喪死 不論樵兒牧竪 餠師酒媼 動費一張紙
   本 東西奔馳 乞爲輓詩…… 隣里情熟 俚勉副急 見其詩 不知其人 古或有之 不知
   其人名姓居址 而爲賦其詩 必於吾始有也"

계에서 어느 정도 중세 신분질서의 질곡을 초극, 민족적 혈연에 의한 동포의식을 갖게 된 것으로 보여 진다.[50]

그리하여 그는 이와 같은 의식의 변화와 함께 민중세계를 새롭게 인식하게 되었으며, 이를 계기로 하여 그의 문학은 새로운 전환을 맞이하게 되었다. 곧 문예적 기질을 갖춘 작가에게 있어서, 민중세계의 새로운 발견은, 그의 왕성한 창작 욕구를 자극하고 충족시키는 무한한 공간이 되었기 때문이다.

이에 대하여 그는 다음과 같이 말하고 있다.

> 현왕 정묘(1807)에 내가 바야흐로 이 지방에서 죄를 기다리던 중 한가한 날에 토속과 농민들의 상말, 그리고 나무하고 고기 잡으며 베짜는 집들의 고락을 물어서 모두 알았다. 이에 고시가요 잡체 몇 편을 지어서 그 일들을 자세히 기술하였는데 대개 반드시 부연한 것은 아니었다.[51]

위에서 보는 바, 곧 나무하고 고기 잡으며 베짜는 집들의 고락은 양반층이 아닌 민중들의 생활을 말한다. 또한 그들의 풍속과 상말을 비속하다 여기지 아니하며, 또 그것들을 다루면서는 분식시키지 않고 상세히 기술한다 하였는바, 이러한 작자의 의식은 대단히 중요한 의미를 갖는다. 왜냐하면, 그것은 순정고아(醇正古雅)를 추구해야 한다는 중세적 정

---

50) 이것은 작자에게 있어서 의식세계의 커다란 변화를 의미하는 바, 이같이 된 배경을 다시 요약한다면, 우선 낙척불우한 유배객인 그를 따뜻이 대해준 이들 민중에 대한 신뢰도 일정 정도 영향을 주었으며, 다른 하나는 근대로의 이행기인 이 시기 신분질서의 이완과 더불어 점차 역사의 지평으로 부각되는 이들 민중의 존재에 대하여 새롭게 인식한 것을 들 수 있다. 특히 임해고을인 김해는 비교적 물산이 풍부한데다, 상업경제의 발달에 힘입어 그만큼 민중들의 활동이 진취적이고 생동감이 있었으며, 이때 이들의 문화적 향상욕구와 이학규의 진보적인 의식세계가 대립되지 않고 공존할 수 있었기 때문이다.

51) ≪全集≫, 上卷, p.331, <苽亭紀事詩序>. "當宁丁卯 余方俟罪此方 暇日詢及土風農諺 曁夫樵漁織作 諸家苦樂甚悉 乃著爲古詩歌謠雜體 若干篇 以詳述其事 槪未必所敷演者"

통 한문학의 구속을 극복하는 발판을 스스로 마련하고 있기 때문이다.

따라서 이제 그의 문예창작은 새로운 모습으로 전개되었으니, 그것은 곧 민중의 생활상과 정서를 형상화하는 방향이었다. 다음 작품들을 보자.

窄幅麻裙不掩褌　　좁은폭 삼베치마 속옷도 못가리나
縮來鬘髻態猶存　　땋아서 묶은 머리 맵시는 있다네.
生來自是櫻脣女　　타고난 모습은 앵두같은 입술인데
一陳風前蒜臭歆[52]　　한번 스치면, 마늘냄새 풍기네.

꾸밀줄 모르는, 그러나 건강미 넘치는 농촌 여인네의 모습을 흥미롭게, 그리고 우호적으로 묘사하고 있다. 치마폭의 길이가 짧고 폭도 좁아서 무릎이나 볼기짝을 다 가리지 못한다. 머리도 가발을 얹지 않고 그대로 땋아 올릴 뿐이다. 타고난 건강으로 혈색이 좋고 그리하여 입술은 마치 앵두빛 처럼 붉은데도 스쳐 지나치면 마늘냄새가 풍긴다고 하였다. 그러므로 위와 같이 외모를 치장하는 데 별 관심없고 화장분 대신 마늘냄새가 나는 모습이야말로 생동하는 민중들의 형상임을 알 수 있다.[53]

따라서, 위와 같이 민중의 생활정감을 형상화하려는 그의 창작 취향에서 볼 때, 당대의 민중집단의 노래인 민요를 그의 작품에 수용한 것은 필연적인 결과로 볼 수 있을 것이다.

---

52) ≪全集≫, 中卷, p.362, <金官紀俗詩>中 第十八首. 한편 작자는 다음과 같은 주를 붙여 이 시의 이해를 돕고 있다. "女子之裙 長不踰脛…尤喜食葱蒜 臭不可近"

53) 작자는 이러한 부류의 작품을 다량으로 창작하고 있는 바, 연작시로는 <金官紀俗詩>(77수), <苽亭紀事詩>(52수)외에 장편고시 <觀燈>, <觀市八十韻>이 있으며, 이때 민중적 정서를 생동감 있게 표현하기 위하여 방언과 속어를 과감히 시어로 구사하였다. 예컨대 맥령(麥嶺, 보릿고개)·가남아(假男兒, 가시내)·노면피(老面皮, 늙은이 낯가죽)·마풍(馬風, 마파람) 등이 그것이다.

纖纖雙鑷環	가느다란 쌍납가락지
摩挲五指於	어루만지는 다섯 손가락
在遠人是月	멀리 있을 때 달처럼 생각더니
至近云是渠	만나서는 이것 저것이라 부르네.
家兄好口輔	오라버니 입매는 고운데
言語太輕疎	하는 말은 경솔하기만
謂言儂寢所	"네가 자는 방안에선
鼾息雙吹如	코고는 소리 쌍나팔 같더라."
儂實黃花子	나는 참말 국화꽃이라
生小愼興居	어려서도 행동이 조신했다오.
昨夜南風惡	어젯밤엔 남풍이 심해
窓紙鳴噓噓[54]	문풍지가 울린 거라오.

　위의 한시는 민요를 한역한 것인 바, 대상 민요는 당시 남도지방의 노동현장에서 부르는 모내기 노래이다. 이 민요는 특히 여인들이 사설을 지어 부르는 것이 신선하였다 한다. 그것은 원망하는 듯 한 내용에 구슬픈 가락으로 여인네의 설움을 나타낸 것이 많았던 때문이었는데, 물론 이것은 양반사회의 규범적인 부도(婦道)를 노래한 것이 아니며, 서민사회 여인들의 가식 없는 생활감정을 적나라하게 표출시킨 것들이다.
　위의 한시 역시 그러한 민요의 고유한 리듬이나 정감을 그대로 살리고자, 한시의 격식보다는 민요의 가사와 감각을 재현하려 노력하고 있

---

54) ≪全集≫, 下卷, p.377. <秧歌五章> 중 第三. 여기에 수용된 민요는 남녀가 함께 불렀으며, 당시에 널리 가창된 메나리곡(산유화곡)에 사설을 붙여 부른 것으로 파악된다. 한편 이 시의 창작과정에서 수용된 민요라고 추정되는 것을 현존 문헌에서 찾아보면, 다음을 들 수 있다. "쌍금 쌍금 쌍가락지 호작질로 닦아내어 멀리보니 달일레라. 젓에보니 처잘레라. 그처녀 자는 방에 숨소리가 둘일레라. 홍당朴氏 오라반님 거짓말씀 말으시오. 동남풍이 디리불어 풍지떠는 소리라오." (임동권, 『韓國民謠集』, I, p.309, <상가락지 謠>)이 민요는 함양지방에서 채집된 것이다. 동 민요집에 의하면 남한 일대에 광범하게 불리어졌음을 확인할 수 있다.

음을 볼 수 있다. 창자(唱者)의 시점을 유지시키며 직접화법을 구사하는 한편, 비속어의 사용도 주저하지 않은 점이 그 예이다. 그러므로 이와 같은 민요수용시는 그의 많은 민요취향시들과 함께 그만큼 민중성을 획득하게 되었으며, 내용면에서 민중정서를 노래하고 형식면에서는 한시의 전통적 양식에 파격을 초래하여, 결과적으로 한문학의 민족문학에로의 접근에 진일보한 궤적을 남기게 되었다고 평가할 수 있겠다.[55]

4. 결언

낙하생 이학규는 조선후기(18C말~19C전반)에 걸쳐 남다른 생애를 보내면서, 주목할만한 문학론과 작가의식을 보여 주었고, 이에 따른 문학세계를 창출하였다.

① 그는 남인가(南人家)인 평창이씨를 본가로, 여주이씨를 외가로 하여 출생, 이른바 경세치용학파의 본산인 성호가계의 실학적 가풍 속에서 성장하였다. 특히 문학적 재능이 있었으며, 스스로도 문사임에 긍지를 느끼면서 문장공부에 힘을 기울였다. 그는 도본문말의 재도적 문학관의 틀을 벗어나 그의 다분한 문예기질과 탐미적 성향을 바탕으로 한 개성적인 문학론을 마련하였는바, 다음과 같다.

첫째, 그는 시와 문을 변별하는 탐구적 자세를 보여주고 있다. 곧 시는 운이 승해야 하며, 문은 이가 승해야 한다고 하여, 그 본질적 차이를 규명하였으며, 그리하여 특히 시는 '수중월(水中月)'이나 '경중화(鏡中花)'처럼 물상 밖에서 느껴지는 운치의 미적 경계로 이루어지는 것임을 밝히면서 문보다는 시에 문학적 비중을 두었다. 따라서 작시(作詩)에 있

---

55) 이학규의 경우, 민요취향시의 범주에 드는 한시는 매거할 수 없을 정도로 많으며, 민요를 직접 수용한 한시만도 상당수에 이른다. 예컨대, 앞에서 언급한 <秧歌五章> 외에, <山有花歌> 7장, <後下山歌> 7장, <採月詞>, <蹋山歌> 등이 그것이다.

어서는 용운이 우선해야 함을 강조하여, 운자 중심으로 의치를 조정해야 한다고 하였다.

둘째, "시는 마음속에 감동되어서 밖으로 사무쳐 나타나면 그만이다"고 하여 정(情)의 발로가 곧 시임을 강조하여 성정일원론적(性情一元論的)인 입장을 취하였는바, 이는 성정이원론(性情二元論)을 기저로 하는 중세기 규범적인 재도적 문학관을 극복한 것으로 볼 수 있다. 따라서 그는 창작에 있어서 중정(中情)이 발한 것이어야 감동을 줄 수 있다고 하면서, 이때 중정(中情)은 가식 없는 상정(常情), 즉 천기(天機)의 모습으로 드러나야 한다고 하였다.

셋째, 문장은 노력에 따라 파 껍질을 벗겨가듯 한 단계씩 진전된 경지를 이루게 되는 '작은 기예(소기(小技))'로 인식하였으며, 따라서 부단한 문장공부의 필요성을 역설하였다. 이때에 특히 모방을 배격하였는바, 예를 들면 과시(科詩)의 경우라 하더라도 '닭이 계란 품듯이 간직하고, 고양이가 쥐를 노려보듯이' 내면의 세계에 축적시켜 무르익은 다음에 밖으로 표출되도록 해야 한다는 엄숙한 창작 자세를 강조하였는데, 이것이 곧 고문(古文)하는 방법이라고 한다.

넷째, 문학 특히 시에 있어서는 여운(餘韻)이 있어야 가작(佳作)이 될 수 있다고 하여, 언외지의(言外之意)에서 감득(感得)케 되는 정서의 공감으로서의 '미적울림'이 시에서 추구할 본질적인 미적 정취(情趣)임을 밝혔는바, 그는 또한 이를 여미(餘味)·운취(韻趣)·취(趣) 등으로도 일컫고 있다.

② 한편, 이학규는 신유옥사(1801)에 연루, 무고한 탄압으로 24년에 걸친 유배생활을 보내면서, 그의 작가의식과 문예창작의 방향에 일대 새로운 전환을 맞게 되었다. 오늘날 실학파 문학으로 의미 있게 평가되는 그의 현실주의 문학세계가 바로 여기에서 개창될 수 있었다.

유배초기에 그는 참담한 좌절을 경험하면서도, 문예취향적인 기질을 발휘, 유배지 낯선 곳에서 새롭게 접하게 되는 산천경계와 토풍민속 등에 대하여 흥미롭게 관찰하고, 이를 방언과 속어까지 구사하여 토속적인 정취가 풍부한 시문을 창작하면서, 그의 불우한 처지를 극복하여 나아갔으나, 현실에의 객관적인 성찰에까지는 인식의 시계확산이 이루어지지 않았다.

그러나 유배중기(1808~)에 이르러 다산 정약용과의 시문교류가 활발해지면서부터는 다산의 현실주의 문학노선에 점차 접근, 역사 현실에 대한 새로운 자각과 함께 동인적인 작가의식을 갖추게 되었다. 그리하여 이를 바탕으로 새로운 문예창작의 방향을 모색, 이른바 본격적인 그의 실학문학으로서의 현실주의 문학이 창작될 수 있는 발판이 마련되었다. 그런데 이것은 곧 조선후기의 민족·민중에 대한 주체적인 인식을 기초로 하여 크게 두 가지의 방면에서 전개되었다.

그 하나는 애민의식에 의한 것으로서, 일련의 사회시 창작을 통하여 역사 현실의 모순과 지배계층의 탐학(貪虐)에 대하여 날카로운 비판과 공격을 가한 것이며, 다른 하나는 민중에 대한 우호의식에 의한 것으로서, 민중세계의 생활과 정서를 적극 수용, 문학적으로 형상화하려는 작업이었다. 날카로운 풍자와 해학의 수법을 사용, 비판과 고발이 주지를 이루는 일련의 사회시들이 전자의 것이라면, 많은 기속시(紀俗詩)와 민요취향시 등은 후자의 산물이다.

이상을 요약컨대, 위에서 보여 준 문학론과 작가의식, 그리고 그에 따른 문학성과는 곧 그의 문학사상의 구체적이며 실제적인 현상이거니와, 여기에서 그의 문학의 본질과 창작·비평에 관한 개성적인 논리를 확인할 수 있었다.그런데 그것은 전대의 문학사상을 그대로 추종하기 보다는, 작가 자신의 창작과정을 통한 체험에서 터득한 실제적인 논의가 그 중심을 이루고 있었다. 그러므로 문사(文士)임에 자긍심을 가지고 직접 문학에 종사한 사람으로서, 창작활동에만 그치지 않고 이와 같이 다양한 문학론을 개진함으로써, 결과적으로는 문학사상의 정립에까지 노력을 기울이게 된 것은 우리의 문학사에 그리 흔치 않은 경우이다.

또한 그의 문학론은 이미 정립된 어떤 이념적 가치관의 틀 속에서 이루어진 것이 아니라, 개방적인 사고 속에서 문학 자체에 목적을 두었고, 또 거기에 의미와 가치를 부여하는 관점에서 형성된 것임을 볼 때, 더욱 의의가 있는 바, 그가 문학의 본질과 창작·비평에 관해서는 활발하게 논의하면서도, 문학의 역할이나 기능에 관해서는 큰 관심을 기울이지 않은 것이 바로 그러한 이유에서였음을 이해해야 한다.

한편, 그가 짧지 않은 기간 다산의 문학노선에 접근, 상당부분 다산과 인식을 같이 하면서 현실주의 문학을 다수 창작하였으면서도 끝까지 그의 탐미적인 문예창작성향을 버리지 않은 것은 곧 이 양자간의 문학사상적인 동이(同異)에서 말미암은 것이었다고 보아야 한다.56)

(韓國文學思想史, 1991, 啓明文化社)

---

56) 이학규가 다산의 선도에 힘입어, 조선후기의 문학사적 국면에 신기풍(新氣風)으로 관류하는 현실주의 창작정신을 적극 섭취, 주목할 만한 문학유산을 남긴 것은, 우리 한문학에 있어서 현실주의문학 또는 민족문학 분야에서의 커다란 성과로 평가되어야 마땅하나, 유배후기부터서는 다산의 현저한 문학노선에 전과 같이 완전히 합일시키지 못하였음을, 만년의 교우인 신위(申緯, 자하(紫霞))는 다음과 같이 지적한 바 있다. "성수(醒叟, 이학규의 자(字))는 시에 있어서 일찍이 다산과 뜻이 맞았으나, 늦게는 나와 합치되었다. (醒叟於詩早契茶山晚合不佞)"(≪申緯全集≫, 第四集, <哀李醒叟三首>).

낙하생(洛下生)과 자하(紫霞)의 문학적 교환

1. 머리말

　조선 후기에는 새로운 문학사조의 배경하에 유수한 문인학자 등이 다수 배출되었으니, 이 시대 걸출한 인재들 중에는 곧 자하(紫霞) 신위 (申緯, 1769-1845)와 낙하생(洛下生) 이학규(李學逵, 1770-1835)가 포함되어 있다.[1]

　이들 두 사람은 모두 처한 위치는 달랐지만 전 생애를 통해서 문학에 정진했다는 점에서 큰 공통점이 있다.[2] 돌이켜 보면 조선 시대의 사대부들은 그 정도의 차이는 있었지만, 시문을 짓고 음영(吟詠)하기를 그 생활의 중요한 영역으로 여겼다. 그리하여 사소한 일상사(日常事)로부터 경세제민(經世濟民)의 웅대한 포부까지도 시문화(詩文化)하기에 주

---

[1] 자하(紫霞)에 대한 평가로는 창강(滄江) 김택영(金澤榮)의 "吾韓之詩亦當以申紫霞
　爲第一"(≪韶濩堂集≫卷八 雜言六)이라 한 언급이 널리 알려졌고, ≪八家精萃≫
　(한장본이책, 1939년 대구 류백영 편)에 추재(秋齋), 자하(紫霞), 원당(院堂), 낙하(洛
　下), 추금(秋琴), 창강(滄江), 영재(寧齋), 매천(梅泉) 등 팔가(八家)를 들고 이들의 시
　를 선정해서 수록했는데 여기에 낙하생의 시 50수가 실려 있다. 여기에 든 다른 인물
　들이 모두 대가로 인정받는 이들인 바 낙하생도 이들과 같은 수준으로 평가한 것임을
　알 수 있겠다.
[2] 자하(紫霞)의 ≪警修堂集≫ 16책이 모두 시문(詩文)이며, 낙하생의 낙하생고(洛下
　生稿) 20여 책 역시 거의 시문이라는 점이 이를 잘 말해 주고 있다.

저하지 않았으니, '생활의 문학화' 내지 '문학의 생활화'라는 표현을 쓸 수 있도록 생활과 문학활동이 밀착된 양상으로 전개되기에 이르렀던 것이다.

그러므로 이러한 사대부 등이 서로 교유관계를 갖게 됨에 이르러서는 '이문회우(以文會友)'하는 종래 사대부간 교제의 본질적 성격상 자연 수창한 시문이 많게 되었는바, 대개 이들 수창시는 그 수량면에서도 적지 않을 뿐만 아니라, 그들의 사상과 철학, 그리고 문학적 특성을 파악하고자 할 때 매우 유용한 자료가 되고 있다.

여기에서는 특히 동년배로서(자하가 낙하생보다 1년 연상임) 역사적 전환기를 함께 고뇌하면서 살아간 조선 후기 뛰어난 문인들인 자하와 낙하생 간의 교유의 양상과 수창시를 검토하고자 한다.

그리하여 이들 두 사람의 문학형성배경의 일면과 각각의 시문학의 특성을 파악해 보고자 하는바, 두 사람의 문학사상의 상대적 위치와는 관계없이 편의상 낙하생) 중심으로 그 논지를 전개하고자 한다.

2. 문학적 교유(交遊)의 시작

낙하생과 자하가 막역지우로서의 교분을 맺게 된 데는 몇 가지 그 요인을 생각해 볼 수 있다. 첫째는 앞서 언급한 바와 같이 그들이 동년배로서 다같이 시문에 정진한 문사들이었다는 것과, 다음은 모두 포의의 신분으로 있을 때 이미 재명(才名)이 있어 당시의 국왕 정조의 인정을 받았던 것,3) 그리고 다른 하나는 당시의 정파로 본다면 낙하생은 남인

---

3) 창강의 <紫霞年譜>에 "嘗開書局編書 特召公 以布衣預其役"이라 하여, 이미 등과 전에 인정을 받아 일정한 역할이 맡겨졌음을 알 수 있고, 또 그가 문과에 급제하자 정조가 곧 명하여 초계문신(抄啓文臣)을 삼았음도 바로 저간의 사정을 말해 주고 있는 것이다. 낙하생의 경우도 포의로서 규장전운 편찬에 참여하였고, 왕이 선집한 서

가 출신이고 자하는 소론가 출신인 바, 서로 적대시하는 관계는 아니었던 것4) 등을 거론할 수 있을 것이다.

그러나 이들의 교유는 위와 같은 평범한 성립 조건에서 한걸음 나아가 무엇보다도 시문에 대한 그들의 공통된 의식과 취향이 가장 절실한 매개체가 되어 이루어졌던 것인 바, 이는 자하가 직접 밝힌 다음과 같은 말, 즉

　　성수(낙하생의 자:필자)는 시에 있어서 일찍이 다산과 뜻이 맞았으나 늦게는 나와 합치되었다(醒叟於詩早契茶山 晩合不佞)5)

는 것이 이를 단적으로 설명해 주고 있다.

그런데, 이것은 다산과 자하 그리고 낙하생 이들 3인 사이의 시문학관의 차이를 규지(窺知)할 수 있는 말이며 단순히 교유의 시기적 서차(序次)만을 말함이 아닌 것이다. 결국 앞서는 낙하생과 다산이 문학의식에 있어 궤도를 같이 했으나 뒤에 와서는 낙하생과 자하가 그 취향을 같이 했음을 말한 것이라고 하겠다.

물론 낙하생의 경우는 동일계인 혈연, 사우관계로도 동일계인 성호계 문사로서 연장자이며 학문에 있어 이미 고명(高名)을 받고 있던 다산(낙하생보다 8년 연상임)과의 교유에서, 영향을 깊이 받게 될 것은 이미 예

책을 왕명에 의해 교수(校讐)하여 바치는 등 정조의 각별한 지우(知遇)를 받았음은 일찍이 필자의 졸고 「洛下生 李學逵의 生涯와 文學」(한국한문학연구 6輯, 한국한문학연구회, 1982)에서 언급한 바 있다.

4) 이것이 당시 반목과 대립이 극심했던 시대에 살면서도 교유하는 데에 서로의 가문 관계에서는 특별히 어려운 문제가 없었던 것으로 보이고, 특히 정조의 탕평책과 왕권 강화를 위한 일종의 친위적 인재로서 이들이 모두 국왕의 지우를 입은 것으로 판단되는데, 이것은 곧 정조의 몰후에, 정도의 차이는 있지만 여러 가지 시련을 겪게 되는 원인이 되었을 것이며, 이는 또 그들로 하여금 동류의식을 갖도록 하였을 것이라 추정된다.

5) ≪申緯全集≫ 第四集(태학사, 1983) pp.1591-1592. <哀李醒叟三首>의 주

견된 일이거니와, 함께 신유옥사(1801년)에서 각각 겨우 구명되어 강진
과 김해로 유배되었던 만큼 양인간의 교유는 더욱 긴밀해 질 수 있었다.

이때는 주로 다산우국휼민(憂國恤民)의 정(情)과 시대비판의식이 담
긴 '사회시'와 다산의 '조선시류'들이 낙하생에게 전달되면, 낙하생이 곧
그것들에 상응하는 형태의 시를 지어 보내는, 주로 다산→낙하생의 형
식으로 그 영향이 미쳤던 것이다.6) 그러나 유배후반기에 접어들면서부
터는 다산은 그때 이미 사환(賜環)되었던 만큼 전과는 상황이 달라진
상태에서 그들의 교유방식과 그 내용도 변화를 가져와 앞서와 같은 긴
밀한 영향관계는 유지되지 않았던 것으로 보인다. 그리하여 낙하생의
유배후반기의 시작(詩作)들은 서사적인 전기시작(前期詩作)들과는 달리
두드러진 언어의 조탁과 공치에 힘쓰며 섬밀한 정서의 표현에 주력한
서정적인 시가 주류를 이루게 되었던 것이다. 그리고 이런 결과는 낙하
생이 본래 지니고 있던 그의 문학성 내지 문학적 취향에로의 복귀를 의
미하는 것이며,7) 그리고 이러한 다분히 문예취향적인 그의 시작(詩作)

---

6) 낙하생의 문학에 있어서 다산의 영향관계는 필자의 전게논문「洛下生 李學逵의 生
　涯와 文學」에서 1차 언급한 바 있었고, 그 후 낙하생 전집 발간시(1985) 그 해제에서
　임형택교수에 의해 폭넓게 논급되었다.

7) 낙하생과 다산은 출신, 사우관계 등에서 제반 공통성을 소유하고 있음에도 불구하고
　문학적 취향이 상이했던 것은 다음과 같은 데서 분명히 드러나고 있다.
　"向來 醒叟之詩 見之矣 其論汝詩 切切中病 汝當服膺 其所自作者 雖佳 亦非吾所
　好也 後世詩律 當以杜工部爲孔子 蓋其詩之所以冠冕百家者 以得三百篇遺意也
　三百篇者 皆忠臣孝子烈婦良友 惻怛忠厚之發 不愛君憂國 非詩也 不傷時憤俗 非
　詩也 非有美刺勸懲之義 非詩也."(≪與猶堂全書≫ 第一集 張九 <寄淵兒>)
　위에서 보면 낙하생이 유배지로 보내온 학연(다산의 장자)의 시에 대하여 잘못된 곳
　을 일일이 지적한 바에 다산도 모두 옳다고 수긍하면서 아들에게 마땅히 따라서 지키
　라고 말하면서도, 그러나 그가 지은 시가 아름답기는 하더라도 내가 좋아하는 류의
　시는 아니라고 주의를 환기키고 있음에 유의할 필요가 있다. 결국 다음에「애군 우국
　하지 않은 것은 시가 아니다.」고 하여 곧 그가 지향하는 시는 낙하생시의 부류가 아
　님을 분명하게 밝히고 있는 것이다. 그리고 다산의 문학관을 가장 극명하게 나타낸
　구절로 흔히 예거되는 이 문장이 바로 낙하생의 시를 논하면서 제시된 것이라는 것을
　생각할 때, 그들 사이의 문학적 취향은 그만큼 간극이 있었음을 알 수 있는 것이다.

이 곧 자하가 앞서 「늦게는 나와 합치되었다」고 말한 것의 실체인 것으로 판단된다.

"성수는 늦게 나와 합치되었다."고 한 자하의 말과 같이 낙하생과 자하가 늦게나마 의기가 상통하여 서로 시를 수창하게 된 것은, 장기간의 유배생활로 고초를 겪고 귀환되어서도 안거(安居)할 수 없었던 낙하생에게는 더없는 위안(慰安)과 생(生)의 활력소가 되었던 것으로 보인다. 낙하생이 젊은 시절을 회상하면서 자하와의 구연(舊緣)을 거듭 반추(反芻)하는 데서 이러한 그의 심정이 드러나고 있다.

이들 2인의 교유가 언제 어떻게 시작되었는지 정확하게 언급된 바는 없으나, 후일의 수창시를 통해 보면, 대체로 포의 시절 각기 어느 정도 재명(才名)이 있을 때, 송석원(松石園) 등의 시사(詩社)에서 만나게 됨으로부터 시작된 것 같다.[8] 그러나 당시에는 그렇게 친근한 관계는 아니었던 듯, 낙하생의 초기 시집에 자하와의 화답시가 보이지 않고, 유배된 뒤에도 중반까지는 나타나지 않다가 18년째가 되는 후반기 무인년(1818)에 접어들어서야 비로소 보이고 있다. 낙하생의 경우, 다산과는 유배 초기에서부터 끊이지 않고 활발히 수창한 것과는 좋은 대조가 된다 하겠다.

앞에서 언급한 바와 같이 성호계의 마지막 세대인 다산(茶山)과는 각기 국토의 최남단에 유배된 같은 처지에서 다산의 사상적 영향 하에 다

---

8) 송석원(松石園) 시사(詩社)는, 곧 서리계급(胥吏階級)의 거주지인 서촌(西村) 인왕산하(仁旺山下)에 살고 있는 천수경(千壽慶)을 맹주로 하여, 그의 집인 송석원을 중심처로 하여 결성된 시사로 '서사(西社)', '서원시사(西園詩社)', 또는 '옥계시사(玉溪詩社)'로 불리기도 하는데 당시 위항 시인뿐만 아니라 사대부 시인도 이곳에 놀지 않음을 부끄럽게 여겼다 하니(구자균, 『朝鮮平民文學史』, 참조), 당시 문재가 있다고 알려진 자하나 낙하생 등이 자연 이곳에서 만나게 되었던 것으로 보인다. 실제로 낙하생은 유배 다음해(1802)에 다음과 같이 송석원을 그리워하며 회상하였다.(≪洛下生全集≫ 上卷, p.166. <秋日懷松石園>) "磊硈古松園 高磴向峝閣 誰知倚樹吟 適對巖景落(고요하고 깨끗한 고송 우거진 곳 / 높은 돌층계 바위 누각을 향했네 / 누가 알리 나무에 기대 읊조림이 / 바위 그림자 지던 때임을)."

산)과 궤같이 하는 시문학을 정열적으로 창작하던 낙하생은 무인년) 다
산이 방면되어 귀향한 뒤로는 새롭게 자하와 교통이 이루어지게 된 것
이다. 이즈음에 이들 사이에 교통이 재개된 것은 자하(紫霞)가 먼저 유
배지의 낙하생에게 시를 요구하면서 시작된 것으로 보인다. 그것은 낙
하생집에 최초로 나타난 관련시가 곧 <신한수참의구여시심근작차기시
(申漢叟參議求余詩甚勤作此寄示)>9)로부터 시작되는 데서 짐작되는 바
이며, 그 시의 내용은 다음과 같다.

歸意日蕭索	돌아가고파 날로 쓸쓸하기만 한데
南鄕春又回	남쪽에 봄은 다시 돌아왔구나
近聞茗雪客	들으니 강호에 사는 처사가
三絶廣文才	시서화 뛰어난 광문의 재주라네
歲月炎洲晩	세월은 남쪽땅에 더디기만 한데
風流紛署開	풍류는 관서에 마음껏 열렸네
西園好松石	서쪽동산 경개좋은 송석원에서
應億待人來	기억하리, 사람 기다리고 있었음을

이것은 앞서 말한 바와 같이 자하의 요구에 의하여 지어 보낸 시이다.
적소생활 18년이 되는 무인년(1818)의 시로서, 낙하생의 돌아가고픈 심
정이 절실하게 담겨져 있으며, 재명(才名)을 떨치고 있는 자하의 근황을
부럽게 언급하고 있는 낙하생은, 다만 옛적 송석원에서 만나던 좋은 시
절, 그때의 추억에 잠길 수밖에 없었던 것이다. 내용을 보건대 그동안

---

9) ≪洛下生全集≫, 中卷, p.303. 자하의 경수당(警修堂) 전호(全薹)에는 낙하생이 방
   면된 갑신년(1824)이 되어서야 비로소 낙하생(洛下生)과의 관련시가 수록되었는데 이
   는 곧 당시의 정치기상도와 무관하지 않을 것으로 추측된다. 논자에 따라서는 <醒叟
   侍郎 以前任岳州事罣誤 流于錦城 病中爲詩奉別>(≪申緯全集≫, 第二集 p.654. 壬
   午六月至癸未正月)의 성수를 낙하생으로 보아, 자하가 낙하생을 두고 지은 시라고
   파악하였으나(손팔주, 『申緯研究』, p.34, 태학사, 1983), 이곳의 성수는 원래 성선(醒
   仙)이라 칭하는 사람으로서, 자는 동일하게 쓰여졌으나 이인(異人)이다.

자하와의 교유가 막혀 있다가 오랜만에 비로소 시를 지어 보내는 것임을 알 수 있게 한다. 이어서 낙하생은 위로부터 수년 후 다시 자하에게 다음과 같은 시를 보내고 있다.

雨聲蕭颯似深秋	빗소리 쓸쓸하여 깊은 가을인 듯
長夏南齋地勢幽	긴여름 남쪽땅은 적막하구나
剩置圖書渾物累	쌓아 놓은 책들도 번거롭기만
略除巾襪便風流	의관도 벗었으니 문득 풍류라
藥名寂易方言覓	약이름 방언에서 흔히 들리고
禽語應難子母求	새소리 자모음 분변키 어려워라
思殺碧蘆吟舫客	생각노니, 벽로방 노니는 객이
五更珂馬掖門頭10)	새벽녘엔 말타고 궁문을 향하리

적소지인 남쪽 김해에서 긴 여름 쓸쓸하게 내리는 빗소리를 들으며, 자하를 생각하고 있다. 선비로서 가까이 해야 하는 책들도 이제 한갓 심사만 어지럽게 하는 번거로운 물건에 지나지 않으며, 의관도 신체를 구속하는 것일 뿐이지 모두 훌훌 떨쳐 버리고 벗어나고 싶은 심정이다. 바닷가의 궁벽진 곳인지라 시골 토속어로써 약명을 찾고, 시끄럽게 우짖는 새소리를 들으며 시골에 묻혀 지내는 외로운 신세이다. 그런 만큼 멀리 경사(京師)에 있는 자하의 처지를 부러워한 것이다.

---

10) ≪洛下生全集≫, 下卷, p.245. <寄申紫霞>

　　이 시는 어느 때 지어 보낸 것인지 분명하지 않으며, 다만 신사(辛巳)-계미년간(癸未年間)으로 추정된다. 그런데, 이 시는 천리대본(天理大本) 「秋樹根齋集」(신사, 壬午癸未年間作收錄)에는 보이지 않고, 규장각본 ≪秋樹根齋集≫에 수록되어 있는 것이다. 위의 두 책은 낙하생 전집 하권에 모두 넣어져 있으니 앞부분에 있는 것이 천리대본이다. 이 천리대본과 서체가 다른 필사이체(筆寫異體)인 규장각본과는 수록된 시문이 상당수 중복되기는 하나 동일하지 않으며, 천리대본이 연도별로 정연하게 편서된 데 비해, 이본은 어떤 원칙이 없이 뒤섞여 있고 낙하생이 방면된 해인 갑신년 1824) 이후의 것도 수록되어 있는데다, 오자가 많으므로 주의를 요한다.

한편 자하에게서는 위의 시편들에 화답한 시들을 찾아 볼 수 없는바, 이는 아직 낙하생이 방면되기 전임을 생각할 때 편집자 혹은 필사자에 의해 누락된 것이 아닌가 추측된다.

3. 낙하생 방면 직후의 활발한 수창

낙하생과 자하의 수창은 낙하생이 방면되면서부터 본격적으로 전개된다. 낙하생이 갑신년(1824) 5월 방면된 뒤로 곧 뱃길을 이용하여 탁옹(籜翁, 다산)을 방문하려다 학질에 걸려 뒤돌아 온 일이 있었는데 이를 두고 자하는 다음과 같은 시를 낙하생에게 보냈다.11)

金官爲客老天邊	김해땅 객이 되어 먼 곳에서 늙은 몸
快踏*京江上水船	상쾌히 경강에서 배에 탔다네
瘧鬼猜人多事在	학질조차 시기하여 번거롭게 하노니
底*慳泠*澹*籜翁緣	어찌해 탁옹과 인연 멀게 하느뇨

이를 보면 낙하생이 돌아오는 길에 마침 시흥 자하산방(紫霞山房)에

---

11) ≪申緯全集≫, 第2集, p.747. <李醒叟學逵 賜環北歸 買舟上斗尾訪籜翁 瘧發回棹 戲簡絕句> 곧 위 시가 자하에게서 보이는 낙하생에 관한 최초의 시이다. 그러므로 '이성수학규(李醒叟學逵)'라고 하여 그 대상 인물을 구체적으로 명기한 것이며, 이 뒤로는 '성수(醒叟)'라는 자(字)만 쓰고 있다. 한편 이 시는 낙하생집에도 부기(付記)되어 있는데 (全集 下卷 p.283 ≪白門倡和集≫) 여기에는 위 자하 시집속의 시와는 약간의 글자가 다르게 쓰여 있다. 예컨대, *표시한 글자들이 답(踏) → 답(蹋), 저(底) → 호(好), 영(泠) → 담(談), 담(澹) → 환(萩)으로 되어 있는바 자하의 시인만큼 자하의 본집에 더 신빙성을 부여하려 함은 물론이거니와 시의 내용상으로 보아도 그 편이 더욱 자연스럽다고 보여진다. 한편 낙하생의 시문집 중에서도 말년의 것인 앞서의 ≪白門倡和集≫을 비롯 ≪郜是齋再集≫, ≪菊半齋集≫ 등은 일본 동양문고본(東洋文庫本)으로서 역시 자필이 아닌 다른 서체의 필사본인 만큼 이 점도 감안해야 하리라 본다.

거처하던 자하를 찾았던 것으로 보인다.

　위의 자하의 시에 대하여 낙하생은 곧 차운하여 두 수를 짓고 이를 자하에게 주었으니 다음과 같다.

(一)

好在山園松石邊　　　산림 속 송석원 그리워하며
新春去蹋洛東船　　　새봄 낙동강 배 거슬러 올랐네
重來海客談前事　　　거듭 찾은 바닷가 나그네 추억은
燈火香橋是舊緣　　　등불 밝힌 다리 위 옛 인연이어라

(二)

尙餘瘦骨瘴江邊　　　음산한 강가에서 살아남은 여윈 몸이
好事重登洌水船　　　즐겁게 다시 한강배에 올랐었네
三日魑魔差會意　　　사흘병마 시달려 만남은 어긋난체
蔓香閣上證前緣12)　　만향각 위에서 옛얘기만 나눴다네

　비록 다산(茶山)은 만나지 못했지만 지난 송석원 시절이 그리워 자하를 찾았다. 24년간의 기나긴 유배생활로 청장년 시절을 다 보내고 노년에 들어서야 지우(知友)를 만나게 되는 낙하생의 감회가 어떠했으랴!

　사슬에서 몸이 풀리자마자 고향이며 지기(知己)가 있는 서울을 향해 뱃길을 오르는 낙하생의 경쾌한 마음, 친우(親友)를 만나 그동안 쌓인 회포를 나누며 밤늦도록 등불을 밝히고 옛 추억을 얘기하는 정다운 정경 등, 이 모두가 낙하생에게는 크나큰 감동으로 다가왔던 것이리라.

　위의 낙하생의 시를 받아 본 자하는 다시 같은 운(韻)을 사용, 다음과 같은 두 수의 시를 보냈다.

---

12) ≪洛下生全集≫, 下卷, p.283. <次韻申緯紫霞侍郎見寄>

(一)

蓉佩飄零限日邊　　　떠도는 신세로 세상끝에 막혀서
名園幾處負舠船　　　이름난 곳 얼마나 풍류를 등졌더냐
重來剩作存亡恨　　　돌아오니 생사변천 너무도 한스러운데
松石無人證夙緣　　　송석원 옛일을 아는 이 없구려

(二)

恬酸世味了中邊　　　달고 쓴 세상살이 중년을 다 보내고
餘景眞同下漱船　　　여생은 여울물에 떠내리는 배인데
一段心情忘不得　　　한가닥 심정은 잊을 수 없으리니
明倫風雪舊夤緣13)　　명륜당 한겨울의 옛추억 일러라

낙하생의 처지를 마음 깊이 동정하여 애처롭게 여기는 자하의 심정
이 잘 드러나 있다. 또한 함께 지냈던 즉 송석원의 시회(詩會) 그리고
명륜당에서의 옛 인연14)을 그립게 회상하는 데는 자하와 낙하생 2인 사
이에 어떤 격의가 있지 않음을 짐작케 한다.

이때 낙하생은 위 자하의 시를 받고 재차 다음과 같이 차운하여 두
수를 지어 보냈다.

(一)

思在香橋淺雪邊　　　눈덮힌 향교가를 생각하노니
臨池縱筆似行船　　　못가에서 놀린 붓은 배 가는 듯 하였소
故人自是憐銷瘦　　　그대는 파리해진 내가 가여워
飯顆詩來問底緣　　　시지어 보내어 그 연유 묻는구려

---

13) 앞의 책, p.284. <步前韻再寄洛下>
　　이 시는 자하의 문집에는 보이지 않고 다만 위의 낙하생집에 부기되어 있을 뿐이다.
14) 포의 시절 정조의 부름을 받아 편서사업에 참여했을 때 역시 포의인 낙하생과 함께
　　어떤 일에 종사했다던가, 아니면 학습한 일이 있었던 것으로 추정된다.

(二)

衰髮侵尋病癃邊　　　　쇠약한 머리털 병든 몸에 덮히는데
煩襟無望藕如船　　　　번거로운 마음엔 선약도 희망없다네
何由畫壁旗亭去　　　　어찌하면 화려한 정자에 올라
一醉當墟證宿緣[15]　　 크게 취해 옛날 얘기 풀어나 볼까

이 두 수의 시 역시 두 사람 사이의 교의(交誼)의 돈독함을 말해 주는 시로서, 앞의 시들과는 달리 낙하생이 특히 탁구(琢句)와 연의(鍊意)에 더욱 정성을 쏟은 것으로 보이는데, 다만 용사(用事)의 과중으로 말미암아 순실한 의미의 표현에는 조금 흠이 된 듯하다.[16]

이어서 자하는 위의 시에 다시 수창하는 시 8수를 지어 보냈는바, 그 중 3수는 당시 낙하생의 정황을 그리고, 5수는 낙하생의 시를 논한 것이었다. 각각 대표적인 일수씩을 들어 검토해 본다.[17]

何時竝著話鷗邊　　　　어느때 다함께 강호를 노래하랴
尙是乘流背發船　　　　아직도 물길따라 배타고 다니는데
賴有因風酬短句　　　　풍편에 힘입어 글지어 왕래하니
隔江追補海南緣　　　　강을 두고 남쪽바다 인연을 이어가네

---

15) 앞의 책, 같은 곳. <再次申紫霞又步前韻見寄>

16) 첫째 절구의 '임지(臨池)'는 王羲之與人書의 "張芝臨池學書 池水盡墨"에서, '반과 (飯顆)'는 이백이 두보가 작시(作詩)에 고심하는 것을 기롱한 다음 시 "飯顆山頭逢 杜甫 頭戴笠子日卓午 借問別來太瘦生 總爲從前作詩苦"에서, 둘째 절구의 '우여선 (藕如船)'은 한퇴지(韓退之)의 다음과 같은 시구(고의(古意)) "太華峯頭玉井蓮 開 花十丈藕如船" 등에서 그 용례를 볼 수 있다.

17) ≪申緯全集≫, 第二集, p.760. <醒叟再答余詩 重致意於昔年鼓篋槐市之緣 更此 酬謝 醒叟北歸 尙僑寓仁川 恓惶殊可念也 第二三篇及之 以下五首 論詩也>
　　그리고 이때 자하는 위에서 말한 자신의 시 8수 외에 이자(二子, 신소하(申小霞), 신 애춘(申藹春))의 시 각각 1수 및 또 이들이 그린 연림소경(煙林小景) 수폭(數幅)까 지를 낙하생에 함께 보냈었다.(≪洛下生全集≫, 下卷, p.288. 참조)

화제(話題)에서 언급한 바와 같이 이때 낙하생은 방면된 뒤로 얼마 동안 인천의 선영 아래 임시 거처하였으나, 몰락한 가문 및 빈궁한 가정 사정으로 일정한 곳에 안주하지 못하고, 경성과 멀리 유배지였던 김해 까지 왕래하고 있었다. 곧 위의 시는 그러한 낙하생의 정황을 묘사한 것 으로 낙하생을 향한 무한한 애련의 정이 담겨져 있다고 하겠다.

揭厲區區洌水邊	한강가에 발자취는 구구하게 그쳤지만
風騷萬古問津船	만고의 그 풍류 세상을 못 잊었네
平生刻意開生面	일평생 각고하여 신경지 이뤘으니
耻共陳人與作緣	진부한 사람과는 상대하기 부끄럽네

경성에서 재명(才名)을 날리던 청년시절의 커다란 포부는 비록 이루 지 못하고 수포로 돌아갔지만, 그가 읊은 풍소(風騷)속에는 길이 그 뜻 이 살아 있는 것이다. 또 한평생 힘써 연마한 시문의 경지는 이미 범인 과는 상대할 수 없는 높은 수준에 이르렀음을 밝힌 것이다.

낙하생이 방면된 갑신년(1824)의 잦은 수창은 사환(賜環)과 아울러 그동안 막혔던 교유가 재개되는 기쁨에 의한 것이었겠으나, 낙하생이 이즈음은 자하의 거처(시홍의 자하산방 등)와 가까운 인천쪽에 은거하 고 있었던 데에도 그 요인이 있었을 것이다. 그러나 아직도 반목과 질시 의 시선이 그쳐지지 않은 상태에서 서울 근처에 머물 수 없었던 낙하생 이 충청도 이주를 계획하고, 그 사이에도 주로 영남 김해에 거주하였던 관계로 자하와도 전처럼 자주 만날 수 없었던 것으로 보이는데, 앞서의 갑신년의 수창시 뒤로 공백기를 두었다가 정해년(1827)에야 또 다시 몇 수가 수록된 것이 곧 저간의 형편을 말해주는 것으로 추정된다. 그런데, 이때는 낙하생과 자하가 57세와 58세로써 모두 노년에 접어든 때이며, 연륜과 함께 시문도 원숙한 경지에 접어들어 가장 미려한 시구들이 창 작되게 되었다.

이때의 시로는 이해 4월, 낙하생의 상경시, 자하가 찾아가 만났을 때
화답한 시가 먼저 보인다.

人生一見儘前緣	인생에 한번 봄도 전생의 인연인데
最恨蹉跎在暮年	불우한 노경이 진정코 한스럽네
夏景淸和芳草院	여름경관 화창하니 방초의 동산이요
春陰韞藉牧丹天	봄 빛 무르익은 모란꽃 계절이네
田間笠影尨隨吠	밭머리 삿갓쟁이 삽살개 따라 짖고
湖上棹音鶴罷眠	호숫가 물결소리 학의 졸음 깨우는데
改席忽忽申後約	총총히 일어서며 뒷날을 약속하니
夕陽簾閣泛觥船[18]	석양빛 주렴속에 술잔을 드노라

위 시의 수련에서는 낙하생의 불우한 노경에 동정하여 안타까워하는
자하의 심중과, 함련에서는 초여름의 계절 감각이 잘 드러나 있거니와,
특히 경련은 첫구「전간립영방수폐(田間笠影尨隨吠)」와 다음구「호상나
음학파면(湖上棹音鶴罷眠)」은 서로 대를 이룬 격식뿐만 아니라 낯선 나
그네의 출현에 삽살개가 짖으며 따르고, 그래서 적막함이 갑자기 깨어
지게 된 시골의 마을과, 아직도 산들바람에 고요히 물결치는 호수의 물
무늬와 거의 움직일 줄 모르고 그림자처럼 떠있는 한 마리 학의 모습
등은, 토속적인 정취와 더불어 향촌의 의경(意境)이 거의 절묘하게 그려
져 있는 한 폭의 화폭을 연상케 한다.
　위의 자하시에 낙하생은 다음과 같이 차운하였다.

頖林風雪悵前緣	반림의 한겨울 옛일이 그리운데
岐路相看政暮年	갈림길에 바라보니 이제는 늙었구려
花絮已空修禊地	놀던 곳 버들가지 자취없이 사라지고

---

18) ≪申緯全集≫, 第二集, p.939. <四月初四日 聞醒叟過貞碧園 余往赴之 仍與移罇
　　碧蘆吟舫共賦> 二首中 其一.

<table>
<tr><td>陰晴不定賣燈天</td><td>변덕 심한 날씨에 연등하는 계절이네</td></tr>
<tr><td>瘦如野鶴晨猶出</td><td>파리해져 학같으니 새벽에 일어나고</td></tr>
<tr><td>老似春蠶晝亦眠</td><td>늙어지매 누에처럼 낮에는 졸기만</td></tr>
<tr><td>慙謝吳興高詠在</td><td>사양한 게 부끄럽네, 산수간에 읊으며</td></tr>
<tr><td>洞庭留泊故人船[19]</td><td>그대와 더불어 머물러 있을 것을!</td></tr>
</table>

수련에서는 함께 학습했던 젊은 시절과 또 같이 늙어 가는 현재를 말하여 두 사람간의 공감대가 긴밀히 형성된 데다, 함련은 수련에 접하여 역시 시간과 공간적인 대조를 통하여 애상이 한층 고조되었다. 여기에서도 백미는 역시 경련이다. 나이들어 수척해진 그리하여 저 들에 외롭게 서 있는 학 같이 청초한 모습으로, 잠이 줄어 이른 새벽에 문 밖에 나서고, 이제 그만큼 쇠해진 기력때문에 낮에는 필연적으로 졸음이 많은 자신의 자태를 절실하게 표현하였다. 이것은 특히 평담으로 흐르기 쉬운, 어찌 보면 천속(淺俗)한 소재이나, 조구(造句)의 교치(巧緻)로 말미암아 사경(寫景)에 있어 정묘함을 이루었다 하겠다.

다음으로 이어지는 수창시는 앞서의 만남에서 헤어져, 영남으로 내려가던 낙하생이 충청도를 지나는 도중에서 자하에게 보낸 시이다.

<table>
<tr><td>一霎衝泥度野橋</td><td>가랑비 그친 후 돌다리 건너가니</td></tr>
<tr><td>夕陽無限在山腰</td><td>저녁노을 산허리에 무한히 걸쳤구나</td></tr>
<tr><td>渚虹暈斷餘靑靄</td><td>무지개 사라지고 파란 안개 남았는데</td></tr>
<tr><td>天鷚聲高沒碧霄</td><td>종달새 소리높이 창공에 사라지네</td></tr>
<tr><td>行路光陰燈市過</td><td>길거리에 세월보내 연등철도 지났는데</td></tr>
<tr><td>故人風味酒船遙</td><td>그대와의 풍류는 아득히 멀구려</td></tr>
<tr><td>前期須趁桃花浪</td><td>기약전에 복숭아꽃 물결을 따라서</td></tr>
<tr><td>準擬鳴榔下綠驍[20]</td><td>뱃전을 두드리며 녹효를 내려가리</td></tr>
</table>

---

19) ≪洛下生全集≫, 下卷, p.372. <貞碧園次韻申紫霞侍郎>

전체적으로 청완(淸玩)한 풍격을 맛보게 하는 시로서, 그 중에서도 함련의 두 시구는 초여름의 싱그런 자연 경관을 잘 그렸다고 하겠다. 즉 비 개인 후 무지개가 섰다가 사라지면서 아직도 푸르스름하게 남아 있는 듯한 그 자국은 길게 여운을 주고 있는데 싱싱하게 자라나는 보리밭 위, 종달새는 푸른 하늘 높이 가물가물하게 솟아오르다가, 마침내는 가뭇한 창공의 벽 속으로 숨어버리고, 그래도 어디선가 그 맑게 지저대는 종달새 소리는 여전히 들려오는 듯한 초하(初夏)의 풍광이 선명하게 나타나 있으면서, 우한(優閑)한 정취마저 풍겨주고 있는 것이다.

이에 화답(和答)한 자하의 시는 다음과 같다.

夕陽簾閣試燈天	주렴늘인 누각에서 저물도록 머물며
猶是轟談倚酒船	정다움 나누면서 술잔을 들었네
綠樹滿京人去矣	푸른 나무 가득한데 사람은 간데 없고
黃梅過嶺雨悽然	매실익는 고개마루 비내려 처량하네
因循異地爲家累	객지에 떠도니 생활을 위함이고
蹭蹬初心返墓田	초심에 어긋나 선영에 돌아왔네
應在道中思我苦	도중에 있으면서도 내 생각 깊었는가
寄詩字字瘦花箋[21]	보낸 시 글자마다 종이위에 파리하이

역시 낙하생을 떠나보낸 뒤의 허전한 심사(心思)와 행로중(行路中)에 있으면서도 자신을 못 잊어 하며 부친 시를 글귀마다 글자마다 애정어린 시선으로 어루만지는, 낙하생에 대한 자하의 연민의 정(情)이 함축되었다고 하겠다.

그런데, 이들 사이에는 이 해(정해 : 1827)에 가장 잦은 수창이 있었으니, 앞의 예시외에도 중국문객의 시를 매개로 해서 화답한 시 두 편이

---

20) 앞의 책, 같은 곳. <忠原途中有懷申紫霞侍郎>
21) ≪申緯全集≫, 第二集, p.941. <謝答醒叟途中見寄詩>

있어 주의를 끈다. 하나는 자하가 일찍이 주청사서장관(奏請使書壯官)으로 청에 갔을 때 교의(交誼)를 맺은 옹담계(翁覃溪)의 제자로써, 역시 교유하게 된 오숭량(吳嵩梁)의 시편을 낙하생에게 부쳐주자, 이를 보고 지은 낙하생의 시와, 이에 대한 자하의 화답시이고[22] 다른 하나는 역시 자하와 교유하던 중국문객으로서 방랑시인인 태운객(態雲客, 앙벽(昂碧))의 시권(詩卷)을 자하가 낙하생에게 부쳐주자, 이를 보고 지은 낙하생의 시와 자하의 화답시이다.[23]

4. 만년(晚年)의 문학적 교환

낙하생이 말년에 들어 인천을 떠나 충협(忠峽)에 이주하여서도, 계속 유배지였던 김해에 자주 왕래하여 오히려 더 많은 기간을 그곳에서 거주하였던 관계로 자연 경사에의 왕래가 드물었고, 그에 따라서 자하와

---

22) ≪洛下生全集≫, 下卷, p.384. <夏日申紫霞侍郎 寄示吳蘭雪(嵩梁學士) 再生小艸 作此寄意 使蘭雪見之 當不以鄙俚委擲之也>와 같이 비교적 상세한 서까지를 포함한 시제 아래 지은 낙하생의 시는 다음과 같다. "盆江五月雨廉纖 蘭雪篇來手謾拈 已識風騷生涕唾 邰憐湖海老髭髯 緣娘逝後詩情減 紅藥開時酒病淹 想到斜街明月夜 一罇相對定無嫌" 이에 대한 자하의 화답시(和答詩)는 다음과 같다. "宛是天涯字瘦纖 示花迦葉手中拈 落南越鳥同危夢 望北吳霜點禿髯 弔古君應如賈誼 恨人僕亦一江淹 片心知照無千里 隔面娟娟定不嫌"(≪申緯全集≫, 第二集, p.967).

23) 위의 책, p.385. <題熊雲客詩卷後竝小序> "塞上窮秋雨雪多 羸驂弔古意如何 臨杯痛嘆長平戟 拊節豪吟敕勒歌 領略風霜洒暮景 歸來筆墨似洪河 新春料理盆江櫬 媿爾殘年老薜蘿". 위 시에 대한 자하의 화답시는 아래와 같다. "永夜鰥魚憾我多 南方瘴鬼奈君何 哀傷不是詩之正 寤寐那禁嘯也歌 半月天警逗秋雨 百千時至灌洪河 一書動費窮年到 差喜冬春返薜蘿"(신위, 위의 책, 같은 곳). 이상을 보건대, 낙하생은 두 편의 시 모두에서 비록 중국문객의 실사를 소재로 하였고 그 주제도 벗어나지 아니하였으나, 면밀히 살펴보면 그들의 소연(蕭然)한 말년의 행적이 스스로와 부합되는 정이 있음을 느껴 감정이입에 의하여 자신을 투영하고 있음이 간파된다. 반면에 자하는 그러한 낙하생의 의중을 직관할 수 있었기에 그가 화답한 시 모두에는 낙하생에 대한 연민의 정으로 충만 되어 있음을 볼 수 있다.

의 상봉 기회 및 시수창(詩酬唱)도 그만큼 소원해졌다.24) 그리하여 상당 기간 공백기가 있은 뒤 4, 5년 뒤인 임진년(1832)에 들어서 자하에게 보낸 다음과 같은 시 한 수가 보인다.

回谿日落雨霡霂	골짜기 해지고 부슬비 뿌리더니
雨過雲橫暝色淹	비 지나자 구름 덮혀 어스름해진다
是處也須安枕簟	이곳은 편안히 지낼 만하오만
此生贏得老髭髥	이 몸은 늙은 채 수염만 무성하오
月筵松影全搖檻	달빛 어린 솔 그림자 난간에 일렁이고
風抑茶煙倒入櫩	차연기 바람타고 처마밑에 맴도는데
爲是異鄕饒飮暍	낯선 고장 머물며 더위병 얻었기에
每年今夕病懕懕25)	해마다 이 저녁엔 병에 묻혀 산다오

자하와의 수창시로서 최후의 것인 위 시는, 낙하생의 연륜만큼 완숙함이 엿보이는데 특히 경련인 "月筵松影全搖檻, 風抑茶煙倒入櫩"은 고요한 정적 가운데서 청정하게 거처하는 낙하생의 편모를 여실하게 드러내 준 구절이라고 하겠다.26) 위 시에 대한 자하의 화답시는 보이지 않으

---

24) 낙하생의 말년에는 유배지였던 김해에 교거(僑居)를 마련하여 거주(居住)하면서, 그곳 문사와 지방관과의 교유가 활발했으며, 중인층(아전)과의 관계에서는 지도적 역할을 수행하여 향풍교화(鄕風敎化)에 힘쓰는 등 지방 문화(文化) 수준의 향상에 일정한 기여를 하였다. 졸고, 「洛下生의 金海流配期의 生涯와 交遊」 '洛下生逝去洛下生逝去 150주년 및 全集刊行紀念講演會'(1985. 9.14. 서울프레스 센터 기자회견실)의 발표문과, 「洛下生(李學逵)의 流配地域에서의 位置와 그 役割」(공주사범대학론문집, 第23集, 1985)에서 언급한 바 있다.

25) ≪洛下生全集≫, 下卷, p.465 <小晴夜奉寄申紫霞兼柬權米山>. 이 시는 필사이체인 ≪洛下先生藁拾遺≫(東洋文庫에 수록된 것으로 그 저작 연대가 확실치 않으나, 자하의 임진년의 시 가운데 관련 구절이 있으므로 같은 해의 것으로 추정하였다(위 시의 경련과 다음 제시한 자하시의 미련 참조).

26) 지금까지 수집된 낙하생고(洛下生稿)를 모아 간행한 ≪洛下生全集≫(上·中·下 三卷)에는 위 시가 자하와의 수창시로는 최후의 것이나, 동 문집은 아직도 채 수집하지 못한 부분, 특히 말년(1828-1835)의 시문은 다소 누락된 것이 있을 것으로 추정되

나, 이즈음의 낙하생의 근황과 또 자신과의 관계 등을 밝혀주는 다음 시
가 있다.

中間歲月劇梭忙	그동안 세월을 바쁘게만 살았으나
我亦逃禪借竹房	나 또한 참선코자 죽방을 빌렸다오
冠岳六時靑嶂合	관악은 주야로 맷부리 둘렀는데
忠州一道大江長	충주엔 한줄기 큰 강이 흐르네
筈岑盼望同垂老	친구간 소망은 함께 늙어감이니
魚雁飛沈置若忘	편지글 오감을 잊은 듯 놔두리
相見棗花詩屋底	대추 꽃 핀 뜨락 시짓는 초옥엔
煙絲篆午澹茶香[27]	실연기 오르며 차향기 스며드네

위 시의 미련에서 보면, 낙하생의 고적한 생활 모습에 대한 묘사가,
앞서의 낙하생이 스스로 표현한 것과 너무 방불하다. 두 사람간의 의취
가 그만큼 동일한 탓일 것이다. 역시 시서(詩序)를 보아도, 근래에 낙하
생이 시승(詩僧)과 더불어 선(禪)을 두고 지은 시가 사람들에게 애송되
는데, 곤궁한 처지에도 불구하고 꼿꼿한 기상이 있다고 그의 시를 높이
평가하면서, 이에 질세라 아직도 자신이 시문 짓는 일을 폐하지 않았음
을 낙하생으로 하여금 알도록 한다고 말하고 있다.

그리고 이 해에 낙하생은 상경하여 자하를 찾았는데, 이것이 낙하생
과 자하의 마지막 상봉이었으니, 이것은 뒷날에 지은 자하의 만시(輓詩)

므로, 그 뒤에도 비록 수창한 시는 없다 하더라도, 자하를 두고 지은 시는 반드시 있
었을 듯하다.
27) ≪申緯全集≫, 第三集, pp.1239-1241. 시제(詩題) 대신 시서(詩序)만이 있는 시인
데 2수 중 제2수를 들었다. 대체로 자하시의 시서는 낙하생을 이해하는 데 매우 중요
한 자료를 제공해 주고 있는바, 이 시의 시서(詩序)도 그러하니, 다음과 같다. "醒叟
之北歸也 雖寓居忠峽 而生事蕭然 尙往來千里金官煮鹽之地 是奚但爲乘宿而然也
近有人誦其與詩僧昊淨譚禪之作 詞氣傑然 尙有不隨年而衰 不以貧而餒者 甚可敬
也 卽次原韻 爲二詩 亦要醒叟之知余近狀 尙不廢吟哦也"

를 통해 알 수 있게 된다. 그러므로 이때 낙하생에게 이별하면서 지은
다음 시가 낙하생의 생전에 준 마지막 시가 된다.

行色恩恩有百忙	행색도 바쁘게 분주히 오가면서
也能携屐到山房	나막신 끌고서 산방을 찾았구려
抽簪賀我詩文進	벼슬 놓은 나에게 시문 위해 축하하나
垂橐憂君道路長	곤궁한 그대의 먼 길이 걱정되네
暫緩觥船終一別	술잔 놓고 끝내는 헤어진다 하여도
寄成魚鴈莫相忘	주고 받은 편질랑 잊을 수 있으랴
六如偈子三生夢	인세는 불자에겐 삼생의 꿈인데
百衲衣單半篆香28)	기워 입은 홑옷에 차향기만 배었구려

마침 파관(罷官)되어 물러나 있던 자하를 낙하생이 위안차 찾은 것으
로 보인다. 번잡한 관직을 그만 두었으니 시문이 많이 진보할 것으로 자
하를 위로하는 낙하생과, 지극히 곤궁한 처지에 초라한 행색인 낙하생
을 돌이켜 걱정해 주는 자하, 이들 두 사람의 순수한 정의(情誼)가 섬세
하게 배어 있다고 하겠다.

지금까지 낙하생과 자하, 이들 두 사람의 교유를 통시적으로 살펴보
았거니와, 이들 사이의 관계를 더욱 분명히 알게 해주는 좋은 자료는,
곧 낙하생에 대한 자하의 만시(輓詩) 3수이다. 특히 이 만시는 불우한
생애로 말미암아 비교적 알려져 있지 않았던 낙하생의 생애, 문학 등에
걸쳐, 비록 개괄의 형태일망정 그 전모가 축약되어 담겨진 것으로 보이
므로 일정한 의미를 갖는다고 하겠다. 그 첫 수는 다음과 같다.

論襟湖海兩衰翁	흉금을 털어놓던 호해 두 노인

---

28) 앞의 책, p.1280. <醒叟前月 以船路入都 百忙也而能一來見 卽又告別 念醒叟與余
今皆老矣 前期益渺然 此叚耿耿 殊無以爲心追 用房字韻 以紓別懷>

犯命災星略與同	명 어겨 벌받음이 대략 같은데
已矣英才當世用	그만이네, 영재의 당세 등용은
求之氣槩古人中	기개는 고인에나 찾을 수 있어
覃精爾雅毛詩學	이아와 모시학 박학에 정밀하고
嗣響開元大曆風	개원대력 문풍을 이어 받았네
句子平生心印處	글 짓는 이 평생동안 깨달은 정은
七年不見鴈來紅29)	칠년불견 안래홍에 담겨 있으리

자하는 낙하생을 두고 흉금을 털어 놓던 사이라고 밝히고 있다. 이어
서 그의 높은 절개를 기렸으며, 특히 박학하고 문학에 있어서는 성당풍
이 있다고 평가하였다. 끝으로는 문필로 평생을 보내며 고향을 떠나 객
지에서 방랑했던 그의 심정을 말하였다.30)

客地恓惶甚謫鄕	타관땅 귀양지라 쓸쓸함 심했고
親朋依舊隔參商	친우들 흩어져 만나지 못했네
未收蹤跡金官國	김해땅 발길을 멈추지 못하고
虛負平生泌水章	고요한 생애는 헛되이 등졌다네
稼牧以安遺二子	가와 목 두 아들 편안히 남겨 두고
室家無樂了單牀	집안에 낙이 없이 홀로 마쳤네
向來一面仍千古	지난번 만난 뒤 유명이 달라지니
每憶吟身玉立長31)	언제나 정결한 시인을 생각하노라

---

29) 앞의 책, 第四集, pp.1591-1592. <哀李醒叟三首>中 其一. 이 시는 을미년(1835) 2
월 이후의 것으로서 이 시의 註 "壬辰 養硯山房之晤 恰今四年而不可復得矣"와 함
께 낙하생의 몰년시기를 알 수 있는 자료이다.

30) 낙하생이 김해에 유배되어 있을 때 고향집에서 자주 보던 안래홍(雁來紅)을 볼 수
없게 되자, 다음과 같은 시를 지어 보내면서 차운하여 자신을 위로해 주기를 부탁한
적이 있었다. "七年不見雁來紅 霜樹騷騷正晚風 綺陌銀塘荷柳後 牧丹臺上一叢
叢"(≪洛下生全集≫, 中卷, p.26. <與> 척독 참조).

31) 앞의 책, 같은 곳. 이 시에 붙여진 아래와 같은 소주(小註)들은 모두 낙하생의 이해
에 큰 도움이 되는 것들이다. "醒叟謫居金官二十年 旣放還 猶往來金官之齒差 田

전체적으로 낙하생의 불우한 생애를 추모한 것이다. 처음 신유사옥에 연루되어 유배되었던 때의 고난과 해배(解配)되어서도 여전히 반목 질시하는 적대세력 때문에 경기 지방에 거처하지 못하고 멀리 유배지였던 김해를 왕래하는 등 평생동안 은거자락하지 못했던 불우함과, 가정적으로도 전처와 후실을 모두 상배하여 쓸쓸하게 마친 여생을 말하고, 끝으로 그러한 곤궁과 고통 속에서도 결백하게 지조를 지키던 시인을 항상 추모한다고 하였다.

다음 마지막 셋째 수는 특히 다산과의 관계 등을 밝혀 주목된다.

君與茶山一代才	그대와 다산은 한 시대의 재사니
若論風品似歐梅	시품을 논한다면 구양수와 매요신
悲歌畢竟無窮達	비가(悲歌)는 끝까지 궁달(窮達)과 무관했고
僞體堪憑有別裁	위체(僞體)는 별재(別裁)에 의탁할 만 하였다네
西海賜環靑眼在	귀양풀려 서해에서 반갑게 만났더니
忠州傳訃大江來	충주에서 부음은 큰강으로 전해왔네
吾衰更爲斯人慟	나 또한 쇠한 채 이 사람을 슬퍼하니
誰辨黃鍾瓦缶雷[32]	어떤 이 황종와부 분별할 수 있으랴

낙하생과 다산을 그 시대의 재사(才士)로 꼽고, 그들의 관계를 송의 구양수(歐陽修, 1007-1072)와 매요신(梅堯臣, 1002-1060)에 비유했다. 이들은 송대(宋代)에 서곤체(西崑體)의 화염(華艶), 만당(晩唐)의 유약한 문풍을 크게 전변(轉變)시킨 대가들로서 시풍이 모두 같지는 않았으나, 서로 각별한 시우(詩友)가 되었던 관계였다.[33] 이어서 궁달과 무관하게

是奚但爲乘宿而然也", "醒叟名其二子 曰在稼曰在牧 醒叟哭內 又哭簽室 率二子 躬執炊爨". 이를 보면 누구보다도 낙하생을 깊이 이해하며, 연민의 정을 간직했던 사람이 자하라는 것을 알 수 있다.

32) 위의 책, 같은 곳

33) 中國文學發展史, 華正書局, 中華民國 69년(六十九年)) p.655. 참조.

꿋꿋한 기품으로 끝까지 일관한 시작(詩作)과, 비록 아정(雅正)치 않은 형식의 시체에 있어서도(위체(僞體)를 말함) 두보의 별재(別裁) 위체(僞體)에34) 비길 만하니 볼 만하다고 하여 낙하생의 문학적 역량을 평가하고, 끝으로 앞으로는 누가 시문의 우열을 바르게 분별할 수 있겠냐고 하여 낙하생의 죽음을 애통해 하였다. 이상을 살펴보건대, 위 3수의 만시는 낙하생에 대한 순수한 정의(情誼)를 바탕으로 한 것이기에 의례적인 찬사나 가식이 없는 진솔한 것임이 감지된다.

5. 맺음말

이제 지금까지 고찰한 바를 요약하면 다음과 같다.

첫째, 낙하생과 자하는 부귀궁달(富貴窮達)과 관계없이 진정한 인간애에 바탕을 둔 교유를 가졌다고 보여 진다. 둘째, 이들의 교유는 각기 생애의 후반기에 본격적으로 전개되었는바, 특히 불우한 만년을 보내던 낙하생에게는 더욱 소중한 의미를 갖는다고 하겠다. 셋째, 이들은 모두 평생 문학에 정진하였는바, 문학의식이나 취향에 있어서도 서로 합치되는 바가 많다. 일종의 문학동인으로서의 성격이 강한 관계였다고 하겠다. 넷째, 이들 간의 수창시는 붕우지도(朋友之道)에 입각한 인륜시로서, 진솔한 우정의 세계를 형상화한 것이 주류를 이루고 있다고 하겠다. 다섯째, 또한 이들의 시들은 대체로 탁자(琢字) 연의(鍊意)의 정묘(精妙)함을 갖춰 이들 문학의 높은 경지를 보여주고 있다고 하겠다.

이상을 보면, 요컨대 조선 후기의 재능 있는 두 문사(文士)의 가식없는 거의 청정하기까지 한 교유는 고난에 찬 시대를 살아가던 서로의 생

---

34) 위체(僞體) 및 별재(別裁)의 전거(典據)는 두보의 「戲爲六絶句詩」의 시구 "別裁僞體親風雅 轉益多師是汝師"가 참고가 된다.

애에 '지음(知音)'으로서 커다란 의지가 되었으며, 이로 인하여 빛을 보게 된 적지 않은 수창시는 또한 그들의 문학을 더욱 혼후하고 풍성케 하였다고 하겠다.

(『漢文敎育硏究』 제1호, 1986, 한국한문교육연구회)

다산 정약용과 공주

1. 다산과 그 시대

　다산(茶山) 정약용(丁若鏞) (1762~1836)은 조선후기 실학을 집대성한 학자이다. 그는 재기(才機)가 과인(過人)하여 이름이 있었고, 문과 급제 후로 국왕 정조의 총애를 받아 요직에 등용되었다. 당시 조정에서는 노론과 남인간에 당쟁의 여진이 남아 있었고, 국왕의 생부(生父)인 사도세자(思悼世子)의 죽음이라는 전대의 불행이 그 그늘을 짙게 드리우고 있었기 때문에, 조정의 사정은 더욱 복잡한 양상을 띄고 있었다. 정조왕은 자연 생부(生父) 세자의 죽음에 반대했던 남인계를 중용코자 하였고, 그것은 노론계의 완강한 세력에 대항하여, 위태한 자신의 위치 곧 왕권(王權)을 강화하려는 의도이기도 한 것이었다.

　이 때 남인계로서 국왕의 측근에는 채제공(蔡濟恭) 이가환(李家煥) 정약용 등이 포진하고 있었던 바, 이들은 노론측의 끊임없는 공격을 받고 있었다. 특히 남인계에서 서학(천왕교(天王敎))에 경도한 사람들이 많자 반대세력에서는 이것을 전면에 내세워 사상논쟁의 도구로 삼은 까닭에, 남인측의 이들은 여러차례 곤경을 겪기도 하였다. 그러나 국왕의 생존시에는 적극적인 비호로 그 명맥을 보존 할 수 있었으나, 국왕의 죽음과 더불어 일시에 몰락되기에 이르렀다.

다산이 신서년(1801) 강진에 유배되어 18년이란 긴 세월을 보내게 되었던 것은 곧 위와 같은 정쟁의 배경이 있었던 까닭이었다. 그러나 그는 오히려 이러한 탄압을 받게 됨으로써 수백권의 저술을 남기게 되었고, 이를 통해서 우리의 민족사에 불멸의 족적을 남기게 되었다.

그의 저술은 가히 백과전서적이다. 문(文)·사(史)·철(哲)을 관통하여 참신한 논리를 종횡무진하게 전개시켰을 뿐 아니라, 특히 조선후기의 붕괴되어 가는 봉건체제하에서 피폐해진 국정과 도탄에 빠져 신음하던 백성들의 고통을 가슴아파 하며, 그 개혁과 쇄신을 위한 방대하면서도 구체적인 시무책을 담은 저술은, 치국평천하를 궁극적인 목표로 삼는 우리 유학의 진수를 완벽하게 보여 준 것이었다.

따라서 한말 융희4년 (1910)에 와서 [故承旨 丁若鏞은 문장과 경제가 온 세상에 떨쳤으니…. 특별히 정이품 규장각 제학을 증직하여….]의 조서(詔書)가 있었고 이에 따라 문탁공(文度公)의 시호가 내려졌으니, 사후 75년 만에 뒤늦게 나마 일정한 평가를 받은 것이라 하겠다.

2. 공주를 여러 번 찾은 다산

다산이 공주를 찾은 것은 그의 문집에서 확인되는 바로는 정조 1년 (1777)이 처음인 것 같다. 그의 나이 16세였는데, 부친이 전라도 화순현감으로 부임케 되자, 그곳을 찾아가는 길에 공주에 머문 것으로 보인다. 이 때 그가 지은 시 (행차공주봉이장 해행(行次公州逢李丈 偕行))에서는 [바람앞에 두개의 검은 일산이요, 구름속에 한척의 붉은 배라네](풍전쌍조개 운리일홍선(風前雙早盖 雲裏一紅船))라는 싯귀가 있는 바, 주의를 끌만한 대목이 없다. 나이 연소(年少)한데다가 행로(行路) 또한 급했던 탓이 아닐까 추정해 볼 따름이다.

그가 재차 공주를 거치면서는 앞서와는 조금 달랐다. 그의 외구(外舅)가 영우절도사(嶺右節度使)로 있어, 왕래하는 길에 공주를 지나가기에 이른 것으로 추정되는데, 이 때에 지은 시 웅진회고(진회고(津懷古))는 음미할만 하다. 그의 나이 18세였던 정조3년(1779)의 작(作)인 바 다음과 같다.

粉堞霜林外	흰성벽 서리 내린 숲을 두르고
紅船錦水中	붉은 돛배 금강에 떠있네
地連金馬闊	지세는 금마 넓은 들에 이었고
山對碧鷄雄	산세는 계룡산 웅자를 마주했네
都邑悲遷變	도읍을 옮김은 서글픈 일이거니
圖書憶混同	형세판단에 혼동을 일으켰네
無端棄天險	무단히 요새를 버리고서
成就釣龍功	조룡의 공 이루도록 하였구나

백제의 고도인 공주를 보면서 회포를 읊었다. 공주를 버리고서 도읍을 다른데로 옮기게 된 것은 국력의 쇠약으로 말미암은 것이기도 하지만, 그러나 이때의 형세판단이 옳지 않은 것으로 보았다. 공주와 같은 천험의 요새지를 무단히 버리고서, 도읍을 옮긴 결과, 당군(唐軍)에게 쉽게 공(조룡의 공)을 이루도록 했다는 것이다. 그가 연소(年少)한 나이(18세)에 이만한 통찰력과 역사의식이 내포된 시를 지었음을 볼 때, 그의 안목이 남다르고 문재(文才) 또한 갖추고 있음을 알 수 있게 한다.

다산이 세 번째 공주를 찾은 것은 훨씬 오랜 세월이 지나서였다. 지난번 두 차례 십대 때에 잠깐 지나친 것과는 달리, 그가 홍주 근방(近方)의 금정찰방(金井察訪)으로 좌천되었을 때 가까운 이곳 공주와 부여지방을 두루 유람해 볼 기회가 있어서였다. 정조19년 (1795), 그의 나이 34세로서, 이때 공산성 공북루(拱北樓)에 올라 지은 시 「등공주공북루(登公州

拱北樓)」를 통해서 그 자취를 더듬어 볼 수 있다.

李适凶鋒逼上京	이괄의 흉한 칼날 서울을 위협하니
蒼黃驚蹕駐古城	당황하고 놀란 걸음 외로운 성에 피난했네
興圖北蹙熊津闊	판도는 북에서 좁혀졌으나 웅진은 넓고
叛氣西來鶴嶺平	반역의 기세 서로 오며 학령에서 평정되었네
不是君王輕社稷	군왕의 사직을 가볍게 여김이 아니요
當時賊堅有威名	당시의 괴수가 위명이 있었다네
至今帳殿勞師地	이제 장막치고 군사위로하던 이곳은
雙樹蕭森動客情	쌍수 쓸쓸히 객의 마음 울적케 하네

이괄의 난을 피하여 인조가 공주로 피난한 사실을 상기하고, 그때 인조가 심었다는 쌍수가 서있는 주위의 숲을 바라보면서, 지나간 역사에 대한 울적한 회포를 읊은 것이다. 이 때 다산은 반대세력의 배척을 받아 내직에서 외직 찰방으로 죄천되었던 만큼, 그 스스로도 무상감에 젖어 있었을 것이다.

3. 공주 창곡(倉穀)에 관한 소식을 들음

다산과 공주와의 관련을 찾을 때, 더욱 의미있는 것은 공주 창곡을 두고 지은 그의 시를 접할 수 있는 일이다. 당시 조선시대 전반적인 현상으로서, 창곡의 부정 때문에 백성들이 겪은 고초가 극심했던 바, 이곳 공주에서 구체적인 실상을 접할 수 있음은, 하나의 역사적 기록으로서 그 의미를 부여할 수 있기 때문이다.

다산이 공주창곡의 폐정에 관한 이야기를 듣게 된 것은, 앞서 언급한 바대로, 금정찰방으로 부임하게 되어서였다. 그는 내직으로 정3품관인

승지를 지내다가 갑자기 외직 종6품관인 찰방으로 내려졌던 바, 이는 당시 서교(西敎)의 중심세력을 이룬 자신의 가문이 반대 세력의 맹렬한 공격을 받게 되자, 국왕이 이들을 보호할 목적으로 잠시 지방으로 내려보냈던 것이었다.

이 때의 금정찰방은 홍주(홍성) 남북으로 이어진 충청 서남면(西南面)도로를 관할하였던 것으로 추정되는데, 그 속역(屬驛)으로 광시(光時) 해문(海門) 세천(世川) 용곡(龍谷) 몽웅(夢熊) 하천(下川) 풍전(豊田) 등이 있었다. 원래 한직(閑職) 이었던 만큼 다산은 여가를 내어 성리학과 성호(이익)의 학문을 연구하면서 내포지방의 각가자제(各家子弟)와 함께 모여 강학하는 기회를 마련하였던 바 (온양의 석암사(石岩寺)등이 그 주된 장소였다), 다산의 명성도 있어 청년유사들이 꽤 모여 이문회우(以文會友) 하는 자리를 갖게 되었다. 이 때의 유사 중에 맹화 오국진(우의정 오시수의 현손)과 요신(堯臣) 권기(權虁, 대제학 권유(權愈)의 현손)등이 있었는데, 곧 이들이 다산에게 공주창곡의 부정에 관하여 알려주었던 것이다. 백성들의 고초를 생각하며 다산 또한 가슴아파 했음은 능히 짐작되는 일이다. 왜냐하면, 바로 전해에 그는 왕의 특명을 받고 경기암행어사로 나아가, 수령의 부정부패상과 농민들의 처참한 생활상을 몸소 목도하고서 , 수령들을 엄하게 다스려 추호도 용서하지 않았으며, 이 때 경기감사를 파직시키기도 하였기 때문이다.

4. 당시 창곡(倉穀)의 부정사례

당시 창곡에 관련된 부정은 단지 공주 고을에만 있었던 것이 아니었다. 조선후기 세도정치의 등장으로 국정이 더욱 혼란해졌고, 삼정(三政)의 문란은 백성들의 생활을 극도로 참담하게 하였던 바, 창곡의 부정은 그 가운데 하나였다.

원래 창곡의 제도는 곡식이 귀한 봄에 백성들에게 빌려 주었다가, 가을에 이자를 조금 붙여 받아들이는 것으로서, 환곡(還穀) 또는 환상(還上)이라고도 불렀다. 이는 전적으로 백성들의 어려움을 구제하려는 제도로서, 그 근본은 사창(社倉) (흉년에 빈민에게 쌀을 주어 구제하기 위한 미창)에서 비롯된 것이었다.

그러나 후대에 와서는, 부패한 관리들이 온갖 부정을 저지르는 온상이 되었던 것이다. 이러한 현실은 다산의 「목민심서」에서 분명하게 확인되고 있다. 곧 "나라의 경비에 보태는 것은 10분의 1, 관아가 경비에 충당하는 것이 10분의 2에 불과하고, 고을 아전들이 농간하는 것은 10분의 7이 된다.한 톨의 곡식도 백성은 일찍이 본 일이 없는데, 터무니 없이 쌀과 좁쌀을 바치는 것이 천섬이고 만섬이니 이것이 어찌 부렴(賦斂)이며 진대(賑貸)이겠는가? 이것은 강탈인 것이다."고 하였고, 또 이는 윗물이 흐르니 아랫물이 맑기 어렵다 (상탁하난청(上濁下難淸)) 고 하여 고을의 수령과 아전들이 함께 부정을 저지른다고 개탄하였다.

다산은 이들 부정의 내용에 대해서도 구체적으로 밝히고 있어 주목된다. 곧 부정의 방법에 , 수령의 경우 여섯가지, 아전의 경우 열두가지가 있음을 열거하고 있다. 참고로 각각 한가지씩만 예로 들어 본다. 수령의 경우 立本이 있는데, 이는 흉년 가을에 벼 한섬의 시가가 두냥(兩)이면 곡식 대신 돈으로 받고, 다음해 봄에 "금년은 풍년이기 때문에 가을에는 벼 한섬이 한냥밖에 하지 않을 것이니, 지금 돈 한냥을 가져다 쓰고 가을에 벼 한섬으로 갚아라."고 하여 돈을 나누어 준다. 그러므로 결국 벼 한섬에 돈 한냥씩 남게 되므로 천섬이면 천냥이 남게 되는 것이다. 다음 아전의 경우 [분석(分石)]이라는 것이 있는데, 곡식을 백성들에게 나누어 줄때는 겨와 쭉정이 또는 모래등을 섞어서 원래의 벼 한섬을 두섬이나 석섬으로 불려 만들어 나누어 주고, 가을에 받아 들일 때는 상품(上品)의 온전한 벼섬을 받는 방법인 것이다.

5. 공주 창곡의 폐정(弊政)과 그의 애민정신

　공주 창곡의 부정한 사례에 관한 구체적인 것은 지금으로서는 다산
의 고시를 통해서 짐작할 수 밖에 없겠다. 그러나 상기 오(吳) 권(權) 이
인(二人)이 공주 창곡의 폐정 때문에 백성들이 도저히 살 수 없다고 하
면서 그 실정을 자세히 말한 것을 다산이 듣고서, 지은 이 시(詩) <孟華
堯臣 (卽 吳權二友) 盛言公州倉穀爲弊政民不聊生 試述其言爲長篇>은 이
미 감회를 읊은 단순한 시의 위치를 벗어나 당대의 역사 현실을 기록한
의미있는 것으로서 가치를 부여 할 수 있다고 보겠다. 몇 구를 들면 다
음과 같다.

疊疊倉廒積	가득가득 창고에 곡식 쌓음은
先王本厚農	선왕들 본래 농민 위한 일
貪夫要自利	탐욕한 무리들 이들을 노리니
奸竇得相容	간교한 수단이 모두 동원된다네
庭量須溢斛	관청에서 거둘 때 넘치도록 말질하고
廚餉勅精春	저희들 먹을 양식 정미쌀 바치라네
身如輸粒蟻	몸은 마치 알곡 짊어진 개미신세요
心似割脾蜂	마음은 허벅지 베어진 벌같이 안쓰럽네
檢發徒虛語	창고 열어 구제한다는 건 빈말뿐이니
流亡遂遠蹤	고향떠나 백성들 멀리 흩어지네

逮捕騷隣里　　　사람 끌어 가느라 이웃까지 소란하고
徵逋及遠宗　　　못낸 세금 친척에게서도 거두어 가네

裨將非專輒　　　비장들만 멋대로 행패함이 아니요
監史乃自奉　　　감사도 스스로 제 몫을 챙긴다네

村糈無卒世　　　촌민들 뒤주에는 해넘길 것 없는데
官廩利經冬　　　관가 창고는 겨울나기 충분하네

위의 시는 읽는 사람으로 하여금 모르는 사이에 처연한 심정을 갖도록 한다. 이는 곧 당대의 백성들이 겪는 아픔을 자신의 아픔으로 공유하는 다산의 애민정신이 우리에게 공감을 불러 일으키는 까닭이다. 또한 다산의 시는 단순히 창곡의 문제에만 그치지 않고, 더 나아가 조선후기 봉건제도의 구조적 모순을 광범위하게 거론하고 있음과, 공주 고을은 물론 당시의 농민 백성들이 겪는 고통의 실상에 대하여 생생하게 증언하고 있음에 주목할 필요가 있는 것이다.

다산은 이 시를 지은 뒤, 곧 내직으로 옮겨졌다. 그러므로 그가 금정 찰방에 있은 것은 몇 개월에 지나지 않았다. 그러나 그는 서울에 돌아가서도 이 지역의 백성을 쉽게 잊지 않았다. 곧 다음 해 봄에 관찰사로 부임하는 이정운(李鼎運)에게 준 시 <송이공정운관찰호서(送李公鼎運觀察湖西)>에서 이를 확인 할 수 있다. 그는 이 詩에서 "충청도는 지금 모름지기 곤궁한 백성들을 돌봐야 하니, 농부들까지도 오히려 어진 임금의 밝은 마음을 알리라(湖右卽今須賑貸 野農猶識聖明心)"라고 하여, 그 지역 어려운 백성들에게 곡식을 나누어 주어 구휼할 것을 당부하고 있는 것이 그 예가 된다.

다산은 그가 쓴 원목(原牧)이란 글에서 '백성'과 '수령'과의 관계에 대하여 "수령은 백성을 위하여 존재한다." (목위민유야(牧爲民有也))고 명쾌하게 논하기도 하였다. 이를 보면 공주창곡의 폐정을 작시(作詩)한 것은 곧 그의 일관된 애민정신의 일단이 표출된 것임을 알 수 있다.

　(다산에게 창곡의 부정을 알려준 오국진(吳國鎭)의 고조(高祖) 오시수(吳始壽)가 공주군 의당면 수촌리에서 거주 하였고, 그의 묘가 현재 우성면 단지리(丹芝里)에 있음을 볼때, 오국진(吳國鎭)도 또한 이 고장의 인물로서 공주 창곡의 일에 대하여 잘 알았던 것으로 추정된다)

(공주문화원 「공주향토문화학교」 강좌요지, 2003.)

지역학연구의 탐색현장

공주 유구와 고려 충숙공 문극겸의 유적

충숙공(忠肅公) 문극겸(1122~1189)은 전라도 남평현 사람으로서 고려 의종·명종 조의 충직한 문신이며 명재상으로 일컬어졌다. 공은 유구역의 간신거국도(諫臣去國圖)로서 공주와의 인연이 시작되었거니와, 뒤에 유구의 추계리에 묻힘으로서 공주와는 아주 특별한 관계에 놓이게 된 인물이다.

1. 충숙공 문극겸의 직간(直諫)

고려 24대 의종은 태평한 세월을 오랫동안 누려오던 때에 즉위하여, 정사(政事)에는 소홀히 하면서 점차 유흥에 탐닉하였다. 곧 연일 궁을 비우고 절이나 별장을 찾아 놀며 질탕하게 잔치를 벌이고, 사원(寺院)의 승려들과 가까이 하여 대규모의 불사(佛事)를 빈번하게 일으켰다. 따라서 국가의 재정이 궁핍하게 되었으며, 이를 충당하기 위한 무리한 시책과 역사(役事)에 시달리는 백성들은 그 고통을 감내하기 어려웠으므로, 자연 나라 안팎에는 원망의 소리가 높았다.

그러나 이러한 실정(失政)을 감히 지적하여 충간(忠諫)하는 신하가 없었다. 이는 왕의 측근에 위치한 환관과 이들과 결탁하여 횡포를 부리는 권신들의 보복이 두려웠던 때문이었다.

이 때 충숙공은 좌정언(左正言)의 벼슬에 있었던 바, 언관(言官)의 소임을 다하기 위하여 두려워하지 않고 상소를 올렸다. 그 내용은 대략, 환관의 횡포, 뇌물을 일삼는 권신의 부정부패, 그리고 궁중의 추문에 이르기까지 낱낱이 밝히면서, 해당자들을 엄벌에 처할 것을 주장하였던 것이다. 이때는 의종 17년(1163) 공의 나이 42세였다.

이에 왕은 상소문을 불사를 정도로 크게 노하였으나, 공의 말이 모두 절실하였으므로 마침내는 황주판관(黃州判官)으로 좌천시키는데 그쳤다. 그리고 얼마 뒤에는 다시 진주판관(晉州判官)으로 강직시켰다. 그러나 직신(直臣)을 외관으로 거듭 좌천시켜 언로(言路)를 막음은 법도가 아니라는 공론에 의하여 합문지후(閤門祗侯)로 임명하였고 뒤에 전중내급사(殿中內給事)에 승진되었다.

그런데, 당초 올린 상소문이 받아들여지지 않고, 더구나 왕의 진노와 함께 불살라졌을 때, 공은 조복(朝服)을 벗어버리고 낙향하였던 듯하다. 그리하여 백의필마(白衣匹馬)로 유구역을 지나게 되었는데 이 때 역사(驛舍)의 벽에 시 한 수를 지어 써 놓았다. 이를 인연으로 해서 곧 「간신거국도(諫臣去國圖)」가 그려지게 되었고, 또 이를 소재로 많은 시가 지어졌으며, 이 때문에 「유구역」과 「고간원」 등이 조신(朝臣)과 묵객(墨客)들의 입에 오르내리면서 이름이 알려지게 되었던 것이다.

2. 충숙공의 낙향시(落鄕詩)와 간신거국도(諫臣去國圖)

공이 조복(朝服)을 벗어버리고 낙향하던 때는 의종 17년 늦가을로 추정된다. 어질지 못한 임금과 혼란한 조정을 바로 잡지 못하고, 오히려 배척당하여 쓸쓸히 낙향하는 처지가 된 몸으로서, 객지의 역사(驛舍)에 머물게 되었을 때, 이 때 공의 가슴엔 만감이 교차되었으리라 짐작된다. 그리하여 처연한 자신의 심정을 시로써 토로하였는데 그 시는 다음과 같다.

朱雲折檻非干譽   주운이 난간 분지름은 명예구함이 아니었고
袁盎當車豈爲身   원앙이 수레 막아섬은 어찌 자신을 위해서랴
一片丹誠天未照   한 조각 붉은 정성 임금이 몰라주니
强鞭羸馬退逡巡   여윈 말 채찍하며 머뭇머뭇 물러가네

공은 이 시에서 한나라 때의 충직한 신하로서 손꼽히는 주운(朱雲)과 원앙(袁盎)의 고사를 들어, 공 자신의 입장을 표현하고 있다. 곧 주운은 한나라 성제시(成帝時)에 괴리령(槐里令)으로 있었는데, 상소를 올려 황제를 배알하는 자리에서, 공경대신들이 하는 일 없이 국록만 받고 있으니 칼 한 자루를 내려주시면 아첨하는 신하 한 사람을 표본삼아 목을 베겠다고 청하였다. 그 대상인물은 곧 당시 황제가 가장 신임하여 천자 사부(天子師傅)로 삼은 장우(張禹)였다. 이에 황제는 대노하여 주운을 잡아 가두도록 하였다. 어사가 잡아가려 함에 주운이 끌려가지 않으려고 대궐 난간을 붙잡고서 "신은 지하에서 용봉(龍逢)이나 비간(比干)을 만나 놀면 족합니다."고 외치면서 굽히지 않았는데, 이 때 부여잡고 있던 난간이 부러졌다.

그가 거론한 용봉(龍逢)은 하나라의 폭군 걸왕(桀王)의 무도함을 간하다 죽음을 당하였고, 비간 역시 은의 폭군 주왕(紂王)에게 간하다 죽음을 당한 사람이다. 후에 부서진 난간을 고칠 때, 황제는 명을 내려 그것을 새로 만들지 말고, 부서진 나무 조각을 그대로 짜 맞추기만 하여, 그 흔적을 남겨두어서 직신을 기리도록 하였다.

또한 원앙(袁盎)은, 문제시(文帝時)에 중랑(中郞)의 직위에 있었는데,

황제가 수레를 몰아 높은 언덕 아래로 치달려 내려가려 함에, 위험함을 경고하여 멈추게 한 바 있었고, 그 후에도 직간으로 알려진 인물이다.

그러므로 공은 곧 위의 두 인물의 경우와 같이 신하된 자로서는 직간함이 도리라는 인식을 가졌던 것이다. 그리하여 직간을 용납하지 않는 임금을 원망하기 보다는, 스스로 물러남을 택하였고, 그러면서도 다만 물러감이 더딤을 말하고 있는 바, 이로써 나라를 위한 충신의 단성이 어느 만큼 숭고한 것인가를 깊이 깨닫게 해주고 있다.

유구 역사의 벽에 붙여졌던 공의 시 10여년 뒤 어느 이름 없는 화공(畵工)에 의해서 다시 그 벽에 그림으로 그려져, 오고가는 한인묵객(閑人墨客)들의 많은 관심을 끌게 되었는바, 이 그림이 곧 이른바 「간신거국도(諫臣去國圖)」라 불리는 것이다. 이에 대하여는 고려 고종대의 문신 최자(崔滋, 1188~1260)의 『보한집(補閑集)』에 기록된 것이 비교적 자세하며 또 최초의 것인 듯하다.

이에 의하면, 계사년(1173, 명종3년) 겨울에 역(驛)에서 공관(公館)을 새롭게 수리하고(당시는 유구역이 정산현(定山縣)에 속하였다) 화공을 청하여 벽에 채색을 하도록 하였는데, 이때의 공인(工人)은 박씨 성을 가진 당시의 묘수(妙手)였다 한다. 그는 침실 서쪽 벽에 그림 한 폭을 그렸는바, 흰 옷 입은 한 사람이 삿갓을 쓰고 말을 탔는데, 말고삐를 늘어뜨린 채 산길을 따라 천천히 가는 모습이 처연한 분위기를 자아내고, 뒤따르는 동복(童僕)들은 서로 붙들고서 넘어질 듯이 힘없이 따라가는 그림이었다.

그런데 이 그림을 알아보는 이가 없었다. 아마도 문충숙공의 시는 역사(驛舍)를 수리하는 과정이나 또는 10년이란 세월이 흐른 뒤라서 벽에 남아 있지 않은 채, 단지 화공의 그림만이 그려져 있었던 탓이 아닌가 추정된다. 그리하여 50여년이 지난 뒤에야 송광사(松廣寺)의 주지 무의자(無衣子)라는 승려가 비로소 이 그림이 「간언하던 신하가 서울을 떠나는 그림」임을 알아보고 「간신거국도」라고 이름을 붙였다. 이 때 승(僧) 무의자(無衣子)는 승병(僧兵) 천여명을 인솔하여 서원(西原, 청주)에 가는 길에 이 곳 유구역에 머물렀던 것인데(여기의 송광사는 현 전북 완주군 소량면 대흥리 종남산에 있는 절이라고도 하고, 전남 순천시 송광사라고도 하는데 자세하지 않다). 이 때 주지는 한참이나 탄식하면서 그림을 응시하고 있다가, "이것은 바로 간신거국도(諫臣去國圖)로구나." 하고서 곧 시를 지어 벽에 써 붙였는바, 그 시는 다음과 같다.

壁上何人畵此圖	어떤 사람이 벽위에 이 그림을 그렸나
諫臣去國事幾乎	간언하던 신하가 서울을 떠남인듯
山僧一見尙惆悵	산승도 한번 봄에 오히려 서글픈데
何況當塗士大夫	하물며 벼슬하던 사대부에 있어서랴

그러므로 당시 사람들은, 충숙공의 시를 알아보고 그림을 그렸던 시골의 이름 없는 한 화공과, 또 이 그림을 알아본 승려를 모두 범상한 인물로 보지 않았으며, 그리하여 후대에 오면서 이에 차운하여 지은 시 여러 수가 전해지게 되었다.

3. 무의자의 「간신거국도(諫臣去國圖)」 시에 차운한 시들

당시에 유구역을 지나가던 객이 무의자의 시에 차운하여 역사 벽에 써붙인 2수가 있었는데, 그들의 이름은 알려지지 않은 채 다음의 시만 전해진다.

曲突前言不負圖	구들을 굽게 놓으라는 말에도 대비하지 않다가
焦頭後悔可追乎	머리털 타게 될 때 뉘우친들 무엇하리

何人畫此諫臣去　　　어떤 사람이 간언하던 신하 떠남을 그렸나
滿壁淸風激懶夫　　　벽 가득한 맑은 기풍 나약한 사내 일깨우네

白衣黃帶諫臣圖　　　흰옷 누른띠의 직간하던 신하 그림
是屈原乎微子乎　　　이 분은 정녕 굴원인가 미자인가
未正君非空去國　　　왕의 과오 바로 잡지 못한 채 서울을 떠나나
不須毫底費工夫　　　모름지기 붓끝으로 공부한 것 허비함은 아니네

　위 두 수의 시중 첫 수는 중국 고사를 인용하여, 유비무환의 교훈을 깨우쳐주고 있으나, 실상은 바로 고려 조정의 혼란과 의종의 향락행위에 대하여 직간했던 충숙공의 충언을 받아들이지 않고, 그 결과 몇 년 뒤에 결국 비참한 죽음을 당하게 된 의종의 말로를 풍자한 것이다. 실제로 충숙공이 충간의 상소를 올린지 7년 뒤인 경인년(의종24년) 8월 정중부 등 무신들이 난을 일으켜, "무릇 문신의 관을 쓴 자는 비록 서리일지라도 씨를 남기지 말라"고 외치며, 왕의 총애를 받던 내관들과 측근의 문신들은 물론 일반 조신(朝臣)들까지도 무참히 살육하여, 그 시체가 쌓인 것이 산과 같았다고 한다.

　이 때 의종은 곧 거제도로 추방되었는데, 남으로 쫓겨 가는 마상(馬上)에서 탄식하기를 "내가 만약 극겸의 말을 따랐으면 어찌 이러한 욕을 당하리오." 하였다 한다. 충숙공 역시 처음에는 군사들에게 붙잡혀 끌려갔으나 공을 알아 본 장수들이 "이 사람은 우리들이 평소에 이름을 듣던 자이다 죽이지 말라"고 하여 석방하고, 오히려 많은 일에 자문을 구하였다.

　한편, 위의 그림과 시들은 조선 초기까지는 유구 역사(驛舍)의 벽에 남아 있었던 것으로 보인다. 그것은 서거정의 차운시가 말해주고 있다.

破壁塵昏一畫圖　　　틈간 벽 먼지 긴 희미한 한폭 그림

摩挲試問定誰乎	어루만지며 묻노니 정히 이 누구신가
行裝草草衣冠古	간소한 행장에 의관조차 낡았으니
知是前朝諫大夫	이분은 곧 전왕조의 간대부시라네

조선 성종대에 대제학으로 문병(文柄)을 잡았던 서사가(徐四佳)의 위시는, 당초의 그림이 그려진 때로부터 약 300년이 지난 뒤의 그림의 보존 상태를 말해주고 있다. 수백년을 내려오며 역사의 벽은 금이 가 파손된 곳도 있을 것이며, 벽화도 먼지가 앉아 채색도 선명치 않은 모습임을 알 수 있다.

이 뒤의 것으로는 그 연대와 작자는 확실치 않으나, 중국인 장수의 차운시가 있어 흥미롭다.

自古人臣多便圖	예부터 신하된이 편의도모 많은터니
誰知身後史書乎	죽은 뒤에 역사기록 그 누가 생각하랴
成仁取義文丞相	인을 이루고 의로움을 택한 문승상이시여
日月爭光乃丈夫	해·달과 더불어 빛나는 대장부시구려

이 시가 앞에 든 서사가의 시 뒤에 써붙여진 것이라면, 그 작자는 임진난 때 원군으로 온 명나라 장수일 것으로 추정되는데, 어쨌든 그도 비록 타국인일망정, 문충숙공의 곧은 기상을 흠모하여, 위와 같이 감회를 읊었던 것이라 볼 수 있겠다.

4. 고간원(叩諫院)과 충숙공 묘

한편 후대의 기록에는 문충숙공의 직간과 관련하여 '고간원(叩諫院)'이란 편액이 붙여진 건물이 존재하였음을 보여주고 있다. 이 편제(扁題)는 공의 직간을 저 백이·숙제의 「고마이간(叩馬而諫)」에 비견하여 붙인 이름이다. 곧 주의 무왕이 은나라의 폭군 주(紂)왕을 치러 갈 때, 그 삼엄한 자리에서 백이·숙제는 말고삐를 붙들고서 "부군이 죽었는데 장사도 치르지 않고 전쟁을 일으킴이 효라고 하겠는가? 신하로서 군주를 죽임이 인이라 할 수 있겠는가?" 하면서 간언하였다. 그러므로 「고간원(叩諫院)」이라는 편액에는 충숙공을 지극히 숭모하는 마음이 담겨있음을 알 수 있다.

그런데 이 편액이 어느 때 어떻게 이름지어졌으며, 또 이 원당(院堂)은 어떤 성격의 건물이었는가가 궁금하다. 이에 관한 것으로는 조선 선조때 이 지방의 생원(生員) 이치림(李致霖)에 의하여 쓰여진 「고간원기(叩諫院記)」가 있어, 비로소 처음 그것의 존재를 알려주고 있는 바, 이 기문(記文)은 선조 23년(1590)의 글이다. 곧 이 기문은, 간신거국도(諫臣去國圖)와 벽시(壁詩)에 대하여 언급하고, 이들이 여사(麗史)와 여지도(輿地圖)에 실려 있음과 본역(本驛)의 고적은 문헌에서 분명하게 실증됨을 말하였다. 그러므로 그 내용의 대략을 간추리고 아울러 그 시들을 기록한다고 하면서, 수령에게 고하여 이 글을 판에 새겨서 오래 전하도록 한다고 하였다.

또 다른 기록, 즉 생원 최진연(崔振演)의 「고간원발(叩諫院跋)」은 선조 29년(1596)에 쓰여진 것인바, 여기에서는 고간원이 임진년 왜구의 침입때 병화(兵火)를 입어서 앞서의 새겨 걸었던 기문과 시들이 불에 탔음을 밝혀주고 있으나, 역시 자세치 않다. 그러나 다행히 후대의 기록들이 있어 사실을 보완해주고 있으니, 곧 충숙공사실기(忠肅公事實記, 1924년)에 의하면, 조선 태종대에 공의 묘(墓)아래에 왕명으로 고간원을 세운 것으로 기록하고 있으며, 또 같은 책의 「고간원리력」에서는 임자년正祖) 16년, 즉 1792년을 지칭한듯 하나, 확실치 않다) 대수(大水)에 원사(院舍)가 무너져 편액과 원판(院板)이 표류해서 유구역에 닿았는데, 이를 건져서 누벽에 걸었다 하고, 다시 철종 신해(1851)에는 앞의 원판을 새롭게 새겨서 역시 유구역루의 벽에 붙였다 한다. 그 뒤 정미(1907)에 원우(院宇)를 짓기 시작하여 갑인(1914)에 완성, 여기에 편액과 제현(諸賢)의 시판(詩板)을 안치시켰다고 한다.

이상의 기록들을 종합하여 보면, 고간원은 기왕에 있던 고관원의 또 다른 명칭이 아닌가 생각된다. 충숙공의 묘소 앞에 원이 위치하고 있을 뿐만 아니라 유구역의 「간신거국도」와의 연관성 등에 의해서 자연히 그렇게 불리워진 것으로도 추정된다. 한편 지금 '원당터'로 지목되는 곳은 병인년(1926) 폭우와 산사태로 모두 쓸려내려 갔다고 하는 바, 그렇다면 앞서 1914년에 중수되었다는 원우(건물)가 곧 그 때에 파괴되었다고 추정된다. 현재 공의 유택 앞에 위치한 한 칸 와가인 원각은 그 때의 홍수에 유실된 편액과 시문을 다시 걸어 보존하고자 세워진 건물임을 알 수 있다.

다음으로 충숙공의 묘소는 언제 이곳에 위치하였는가가 궁금하다. 기록에 의거해보면, 전대에는 언급이 없다가 「공산지(公山誌)」(1859)에 "금계산 아래 고간동"에 있다고 한 것으로 보아 조선 후기에는 이미 묘소가 있었음을 알 수 있다. 후손의 증언에 의하면(문용길, 61세, 충숙공 34대손), 충숙공은 치사(致事)후 추동에 퇴거하여 종세(終世)하셨으며 그 때부터 유택이 있었다고 한다. 또한 최근까지도 종손이 거주하였으며, 대대로 시향을 지냈다고 한다. 따라서 만일 이것이 사실이라면 충숙공이 고향인 남평에 낙향하지 않고 이 곳 추동에 머물게 된 것은 어째서 일까? 이곳이 산수(山水)가 좋으며 금계포란(金鷄抱卵)의 명당지(明堂地)라고 알려진 곳임을 감안한다면, 공께서 이곳을 치사후(致事後)의 퇴거지(退去地)로 삼았던 것이라 생각된다. 사서(史書, 고려사)에 "복종을 보내어 전원을 마련하였다."는 기록이 있는 바, 곧 이 곳을 말함이 아닌가 추정해 볼 수 있겠다.

(공주문화원 「공주향토문화학교」 강좌 요지, 2005.)

사가(四佳) 서거정(徐居正)의 공주제영(公州題詠)

1. 서언

사가(四佳) 서거정(徐居正, 1420. 세종2~1488. 성종19)은 조선 초기의 대표적인 문신으로 문과 급제 후 모두 45년에 걸쳐 환로에 있으면서 육조(六曹)의 판서(判書)와 대제학(大提學) 등 요직을 역임하였다.

그는 경국대전(經國大典), 동국통감(東國通鑑), 여지승람(輿地勝覽), 동문선(東文選) 등 국정을 뒷받침하는 주요 전적의 편찬을 주도하며 오랫동안 문형(文衡)을 관장하였으므로, 국가의 전책(典冊)과 사명(詞命)이 모두 그의 손에서 나왔다고 해도 과언이 아니었다. 또한 개인적으로도 방대한 저술(사가집(四佳集), 동인시화(東人詩話), 필원잡기(筆苑雜記), 태평한화활계전(太平閑話滑稽傳) 등)을 남겨, 조선 초 관각문학(官閣文學)의 완숙한 경지를 이루었다는 평가를 받고있다. 특히 사가는 문필가답게 전국의 명승지에 대한 제영(題詠)이 적지 않은데 공주와 관련하여서도 어느 곳에 못지않게 다수의 작품을 남겨놓았음이 확인된다.『동국여지승람』에 수록된 <공주십경(公州十景)>, <독락정(獨樂亭)>등은 이미 잘 알려진 바다.

본고에서는 기왕에 알려진 사가(四佳)의 공주 관련 시·문을 비롯 그동안 소개 되지 않은 작품까지를 포함하여 고찰하고자 한다. 우리는 여

기에서 500여년 전 당대 문장의 제일인자가 공주를 어떻게 노래하였는
가하는 것과, 그의 뛰어난 창작세계를 통하여 문학적 향취를 맛볼 수
있을 것이다. 더구나 수백년을 상거한 현재에 이르러 고금풍물의 변천
과 존망여부, 그리고 관련 일화를 알아보는 것도 흥미로운 일이 아닐
수 없다.

2. 교유시(交遊詩)

사가의 문집에서 먼저 확인되는 공주 제영은 공주에 회집하여 교유
(交遊)하는 즐거움을 노래하거나, 이 고장에 이취임하는 지방관들과 수
창한 시들이다.

다음 시는 그가 공주에 도착하자 이웃 고을의 수령들이 찾아왔으므
로 그들과 함께 만나는 즐거움을 노래한 것이다.

五月江南好	오월 남쪽 땅 좋은 철에
華亭敞綺筵	화려한 정자에 비단 자리
風流一時盛	풍류즐김 성대하기만 하니
豪傑數州賢	여러고을 호걸들이 모였구나
絃管荷香助	가야금 소리에 연꽃 향기 어리고
杯盤柳影偏	술상에 버들 그림자 아른거리네
多僥參勝會	이 멋진모임에 함께하니 얼마나 다행인가
淸興欲狂顚[1]	맑은 흥취 넘쳐나누나

서 사가가 공주에 도착한 시기는 정확히 알 수 없으나, 시의 제목에

---

1) <到公州 與全判官季欽 姜教官義山 丘永同從直 金新昌慄 會客館蓮亭宴集 醉後
　有作> (≪四佳集≫, 卷四)

들어난 바와 같이 객관의 연정(蓮亭)에서 잔치를 베풀고, 본 고을의 판관인 전계흠(全季欽, 조선 후기에 편찬된 공주읍지의 <공주목선생안(公州牧先生案)>에 이름이 보이나 역시 연대는 확인 되지 않음)과 교관(敎官) 강의산(姜義山) 외에 영동(永同)과 신창(新昌)의 현감이 먼 거리에서 찾아온 것을 보면 예사롭지 않게 그를 성대히 환영하고 있음을 알 수 있다.

다음날 마침 이개(李塏, 1417~1456)가 자리를 함께하자 역시 객관의 연정에서 연회를 갖고 다음과 같은 시를 읊게 된다.

小水連漪碧玉鱗	잔물결 일렁이니 푸른 옥비늘 같고
畫蘭終日宴佳賓	해지도록 난간에서 손님 맞아 잔치하네
靑娥皓齒三行密	아릿따운 기녀들 줄줄이 앉았고
翠盖紅粧十里春	푸른 일산 붉은 단장 길게 늘어 섰네
日照香羅謌扇動	노래하는 비단 부채에 햇살은 따사롭고
風吹白紵舞衫新	춤추는 모시 적삼에 바람은 신선하네
瀛洲學士驚人眼	예문관 학사는 추앙을 받는데
落魄樊川定被嗔2)	얼빠진 두번천은 비난만 받았구려3)

청보(淸甫) 이개(李塏, 호 : 백옥헌)는 서 사가보다 3세 연상이며, 일찍이 문과에 급제하여 집현전 학사로서 성삼문 등과 함께 훈민정음 창제에 참여하는 등 명망이 높던 문신이었다. 그가 어떤일로 유배 또는 좌천되었다가(?) 이때에 사면을 받고 마침 공주에 이르게 된 것으로 보이는데, 그런만큼 선배를 위로하려는 의도에서, 위와같이 성대한 연회를 베

---

2) <翼日 李淸甫奉宥旨 來會蓮亭同飮 卽席有作>(앞의 책, 같은 곳)

3) 당 두목(杜牧, 호: 번천(樊川))이 호주(湖州)를 유람할 때, 10여세된 여자아이에게 금붙이를 주며, 10년 뒤 다시 찾기를 약속했는데, 14년이 지나 찾아보니 이미 결혼하여 두 아들을 두고 있었다. 이 때 그는 상심한 마음을 시로써 달랜 바 있었는데 이 싯구의 끝구절은 곧 이를 두고 한 말인 듯하다.

풀게 된 것으로 추정된다. 뒷날 단종의 복위를 꾀하다가 사육신의 한 사
람으로서 처형 될 때의 그의 나이가 39세였음을 고려한다면, 공주 유람
시의 서 사가는 대체로 30대 초·중반 이었음을 짐작 할 수 있다.

　이어 이들 두사람은 다시 금강루에 오르고 또 금강에 배를 띄우며 흥
겹게 노닐게 되었다.

使君未罷高樓宴	금강루의 잔치는 끝나지 않았는데
學士還成畵舫遊	학사는 도리어 뱃놀이로 흥겹다네
翠袖紅粧明水底	푸른 소매 붉은 단장 맑은 물에 비치고
烏菱白芡滑船頭	검은 마름 흰 가시풀 뱃머리에 미끄러지네
笙謌不管古今恨	생황 노랫가락은 고금의 한 흘려보내나
雲物新添離別愁	뛰어난 경관은 이별의 슬픔 더하게 하네
酒醒他時應記取	술이 깨는 날에 응당 기록하여 남기리니
熊江鷄岳兩悠悠4)	금강과 계룡산은 모두 유유하누나

　이로부터 상당 기간의 세월이 흐른 뒤 사가는 공주 목사로 부임하는
김씨 성의 문관에게 다음과 같은 시를 지어 송별한다.

錦江江上錦江樓	금강 강변의 금강루
黃鶴一去今白鷗	황학은 날아가고 백구만 남았네
聚遠樓前山似畵	취원루앞 산세는 그림같고
按舞亭下江自流	안무정 아래 강물은 절로 흐르네
錦江太守年年改	금강의 태수는 해년마다 바뀌지만
錦江雲物年年在	금강의 경관은 매년 그대로세
愷悌君子神所勞	훌륭한 군자는 신도 도와주는 바이니
太守太守當自愛	태수여, 태수여 마땅히 자중자애 하소

---

4) <與淸甫登錦江樓 小頃 泛中流 乘興有作>(앞의 책, 같은 곳)

君不見	그대는 보지 못했나
三異政第一治	세가지 특이한 정치가 첫째라는 것을[5]
不在於他在守耳	다른 데 있지않고 태수에게 있을 뿐이라네
重爲告曰在守耳	거듭 위하여 말하노니 태수에게 있을 뿐이라네
此語君能記[6]	이 말을 그대는 잘 기억하소

곧 한 고을의 수령으로서 어진 정사를 베풀어야 하며, 그러기 위해서는 오직 스스로를 경계하면서 자중자애할 것을 강조하고 있다. 시 중에 금강루(錦江樓)·취원루(聚遠樓)·안무정(按舞亭) 등을 중심으로 주위의 경관이 아름답게 묘사되어 있음을 보는데, 이는 사가가 오래전 유람한 공주의 승경을 그 때까지도 잘 기억하고 있었기때문일 것이다.

3. 경물시(景物詩)

사가가 공주에 유람하면서 이곳의 승경을 노래한 것에는 몇개의 정자를 대상으로 한 것과 이미 잘 알려진 십경시(十景詩)가 있다.

(1) 공주연정(公州蓮亭)

官橋細柳綠毿毿	관아 다리곁 버들가지 실실이 푸르고
新沼荷花倚半酣	새 못의 연꽃은 비스듬히 피어있네
客子日長無事飮	나그네는 긴긴 해에 일없이 마시고 있으니
始知雲物是江南[7]	비로소 이곳이 강남풍경인 줄 알겠구나

---

5) 후한(後漢) 때 노공(魯恭)이 덕화(德化)로써 고을을 잘 다스렸는데, 그 때문에 세가지의 특이한 일이 있었다. 즉 그 고을에는 병충해가 없었고 꿩같은 조수조차 사람을 두려워하지 않아 가까이 오며, 어린 아이들 조차 어진마음을 갖게 되었다는 것이다.

6) <錦江行 卽席別公州金牧使>(위의 책, 卷 46)

7) <公州蓮亭>(앞의 책, 卷 4)

관아 객관 가까이 못을 새로 파고 거기에 연꽃을 심었으며 정자가 세워져 있었음을 알 수 있다. 앞의 교유시에서도 확인된 바와 같이 사가는 이곳에 머물면서 이웃고을의 수령들과 함께 연회를 가졌던 곳이다.

(2) 공주독락정(公州獨樂亭)

그는 이 고장의 이름난 곳 독락정에 대하여도 시를 남겼다. 알려진 바와 같이 독락정은 고려 말 전서(典書)를 지낸 임난수(林蘭秀)가 조선 개국에 항거하여 벼슬을 버리고 돌아와 끝까지 고려조에 대한 절의를 지키면서 여생을 마치자, 아들 임목(林穆)이 그 뜻을 기리어 세운 정자이다. 때문에 한인묵객(翰人墨客)들이 즐겨 시문을 지어 이곳의 승경과 불사이군(不事二君)의 충절을 노래하는 곳이 되었다. 일찌기 남수문(南秀文, 1408~1443)의 기문 <독락정기(獨樂亭記)>가 있어 널리 소개된 바 있다. 그러므로 당대의 문장으로 일컬어지는 서 사가에 의해 이에 관한 시문이 지어진 것은 이례적인 일이 아닐 것이다. 그 첫 수는 다음과 같다.

少年聲價孰如君	젊은 시절에 얻은 명성 누군들 그대와 같으리
脚底平看萬里雲	인생행로에 청운길이 훤히 트였었네
暫屈朝班還舊隱	잠시 조정에 나왔다가 고향에 돌아오고
更從榮宦榮高勳	다시 벼슬길에 나가 높은 공 이루었도다
功名造物眞如戲	공명이란 참으로 조물주의 희롱인 듯하니
出處男兒未易論	남아의 출처는 쉽게 논하지 못하리
却恐鳴驕催上道	문득 두려운 것은, 말방울 울려 벼슬길 서둘다가
北山猿鶴更移文8)	북산 원숭이와 학이 다시 명령문 내릴까 함이네9)

---

8) <公州獨樂亭>(앞의 책, 보유 3). 이 정자가 위치한 곳은 원래 공주군 장기면(구 삼기면) 나성리인데 근래 행정 구역 개편으로 연기군에 편입되었다. 서거정의 독락정 시는 『四佳集』 및 『신증동국여지승람』에는 2수가 실려있으며, 저작경위에 관한 언

위를 보면 사가가 독락정에 올라가 경관을 읊은 것이 아님을 알 수
있다. 이 정자와 관계있는 인물의 출처를 말하면서 이러한 이름이 붙여
지게 된 의미와 관련지어 시상을 전개하고 있음을 볼 수 있다. 실제로
앞서 언급한 시서(詩序)에 의하면 마침 금강을 지날 기회가 있었으나,
독락정을 들르지 못하여 서운하던 차 평소 친분이 있던 임중(林重)이
편지를 보내어 시를 구함으로 이에 답하여 근체시 3수(三首)를 지어 보
냈는데, 이 때가 무술년(1478, 사가 58세:필자)이라고 하였다.10)

시를 요구한 임중에 대하여는 자세치 않으나, 시의 내용으로 보건대
우선 그가 젊은 시절 명성을 얻었으며, 그로 인해 환로가 순탄하였고,
높은 공도 이루었음을 알 수 있는 정도이다. 그러나, 사가는 그에게 벼
슬길 만이 사대부 사업의 모두가 아니며, 그러므로 출처거취(出處去就)
의 어려움을 말하고, 북산이문(北山移文)의 예를 들어 경계하고 있다.
이는 선대의 독락정 경영의 참뜻을 망각해서는 안된다는 충고의 의미
도 있으며, 아울러 현재 물러나 있는 상대를 위로하는 배려가 내재되어
있다고 볼 수 있다.

그 둘째 수 시상이 다르다.

급이 없으나, 후대의 기록인 『公州郡誌』 및 『公州勝覽』(1971) 등에는 3수가 실려있
으며, 특히 여기에는 시서(詩序)가 있어 이 시가 임중(林重, 임난수의 증손)의 요청에
의해 작시된 것이라고 밝히고 있어 참고가 된다.

9) 이 시구는 <北山移文>(남제(南齊) 공치규(孔稚珪) 작(作))에서 인용한 것이며, 북
산이문은 '북산의 산신령이 내린 명령문'이라는 뜻이다. 북산에 은거하여 은사로 자처
하던 주옹(周顒)이 지조를 버리고 출사하여 이 산을 지나가려 하자 북산 산신령의 뜻
을 빌어 관청의 명령문인양 이를 지어 변절자 주옹의 출입을 막았다는 고사가 있다.
이 글속에는 주옹이 산을 버리고 속세로 돌아가자 "학이 원망하고 원숭이가 놀라 울
부짖는다"는 구절이 있다.

10) 독락정을 세운 양양부사 임목을 서사가는 임중의 선조라고 하였으며, 또 남수문이
기문을 지은지 40여년이 지났다는 언급이 있음을 볼 때 대체로 임중은 임목의 손자일
것이며, 임난수의 증손으로 추정된다. 향지에는 임중의 관(官)을 장악원정(掌樂院正)
이라 명시하고 있으며, 그의 시 1수를 병기하고 있기도 하다.

名園並壓錦江低　　이름난 동산과 함께 금강변에 나직하게 자리잡으니
我昔相尋路自迷　　옛적에 나도 찾고자 하였으나 길을 몰랐네
何氏林亭知最勝　　하씨의 임정 처럼 빼어난 곳임을 알았지만
杜陵桐葉不曾題　　일찌기 두보가 오동잎에 글을 쓰지 못한 경우네[11]
膏車恨未從盤谷　　수레바퀴 기름칠하여 반곡에 따라가지 못했으나
雪艇終須訪剡溪　　마침내 눈 내린 밤에 배 띄워 섬계를 찾아가리[12]
莫遣藏湍仍歛霧　　여울물을 감춘다거나 안개를 걷우지 마오[13]
似聞桃李已成蹊　　복숭아 오얏 나무 밑에 이미 길 났다고 들었소.

　여기에서는 서 사가가 실제로 독락정에 오른 적은 없지만, 그곳에 은거하는 지우(知友)를 만나고 싶은 간절한 마음과 함께 은자(隱者)의 우유자적하는 생활을 내심 그리워하고 있음을 드러내고 있다.
　셋째 수(首)는 앞서 언급한 바와 같이 『四佳集』이나 『여지승람』에는 수록되어 있지 않으며, 『공주군지』에 전하고 있다. 그러므로 작자에 대하여 단정할 수 는 없겠으나, 그 내용으로 보아서는 역시 시서(詩序)에서 밝힌 바와 같이 임중에게 주는 시로서, 앞의 두 수에 이어 연작의 형태로 지어진 것이라 추정되므로, 아울러 여기에서 살펴보고자 한다.

三江別墅是靑氈　　세 갈래 물가 별장은 옛부터 내려온 바

---

11) 두보가 하장군(何將軍) 임정(林亭)에 놀면서 지은 시에 "오동잎에 시를 쓴다."는 구절이 있는 바, 여기에서 사가는 독락정을 미쳐 찾지 못하였음을 이와 같이 표현 한 것이다.
12) 산음(山陰)에 있던 왕희지가 눈 내린 밤에 달이 밝자, 배를 띄워 섬계에 있는 친구 대규(戴逵)를 찾았다는 고사가 있는 바, 곧 사가가 독락정을 찾겠다는 뜻을 이와 같이 표현한 듯 하다.
13) <北山移文>에 "가벼이 퍼지는 안개를 거두어 들이고 소리내어 흐르는 여울물을 감추어 골짜기 입구에서 수레가 오는 것을 막고 망령되이 달리는 말고삐를 교외에서 막아야 한다."고 하여 주옹이 산에 들어오는 것을 차단해야 한다고 역설한 부분이 있는데(앞의 주 9)참조) 사가는 이를 인용하여 자신이 독락정 찾는 것을 막지 말라고 한 것이다.

家世相傳又此賢	대를 이어 서로 전하니 또한 어진 이로다
獨樂風流溫國後	독락정의 풍류는 사마온공의 말년과 같고
一區圖畵輞川前	한 폭의 그림같은 경치는 망천의 그림이로구나14)
靑連鷄岳山無數	푸른 색은 계룡산에 이어져 한없이 뻗어있고
白接熊津水不邊	흰 빛은 금강물에 잇닿아 끝없이 흐르네
好作林泉眞宰相	좋구려, 강호에 묻혀있는 재상이 되었으니15)
爲君長咏去來篇	그대 위해 귀거래사나 길게 읊어 보리다

위와 같이 독락정시 3수는 전체적으로 그곳의 승경을 묘사하기 보다는 출처거취(出處去就)에 있어 사대부의 보편적인 처사지향 의식을 형상화한 것이며, 그 대상을 마침 독락정과 그 주인인 임후(林侯)에게서 찾은 것으로 보아도 좋을 것이다.

(3) 안무정(按舞亭)

여지승람에는 안무정에 관련한 몇가지 사실이 기재되어 있다. 그 위치에 대해서는 금강변에 있으며 주(州)로 부터의 거리가 2리라고 하였고16) 정자 이름에 관하여서는 옛적에 안렴사가 그 정자에 올라 취흥에 겨워 춤을 추었다 해서 '안무정(按舞亭)'(안렴사가 춤춘 정자)이라 하였고, 그리고 그 뒤의 정황에 대하여는, 정자가 무너진지 이미 오래되었는

---

14) 송의 사마광(온국공(溫國公))은 대신의 지위에서 물러나 독락원(獨樂園)을 짓고 풍류를 벗삼아 말년을 보냈으며, 당의 왕유(王維)는 산수절경인 망천(輞川)에 별장을 짓고 그곳의 경물을 그림으로 그려 벽에 걸어두었다 한다.

15) 양 무제(武帝)시 도홍경(陶弘景)은 화양(華陽)에 은거하여 조정의 부름에 나가지 않았으나, 국가에 대사가 있을 때는 꼭 그를 찾아 자문을 구하였으므로, 당시 사람들이 그를 산중재상(山中宰相)이라 불렀다한다.

16) 옛 기록에 안무정의 정확한 위치에 대하여서는 언급이 없어 오랫동안 미상인 체 였으나, 근래의 연구에 의해 다행히 그 위치가 밝혀 졌는데 곧 윤여헌(尹汝憲), <公州錦江八亭>(웅진문화 제1집)에 의하면 "공주중학교 뒷편 정지산의 능선을 北으로 따라가다가 금강에 임한 정상"이 곧 그 터라고 한다.

데 뒤에 이 고을 수령이 중수하려 하였으나 감사의 견책이 있어 이루지 못하였으며, 이를 두고 당시의 사람들이 비웃으며 말하기를 「전날에는 술 취해 춤춘 안렴사가 있더니 후일에는 술 깨어 읊조리는 감사도 있다네」하였다고 한 것 등이다.17) 서 사가의 시 '안무정'은 그 내용은 대체로 위 사실을 부연하였으며 악부체의 형식을 택하여 활달하면서도 유려한 서사적 형태를 띠고 있으므로 읊기에 막힘이 없다.18)

按舞亭前江山好	안무정 앞은 강산이 좋기만 한데
按舞亭中風月老	안무정 안의 풍월은 오래되었도다
當時按廉眞豪英	당시의 안렴사는 진정 호걸이어서
酒酣起舞玉山倒	술 취해 일어나 춤추니 옥산이 무너지는 듯19)
風流跌宕天下先	풍류도 질탕하여 천하의 제일이었으니
盛名自與亭相傳	성대한 이름 정자와 함께 전해오네
後來奉使何索莫	뒤에 왔던 사또들 어찌 그리 삭막한고
江山風月閑多年	강산풍월을 오래 버려 두었네
我聞錦江賢主人	듣건대 금강의 현명한 수령이
改構雲物猶精神	고쳐지어 경물도 생기 넘칠 뻔 하였다네
殺此風景是何者	이 풍경 살벌하게 한 자 그 누구냐
白頭監司眞惡賓	백발의 감사는 참으로 나쁜 빈객이구려
昔人欲搥黃鶴樓	옛적에 어떤 사람 황학루를 부수려하니
黃鶴一怒天公羞	황학도 성내고 하늘도 부끄러워 했다네
樓可搥兮	누는 부술 지언정

---

17) 按舞亭在錦江下　距州二里　昔按廉登眺　酒酣不覺醉舞　仍號亭曰 按舞　亭廢已久 後有州守　欲重修之　爲監司所譴不果　時人笑曰　前有醉舞按廉　後有醒吟監司 (東國 與地勝覽, 卷17, 公州)

18) 이 시는 사가집(보유 三) 및 동국여지승람에 실려 있으며 역문은 동국여지승람역본 을 참고하여 필자가 약간의 수정을 하였다.

19) 진 혜강(嵇康)이 풍채가 좋아 술이 취해 넘어지면 옥산(玉山)이 무너지는 듯 하였다 한다.

江山風月不可搥   강산과 풍월은 부수지 못하리니
至今千載笑不休   천년 지난 이제도 웃음만 사는구나
君不見昔時按舞亭   그대는 보지 못했나, 옛적의 안무정을
黃金美酒白玉甁   황금빛 좋은 술과 백옥의 술병
皓齒歌細腰舞   하얀 이 보이며 노래하고 가는 허리로 춤추며
客亦婆裟雙袖輕   객들도 양소매 펄럭이며 춤추던 것을!
又不見今時按舞亭   또 보지 못했나, 지금의 안무정을
寒叢敗葉潮滿汀   앙상한 떨기에 병든 잎사귀 조수밀린 강가
禽鳥歌蛟龍舞   새들은 지저귀고 교룡들이 춤추는데
遠山爲學蛾眉靑   먼 산만 마치 푸른 눈썹처럼 두른 것을!
古人今人不同時   옛사람 지금사람 시절을 함께 못하니
醉舞醒吟誰得之   취해 춤춘 이와 깨어 읊은 이 누가 잘했나
人生自可行樂耳   인생이란 스스로 즐길 뿐이니
此外餘事都不知   이 밖의 일들은 모두 아지 못할레라

위 시를 보면 서 사가는 대체로 전날의 성대했던 안무정의 풍류를 그리워하고, 이미 폐허가 된 오늘의 안무정을 안타깝게 생각하는 입장에서 있음이 드러난다. 춤춘 옛적의 안렴사를 호걸로, 중수하려한 이 고을 수령을 현주(賢主)로 부른 반면, 중수를 꾸짖어 막았던 감사를 나쁜 객(惡賓)으로 표현한 것들은 곧 위 사실을 입증할 뿐 아니라, 또한 서 사가의 의식을 엿볼 수 있는 부분이다. 한편 당시의 고을 사람들이 이를 두고 "전에는 취하여 춤춘 안렴사가 있더니 후일에는 술깨어 읊조리는 감사가 있다."[20] 라고 한 말에서는 이들 모두를 냉소적으로 보는 시각이 있다고 보여진다.

고려 말의 어지러운 국정하에서 신음하는 백성들을 돌보지 않고 풍류에만 빠져있는 안렴사에 대한 비판과, 그리고 조선 초에 새롭게 등장

---

20) 앞의 주 17)참조.

한 지배층인 수령과 감사에 대하여도 여전히 신뢰를 보내지 못하는 지방 백성들의 풍자적인 어조로 볼 수 있기 때문이다. 더나아가 새로운 왕조의 출발점에서 수령은 정자의 중수를 서둘렀고 이로 인해 민력(民力)의 피폐를 우려하여 감사가 이를 꾸짖어 막았으리라 추정하는 것이 어느정도 개연성이 있다면, 이 시는 보기에 따라 다른 해석이 가능하다.[21]

(4) 공주십경(公州十景)

서 사가의 공주제영(公州題詠)중 단연 압권은 이 공주십경시(公州十景詩)이다. 이 시가 어느 때 지어진 것인지는 역시 미상이다. 그러나 그가 젊은 시절에 공주에 와 놀았다는 언급을 한 바 있고, 또 앞서 고찰한 공주에서의 그의 교유시중 청보(淸甫) 이개(李塏)와의 만남을 읊은 시들이 역시 서 사가의 나이 30대였음을 고려할 때,[22] 공주십경시 역시 그 즈음에 함께 지어진 것으로 추정 할 수 있겠다. 공주 일원의 산수자연과 운치있는 경물을 대상으로 읊은 이 시들은 이미 여지승람에 실린 뒤로 이 고장 향지(鄕誌)에 수록되어 널리 알려지게 되었다. 특히 최근에도, 다시 자세히 소개되는 기회가 있었으므로,[23] 여기서는 원시(原詩)와 그 역문만을 들기로 한다.

① 錦江春遊 (금강의 봄 놀이)

---

21) 안무정을 읊은 또 다른시는 200여년 뒤 공산현감으로 있던 신유(1610~1655)의 공주후십경시(公州後十景詩)에 들어있는 바, 여기에도 안무정을 '고정(孤亭)'이라 표현하고 있어 확실치는 않으나 내내 버려진 상태였음을 추정케 한다.

22) 서사가는 그가 지은 취원루기(聚遠樓記)에서 '居正少遊公城……'이라 하였으며(四佳集, 文集, 卷 1, 公州聚遠樓記), 이개와의 교유시는 앞의 주 2) 참조.

23) 이 한시 공주십경(公州十景)이 우리말로 번역되어 실린 곳은 국역『신증동국여지승람』(민족문화추진회,1969)이나, 최근에 <公州前十景詩考釋>(신용호, 웅진문화, 제 1집, 1988)에서 자세히 검토 분석하며 감상하는 연구성과가 있었다. 그러므로 본고에서는 앞서의 성과를 토대로 역문에 필자의 견해에 따라 약간의 수정을 가하는데 그쳤다.

濯錦江邊天地春　　금강변에서 갓 씻으니 온 세상이 봄이로다
二月三月天氣新　　2·3월 접어드니 기온도 신선해라
玉壺沽酒尋芳菲　　옥 항아리에 술 사 들고 꽃수풀 찾아드니
遲日暖風惱殺人　　더딘 햇살 따사로운 바람은 정신을 앗아가네
晴江新漲金葡萄　　비 그친 후 불어난 강물 금빛 포도주 같은데
蘭橈隨意移畵舠　　목란 노 멋대로 저어 이리저리 노니네
杏花疎影醉扶歸　　살구꽃 그림자 아래 취하여 돌아가는데
玉笛一聲山月高　　옥피리 한 곡조에 산 위 달이 높구나

② 月城秋興 (달 밝은 산성의 가을 흥취)
秋風嫋嫋江自波　　가을바람 산들산들 강물결 절로 일고
山南山北紅葉多　　앞산 뒷산은 단풍만이 한창이네
登臨有興濃於酥　　산수찾는 즐거움은 젖빛보다 진하니
十千美酒金厄羅　　만전 나가는 좋은 술 금잔에 따르네
黃花滿揷帽欲欹　　국화 가득 꽂으니 사모가 기울 듯 한데
鯨呑虹吐安足辭　　고래처럼 마시며 왕성하게 시짓기를 어찌 사양하리요
請君莫學宋生酸　　그대여 송옥처럼 비관하는 자세는 배우지 말라
一生枉作悲秋詞　　한 평생 쓸데없이 슬픈 가을 노래만 지었다네[24]

③ 熊津明月 (웅진의 밝은 달)
熊津之水淸且漪　　웅진의 물결은 맑고도 잔잔한데[25]
熊津有月來何時　　웅진의 높은 달은 언제부터 비췄더냐
百濟往事如鳥過　　백제의 옛일들은 새날아가 듯 지나갔는데
我問明月月應知　　내 달에게 묻노라, 달은 응당 알터이지

---

24) 전국시대에 초나라 사람인 송옥(宋玉)은 스승인 굴원(屈原)의 불우한 생애를 생각
하며 스승을 향한 애상과 우수를 처량한 가을 정경에 비겨 노래한 <구변(九辨)>을
지었는데, 그 내용이 아름다우면서도 처절하므로 후인들이 '송옥비추(宋玉悲秋)'라고
하였다.
25) 여기서의 웅진은 곰나루가 아닌 웅진강을 뜻한다(본고 부록의 기문에서 논함).

一自樓船駕海來　　누선들 한차례 바다건너 온 뒤로
國社己墟唐府開　　사직은 폐허되고 도독부가 생겼구나
落花巖前春正愁　　낙화암 앞에서 봄날은 더욱 시름 깊은데
釣龍臺下潮自回　　조룡대 아래 조수는 제 홀로 돌아드네
　　　　　　　　* 누선(樓船): 당나라 군선

④ 鷄嶽閑雲 (계룡산의 한가로운 구름)

鷄嶽峹堯揷層碧　　계룡산 우뚝 솟아 층층이 짙푸른데
淑氣蛇蜒自長白　　맑은 기상 구비구비 장백산에서 뻗쳐왔네
山有湫兮龍則蟠　　산에 못이 있어 용이 잠겨있고
山有雲兮物可澤　　산에 구름 있어 만물을 적셔주리
我昔試遊於其中　　나 옛적에 그 속에서 놀아 보았더니
靈異不與他山同　　신령스러움 다른 산과 사뭇 달랐네
會作霖雨澤天下　　마침내 장마비로 온 세상을 적실제는
龍使雲兮雲從龍　　용은 구름 부리고 구름은 용을 따르리

⑤ 東樓送客 (동루에서 손을 보냄)

錦江江上錦江樓　　금강 강변의 금강루
黃鶴一去雲悠悠　　황학은 날아가고 구름만이 떠도누나
宦遊南北知幾人　　벼슬살이 남북으로 오가는 사람 그 몇이더냐
芳草別恨何年休　　꽃피는 철 이별하는 서러움 어느해나 그칠고
去年相別髮如柒　　지난 해 작별할 땐 칠같이 검던 머리
今年相別白於雪　　금년 이별에는 눈 보다 희어졌네
江流別恨誰淺深　　흐르는 강물과 이별의 한스러움 어느쪽이 깊을손가
一曲陽關愁斷絶　　양관곡 한가락에 소식 끊길가 마음 조리네26)

---

26) 왕유의 <送元二使安西> 시에 '서출양관무고인(西出陽關無故人)'의 싯구가 있는
바, 후에 이 시에 곡조를 붙여 '양관곡(陽關曲)'이라 이름하였는데, 이별가로서 널리
애창되었다.

⑥ 西寺尋僧 (西寺로 스님을 찾아감)

艇止山中古招提	정지산 속의 오래된 사원
緣江一路高復低	강 따라 난 길이 높았다 낮았다 하네
十載尋僧閑往來	10년이나 스님찾아 한가로이 왕래하니
靑藤白襪雙草鞋	등넝쿨 지팡이 흰 버선에 짚신 한 켤레였네
我亦平生支許徒	나 또한 평생 지허의 무리이니27)
結社有約何曾辜	교유키로 약속한들 허물될 게 무어냐
欲倩龍眠老居士	용면 거사의 손을 빌어서28)
畵出虎溪三笑圖	호계삼소도나 그려내고자 하네29)

⑦ 三江漲綠 (삼강에 불어난 푸른 물결)

三江元從銀河來	세 갈래 강물의 근원 은하수에서 흘러나와30)
合爲錦水靑於苔	합쳐져 금강물 되니 이끼보다 푸르고나
昨夜小雨漲半篙	어젯밤 작은 비에 삿대 반쯤 불었는데
蒲萄之酒初發醅	포도주 처음 괴일때의 모습이네
誰家日暮三兩舫	해 질무렵 누구네 두세척의 배들은
蘭槳截破桃花浪	복사꽃 뜬 물결을 삿대저어 헤쳐가나
簑衣蒻笠玄眞子	도롱이 입고 부들 삿갓 쓴 현진자여
我歌滄浪欲相訪	나 또한 창랑곡 부르며 그대 찾아 가려네31)

---

27) 지허도(支許徒)는 고대 현인 지백(支伯)과 허유(許由)를 가리킨다. 요순이 천하를
물려주려 하였으나 사양한 은자(隱者)들이다.

28) 송 이공린(李公麟)이 참군(參軍)이 되었다가 용면산(龍眠山)에 돌아가 말년을 보내
면서 스스로 용면거사(龍眠居士)라고 호 하였다. 시를 잘하고 그림을 잘 그렸는 바,
그가 용면산장도(龍眠山莊圖)를 그리자 소식(蘇軾)이 발문을 붙인 일이 있다.

29) 진 혜원법사(慧遠法師)가 여산에 거처하며 손을 전송할 때는 개울을 넘지 않았는데
만일 넘게 되면 호랑이가 울부짖었다고하여 이 개울을 호계(虎溪)라고 불렀다. 어느
날 도연명과 도사(道士) 육수정(陸修靜)을 전송하다가 모르는 사이에 개울을 넘자
호랑이가 울부짖으므로 세사람이 서로 크게 웃었다. 뒷날에 세인들이 이것을 그림으
로 그려 호계삼소도(虎溪三笑圖)라 하였다.

30) 삼강(三江)은 삼기강(三岐江)을 말하며 현 연기군 남면 나성리 앞의 강물을 가리킴.

31) 당(唐) 장지화(張志和)는 벼슬에서 물러나 강호에 은거하며 현진자(玄眞子)라 호

⑧ 五峴積翠 (다섯고개의 짙푸름)

公城之勝天下甲	공주성의 좋은 경치 천하에 으뜸이니
五峴嵯峨鎭四角	다섯고개 높이 솟아 사방으로 지키네32)
遙看積翠連空濛	멀리 보이는 짙푸름 아득하게 이어져 있는데
松檜森森聳霄壑	소나무 전나무 골짜기에 빽빽하게 솟아있네
人間幾番換炎涼	인간 세상의 변태는 몇 번이더냐
四時不老唯蒼顔	사계절 변함없이 푸른 모습 지녔어라
我欲山中斸黃精	나 또한 산 중에서 황정약초나 캐 먹으며
鸞笙鶴駕閑往還	학타고 피리(난생)불며 한가로이 왕래하리

⑨ 金池菡萏 (금지의 연봉오리)

天孫爲織雲錦機	직녀의 고운 손 비단 베틀로 베를 짜
綠爲裳兮紅爲衣	푸른 비단 치마하고 붉은 비단 적삼만들었나
宜風宜雨又宜月	바람불거나 비내리거나 달 뜰 때도 좋으니
輕烟細霧香霏霏	옅은 안개 속에 꽃향기 은은히 퍼지네
何年移自泰華巓	어느 해에 태화산마루에서 옮겨왔던가
蜜雪入口沈痾瘁	달고 차가운 그 맛 오랜 병도 낫는다네
雖然才大難爲用	그러나 재목이 너무 크면 쓰여지기 어렵나니
何用藕大大於船	연밥이 배보다 커서 무엇하랴33)

⑩ 石甕菖蒲 (돌 구유통의 창포)

百濟古物惟石甕	백제의 옛물건 오직 이 돌 구유통
腹大濩落將底用	배가 크고 텅비었으니 장차 무엇에 쓰랴

(號) 하였는데 그가 지은 어가(漁歌)가 후세에 널리 불리워졌다.

32) 오현(五峴)은 차현(車峴), 판현(板峴), 마현(馬峴), 화현(火峴), 적유현(狄踰峴)을 말하는 바(동국여지승람(東國輿地勝覽)), 현재의 이름으로 하면 차령고개, 늘(널)티 고개, 말티고개, 불티고개, 차동고개가 된다(공주군지, 1957).

33) 당 한유의 시 <古意>에 "태화산마루 옥정의 연꽃은, 꽃잎은 십장이요, 연밥은 배보 다 크다네. 눈서리처럼 차갑고 꿀처럼 달며 한 조각 입에 넣으면 오랜 병도 낫는다네 (太花峰頭玉井淵 開花十丈藕如船 冷比雪霜甘比蜜 一片入口沈痾瘁)."라고 하였다.

誰知菖陽天地精　　창양(창포)이 천지의 정기임을 누가 알아서
開雲斲石此移種　　구름 헤치고 돌 쪼아내어 여기 옮겨 심었더냐
根盤九節蛟龍老　　아홉마디 서린 뿌리 늙은 교룡 감긴 듯 하고
性通神靈天下少　　약성은 신령과 통하니 천하에 드물도다
餌之可以延修齡　　복용하면 수명도 연장할 수 있나니
何用區區拾瑤草　　어찌 구구하게 기화요초 구하랴

4. 결어

　이상에서 살펴 본 서(徐) 사가(四佳)의 공주제영 대부분은 그의 단 한 차례 공주유람에 의해 산생(産生)된 것으로 파악된다. 이들 중 교유시는 비록 그 작품수는 많지 않으나 조관(朝官)으로서의 득의(得意)의 기상(氣像)이 드러나고 있으며, 경물시(景物詩)는 주위의 승경을 뛰어나게 묘사함과 동시에, 이에 그치지 않고 세속의 명리(名利)를 떠나 강호에 은거하는 처사등의 소요자적(逍遙自適)하고 안빈낙도하는 생활을 동경하며 운치(韻致)있게 그려내고 있다.

　이는 곧 출처거취(出處去就)에 대한 조선조 사대부의 보편적인 의식세계의 양면성을 보여주는 것이라 하겠다. 그렇다 하더라도 비교적 이른 시기인 선초에 공주의 풍토와 경물(景物)이 웅문거벽(雄文巨擘)인 사가(四佳)의 문필을 빌어서 그 진면목이 한층 더 적실하게 묘사되고, 수백년이 지난 오늘 날 그 시문등을 통해서 여향(餘響)이나마 들을 수 있음은 다행이 아닐 수 없다.

부록(附錄): 기문(記文)

사가의 공주 관련 여타 시문중에 검토할 만한 대상으로 기문(記文)을 들 수 있다. 이미 여지승람에 전문이 수록되어 있는 <취원루기(聚遠樓記)>가 그것이며, 그 밖에 사가집에는 <계룡산 가엽암중신기(鷄龍山 迦葉菴重新記)>가 실려 있다. 본기에 의하면 계룡산 남측 산마루에 옛 암자 터가 있는데 이미 수백년전에 무너진 가섭암의 터로서 승(僧) 순선당(順善堂) 운수(雲叟)가 다시 이를 세우고 그 기문을 사가에게 부탁하였다고 한다. 이 글이 쓰여진 시기는 임신년(1452)이니 사가의 나이 33세였음을 알 수 있다. 이 암자는 이 때 다시 세워진 탓으로 <여지승람>에는 그 이름이 기재되고 있으나, 그 뒤 다시 무너진 탓인지 후대의 기록에는 그 위치가 자세치 않다고 하였다. 반면에 <취원루기(聚遠樓記)>는 비록 대상 건물은 없어졌으나, 비교적 그 위치와 내력이 자세히 전하며, 기문은 여지승람과 사가집에 모두 전한다. 기문에 의하면 객관 동쪽 연지중(蓮池中)에 세워져 있던 관정정(觀政亭, 연정(蓮亭)으로 불림)이 규모가 협착하므로 이를 헐고 마침내는 자리를 옮겨 동헌 동쪽으로 확충하여 누각의 형태로 다시 세웠고, 이를 사가가 '취원루'라고 이름짓고 그 기문을 짓게 되었음을 알 수 있다.

이러한 일반적인 사항외에 본 기문에서 확인되는 한 가지 특이한 사실은, 금강의 명칭에 관한 것이다. 즉 사가에 의하면 공주에 다다른 강을 금강이라 부르고, 그 아래부분 부여까지의 강은 사비강며, 그 아래에서 바다 입구까지는 웅진강이라 한다는 것이다(至于公 爲錦江 折而爲泗 沘…入于海者曰 熊津). 따라서 앞으로 이에 대한 고찰이 있어야 한다고 본다.

그 밖에도 누를 세운 지방관의 이름이며 '취원루'라 명명케 된 배경등은 기문을 통해 알 수 있으므로 부연치 않고, 다만 아래에 기문의 원문과 우리말 역문을 붙여 참고케 하며, 편의상 문장을 단락을 나누어 제시한다(역문은 『국역동국여지승람』을 대본으로 인용하며 여기에 필자가 약간의 수정을 가하였다).

公州聚遠樓記

東峴以南 山川淑氣扶輿磅礴 爲鉅州者 惟公爲第一 盖長白一脉 傍海而南 至鷄林 爲圓寂山 西折遇熊津 縮爲巨嶽者 曰鷄龍山 水發龍潭茂朱二縣 合湊于錦 過永沃淸三州 至于公 爲錦江 折而爲泗沘 瀰漫逶迤 入于海者 曰熊津 公爲州 以鷄龍爲鎭 熊津爲襟帶 其爲勝 可知也已

차령 이남에 산천의 맑은 기운이 충만하고 쌓여서, 큰 고을을 이룬 것에는 오직 공주가 제일이 된다. 대개 장백산 한 갈래가 바다를 끼고 남쪽으로 달려 계림에 이르러서는 원적산이 되고, 서쪽으로 꺾여서 웅진을 만나 움츠려 큰 산악을 이룬 것을 계룡산이라 한다. 물이 용담·무주 두 고을에서 근원을 발하여 금산에서 합수되어, 영동·옥천·청주 세 고을을 지나 공주에 이르러 금강이 되고, <또> 꺾여 사비강이 되어서는 더욱 큰 물을 이루어 길게 구불구불 바다로 들어가는 것은 웅진이라 이른다. 공주는 계룡산이 진산이 되고, 웅진이 금대(둘러쳐 보호하는 띠)가 되니, 그 <산천의> 아름다움을 알겠도다.

居正 少遊公城, 登錦江樓 眺覽之富 實愜前聞矣 而但距州尙遠 非跬步可致 州之客館秋隘 又無樓觀可登 使人悶悶然 客館東有蓮亭數楹 小可庚猶矣 而規模狹陋 不足快於心 以是爲一州之欠

거정이 젊었을 때 공주에 와 놀면서 금강루에 올라보니 그 조망의 풍부함이 과연 전에 듣던 바와 같았다. 그러나 주와의 거리가 멀어서 잠깐 동안에 갈 수 있는 데가 아니었고, 주의 객관은 누추하며 좁고, 또 올라 볼만한 누각도 없어, 사람들로 하여금 답답함을 느끼게 하였다. 객관 동쪽에 연정 두어칸이 있어 조금 머뭇거릴만 하나, 규모가 너무 좁아서 마음을 상쾌히 하기에는 부족하였다. 나는 이것을 이 한 주의 큰 결점이라 생각하였었다.

往者 吾族姪花山權公軆 出牧于州 人有語予者曰 權公撤蓮亭 構樓于其

東 事垂訖 而適歲歉 未及落成 歲癸巳 南陽洪嘉善錫爲判牧 政脩弊袪 更卜
地于東軒之東 移其樓改構若干楹 使華賓客之戾至 輒登臨觴詠 州之運物精
彩 百倍於前矣 侯今介禮賓寺正 金公首孫 求名與記 予曰 樓之勝非一二 而
莫勝於聚遠 盖遠取諸勝 而聚之一樓也

　전일에 나의 친척 조카 안동 권공(安東權公) 체(體)가 이 주에 목사로 되어
나갔는데, 누가 내게 말하기를 ,"권목사가 연정을 헐고 그 동쪽에 누각을 세
우다가 공사를 거의 마칠 무렵에 마침 흉년이 들어 낙성을 보지 못하였다."
하였는데, 계사년(성종4, 1473)에 가선대부(嘉善大夫) 남양(南陽) 홍석(洪錫)
이 판목으로 와서 정사가 잘 다스려져 폐단이 제거되자 다시 동헌 동쪽에 자
리를 택하여 누각을 옮기어 몇칸을 고쳐 지어서 사신과 손님들이 오면 매양
이 누에 올라 술마시고 시읊으니, 이 주의 풍경의 정채가 전보다 백배나 되었
다 한다. 목사가 이제 예빈시정(禮賓侍正) 김수손(金首孫)공을 통하여 나에
게 정자의 이름과 기문을 청해 왔다. 나는 말하기를 "이 정자의 좋은 것이 한
두가지가 아니되, 먼데 것을 모은 것【취원(聚遠)】보다 더 좋은 것이 없다."
고 하였으니 이는 대개 멀리있는 모든 좋은 경치를 이 한 누로 모아 들인다고
한 것이다.

登樓以望 則左右前後 映帶湖山 凡上下數百里之間 田野之綿曠也 閭閻
之比錯也 津梁跋涉之險艱也 阮宇行旅之間關也 耕者耰者 樵者牧者 畋漁
者 販鬻者 人之生育往復者無窮 至如朝陽夕陰 四時相禪 雨露霜雪之變遷
也 草木花卉之榮悴也 自飛自鳴 自形自色 囿於形氣之中者 氣象不同 一擧
目而盡得之矣 嗚呼 何其遠之聚于樓如是也哉 登覽之勝 又可旣乎

　누에 올라 바라보면 좌우와 전후에 산과 강이 두루 비쳐, 무릇 아래 위 수
백리 사이에 저 들판의 광활한 것, 여염집의 즐비한 것, 나루터와 다리에서 발
벗고 건너는 고생됨과, 역원에 드나드는 나그네의 괴로움과, 밭 가는 자, 누에
치는 자, 나무하는 자, 소 말 먹이는 자, 고기잡는 어부, 물건파는 장수들, 사
람들의 생활이며 오가는 자가 한이 없다. 아침에 해 뜨고 저녁에 그늘져서 사
철이 서로 바뀌는데, 우로상설의 변천과 초목화훼가 피었다가 지는 것이며,
스스로 날고 스스로 울며, 스스로 모양을 이루고 스스로 빛을 내어 형기 속에
담겨 있는 자가 그 기상이 각기 같지 않은 것 들을 이 누에서 한번 눈을 들어

다 볼 수 있다. 아, 어쩌면 멀리서 이 누에 모여드는 것이 이와도 같은가. 올라
구경하는 좋은 경치를 어찌 이루 다 말하지 않으리요.

然樓觀之設 非直爲遊玩而已 使登斯樓者 望田野 則思稼穡之艱難 望閭
閻 則知民生之疾苦 望梁津曰 何以利涉乎川也 望行旅曰 何以願出於野也
見窮民生業之不一者 則思所以肉骨以燠寒 以至山川草木 鳥獸魚鼈 莫不思
所以祇若焉 於是遠取於物 而聚之樓 聚之樓 而聚之心 此心常爲之主 而觸
於耳目者 不足以攪吾之心 則於名樓之義庶惑近之矣 而於牧民者之責 亦不
遠矣

그러나 누각을 세우는 것은 다만 놀고 구경하자는 것만이 아니요, 여기에
오르는 사람으로 하여금 들판을 바라보고 농사의 어려움을 생각하게 하고, 여
염을 바라볼 때에는 백성들의 고통를 알며, 나루터와 다리를 바라볼 때에는
어찌하면 내를 잘 건너게 할 수 있을까 하며, 나그네를 바라볼 때에는 어찌하
면 우리들판에 나오고 싶도록 할까 하며, 곤궁한 백성들의 생업이 한결같지
못함을 보고는 뼈에는 살을 붙여 주고 추운 데는 따뜻이 하여 줄 것을 생각하
며, 산천 초목과 조수 어별에 이르기까지 정성되게 하기를 생각하지 아니함이
없게 하려는 것이다. 이에 멀리는 물(物)에서 취하여 이 누에 모으고, 이 누에
모은 것을 다시 마음에 모아서, 이 마음이 항상 주(主)가 되어 내 눈과 귀에
부딪치는 것이 족히 내 마음을 흔들지 못한다면, 이 누를 취원이라고 이름한
의의에 거의 가까울 것이며, 백성을 다스리는 사람의 책임에도 또한 멀지는
않을 것이다.

予與洪侯有雅好之篤 且予前日有欠於州者 侯能擧而張皇之 予可無言乎
哉 侯嘗牧廣州 有惠政 至今民思之如父母 侯能移其理於公 公其有不理者
乎 侯將秩滿而還 侯雖去 而不去者樓也 然則公民之思樓 如甘棠之思召公
又何疑也 是可書已

내가 홍후(洪侯)와 평소에 두터운 친분이 있고, 또 내가 앞서 알고 있었던
공주의 결점을 후가 능히 크게 이루었으니 내 어찌 말이 없을 수 있겠는가.
후가 일찌기 광주(廣州)목사가 되어서 혜정(惠政)을 베푼 바 있어, 지금까지
도 백성들이 부모같이 사모하니, 후가 능히 광주에서 다스리던 것을 공주에

옮긴다면, 공주가 어찌 잘 다스려지지 않겠는가. 후는 장차 임기가 차서 돌아갈 것이나 후는 비록 가더라도 가지 않을 것은 이 누이다. 그러한즉 공주 백성들이 이 누를 생각하기를 옛날 주(周)나라 백성들이 소공(김公)이 자주 쉬던 감당(甘棠)나무를 보고 소공 생각한 것처럼 할 것을 또 어찌 의심하리요. 이것은 글 지을만한 일이도다.

(『웅진문화』 제8집, 1995)

견훤왕(甄萱王) 묘비문의 오자와 오류에 대하여

1. 문제제기

충남 논산시 연무읍 금곡리에는 후백제 견훤왕(867~935)의 능으로 전해오는 묘가 있다. ≪세종실록지리지(世宗實錄地理志)≫를 비롯한 여러 지리지에서는 "은진현 남쪽 12리 풍계촌(또는 봉계촌)에 무덤이 있는데, 세속에서 견훤왕의 무덤이라고 한다."는 기록이 있다.

얼마 전까지 무덤 앞에는 '전견훤묘(傳甄萱墓)'라는 제목의 안내판이 세워져 있었으나, 지금은 '전(傳)'자를 제거하여 '견훤왕릉'이라 표기되어 있다.

이 묘는 지방자치단체에 의해 충남도 기념물 제26호(1981)로 지정되어 소략한 내용을 소개한 안내판이 세워져 있었을 뿐, 세간의 주목을 받지 못하여 그다지 알려지지 아니하였으나, 최근 모방송국의 드라마(태조 왕건) 방영 이후 갑자기 세인의 관심을 끌게 되었다. 이제는 거의 관광명소로 자리 잡아 많은 사람들이 찾는 곳이 되었다.

따라서 이제는 왕릉의 실체에 대하여 역사적 고증이나 사적 정비 등이 요구되고 있다. 예컨대 묘비를 살펴보면 비문의 여러 곳에서 오류가 발견되는 바, 이러한 문제점도 거론하여 바로 잡을 필요가 있다고 본다.

2. 비문의 오자와 오류

견훤왕릉의 전면 좌편에 세워져 있는 비석은 1970년 1월 22일 후손들
에 의하여 세워진 것으로서 600여자의 한문으로 새겨져 있다. 논의의
편의상 비문 전문(全文)을 지면에 옮겨 싣고 문제된 곳에 표시한 다음
순차대로 검토하기로 한다.

(甄萱王 墓碑文)

嘗按東史則王始爲誕生于尙州加恩縣幼時其父阿慈介往耕于野其母亦與
耭焉臥兒於林下適有大虎來乳無恐而吮之父母見而異之且驚且喜曰壯哉萱
也後必起吾家者此兒也王稍長體軀確偉志氣倜儻大有志畧年甫六七能嫻兮
射武藝絶倫九歲之時己拘大志入唐窺勢 ㉠還歸羅京歷戰西南海隅屢建奇功
受封稗 ㉡將威聲聞遠時羅主昏淫日事宴樂期綱敗弛收斂苛酷民苦塗炭王知
其羅運之將訖也潛懷異志朝興百濟乃糾 ㉢合同志收攬豪傑首昌義擧所過郡
縣望風歸順旬月之間得衆數萬占據城池時士民欲奉爲王王乃致誠告天就位
宇完山受百官之朝禮誓于衆曰予雖不德將以雪義慈王之宿憤衆皆勉之自此
發政施仁人心歸附四方呼應簞 ㉣食壺漿迎勞慰安頌祝萬歲先入羅京易置新
王以延羅祚又遣使於吳越互講和親期乎復興百濟定王起霸矣嗚呼惜哉大業
未半而中途偶嬰身恙入山療養禪位于子 ㉤子不修政遂失其國以堯舜之聖德
其子不肖此非人力之所能爲天也奈何噫甄王之沒距今千有餘載世代寢遠陵
塚失護黼晩之藏久未詳焉王之後孫等慨然發憤于此而使先王之偉業盛烈永
不可墮地於是乎廢寢忘啖之東之南廣詢博採搜其古蹟乃至此邑質諸耆老之
傳說又攷論山邑誌驗其陳跡得其確證信無可疑然後乃闢章萊更可修葺立石
記文復使先王之德業燦然復明于世是蓋爲千萬古稀罕之事也此豈非甄王之
平生施爲務在於行善爲仁故天其默佑保厥子遜而使有余日之榮顯也哉立石
之前日其後孫囑余以記文以余蔑學何敢當也固爲推辭迺强其所不能者一則

喜甄王之業績永傳於無窮也一則以感後孫之誠悃懇篤於報本也引用傳史之
實狀玆以記立石之顚末焉

　　檀紀四千三百三年庚戌正月二十二日
　　探史 任英源
　　淸州后人 韓澤洙 謹識
　　後孫 永鐘 謹書

　　먼저 오자(誤字)를 검토해 보자
　　㉡ '패장(稗將)'의 '패(稗)'자는 '비(裨)'라야 옳다. '비(裨)'는 논에 자라
는 풀'피'를 가리키는 '돌피 패'자로서 패관(稗官)이나 패사(稗史) 등에
쓰이는 글자이다. '비(裨)'는 '도울 비'자로서 부장(副將) 성격의 관직인
'비장'에는 '비장(裨將)'이라고 써야 한다.
　　㉢ '두합(糾合)'의 '두(糾)'자는 '규(糾)'로 써야 옳다. 두(糾)는 '고하다',
'알리다'의 뜻을 가지며 음(音)은 '두'이다. 한편 '규(糾)'는 '모으다'의 뜻
이며 음(音)은 '규'이다. 그러므로 세력을 규합한다고 할 때에는 '규합(糾
合)'이라고 써야 옳다.
　　㉣ '점식호장(簞食壺漿)'의 '점(簞)'은 '단(簞)'으로 써야 옳다. '점(簟)'
은 삿자리(죽석(竹席))의 뜻이며 음은 '점'이다. '단(簞)'은 '도시락'을 뜻
하며 음은 '단'이다. 원래 '단식호장(簞食壺漿)'은 '도시락밥과 병에 담은
초장'으로서 '보잘 것 없는 음식'을 뜻한다. 여기에서는 백성들이 견훤왕
의 군사를 환영하기 위하여 성의껏 장만한 음식을 가리킨 것이다.

　　다음은 내용상에 문제가 되는 곳을 살펴본다. 본고에서 내용상 문제
된 곳을 오류라고 표현하는 데는 이론이 있을 수 있으나, 비문의 기술이
현존 사료(史料)와 현저히 위배되거나, 전혀 실증이 안 되는 것이라면
우선 그렇게 보아도 무리가 없으리라고 본다.

예컨대, ㉠'입당규세(入唐窺勢)'(당나라에 들어가서 형세를 엿보다)에 대하여는, 견훤왕에 대한 기술이 비교적 상세한 ≪삼국사기(三國史記)≫ 열전(列傳)이나 ≪삼국유사(三國遺事)≫의 <견훤(甄萱)>조에 모두 언급되지 않고 있다. 만약에 견훤이 입당하였다면 그 시기는 그가 장성하여 신라군에 편입되기 전 개인적인 신분으로 입당하였거나, 아니면 신라군에 복무하던 기간 중의 어느 시기였음을 상정할 수 있겠다. 앞의 경우 확인할 길이 없다고는 하나, 그가 20세 안팎의 나이에 개인적인 신분으로 입당한다는 것은 실현가능성이 없는 것으로 파악된다. 뒤의 경우 역시 당시 견훤이 20대 초반의 젊은 나이로 신라의 서남해안에서 하급무관으로 복무하던 시기였음을 감안한다면, 또 국가의 견당사신의 공식사절에 참여할 수 없었을 것으로 추정된다.

≪삼국사기≫에 의하면, 헌강왕 11년(885년, 견훤 19세)에 최치원이 당나라로부터 귀국하고, 동년에 황소(黃巢)의 난을 평정한 당에 축하사절을 보낸 기록이 있으며,[1] 곧 이어 정강왕(定康王)의 즉위(886년)와 진성왕(眞聖王)의 즉위(887년) 잇달아 있었기에 당나라의 책봉을 받기 위한 사절을 보낸 것은 확인되고 있으나, 이때 역시 견훤과는 무관한 것으로 판단된다.[2]

이후로는 진성여왕대의 문란한 국정과 이어지는 기근에 따라 각지에서 도적이 봉기하였으므로, 신라 왕실에서는 견당사절을 파견하기 어려운 실정이었다. 견훤 또한 이때의 혼란기를 틈타 진성여왕 6년(892년, 견훤 25세)에 무주(광주) 지역을 거점으로 하여 신라 왕조에 반기를 들

---

1) ≪삼국사기≫, 제 11권, 헌강왕 11년 조 "三月崔致遠還……遣使入唐 賀破黃巢賊"
2) 위의 책, 진성왕, 원년 부서(附書) "崔致遠文集 第二卷…「納旌節表」云 臣長兄國王晸 以法光啓三年七月五日 奄御聖代 臣姪男嶢生未周晬 臣仲兄晃權統藩垣 又未經朞月 遠謝明時"

었던 것이다.[3]

다음으로 ㉤ "中途偶嬰身恙 入山療養 禪位于子"(중도에 뜻밖에 병에 걸려 입산요양하다가 아들에게 왕위를 물려주다.)라고 한 내용은 많은 문제점을 안고 있다. 실제로는 왕권 계승을 둘러싸고 하극상이 일어났기 때문이다. 곧 견훤왕이 장자 신검(神劍) 세력에 의해 금산사에 유폐당하고, 왕위를 찬탈당한 것을 그와 같이 분식(粉飾)하여 기술하고 있기 때문이다.

이때의 상황은 삼국사기 열전에 자세히 기록되어 있다.

견훤은 아내를 많이 취하여 아들 10여명이 있었는데, 넷째 아들 금강이 키가 크고 지혜가 많았다. 훤이 특별히 사랑하여 왕위를 전하려고 생각하였다. 그의 형 신검, 양검, 용검 등이 알고서 근심하였다. 이때에 양검은 강주 도독으로 있었고, 용검은 무주 도독으로 있었으며, 오직 신검만이 측근에 있었다. 이찬 능환이 강주, 무주에 사람을 보내어 양검 등과 음모하고 청태(오대 후당 말제의 연호 : 필자 주) 2년(935) 봄 3월에 파진찬 신덕, 영순 등이 신검을 권하여 견훤을 금산사에 유폐시키고 사람을 보내어 금강을 살해하였다.[4]

《삼국유사》 역시 위 《삼국사기》의 내용을 그대로 인용한 다음, 당시의 상황을 덧붙여 기술하고 있다.

처음 견훤이 잠자리에서 일어나지 아니했을 즈음 궁궐에서 고함치는 소리가 멀리 들리자 "이게 무슨 소니냐"고 물었다. 아버지에게 고하기를 "왕께서 연로하여 나라 일에 어두우므로 장자인 신검이 부왕의 자리를 섭정하게 되자,

---

3) 위의 책, 진성왕, 6년조 "完山賊 甄萱據州 自稱後百濟 武州東南郡縣降屬"

4) 《삼국사기》, 제50권, 견훤 "甄萱多娶妻 有子十餘人 第四子金剛 身長而多智 萱特愛之 意慾傳其位 其兄神劍良劍龍劍等知之 憂悶 時良劍爲康州都督 龍劍爲武州都督 獨神劍在側 伊湌能奐 使人往康武二州 與良劍等陰謀 至淸泰二年春三月 與頗珍湌神德英順等勸神劍 幽萱於金山佛宇 遣人殺金剛"

여러 장수들이 기뻐하며 외치는 소리입니다." 곧 아비를 금산사에 옮기고 파
달 등 장사 30인으로 하여금 지키게 하였다.[5]

이상의 기록들에서 보면 후백제 왕위의 계승은 선위가 아니고, 견훤
왕과 장자 신검간의 세력 다툼에 의해 찬탈된 것이었음을 말해주고 있
다. 또한 그 때문에, 금산사에 갇혀 있던 견훤이 탈주하여 고려에 투항
하게 되었고, 이어 고려 군사를 인도하여 도리어 자신이 세운 후백제를
쳐서 멸망케 하는 비극이 빚어졌던 것이다.

3. 제언

이상에서 살펴본 바와 같이, 후백제 견훤왕의 비문에서 보이는 오
자·오류 등의 문제점은, 비록 그 비문이 한문으로 새겨져 있어 잘 드러
나지 않는다 하더라도 조속히 시정되어야 할 것이다. 그동안 동족의 문
중이나 후손들의 노력에 의해 잊혀졌던 왕릉의 소재가 확인되고, 또 그
들에 의해서 비석이 세워진 것은, 그 자체로서 일정한 의미를 갖는다 하
겠다.

그러나 이제 후백제 견훤왕의 역사적 위상을 감안할 때 비문도 사실
적·객관적인 기조 위에서, 후삼국의 역사적 전개와 견훤왕의 역할 등
이 총체적으로 기술되어야 하고, 아울러 국민 일반이 쉽게 접근하고 읽
어 낼 수 있는 비석이 세워져야 할 것이다. 또한 왕릉의 사적 정비도 문
화유적의 성격에 걸맞는 수준에서 이루어져야 할 것이다. 참고로 비문
을 번역하면 다음과 같다.

---

5) ≪三國遺事≫, 紀異, <後百濟 甄萱> "初萱 寢未起 遙聞宮庭 呼喊聲 問是何聲歟
告父曰 王年老 暗於軍國政要 長子神劍 攝父王位 而諸將歡賀聲也 俄移父於金山
佛宇 以巴達等 壯士三十人守之"

(비문 번역문)

일찍이 우리의 역사를 살펴보면 왕은 상주 가은현에서 태어났다.

그의 아버지 아자개는 들에서 밭을 갈고 어머니는 김을 매고 있었다. 아이를 나무아래에 뉘어 놓았는데 마침 큰 호랑이가 와서 젖을 먹이자 두려워하지 않고 빨고 있었다. 부모가 보고서 이상하게 여기면서 한편 놀라고 한편 기뻐하였다. 그러면서 다음과 같이 말하였다.

"장하구나, 훤이여! 뒤에 반드시 우리 집안을 일으킬 자는 이 아이일 것이다."

왕은 점점 자랄수록 체구가 우람해지고 기상이 남달랐으며 크게 뜻을 품고 당나라에 들어가 형세를 엿보고 신라의 서울로 돌아왔다. 서남 해안 지역에서 여러 번 특별한 공을 세워 비장(裨將)에 임명 되었으며 명성이 멀리까지 들리게 되었다.

이때에 신라왕은 음란함에 빠져 날마다 성대한 잔치를 열어 즐기기에 바빴다. 조정의 기강이 무너지고 세금은 가혹하게 거두므로 백성은 도탄에 빠져 허덕이게 되었다.

왕은 신라의 운명이 장차 끝나게 될 것을 알고 몰래 다른 뜻을 품었다. 백제를 일으킬 것을 기약하고 곧 동지를 규합하고 호걸들을 모아서 의거를 앞장서서 외쳤다. 지나가는 고을마다 소문만 듣고도 귀순하여 열 달 사이에 수 만 군중을 얻고 성지(城池)를 점거하였다. 이때 군사와 백성들이 받들어 왕을 삼고자 하였다. 왕은 이에 정성을 들여 하늘에 고하고 완산에서 즉위하였다. 백관들의 예를 받고 모든 사람들에게 맹세하였다.

"내가 비록 부덕하나 장차 의자왕의 쌓인 원한을 씻고자 하니 모든 사람들은 힘써 달라."

이로부터 어질게 정사를 베풀자 인심이 쏠리고 사방에서 호응하여 음식(도시락밥과 병에 담은 간장)을 마련하여 맞이하고 위로하였으며,

찬양하여 만세를 불렀다. 먼저 신라 서울에 들어가 새로운 왕을 바꾸어 앉히어 신라의 조정을 이어가게 하였으며 왕업을 안정시켜 세력을 떨쳤다. 아 아! 아깝도다! 대업을 반도 이루지 못하고 중도에 몸에 병이 들어 입산 요양하게 되었다.

왕위를 아들에게 물려주었으나 아들이 정사를 닦지 못하여 드디어 나라를 잃게 되었다. 요와 순 임금의 훌륭한 덕에서도 그 아들은 못났었으니 이것은 인력으로서 되는 바가 아니고 하늘이 그렇게 한 것이니 어찌 하겠는가?

슬프다! 견훤왕이 세상을 떠난 것이 지금으로부터 천년이 넘는다. 시대가 멀어짐에 왕릉도 지키지 못하고 유품을 묻은 곳도 오래되어 자세치 못하게 되었다. 왕의 후손들이 분발하여 선대왕의 위대한 업적과 성대한 공을 길이 묻히게 할 수 없으므로 이에 잠도 잊고 먹는 것도 잊으면서 동쪽으로 남쪽으로 다니면서 널리 묻고 조사하여 옛 자취를 수소문하였다. 이에 이 읍에 이르러서 나이든 노인들에게 전해오는 이야기를 묻고 또 논산읍지를 참고하여 그 묵은 자취를 찾아내어 확실한 증거를 얻었으니 참으로 의심할 바가 없게 되었다.

그렇게 한 뒤에 대강의 글을 짓고 다시 내용을 다듬었으며 비석에 글을 새겨 다시 선대왕의 덕업을 찬연하게 세상에 밝히고자 하였다. 이것은 아마도 천고의 매우 드믄 일이라 하겠다. 이는 견훤왕이 평생 동안 선을 행하고 인정을 베풀고자 힘쓴 까닭으로 하늘이 그 자손들을 도와서 그들로 하여금 오늘날의 영광을 드러내게 한 것이 아니겠는가?

비석을 세우기 전날에 그 후손들이 나에게 비문을 부탁하였으니 나의 부족한 학문으로 어찌 감당할 수 있으리오. 본래 사양하였으나 아주 힘껏 할 수 없었으니, 한편으로는 견훤왕의 업적을 무궁토록 길이 전하는 것을 기뻐한 탓이며, 한편으로는 후손들의 정성과 근본보답의 독실함에 감동한 까닭이었다. 전해오는 역사 속의 실상을 인용하였으며, 이

에 비석을 세우게 된 전말을 기록하노라

　　단기 4303년 경술 정월 22일
　　임영원이 사료를 찾고, 청주 후인 한역수가 삼가 짓고, 후손 영종이
삼가 쓰다.

(熊津文化 제15집, 2002)

조선 후기 충남지역의 한문학

1. 머리말

일정한 경계를 중심으로 한 지역의 문학을 서술한다는 것은 쉽지 않다. 문학의 흐름이 한 지역에서 독특하게 형성되기가 어렵고 여타 지역과 상호 교류 속에 완성되기 때문이다. 그러므로 충남 지역의 한문학은 나아가 호서 지역의 한문학과 맥을 같이하고, 호서의 문학은 경기와 호남 지역과 합하여 기호한문학(畿湖漢文學)으로 발전하고 최종적으로 한국 한문학의 범주와 맥락에서 형성되고 있다. 또 시대 구분에 있어서도 문학은 한 시대에 한정적으로 이루어진 것이 아니라 면면한 시간의 흐름을 공유하고 있다.

이에 본고에서는 다음과 같은 시대적·지역적 경계를 바탕으로 서술하였다. 서술한 인물들의 시대적 한계는 임진왜란 이후 태어난 인물로부터 20세기 초 강제적 을사늑약(乙巳勒約)이 체결 될 당시까지 뚜렷한 업적과 저술을 남긴 인물로 한정하였다. 지역적 경계는 충남지역에서 태어난 인물 위주로 서술을 하였다. 과거와 현재의 행정구역이 일치 하지 않을 경우, 활동지역을 위주로 서술하였다. 이외에 충남에서 출생하지 않았지만 충남지역에 대표적 유적지가 있거나 활동을 한 인물도 포함하였다.

먼저 조선후기 충남지역의 한문학의 형성 배경을 살펴 본 뒤 대표적인 작가들을 유학가·문학가·실학가·애국지사 등으로 나누어 살펴보고자 한다.

2. 충남 한문학의 형성 배경

충남은 기후가 온순하고 금강 유역의 풍부한 농토와 삽교천·곡교천·무한천 유역의 내포(內浦)지역의 넓은 농토, 예당평야의 비옥한 농토들로 인해 과거 이래로 많은 사람들이 살기 좋은 '가거지(可居地)'로 여겼다. 조선 후기 학자인 청담(淸潭) 이중환(李重煥)은 그의 저서 ≪택리지(擇里志)≫에서 "충청도는 산천이 평탄하고 예의의 고장이며 서울의 권세가들은 거의 이곳에 전답을 마련해 두어 풍속이 서울과 다름없기 때문에 이곳에서 가거지를 찾을 만하다."라고 언급할 정도였다.

이와 같이 충남은 서울과 가깝고 평탄한 지역, 온순한 기후 등 뛰어난 지리적 환경으로 서울 권세가들의 유력한 생활지가 되었던 것이다. 예로 서천 지역의 한산 이씨·연기 지역의 부안 임씨·아산 지역의 예안 이씨·연산 지역의 광산 김씨·회덕 지역의 은진 송씨·논산 지역의 파평 윤씨 등 조선시대 유력 씨족들의 집단 주거지가 있다. 이로 미루어 보아 충남은 서울의 발달된 학문이 다른 지역보다 유입이 용이하였고 당대 유력한 인사들의 잦은 왕래로 지역 문화의 토대를 더욱 견고히 할 수 있었다.

충남 지역은 격변하는 조선 후기에 다양한 이념적 갈등이 표출된 곳이기도 하다. 또 조선시대 국가적 이념인 성리학과 대치되는 서양의 기독교가 많이 전파된 지역이기도 하다. 충남 서천군 서면의 마량리 일대는 한국 최초의 성경의 전래지이고, 한국 천주교 최초의 신부로서 순교

당한 김대건 신부는 당진에서 출생하여 내포지역은 물론 강경 등 각지에 복음을 전파하기도 하였다. 반면 1894년에는 동학운동의 최대 분수령이 된 공주 우금치 전투가 있었고 일제 침략이 노골화된 19세기 후반부터는 척화(斥和)와 독립운동을 주도한 인물들이 많이 배출되었다.

이상에서 밝힌 다양한 요소들이 조선후기 충남 한문학을 형성하고 풍성하게 할 수 있었던 요인이 되었다고 할 수 있다.

3. 주요 한문학 작가의 활동과 내용

(1) 정통 유학가의 한문학

조선후기 충남 지역에서 활약한 유학자들은 매우 많다. 원인은 앞서 밝혔듯이 수도 서울과 가깝고 물산이 풍족하여 지식인 계층들이 대거 거주했기 때문이다. 가장 대표적인 인물은 김장생·김집·송준길·송시열·이유태·윤휴·임헌회 등이다.

① 김장생(金長生 : 1548~1631)은 본관이 광산(光山)이고 자(字)는 희원(希元)이며 호(號)는 사계(沙溪)이다.

김장생은 13세 때 구봉(龜峰) 송익필(宋翼弼 : 1534~1599)로부터 사서(四書)와 ≪근사록(近思錄)≫ 등을 배웠고, 20세 무렵에 율곡(栗谷) 이이(李珥 : 1536~1584)의 문하에 들어갔다. 그의 관직 생활은 늦은 편으로 31세 때인 1578년에 학행(學行)으로 천거되어 창릉참봉이 되었고 철원부사를 지냈으나 이후는 관직을 그만두고 충남 연산으로 낙향하여 은거하면서 예학 연구와 후진양성에 몰두하였다. 조정에서 여러 관직을 제수했으나 사양하고 나아가지 않았다.

김장생은 당대 대표적 성리학자인 만큼 성리학에 기반을 둔 문학성향을 소유하고 있다. 아래 인용문은 송익필의 문집에 쓴 발문으로 시(詩)에 대한 생각을 살펴볼 수 있다.

시는 성정에 근본해서 느낌에 따라 나오므로 선악을 가릴 수 없음을 분명하게 알 수 있다. 그의 시를 읊고 글을 읽으면서 그 사람을 모른다면 옳겠는가? 선사께서는 평소에 성현의 글을 읽고 정자와 주자를 강설하시며 《소학》으로 스스로를 법을 삼았으니 문사는 특히 그 나머지일 따름이다. 그 시를 자세히 살펴보면 고아간일하고 유연자득하여 모두 학문하는 가운데 나온 것이므로 풍월을 읊조리는 자들이 그 만에 하나라도 본 뜰 수 있는 바가 아니요, 진실로 덕이 있는 자의 말이다. (《沙溪遺稿》, 권5, <龜峰集後跋>, "詩本性情, 隨感而發, 善惡之不可掩, 昭昭也. 誦其詩, 讀其書, 而不知其人可乎. 先師平日讀聖賢書, 講說程朱, 以小學自律, 文詞特其緖餘耳. 迹其詩, 高雅簡逸, 悠然自得, 皆自學問中出, 非吟風詠月者之所可髣像其萬一, 信有德者之言也.")

김장생은 시는 성정(性情)에 근본하고 있음을 지적하고 있으며, 또 '문사(글)는 그 나머지일 따름이다.'하고 하였는바, 이는 재도적 문학관(載道的 文學觀)에서 비롯된 표현이다.

김장생은 인조 즉위 뒤에도 향리에서 보낸 날이 더 많았지만, 그의 영향력은 인조 초반의 정국을 서인 중심으로 안착시키는 데 결정적인 구실을 하였다. 그의 문하에는, 송시열·송준길·이유태·장유(張維)·조익(趙翼)·윤순거(尹舜擧)·최명길(崔鳴吉) 등 당대의 명사가 즐비하게 배출되었다.

그의 저서는 《상례비요(喪禮備要)》 4권등 예에 관한 것이 주류를 이루며 경학에 관련된 저술과 시문집을 모은 《사계선생전서(沙溪先生全書)》가 전한다. 김장생은 1688년 문묘에 배향되었으며, 충남 연산의 돈암서원을 비롯하여 각지에서 그의 위폐를 모시고 있다.

② 김집(金集 : 1574~1656)은 본관은 광산이고 자는 사강(士剛), 호는 신독재(愼獨齋)로 부친은 김장생이다. 서울 정릉에서 태어났지만 대대로 기거한 곳은 충남 연산이다. 여덟 살에 천곡(泉谷) 송상현(宋象賢 : 1551~1592) 및 송익필에게 수학했는데, 이때 지은 시인 <대부송(大夫松)>을 본 간이(簡易) 최립(崔岦 : 1539~1612)은 재능을 크게 칭찬하며 문장의 수범이라 칭찬하였다. 그러나 김집은 문장학을 좋아하지 않고 성현의 학문에 전심하여 아버지인 김장생의 가학을 이어받았다.

18세 때 진사시에 2등으로 합격하였으나, 임진왜란 이후의 참혹한 현실과 격화된 당쟁에 염증을 느껴 대과(大科)에 뜻을 두지 않았다. 이후 1610년에 헌릉참봉에 제수되었으나, 광해군의 문란한 정치로 은퇴하였다. 인조반정 후 부여현감으로 천거 되었고 이후 임피현령을 지냈지만 잠시 후 사직하였고, 거듭된 벼슬에도 나가지 않거나 곧 사직하였다.

그의 문학 작품은 성리학적 사색의 깊이를 드러내고 있는데 다음과 같은 시가 있다.

고달프고 굶주려 오랫동안 고통스런 손님에게,	苦飢長痛客
어찌 반드시 평안했냐고 물을 수 있는가!	何必問安平
삶과 죽음은 오히려 정해지지 않아,	死生猶未定
하늘의 뜻은 정히 알 수 없도다.	天意政冥冥

(≪愼獨齋先生遺稿≫, 권1, <病中口占>)

김집은 평생 동안 성리학과 예학에 전심하였다. 특히 부친인 김장생이 편찬한 ≪의례문해≫ 등을 교정하고 편집하는 등 김장생의 예학을 전수하여 이를 체계화하였다.

김집은 당대 사림의 중추적 역할을 했으며 항상 초야에 묻혀 도(道)를 즐기고, 가학을 이어받으려고 노력하였다. 위로는 이이의 학문을 받아 예학을 일으킨 김장생을 이어받았고, 학문을 송시열에게 전해주어 기호학파를 형성케하여, 영남학파와 더불어 조선 유학계의 쌍벽을 이루었다. 저서로는 ≪신독재선생유고(愼獨齋先生遺稿)≫·≪의례문해속(疑禮問解續)≫ 등이 있다.

③ 송준길(宋浚吉 : 1606~1672)은 본관은 은진(恩津), 자는 명보(明甫)이고 호는 동춘당(同春堂)이다. 1606년 서울 정릉동에서 태어났지만 3세 때 아버지인 송이창(宋爾昌)을 따라 회덕으로 내려 왔다. 그는 송시열과는 11촌 숙질간이었으며, 후대 사람들에 의해 '양송(兩宋)'이라 지칭되었다.

송준길은 김장생의 문하에 들어가 ≪소학≫·≪주자가례(朱子家禮)≫ 등을 공부하였고 김장생 사후에는 김집에게 사사하였다. 1624년 19세 때 진사가 된 뒤, 학행으로 천거 받아 세마(洗馬)에 임명되었으나 20여 년 간 벼슬에 나가지 않고 학문 연구에 전념하였다. 효종이 즉위하자 기용되어 북벌정책을 추진하였고, 뒤에 대사헌·병조판서를 거쳐 원자보양관·이조판서·좌참찬을 지냈으며, 시호는 문정(文正)이다. 뒤에 영의정에 추증되었다.

학문적으로 송준길은 송시열과 함께 이이의 충실한 후계자로서 이이―김장생―김집으로 이어지는 기호학파의 주류를 형성했던 정통 성리학자였다. 특히 예학에 밝아 그의 문집에는 예설(禮說)에 관한 문답이 많으며, 스승인 김장생으로부터 예학의 종장이 될 것이라는 기대를 받았다.

그는 문학에도 시(詩)·서간(書簡)·기(記)·제발(題跋)·비지문(碑誌文)·잡저(雜著) 등 다양한 글을 남기고 있다. 그의 작품 중, 29세 때 요절한 딸의 죽음에 대해 쓴 <상녀광기(殤女壙記)>는 애통한 심정이 절절히 표현되어 있다.

아! 애석하다. 자식이 화를 면치 못한 것은 부모의 죄이다. 혹시 더운 날씨에 가마를 타고 먼 길을 달려간 탓에 생긴 병을 의원이 치료할 처방을 몰라서 비명에 요사한 것인가! 아니면 정자께서 말씀하시길, '사람이 해야 할 도리를 지극히 하지 못하고 어찌 하늘을 책망하겠는가.'라는 것인가! 아, 운명이로다!(《同春堂集》, 권18, <殤女壙記>, "吁惜矣. 不免水火, 父母之罪, 意者. 炎途之興走, 醫治之昧方, 有以致非命之夭耶. 抑程夫子所謂人理之未至, 容當責命於天者耶. 噫其命矣夫.")

송준길은 문장뿐만 아니라 글씨에도 뛰어났는데, 대표적 필적으로는 <충렬사비문(忠烈祠碑文)> · <윤계순절비문(尹啓殉節碑文)> 등이 현재 전해오고 있다. 저서에는 《동춘당집(同春堂集)》 · 《어록해(語錄解)》가 있다.

④ 송시열(宋時烈 : 1607~1689)은 본관은 은진이고, 자는 영보(英甫), 호는 우암(尤庵) · 우재(尤齋) · 화양동주(華陽洞主)이다. 송갑조와 선산 곽씨 사이에서 충북 옥천군 구룡촌에서 태어나 26세까지 외가였던 구룡촌에서 생활하다가 이후에는 회덕의 송촌동 · 비래동 · 소제동 등지로 옮겨가며 살았다.

1633년 그의 나이 27세 때 생원시에서 장원으로 합격, 이때부터 학문적 명성이 널리 알려졌고 2년 뒤인 1635년에는 후일 효종이 되었던 봉림대군의 사부로 임명되어 훗날 송시열의 정치활동에 많은 영향을 미쳤다.

송시열은 문학 방면에도 탁월한 업적을 남겼다. 송시열의 문학에 대해 윤봉구(尹鳳九)는 "선생의 글은 한 문구 한 글자라도 사람들이 모두 소중하게 여겼으며 선생의 편지나 금석문은 온 나라에 산재해 있으니, 신라와 고려 이래로 선생보다 더 많은 문장을 지은 사람은 없을 것이다"라고 하였으며, 임방(任埅)은 "우암 선생은 다만 도학만이 당시의 종주일 뿐 아니라 문장도 동방의 제일 대가였다"라고 극찬하였다.

송시열은 ≪송자대전(宋子大全)≫이라는 독특한 표제의 문집을 남겼는데, 이 문집은 방대한 분량이며 타의 추종을 불허할 만큼 많은 비지문을 남기고 있다.

아래 인용문은 임진왜란에 장렬히 전사한 송상현 신도비문의 일부분인바, 주인공의 우국충정을 탁월하게 묘사하고 있다.

> 슬프다. 일찍이 공은 포부가 있었지만 끝내 펴지 못하고 몸은 칼날 아래서 죽음을 맞이하니 공을 아는 사람들은 영원히 한스럽게 여겼다. 그러나 한 몸으로 수 백 년 동안 강상을 부지하여 위로는 해와 별과 함께 빛을 다투고 아래로는 산악과 더불어 우뚝하였다. 비록 공으로 하여금 자신이 온축한 것을 당시에 펴게 해서 후자를 전자와 바꾸게 한다 할지라도 어느 것이 득과 실이 되는지 하는 점은 속인과 함께 말하기 어렵다. (≪宋子大全≫, 권159, <泉谷宋公神道碑銘>, "噫. 公早有抱負, 竟不試而身糜鋒鏑, 識者追恨於無窮. 然以一身而撑拄數百年綱常, 上與日星爭光, 下與山嶽幷峙. 雖使公得行其所蘊於一時, 以彼易此, 孰得孰失, 此難與俗人言也.")

그의 제자로는 권상하 외에 김창협·이단하·이희조·정호·리선·최신 등이 뛰어난 제자로 알려졌다.

대표적 저술로는 ≪주자대전차의(朱子大全箚議)≫·≪이정서분류(二程書分類)≫·≪논맹문의통고(論孟問義通攷)≫·≪경례의의(經禮疑義)≫·≪심경석의(心經釋義)≫·≪찬정소학언해(纂定小學諺解)≫·≪주문초선(朱文抄選)≫·≪계녀서(戒女書)≫ 등이 있다.

5 이유태(李惟泰 : 1607~1684)는 본관이 경주이며 호는 초려(草廬), 자는 태지(泰之)이다. 금산 여동리에서 태어나 청년기를 진잠과 연산에서 보내고 장년기를 금산·진산·공주의 초외 등지에서 보내다 57세에 공

주시 상왕동에 정착하였다. 이유태는 김장생의 문하에 들어가 수학했고 김장생이 별세하자 김집에게 배웠다. 그는 송준길·송시열·윤순거·유계 등과 친밀하게 지냈는데, 특히 송준길·송시열과는 연산의 계상(溪上)에서 학문적 동지의 맹약을 하기도 하였다.

이유태는 유일로 천거 받아 잠시 관직에 나갔지만 평생 출사에 큰 뜻을 두지 않았다. 특히 병자호란 이후 '선비로서 벼슬할만한 의리가 없다.(士無可仕之義)'라는 입장을 내세워 출사하지 않는 등 산림의 한 전형을 보여 주었다.

그가 그토록 출사 하지 않은 이유는 다음 인용문에서 확연히 드러난다.

세상에 나가서는 천하에 도를 펴지 못 하고 물러 나와 산림에서 스스로 수양하지도 못 하면서 다만 좋은 벼슬자리에만 얽매인다면 부끄러움이 심한 것이다. 일이 실패하여 마음과 어긋나서 명분과 현실이 부합되지 않는 것 보다는 차라리 전야에 돌아와 호랑이와 표범이 산에 있는 형세와 같이 중망을 지니고 있어서 임금이 경모하는 마음이 있고 선비들이 삼가 본보기로 삼음이 있도록 함이 세도에 도움이 될 것이다. (≪草廬先生文集≫, 권23, <書迂齋李相國言行錄>, "出不能行道於天下, 退不能自修於山林, 徒爲好爵所麋, 則可恥之甚也. 與其事敗心違, 名實難副, 不若處畎畝, 持重望, 如虎豹在山之勢, 君有敬慕之心, 士有矜式之地, 於世道有補也.")

이유태는 도학뿐만 아니라 문학에 있어서도 좋은 글을 남기고 있는데, 특히 그가 남긴 440여 수의 시는 '거경존심(居敬存心)'의 진지한 학문적인 자세를 추구했고 자신의 내밀한 심상을 드러내기도 하였다. <차주부자운>의 일부를 살펴보면 다음과 같다.

작은 집 강가 봉우리 마주했는데,	小屋平臨江上峰
눈 깊어 산골 길 인적도 끊겼네.	雪深山逕斷人蹤
누가 알리 날 저물녘 인편이 이르러,	誰知日暮咸便至

술 한 병 편지 한통 전해올런지.   酒一甁來書一封

(≪草廬先生文集≫, 권9, <次朱夫子韻>)

6 윤증(尹拯 : 1629~1714)은 본관이 파평(坡平)으로 자는 자인(子仁), 호는 명재(明齋)이다. 장인인 권시(權諰 : 1604~1672)와 김집에게도 배웠다. 29세 때에는 김집의 권유로 당시 회천에 살고 있던 송시열에게 ≪주자대전≫을 배웠다. 송시열의 문하에서 특히 예론에 정통한 학자로 이름났는데, 특히 많은 문인들 중 유독 뛰어난 제자로 지목되었고, 주자의 성리학을 바탕으로 하는 '의리지학(義理之學)'을 체득하였다.

윤증은 붕당정치가 치열했던 시기에 소론의 영수로 당대 사상계 및 정계에 미치는 힘이 컸으며 문학적 방면에도 많은 업적을 남기고 있는바, 그의 작품들은 내질과 품격의 측면에서, 자연애·인간애·인문애를 바탕으로 다양하게 조화를 이루고 있다.

아래는 남강을 건너는 배 안에서 지은 시로, 그가 성리학자일 뿐만 아니라 풍부한 정감을 소유한 문학가임을 보여 준다.

맑은 강이 띠처럼 흐르는데,   清江一帶水
흰 바위는 칠성산 같구나.   白石七星洲
땅은 관동의 빼어남을 떨쳤고,   地擅關東勝
정자는 바다 위에 떠 있네.   亭臨海上浮
훨훨 새처럼 나는 듯 싶고,   扶搖疑鳥運
탁 트여 하늘에 노니는 듯.   汗漫想天遊
끝없는 석양 비치는 속으로,   無限斜陽裏
가벼운 배 저어 다시 올라가네.   輕舟更溯流

(≪明齋先生遺稿≫, 권2, <南江舟中, 次海山亭韻>)

7 임헌회(任憲晦 : 1811~1876)의 본관은 풍천(豊川)으로 자는 명로(明

老), 호는 전재(全齋)이다. 출생지는 천안군 입장면 산정리 외가에서 태어나 아산·연기·공주·천안 등지에서 학문 활동을 한 당대 제일의 산림이었다. 27세 때 회덕의 강재(剛齋) 송치규(宋穉圭 : 1759~1838)에게 배우고 1842년 32세 때는 매산(梅山) 홍직필(洪直弼 : 1776~1852)의 문하에 들어가 그의 고제(高弟)가 되었다.

임헌회는 우리나라 도통(道統)을 조광조, 이황, 이이, 김장생, 송시열 등으로 파악하여 이들 오현(五賢)의 문집 속에서 잠(箴)·명(銘)·찬(贊)·문(文)·부(賦)·시(詩)·사(辭) 등을 선발하여 ≪오현풍아(五賢風雅)≫를 편찬하고, 이들의 말을 모아 ≪오현수언(五賢粹言)≫을 편찬하였다.

그의 문인 간재(艮齋) 전우(田愚)는 다음과 같이 ≪오현수언≫의 의미를 부여하고 있다.

내가 일찍이 망녕되게 생각하면, 정암의 재주와 의지로써 퇴계의 덕학이 있고, 율곡의 이기와 합하고 사계의 예교를 따르며 우암의 의리를 세우면 그 사람됨이 거의 성인에 가깝다고 할만하다. 스승께서 일찍이 문인에게 명해 14권의 책을 만들어 학자들에게 생각과 행동으로 그 덕을 이루어 실체를 밝히고 세상에 쓰일 수 있게 하니 그 마음이 매우 지극하다 할 만하고 가르침이 바르다고 할 만하다. (≪五賢粹言≫, "愚嘗妄謂以靜庵之材志, 有退溪之德學, 契栗谷之理氣, 循沙溪之禮敎, 立尤庵之義理焉, 則其於爲人可謂幾乎聖者矣. 先師嘗命文人, 撤取五先生粹言爲十四卷, 使學者由思及行, 以成厥德, 明體適用, 用經斯世, 其用心可謂至矣, 立敎可謂正矣.")

임헌회는 주자와 송시열에 대한 존숭이 각별했다. 그는 공자를 배우기 위해서는 마땅히 주자로 부터 시작해야 하고, 주자를 배우기 위해서는 송시열로부터 시작해야 한다고 주장하였다. 그는 항상 대명유민(大明遺民)임을 주장하고 주자와 송시열의 의리정신을 본받고, 제갈량과 도연명의 우국·애민 정신을 이어받고자 했다.

(2) 개성적 문장가의 한문학

과거 충남 지역에서 활동했던 문인들은 많았다. 계룡산과 금강 등 유수한 자연 환경 등이 문인들에게 다양한 문학 소재를 제공했고 주옥과 같은 작품들이 생산되는데 일조를 했다. 이 장에서 거론할 대표적인 인물들은 김만중·박두세·송능상·신광수·이현규 등이다.

① 김만중(金萬重 : 1637~1692)은 본관은 광산이고 자는 중숙(重叔)이며 호는 서포(西浦)이다. 예학의 대가인 김장생의 증손자이자 김집의 손자이다. 그의 아버지 김익겸(金益兼)은 병자호란 때 피난 간 강화도에서 할머니 서씨 부인과 함께 순절하였고 이에 김만중은 유복자로 태어났다.

그는 많은 시문과 잡록, ≪구운몽(九雲夢)≫·≪사씨남정기(謝氏南征記)≫등의 소설을 남기고 있다. 일반적으로 그는 한문 소설가로 인식될 수 있겠지만 역작인 ≪서포만필(西浦漫筆)≫ 등을 통해 그가 한시·문에 많은 관심을 가지고 있음을 알 수 있다.

김만중은 진정한 문학작품이 무엇인가에 고민을 하면서 다음과 같이 언급하고 있다.

송강의 <관동별곡>과 <전·후미인가>는 우리나라의 <이소>이다. 그러나 한문으로 기록될 수 없으므로 다만 음악인들의 입에서 입으로 전수되거나 혹은 우리 글로 적어서 전해질 뿐이다.……지금 우리나라의 시와 문장이란 그 언어를 버리고 다른 나라의 언어를 쓴 것이다. 설사 흡사하다고 해도 앵무새가 하는 사람의 말일 뿐이다. 그러므로 거리의 나무하는 아이들이나 물 긷는 아낙네들이 노래하며 서로 화창하는 것이 비속하다고 하지만 그 진가를 따진다면 사대부들의 이른바 시·부와는 비교될 수 없다.(≪西浦漫筆≫, "松江關東別曲, 前後思美人歌, 乃我東之離騷, 而其以不可以文字寫之, 故惟樂人輩, 口相授受, 或傳以國書而已.……今我國詩文, 捨其言, 而學他國之言, 設令十分相似, 只是鸚鵡之人言, 而閭巷樵童汲婦, 咿啞而相和者, 雖曰鄙俚,

若論眞贋, 則固不可與學士大夫, 所謂詩賦者, 同日而論.")

김만중은 한시보다 우리말로 쓰어진 작품의 가치를 높이 인정하여, 정철의 ≪관동별곡≫·≪사미인곡≫·≪속미인곡≫을 들면서 우리나라의 참된 글은 오직 이것이 있을 뿐이라고 했다.

또 동파(東坡) 소식(蘇軾 : 1036~1101)의 ≪동파지림(東坡志林)≫의 영향으로 소설이 주는 재미와 감동의 힘을 긍정하여 자신이 직접 ≪구운몽≫·≪사씨남정기≫와 같은 소설을 창작하였다.

그의 저서로는 시문집인 ≪서포집(西浦集)≫, 비평문들을 모은 ≪서포만필≫ 등이 있다. 그의 행장에 의하면 <채상행(採桑行)>·<비파행(琵琶行)>·<두견제(杜鵑啼)> 등의 작품을 지었다고 하나 전하지 않는다.

② 박두세(朴斗世 : 1650~1733)는 본관은 울산이고 자는 사앙(士仰)으로 충남 예산군 대흥면에서 출생하였다.

1682년 증광문과에 갑과로 급제하여 목사를 거쳐 중추부지사에 올랐다. 문장에 능하여 수필집 ≪요로원야화기(要路院夜話記)≫를 저술하였다. 이 책은 1708년 지은이가 과거에 실패하고 시골로 돌아가는 길에 충청도의 요로원이라는 주막에서 하룻밤을 지내며 겪은 일을 다룬 작품으로 당시 사회의 정책·제도를 문답형식으로 신랄하게 풍자하였다. 원래 ≪요로원야화기≫는 한문본이지만 후대로 오면서 오히려 한글본이 유행하게 되어 현재 학계에서는 한글본에 대한 연구가 활발히 진행되고 있다.

한글본 ≪요로원야화기≫의 일부를 소개한다.

사람이 어찌 경향이 다르겠는가 마는 서울 사람은 진서를 못할 이 없고 싀골 사람은 언문도 못하는도다. 글을 못하면 어이 사람이라 하리오. 내 답하되

나도 글을 못해도 남이 사람이라 하니 어찌 반다시 글을 한 후야 사람이라 하리오. (≪要路院夜話記≫)

과거 시험에 낙방하고 돌아가는 초라한 행색의 시골 선비는 가는 곳마다 사람들에게 멸시를 당하였다. 날이 저물어서 요로원에 겨우 도착한 시골 선비는 양반이 묵는 한 주막에 들어가다가 종들에게 쫓겨날 뻔한다. 이 과정에서 서울 양반의 어리석고 교만함을 모두 드러낸다. 이를 통해 박두세는 당시 양반의 위선을 고발하면서 과거제도의 모순 등을 고발하고 있다.

이밖에 ≪삼운보유(三韻補遺)≫와 이것을 증보한 ≪삼보삼운통고(三補三韻通考)≫를 펴냈을 정도로 운학(韻學)에도 밝은 문장가였다.

③ 송능상(宋能相 : 1710~1758)은 본관은 은진이고 자는 사능(士能), 호는 운평(雲坪)으로 송시열이 그의 고조가 된다. 한원진의 문하에서 수학을 하면서 한원진으로부터 "모든 성현들이 서로 전하는 것은 '직(直)'자 한 글자니 함께 가지고 평생을 지내기를 바란다."라는 시를 써 주자 자신의 평생 좌우명을 삼았다. 그는 이이—김장생—송시열—권상하—한원진으로 이어지는 기호학파의 학문을 계승하였다.

그는 처음부터 과거에 뜻을 두지 않고 성리학에 침잠하였고 1740년 학행으로 천거 받아 세자시강원자의(世子侍講院諮議)가 되고 이후 장령·장악원정을 지냈다. 그는 34차례나 왕의 부름을 받았지만 사양하거나 출사해도 관직에 오래 머무르지 않았다. 만년에는 벼슬을 사임하고 묘향산에 들어가 학자들과 ≪대학(大學)≫을 강설하기도 했다. 그의 저서로는 ≪운평집(雲坪集)≫이 전하고 있다.

그의 작품인 <주중작(舟中作)>을 보기로 한다.

서늘한 강위, 작은 거룻배에 근심을 싣고,	寒江愁絶倚輕舠
10월의 바람과 파도는 높은 바다를 접하는 구나.	十月風濤接海高
멀리 눈길주어 아름다운 곳이 어딘가 보니,	極目嘉林何處是
조각구름과 외로운 나무, 높고 험한 바위산이라네.	片雲孤樹杳巖嶔

(≪雲坪集≫, 권1, <舟中作>)

잡저에는 그의 성리학 사상과 예학에 관련된 기록이 많은데, <계사전질의(繫辭傳質疑)>, <역학계몽질의(易學啓蒙質疑)>등 ≪주역≫에 관한 것과 <고비정목(皐比正目)>, <간서잡록(看書雜錄)>, <상예비요지두사기(喪禮備要紙頭私記)>, <독서법(讀書法)> 등이 있다.

④ 신광수(申光洙 : 1712~1775)는 본관은 고령(高靈)이고 자는 성연(聖淵)이며 호는 석북(石北)이다. 그는 충남 한산에서 아버지 첨지중추부사 신호(申澔)와 어머니 선산이씨 사이에서 장남으로 태어났다. 당쟁이 격화됐던 시기에 태어난 신광수는 초기에 벼슬길이 막혀 향리에서 시작에 힘쓰며, 번암(樊巖) 채제공(蔡濟恭 : 1720~1799) · 간옹(艮翁) 이헌경(李獻慶: 1719~1791) 등과 교유하였다. 39세의 늦은 나이에 진사에 올라 벼슬을 시작하였으며, 53세 때 금오낭으로 제주도에 갔다가 표류하여 제주에 40여일 머무르는 동안 제주도민들의 애환과 고충을 기록한 ≪탐라록(耽羅錄)≫을 지었다. 1772년 61세 때에 기노과에 장원하여 돈녕부 도정이 되었는데, 당시 영조가 극진히 대우하였다.

그는 시(詩)에 탁월한 재주를 가졌으며 특히 과시(科詩)에 능했는데, 그가 1746년 한성시(漢城試)에서 <등악양루탄관산융마(登岳陽樓歎關山戎馬)>('관산융마'로 약칭됨)로 합격하자 당시 사람들이 이 작품을 창으로 널리 불렀고 과시의 전범이 되었다.

신광수는 벼슬길에 오르기 전 매우 궁핍한 생활을 경험했다. 이때 몰락양반의 빈궁과 자신의 처지를 읊은 <서관록(西關錄)>을 지었는데, 사실적인 필치로 당시 사회의 모습을 보여주고 있고 농촌의 피폐상, 관리의 부정과 횡포 및 하층민의 고난을 소재로 택하였다.

1774년 관서지방의 풍속·고적·고사 등을 소재로 한 <관서악부(關西樂府)>를 지었던 바, 악부체인 <관서악부>는 후대인들의 극찬을 받을 정도로 한문학사상 중요한 위치를 점하고 있다.

다음 인용문은 <관서악부>의 일부분이다.

호화스런 고려 때, 서도에서 즐겼으니,	豪華麗代樂西巡
해마다 꽃에 달빛 어리던 대동강의 봄.	花月年年浿水春
공연히 묘청이 유병계를 꾸며내어,	空使妙淸油餠計
태평한 백성들만 피비린내 적셨구나.	太平民物汚腥塵

(≪石北集≫, 권14, <關西樂府>)

신광수는 동생인 기록(騎鹿) 신광연(申光淵 : 1715~1778)·진택(震澤) 신광하(申光河 : 1729~1796)·부용당(芙蓉堂) 신씨(申氏) 등과 함께 문명이 칭송되었고 이후에 이들의 문집이 합해져서 ≪숭문연방집(崇文聯芳集)≫이 간행되기도 했다. 이외에 그의 저서로 ≪석북집(石北集)≫ 16권 8책과 ≪석북과시집(石北科詩集)≫ 1책이 전한다.

5 이현규(李玄圭 : 1882~1949)는 본관이 용인(龍仁)으로 호는 현산(玄山), 자는 현지(玄之)로 부여에서 출생하였다. 어려서부터 병약했던 그는 남다른 노력과 독서로 세상에 이름을 날렸다. 33세 때 노성으로 제자 교육을 위해 나왔고 당시 위당(爲堂) 정인보(鄭寅普 : 1892~1950)와 문학에 대해 서로 품평하면서 교류를 넓히기도 하였다. 이현규는 성격이 소탈하고 격식을 중요시 여기지 않아 당시 성리학자로부터 비판을 받았지만 그의 호방한 성격과 문장은 당대 최고 문사 중의 한 사람인 심

재(深齋) 조긍섭(曺兢燮 : 1873~1933)에게 인정을 받았다. 그는 평소 고문(古文)에 많은 공력을 기울였고 천진한 가운데 문학을 향유하고자 노력하였다.

다음 인용문은 서문의 일부분으로 문학 경향을 자술하고 있다.

나는 게으르고 어리석었지만 고문사를 즐겨 말했다. 거의 죽어갈 정도로 곤궁한 삶에, 살아갈 방도에 능란한 사람이 이미 비웃었고 예법을 중히 여기는 선비들이 가깝게 하지 않아 벗할 만한 사람이 없었다. 그러므로 스스로 자연스러움에 맡겨지길 좋아함이 더욱 심해졌다. (≪玄山集≫, 권3, <贈金仲會序>, "玄簡慢迂拙, 而喜談古文辭, 窮厄瀕死, 才智治生之人, 旣治之, 而禮法修飾之士, 亦復不與. 兀兀無與爲徒, 其自喜任眞也益甚.")

인용문에서도 볼 수 있듯이 형식에 얽매이지 않는 선비임을 여실히 보여준다. 문집으로는 ≪현산집(玄山集)≫이 전해진다.

(3) 실학가와 개화사상가의 한문학

충남은 다른 지역보다 선진 문물의 유입이 활발했다. 특히 조선 후기 실학가 중 충남 출신이 많고 개화 사상가들도 적지 않다. 대표적 인물로 홍대용·이가환·이삼환·김정희·김옥균 등을 들 수 있다.

① 홍대용(洪大容 : 1731~1783)의 본관은 남양(南陽), 자는 덕보(德保), 호는 담헌(湛軒)이다. 그는 충남 천안시 수촌면 장신리에서 아버지 홍력(洪櫟)과 어머니 청풍김씨 사이의 장자로 태어났다. 12세 때 미호(渼湖) 김원행(金元行 : 1702~1772)의 문하에 들어가 수학을 했다. 청년기 때에는 여러 번 과거에 실패하여 중앙정계에 진출하지 못했지만 박학다식한 학문적 소양을 쌓아나갔다. 홍대용은 1765년 서장관으로 청나라에 가는 숙부 홍억(洪檍)을 자제군관의 신분으로 따라가 3개월 동안 북경

에 체류하면서 중국인 학자 엄성·반정균·육비 등과 친교를 맺고 청나라 고증학과 서양의 문물을 접하고 사상체계에 큰 변화를 겪게 되었다. 그의 진취적 성향은 북학파 가운데 가장 이른 것으로 당시 교우관계에 있던 박지원·이덕무·박제가 등에게 영향을 주어 북학파를 형성하게 되었다.

홍대용은 당시 부패한 지식인 계층에 대해 비판하면서 청나라의 선진 문물을 적극적으로 수용할 것을 주장하였다.

> 세속에서 말하는 '선비'는 세 가지 종류가 있다. 경학을 하는 선비, 문장을 하는 선비, 과거 공부 하는 선비이다. 이들은 문장의 소리를 공교롭게 하고 시의 운율을 갈고 닦으며 과거 길을 통해 명예와 이득을 얻고자 힘을 쓰는 사람들로, 지금 재능 있는 선비라고 한다. 그러나 이들은 내가 말하는 진정한 선비는 아니다. (《湛軒書》, <贈洪伯能說>, "世俗所謂士者三, 經學也, 文章也, 擧業之士也. 工聲韻習詩律, 役役于科宦名利之途者, 今之所謂才士也. 非吾所謂士也.")

저서로는 《담헌설총(湛軒說叢)》이 있고, 편서에 《건정필담(乾淨筆談)》·《주해수용(籌解需用)》·《담헌연기(湛軒燕記)》 등이 있다. 특히 《담헌연기》는 북경 방문의 산물로, 이후 박지원이 《열하일기(熱河日記)》를 쓰는 데 영향을 끼쳤다. 그 중에서 <유포문답(劉鮑問答)>은 당시 독일계 선교사를 만나 필담으로 주고받은 천주교와 천문학의 이모저모를 기록한 것으로, 조선시대 서양문물에 관한 가장 상세한 기록문으로 평가된다.

② 이가환(李家煥 : 1742~1801)은 본관이 여흥이고 자는 정조(庭藻)이며 호는 정헌(貞軒)이다. 성호(星湖) 이익(李瀷 : 1629~1690)의 종손으로 아버지는 영조 때 문권을 잡은 혜환(惠寰) 이용휴(李用休 : 1708~1782)이

다. 그는 예산에서 태어나 증조부인 이익의 가학을 계승하여 박학다식으로 세상에 이름을 날렸다. 이후 출사하여 채제공·정약용과 함께 남인 시파(時派)의 주도적 인물이 되었다. 이가환은 우리나라 최초의 영세천주교도인 생질 이승훈(李承薰 : 1756~1801)의 영향으로 서학에 관심이 많았다. 1784년 이승훈이 북경에 다녀온 뒤에는 이들과 천주교 교리에 관해 토론을 하고 감화를 받아 천주교 교리서를 국문으로 번역하기도 하였다.

문장에도 뛰어난 당대의 학자로 널리 인정받았으며, 특히 천문학과 수학에 밝아 일식·월식이나 황도·적도의 교차 각도를 계산하고, 지구의 둘레와 지름에 대한 계산을 도설로 제시할 수 있을 만큼 정밀한 수준에 이르렀다. 문학에 있어서 정약용은 '마치 귀신처럼 문자라고 이를 수 있는 것은 무엇이든 막힘없이 적어 내었고 정밀하게 연구하지 않은 것이 없었다.'라 했으며, 창강(滄江) 김택영(金澤榮 : 1850~1927)은 그가 부친 이용휴와 함께 기괴·참신한 문풍을 주도했음을 언급하였다. 다음 시에서는 경세제민(經世濟民)하고자 하는 이가환의 의지를 엿볼 수 있다.

막막한 인간 세상에서,	寞寞人間世
나의 인생은 어디로 가야 하는가!	吾生安所之
경세제민의 뜻은 쓸쓸하기만 한데,	蕭條經濟意
성스럽고 맑은 때를 만나 감격하였었지.	感激聖明時
서쪽 변방은 바람과 서리 속에 멀고,	西塞風霜遠
동쪽 관문에선 세월만 더디 흐르니,	東關歲月遲
어찌 알겠는가! 늘그막에,	豈知垂老日
떠도는 신세로 아직 기로에 서 있을 줄을.	瓢泊尙臨岐

(≪錦帶遺稿≫, 권2, <花江慢興(其一)>)

국왕 정조(正祖)의 신임을 받으면서 공조판서로 있었지만 1801년 신

유옥사에서 천주교도로 몰려 화를 당했다. 그의 문집으로는 《금대유고
(錦帶遺稿)》가 있으며 대부분의 저술은 전해지지 않는다.

③ 이삼환(李森煥 : 1729~1813)은 본관은 여주이고, 자는 자목(子木), 호
는 목재(木齋)이다. 이광휴(李廣休 : 1693~1761)와 해주 정씨 사이의 셋
째 아들로 태어났고 이가환과는 사촌관계이다.

18세에 국자시에 합격했지만 지병과 집안의 우환이 잦아 학문에 전
념하기 어려워 대과(大科)에는 뜻을 두지 않았다. 다행히 안산 첨성리에
서 출생하고 성장하였기에 이익으로부터 학문을 직접 전수받았다. 1763
년 이익이 타계하자 이듬해 충남 예산군 덕산면으로 거처를 옮겼고 성
호 학문을 연마하면서 후학을 양성하여 많은 문인을 두었다. 1786년 그
의 나이 57세 때는 <양학변(洋學辨)>을 지어 천주교 배척에 앞장서기
도 하였다. 당시 예산지역은 초기 한국 천주교의 전파가 활발했던 지역
이었다. 그가 <양학변>을 저술한 동기는 문인이나 가문의 사람들이 천
주교에 심취하는 것을 막고 유학을 지키는데 있었다고 할 수 있다.

다음 인용문은 <양학변>의 일부분이다.

저 양학은 새로운 문을 세우기를 꾀하여 중이 부처 섬기는 것을 가탁하고,
그 이름만 바꿔 하늘을 섬기는 것으로 여겨 중국 성인들의 말씀을 글로 써서
사람들이 그들의 잘못을 지적하지 못하도록 하지만 말하는 것이 스스로 모순
되고 잘못이 많다. 애석하게도 이를 배우는 자들이 미혹되어 깨닫지 못하고
있다. (《少眉山房藏》, 권5, <洋學辨>, "彼洋學者, 圖立新門, 假釋氏事佛
之法, 變幻其名以爲事天, 而文之以中國聖人之言, 欲使人不得指摘其罅疵,
然其爲言自相矛盾瘡疣百出, 惜其爲此學者之迷惑 而莫之覺察也.")

같은 해 사촌 이가환이 평안도 정주목사로 부임하자 9월부터 10월 사
이에 수행하며 그 일대를 여행하고 기행문 <관서기행(關西紀行)>을 쓰

기도 했다.

그의 나이 67세인 1795년 10월에 충남 온양의 서암 봉곡사에서 정약용 등 10여 인과 함께 강학을 열었다. 이 강학은 이삼환이 좌장이 되고 당시 금정찰방(金井察訪)으로 부임해 와 있던 정약용이 적극적으로 추진하여 이루어진 것으로 호서지방 성호학파의 존재를 확인해 주는 좋은 계기가 되었다. 이때 기록으로 정약용이 저술한 <서암강학기(西巖講學記)>가 전해지고 있다.

4 김정희(金正喜 : 1786~1856)는 본관이 경주이고 자는 원춘(元春)이며 호는 완당(阮堂)·추사(秋史) 이다. 충남 예산에서 아버지인 이조판서 김노경(金魯敬 : 1766~1837)과 어머니 기계 유씨 사이에서 출생하였다.

16세 때 북학파의 대가인 초정(楚亭) 박제가(朴齊家 : 1750~1805)의 제자가 되면서 고증학에 흥미를 가지게 되었다. 1809년 그의 나이 24세 때 동지사겸사은사(冬至使兼謝恩使)의 일행이 서울을 떠날 때 그도 부사(副使)였던 부친을 따라 연행 길에 올랐다. 이때 당시 청나라의 대학자였던 옹방강(翁方綱)과 완원(阮元)을 만나 이후 학문 활동에 큰 도움을 받게 되었다.

김정희는 청에 다녀온 뒤 금석 자료의 수집 및 연구에 몰두했다. 함흥 황초령의 신라 진흥왕 순수비에 관하여 고증과 해석을 했고, 1817년 조인영(趙寅永)과 함께 북한산에 올라가서 진흥왕 정계비의 실체를 밝혀냄으로써, 그때까지 막연하게 조선 초기의 승려 무학(無學)의 비석이라고 여겼던 설을 뒤집기도 했다. 이를 바탕으로 ≪금석과안록(金石過眼錄)≫과 ≪진흥이비고(眞興二碑考)≫와 같은 저술을 남겼고, 국내 금석학파의 형성에 기여했다.

서예에서도 우리나라 서예사상 독특한 지위를 점하고 있다. 모든 대가들의 장점과 다양한 서체를 집성하여 스스로 독자의 서법을 이룬 것이 바로 '추사체(秋史體)'이며, 환재(瓛齋) 박규수(朴珪壽 : 1807~1877)는 추사체의 독특함에 대해 "신기가 내왕하여 마치 바다와 같고 조수처럼 보인다."라고 언급했다.

문학방면에서는 기존 강고한 사대부 의식이나 성리학적 테두리에 국한하지 않고 평민층의 진솔한 삶과 애환 등을 소재로 다양한 작품들을 남겼다.

아래의 시는 집안 노복인 달준의 책 읽는 모습을 재미있게 묘사하고 있다.

돼지우리 소 외양간 옆에 발 개고 앉아,	盤坐牛宮豚柵邊
유달리 큰 쑥대머리로 펼친 책을 짓누르네.	蓬頭特大壓陳篇
천황씨 일만 팔 천자,	天皇一萬八千字
개구리처럼 울길 삼 년이던가 이 년이던가.	蛙叫三年或二年

(≪阮堂全集≫, 권10, <戲題贈達峻>)

그림에도 일가견을 이루어 현존하는 작품 중 <세한도(歲寒圖)>(국보 제180호) 등이 유명하다. 문집으로 ≪완당집(阮堂集)≫・≪완당척독(阮堂尺牘)≫・≪담연재시고(覃研齋詩藁)≫가 있다.

⑤ 김옥균(金玉均 : 1851~1894)은 본관이 안동으로 공주군 정안면에서 출생하였다. 자는 백온(伯溫), 호는 고균(古筠)이다. 김병태(金炳台)와 송씨 사이에서 장남으로 태어나 7세에 당숙인 김병기(金炳基)에게 입양되었다. 김옥균은 양부(養父)인 김병기가 강원도 양양부사로 임명되자 16세까지 강릉에서 율곡 학풍의 영향을 받으며 공부하였다. 이후 박규수와 유홍기(劉鴻基)에게 개화사상을 배워 1879년 동지들과 함께 개화당이라는 정치단체를 조직하여 갑신정변의 주도적 역할을 하기도 하였다. 1872년 문과에 급제하여 1874년 홍문관 교리, 1882년 임오군란이 수습된

뒤에는 승정원우부승지·참의교섭통상사무·이조참의·호조참판·외아문협판 등의 요직을 거쳐 조선의 자주 근대화와 개화당의 세력 확대에 진력하였다. 3차례의 일본 방문을 통해 선진문물을 습득하였고, 1884년 12월 4일에 우정국 준공 축하연을 계기로 박영효(朴泳孝 : 1861~1939)와 갑신정변을 단행하여 개화당 신정부를 수립하였다. 그러나 갑신정변이 청나라 군대의 개입으로 3일 천하로 막을 내리자 1884년부터 1894년까지 일본에서 망명 생활을 하고 1894년 중국 상하이로 건너가 있던 중 조선정부에서 보낸 자객의 습격을 받아 44세의 젊은 나이로 세상을 달리하였다. 그의 저서로는 ≪치도략논(治道略論)≫·≪갑신일록(甲申日錄)≫과 책명만 전해지는 ≪기화근사(箕和近事)≫ 등이 있다.

(4) 우국지사의 한문학

일반적으로 충남은 '충절(忠節)의 고장'이라 한다. 국가에 위기가 있을 때 마다 충남 지역의 우국지사들이 항쟁의 선봉에 섰기 때문이다. 특히 조선 후기와 일제 강점기 시기에는 어느 지역보다도 충남에서는 뛰어난 독립운동가 들이 많았다. 그 중 한문학에도 뛰어난 업적을 남긴 대표적 인물로는 최익현·송병선·이남규·이철영 등을 들 수 있다.

① 최익현(崔益鉉 : 1833~1906)의 자는 찬겸(贊謙), 호는 면암(勉庵)이며 본관은 경주이다. 1833년 경기도 포천 내북면에서 출생하여 1906년 대마도에서 수감 중 별세하였다. 비록 최익현은 충남에서 출생하지 않았지만 충남에서 활동을 했으며 청양군 모덕사에서 배향되어 우국충정의 표상으로 추숭되고 있다.

최익현은 화서(華西) 이항로(李恒老 : 1792~1868) 문하에서 공부했으며 1855년 명경과에 급제하여 권지승문원부정자(權知承文院副正字)를 시작으로 출사하였다. 1868년 사헌부장령이 되어 경복궁 중건의 중지·

취렴정책의 혁파·당백전의 폐지·4대문 문세의 폐지 등을 주장하며 대원군의 대내정책을 비판했다.

그는 내정을 간섭하고 강제적 수호 조약의 체결을 강요하는 외세에 강력이 맞섰다. 그의 상소문, 즉 <궐외대명소(闕外待命疏)>에는 우국충정이 잘 드러나고 있다.

외국 사람의 멸시는 오히려 뒤로 돌리더라도 국내의 경찰이 하는 일은 위로는 조정이 없고 아래로는 인민도 없는 듯합니다. 이 모양이 되어도 폐하께서는 오히려 분발하여 경계하시지 못하고 조정에도 세척하고 쇄신하지 못하니, 오백 년 종묘사직과 삼천리 강토의 백성이 어느 곳으로 가야 합니까? 신의 말과 생각이 여기까지 이르니 통곡하며 죽고 싶어 미칠 것만 같아서 어찌할 바를 모르겠습니다. (≪勉庵集≫, 권4, <闕外待命疏>, "外人之侵侮淸踏, 猶屬歇后, 而至於國內警察之擔任, 則上無朝廷矣, 下無人民矣. 如此而陛下猶不能奮發愓勵, 朝廷猶不能洗滌振刷, 五百年宗廟社稷, 三千里疆土生靈將付於何地乎. 臣言念及此, 痛哭欲死, 遂至於大發狂疾, 而靡所止也.")

최익현은 1905년 10월 을사늑약이 체결되자 11월 29일 <청토오적소(請討五賊疏)>를 올려 조약의 무효를 국내외에 선포하고 망국조약에 참여한 외부대신 박제순 등 을사오적을 처단할 것을 주장했다. 이어 1906년 74세의 고령으로 전라북도 태인에서 의병을 일으켜 일본군과 싸웠으나 패전, 체포되어 대마도로 압송되었다. 그 곳에서 단식하며 일제에 항거하다 그 해 11월, 병을 얻어 12월 30일 순국했다. 이듬해 1월 유해가 봉환되었고 문집으로 ≪면암집(勉庵集)≫ 48권이 있다. 1962년 건국훈장 대한민국장이 추서되었다.

② 송병선(宋秉璿 : 1836~1905)은 본관이 은진이며 송시열의 9세손으로 자는 화옥(華玉), 호는 연재(淵齋)이다. 그는 9세 때 백부였던 수종재(守宗齋) 송달수(宋達洙 : 1808~1858)에게 ≪소학≫과 성리학을 배웠다. 송

병선은 경연관·서연관·시강원자의·지평 등 조정의 여러 차례 부름이 있었지만 당시 혼란했던 정세에서 사양하고 출사하지 않았다. 성리학에 조예가 깊었는데, 그의 문집인 ≪연재집(淵齋集)≫ 권 17~22에 수록된 <수문잡지(隨問雜識)>를 통해 알 수 있다. 이외에 많은 저서를 남기고 있는데, ≪만제편(挽祭編)≫·≪무계만집(武溪謾集)≫·≪근사속록(近思續錄)≫·≪청파일기(靑巴日記)≫ 등이 있다.

비록 송병선은 출사하지 않았지만 조정의 대사나 문물제도의 변화에 대해 여러 차례 상소를 하여 쇠퇴한 조선의 국권을 회복하고자 하였다. 아래 시는 당시 조정의 신하나 지식인 계층들이 무너지는 풍속과 도통을 목격하지만 자신들의 이익만 생각하는 모습을 비판한 시이다.

시의를 두려워하여 중화와 오랑캐가 같아지니,	時議曉曉夷華同
우리나라 의관 지키기 어렵구나.	衣冠難保浿江東
산사람의 속에는 춘추가 있으니,	山人肚裏春秋在
천년토록 고결한 지조 흠모하리라.	千古長欽蹈海風

(≪淵齋集≫, 권2, <又吟一絶示同志>)

1905년 11월 일제에 의해 강제적 을사늑약이 맺어지고 국권이 찬탈되자 송병선은 직접 고종을 알현하고 <십조봉사(十條封事)>를 올려 을사오적을 처형하고 어진 학자들을 기용할 것과 나라의 기강을 바로 세울 것을 주장하며 을사늑약 반대운동을 전개하였다. 이후 망국의 울분을 참지 못하고 음독자살하였고 사후 1962년 대한민국 건국공로훈장이 추서되었다.

③ 이남규(李南珪: 1855~1907)는 본관은 한산(韓山)이고 자는 원팔(元八), 호는 수당(修堂)으로 아계(鵝溪) 이산해(李山海: 1539~1609)가 11대조가 된다. 이남규는 1855년 서울 미동에서 태어났지만 예산과 공주

에서 활발한 활동을 했다.

이남규는 약관의 나이에 성재(性齋) 허전(許傳 : 1797~1886)에게 사사하여 제자백가와 경사(經史)에 두루 통달하여 임오군란이 일어났던 1882년 문과에 급제하였다. 이후 홍문관교리·형조참의·안동부 관찰사·중추원 의관을 역임하면서 일제의 침략으로 혼란스런 상황에서도 신하의 본분을 굳건히 지키고자 하였다.

다음 상소문은 1895년 명성황후를 폐하여 서인(庶人)으로 삼으라는 칙령이 내리자, 이에 반대하여 올린 상소이다.

이 조칙을 선포하는 것은 정의가 아니기 때문에 의리로 보아 죽어야 마땅하며, 이 조칙을 선포하지 않는 것은 명을 거스르는 것이기에 죄로 보아 죽어야 마땅합니다. 어차피 죽어야 한다면 차라리 명을 어기고 죄를 받아 죽을지언정 정의롭지 못한 일을 해서 의리에 배반하여 죽을 수는 없습니다. (≪修堂集≫, 권3, <在永興以廢后勅命不奉事自劾疏>, "宣此詔, 不義, 法當死, 不宣此詔, 違傲, 罪當死. 等死, 寧可以違傲 死於罪, 不可以不義死於法.")

그는 고향인 예산으로 낙향하여 후진 양성에 힘을 쏟았고 마을에 향약을 설치하기도 하였다. 1905년 을사늑약이 강제로 체결되자 홍주에서 의병을 일으킨 민종식(閔宗植 : 1861~1917)을 적극적으로 도와주었으나 사건이 발각되어 공주 감옥에 구금되기도 하였다. 일본인들이 단발을 강요하고 일본 통치에 순응할 것을 요구하였지만 완강히 거부하자 피습당해 숨졌다.

문하에는 단재(丹齋) 신채호(申采浩: 1880~1936)·산강재(山康齋) 변영만(卞榮晩: 1889~1954) 등 훌륭한 후진이 배출되었으며 문집 ≪수당집(修堂集)≫이 전한다.

④ 이철영(李喆榮 : 1867~1919)은 본관은 경주이고 자는 계형(季衡), 호

는 성암(醒菴)이다. 1867년 충남 공주군 계룡면 상왕리에서 이홍제(李弘濟)와 상산 박씨 사이에서 태어났다. 그는 가학으로 9대조인 이유태의 학문을 전수 받아 공명을 좋아하지 않았다.

을사늑약이 체결되자 의병거사를 계획하고 <기의려문(起義旅文)>의 격문을 지었으나 뜻을 이루지 못했다. 이후 일본의 강제적인 호적 등록을 끝까지 거절, <치일국정부서(致日國政府書)> 등을 지어 항거하였다.

이철영은 당시 일제에 대한 항거로 여러 편의 한시를 남기고 있는데, 다음 작품은 그의 항일 의식을 엿 볼 수 있는 좋은 예이다.

철도란 어떤 길인가?	鐵道云何路
섬놈들이 틈을 타려는 길이니,	島夷乘隙路
다른 사람은 탈지라도 나는 타지 않으려네.	人行我不行
곽을 멸망시킨 것은 다른 길이 아니었지.	滅虢非他路.

(≪醒庵集≫, 권1, <甲辰以鐵路犯道山先寵事入京道中口號>)

이철영은 당시 경부선의 개통이 침략자인 일본인들의 노골적인 침략 의식에 있음을 간파하였다. 그는 침략자를 '섬나라 오랑캐(島夷)'라 극명히 거부하면서 일제에 대한 항일 의식을 분명히 표현하고 있다.

이외에도 1911년에는 부녀자 교육에 관심을 엿 볼 수 있는 <내범요람(內範要覽)>을 지었는데, 이 작품은 한글로 기록되어 있고 가사 1편이 수록되어 있다. 그 내용을 살펴보면, 첫째 부녀자들이 행동해야 할 일반규범, 둘째 착한 마음을 일으키게 하는 착한 행동과 나쁜 마음을 경계하기 위한 나쁜 행동의 예, 셋째 집안 예절의 절차, 넷째 육아법으로 나눌 수 있다. 이철영은 인륜질서의 회복을 목표로 풍속을 개량하고 부녀자들의 심성을 교화하기 위해 이 책을 저술하였다. 저서로는 ≪성암집(醒庵集)≫이 있다.

4. 맺음말

충남 지역은 과거부터 서울의 세족(世族)들의 가거지로 알려졌다. 그러므로 충남에서 출생하거나 활약한 대부분의 인물들은 충남 지역에 한정되지 않고 한국 한문학계에 거론할 인물들이 대부분이다.

17세기 이후 조선 후기부터 일제 강점기까지 인물들을 면면히 살펴보면 몇 가지 특징적인 면모를 발견할 수 있다. 임·병 양난 이후 중세 봉건시대의 질서가 붕괴될 무렵, 김장생·김집·송준길·송시열 등은 조선 후기 사상계와 정치계에 막강한 영향력을 행사했다. 붕당정치의 치열한 이념 대립 속에 이들은 노론의 중심 세력으로 활약했고 송시열의 경우는 문학에 있어서도 탁월한 업적을 남기기도 했다. 반면 노론에 대립적인 자세를 가진 인물들도 충남에서 다양하게 출현했음을 보여주고 있다. 이런 현상들은 충남지역이 조선후기 서울 지역에 필적할 만한 정치·사상의 중심적 위치를 점유하고 있음을 보여주는 반증이라 할 수 있다.

둘째, 다양한 문장가들이 출현하고 있다. 그 예로 당대 최고 문벌가였던 김만중·송능상 뿐만 아니라 남인에 속했던 신광수 등의 활약을 들 수 있다. 또 이현규 등의 활동은 근대에도 한문학이 충남 지역에서 역동적으로 형성되었음을 보여 주고 있다.

셋째, 17세기 조선후기로부터 19세기·20세기 초 근대 계몽기 시대에 충남 지역 지식인들의 세계관적 인식이 동아시아로 확대되고 있다는 점이다. 앞서 17세기 봉건사회의 결속과 붕당 정치의 출현에서 그 중심에 있었던 충남 지역의 학자들이 보수화의 틀에 얽매이지 않고 넓고 다양한 세계로 관심의 폭을 넓혀갔다. 실학으로 대표되는 사상적 변이는 홍대용·이가환·이삼환·김정희 등이 선진 문물과 사상을 흡수하고자 노력한데서 그 실체를 볼 수 있다. 또 이에 만족하지 않고 김옥균의 경우 혁신적인 개혁을 추구하였다.

넷째, 충남 지역이 조선후기 최고의 정치권력과 연계되어 있었지만, 일제 강점기 시기에는 충남의 지식인들이 적극적으로 외세와 대응하며 다른 지역에 忠節의 표본이 되었다. 성리학자였던 최익현과 송병선은 척화와 의병 활동, 순절 등 전통적 선비의 충절의 자화상을 백성들에게 제시하며 항일 의지를 천명했다. 이외에 이남규와 이철영 등 충남 지역의 유력인사들의 항일 행적은 충남의 위상을 재고하기에 충분하다.

충남 지역은 정치·사상·문화에 있어서 적어도 조선후기에 있어서 중심적으로 위치하고 있었고 유수한 인물들의 문학적 업적은 조선후기 문학적 유산을 더욱 풍부하게 했다고 볼 수 있다.

(충남도지, 2007)

성암(醒菴) 이철영(李喆榮)의 항일서한(抗日書翰)과 일기

1. 성암의 가계와 생애

(1) 가계(경주이씨(慶州李氏) 국당공파(菊堂公派))

惟泰　　　　　　　　　　顯
大司憲,文憲公 ── 生員 ──── 端蒙 ──────── 長浚 ──── 宗輅 ─┐
(號 草廬)　　　典設司別坐

夏榮 ─────────── 萬濟 ──┐── 鑌 ──┬── 在元 ── 光重 ─┘
　　　　　　　　　弘濟(出系) ─┘

夏榮(出系) ──────┬── 弘濟 ── 鍵
喆榮(醒菴) ───────┘

(2) 생애

성암(醒菴) 이철영(李喆榮)공은 고종 4년(丁卯 1867)에 공주군 계룡면 상왕리 중동골(현 공주시 상왕동)에서 출생하여 기미년(1919년) 53세로 작고하였다.

공은 고려 문신으로서 정당문학(正堂文學)을 지낸 이천(李儶)의 후예인 초려 이유태(李惟泰)선생의 9세손이 된다. 초려 선생은 조선 효종때 산림오현(山林五賢)의 한 사람으로 천거되어 북벌계획에 참여하였고, 이때 내정개혁과 향약의 실천을 통한 부국강병책을 제시하였으나 조정의 사정으로 시행되지 못하였다. 이후로도 왕사(王師)로서 또는 산림으로서 중외(中外)의 존망을 받았으나 명리(名利)와 사환(仕宦)에 뜻을 두지 않고 공주 중동골에 물러나 은거강학(隱居講學)하며 일생을 마쳤다.

성암공은 곧 초려 선생 이후 대대로 이어져온 가풍과 유훈에 충실하여, 역시 세속의 명리(名利)에 연연해 하지 않고 오직 학문에 정진하였으며 나라를 구원하는 길을 찾고자 고심하였다. 그리하여 공은 약관의 나이에 임고산(任鼓山, 헌회(憲晦):1811~1876, 고종 때 대사헌)의 문인이며 부여에서 의창(義倉)과 학당을 운영하던 장인 겸와(慊窩) 유대원(柳大源)을 찾아 강학과 훈도를 병진하면서, 선비로서 기상을 기르는 일방, 항일 의지를 더욱 굳혀 나갔다.

을사년(1904)에 치욕적으로 보호조약이 체결되자, 각지에서 의병이 일어났고, 이때 공도 분연히 격문을 지어 거병을 시도하였으나 뜻을 이루지 못했다. 이후로는 왜적의 시책을 일체 거부하였으니, 기유년(1909) 민적(民籍)을 새롭게 만들며 토지를 측량하는 정책에 반대하여 수백년 내려오던 산림과 전답을 빼앗기면서도 의지를 굽히지 않았다 (때문에 광복된 후 최근까지도 당내일가(堂內一家)가 모두 초근목피로 연명하였다 한다. 공은 일관되게 항거하여 기유년 일본정부에 항의하는 서신을 보낸 것을 기화로 일인 경찰서(부여,홍산)에 구금당하여 갖은 고초를 겪었으며, 경술년(1910)과 갑인년(1914)에도 수감되어 수십일 동안 옥고를 치르게 되었다. 이 과정에서 부여의 왜군 헌병, 홍산경찰서장, 공주의 경무부장 등이 수십명의 군사와 칼로써 위협하기도 하며, 때로는 회유도 하였으나 공은 끝내 굽히지 않고 당당하게 맞섰으며 공의 불굴의 기개와 선비다운 기상이 오히려 그들을 감복시켜, 종국에는 그들조차도 공을 '조선의 양반' '일등대남자(一等大男子)'라고 부르며 존경의 뜻을 표하였다.

공은 성리학설에 조예가 깊어 ≪사상강설(泗上講說)≫ 2권을 저술하였고, 가정교육을 중시여겨 부녀자들을 위한 「내범요람」1권을 저술하였으며, 시대상의 변화에 주목하여 무오국복록(戊午國服錄)과 갑오동란록(甲午動亂錄)을 저술하였다. 공의 사후에는 후배 문인들과 당내 자질(子姪)들이 공의 불굴의 기개와 우국정신을 이어받아 학문의 길에 정진하기도 하고 직접 항일 운동에 뛰어들어 목숨을 바치기도 하였다. 후일에 공의 정신과 업적을 기려 대통령 표창이 추서 되었고, 유림들에 의해서는 숭의사(崇義祠)가 세워져 지금까지 제향되고 있다.

2. 성암의 항일서한(抗日書翰)

(1) 〈치일국정부서(致日國政府書)〉

이 서한은 부여의 학숙(學塾)에서 훈장으로 있던 성암이 기유년(1909) 8월에 작성한 것으로서 첫번째 일본정부에 보낸 항의 서한이다. 대체로 일본 정부의 침략정책과 횡포를 격렬히 비판하고, 아울러 본인은 일본의 신민정책(민적정리)에 응하지 않을 것임을 밝히고 있다. 성암은 이로 인해 곧 바로 홍산 경찰서에 구금되었다. 서한을 번역하면 아래와 같다.

〈번역문〉

대개 하늘에는 한 개의 태양이 있고 백성에는 한 사람의 왕이 있는 법이다. 만약에 하늘에 두 개의 태양이 솟아나고 백성이 되어서 두 왕을 섬긴다면 이것이 어찌 하늘의 이치이며 이것이 어찌 사람의 도리이겠는가? 지금 일본은 이웃 나라 간 서로 친교하는 의리를 생각지 않고, 오로지 속임수와 위협으로써 여러 번 조약을 변경시켜 체결하고 마침내는 우리 정부를 빼앗기까지 하였으며, 우리의 오백년 종묘와 사직까지 전복시키고자 하고 우리의 3천리 강토를 빼앗아서 우리 억만 백성의 생명까지도 도탄에 빠뜨리고자 하고 있으니, 무릇 우리 군신과 백성들이 불구대천의 원수로 삼는 까닭이 어찌 전적으로 일본에 있지 않으리오. 이것이야말로 우리나라 충신열사들이 피를 뿜으며 서로 궐기하는 것이요, 죽기를 편안히 여겨 마다하지 않는 까닭이로다.

철영(성암)은 본래 벼슬하지 않는 사람이다. 다행히도 예의의 나라에서 태어나 자라면서 훌륭한 교육을 받았으며, 성현의 글을 읽은터라 임금과 백성간의 의리 및 문화민족과 야만민족의 구분을 대강이나마 알게 된 것이 거의 40여년이 되었노라. 우리 조국이 거의 망할 때를 만나 이미 의거를 일으켜 복수하지도 못하고 이에 반대로 도끼를 무서워하여 호적(일본의 정책으로 추진하는)에 편입되어서 적국과 나란히 지낸다면 이것은 곧 임금을 잊고 원수를 섬기는 것이며, 문화 민족이 야만민족으로 변하는 것이며, 사람이 짐승이 되는 것이다. 무릇 이와 같이 된다면 살아서는 천지사이에서 있을 수 없으며, 죽어서는 지하에서 우리의 선대 임금들을 받들 수 없을 것이다. (그러므로)의리를 떠나서 구차하게 살기 보다는 차라리 죽는 편이 나을 것이로다. 이것이 (본인)철영이 필연코 호적 장부에서 빠지고자 하는 까닭이며 (차라리) 죽음을 택하여, 시황제 진나라를 부끄러워한 노중연(전국시대 제나라의 기개 있는 선비, 조나라 평원군을 설복시켜 진나라를 섬기지 못하게 하였음)처럼 같은 길을 가고자 함이다.

또한 시대적 상황으로써 논한다면, 동으로 점점 뻗어오는 서양세력을 막지 못한다면 동양의 멸망은 아는자를 기다리지 않고서도 누구나 알 수 있는데 어찌하여 강한 진나라가 틈을 엿보는 것은 걱정하지 않고, 쓸 데없이 여섯 마리 닭(한·위·조·연·제·초 등 6국)끼리 서로 싸워서 스스로 멸망의 길을 열어서야 되겠는가? 참으로 나라를 위한 영원한 계 책이 되지 않는다.

지금 일본은 비록 강대하나 그 망하는 것은 순식간이 될 것이다. 어떻 게 그것을 아느냐? 맹자가 제나라 선왕에게 말하길 "지금 또한 땅덩어 리가 갑절 늘어났다해도 어진 정치를 행하지 않으면 이는 천하의 군대 를 자극시키는 것입니다."라고 하였고, 또 말하길 "나무에 올라가서 물 고기를 찾는다면 비록 물고기를 얻지 못하지만 뒷날의 재앙은 없거니 와, 당신이 하는 방법으로써 하고자 하는 바를 이루려한다면 마음과 힘 을 다 하더라도 뒷날에 반드시 재앙이 있을 것입니다."라고 하였으니, 성인의 말씀을 어찌 속일 수 있으리오

하물며 일본은 조선과의 관계에서 병자년 강화부 조약이후로 겉으로 는 비록 자주보유와 평화상대, 불가 침략등을 영원히 지켜나간다는 조 약서가 있으나, 안으로는 우리 조선에게 흉측하고 그릇된 일을 행함이 날로 달로 더하여 남은 힘을 다 쏟고 있으니 어찌된 일인가?

대개 온천하가 다 아는 바로써 증거를 대 보면, 갑신년(1884) 죽첨진 일랑(다께조에 신이치로; 일본 공사. 일본인 낭인들을 동원하여 갑신정 변을 일으킨 김옥균, 박영효를 도와 살육을 자행한자)의 난에서는 우리 임금을 겁박하여 궁을 옮기게 하고 우리 재상을 살육하였으며, 갑오년 (1894) 대도개규(일본공사 오오토리, 군대를 이끌고 궐내에 침입한자)의 난에는 우리 궁궐을 약탈하고 우리의 전장과 문물을 훼손시켰으며, 을 미년(1895) 삼포오루(일본공사 미우라, 일본인을 이끌고 경복궁에 들어

가 민비를 살해한 자)의 변에서는 우리의 모후(국모)를 시해하였으니, 천만년 옛부터도 없는 반역이 되는데도 오로지 일을 감추고 덮으려고만 하며 죄짓고 도망한 적도를 일찍이 한사람도 잡아 보내지 아니하였다. 을사년(1905) 박문(일본대사 이토오), 권조(곤스께, 일본 공사), 호도(하세가와, 일본군 사령관, 후에 조선 제2대 총독)등의 변에서는 병사를 끄고 궐내에 들어가 윽박질러서 조약을 맺었으며(을사 보호조약), 정부를 협박하여 통감을 두어 지금에 이르렀고, 국가의 공적인 세금과 상을 내리고 형벌을 주는 것까지를 멋대로 하면서, 우리 궁전을 허물고 서울의 성곽을 뜯어내며 우리나라의 군대를 없애어 우리를 신하나 첩으로 삼으려 하고 또 노예로 삼고자 하고 있다.

그 외에도 인의를 어기며 바른 윤리를 무너뜨리고 충직하고 선량한 사람들을 붙들어 우리나라의 원기를 막고 끊으며 난잡한 도적들을 유혹하여 일으켜서 호랑이 앞장서는 귀신을 만들고, 우매한 백성들을 모집하여 묵서가(멕시코)에 몰래 팔아먹으며, 철도를 부설하여 무덤의 유골에 재앙을 끼치고 광산과 해운업을 차지하여 나라의 재원을 빼앗아 가며 돈과 화폐로 간계를 부려서 백성들의 고혈을 갈취하니, 무릇 전후의 이렇게 포학한 일은 손가락으로 셀 수 없을 정도이다. 이같이 전날 서로 조약맺은 맹세를 따르지 않을 뿐만 아니라, 장차 인종으로써 독한 모책을 행하여 우리나라 사람을 씨도 남기지 않으려고 하고 있다. 말을 하여 여기에까지 미치니 애통한 마음이 뼈 속까지 스며들어서 차라리 몰랐으면 하는 마음이 갑자기 들 정도이다.

옛적의 역사를 보아도 이와 같이 심한 경우는 있지 아니하였다. 하늘을 업신여기고 사람을 속인 죄와 이익을 탐내어 다른 사람을 해치는 실정은 제 선왕의 나라보다 백배 될 뿐만 아니니, 이제 일본은 아무리 미리 방도를 취한다 해도 뒤에 오는 재앙이 없을 수 있으리오. 또 천하의 군대를 불러드리지 않으리오? 천하의 큰 존재로서 일본의 작은 존재를 바라본다면 아득히 넓은 바다에 있는 한 덩어리의 진흙땅에 불과하니 천하의 날카로운 칼날을 상대하는 것은 역시 어렵지 않겠는가?

또한 추서(맹자)에서 말하되, "하늘이 도와주는 때도 지세의 이로움만 못하다."고 하였으니, 무릇 인화의 도리를 얻는 법은 세금을 낮추고 형벌을 가볍게 하여 민생을 두텁게 기르는데 있을 뿐이다. 이제 일본이 싸움터에서 군사를 잃고 재물을 허비하는 것으로써 헤아려보면, 다만 동서의 여러 나라와 원수를 맺을 뿐만 아니라 또한 일본국 스스로에도 백성을 두텁게 기르는 도리에서 어긋나고 있다.

공자께서 말씀하신 바, "계손이 걱정할 일은 전유(노나라의 부용국)에 있지 않고 자신의 담장안에 있느니라"한 것이 마치 또한 오늘날의 일본을 위하여 준비하신 말씀 같도다 하물며 악을 쌓으면 반드시 죽고 너무 세면 꺾이는 것이 이치의 자연임에랴! 그러므로 기세가 대단했던 폭군 걸왕과 주왕도 끝내는 남소 지방에 추방당하거나 목야에서 죽임을 당했고, 진왕(자영)과 항왕(항우)같이 강하고 잔혹한 존재도 지도(진왕 자영이 패공에게 항복한 곳)에서의 항복과 오강에서의 자결을 면치 못하였으니, 이것 또한 족히 일본이 두려워할 바로되 오히려 이것은 다른 나라 먼 시대의 혼란과 멸망이로다.

그러므로 일본이 일으켰던 직접적인 사건에 비추어서 쉽게 징계를 삼는 것이 더할나위없으리니, 옛적 임진년 일본이 조선을 침범했을 때는 용맹한 장수의 많음과 군대의 수가 진실로 오늘날보다 못지 않았으나, 그런데도 9년 전쟁에서 살아 돌아간자가 거의 없었으니 이로써 본다면, 이제 우리나라의 운세가 비록 한 때 막혔으나 마침내는 마땅히 하늘이 결정하면 사람을 이기는 것이니, 곧 어찌 오늘날 일본의 망함이 예전 임진난에서 겪은 잔혹한 일이 이어지지 않으리라고 알(보장할) 수 있으리오.

예로부터 그 나라를 오래 유지시켜 나갈자는 인민을 소중히 여기고 토지를 가볍게 여기지 않음이 없는데, 이제 토지 때문에 그 백성을 망가 뜨리면서도 그칠 줄 모르니, 무릇 누군들 나라를 보호하며 백성을 편안히 하는 방법이라 하겠는가? 참으로 이른바 습한것을 싫어하면서도 물이 내려오는 곳에서 살며, 죽고 망하는 것을 싫어하면서도 어질지 못한 일을 즐겨하는 자라고 하겠도다.

서전에 말하길 "하늘의 재앙은 벗어날 수 있으나 스스로 만든 재앙은 벗어나지 못한다."고 하였는데, 앞서 일컬은 걸왕, 주왕, 진왕, 항왕 및 일본의 임진난에서의 패망은 모두 스스로가 만든 재앙이니, 선인들이 내린 가르침을 힘쓰지 않을 것인가! 이쯤에 이르렀으면 오히려 그칠만한 때도 되었으니 "내 춤이 이미 벌어졌다(시작되었다)"고 말하지 말고, 전날에 행한 잘못을 고쳐서 믿음성 있게 의로운 일을 행하고 변함 없이 본심을 유지하여, 피차 두 나라로 하여금 각각 그 나라의 정치를 수행하여 영원히 서로 안정케 한다면, 어찌 한갓 우리나라만의 다행이 되리오! 귀국도 또한 배꼽 씹는 후회(사향노루는 배꼽의 향주머니 때문에 수난을 당하는데 이미 포수에 잡힌 뒤에는 그것을 물어 뜯어버리고자 해도 미칠 수 없음에서, 후회해도 이미 소용없다는 뜻이 나옴)가 없으리니 깊이 생각하고 생각할지어다

붓을 들어 가슴속 말을 쏟아놓음에 나도 모르게 말이 지루하게 많아졌도다 본군(홍산군) 주재 일본관원에게 부치어 그로 하여금 귀국의 정부에 전달토록 하노라. 옛사람들은 나뭇꾼과 목동에게도 묻는다 하였으니, 나무꾼과 목동이 보잘 것 없는 존재라고 하여 그 말까지는 버리지 않는다면 매우 다행이겠노라.

(2) 〈재치일국정부서(再致日國政府書)〉

위 서한에 이어 두 달 뒤인 기유년 이월에 작성한 것으로서 지난 번 1차 항의서한 때문에 홍산 경찰서에 구금된 바 있었으나 이에 굴하지

않고 두 번째로 일본 정부에 보낸 항의서한이다. 거듭 일본의 침략정책과 야욕에 대하여 그 부당성을 설파한 것인데 그 내용은 자신이 일본의 침략정책인 민적정리(民籍整理)를 거부하는 사유와, 자신의 항일 의지는 꺾이지 않을 것임을 재차 밝히면서, 차라리 속히 자신을 형벌에 처해 달라고 요구한 것이다. 첫 번째의 서한에 비한다면 한결 온전한 어조로서 일본 스스로 깨닫도록 일깨우려는 지은이의 의도가 엿보인다. 서한을 번역하면 아래와 같다.

〈번역문〉

무릇 어진사람의 마음은 천지로써 부모를 삼고 만물로써 한 몸으로 여기어, 그 인을 행하는 순서는 곧 친족을 친애하고 이어 일반백성을 어질게 대하는 것이며, 일반 백성을 어질게 대한 다음 다른 사물을 사랑하는 것이다. 철영(喆榮)이 비록 옛적의 어진 사람에게 미치지 못하나, 곧 그 뜻과 소원하는 것은 이와 같노라.

이제 천하가 시끄러워져서 무력과 용맹을 높이고 문화의 덕화를 보잘 것 없이 여기며 인의를 버리고 공명과 이권 추종을 시급히 여기고 있으니, 마침내는 반드시 지켜야 할 마땅한 도리마져 무너져 없어지고 사람끼리 장차 서로 잡아먹는데까지 이르게 될 것이다.

철영은 이것을 두려워하여 지난번에 한마디 말을 내놓았던 것이니, 그 뜻은 우리의 종묘사직을 일으켜 회복시키어 다시 우리 선왕이 이룩한 교화를 다듬어, 지켜야 할 바른 윤리로 하여금 다시 밝아지게 하여, 국가에는 하늘에 기원하여 명을 지속시킬 수 있는 기틀이 되도록 하고, 이 백성들에게는 전화위복의 터전이 될 수 있도록 하고자 한 것이었다. 그렇게 한 뒤에 이러한 방법을 천하에 미치게 하여, 온 세상의 부자간 군신간 부부간 장유간 붕우간의 성품을 같이 받고 나온 자들로 하여금, 그 성분상에서 고유하게 지닌 바를 알아서 그 직분상에서 마땅히 해야 할 바를 다 할 수 있도록 한 다면, 곧 사람은 모두 어진 사람이 될 수 있어서 천하에 한 물질이라도 그 위치를 얻지 못한 것이 있음을 보면 오히려 내 몸 팔다리중 하나가 어떤 병이 든 것처럼 여겨 급히 도와서 치료치 아니 함이 없을 것이다.

그렇게 된다면 온 세상의 전투도 저절로 그쳐지고, 모든 나라의 군사 무기는 창고에 보관되게 될 것이다. 천하에 겸손과 양보의 풍속이 이루어져 모든 나라의 송사와 옥사도 저절로 일어나지 않게 되리니, 이것이 곧 천하를 평안히 다스리는 큰 도리요, 철영이 오늘날 간절히 바라는 일이로다.

그런데도 시운이 쇠퇴한데 구애받고 기수의 변화에 핍박을 당하고 있으니, 철령 또한 이러한 세상에서는 어찌 할 수 없으므로 다만 예전과 같이 숨어 지내며 홀로 자신의 몸을 지켜 스스로 안정을 취할 뿐이로다. 호적에서 빠지게 되는 한가지 일에 이르러서는 이것 또한 스스로 안정을 취하려는 하나의 방법으로서 그에 대한 설명은 앞서의 편지 가운데 이미 다 쓰여져 있으니 이제 다시 덧붙일 필요가 없도다 . 비록 이 일로 인해서 뼈가 부서지고 살이 문드러지더라도 평소에 지키고자한 뜻은 바꿀 수 없노라. 오직 속히 형벌에 처하여 나의 마음을 편하게 하여주면 매우 다행이겠노라.

(3) 〈치일인편강조전서(致日人片綱鳥殿書)〉

성암이 자신을 구금시킨 홍산경찰서의 일인 서장(편강조전(片綱鳥殿))에게 보낸 편지글(기유년 10월 작성)이다. 본 서한은 일본국정부를 상대로 작성한 종전의 서한과는 사뭇 다른 논조를 띠고 있다. 일본의 침략 정책을 비판하기 보다는, 한일 양국이 상생의 방책을 세워 서세동점(西勢東漸)의 위기상황에 공동대처해야 함을 역설하고 있다. 성암은 마치 일인 경찰서장을 일본인 중의 한 식자(識者)로 대우하여 지극히 온건한, 그러면서도 간곡한 어조로 양국의 평화 공존의 당위성을 피력하고 있다.

〈번역문〉

지난번에 (그대의)말하는 모양을 접하며 함께 이야기할만함을 알았으니, 들려주고자 준비한 어리석은 말일망정 어찌 그만둘 수 있겠는가. 나 철영은 비록 우둔하나 평생 배워서 좋아한 것은 곧 왕도(성왕의 도학)로써 스스로 법도를 따라 달려왔는데, 지금 세속에서 숭상하며 익숙하게 된 것은 모두 꾸며진 기록들로써 속임수로 얻고자하는 것들이 뒤섞여 있다. 그러므로 내가 배운 바와 세속에서 추구하는 것을 비교해보면, 마치 네모난 몸통에 둥그런 뚜껑이 되는 셈이다. 그러나 그 추구함이 서로 다른 가운데에서도 한가지로 없어서는 안 될 것이 있으니, 곧 바른 도리를 지키고 성품을 어질게 갖는 것이다. 이로써, 본다면 또한 어찌 열린 마음으로 깨닫게 되는 이치가 없으리오.

대체로 공자·맹자의 학문은 비유한다면 오곡이요, 개화의 학술은 비유한다면 쭉정이나 피에 해당되는 것이다. 서양의 물결이 동양에 밀려들어옴에 따라, 장차 그 쭉정이나 피와 같은 천한 것들로써 우리의 오곡 같은 귀한 것들을 옮기어 바꾸어 버릴려고 하고 있는데도 우리 동양인들은 이러한 낌새를 알아차리지 못하고 있다. 바야흐로 쇠퇴하는 시대에 처한 나머지 쭉정이와 피가 조숙하는 것을 문득 보고서는 쭉정이와 피가 오곡보다 낫다고 여기고서 이에 쭉정이와 피를 심기에 힘쓰고, 반대로 오곡의 좋은 씨를 버릴려고 하니, 장차 굶어 죽지 않는 자가 거의 드물 것이다.

무릇 공자·맹자의 학문은 곧 요·순 이래로 천하를 다스리는 큰 방도였다. 상(은)의 탕왕이나, 주의 문왕이 다스리던 초기에는 다스리는 지역(나라)가 적어서 사방 칠십리 또는 백리에 불과하였으나 능히 천하에 왕 노릇한 것은 요·순의 도를 행하였기 때문이었다. 하의 걸왕과 은의 주왕 말기에 이르러서는 다스리는 나라의 넓이와 둘레의 크기가 사방의 바다에 까지 이르러 한 집안을 이루었을 정도인데도 마침내는 쫓겨나고 정벌을 당하게까지 된 잘못은 요·순의 도를 행하지 아니한 까닭이었다. 이로써 논한다면 천하 국가의 흥성은 덕에 있는 것이지 땅의 크기에 있지 아니하며, 인으로써 해야 하는 것이지 재물이나 이득으로써 하는 것이 아님이 분명하다.

지금 동양의 나라와 백성들이 정치는 요·순의 도로써 하고 가르침은 공자·맹자의 학문으로 하여 성심껏 행한다면, 서양의 부강을 두려워할 것이 무엇이며, 서양의 기계를 부러워할 것이 무엇이랴. 맹자에 가로되 "나라는 반드시 스스로가 친 뒤에 남이 치는 것이며, 집안도 반드시 스스로가 무너뜨린 뒤에 남이 무너뜨리는 것이다."고 하였다. 이제 동양이 서양에게 곤궁을 당하게 된 것은 무기가 그만 못해서가 아니며, 백성들이 그 만큼 많지 않아서가 아니다. 당초에 반드시 스스로가 치고 스스로가 무너뜨린 행위가 있어서 그렇게 된 것이다.

물질이 먼저 썩지 않았다면 벌레가 어떻게 생겼을 것이며, 나무가 좀이 먹지 않았다면 바람이 어떻게 부러뜨릴 수 있었겠는가. 또 나라의 성쇠를 추위와 더위에 비유한다면 아교를 부러뜨리는 추위는 겨울에 생긴 것이 아니고 뜨거운 태양빛이 쇠를 녹이는 여름에 생긴 것이며, 쇠를 녹이는 더위는 여름에 생긴 것이 아니고 얼음이 얼고 아교를 부러뜨리는 겨울에 생긴 것이다. 대개 오늘의 성대함은 지난 때의 쇠약함에서 일어난 것인 만큼, 장래의 성대함은 오늘의 쇠약함에서 비롯하게 된다. (그러니) 어찌 오늘날 쇠약하다해서 길이 성대한 자에게 굴복할 이치가 있으리오. 또한 어찌 오늘날 성대하다고 해서 길이 쇠약한 자에게 뽐내는 이치가 있으리오. 하물며 겸손하면 이로움을 받게 되고, 가득 차면

줄어들게 되는 것이 주역의 도이니 경계하지 않을 것인가.

지금 조선과 일본이 만약 각각 그 나라를 지키지 않고, 서로가 미워하고 시기한다면, 마침내는 반드시 서로를 멸망케 하는 탄식을 면하기 어려울 것이다. 이 어찌 어진이와 군자가 깊이 우려할 일이 아니랴? 나 철영은 비록 벼슬 없는 백성이지만 곧 대부의 후예이다. 나의 선대는 이씨 조선국의 은혜를 입은 것이 또한 깊으니 오라! 우리 부모의 나라를 비록 죽게 되더라도 어찌 차마 잊을 수 있겠는가. 그러므로 듣는 자의 귀에 거슬린 것을 꺼리지 않고 다 드러내어 말한 것이며, 아울러 재차 귀국의 정부에 부치는 글과 함께 주노니 모름지기 분명히 전하라.

3. 성암의 항일일기(抗日日記)

(1) 기유년(1909)의 일기

본 일기는 성암이 일본의 침략에 항의하는 편지를 써서, 이를 일본정부에 보내주도록 부여 주재소 일인 순사에게 전달한 뒤로부터 일어난 상황을 기록한 것인 바, 그 대강을 살펴보면 세 단락으로 요약된다. 첫째는 부여 주재소 일인 순사 및 헌병 분견소장과 맞서 벌인 논쟁이고, 둘째는 홍산 경찰서에 끌려가 일인 경찰서장과 맞서 벌인 논쟁이다. 모두가 일본이 조선을 침략하는 정책을 쓰고 있다고 꾸짖는 성암의 매서운 질책과, 일본은 오로지 조선을 개화시키며 다른 열강으로부터 보호하고 있다는 일인 서장의 반박이 팽팽하게 맞서는 데서는 긴장감이 감돌고 있다. 셋째로 끝내 굽히지 않는 기개와 당당한 논리로 상대를 제압하고, 나아가 호적수거에 불응하며 단발에도 항거하여 지켜나가는 과정이 기록되어 있다.

〈번역문〉

(1) 바다의 도적(일본을 가리킴)이 동쪽으로 온 뒤에 행패가 날로 심해졌고 민적을 수거함에 이르렀는데, 이것은 장차 나라를 빼앗고 우리 백성까지 바꾸려는 의도였다. 때문에 긴 글을 써서 일본정부에 보내어 순조로움을 거역한다는 이치로써 깨우치려고 기유년 8월 26일에 부여에 주재하고 있는 일본인에게 그 편지를 보냈었다. 그러나 편지가 중간에 멈추어 결과적으로 전달되지 못하였다.

(2) 9월 초 이튿날에 다시 곁엣 사람을 시켜 편지를 보냈다. 얼마 있다가 왜 순사 〈서삼의삼랑〉과 왜 분견소장 〈상원양기〉 및 한국인 순사보조원(왜에 붙어 사납게 행동하는 자) 6·7명이 와서 "이모가 누구냐?"고 물었다. 내가 답하기를 "내가 바로 이모이다." 〈상원〉이 역관을 시켜 말하기를 "대한이 우리 일본의 보호를 힘입어 노국(러시아)에게 나라를 빼앗기지 아니하였는데, 어찌하여 장서를 보냈느냐?" 대답하되 "너희가 하늘을 속이려느냐? 사람을 속이려느냐? 너희 나라가 조선을 침략한 것은 천하가 다 같이 알고 있다."

저들이 말하기를 "지금 한국이 정부가 없다는 것이냐?" 말하되 "너희들이 빼앗아 차지하였다." 저들이 말하기를 "총리대신은 곧 이완용씨인데 어찌하여 일본이 빼앗았다고 하느냐?" "완용이라는 자는 곧 우리나라의 역신이며 일본국의 앞잡이이다. 나는 지금 그 몸뚱이 살을 씹어도 비린 냄새를 느끼지 못할 것이다. 지금 우리나라가 존재하면서도 망하고 백성은 살아있어도 죽은 것과 같이 된 것은 모두가 이런 무리들이 저지른 것이다."

저들이 다시 힐난하지 않고 다만 말하기를, 오늘은 날이 저물었고 할 말은 많으니 함께 읍내에 들어가자고 청하고서, 마침내 방에 들어가서

휴지까지도 뒤지며 수색하였다. 비록 평일에 평범하게 읊은 시 구절이
라도 저들에게 울분을 드러냄이 있는것은 모두 빼앗아 가져갔다.

내가 재촉을 받으면서 읍내에 들어가니 날이 이미 저물었다. 저들이
다시 묻지 않고 유치실이라는 곳에 나를 가두면서 먼저 우리나라 순사
를 시켜 실내를 쓸고 또 말을 전하기를 "내일 다시 사건의 진상을 묻겠
으니, 이 실내가 비록 누추하더라도 우선 하룻밤을 묵으라." 하고 곧 내
가 지니고 있는 패도(칼)를 빼앗아 갔다. 그날 밤에 왜국순사가 여러 차
례 와서 살피며 추위를 묻고 불을 넣어 주었다. 밤에 한 수 시를 읊었다.
「하룻밤 부여에 갇힌 처지 되었는데, 낡은 창 싸늘한 기운에 불빛만 흔
들리네. 전날엔 아름답기만 하던 우리 도읍이었는데, 풍랑 속에 북해 중
에 떠 있게 되었네.」

(3) 다음날 아침 먹은 뒤 왜 순사가 통역을 보내어 말하되, "지난밤에
홍산결찰서장에게 전화하여 회답을 받았는데, 그 사람과 편지를 함께
데려오라고 하는 바, 공이 이미 나랏일로 출두하였으니 같이 홍산읍으
로 가는 것이 어떠한가?" 라고 하였다. 내가 말하기를 "홍산읍 뿐만 아
니라 비록 일본정부라도 사양하지 않겠노라."하였다. 통역을 따라서 순
사청에 들어가니 왜 순사가 미소를 지으면서 말하길, "혹시라도 가는 중
에 자살하는 일이 있을까 염려된다."고 하면서 이어서 포승줄을 보이므
로 나 역시 미소 지으면서 손을 깍지 끼어 내어 미니, 저들이 묶어서 앞
세우고 대여섯명 순사가 뒤를 따랐다. 길을 가는 중에 절구 한 수를 읊
었다. 「구박하며 앞세워 가게하니 가소로운데, 좌우에선 떠들썩하게 곧
무리를 이루었네. 이때에는 칼을 어루만짐이 능사는 아니니, 조만간에
끈을 청하여 너희의 임금을 묶으리라.」

같은 서당의 여러 생도가 어제 나를 따라 읍내에 들어 왔다가 밤에
귀가하였다. 다음날 아침에 다시 들어왔는데 내가 이미 떠났었다. 조카

규직과 여러 생도들이 급한 걸음으로 뒤를 쫓아와 중간 20리쯤에서 나를 만나 그대로 뒤를 따르니, 본국(우리나라) 순사들이 간간이 물러나라고 소리를 질렀다. 여러 생도들이 물러났다가는 다시 나아오곤 하였는데 이렇게 하기를 여러 차례 하였으니, 인심의 변화가 어찌해서 이같이 심하단 말인가! 저물어서야 홍산에 이르러 시 한수를 읊었다. 「어렵사리 40리길 홍산에 도착하니 석양에 먼지만 자욱하구나. 필부가 의리를 지킬 뿐 무엇을 취하랴, 저들이 하는바에 맡기노니 내 알바 아니로다.」

경찰서라고 하는 곳에 도착하였는데, 서장은 <편강조전>이라는 자였다. 사무실에는 왜인들이 열지어 앉아 있고, 장서를 펼쳐서 읽어 가는데 그 읽는 소리가 가늘어서 알아들을 수 없었다. 얼마 있다가 나를 불러 포승줄을 풀어주고, 내 거주지와 고향, 성씨, 본관, 선조의 호를 대며 몇 대 손인가를 물었다. 또 할 말이 있느냐고 묻기에 "내가 하고 싶은 말은 이미 장서에 다 썼으므로 다시 별도의 할 말이 없노라."고 하였다.

그런 뒤에 "부자·군신간은 사람의 가장 큰 인륜인데, 너희들은 왜 너희의 부모와 임금을 떠나서, 오랫동안 우리나라에 머물며 돌아가지 않는가?"고 물었다. 저가 말하길, "그렇지 않다. 우리들은 본디 우리정부의 명으로 한국을 보호하려 온 것이다." "너희나라는 처음부터 지금까지 열방의 사람들을 대하여, 조선을 보호한다고 선언하였으나, 안에서는 실제로 흉측한 행동을 한 것이 끝이 없는데 어째서인가?" 저가 말하길, "처음에 한국이 일본을 상대함에 잘못이 없었는가?" "우리나라의 실수는 다만 우리나라 간신들이 너희의 뇌물을 탐내어 너희의 속임수에 빠져 강화를 맺은 것이다."

저가 말하길 "한국은 만일 일본이 개화시킨 힘이 없었다면, 이미 러시아의 소유가 되었을 것이다." "우리나라는 개화이전엔 인륜이 위로부터 밝았고 교화가 백성들에게 베풀어져 오백년간 면면히 오래도록 이어왔으며 복된 일이 거듭되었는데, 개화이후 수십년도 못되어서 와해되어 이 지경에 이르렀으니, 대개 남의 나라를 망하게 하고 인류의 도를 없앤 것이 바로 너희들이 말하는 개화인 것이다." 저가 말하길, "그렇지 않다. 개화는 참으로 좋은 것이다. 우리 일본은 사십년 전엔 영국에 거의 멸망당할 뻔 했으나, 사십년 뒤에 다시 천하의 강국이 된 것은 개명의 방법을 써서 온 국민이 한마음으로 뭉친 까닭이다."

"너희나라에서 개화를 좋아함이 이와 같다면 개화의 법도를 다했느냐? 개화의 근원은 실제로 서양에서 나온 것인데, 너희 나라가 영국으로부터 개화를 받음에 있어서 영국이 일본정부를 빼앗았더냐, 너희나라 군대를 없앴더냐, 도성을 허물었더냐, 너희 군주를 겁박하여 왕위를 물려주게 하였더냐, 너희의 왕비를 살해하였더냐? 영국은 일본에게 이런 짓을 하지 아니했는데, 일본은 어째서 조선에게 이런 짓을 했느냐? 이로써 본다면 너희 나라의 죄는 우리 중화의도(중국을 중심으로 하는 문명과 문화)에도 융합되지 않을 뿐만 아니라 개화세계에도 크게 벗어난 것이니, 너희들이 말하는 개화는 어떤 세계에서 유별나게 나온 것인가?" 저들이 말하길 "부침(상황)에 따라 적용하는 것이다." "너희나라가 임금을 시해하며 개화하고 아비를 시해하고 대신 세운 것이 또한 부침(상황)에 따른 방법이란 말이냐?" 여러 왜인들이 크게 성내며 칼을 뽑아 협박하였다. "내가 말한 것은 만고의 큰 의리이며, 너희가 믿는 것은 한 자루의 칼날이니 너희는 내 몸을 죽이는데 불과할 뿐 어떻게 나의 의로움을 빼앗을 수 있겠느냐?"

저가 약간 언사와 낯빛을 누그러뜨리고는 이어 말하길 "훌륭한 말이고 훌륭한 문장이로다." "너희 나라에도 글 잘하는 선비가 있는가?" 저가 말하길, "많다." "그렇다면 나는 너희와 칼날로 대적할 때에 붙잡힌 것이 아니요, 다만 사십년 글 읽은 선비로서 우리나라가 장차 망해가고, 너희나라의 불량한 짓에 분하여, 신의로써 일차 깨우쳐주고자 하였으나, 외국인과 교섭할 길이 없기 때문에 편지글을 주선해 준 것을 요구하기 위하여 온 것인데, 어떤 때는 잡아가두고 어떤 때는 묶기도 하니 너희 나라에서는 선비를 대하는 예가 본래 이와 같으냐?” 저가 웃으며 말하길 “부여 순사가 잘못한 것이다. 그렇지만, 공도 실제로 도덕지사라는 이름이 없기에 그렇게 된 것이다.” “너희가 도덕이 있고 없음을 어떻게 아느냐?” 저가 말하길 “나 또한 글을 많이 읽었노라.”

“네가 이미 글을 읽었다고 하니, 곧 맹자가 말한 벽을 뚫거나 담장을 넘어가는 도둑을 아는가? 이 도둑은 밤을 타서 담장을 넘거나 벽을 뚫고 들어가 재물을 훔치되 남이 알까 두려워한다. 너희나라가 조선에서 행하는 일들이 모두 이런 일들이다.” 저가 눈을 크게 부릅뜨면서 말하길 “대한의 폭도들이 모두 이런 부류인데, 도리어 우리를 도둑이라 하는가?” “우리나라의 의병은 모두 나라와 백성을 위하여 일어났으나, 다만 우리나라 재정이 모두 너희들의 주관 하에 들어갔으므로 부득이 부자들에게 재물을 빌리는 것이다. 너희들의 경찰 등은 옥석을 가리지 않고 하나같이 폭도라고 이름을 붙여 멋대로 형벌하고 죽이니 그것이 옳은 일인가? 비록 그렇다고 하나, 너희가 폭도라고 부르는 자들이 곳곳에서 봉기하는 것은 실제로는 너희들의 침략과 폭정을 견딜 수 없어서 이같이 마음이 바뀐 것이다. 즉시 통감부를 없애고 너희 본국으로 돌아간다면, 조선은 태평해질 것이며 너희 나라 역시 후환이 없을 것이다. 원컨대 장서를 너희 나라 정부에 전하여다오. 내말을 믿지 않으면 너희 나라는 머지않아 멸망할 것이다.”

저가 말하길, “공이 개화의 도를 알지 못하니 어찌 시무(時務)를 논할 수 있으리오? 그러나 공의 원하는 바에 따라 오늘 밤에 공주에 전화할 것이니 우선 순사청에서 유숙하라” 하므로 이틀간 머물게 되니 나를 따르는 여러 생도들이 때때로 들어와 보아도 저들이 전혀 금하지 아니했다. 본국(우리나라) 순사 수십인도 모두 스스로 말하되, 자신들의 행색은 비록 이와 같으나 본심은 변하지 않았다고 하니, 이는 곧 비록 지극

히 혼돈스러운 가운데서도 본심의 순수함은 모두 없어지지 않았다는
것이 아니겠는가?

(4) 초 닷새날 아침 먹은 뒤에 조금 있다가 저가 또 불러들여서 묻기를,
"이웃 마을에 화재가 있다면 가서 구원하겠는가?" "가서 구원하겠노
라." 저가 말하길, "그렇다면 우리나라 사람들은 대한의 화재를 구원하
기 위하여 왔는데, 공은 원수로서 대하니 어째서인가?" "너희는 우리를
구원하는 자들이 아니며 곧 방화하는 자들이다. 가령 너희 말대로 불을
구원하려 했다면, 불이 꺼지면 돌아감이 옳은데 그대로 머물러 있으며,
다만 머물러 있는 게 아니라 몰래 화재 난 집의 재산까지 빼앗고자 하
니 어째서인가? 너희들은 속히 철수하여 돌아가라. 우리는 우리식구들
과 더불어 같이 산업을 다스릴 것이다."
　저가 말하길, "공은 벼슬한 적이 있는가?" "나는 본디 벼슬이 없었노
라." 저가 기롱하며 말하길, "공이 만약 나랏일을 하려 한다면 벼슬에
나가야 가능한데, 왜 벼슬을 구하지 않는가? 우리의 개명을 잘 돕는다
면 고관도 곧 될 수 있다." " 너희는 어찌 나를 욕보이기를 이렇게 심하
게 하느냐?" "내가 벼슬에 나아가는 도리는, 밖으로 이적을 물리칠 수
있고 안으로 정치 교화를 펼 수 있음을 본 뒤에야 벼슬할 수 있으면 벼
슬하는 것이다." 저가 말하길, "공은 학자라고 일컬으면서 한 갓 남이
농사지은 곡식만을 먹고 있으니, 곧 책을 좀먹는 벌레일 뿐이로다." "너
희 나라에는 이러한 벌레가 없느냐?" "없다." "이 벌레는 인의(仁義)의
도리를 알아서 삼백 인류의 어른이 되는데, 이 같은 벌레가 없고 다만
인류를 모르는 개나 양(犬羊)만 있다면, 너희 나라는 반드시 망하고 말
뿐이니 너희들은 빨리 통감부를 폐하고 너희 나라로 돌아가거라."
　저가 말하길, "대한의 화재가 모두 사라진 뒤에 우리의 본국으로 돌
아갈테니 걱정마시오. 걱정마시오. 공은 곧 귀가하면 후일에 걸출한 사

람이 될듯한데 어떤가?" 하고 이어서 내어 보냈는데 때는 정오쯤이었다. 이에 여러 생도들과 함께 출발하여 겨우 20리쯤에 이르렀는데 날이 이미 저물고 가을비가 추적추적 내려 의관이 모두 젖었다. 부득이 시골 주막에서 묵고 다음날 아침 집에 돌아오니, 집안사람들은 놀라워하면서 기뻐하였으나, 내가 지닌 분개함은 풀지 못하였다.

(5) 초 이렛날 본군 주둔 왜인 <서삼의>가 다시 소환장을 보내어 부르므로 또 지팡이를 짚고 읍에 들어가니 곧 왜가 억지로 호적을 받아 내려 하였다. 내가 눈을 부릅뜨고 꾸짖어 말하길, "나는 차라리 죽어서 조선의 귀신이 될망정 살아서 일본의 백성이 되고 싶지 않다."고 하였다. 왜가 말하되, "내가 비록 일본국인이지만 한국의 관원이 되어 이 지방을 맡게 되었으므로 너희는 하찮은 백성일 뿐인데 정부의 명령을 어찌 감히 거부하는가?" 하고 큰 방망이로써 무수히 마구 때리고 발로 찼으나 끝내 굴하지 아니하니 곧 저들은 욕설을 하고 내쫓으면서 말하길, "장차 정부에 알려 법에 따라 처리하겠으니 나가서 대기하라."하였다. 집에 돌아온지 몇 일 뒤에 해주 사람 안중근이 우두머리 왜인 이등박문을 총살하였다는 소식을 들었다.

(6) 시월 초 이튿날 이른 아침에 홍산경찰서의 왜인 <상처효팔>이 부여 왜인 <서삼의>와 함께 와서 이모가 어디에 있느냐고 물었다. 내가 마침 무릅 종기 때문에 침을 맞고 난 다음 이불을 덮고 누워 있다가 벌떡 일어나 말하였다. "너희들이 어찌하여 나를 찾느냐?" 저들이 말하길, "공이 백이와 같은 절개를 지키려 한다면 수양산에 들어가 고사리를 캐먹다가 죽는 것이 마땅한데, 어찌 하여 대한 지방에 살면서도 호적에 들어오지 않는가? 압록강으로부터 두만강에 이르기까지 모두 대한 땅의 구역인 만큼 이 구역 안에서 살면 안되며, 다만 바다 섬 무인지역으로 들

어가 사는 것이 옳을 것이다."고 하였다.

　내가 말하되, "내가 내 나라에 살면서 내 옷을 입고 내 밥을 먹는데, 수양산을 하필 찾을 것이며 고사리 캐기를 하필 한단 말인가?" 저들이 말하길, "성인도 세상과 더불어 살아간다 하니, 원컨대 공은 다시 생각해 보라." 하고, 작은 책을 내어서 붓을 잡아 성씨와 관향을 물어서 기록하였다. 내가 말하되, "호적에 들이고자 한다면 의리상 따를 수 없으니 다시 힐난하지 말라." 하였다. 저들은 내가 굴하지 않을 것임을 알고는 화를 내며 떠나갔는데, 나를 돌아보며 말하길, "뒤에 마땅히 붙잡아가서 법대로 처리할텐데 비록 한 몸은 아끼지 않는다하나, 처자들이 불쌍하지 않겠는가?" 내가 말하되, "나는 내가 의롭다하는 것을 행할 뿐이니 너희는 너희 일이나 하라."

(7) 초 아흐렛날 부여읍 우편부가 홍산서장 왜인의 호출장을 가지고 왔는데, 그 내용에 "만일 오지 않으면 당장 나인장(붙잡아 들이라는 명령서)을 발부하겠다." 하였다. 내가 글을 써서 답하기를, "병이 나으면 내가 장차 가서 만나겠다." 고 하였는데 뒤 10여일이 지났으나 다시는 소식이 없었다.

(8) 스무하룻날에 종기가 이미 조금 나앗기에 편지 두 장을 썼으니 하나는 재차 일본 정부에 보내는 것이고 하나는 서장 왜인 <편강조전>에게 줄 것이었다. 이날에 지팡이를 짚고 길을 나섰는데 서생 두 사람이 수행하였다. 어렵게 논치주막에 이르러 유숙하고 다음날 일찍 출발하여 경찰서에 이르렀는데 이미 정오가 되었다. 서장인 <편강조전>과 다른 왜인 수십명이 모여 앉아 나를 가운데 앉히고, 선친의 기일과 생존기간 등을 물었는데 내가 일부러 모른다고 답하였다. 저들이 말하길, "공이 학자라고 하면서 부모의 나이와 돌아가신 날을 모른다면 이는 불효이다."

내가 말하기를, "내가 나라에도 충성하지 못하였는데, 부모에게 효도할 수 있겠느냐?" 저들이 말하길, "무엇을 불충이라 하는가?" 내가 말하길, "내 나이 40을 지났으나 국가의 은택을 이미 깊이 받았다. 지금 나라와 백성이 한 터럭에 의지한 듯 위태로운데도 하나의 적도 죽이지 못하고 한 원수도 갚지 못한 채 손을 묶고 앉아서 하늘만 바라보고 있으니, 불충이 이보다 더할 것이 무엇이랴?"

저들이 말하길, "이 호적법은 곧 대한 황제의 칙령이다. 지금 공은 나라를 위한다고 하면서 따르지 않으니 참으로 의아로운 일이로다." 말하길, "우리 선왕 호적의 형식은 오랑캐의 법과 다르다. 지금 오랑캐의 법으로써 우리를 속이면서 칙령이라고 한다면 되겠느냐? 차라리 죽을지 언정 어찌 차마 따르리오. 지난번의 편지와 지금 두편 편지의 대강의 뜻은 모두 우리의 나라(종사)를 회복시키고자 한 것이며 또한 너희들로 하여금 무사히 귀국하게 하려는 것이었다. 너희들이 내말을 따르지 않으면서 도리어 호적 한 가지만으로 나를 추궁하는 것은 무엇이냐? 그러나 호적에 들지 않는 의리는, 전후로 보면 편지에 이미 다 밝혔으니 나는 다시 말하고 싶지 않도다." 드디어 묵묵히 앉아 있으려니 저들 무리가 갖가지로 달래기도 하고 협박도 하였다.

마침 눈보라가 치는 때라 판자 집이 매우 추웠다. 어떤 자는 모포담요를 펴 주기도 하고, 어떤자는 난로를 주었으나 모두 물리쳐 받지 않으니, 저들이 끝내 굴복시키지 못한다는 것을 알고 법조항을 보여주면서 이내 형벌하려는 도구를 설치하였다. 그리고는 다시 달래면서 말하길, "공은 본디 명현의 자손이며 또한 40년 독서한 선비인데, 이와 같은 상황을 생각건대 응당 태어난 뒤 처음 있는 일일 것이다. 지금 만약 형벌을 당한다면 이는 훌륭한 조상에게 누를 끼치는 것이며 또한 공의 명예에도 큰 손상을 입게 될 터인데, 왜 그리 전혀 생각이 없는가? 공은 깊이 헤아려 보기 바라노라."

말하되 "죽이면 문득 죽을 뿐인데. 어찌하여 이같이 추궁하느냐?" 저가 말하길 "벌금을 받치면 형벌을 면할 수 있으니, 공은 그것을 생각해 보라." 말하되 "내가 비록 돈을 산과 같이 쌓아 놓았다 하더라도 재물을 바치고 형을 면제받는 짓은 할 수 없다. 또 나는 우리 임금의 신하요 백성인데 어찌 너희 나라의 형벌을 받는단 말이냐?" 저들 무리가 매우 화를 내면서 말하길, "우리는 그대에게 처음부터 끝까지 우호적으로 대하였는데, 그대가 이처럼 따르지 않으니, 그대가 실상 스스로 죄에 저촉되게 하는 것이다." 직원을 불러 나를 매우 급하게 끌어내고서 말하길, "갓을 벗기고 도포를 벗겨라." 내가 꾸짖어 말하길, "군자는 죽더라도 관을 벗지 않는다. 나는 우리 선대왕의 법복을 벗을 수 없으니, 너희가 군도로써 찍으면, 머리도 자르고 허리도 벨 수 있는데, 하필 옷을 벗긴 뒤에 죽이려느냐?" 하고 입으로 시 한 수를 읊었다. 「나이 사십지나 더디게 문밖을 나서서, 걸음걸이 온전하게 돌아감이나 바랐는데, 나라와 백성이 이 지경에 처했으니, 몸이 부서진들 의로움을 어찌 버리리오?」

저들이 마침내 강제로 벗기지 못하고 마구 때리면서 몰아냈다. 나는 부득이 읍내 집에서 쉬었는데, 마침 읍의 장날이었다. 시장을 가득히 메운 사람들이 모두 놀란 눈으로 보았다. 날이 이미 저물녘이 되었는데, 두 서생이 말을 세내어 끌고 왔으므로 곧 채찍으로 재촉하며 집에 돌아왔다. 밤이 이미 깊었고 바람과 천둥소리가 크게 울렸다.

(9) 십일월 십일에 부여 순사가 또 호적조사차 와서 재촉하므로 내가 '사불응(死不應)'(죽어도 응하지 않는다) 석자를 써서 맡겨 보냈다.

(10) 이십삼일에 공주에 주둔하는 왜인이 소환장을 내어 부르므로 내가 '捉去'(잡아가라) 라고 두자를 써서 일러 보냈으나 뒤에 더 이상 소식이 없었다. 또 평양 사람인 이재명(李在明)이 이완용(李完用)을 칼로 내리

처 부상케 하였다고 들었다.

(2) 경술년(1910)의 일기

성암의 이 일기는 일제가 경술년 한일합병을 이루고 부여 지방에서 행한 만행들을 기록한 것이다. 당시 성암이 거주하던 부여에서도 왜인 헌병대가 주둔하면서 주민들을 모아놓고 위협하면서 합방사실을 공표하고 일본의 신민이 될 것을 강요하였음을 알 수 있다. 이때 성암은 강제로 객사에 끌려가 그들과 논쟁하였다. 곧 합방이 양여로 이루어졌다는 그들의 거짓 주장에 맞서, 침략에 의한 것임을 폭로하고, 또 일본국왕의 탄신일을 경축하는 뜻에서 각 가정에 기를 꽂으라는 지시를 당당히 거절하는 과정들이 기록되어 있다.

〈번역문〉

⑴ 경술년(1910, 순종4)에 왜인의 우두머리 증미(소네 통감)가 떠나고, 사내정의(데라우찌 통감)가 교대하여 왔다. 이 해 가을에 역적의 신하 이완용, 송병준 등과 함께 또 강제로 합방조약을 정하고 황제의 호칭을 빼앗았으며 우리의 정부를 없애여 왜국에 우리의 강토를 붙이고서 양여하였다는 거짓말로써 나라에 포고하고 길거리 담벼락에 방을 붙였다. 또한 각 군에 주둔하던 왜 헌병들이 둘씩 둘씩 조를 짜서 면에 나타나 우리 국민들에게 합방의 가부를 물었다한다.

⑵ 9월 초 4일. 이보다 6,7일 전에 본 읍의 왜병이 변복하여 상주모습을 하고 와서 묻기를, "합방의 일을 들었소?"

"듣지 못했노라."

왜가 "면·이장이 와서 말하지 아니했소?"

"나는 나라의 원수를 갚지 못한 사람이다. 이 같은 말을 입에 올리기도 싫고, 귀로 듣고 싶지 않은 까닭에 특별히 나에게 와서는 말하지 않은 것이니라."

왜가 다시 힐난하지 않고 갔었는데 이날이 되어서 이른 아침에 왜병 여럿이 와서 말하기를,

"일본 대대장이 어제 본 군에 와서 공의 고명한 명성을 듣고 말할 바가 있다 하는 고로 우리로 하여금 공을 데려오라고 하니 같이 갑시다."

"강·약이 이미 같지 않으니, 너희가 붙잡아 가거라. 만약 말로써 부른다면, 비록 너희 왕이 불러도 의리상 갈 수 없느니라."

왜인이 매우 급하게 잡아갔다. 나는 경운(류병위)과 같이 붙잡히어 그들의 분견소로 들어가니 나에게 걸상을 내밀었다. 내가 물리치고 앉지 아니하였는데, 조금 있다가 왜병이 나를 끌어 한 곳에 이르렀다. 그곳은 바로 객사의 뜰이었으니, 그곳의 전패실(조선시대 왕을 상징하는 패를 안치하고, 초하루·보름에 궁궐을 향하여 배례를 행하는 방으로서 객사의 중앙에 위치한다)은 이미 짐승같은 왜인들의 차지가 되었다. 드디어 경운과 함께 뜰 아래에서 북향 통곡하였더니, 왜가 말하길, "왜 곡하는 것이오?"

"이곳은 우리 5백년 종사(나라와 왕조)를 모시는 곳인데, 이제 우리 조국이 너희들 손에 뒤집어 넘어졌기에 곡하노라."

왜인들이 전패실에 연설하는 탁자를 놓고 우리나라 사람 수백명을 모아 놓고서 나를 억지로 청하여 위에 앉도록 하였다. 나는 "이곳은 우리나라의 존엄한 장소라 의리상 감히 위로 오를 수 없으니, 너희들이 묻고자 하는 바가 있다면 아래에서 더불어 말함이 옳을 것이다."

여러 왜인들이 우리 두 사람을 껴안아서 위에 앉히거늘, 내가 말하기를 "너희들이 지껄이는 소리를 나는 듣고 싶지 않노라."

왜인 우두머리가 노하여 칼을 빼들어 치켜하므로 내가 목을 내밀어

칼날을 받으려 하니, 왜가 반대로 물러나면서 말하길 "완고한 유생이 자기 나라를 위하여 통곡하는 것을 나 또한 그르다고는 할 수 없도다. 그러나 합방에 이르게 된 것은 조선이 빈약하여 스스로 다스리지 못하여 누차 양여하기 때문에 우리 일본이 부득이 하여 받아들이는 것이므로 이후로는 한결같이 일본의 정치를 따라서 혹시라도 법을 범하지 말고 합심하여 편안하게 지내야 된다." 하였다.

그들의 많은 연설은 대개 우리나라 사람들을 어르며 협박하는 것이었다. 내가

"너희나라가 우리나라를 삼키려는 욕심은 이미 병자년 화의조약을 요구할 때의 초기에 드러났었는데, 십 몇년 내려오면서 우리나라의 배반자·망명자를 받아들여서 오늘날 너의 계획을 완성시켰으니, 이는 하늘과 땅이 모두 아는 일이다. 너희들이 미련하게도 양여의 설로 감히 우리들 백성을 속이고 우리 종사(나라)를 멸하려 하느냐? 그 자제들을 끌어서 그 부모를 공격하는 일은 역사이래로 제대로 이룬자가 없느니라."

왜가 말하길 "조선이 만약 서양에 망했다면, 일본도 따라서 망하게 될 단서가 있으므로 그 시세와 형편을 쫓아서 그렇게 한 것이오."

"무릇 우리나라를 망하게 한 자는 모두 우리의 원수가 되는 것이니, 이른바 동양과 서양을 왜 가리리오? 너희가 인의충신을 버리고 단지 시세형편만을 따라서 했다고 하는데, 그렇다면 다른 때에 너희 나라를 우리 조선에 합치고서 이로써 서양의 형편을 막을 수 있었다고 하고, 이 연설탁자를 너희나라 정부에 옮겨놓고 너희처럼 이렇게 하는 일을 미리 생각해 보았느냐?"

왜가 "이 말은 내가 답변하지 못할 것이니, 그대가 힘이 있으면 마음대로 해 보시오."

"남의 나라를 망하게 한 자는 치지 아니해도 스스로 망하는 것인데 어찌 나의 힘씀을 기다리리오? 그러나 오늘날의 일을 비록 만번 죽더라

도 지킬 것은 끝까지 바꾸지 않을 것이니라.”

왜가 ‘백이·숙제가 고사리 캐먹는다.’는 글을 써서 보여주고는 내쫓았다.

⑶ 초 5일에 왜병이 또 미복차림으로 와서 말하길

“충신·열사가 되는 일은 좋으나, 이미 이 세상에 살면서 세상과 더불어 행동하지 않아서 뭇사람에게 미움 받는다면 또 괴로운 일이 아니겠소? 모름지기 마음을 고쳐서 뭇사람들을 쫓음이 좋을 것이오.”

내가 말하길, “너희는 곧 너희나라의 전령 군졸이니 어찌 더불어 말할게 있으랴. 너희는 모름지기 나에게 마음 고쳐먹을 것을 권하지 말고 돌아가 너희 군주에게 권하여 그들의 하늘을 거스르고 만물을 해치는 마음을 고치도록 한다면 너희 또한 너희나라에 충성함이 될 것이니라.”

왜가 “친구는 몇 사람이오?”

“나에게 친구가 될 만한 사람들은 혹 을사년의 변란(1905, 광무9년, 이 해 일본은 보호조약을 강제로 체결하여 우리나라의 외교권을 박탈하였는바, 이때 항일의병이 일어나고 또는 자결함으로써 일제에 항거하였다)에 몸 바쳐 죽고 혹은 근년에는 의병을 일으켜 저항하다가 화를 입었으며, 이제는 나 홀로 생존하였노라.”

왜가 미소를 지으면서 물러갔다.

⑷ 초 9일에 왜병이 와서 보고 말하길,

“모월 모일은 곧 일본 황제탄신일이니, 신민은 모두 기를 꽂아서 경축하는 날이오. 이제 조선이 이미 일본에 합쳐졌으니, 조선 인민도 또 모두 기를 꽂고 축수해야 할 것이오. 공 역시 기꺼이 하시겠소?”

경운이 옆에 앉아 있다가 말하길, “너희나라의 경축이 우리와 무슨 관련이 있느냐? 우리는 이씨(조선)의 백성이므로 이씨의 옛 정사와 예법을 지켜 행할 뿐이니라.”

내가 말하길, “나도 유모(경운)의 소견과 같도다.”

왜가 말하길, “공들은 어느 나라 사람인 줄도 모르는구려.” 하면서 물러갔다. 이로부터 왜병의 감시는 더욱 빈번해져서 5일마다 한차례 정도가 기준이 되었다.

(3) 갑인년(1914)의 일기

이 일기는 성암이 무오년(1918) 9월3일부터 11월 14일까지 약 70일간 부여 헌병대의 옥(유치실)에 갇혀있을 때의 일들을 기록한 것이다. 왜병은 공이 민적에의 편성을 거부한다는 죄목으로 체포하여 가두고 갖가지로 위협하기도 하고 회유하기도 하였으나 공은 불사이군(不事二君)의 충절을 지키고자 끝까지 거절하였다. 민적에 편성되는 것은 곧 일본의 신민(臣民)이 되는 것으로 인식한 공은 죽기를 한하고 거부하였던 것인데, 이때 공을 상대로 설전을 벌인 상대는 일본헌병대의 분대장, 반장, 오장 등이었고, 그밖에 공주에 주재하던 도 경무부장도 있었다. 총 수십 차례에 거치는 논쟁에서 그들은 결국 충정공의 떳떳한 의리와 당당한 논변에 모두 굴복할 수밖에 없었다.

한번은 상투가 잘릴 위험이 있자, 만약 강제로 머리를 깎이게 되는 경우에는 자결하겠다는 뜻을 굳혀, 문생들에게 단도칼을 몰래 들여보내라는 명을 내린 일도 있었는 바, 이에서 보면 공의 항일의지가 서릿발같이 준엄하였음을 알 수 있다.

〈번역문〉

(1) 갑인년 9월 초 3일. 체포당하여 부여읍에 들어가니, 왜병 분대장인 〈지상승등〉이 말하길, “듣건대, 공이 홀로 일본을 배척하는 뜻을 가졌

다고 하므로, 말로써 타이르고자하여, 그 사이에 여러 차례 불렀으나 모두 만나지 못하였소. 지난 날에 공주에 주재하는 내무부장이 이곳에 순시 차 왔을 때 또한 타이르려는 뜻으로 사람을 보내어 보기를 청하였으나 한결같이 완강히 거절하였소. 민적 한가지 일은 국가의 큰 정령인데도, 끝내 신고하지 아니하니 이것은 무슨 행동이오?”

“나는 불사이군(두 임금을 섬기지 않음)과 존화양이(중국을 높이고 오랑캐를 물리침) 두가지를 지키는 까닭에, 무릇 너희의 정령과 너희의 방문은 모두 일절 거절한 것이다.”

왜가 칼을 빼어들고 앞에 와서 붓을 잡고 종이를 펼쳐서 강제로 민적에 들도록 위협을 갖가지로 하였다. 내가 말하길, “너희가 이미 우리나라를 빼앗았으면 족한데 또 한 사람의 ‘의리를 지키려는 뜻’까지 빼앗으려 하느냐. 너희들의 포학은 진실로 옛적에도 없던 일이로다.”

저가 말하길, “일본과 조선의 합병이 5·6년으로서 오래되었으므로 땅에 나는 곡식도 일본황제의 소유가 아님이 없는데, 그대는 이미 일본을 배척하고서도 무슨 마음으로 일본의 비와 이슬을 맞고 일본 땅의 곡식을 먹는단 말이오?”

“내가 들으니, 개화의 법은 털끝 만큼도 압제가 없다하는데, 지금 너희나라에서는 공법을 시행한다고 하면서도 실제로는 그렇지 아니하니, 연전에 이른바 합병할 때, 너희는 감히 군대를 끌고 궁궐에 들어가 우리의 임금을 위협하였으면서도 오히려 임금이 양여하였다고 하였으며, 충성스럽지 못하고 의롭지 못한 신하들을 꾀어서 작위도 주고 재물도 지급하면서 오히려 ‘나라의 대신들이 즐겁게 쫓았다,’고 하였다. 또 난민들을 모아들여 그들로 일진회를 만들고서는 오히려 말하길 ‘국민들이 마음으로 따랐다.’고 하였다. 이러한 농간으로써 감히 열강에 선언하였으니, 말하자면 조선을 점령한 너희나라는 정말 천하 도적의 괴수인 것이다.”

저가 말하길, "지금 360주의 백성이 순종치 아니함이 없는데, 그대만은 홀로 무슨 악한 마음을 가지고 이와같이 패악을 부리는가?"

말하길, "너희는 어찌하여 나의 의로운 마음을 악한마음이라 하고, 직언을 패악한 말이라 하는가? 너희나라 사람들이 모두 너의 소견과 같다면, 너희나라에는 사람다운 사람이 없으리라 생각된다. 이런 어리석은 사람들이 감히 나에게 질문하느냐."

저가 말하길, "그대는 문명시대를 모르면서 도리어 나를 어리석다고 하느냐." 하고 이어서 나의 성명과 아내의 성씨를 적고는 강제로 날인시키려 하였다. 내가 뿌리치고 따르지 않자, 저가 법조문을 보이면서 말하길, "이 죄의 법은 가볍지 않은데 감당할 수 있겠소?" 하였다.

"나는 곧 이씨의 신민인데, 어찌 너희나라 법률로 얽으려 하느냐? 또 너희나라에는 충직하고 의로운 사람을 형벌하는 법이 있느냐?" 하면서 드디어 물리치고 보지 않았다. 저가 말하길,

"그대가 비록 큰소리치지만, 내가 지금 법률을 시행한다면 그대가 어찌하겠소?"

"내가 너희에게 미치지 못하는 것은 힘이지만, 천하에 내어놓아도 떳떳한 것은 의로움이니, 힘으로 굴복시킬 수는 있어도 의로움은 빼앗을 수 없을 것이다. 너희는 내 몸을 죽일 수 있을 뿐이다."

저가 말하길, "그대가 순종치 않으니, 비록 강제를 써서라도 반드시 굴복을 받아내리다."

하고 드디어 유치실에 몰아넣고는 감시를 더욱 심하게 하였다. 패도와 큰 띠는 모두 빼앗겼으나, 삿갓과 겉옷은 한사코 뺏기지 않았다. 이날 밤에 시 한 수를 지었다.

「5·6년 전 이러한 일 겪었으니, 남은 생애마저 죽기를 기약하노라. 찬바람 이는 마루방에 등불만 외로운데, 눈 속에도 움을 튼다는 청음(김상헌)의 시를 외우노라」

(2) 초 6일. 왜가 끌어내서 묻기를

"몇 일간 감방에 갇혀 지낸 고통이 어떠한가, 이로 인해서 마음과 생각을 바꾸지 않았소?"

"나로 하여금 의리를 지키는 마음을 바꾸고 반대로 의롭지 않은 마음을 먹게 하려는 것이냐? 신하가 각기 그 군주를 위함은, 천하고금에 통하는 의리이다. 가령 타일에 너희나라가 조선에 합병되어 너희가 내 처지에 처했다면 그 군주를 위한 마음을 고치겠느냐, 안 고치겠느냐?"

저가 오래 있다가 말하길,

"공의 이러한 마음을 나도 훌륭하게 생각하나 공이 이미 죽지 않고 살고 있는데, 이번에 새롭게 한 정부명령의 초반은 결코 어길 수 없으므로, 다만 속마음으로는 임금을 위한 애통한 마음을 간직하지만, 겉으로는 전날의 고집을 조금 바꾸어 대략 보통사람들과 같이한다면 지금 세상을 살아가기가 편하지 않겠소? 나도 다른 사람과는 달리 대우하겠소. 행할만한 일이기에 시키는 것이니 깊이깊이 생각해 보시오."

"마음과 행동이 같지 않은 것은 성현이 경계하는 바여서 나는 성심으로 의리를 지키노라. 때문에 행하는 일이 부득불 이와 같은 것이니, 만약에 마음이 있는데도 행함이 없는 일은 나는 차마 할 수 없노라. 다시 많은 말 하지 말고 다만 너희 힘이 미치는데로 임의로 하라."

저가 말하길, "그대가 이같이 기약한다고 해서 그대 나라를 회복시킬 수 있겠소?"

"과연 내 마음과 내 행동이라면 어찌 다만 우리나라만을 회복하리오. 실제로는 천하의 금수 같은 풍속도 바꾸는 것이니라. 다만 나 같은 사람이 적기 때문에 너희 무리가 이와 같이 횡행하는 것이다."

저가 말하길, "끝까지 일본을 배척한다면, 혹시 다른 날에 능욕을 당하고 도적을 만나는 불행이 있을 때 군이나 헌병대 두 곳에서 모두 돌보지 않을 것인데 어쩌려오?"

"염려마라, 우리에게는 스스로 다스리는 도가 있어, 몸을 닦아서 가정에까지 미치게 하니 누가 감히 모욕하리오. 충직과 신의, 돈독과 공경은 오랑캐지역에서도 행해지는 것인데, 하물며 우리의 고장에서랴! 또한 모든 강토를 큰 도둑에게 잃었고, 나라 임금이 짐승 같은 자들에게 욕을 당하기에 이르렀는데, 능욕과 절도라 한다면 무엇이 이보다 심한 것이리오. 아아! 내 한 몸이야 돌아 볼 겨를이 없느니라."

저가 큰 소리로 말하길, "그대의 기질은 갈수록 심해지니 다시 유치장에 들어가시오."

(3) 초 9일. 중양절에 대하여 읊었다. 「9월9일 옥중에 누워있으니, 울타리 국화꽃 딸 수 없노라. 귓가엔 다만 떠들썩한 소리만 스칠 뿐, 오랑캐 풍속은 너무나 다르다네」또 교목을 읊었다. 「백년 자란 큰 나무는 가볍게 볼 수 없으니, 하늘 향해 우뚝 솟아 속세의 정을 벗어났네. 어찌 다만 봄·여름에만 번성하랴, 눈서리 속에서도 당당히 살아있다네.」

(4) 11일. 또 끌어내어 물었다.

"요사이에 심사를 고치지 않았소?"

"내 마음은 돌과 같아서 변하지 않는다."

저가 말하길, "민적은 그대가 비록 성명과 거주지를 말하지 않더라도 판적에 실려있으니 어찌 빠질 수 있겠소?"

"나라를 빼앗고 남은 계획도 여기에서 시행하려느냐? 내가 하지 않는 것을 누가 감히 한 단 말이냐?"

저가 말하길, "그대가 만약 한결 같이 완강히 거절한다면 , 곧 사람이 없는 외딴 섬에 옮겨 사는 것이 좋겠소."

"나는 주인이고 너희가 나그네인데. 나그네가 주인을 쫓아낸다는 것이 말이 되느냐?"

저가 말하길, "나는 좋은 태도로 누누이 말하는데 끝내 듣지 않으니 이 뒤로는 나 또한 업무가 많으므로 자주 접하지 못하고 마음을 바꿀 때까지 기한으로 비록 몇 해가 되더라도 오랫동안 유치실에 있게 될 것이오."

"나는 망한 나라의 남은 백성이니 어찌 편안키를 바랄 것이며, 또한 죽어서 돌아가기를 기약하느니라."

⑸ 14일. 밤이 깊은 뒤에 여러 왜인과 보조원이 모두 퇴근하고, 당직 헌병 2인 만이 있었는데, 그 한사람은 오장인 <중저>이다. 중저가 술과 과일을 가지고 와 옥문을 열고 나에게 권하며 위로 하기를,

"공의 훌륭한 이름을 들은 지 오래이오. 서로 친해보려 하는데 공의 뜻은 어떻소? 또 피차에 말을 알 수 없어서, 정의가 통하지 못하여 매번 가만히 한스럽게 여겼소. 이번의 일은 단지 장관의 명령을 따라 한 것일 뿐이오. 나의 사사로운 마음으로는 아주 미안하게 생각하오. 비록 그러나 마침내는 반드시 무사할 것이니 걱정 마시오."

"나는 '불사이군'의 의리를 지키므로 일본의 정령을 처음부터 응하여 따르지 않은 까닭으로 연전부터 지금에 이르기까지 나를 심하게 학대하고 있는 것이다. 내가 지금 의리로써 스스로를 지키므로 죽음도 피하지 않는데, 무엇 근심함이 있겠느냐?"

저가 말하길, "사람마다 각기 그 주인을 위하는 것은, 이것은 천하의 큰 의리인데, 내가 공을 존경하여 마지 않는 것도 의리 지킴 때문이오. 내가 어찌 공을 미워할 것이며, 내가 어찌 공을 꺼릴 것이오. 다만 나는 관리가 된 처지와 옥에 갇힌 죄수와 더불어 사적인 말을 한 것은 체통과 예절을 잃은 듯 하오만, 그러나 공은 의로운 선비이므로 다른 사람과는 아주 다른 경우이오. 또 평소에 존경하여 마지 않았으므로 감히 틈을 타서 말하는 것이니 이상하게 생각지 마시오."

이어서 술과 과일을 권하였는데, 나는 비록 굳게 거절하여 먹지 않았지만, 그러나 저들의 성심도 정성스러워 스스로 그만 두지 못할 것이 있었다. 인륜을 지닌 양심은 문화인이나 오랑캐나 어쩌면 차이가 없는 것인가.

⑹ 15일. 공주에 주재하고 있는 경무부장 왜인 <세정애친>이 왔는데, 얼마 있다가 나를 끌어내었다. 그는 의자에 앉고 분대장은 칼을 잡은 채 층계 위에 서있으며, 병졸 모두를 집총하여 층계 아래에 열을 지어 세웠다. 통역인은 곧 우리나라 전 판서의 손자인 <서광국>인데 왜 중좌의 계급장을 달고 우두머리 옆에 서있었다. 곧 나를 불러 앞으로 오게하여 묻기를, "그대가 이 모인가?"

"그렇다만, 너의 이름은 무엇이냐?"

그가 거친 목소리로 "그대는 하찮은 백성으로서 대관의 앞에서 당돌하고 공손치 않음이 이 같으니, 형법이 두렵지 않느냐?"

"의리로서 말하자면 너희는 오랑캐이니 너희라고 하는 호칭이 어찌하여 공손치 않단 말이냐?"

그가 말하길, "나이가 몇이오?"

"48이로다."

그가 말하길, "나이든 선비여, 듣건대 자식이 없다고 하는데, 매우 안타깝구려."

"명과 운수이니 어찌하리오."

그가 말하길, "들으니, 그대가 민적 편성에 불응한다고 하는데, 불사이군의 의리는 좋은 말이나, 그러나 백이, 숙제는 은나라가 망한 뒤 수양산에서 굶어 죽었는데, 그대는 어찌하여 합방하는 날에 죽지않고 지금도 세상에 살아있는가?"

"당일 죽지 않음이 흠이 된다면 그럴 수 있거니와, 또한 그렇지 않음도 있으니, 무릇 사군자가 절개를 세우고 의리를 지킴이 어찌 다만 백이, 숙제의 굶어죽음만을 본받을 뿐이랴! 한나라의 소중랑(소무)은 북쪽 흉노에게 사신갔다가 끝까지 위협에도 굴복지 낳고 부절을 지닌 채 북해상에서 19년간이나 갇혀있다가 살아 돌아왔으며, 송나라의 김인산은 원나라의 난리를 만나 금화산 중에 은거하여 도를 익히고 의리를 지켜 40년이 되어 일생을 마쳤으며, 우리나라의 김청음(김상헌)은 청나라에 포로가 되는 변을 만나서 명나라를 위하여 척화를 주장하다가 심양관에 6년이나 갇혀 있다가 살아 돌아왔는데, 오히려 논자가 죽지 않았다고 해서 백이, 숙제보다 차이를 두어 다르게 보지 않았노라. 나는 본래 벼슬하지 않은 선비로서 일찍이 성현의 글을 읽고 인륜을 밝히는 가르침을 익혀서 높일 것과 물리칠 것을 알며, 천하가 어지로운 때를 당하여 명예와 이익을 구하지 않고, 은거하여 뜻을 지켜서 한번 우리 조국이 망한 뒤로부터는 더욱 스스로 몸가짐을 조심하며 세상의 욕망과는 단절하였으므로 민적에 들지않고 , 왜의 깃발을 꽂지 않으며 잡역에도 응하지 않는 것이다. 오직 갓과 선비 옷 옛 차림 그대로 하고서 학문을 읽히며 스스로 조용하게 지낼 뿐이니 어찌 다른 뜻이 있겠느냐. 김인산의 「스스로 지키는 삶」을 본받을 뿐이다. 너희들의 포학은 오랑캐 원나라보다 더 심하여서 누차 붙잡아가서 발로 차고 때리며 도끼로 겁을 주고, 이어서 옥에 가두었으나 나는 하나같이 굴복하지 않았으니, 이것은 곧 소중랑과 김청음의 절의를 흠모하여 따른 것이다. 이와같이 하여 죽는다면, 죽더라도 유감이 없으며 이와같이 하여 산다면 살더라도 부끄럽지 않은 것이다. 지금 내가 이 세상에 살아가는 것이 어찌 잘못 됨이 있느냐?”

저가 말하길, “그대가 죽으려는 마음이 있는데, 내가 총검을 빌려줄테니 죽을 수 있겠소?”

“너의 이말은 정말 한번의 웃음거리도 못된다. 무릇 병기는 나라의 중대한 물건으로서 너희는 너희 군주에게서 받아서 적의 침입을 막지 않고 사사로이 남에게 빌려준다면, 이는 장수가 된 도리를 알지 못한 것이다. 만약 과연 나에게 빌려준다면 내가 어찌 먼저 스스로 기꺼이 죽겠느냐? 마땅히 너희들을 먼저 죽일 것이다. 이것 또한 매우 지혜롭지 못한 것이다. 어찌해서 너희는 너희의 칼을 가지고서 나를 빨리 죽여 걱정거리를 없애지 않느냐?"

저가 얼굴을 붉히면서 말하길,

"나는 그대의 동정과 기색을 관찰했을 뿐이지, 정말 진실로 한 말은 아니오. 비록 그러나 우리의 정치가 공평하고 법망은 빈틈이 없으니 어떻게 빠져 벗어날 수 있겠소? 또 어찌해서 싫어하며 야박하게 구는 것이오? 옛날에 백이, 숙제와 같이 일컬어지면서도 그 행동을 달리한 사람이 있으니 곧 이윤같은 자로서, 그는 말하길, '누구를 섬긴들 임금이 아니랴!' 하였는데, 어찌하여 이런 것을 본받으며 살아가지 않소?"

"하나라 걸왕은 천자이고 성탕은 제후이다. 이윤에게는 모두 군신의 의리가 있으며 다만 선악의 다름이 있었기 때문에 이와 같이 말한 것이다. 세상에서 임금을 잊고 원수를 섬김은 행실에 개나 돼지같은 사람이니, 감히 이윤의 이 말을 인용하여 구실로 삼는다면, 이것은 성인의 글을 잘못 읽은 것이며, 성인의 맡은 업무를 착각한 것이니라."

저가 말하길,

"만약 일본정부의 명령을 따르지 않겠다면, 어찌하여 북간도로 이주하지 않소?"

"지금 천하가 모두 오랑캐 세상이어서 한곳도 낙토가 없는데, 우리 고국을 버리고 어디로 간 단 말이냐? 무릇 사람과 새가 서로 합하지 못하고 얼음과 숯불이 서로 용납할 수 없으니, 각각 자기의 나라지역을 지켜야 한다는 뜻을 가지고 돌아가 너의 임금에게 알리는 것이 좋을 것이다. 대개 남의 나라를 빼앗은 자에게는 다만 힘으로 복종하며, 마음으로 복종하지 않으니, 마침에는 반드시 패망케 되느리라."

저가 말하길, "그대의 소견이 처음부터 끝까지 막혀있으니, 다시 유치실에 들이고 다시 더 분대장의 설득을 들어봄이 마땅하오. 나는 잠시 이곳을 지나가는 까닭에 이 몇마디 말로 타이른 것이오."

"지키는 뜻과 행하는 일은 죽게 되더라도 바꿀 수 없느니라."

저가 얼굴색을 바꾸면서 말하길, "훌륭한 말이요, 훌륭한 말이요."

하였다. 이 뒤로는 다시 접촉하지 아니했고 다음날 아침 다른 곳으로 출발하여 가버렸다.

(7) 21일 저녁. 왜인 반장이 옥문에 이르러 통역을 통해 말하길,

"지금은 마음이 과연 어떻소?"

"너희가 미쳤느냐? 어찌하여 번거롭게 심사를 묻느냐? 나는 장차 죽어서 이 방을 나가기를 기약하고 있으니 다시는 괴롭게 묻지 말라."

(8) 29일. 들으니 왜인 검사가 공주로부터 온다고 하여, 분대가 청결케 한다고 매우 소란하였다. 왜인 반장이 보조원을 시켜 나를 인도하여 점사(여관)로 내보내니, 실제로는 별관에 지키며 가둔 것이다. 저들은 반드시 한없이 나를 압박하며 항복을 받아내고서야 그만둘 것을 획책하는데, 지금 갑자기 밖으로 옮겨놓았으니 관유의 뜻을 보이는 것인가? 아니면 무슨 까닭이 있는 것인가? 옥에 갇혀있을 때는 비록 친척과 문하생들이라도 서로 접촉할 수 없었는데 이에 이르러 비로소 면회가 되었다. 마치 저승사람이 다시 이 세상에 나타나 서로 보는 듯이 하였다. 경운은 비록 들어오지 아니했으나, 내가 굶주리고 추위할 것을 생각하여 새솜으로 옷을 지어 연이어 들여보냈으며 끝까지 잘 지낼 수 있도록 도왔다. 이희순은 수십리 밖에 살면서도 풍설을 피하지 않고 번번히 옥을 찾아 위문왔다. 평일에 서로 함께한 정의가 환난을 만나서 더욱 돈독

히 되었으니 이것이 어찌 쉬운 일이랴!

지난번 옥중에 있을 때 공주 경무부로부터 돌아와 본읍에 갇힌 자의 말에 상부로 옮겨져 갇히는 사람은 반드시 먼저 머리를 깎인다고 하는데, 내가 가만히 스스로 헤아려 보건대 나또한 이번 행차를 면하지 못할 것이니 머리깎이는 화를 단연코 피할 수 없을 것이다. (그러므로) 일찍 몸을 방어할 만한 물건을 마련하여 때가 되면 스스로 결정(자결을 뜻함)할 수 있게 됨만 같지 못하다고 생각되었다. 그리하여 분대 고용인으로 출입하는 사람을 이용하여 틈을 타 문생에게 말하여 한 개 작은 칼을 구해주도록 청하고, 또한 여러 문생들이 겁먹고 두려워서 명을 따르지 않을까 염려되어 오이깎고 종이 자르는데 쓸 것이라고 거짓 핑계를 대었다. 또 경계시켜 말하길, "옥중에는 이러한 물건 등은 절대로 금지시키니 사적으로 통하며 모름지기 비밀로 해야한다." 고 하였다.

여러 문생들이 나가서는 서로 비밀히 의논하기를,

"이것은 반드시 선생이 순직하려는 계획이다. 그러나 큰 의리가 있으므로 따르지 않을 수 없다 고 하며 한 개의 칼을 사서 막 몰래 들여보낼려는 때에, 내가 마침 별관에 나와 있게 되었으므로, 문생들이 일의 기미가 조금 해소되는 것을 보고 기뻐하면서 나에게 고하기를

"선생님의 순직하려는 뜻은 머리깎임 한가지에 있었사온대, 이후로는 결코 공주로 가시는 일은 없을 것이므로 머리깎임에 대하여는 깊이 염려하실 것이 없을 것입니다. 어찌 반드시 용기를 손상시키겠습니까?" 하였으니, 그 의논이 조리있고 막힘이 없으며, 제법 의리를 헤아려 택하였으니 매우 기특하며 사랑할 만 하였다.

그믐날 왜인 검사가 돌아가자 보조원이 반장 명으로써 나를 부르므로 분대실에 따라 들어갔다. 왜인 반장이 말하기를, "공은 끝까지 지닌 뜻을 바꾸지 않는 것이오? 다시 생각해 보시오."

"목숨을 버리고서 의로움을 취하는 것은 성인의 분명한 가르침이니,

내가 어떻게 차마 구차하게 살기를 바라겠느냐?"

저가 말하길, "내가 본국에 있을 때 이미 귀국 정치가 무도하다는 것을 들었고, 지금 열강의 시대에 있으면서도 스스로 강해지는 길을 힘쓰지 않고 아침에는 일본에 붙고 저녁에는 노국(러시아)에 의지하는 등 변개가 무상하였으니, 만약 우리에게 합방되지 않았다면 반드시 저들에게 흡수되었을 것이오. 이로써 논한다면 조선이 망한 것은 실제로는 스스로 부른 것인데, 공은 어찌하여 우리 일본 원망하기를 이와같이 심하게 하는 것이오?"

"나라의 흥망은 예부터 있었으니, 이 때문에 앞서의 성인인 기자의 '(나라는 망했어도)나는 신복이 되지는 않겠다.'는 말이 있었고, 어두운 방에 있는 홀어미도 또한 기둥에 기대어 하소연 함을 면하지 못한다고 하였으니, 이는 인정과 천리에 비추어 당연한 것이다. 어떻게 어진사람과 의로운 선비들로서 그 나라가 망하는 것을 보기를 저 월나라가 진나라 쇠약해짐을 보는 듯이 한단 말인가? 하물며 우리 임금께서는 자애롭고 인자하시어 요·순임금의 자품 아님이 없었는데, 간신들이 나라를 그릇되게 하여 드디어는 패망케 하였으며, 이웃나라도 불량하게 몰래 흉한 계책을 사용하였으니 고금천하에 어찌 이런 일이 있을 수 있느냐?"

저가 말하길, "내가 조선에 있은지 5~6년되므로 조선인들의 마음씀을 다 겪어서 알게 되었소. 지난해 의병을 일으킨 여러사람들을 붙잡아 질문할 때에 강인한 자는 욕설과 패담을 끝없이 하였고, 약한자는 두려워 떨며 횡설수설 말이 어긋났었는데, 이제 공은 말이 바르고 이치가 자연스러우며 일의 사정에 환히 밝으면서도 이미 악한 소리가 없으며 또 놀라 움직임이 없이 오래 유치실에 있으면서도 날마다 의관을 정제하고 묵묵히 단정하고 엄숙하게 하여 일찍이 게으르거나 오만한 용모를 보이지 않기를 한달을 하루같이 하였으니, 이 어찌 보통사람으로서 미칠 수 있는 것이겠소? 내 개인 감정으로서는 흠모하여 경탄하지 마지 않으나, 사건이 상관에게 매어있으므로 내 멋대로 판결할 수 없는 일이오. 이제 분대장이 출타하여 돌아오지 않았으므로 다시 나가서 별관에 머무르시오."

말을 마치자 분대장 왜인이 왔는데 조금 있다가 또 유치실에 몰아 넣었다.

⑼ 시월 초 1일. 오후에 심문을 시작하여 초경에 이르렀다. 이때 왜인 반장이 붓을 잡고 기록하였다. 왜인 분대장이 말하길, "그대는 끝내 민적에 편입하지 않으려오?"

"나를 죽이기는 쉬워도 민적에 들게하기는 어려울 것이니, 다시 여러 말 하지 말라."

저가 말하길, "만약 우리의 말을 따른다면 당연히 즉시 무사히 돌아가겠지만, 그렇게 하지 않으면 곤란이 막심할 것이오. 내심으로는 의로운 뜻을 가지고 있으면서 외면으로 짐짓 군헌병대의 명을 따르는 것처럼 한다면 이 세상에서 살아갈 수 있을 것이오. 이말은 나의 속마음으로 하는 말이니 범연하게 듣지 마시오."

"너희가 나를 불충하도록 유혹하니, 너희가 반드시 불충하는 마음이 있는 것이로다. 나는 다른 재략이 없기에 나라의 원수가 되는 사람이 우리 강토를 유린하는 것을 참고 보면서 가슴을 치고 애통해하며 차라리 갑자기 죽어버렸으면 한 것이 오래되었다. 어찌 한 때의 곤란을 두려워하겠느냐?"

저가 말하길, "듣건대 공은 청년들을 교육함이 많다 하는데, 가르치는 것은 무슨 글이며 행하는 바는 무슨 일이오?"

"성현의 글을 가르치며 도의의 일을 행하노라."

저가 말하길, "제자들이 모두 선생의 뜻과 같이 하오?"

"뜻은 같이 하지만, 행동은 혹 미치지 못하노라."

저가 말하길, "일본과 조선이 합병한 것은 곧 조선황제가 좋은 마음으로 양여한 것이오. 지금 공은 임금을 위한다고 일컬어 말하면서도 어찌하여 임금의 좋은 마음을 따르지 않는 것이오?"

"가령 너희나라의 임금이 대대로 지켜오던 강토를 들어서 까닭없이 남에게 준다면 너희나라 신민이 모두 이것이 참으로 임금의 좋은 마음(선심)에서 나온 것으로 여기고, 진실한 마음으로 기꺼이 따르겠느냐? 무릇 인간의 마음은 지극히 신령하여서 겉모습으로는 사람을 속이기 쉬운 일이나, 내심으로는 끝까지 자기를 속이기를 어려운 법이다. 지금 너희들이 나를 상대로 합병의 일을 말하면서, 비록 양여했다고 말하나, 이것은 외면으로 사람을 속이는 말인 것이며, 그 마음에서는 반드시 '내가 비록 입으로는 양여라고 하였으나 실제로는 강제로 위협한 일이다.'고 생각하고 있을 것이니, 이것은 속마음은 스스로 속이지 못하기 때문이다. 만약 이러한 지각조차도 없다면 이는 반드시 우매하거나 미친 사람인 것이니, 어찌 사람을 상대하여 주고받을 게 있느냐?"

저가 말하길, "공의 이말은 어찌도 그리 심하오?"

"이는 너무 심한 말이 아니며, 곧 이치와 형세가 저절로 그렇게 되는 것이다."

저가 말하길, "공이 지금 조선왕을 볼 수 있다면, 장차 무엇을 시도하겠소? 장차 일본을 치자고 청하겠소?"

"우리나라 임금은 원수 같은 도적들에게 갇히는 치욕을 당하고 있으며 나는 아득히 임금의 안부도 듣지 못하는데, 어떻게 폐하를 뵈올 수 있을 것이며, 가령 폐하를 뵙더라도 나라를 잃고 대중을 잃은 지가 오래이니, 돌이켜 보건대 무슨 힘이 있어 너희나라를 칠 수 있겠느냐? 지금의 일 형편으로는 조선 신민이 진실로 지략을 가지고 죽겠다는 병사를 모집하여 비록 먼저 실행한 뒤에 소문이 나도록 해야만 가능한데, 다만 이러한 역량을 가진 사람들이 없는게 한이 될 뿐이다."

저가 말하길, "오늘날 조선이 회복되기를 희망하는 소견은 우물 안의 개구리에 지나지 않소. 그것은 패망하여 남아있는 종묘사직이 없는데 무슨 희망이 있어서 죽음으로써 절의를 바치려 하오?"

"국가가 전성할 때에도 오히려 덮어 길러준 은혜를 감히 잊지 못하는데, 오늘에 있어서는 더욱 어떻게 차마 저버리겠느냐?"

저가 말하길, "들으니, 공이 일찍이 큰 관직을 지냈다고 하던데 과연 그러하오?"

"잘못들은 것이다. 나는 비록 관작이 없었으나 국가와 더불어 운명을 같이하는 의리를 지녔으니 실제로 녹을 먹는 관리와 다를게 없다."

저가 말하길, "나는 공이 겪는 곤란을 민망히 여겨 누누이 설득하고 있으나, 끝내 듣고서 따르려는 뜻이 없으니, 다시 유치실에 들어가야겠소."

밤에 한 시구를 읊었다. 「짐승들 무리 속에서 30여일 지내니, 집안일 모두 잊고 몸만 있을 뿐이네. 칼 창 번득이듯 창공에서 눈서리 내리나, 가슴속에서는 봄 생각 줄어들지 않는다네.」

(10) 초 2일. 이른 아침 분대장 왜인이 출타하자, 오장인 <죽전>이라는 왜인이 옥문을 열고 나를 끌어내 당직실에 세우고서 작은 책자를 잡고서 다시 나의 본관이며 나이 등을 물었다. 내가 꾸짖으며 답하지 않자, 저가 말하길, "이것은 민적에 편입시키려는게 아니고, 뒷날에 서로 방문할 때 증거를 삼고자 한 것이다."

하고 다시는 묻지 않고 물러갔다.

뒤에 들으니, 이 날에 오장<죽전>이 보조원을 인솔하고 우리 집에 가서 처에게 호적을 묻고자 하였으나, 처가 방에 들어가 문을 걸어닫고 '모른다'는 것으로 거절하니 <죽전>이 계획한 것을 이루지 못하고 빈손으로 돌아갔다고 한다.

(11) 12일, 이른 아침, 반장 왜인이 옥문을 열고 나에게 말하길, "날씨가 매우 추우니 나와서 화로불을 쬐시오."하며 필담으로 몇 줄을 써서 보이기를 "일본인엔 이국민이 없소. 현재 일본과 조선은 합병이 되었으므로 동일한 사람인 것이오. 귀공은 지난번의 의지를 버리고 바꾸어 다시 새로운 양민이 되시오." 나 역시 필담으로 답하기를 "나라 망한 백성이 만고에 변함없는 의리를 지켜서 죽게 되더라도 변하지 아니하니, 오직 빨리 나를 죽이기만을 원하노라." 저가 보고서는 마치 놀라고 두려워하는 듯 말없이 서있다가 곧 보조원을 시켜 나를 데리고 점사로 나가게 하며 말하길 "오늘 날씨가 매우 차가우니 마루방에 오래있게 되면 실로 미안한 일이므로, 청컨대 여관에서 조금 쉬도록 하시오." 하였다. 이때에 공주도 장관이 본군 군청에 도착하였다고 한다. 대개 공주로부터 큰 관리가 오게되면, 곧 반드시 나를 여관에 내보내니 진실로 매우 괴이한 일이라 생각된다. 그들의 상관은 이미 내보내라는 영을 내렸는데도 분대장이 사사로이 자기가 구류시킨 것인가, 알 수 없는 일이다. 집안의 종형과 조카들이 여러 문생들과 함께 전날과 같이 면회를 왔다.

(12) 15일, 도장관이라는 자가 돌아가, 다시 나를 불러 유치실에 넣었다.

(13) 20일, 분대장 왜인이 옥문을 열고 나를 불러 말하길, "추위가 이같으므로 고통이 반드시 매우 심할텐데, 어찌 반장의 설득하는 말을 따라서 귀가하여 편히 쉬지 않는 것이오? 처자식들과 상면치 못한 것이 이대로 여러 달이 되었는데 생각할 바가 없소?"

"비록 집안을 생각하는 바가 간절하지만, 대의가 있기에 사사로운 인정을 돌아 볼 겨를이 없느니라."

저가 말하길, "비록 악향과 징역을 주더라도 고치지 않겠소?"

"죽음이 있을 뿐이니 다시 어찌 두려워하겠느냐?"

저가 말하길, "나는 공을 위하여 솜옷을 들이는 것을 허락하고 갓과 도포를 벗기지 않았으며, 또 강제로 깎지 않았는데, 내가 관대하게 한 의도를 알고나 있소?"

"관대함이 빨리 죽여줌만 못하니라."

저가 말하길, "참으로 깨우치기 어려운 사람이라 어찌할 수 없구나." 하고 다시 마루방에 넣었다.

(14) 23일. 밤에 다만 갇혀있는 장씨 성 가진 한 사람과 함께 누워있는데, 갑자기 문밖에 시끄러운 소리가 들리고 헌병 6~7명이 술 취한 왜인 한사람을 잡아와 옥어 몰아넣었다. 이 왜인은 꽤 힘이 세었고 술에 취하여 미친 것처럼 행패를 부렸다. 옥문을 발로 차 부수고 갑자기 튀어 나가려고 하자 여러 왜인들이 힘껏 막으려 하였지만 되지 않았다. 이에 장씨를 구타하여 피가 흘러 범벅이 되었으며 이어서 실내에 오줌을 누었다. 상황이 매우 위급하였으며 혹시라도 나에게 손찌검할까 염려되어서 몰래 화장실에 들어가서 판자문을 닫고 서 있었다. 취한 왜인은 곧 판자문을 발로 차 부수고, 목침을 연이어 4~5차 던졌는데 모두 문난간을 맞히고 내 몸에는 닿지 않았다. 마치 신인이 보호한 듯 하였으니, 기이하고도 다행이었다. 곧 이어 장씨 죄수를 찾아내서는 상투를 붙잡고 목을 차서 거의 기절이 되었다가 소생하였다. 보조원들이 비로소 몽둥이를 들고 취한 왜인을 마구 두드리면서 그 손발을 묶자 시끄러운 사태가 바야흐로 끝났는데 핏자국이 나의 옷과 버선까지도 물들였었다. 반장 왜인이 나로 하여금 나가 별관에 머물게 하였다. 며칠 후 들으니 공주의 검사관과 경무관이란 자들이 서로 이어 도착하였다한다. 나를 별관에 머물게 한 것은 혹시라도 이들로 인한 것이었을까?

(15) 25일. 우리 형수의 탈상 날인데, 몸이 지척에 있으면서도 제사에 참

여할 수 없으니 그 비통함을 이겨낼 수 없다. 친척과 여러 문생들이 날을 쫓아서 면회하고, 삼종제 인영이 덕산에서 와서 만나보았다. 여관의 주인이 바야흐로 그 아비의 상을 지내고 있었는데, 퉁소 불기를 좋아하였다. 내가 사람의 자식으로서 애통해하기를 간절하게 하는 마음을 가진다면 이와 같이 해서는 안된다고 깨우치자, 여관 주인이 부끄러워하며 그쳤다. 또 그가 성내면서 어미를 꾸짖는 것을 보고서, 옛사람들의 어버이를 섬기는 도리를 설명하고 순순하게 직접 대하고서 깨우쳐주니, 여관 주인 모자가 감복하여 마지 않았다.

여관 벽 위에 여러나라 임금들의 그림을 붙여 놓았는데, 우리 임금의 사진도 또한 붙여있었다. 여관 주인을 불러 가르치기를,

"우리나라 법에 임금을 그린 그림은 사가에는 감히 모실 수 없으며, 그림이나 모습을 받들어 모신 곳은 위 아래를 막론하고 지나가는 사람은 반드시 예를 갖추어야 하며, 그렇지 않으면 불경죄로서 처벌하는 법이다. 근래에 와서 오랑캐들이 우리 문화를 어지럽히자 기율이 해이해졌다. 비록 그렇더라도 진실로 사람다운 마음을 가진 자는 어찌 임금을 높이고 어버이를 친애하는 의리가 없겠느냐? 즉시 싸서 보관하고, 오고 가는 무지한 사람들로 하여금 손가락으로 누르고 더럽혀서 스스로 불경죄로 죽음을 자초하는 일이 없도록 하라."

여관 주인이 무지한 것을 사죄하고 옆에서 보는 사람들도 모두 두려워 하였다.

(16) 11월 초 2일. 식사 후에 보조원이 나를 불러 분대실에 들어가니 반장 왜인이 말하길,

"오래 별관에 있었는데 달리 새로운 생각이 있소?"

내가 거칠게 말하길, "내가 비록 못난 사람이지만 결코 임금을 잊고 원수를 섬길 사람이 아니다." 하였다. 저가 이 말로 분대장에게 고하니,

대장 왜인이 다시 시켜서 마루방에 머물게 하고 오장인 왜인<중조>가 홀로 사무실에 앉아 나에게 말하길,

"내가 지난 기간에 규암에 옮겨서 있다가 당직일이라서 들어온 것이라오." 하면서 이어서 또 술 권하기를 각별하게 하였으나 나는 고사하면서 마시지 않았다. 저가 말하길, "공 같은 어진이가 이처럼 곤란을 당하니 마음에 항상 안타까워 탄식하고 있소. 공이 민적에 들지 않은지 이미 5~6년이나 오래 되었는데, 지금에도 죽기를 한하고 그 마음을 바꾸지 않으니, 진실로 남아의 일이라서 내가 감히 비난하지는 않겠소. 비록 그러나 내심엔 바꾸지 않고 겉으로만 우선 (지시를)따라서 곤란을 면한다면 되지 않겠소?"

"예로부터 군자가 일을 처리할 때에 겉과 안을 한가지로 아니하면 안 되는 것이다."

저가 말하길, "우리 위 아래 관료가 모두 존경하고 흠모할 줄 알지만 귀공이 특히 따르지 않아서 상부의 정령이 오래도록 지체되어 여기까지 이른 것이오."

"나 또한 죽어서 돌아가는 것으로 끝내고자 하노라."

저가 말하길, "명년이면 나의 임기가 이미 차서 당연히 본국에 들어가게 되는데, 공이 생각나는대로 시를 지어서 나에게 줌이 어떻소? 마땅히 겹겹으로 싸서 지녀 남의 이목에 띄지 않도록 하겠소."

청하기를 더욱 간곡하게 하였지만 끝내 허락하지 않았다. 이날에 유기수·유인수·인택 등이 군청에 들어왔다가 <중조> 및 보조원 2인을 만났는데, 읍으로부터 집에 이르러, 권하기를 분대에 영을 요청하면 반드시 석방될 수 있을 것이다 운운 하였다 한다. 여러 문생들이

"선생의 뜻이 구차하게 면하려 아니하니 우리들이 감히 그 요행을 도모할 수 없다." 하니 저들이 낙담하고 가면서 말하길, "청컨대 남을 상대하여 말하지 마시오."하였는데, 관리의 말이 이와 같았다고 한다.

(17) 초 5일. 눈바람에 심한 추위였다. 내가 팔짱을 끼고 꼿꼿하게 앉아 있으려니, 반장 왜인이 옥문에 이르러서 보조원을 시켜 털 담요로써 내 등을 둘러 감싸게 하였다. 저들이 이미 나를 가두어 곤하게 하면서, 또 나를 보호하니 그들의 마음 씀을 진실로 헤아리기 어렵다고 하겠다. 한 사람이 옥에 갇혀 한 보름쯤 되었는데, 하루는 그의 병든 아내와 어린 아들이 옥문 밖에 와서 울었다. 부자간 부부간에 서로 보고 통곡하니 보조원들이 가혹하게 금지시키며 내쫓았다. 내가 말하길 "슬프다! 저 어린 아이가 아비를 부르며 통곡하는 것은 천륜의 지극한 인정이 드러난 것이로다. 천하에 누군들 부자가 없을소냐!"

왜인이 내말을 듣고 다시 그 처와 자식을 불러 상면케 해 주었다. 이 뒤로부터는 옥에 갇힌 사람의 처자식이 오면 모두 심하게 금하지 아니하였다. 내가 옥에 있는 날이 오래 되자 갇힌 무리들을 두루 겪음이 많았는데, 그중에 살인이나 강도의 죄를 범한자와는 절대로 말을 하지 않았고, 잡스러운 기교나 가벼운 죄에 걸린자는 경계하기를 매우 깊게 하였다. 옥에 들어간 초기에는 왜에 따라 붙은 자들이 모두 비웃었는데, 점차 겸손하고 사양하는 말들을 하였다. 왜인은 양반이라 일컫고, 보조원은 선생이라 불렀다. 그 어떤 경우는 나를 위하여 꾀하는 자가 있어 마치 <위율>이 <소중랑>을 설득하듯 하니 가소롭기도 하였다. 보조원 <박창순>이 당직하는 밤에 소설 춘향전을 보는데, 춘향은 남원의 창기 (기생)이었다. 남원 사또가 그 여인이 자색을 갖추고 있음을 듣고 강제로 명하여 수청토록 하자 춘향은 의를 지켜 따르지 않았다. 사또가 크게 노하여 잡아다 옥에 거두었다. <박>이 갑자기 읽기를 그치고서 나에게 말하기를, "선생의 오늘의 일은 춘향의 지난 때의 정경과 같소이다."

내가 말하기를 "창기의 노래가락에서 어찌 족히 믿음을 취하리오. 또 그 가련한 태도를 어찌 감히 대장부에게 비겨 논한단 말이냐?"

박이 말하기를

"이것을 말함이 아니오라, 춘향이 두 지아비를 바꾸지 않는 것이 선생이 두 임금을 섬기지 않음과 그 의로움은 그윽히 비견할 만 합니다." 하니 그 말이 진실로 가소롭다고 하겠다.

(18) 초 7일 동지. 우리집에서 팥죽 한 그릇을 보내왔는데 보조원들이 수저로 여러번 휘저은 뒤에 옥에 들여보냈다. 또 함께 대추 한봉지를 보냈는데 휴지로 봉지를 만들었던 것을 펴 본 뒤에 들여보냈는바, 혹 그 안에 집안과 문자를 왕래한 것이 있는가 의심한 것인지 모르겠으나 너무 심한 처사였다. 시 한 수를 읊었다. 「동지에 한 양이 밑으로부터 솟아나는데, 옥중에서는 미리 사람 거절할 것도 없다네. 팥죽 한 그릇 집안 사람이 보내오니, 무루정에서 한나라가 다시 소생한 것 생각나네(후한의 광무제가 무루정에 이르렀을때 추위와 굶주림에 고통을 겪다가, 측근이 올린 팥죽 한 그릇을 먹고 기운을 차리게 된 고사가 있다.)」

(19) 초 8일. 분대장 왜인이 옥문을 열고 나를 끌어내고 좋은 말로 위문하기를

"날씨가 매우 추운데 혹 배라도 아프지 않소?"

"아픈데가 없느니라."

저가 말하길 "만약 반장의 설득을 따른다면 지금 당장 석방하겠소."

"석방을 원치 않고 오직 빨리 죽여주기를 원하노라."

저가 말하길 "나는 공을 어찌하지 못하니, 다시 이 방에 머무르시오."

(20) 초 10일. 반장 왜인이 와서 묻기를, "날씨의 추위가 이같은데 옥중에서 곤란이 어떻소?"

"태평하니라."

저가 내옷과 버선위에 핏자국이 있는 것을 보고서 말하기를, "이것은

지난날 취한 미치광이가 더럽힌 것인가? 보기에 매우 미안하오."

이어서 묻기를 "공은 본디 두려워 하는 것이 없었는데, 지난 날에는 곧 측간(변소)속에 피하여 들어갔으니 어찌해서요?"

"적을 만나 굽히지 않고 죽음은 의로움이요, 미친 사내의 해침을 운 없이 당함은 헛된 죽음이다. 헛된 죽음을 어찌 두려워하지 않으리오?"

저가 말하길 "공은 매일 말없이 단정히 앉아 있는데 무슨 생각을 하는 것이오?"

"우리의 종묘사직의 회복을 생각하며, 나의 절의 지킴을 생각하는 것이다."

저들이 다시 말하지 않았다.

(21) 13일. 저물녘에 여러 문생들이 분대에 고용된 <강기수>를 통하여 유복과 버선을 들여보냈다. 이날 밤에 이것을 입고 따뜻하게 잠을 잘 수 있었다. 옥에 들어온 뒤로 이사람은 꽤 나를 생각하는 마음을 가지고 있기에, 옥 안에서의 군색한 일들을 많이 이 사람 때문에 면할 수 있었다. 매번 틈이 나면 그는 제법 마음을 터 놓고 말하였다. 내가 주의시켜 말하길 "너에게도 부모형제가 있을 터이니 속히 고향에 돌아가서 힘껏 농사지어서 양친을 봉양하는 것이 옳은 일이니라. 하필이면 원수 도적의 밑에서 분주하게 일에 힘쓰단 말이냐!"

그가 말하길, "이 해가 끝날 때 머지않아 즉시 물러나겠습니다." 하였다.

(22) 14일. 저들의 양력으로는 해를 마치기 하루 전날이다. 분대장 왜인이 나를 불러 말하되 "요즈음에 당한 곤란으로 매우 불편하겠소."

"나는 망한 나라의 남겨진 백성이니 이러한 곤고를 당하는 것은 곧 보통의 일이오."

저가 말하길 "이 해가 끝나가는데 곧 집에 돌아가기 위하여 다시 깊이 생각하여 군에서 지시하는 명을 대략 따르는 것이 어떻겠소?"

"내가 할 바는 오직 의로움을 따를 뿐이니라."

이날 이른 아침에 왜인이 앞서 면,이장들과 문생들을 불러놓고 말하기를

"이 모는 일등가는 큰 남자이다. 견식이 높고 말이 훌륭하여 나도 매우 감복하였다. 그러나 이와 같이 곤궁을 당하는 까닭은 우리 일본의 정령을 배척하기 때문이다. 금일에 마땅히 석방하여 돌려보낼 것이니. 함께 귀가하여 거듭거듭 설득을 해 보아라."

하니 면, 이장이 모두 말하길, "이 사람이 평소 고집하는 것은 우리들이 돌릴 바가 아닙니다." 하고, 문생들은

"제자가 된 자로서 감히 그 뜻을 어기게 할 수 없습니다." 고 말하였다 한다.

나는 그날로 귀가하였는데 경운을 만나보니 덕용이 매우 수척하였다. 내가 놀라 말하길,

"그대의 신상이 나보다 더 파리하니 어찌해서인가?"

경운이 말하길, "형은 싸움에서 이긴 까닭으로 살이 쪘지만 나는 곧 별도로 두가지 근심이 마음 속에 있어밤낮으로 미처 풀지 못하였네. 하나는 형을 위한 근심이었고, 또 하나는 우리 집안을 위한 근심이었네. 이 두가지 근심을 품고 있으니, 어떻게 여위고 수척해지지 않겠는가?" 하였다.

대개 내가 마루방에 있을 때 갇혀있던 여러 죄수들을 보면, 추위와 굶주림을 견디지 못하고, 아침 저녁에 밥을 대하면 반드시 허겁지겁 먹으며 씹지 않고 삼켜버리는 경우가 있었다. 식후에는 바로 몸을 구부려서 누워서는 한번도 일어나 움직이지 않으니, 냉기가 배에 스며들어 먹은 것이 소화되지 않으며, 팔다리에 얼음이 들어 드디어는 병신이 되기에 이르렀다. 내가 그들이 병이 나는 것을 불쌍히 여겨 매번 절도있게

먹고 운동할 것을 권유하였으나 듣고 따르지 않는 경우가 많아서 갇혀 지낸지 5~6일이면 곧 귀신의 모습이 되었다.

나는 아침 저녁식사를 씹어먹으며 양을 지나치지 않고, 먹은 뒤에는 반드시 일어나서 배회하여 먹은 것이 소화된 뒤에 앉았다. 혹한을 만나서 4지 팔다리가 모두 얼고 발톱이 모두 빠지며, 살갗을 베고서 매운 고춧가루를 뿌리는 듯 아파도, 문득 다시 일어나서 이리저리 거닐며 손발을 움직이어 기혈이 통하도록 하였다. 옥에 갇힌 것이 무릇 70여일인데 앉거나 누워있는 시간이 항상 적고 일어나 움직이는 시간이 항상 많았다. 이 때문에 오래된 기침과 가래가 또한 일어나지 않았다. 나의 허약한 기질로서 눈바람 치는 마루방에 지내면서도 질병이 생기지 않은 것은 곧 이렇게 마음을 편안히 갖고 기혈을 차분하게 다스리며 아침 저녁으로 스스로는 보호한 노력이 아니랴!

(4) 무오년(戊午年, 1918)의 일기

이 일기는 성암이 1918년 7월 20일 왜 헌병대에 붙잡혀가 민적(호적)에 들지 않는 것에 대하여 추중당하고 다음날 풀려나게 되는 과정을 기록한 것이다. 성암은 경술년(1910년) 이래로 이때까지 8년간에 걸쳐 끈질기게 위협하는 일제의 강압에도 굴하지 않고 당당한 논리로 맞섰다. 그리하여 마침내는 일제가 굴복하고 말았음을 알 수 있다. 한편 이로인해 후일에는 재산권의 행사를 할 수 없었고, 이 때문에 친일 세력에게 전답과 토지를 강탈당하는 불행을 겪게 되었다.

<번역문>

(1) 왜는 내가 민적을 거부하여 빠지게 된 것 때문에 다른 단서가 있을까 의심하여 늘 정찰하였으며, 만약 나라안에서 무릇 왜를 해치는 일이

발견되거나 혹 읍에 주둔하는 왜가 신 구임 교대할 때는 그들이 와서 조사하였는데 더욱 반복되어 그 회수가 빈번하였다. 무오년 7월 초순경에 읍에 주둔한 왜가 호구 조사차 와서 묻기를

"금번도 민적에 드는 것을 허락지 않느냐?"

내가 말하길 "십년간 지킨 것을 어찌 쉽게 고쳐 바꾸라는 것이냐?" 하니 왜인이 다시 거칠게 반응하지 않고 물러갔다. 20에 이르러 보조원이 와서 말하기를

"분대에서 공의 출석을 청하는 바입니다."

내가 말하길, "원수·도적의 부름에는 의리상 갈 수 없으니, 이것으로써 왜에게 보고하거라."

얼마쯤 지나 왜병이 와서 밧줄로 묶고서 앞에 세워 몰아댔다. 나는 큰 갓과 넓은 소매옷을 입고 신발을 끌며 천천히 걸어갔다. 왜가 드디어는 뒤로부터 등을 밀면서 걸음을 재촉하며 사납게 외쳤다. 나도 거칠게 소리내어 꾸짖기를, "너는 아래 졸개이니 다만 너의 우두머리 명령을 행하면 그만인데, 어찌 사감으로 자신이 악독한 짓을 하느냐? 사람마다 그의 군주를 위함은 천하의 큰 의리이다. 너는 어찌하여 감히 이와같이 무례하게 구느냐?"

저물녘에 분대의 청사에 이르니, 왜 우두머리가 묻기를

"어찌해서 부르면 오지 않고, 붙잡으면 오시오?"

"붙잡혀서 오는 것은 강·약이 같지 않아서고, 부름에 가지 않음은 의리를 지킴이 있어서니라."

왜가 말하길 "민적은 무슨 마음이 있기에 들어가지 않소?"

"너희나라가 교린의 약속을 배반하고 우리 임금을 협박하여 우리 강토를 빼앗았으니, 그 같은 불공대천지원수(하늘 아래 함께 살 수 없는 원수)에게는 의리상 민적에 들어갈 수 없는 것이니라."

왜가 말하길 "그대 나라의 임금과 신민이 모두 호적을 하였는데, 이

것은 다 불의한 일이오?”

“우리나라 임금과 백성이 위협을 받아서지, 실제로 즐겁게 따른 것이 아니니라.”

왜가 말하길 “문패와 청결은 왜 하지 않는 것이오?”

“이 또한 너희들의 행정명령이기 때문이니라.”

왜가 말하길 “민적이 무슨 큰일에 관계된 것이기에 여러 해 곤란 당함을 꺼리지 않고 굳게 지키면서 따르지 않는 것이오? 다만 한 가지 고집스럽게 지키는 일이지 대단히 아름다운 일이 되지 못하오.”

“이른바 호적은 곧 나라의 큰 정치이기 때문에 ≪주례≫에 보면, 백성의 수를 왕에게 올릴 때면 왕이 경건히 받고, <공자>는 수레를 타고 있으면서도 호적장부를 지고 가는 자에게 경의를 표한 바 있었다. 어찌해서 큰일이라 하지 않느냐? 오늘의 이 일은 큰 의리에 관계되므로 비록 솥에 삶아 죽이는 형벌을 당해도 그 지키는 바를 바꿀 수 없는 것이니라.”

왜가 말하길 “공이 하는 일을 누가 권고한 것이오?”

“내가 공자·맹자의 글을 읽으며 알게 된 것이니라.”

왜가 말하길 “지금 천하의 대세는 옛날과 달라서 만약 순수하게 옛날 도리만 쓴다면 그 나라를 보존할 수 없으니, 비록 공자·맹자가 다시 태어난다 하더라도 반드시 변통하는 계책을 쓸 것이오.”

“그렇지 않다. 공맹의 도는 인륜 밝힘을 위주로 하는데, 지금 여러나라의 군주들은 남의 토지를 탐하여 전쟁을 일으켜 백성들을 죽이니, 이것은 전적으로 군주가 되는 도리가 아니다. 여러나라의 신하들은 그 군주를 살해하여 개화하고 걸왕(폭군)을 도와 잔학한 일을 하는 것을 당연시 하는데 이것은 전혀 신하가 되는 도리가 아니다. 나라 정치라고 일컬으면서도 부자·형제 간의 소송을 처리할 때, 행실이 개나 돼지 같은데도 쫓아서 신의도 저버리고 약속도 배반하며 강자는 약자를 잡아먹으니, 이같이 인륜을 멸하고 강상을 무너뜨리며 예가 없고 의롭지 못한 인간을 성인은 금수에 비견하였으며 왕법에서 반드시 죽임이 있는 것이다. 성인이 만약 다시 세상에 있다면 어찌 하루라도 용납하겠느냐?”

왜가 말하길 “아무개의 언론은 위엄 있고 바르며 마음가짐도 견고하도다. 그러나 혹시라도 치안의 일에 방해가 된다면 우선 부득이 법률을 적용할 것이오.”

“어찌 다른 나라 사람에게 법률을 적용하는 이치가 있으리오? 또 나라를 위하여 의리를 지키는 사람을 학대하고, 임금을 잊고 원수를 섬기는 무리들을 상주니, 왜국의 나라 운명이 능히 오래가겠느냐?”

왜가 드디어 나를 유치실에 가두었다. 밤에 시 한 수 절구를 읊었다. 「세 차례 부여 옥에 갇히니, 죽고 사는 것이 저 하늘에 있도다. 험난하거나 평탄하거나 하나같은 절의만이 내가 마땅히 행할 바로다.」 다음날 정오에 풀려나 집에 돌아왔다.

(『웅진문화』 17 · 18 · 18집, 2004~2006)

찾아보기

1

醒菴集卷之七
抗義記事
致日國政府書　己酉八月

蓋天有一日民有一王若爲天而出二日爲民而事
二王此豈天理乎此豈人道乎今夫日本不念交隣
之義專以譎詐威脅累變條約終至於奪我政府而
欲顛覆我五百年宗社攘取我三千里疆土塗炭我
億萬生靈凡我君臣百姓所不共戴天之讎豈不全
在於日本乎此我國忠臣烈士所以噴血相起視死
如歸者也詰榮本布衣幸生長於禮義之邦習名敎
而讀聖賢書粗知君民之義華夷之分迄今四十有
餘年所矣遭此我宗國垂亡之秋旣不能擧義復讎
迺反畏鈇鉞而編戶以與敵國是卽忘君事讎也變
華爲夷也人而禽獸也夫如是則生不可以立乎覆
載之間死不得戴我先王於地下矣與其無義而苟
生曷若死之爲安也此詰榮所以必欲漏於戶簿死
與耻帝泰之魯仲連同歸者也且以時務論之東漸
之西勢有不可過則東洋之亡不待知者知之奈之
何不虞於強泰之伺隙徒屑屑於六鷄之相鬪以自
開滅亡之路乎誠非爲國家永遠之計也今日本雖

（版心：醒菴集　卷之七　抗義記事　一）

2

曰強大其已可立以待也何以知其然也孟子告齊
宣王曰今又倍地而不行仁政是動天下之兵也又
曰緣木求魚雖不得魚無後災以若所爲求若所欲
盡心力而爲之後必有災聖人之言焉可誣也況日
本之於朝鮮自丙子江華府議約之後外雖有自主
保有平和相待不可侵越永遠信遵等條約書而內
實施凶行悖於朝鮮者何其日加月增而不遺餘力
耶大槩以天下耳目所共知者證之甲申竹添進一
郎之亂慟遷我聖上殺戮我宰相甲午大島圭介之
亂奔掠我宮闕毀棄我典章文物乙未三浦梧樓之
變弑害我母后爲千萬古所無之逆而專事掩覆通
逃之賊曾無一介縛送乙巳博文權助好道等之變
牽兵入闕勒構條約脅迫政府置其統監式至于今
日惟正之稅爵賞刑政專擅之而毀我宮殿撤我都
城罷我國兵欲臣妾我奴隸我其他充塞仁義使彝
倫斁敗拘繫忠良使國元氣索絕誘起亂賊爲其虎
前倀鬼募集愚蚩潛賣於墨西哥敷設鐵道禍及塚
骨礦山航海奪國財源幻弄錢貨渴民膏血凡前後
類此之虐指不勝屈則是不徒不遵前日之約誓將
欲行易人種之毒謀使我國人靡有孑遺之意也興

（版心：醒菴集　卷之七　抗義記事　二）

3

醒齋集 卷之七

言及此痛心切骨而寧欲溘然不知也準古之史未
有若此之甚者其慢天欺人之罪貪利害物之情不
嘗百倍於齊宣之國今日本有何預算而得無後災
也又不動天下之兵哉以天下之大視日本之小渺
若滄海中一丸泥也其於敵天下向來之鋒不亦難
乎又鄰書有曰天時不如地利地利不如人和夫
人和之道在於薄賦省刑以厚養民生而已今以日
本之喪軍輸財於戰場者料之非徒構怨結釁於東
西列邦抑亦失厚養之道於本國矣孔子所云季孫
之憂不在顓臾而在蕭墻之內者似亦爲今日日本

4

醒齋集 卷之二 抗義記事

不知止夫就曰輔國安民之道乎眞所謂惡濕而居
下流惡死亡而樂不仁者也書曰天作孽猶可違也
自作孽不可逭向所稱桀紂贏項及日本壬辰之敗
亡皆自作之孽也先民垂訓可不勉哉迨此猶可及
止之時無曰我舞既張而頓改前轍之誤信以行義
恒以持心得使彼此兩國各修其政永遠相安則豈
徒弊邦之幸也貴國亦無噬臍之悔矣深思深思焉
方抽管寫胷不覺支蔓寄屬本郡駐在日官員使之
轉達于貴國政府古人有詢及樵牧勿以樵牧之微
而廢其言幸甚

再致日國政府書 己酉十月

夫仁人之心以天地爲父母以萬物爲一體而其行
仁之序則親親而仁民仁民而愛物詰榮雖不及古
之仁人乃其志願則如此也今天下紛紛尚武勇而
視文德蔑如也棄仁義而趨功利是急焉終必至於
綱常之道滅絶而人將相食矣詰榮爲是之懼曩出
一言者其意竊欲興復我宗社而復修我先王政教
使綱常之道復明而爲國家祈天永命之基爲斯民
轉禍爲福之地然後推此道以及於天下使天下之
同出於父子君臣夫婦長幼朋友之性者知其性分

5

之所固有而盡其職分之所當爲則人皆可以爲仁
人而視天下一物之有不得其所者猶吾四體中一
肢之或病焉莫不欲急救而痊之也然則天下戰闘
自休而萬國之兵甲可藏之庫矣天下謙讓成風而
萬國之訟獄自無所起矣是卽平天下之大道而詰
榮之所眷眷於今日者也然而拘於時運之衰迫於
氣數之變則詰榮亦無奈何於世矣只欲依舊隱穴
獨守其身以自靖而已至於漏籍一款是亦自靖之
一端而其說已悉於前書中今不必更贅雖以此糜
骨爛肉其素守之志不可變也惟速置刑戮以安我
心幸甚 이다

醒菴集　卷之七　抗義記事　五

致日人片綱鳥殿書　己酉十月

曩接言貌知其可與言也備陳瞽說烏可已乎詰榮
雖愚其平生所學而嗜好者乃王道而範我馳驅也
今世俗所尚而習染者皆斐錄而雜以詭遇也以我
之所學度世之所尚若方底而圓蓋也然而就其習
氣有異之中又有同而不可泯滅者秉彝良性也以
是則又豈無納約自牖之理乎哉大抵孔孟之學譬
之則五穀也開化之術譬之則秕稗也西洋之來于
東洋也將以其秕稗之賤欲移易我五穀之貴東洋

6

之人不知如此之機方處衰世而忽見秕稗之早熟
以爲秕稗勝於五穀欲專農秕稗而反棄五穀之美
種其將不飢餓死者幾希矣夫孔孟之學卽堯舜以
來王天下之大道也在湯文之初地方之小不過七
十里或百里而能王於天下者以行堯舜之道故也
屈桀紂之末幅員之大四海一家而竟被放伐之罪
者以不行堯舜之道故也由此論之天下國家之興
旺在德而不在地大也以仁義而不以貨利也昭昭
矣今東洋之有國有民者政由堯舜教尚孔孟以誠
心行之則何畏乎西之富強何羨乎西之器械乎鄒

醒菴集　卷之七　抗義記事　六

書曰國必自伐而後人伐之家必自毀而後人毀之
今東之困于西也非以兵器之不若非以人民之不
多當初必有自伐自毀之致而然也物不先腐蟲何
生乎木不生蠹風何折乎且國之盛衰喻諸寒暑折
膠之寒不生於寒而生於烈日流金之暑流金之暑
不生於暑而生於堅冰折膠之寒蓋今之盛因於已
往之衰將來之盛由於今之衰矣豈有以今之衰長
屈於盛者之理乎又豈有以今之盛長伸於衰者之
理乎況謙受益滿招損易之道也可不戒哉今朝鮮
與日本若不各守其邦轉相猜嫌則終必淪胥之歎

7

難乎免矣此豈非仁人君子所可深憂者乎詰榮雖
是布衣乃大夫之裔也詰榮之祖先蒙 李氏國恩
己重詰榮被四十年雨露之澤亦深嗟我父母之國
雖死而詎忍忘乎是以不嫌聽者之逆耳暴露語之
並與再致貴國政府書而與之須信傳焉

己酉日記

海寇東來之後行悖日甚而至於收去民籍其意將
欲奪國易民故裁長書投日本政府諭以逆順之理
己酉八月廿六日送書函于扶餘駐在日人矣書留
中間未果與之

醒卷集　卷之七　抗義記事　七

九月初二日更使廊人送書矣居無何倭巡查西森
儀三郎倭分遣所長桑原良器及本國巡查補助員
附倭爲鷹犬者六七名出來問李某誰也答曰我是李某桑
原使譯官告曰犬韓賴我日本保護而不爲露國所
奪何爲出長書曰爾欲欺天乎欺人乎爾國之侵暴
朝鮮天下之所共知也彼曰今韓國無政府乎爲
爾輩所奪據彼曰總理大臣乃韓人李完用氏何謂
日本奪據乎曰所謂完用乃我國之逆臣曰國之倀
鬼我今啖其肉不覺其腥也今我國國存而凶民生
而死者,皆此輩所致也,彼不復詰難但曰今日暮言

8

長請同入邑內云而遂入房室搜探休紙雖平日尋
常吟詠有憤鬱於彼者皆奪去
我被迫入邑日已夕矣彼更無他問因我于所謂留
置室而先使本國巡查掃室中且傳語曰明當有更
問事狀此室雖陋姑留宿一宵焉乃奪我佩刀以去
其夜倭巡查數次來審問寒加炊夜有一吟曰一夜
扶風因作楚頹窓秋氣撼燈紅依前最麗我都邑風
浪還同北海中
翌朝食後倭巡查送譯者曰昨夜電話于鴻山警察
署長則回答內其人與書並帶來云公旣以國事出

醒卷集　卷之八　抗義記事　八

頭則同往鴻邑如何曰非但鴻邑雖往日本政府吾
不辭矣隨譯者入巡查廳則倭巡查微笑曰慮或有
中路自死之弊乃以捕繩示之我亦笑而乂手與之
彼縛置前行五六巡查隨後途中口占一絶曰驅迫
前行還可笑啾啾左右却成羣此時撫釰非能事早
晚請纓縛爾君
同社諸生昨日隨我入邑乘夜歸家翌朝復入則我
己發行矣姪子圭穮及諸生急步追後遇我於中間
二十里許彷隨行本國巡查輩間間喝退諸生或退
步復進如是者數矣人心之變何若是之甚耶乘暮

9

到鴻山有吟曰艱到鴻山四十里腥塵漠漠夕陽時
匹夫爲諒何須取住彼所爲我不知至其所謂警察
署署長乃綱島殿者也聲倭列坐于事務室展長
書讀之其音啾啾不可辨聽俄頃之間招我解縛先
問我居住故鄕姓氏本貫顯祖某號幾代孫又問有
所言乎曰我之所欲言者已悉於長書更無別樣他
語然而父子君臣人之大倫也爾等何故離爾親棄
爾君久留我邦而不歸去耶彼曰不然我等本以我
政府之命來護韓國也曰爾國自初至今對列邦之
人則敢宣言保護朝鮮而內實行凶罔有其極何也

醒卷集　卷之一　　抗義記事　　九

彼曰自初韓國之待日本能無過失乎曰我國之失
只是誤國奸臣貪爾之納賄陷爾之奸謀構成講和
者也彼曰韓國若無日本開化之力已爲露國所有
矣曰我國開化以前人倫明於上敎化行于下綿歷
五百年之久而重熙累洽開化以後不過數十年瓦
解至此蓋凶人之國滅人之道者爾之所謂開化也
彼曰不然開化誠好矣我日本四十年前幾凶於英
國而四十年後復爲天下強國者以用開明之道而
擧國之人一心團體故也曰爾國之好開化若是則
能盡於開化之法乎開化之源實出於西洋而爾國

10

之受開化於英國也英奪日本政府于罷國兵于撤
都城乎惻邇爾之君主乎殺害爾之王妃乎英不行
此等事於日本何故行此於朝鮮乎由是觀之
爾國之罪非但不容於我中華之道大違於開化世
界爾之所謂開化獨出於何世也彼曰從浮沈之道
用也曰爾國之弑君弑父代立亦從浮沈裁
乎衆倭大怒拔鈵欲脅之曰我之所言者萬古大義
爾之所恃者一片兵刃爾不過殺我身而已焉能奪
我之義乎彼略降辭色乃曰善文言善文曰爾國亦有
善文士乎彼曰多矣曰然則我非與爾交鋒時所捉

醒卷集　卷之一　　抗義記事　　十

只以四十年讀書之士痛我國之將凶憤爾國之不
良欲以信義一次責論無由交涉外人故以書面爲
紹介而來或凶之縛之爾國待士之禮本若是乎
彼笑曰扶餘巡査誤矣然公實無道德之名而然也
曰爾何知道德有無乎彼曰吾亦多讀書矣曰爾旣
讀書云爾則能知鄰書所言穿踰之盜乎夫此盜乘
夜踰墻穿壁竊取物貨而恐人有知爾國之行事於
朝鮮者擧皆類此也彼目光如炬曰大韓之暴徒皆
此類也反謂我爲盜乎曰我國之義兵皆爲宗社生
靈而起但我國財政盡爲爾輩主張故不得已借財

11

於富人矣爾所謂警察等不分玉石一例以暴徒之
名加之任意刑殺其可乎雖然爾所謂暴徒之處處
蜂起實不堪爾等之侵暴而如此換心也卽罷統監
府還彼之本國則朝鮮可泰平矣爾國亦無後患也
願卽傳長書于爾國政府也不信吾言爾國不久滅
凶矣彼曰公不知開化之道何能論時務乎然依公
所願今夜電話于公州姑留宿于巡查廳云云二
日留止而從我諸生時時入見彼都不禁本國巡查
數十人皆自言其行色雖如此本心不變云無乃是
雖極昏倒之中而本心之天不盡滅也耶

醒菴集 卷之七　抗義記事　十二

初五日朝食後少頃彼又招入問曰、隣里有火災可
往救乎曰往救矣彼曰然則、我國之人爲救大韓火
災而來公以雖待之何也曰爾非救火者乃放火者
也假如爾之言救火火熄則可以去矣仍留之非徒
留之暗欲奪火災家之財產何也爾等速爲撤歸吾
與吾食口同治產業矣彼曰公曾爲仕耶曰我本無
官爵也彼譏弄曰公若欲爲國事出仕然後可矣何
不求仕也能助我開明則高官立至矣曰爾何辱我
太甚乎我出仕之道見可以外攘夷狄內修政敎然
後可仕則仕矣彼曰公稱學者而徒食人之農穀則

12

是蠹書之蟲而已曰爾國無此蟲乎曰無之曰此蟲
識仁義而爲三百裸蟲之長也爾國無如此之蟲只
有無倫之犬羊則爾國必亡乃已惟爾等速罷統監
府退歸爾國焉彼曰大韓火災盡滅後歸吾本國勿
慮勿慮公卽歸家爲後日英特之人如何因驅出時
近午天乃與諸生發行纔到二十里許日已暮而秋
雨濛濛衣冠盡濕不得已宿于野店翌朝歸家家人
且驚且喜而我之孤憤未解
初七日本郡駐倭西森儀復以招喚狀召之又曳節
入邑則倭欲勒捧戶籍我張目叱之曰、我寧死爲朝

醒菴集 卷之七　抗義記事　十二

鮮鬼不欲生爲日本民也倭曰吾雖日國人而爲韓
國之官任此地方則、爾是細民也政府之令詎敢拒
乎以大椎無數亂打或以足蹴之而終不屈則彼乃
辱說逐出曰、將告政府而用律出而待之也還家數
日後聞海州人安重根銃殺酋倭博文云
十月初二日早朝鴻山署倭上妻孝八與扶餘倭西
森儀偕來問李某安在余方以膝瘡鍼破擁衾而臥
奮起曰、爾等何以索我彼曰公欲守伯夷之節當入
首陽山採薇餓死宜矣何故生坐大韓地方而不入
戶籍耶、自鴨綠江至豆滿江皆大韓地界則不可居

13

於此界內直入海島無人之境可也曰我居我國衣
我衣食我食首陽何必求也採薇何必取乎彼曰聖
人與世推移顧公更思之乃出小冊執筆查問姓貫
而書之曰、欲捧戶籍則義不可從勿復詰焉彼知不
可屈憤去而顧謂曰、後當捉去用律矣縱不惜一身
能不恤妻子耶曰我行我義而已汝爲汝事也
初九日扶邑郵使持鴻山署長倭呼出狀而來狀辭
曰、若不來當發拿引狀云以書報之曰、病瘳我且往
見矣後旬餘日更無消息也
二十一日瘧已差歇裁二封書一則再致日本政府

〔醒菴集　卷之七　克復己巳　十三〕

一則與署長倭片綱烏殿者也是日扶杖登程兩書
生隨之艱到論峙店留宿翌日早發至其所日已三
竿矣片綱烏殿及他倭數十名會坐置我其中而問
先考諱日及享年之數余故以不知答之彼曰、公稱
學者而不知父母之年數與諱日則是不孝也曰我
不忠於國其能孝於親乎彼曰、何謂不忠曰、吾年過
四十被國家雨露之澤已深矣今宗社生靈危如一
髮而不得殺一賊報一讎束手而坐忍見天日不忠
孰甚於此乎彼曰、此戶籍之法乃大韓皇帝勅令令
公稱曰、爲國而不從誠可訝也曰、我先王戶籍之式

14

異於夷狄之法今以夷狄之法歟我曰、勅令可守寧
死何忍從之向者之函與今二書中大意蓋欲復我
宗社而又使爾等無事歸國矣爾不從我言而反以
戶籍一款詰我何哉然終不入戶籍之義已悉於前
書中我不欲復言遂默默而坐彼衆誘脅萬端時適
風雲交飛板屋甚冷或以毛褥布之或以爛爐與之
皆却不受彼知終不可屈示以律文乃設刑具而還
復誘之曰、公本名賢子孫且是四十年讀書之士也
如此景光想應落席後初事今若被刑是貽累於賢
祖且公名譽大損傷何不思之甚也願公深量焉曰

〔醒菴集　卷之二　抗義記事　十四〕

其圖之曰、我雖積錢如山納財免刑不可爲也且我
殺之便殺之而已何詰難至此彼曰、納贖可免刑公
是我王臣民豈可受爾國之刑哉彼衆盛怒曰、吾於
汝終始愛護汝不從至此汝實自抵於罪呼廳使拿
出甚急且曰、免冠脫服余叱之曰、君子死冠不免吾
不可脫我先王法服然後殺之乎口占一吟曰、年過四十
斷腰何必脫服後殺持宗社生靈今至此糜身
出門遲期以全歸跬步持
粉骨義何辭彼終不強脫而亂打驅出余不得已歇
于邑郵時適邑市也滿市人皆瞠視之日已近夕而

15

兩書生賫馬來卽付鞭歸家夜已深而風雷大作矣十一月初十日扶餘巡查又以戶籍調查次來督余以死不應三字責送二十三日公州駐居倭人以狀招之余以捉去二字喻送矣後更無聞時又聞平壤人李在明以劍擊傷完用云 하더라

庚戌日記

醒菴集　卷之二　脫氛記事　十五

李完用宋秉畯等又勒定合邦條約還奪皇號革罷政府附疆土于倭國而誣以讓與之說布告國中揭榜于街壁上又各郡駐在倭憲兵兩兩出面問合邦之可否于我國人民云矣九月初四日前此六七日本邑倭兵變服以喪人樣來問曰合邦事聞之乎曰未聞也倭曰面里長不來言耶曰我是國儒未報之人也如此等說口不欲言耳不欲聞故獨不來我言也倭更不詰難而去及到是日早朝倭兵數三名來言曰日本大隊長昨到本郡聞公高名欲有所言故令我等帶來可以往矣曰強弱旣不同則爾能捉去若以言招之雖爾君之招義不可往也倭捉出甚急我與畊芸同被捉入其分

16

遣所與我踞床却之不坐少頃倭兵引我至一處乃客舍殿庭而其殿牌室已爲犬羊之所矣遂與畊芸北向痛哭於庭下倭曰何以哭乎曰此卽我五百年宗社之所而今我宗國何以哭乎倭設演說床于殿牌室會集我國人數百強請我上殿我曰此殿我國尊嚴之所義不敢上爾等欲有所問下與之言可也羣倭挾我兩人上殿我曰爾等啾啾之音我不欲聽之酋倭怒欲兵之我以項受其刃倭反退却曰頑固儒生之爲其國痛哭吾亦不以爲非也至於合邦此是朝鮮貧弱不能自治累次讓與故

醒菴集　卷之二　脫氛記事　十六

我日本不得已受之則自此以後一遵日本政治無或犯律合心安過焉其數多之說大槩是誘脅我國人者我曰爾國欲吞我國之心已見於丙子求和之初而十數年來招納我國之叛亾以成今日之爾謀此天人所共知也爾等闇以讓與之說敢欺我赤子而滅我宗社乎率其子弟攻其父母自生民以來未有能濟者也倭曰朝鮮若亾於西洋則日本有隨亾之端故從其時勢形便而爲之也曰凡亾我之國者皆爲我仇賊所謂東洋西洋何擇焉爾捨仁義忠信而只從時勢形便則他日有合爾邦於我朝鮮而以

17

拒西洋之形便移此演說席於爾國政府者亦有爲
之之預筭乎倭曰此言我不可答也公其有力任自
爲之也曰凶人之國者不伐而自己何待我用力然
而今日之事我雖萬死所守終不可變也倭書示以
夷齊採薇而逐出矣
初五日倭兵又以微服來言曰爲忠臣烈士之事雖
日好矣旣生在世上而不與世推移爲衆所惡則不
亦辛苦乎須改心從衆可也我曰爾卽爾國之傳令
軍卒何足與言也爾不須勸我改心歸勸爾之君帥
使改其逆天害物之心則爾亦爲忠於爾國矣倭曰

醒菴集　卷之七　抗義記事　十七

有親舊幾人乎曰我之有如干親舊者或殉死於乙
已之變或倡義而被禍於比年之間今則我獨生存
於世也倭微笑而去
初九日倭兵來見曰某月某日卽我日本皇帝誕辰
而臣民皆插旗慶祝之節也今朝鮮旣合於日本則
朝鮮人民亦皆插旗祝壽矣公亦肯爲之乎畎芸在
座曰爾國之慶祝在我何關乎我爲　李氏之民則
守行　李氏之舊政禮法而已我曰我亦如柳某所
見也倭曰公等不知何國人云而去自此倭兵之來
視益頻數而以五日一次爲準矣

18

甲寅日記

甲寅九月初三日被逮入扶餘邑分隊長倭池上勝
騰者曰聞公獨有排日之志故欲爲說喩間者數次
邀會而皆不逢著向日公州駐官內務部長巡到于
此亦以說喩之意遣人請見一向頑拒至於民籍一
欵國家大政而終不申告此何等舉措答曰吾守不
事二君尊華攘夷兩件事故凡爾之政令及爾之訪
問皆一切拒絕也倭引鋤而前執筆展紙強欲入籍
威脅萬端我曰爾旣奪我國足矣又欲奪匹夫守義
之志乎爾等暴虐誠前古所無也彼曰日鮮合倂爲

醒菴集　卷之七　抗義記事　十八

五六年之久則此邦雨露土穀莫非日本皇帝之有
爾旣排日則以何心沾日本雨露食日本土穀乎曰
吾聞開化之法無一毫壓制今爾國稱以施行公法
而實則不然年前所謂合并時爾敢率兵入闕威脅
我　君上而猶曰其國君讓與誘不忠不義之臣賜
爵給錢而猶曰其國大臣樂從誘致亂民使爲一進
會而猶曰國民歸心以此弄奸敢宣言於列疆曰占
領朝鮮爾國誠天下竊盜之魁首也彼曰今三百六
十州之民無不順從爾獨有何惡心如是悖慢耶曰
爾何以吾之義心爲惡心直言爲悖談于爾國之人

19

皆如爾所見則爾國之無人可想矣以此愚蠢敢質
問我乎彼曰爾不知文明時代而反謂我愚耶乃書
我姓名與妻姓而強欲捺印我揮却不從彼持律文
示之曰此罪之律甚不輕能當之乎曰吾乃　李氏
臣民何關於爾國之法律乎且爾國有刑忠義人之
律文乎遂却而不見彼曰爾雖張膽我今施律則爾
將何以曰吾之不及於爾者力也優於天下者義也
力可屈義不可奪也爾不過殺我身而已彼曰爾不
順從雖用強制必納服乃己遂驅入留置室而戒禁
甚酷俾刀與束帶皆見奪而大笠圓袂則抵死不脫

醒菴集　卷之七　〔亢菴己巳〕　十九

是夜有一吟曰五六年前已歷茲餘生今又死爲期
寒風板屋孤燈夜臥誦清陰雪窖詩
初六日倭引出問曰數日間居幽室辛苦如何因此
能改心革思否曰使我守義之心改革則反欲生不
義之心云乎臣各爲其主此天下古今之通義也假
令他日爾國合幷于朝鮮爾處我地位則改其爲主
之心耶否耶彼良久曰公之此心我亦善之然公旣
不死而生則今者一新政令之初斷不可違越也但
能內含爲主痛迫之心外而少變前日之固執略與
凡人同之則不亦便宜於處今之世乎我亦待遇與

20

他有異以其可行之事使之矣深思深思焉曰心行
不同此聖賢所戒我誠心守義故其行事不得不如
此若有其心而無其行我不忍爲也勿復多言吾隨
爾力所及任意爲之也彼曰爾以此結約能復爾國
乎曰果若吾心吾行則豈徒復我邦家實易天下禽
獸之俗也但如我者鮮故爾眾橫行如是矣彼曰爾
若終始排日則設或他日有陵辱竊盜之患郡憲兩
廳皆不顧恤矣奈何曰勿慮也我有自治之道修身
及家孰敢侮之忠信篤敬蠻貊可行況我州里乎哉
且全局疆土見失於大盜至於　君父幽辱於犬羊

醒菴集　卷之二　抗義記事　二十

陵辱竊盜就有甚於此者乎嗟我一身有不暇顧也
彼大聲曰爾之氣習去去益甚更入留室也
初九日有重陽吟曰九月九日臥獄中黃花不得摘
籬東耳邊只聽啾啾過俗慣島夷萬里風又有咏喬
木曰百年喬木望非輕特立叅天出世情豈獨繁華
春夏節飽經霜雪可能生
十一日又引出問曰伊間尚能改心思乎曰我心如
石不可變也彼曰民籍爾雖不告姓名居住載在板
籍安能脫漏乎曰奪國餘謀又欲施之於此耶我所
不爲其誰敢爲彼曰爾若一向頑拒卽爲移居于無

21

人絶島可也曰我是主人爾是賓旅以賓逐主其可成說乎彼曰我以好樣累累開說終不聽從此後我亦多務不能頻接以改心爲限雖經年閱歲久在於留室也曰我是凶國遺民豈望安逸亦以死歸爲限也十四日夜深後衆倭及補助員皆退惟當直憲兵二人在而其一卽伍長倭仲祖者仲祖持酒果開獄門勸我而慰之曰公之盛名聞之熟矣竊欲相親而未知公意之如何且彼此語音不解情意莫通每竊恨之今者之舉只從長官之令而已我之私情則大以

醒菴集　卷之十　抗義記事　二十一

爲未安雖然終必無事勿憂勿憂曰我守不事二君人各爲其主此天下大義也我之所以尊慕公者爲我滋甚我今以義自守則死而不避何憂之有彼曰私語似失體禮然公是義士與他逈別且我平日欽仰不已故敢乘間言之勿以爲異焉因勸其酒果我其守義也我何惡公我何嫌公但我爲官吏與獄卒之義日本政令初不應從故自年前至于今日虐待雖固辭不食然彼之誠心款款有不自已者豈亦秉彝良心華夷無間也歟十五日公州駐居警務部長倭細井愛親者來到俄

22

頃引出余彼踞在堂中椅子所謂分隊長杖劍立階上兵卒皆執銃列立階下通譯人卽本國故判書之孫徐光國爲倭中佐官者立於魁側乃招我當前而問曰爾是李某乎曰然爾名云何彼厲聲曰爾以細民大官之前唐突不恭若是不畏刑法乎曰以義言則爾是我讎以尊卑言則我華而爾夷爾汝之稱有何不恭乎彼曰年今幾何曰四十八矣彼曰老儒老儒聞無子云甚爲之憫惻曰命數奈何彼曰聞爾不應編籍乃不事二君之義也此是好言然伯夷叔齊殷亡之後餓死首陽爾何不死於合邦之日尙今生

醒菴集　卷之十　抗義記事　二十二

在世間乎曰以當日不死爲欠則猶可矣抑有不然者凡士君子立節守義美但效夷齊之餓而已哉漢之蘇中郞使於北匈奴終不屈於威脅持節北海上十九年而生還宋之金仁山當胡元之亂隱於金華山中講道守義四十年而終我國之金淸陰遭淸虜之變爲大明主斥和拘幽瀋陽舘六年而生還尙論者不以不死差殊觀於夷齊也我則本是韋布早讀聖賢書習名教而知尊攘當天下亂不求名利隱居守志一自我宗國之凶益自歛縮與世相絕故不入民籍不插倭旗不應雜役依舊冠儒服儒講學以自

23

靖者豈有他哉效金仁山自守之道而已爾輩暴戾
甚於胡元累次提去毆蹴打損怯以斧鉞囚於牢獄
我一向不屈此則竊慕蘇中郞金淸陰之節義也如
此而死死固無憾如此而生生亦無愧今我生在世
間有何不可乎彼曰爾有欲死之心我借與銃劍矣
能死之乎曰爾之此言誠不滿一笑夫兵器國之重
物爾受於爾君不以禦侮而欲私借於人此不識爲
將之道也若果借我則我豈肯先自殺耶當先殺爾
輩矣此又不智之甚也何若爾持爾劍速殺我之爲
無憂也哉彼顏發赤曰我欲觀爾之動靜氣色耳固

醒菴集　卷之七　先民記事　二十三

非眞言也雖然我政治淸平禁網稠密安能脫漏乎
又何厭薄乎古有稱同夷齊而異其行者伊尹是也
而曰何事非君何不效此而生乎曰夏桀天子也成
湯諸侯也在伊尹俱有君臣之義而特有善惡之殊
故其言若是也世之忘君事讎行若狗彘者敢引伊
尹此言以爲口實此誤讀聖人書而錯認聖之任者
也彼曰若欲不從日本政令何不移居於北澗道乎
曰今天下皆夷狄無一樂土捨我故國而安往夫人
禽不相合冰炭不相容以各守邦域之意歸告爾君
可也蓋奪人之國者徒能力服而不爲心服則終必

24

敗亡矣彼曰爾之所見終是壅塞更入留室益聽分
隊長說喩宜矣我則暫時過此故以數語諭之曰所
守之志所行之事至死不變也彼動色曰盛言盛言
此後不復與接翌朝發向他處去矣
二十一日夕所謂班長倭至獄門而傳譯曰到今則
心思果何如曰爾狂乎何頻問心思我將以死出此
室焉限勿復苦問也
二十九日聞檢查倭自公州來分隊淸潔甚紛擾班
長倭使補助員導我出店舍實保囚別館也彼必無
限困迫我期竪降幡而後已而今忽徙置於外示以

醒菴集　卷之七　阮氏記事　二十四

寬緩之意抑何故耶在獄時雖親屬門生不得相接
至是始得面會若泉臺人更從陽界上相見也畔芸
則雖不入來念我飢寒新綿衣袴連續入送且晶以
善終李羲純居在數十里之外不避風雪頻頻問獄
平日相與之情誼遇患難彌篤此豈易事耶頃在獄
中時有自公州警務部還囚本邑者言移囚上部者
必先薙髮云余暗自思量曰吾亦必不免此行則難
禍斷不可避不如早辦防身之物臨時自裁之爲愈
也因分隊雇傭人之出入者乘間語諸生請求一小
刀而又慮諸生或恐怯不從命假託於剪爪裁紙之

25

用又戒之曰獄中絶禁此等物私通須秘密爲之也
諸生輩出而相與密議曰此必先生殉身之計然大
義所在不可不從買得一刀方欲密入之際余適出
在別館諸生見事機之稍解乃喜而告余曰先生殉
身之意在薙髮一款也今後斷無公州之行則薙不
必深慮也何必傷勇乎議論條暢頗能裁擇義理甚
奇愛也
晦日檢查倭還去補助員以班長命招我隨入分隊
室則班長倭曰公終不變素執之志耶更宜思之曰
捨生取義聖人昭訓我何忍苟且圖生乎彼曰我在

醒菴集 卷之七 沆民記事 二十五

本國時已聞貴國政治之無度今在列疆時代而不
務自強之道朝附日本暮歸露國變改無常若不合
幷于此必沒入于彼矣由是論之朝鮮之亾實自致
也公何咎怨我日本若是之甚乎曰國之興亾自古
有之是以先聖箕子有我罔爲臣僕之言漆室嫠婦
亦不免依柱之嘯此人情天理之所當然也焉有仁
人義士而視其國之亾如越視秦瘠乎況吾君慈仁
非無堯舜之資奸臣誤國遂致敗亾隣國不良暗售
譎計古今天下寧有是耶彼曰我在朝鮮今爲五六
年之久閱盡朝鮮人情多矣頃年捉得擧義諸人質

26

問之時剛者詬辱悖談罔有紀極弱者憂懼怵怕橫
豎錯言今公則言正理順曲盡物情旣無惡聲又不
驚動久在留室而日整齊衣冠恭默端嚴未嘗見惰
慢之容三旬如一日是豈常情之所可及哉我之私
情則欽歎無已而事係上官不得擅自判決矣今分
隊長出他未還更出留別館言訖分隊長倭入來少
頃又驅入留置室
十月初一日午後尋問至初更時班長倭執筆記之
分隊長倭曰爾終不編籍乎曰殺我易矣收籍難矣
勿復多談彼曰若能順從我言當卽無事放還不然

醒菴集 卷之七 沆民記事 二十六

困難莫甚內心設有擧義之意外面姑從郡憲之令
可以生在此世寔我肝膈之言勿爲泛聽曰爾誘我
以不忠爾必有不忠之心矣我無他才略忍見讎國
之人蹂躪我疆土拊心痛傷寧欲溘然者久矣何畏
一時之困難哉彼曰聞公教育青年多矣所教者何
書所行者何事曰教聖賢之書行道義之事彼曰弟
子皆能如師之志乎曰志則如之而行或不逮也彼
曰日鮮合幷乃朝鮮皇帝以善心讓與者也今公稱
言爲君而何不從君之善心乎曰假令爾國之君擧
世守之疆土而無故與人則爾國臣民皆以爲此眞

27

出於君上之善心而誠心樂從乎夫人心至靈外面
欺人雖易內心則終難自欺今者爾輩對我言合并
之事雖曰讓與是外面欺人之辭也其心必以爲吾
雖曰言讓與實則勒脅事也此內心不自欺之故也
若曰無此知覺則是必愚昧狂惑之人何能對人酬
酢哉彼曰公之此言何其已甚乎曰此非己甚之言
乃理勢自然也彼曰公今得見朝鮮王其將何以謀
之將請伐日本乎曰我國 君上爲讒賊輩所幽辱
我漠然未聞 聖候之安否何由得陛見假使陛見
失國凶衆者久矣顧以何力伐爾國乎到今事勢朝

醒菴集 卷之七　抗義記事　二十七

鮮臣民苟有智略可以募集死士雖先發後聞可也
只恨無此力量耳彼曰今日望朝鮮之回復所見不
過井底蛙也其於敗凶無餘之宗社有何希望而欲
以死效節哉曰國家全滅之時尚不敢忘覆育之恩
其在今日尤何忍負之彼曰聞公曾經大官云果然
否曰誤聞也我雖無官爵與國家同休戚之義則實
無異於食祿之官也彼曰我憫公之困難累累開說
終無聽從之意更入于留室也夜有一吟曰犬羊叢
裏已三旬家事渾忘只有身釖戟飜空霜雪下裯襆
不減一團春

28

初二日早朝分隊長倭出他而伍長倭竹田者開獄
門引出我立當直室執小冊子更問我姓本年數我
叱責不答彼曰此非編籍乃欲爲後日相訪時證據
也不復詰難而退從後聞之則是日竹田牽補助員
出來吾家突入內庭欲問戶籍于家荊家荊入室閉
戶拒以不知竹田無所計空還云
十二日早朝班長倭開獄門謂我曰日氣甚寒請出
燎爐火以筆談數行示之曰日本人은異國의民에
無하야現今日本과朝鮮이合併爲하야同一人이
오니貴公은旣往의意志를排去하고更히新附의

醒菴集 卷之七　抗義記事　二十八

良民이되시오我亦以筆談答之曰國凶之民守萬
古綱常之義至死不變惟願速殺我彼見之若驚懼
無言而立乃使補助員導我出店舍曰今日甚寒久
處板室實爲未安請少休于舍舘時公州道長官者
到著本郡郡廳云蓋自公州其大官者來到則必使
我出舘誠甚可惜料之其上官已令放出而分隊長
私自拘留耶未可知也舍從兄及姪兒輩與諸生如
前日來會
十五日道長官者還歸而復招我入留置室
二十日分隊長倭開獄門招出問之曰日寒如此困

29

苦必滋甚矣何不從班長說喻歸家安息乎與妻孥
不相面今爲數月能無懷思否曰雖切思家之懷大
義所在私情有不暇顧矣彼曰雖當惡刑與徵役能
不變改乎曰有死而已復何懼哉彼曰我爲公許入
綿衣不脫冠袍又不勒削能知我寬待之意否曰寬
待不如速殺彼曰眞難曉之人無可奈何復入板室
也
廿三日夜只有一滯囚人張姓者共臥忽聞門外有
喧譁聲憲兵六七人共執醉倭一人驅入獄中此倭
頗有膂力酗酒狂悖蹴破獄門輒欲突出爲諸倭所

醒窩集　卷之七　抗義記事　二十九

力拒未果乃毆打張囚流血淋漓因又放溺室中景
色甚危急恐或犯手于我潛入溷廁閉板門而立醉
倭乃蹴破板門以木枕連投四五次皆中門檻而不
及於身若神人扶護然奇哉幸矣旋又揍出張囚捽
髻蹴項幾絶而甦補助員輩始乃持杖入亂打醉倭
枉梏其手足覽狀方息而血痕濺染我衣襪矣班長
倭使我出留別館數日後聞之則公州檢查官與警
務官者相繼來到云使我留館或因此歟
廿五日我兄嫂終祥也身在咫尺不得參祀可勝悲
哉親屬與諸生逐日來會三從第仁榮自德山來見

30

店舍主人方居其父喪而好吹洞簫我曉喻以人子
哀痛迫切之情不宜如此店主怛而止之又見其怒
而詈母誦說古人事親之道而諄諄面喻之店主母
子感服不已店舍壁上揭附列國人君畫像而我
君上御眞亦附在矣招店主而喻之曰、我國之法御
眞不敢奉安于私家影像奉安之地無論上下過者
必式不然以不敬之律處之挽近以來因夷狄之亂
華紀律解弛雖然苟有人心者豈無尊君親上之義

醒窩集　卷之八　抗義記事　三十

乎卽爲韜藏無使來去無知之人指點汚穢自取不
敬之誅也店主謝以無知傍觀皆悚動矣
十一月初二日食後補助員召我入分隊室則、班長
倭曰、久在別館別有新思想乎我厲聲曰我雖殘劣
決非忘君事雠之人也彼以此言告分隊長隊長倭
復使之留于板室伍長倭仲徂獨坐事務室語我曰
我伊間移居窺巖而當直日則入來矣因又勸酒甚
固是男兒之事我不亦宜乎曰自古君子之處事外面裏
從以免困難不亦非之雖然內心常不變外面姑
面不可異同也彼曰我上下官僚皆知尊慕貴公特

31

以不從上部政令海留至此日我亦以死歸爲限也
彼曰明年我官期已滿當入本國公隨意作詩以贈
我如何當襲襲藏之不煩人耳目矣請益固而終不
許是日柳基燧柳寅壽寅澤等入郡邸遇仲祖及補
助員二人自邑至家勸令乞於分隊必得放釋云云
諸生等曰先生之志不欲苟免我等不敢圖其僥倖
彼落莫而去曰請勿對人言官吏之語如此云
初五日風雪甚寒我拱手危坐班長倭至獄門使補
助員以毛褥繞我背上彼既囚困我又能庇護我其
用心誠難測也有一獄囚就滯爲一望一日其病妻

醒齋集 卷之十一　抗義記事　三十一

弱子來泣於獄門外父子夫妻相見痛哭補助員輩
苟禁而驅逐之我曰噫彼小兒呼父痛哭此天倫至
情之發也天下誰無父子乎倭聞我言更招其妻子
與之相面自此以後獄囚人妻子之來皆不甚禁矣
我在獄日久閱歷囚徒甚多其中犯殺人強盜之罪
者絕不與語其雜技及輕罪所罹者則警戒甚懇入
獄之初附倭者皆非笑之漸有遜謝之言倭人稱以
兩班補助員稱以先生其或有爲我謀者如衛律之
說蘇中郎可笑也補助員朴昌淳當直夜觀小說春
香傳春香者南原娼妓也南原倅聞其有姿色強令

32

守廳春香守義不從倅大怒捉囚牢獄朴忽停讀而
告余曰先生今日事如春香曩時情景我曰娼妓歌
說何足取信且其可憐之態何敢擬倫於大丈夫乎
朴曰非此之謂也春香之不更二夫似先生之不事
二君其義則竊比焉其言誠可笑也
初七日冬至自吾家豆粥一器送來而補助員輩以
匙累攬後入獄又有伴送棗核一封而以休紙作封
乃發視之然後伴入或疑其有家間文字之來往而
然歡甚矣有一吟曰冬至一陽自底登獄中不必閉
關曾嘗來豆粥家人送却憶蕪蔞漢復興

醒齋集 卷之十一　抗義記事　三十二

初八日分隊長倭開獄門引出我以好言慰之曰日
氣甚寒或無腹痛乎曰無恙也彼曰若從班長說喻
則今當放釋矣曰不願放釋惟願速死彼曰我無奈
何於公矣復留此室也
初十日班長倭來問曰日寒如此獄中困難何如曰
太平也彼見我衣襪之上有血痕曰此向日醉狂人
所汚耶見甚未安因問曰公本無所懼而伊日乃避
入于廁中何也曰遇敵不屈而死義也橫被狂漢之
害浪死也浪死烏得不懼乎彼曰公每日無語端坐
有何思慮乎曰思復我宗社思守我節義也彼不復

33

醒菴集 卷之七　抗義記事　三十三

十三日夕昏時諸生因分隊雇傭人姜基壽入襁與
襪是夜寒甚因此得免每値開隙渠頗有通情語我
獄裏窘束多困此得免每値開隙渠頗有向我之意
戒之曰汝有父母兄弟宜速歸鄉里服田力穡奉養
二親可也何必奔走服役於鱗敵之下乎傭曰年終
不遠當卽退去云
十四日彼陽曆年終前一日也分隊長倭招我言曰
這間困難甚爲不安也曰我以亡國遺民當此困苦
乃常事也彼曰今年終也卽爲還家更熟思之郡憲
政令略從之如何曰我之所爲惟義是從而已是日
早朝倭先已招面里長及我諸生而言曰李某是一
等大男子也識高而言偉我甚感服然所以如此困
難者非我日本政令故也今日當放還矣偕與歸家
累累開說也面里長皆曰此人素執非我等所可回
之也諸生則曰爲弟子者不敢違咈其志也云云余
卽日歸家見眄芸德容甚瘦余驚謂曰子之神狀比
我加瘠何也眄芸曰兄戰勝故肥我則別有二憂在
心曲晝宵未解一則爲兄憂也一則爲自家憂也懷
此二憂安得不羸瘦乎蓋余在板室見諸四徒不堪

34

醒菴集 卷之七　抗義記事　三十四

飢寒對朝夕之飯必頓喫至有不嚼而吞下者食後
輒曲身僵臥一不起動冷氣透腹所食不消四肢成
冰遂至不仁余憫其生病每勸喻以節食運動不
聽從滯囚才過五六日則便成鬼形矣余則朝夕喫
飯不須過量飯後必起而徘徊所食消下然後坐遇
酷寒四肢皆凍足爪欲脫有如割膚而染辛輒復作
而逍遙使手足運轉氣血動盪在獄凡七十餘日生
我氣質之虛弱不生疾病於雪風板屋之中者無乃
臥時常少起動時常多是以宿痾病瘶亦不發作以
是平心舒氣朝夕自護之力也耶

戊午日記

倭因我漏籍而每疑有他端故常常偵察若又國中
凡有害倭之事發見或駐邑之倭新舊交代其來調
查益復頻數戊午七月初旬頃駐邑倭以戶口查實
次來問曰今番亦不許入籍乎我曰十年所守豈可
容易改乎我曰不可也倭又曰今日分隊所請公出席
曰汝宜往我曰鱗賊之招義不可往言
此報倭也已而倭兵出來以繩押縛置前驅
大冠廣袖曳屐徐行倭遂從後推背而促行暴喝我
屬聲叱之曰爾是下卒只行爾之將令而已何可私

35

自行毒乎人各爲其主天下大義也爾何敢如此無
禮也乘暮至分隊廳酉倭問曰何故招之則不來捕
捉則來乎曰被捉而來強弱不同也招之不住以有
守義也倭曰民籍有何意旨而不入乎曰爾國背交
義乎我國君民迫於威脅實非樂從也倭曰門牌
隣之約脅我　君上奪我疆土其於不共戴天之讎
與清潔又何不爲耶曰此亦爾之政令故不爲也倭
曰民籍何關大事而不嫌累年困難固執不遵祗一
頑固之事不足爲盛美也倭曰所謂戶籍乃國之大政
醒卷集　卷之二　抗義記事　三十五
是故周禮獻民數於王王敬以受之孔子於車中式
負版者何謂非大事乎今日此事關係大義雖當湯
鎭不可變其所守也倭曰公之此事有誰勸告乎曰
我讀孔孟之書而知之也倭曰今天下大勢異於古
昔若純用古道則不得保其國家雖孔孟復起必有
變通之權矣不然孔孟之道主於明倫今列邦之
君貪人土地殺其民於戰場是全無爲君之道也列
邦之臣以弒君開化助桀爲虐爲當然是全無爲臣
之道也稱曰國政而聽父子兄弟之爭訟不問悖倫
聽夫妻之異財離婚行若狗彘從而棄信背約強者

36

茹弱如此滅倫敗常無禮無義之人聖賢比之於禽
獸而在王法必誅聖人惡復在世則何可容貸於一
日之間乎倭曰某氏言論峻直持心堅固然或有妨
害於治安之事故不得已用律矣曰焉有用律於他
國人之理乎且虐爲國守義之人賞忘君事讎之輩
倭國國命其能長久乎倭遂囚我於留置室夜有一
絕曰三入扶風獄死生任彼天險夷宜一節從我所
當然翌午見放還家하다
　　附　正明錄後敍
此錄卽醒菴李公所和長書也其正學直氣忠憤
醒卷集　卷之二　抗義記事　三十六
大節若將蹈海一死凜凜乎有不可奪之志在天
壞易處人獸無別之日猶能砥礪頹俗聳動人心
目其扶裨世程豈淺尠乎哉或曰公氣節之卓犖
可尚然似非儒者自重之道淺之乎知醒菴也夫
節義與學問初非二事節義特學問中一事耳苟
無其本何能辨此公學遂識高平日論議每出人
一等慨然有挽回三代之志生丁不辰見犬羊當
路蚊蜩擾世則自竄於巖穴間不求人知抱經自
靖而己不幸遇強寇之轇轕入就南冠慷慨抗論
而不少挫其言曰華夷之分嚴於君臣之義此誠

부록 〈성암집〉

37

萬古不易之論學問之力又不可誣也愚乃蒐輯
若干篇爲後先之次名之曰正明錄蓋取董子正
其誼明其道之語也嗚呼此書如使忠義諸公撫
劍而讀之又當增百倍氣義矣愧余非其人也儒
州柳秉蔚謹識

醒菴集 卷之十一　抗義記事　三十七

▌ 백원철

1946년 1월 고창 생.
성균관대학교 대학원 한문학 전공(문학박사)
민족문화추진회 국역연수원 수료
공주대학교 사범대학 한문교육학과 교수 재직 중
공주대학교 학생처장·평생교육원장 겸 외국어 교육원장 역임
(사) 李草廬紀念事業會長 겸 부설 공주전통문화교육원장
공주문화원 부설 향토문화연구소장

저서
『낙하생 이학규 문학연구』(보고사)
『아름다운 삶을 찾아서』(보고사)
『교양한문』 공저 (보고사)
『7차 중학교 한문교과서』(교학사)
『신편 명심보감』(학민문화사)
『습자본 천자문』(학민문화사)
『습자본 추구』(학민문화사)
『습자본 사자소학』(학민문화사)

한국학 탐구의 시각

2007년 12월 31일 1판 1쇄 발행

지은이 백원철
펴낸이 김홍국
펴낸곳 도서출판 **보고사**

등록 1990년 12월(제6-0429)
주소 서울시 성북구 보문동 7가 11번지
편집부 922-5120~1, 영업부 922-2246, 팩스 922-6990
홈페이지 www.bogosabooks.co.kr
메일 kanapub3@chol.com

ⓒ 백원철, 2007
ISBN 978-89-8433-624-7(93810)
정가 30,000원

* 잘못된 책은 바꾸어 드립니다.
* 저자와의 협의에 의하여 인지는 생략합니다.